LISELOTTE ROLL

Schwarze Asche

Kalo ermittelt

LISELOTTE ROLL

SCHWARZE ASCHE

Roman

Ins Deutsche übertragen von
Ulrike Brauns

LYX
EGMONT

Die Originalausgabe erschien 2014 unter dem Titel
Ole Dole Död bei Alfabeta Bokförlag AB, Stockholm, Schweden.

Deutschsprachige Erstausgabe September 2014 bei LYX
verlegt durch EGMONT Verlagsgesellschaften mbH,
Gertrudenstraße 30–36, 50667 Köln

1. Auflage
Redaktion: Hanne Hammer
Satz: Greiner & Reichel, Köln
Printed in Germany (670421)
ISBN 978-3-8025-9226-3

www.egmont-lyx.de

MIX
Papier
FSC FSC® C083411

Für Lo Roll
1939–2013

Erzähl mir etwas über dich, das niemand sonst weiß, erzähl mir ein Geheimnis. Es könnte unser kleines Geheimnis werden, deins und meins, ein Geheimnis, das nur uns gehört, das wir vor dem Rest der Welt verbergen, sagte sie. Und er konnte nicht widerstehen. Er wollte es so gern loswerden.

PROLOG

Es war kurz nach Mitternacht, als die ersten Vögel vom Himmel fielen. Zunächst landeten nur vereinzelte sanft wie Federn auf dem Boden, dann immer mehr. In der Dunkelheit sahen ihre fallenden Körper wie Schatten aus, und schon bald lagen ein paar Dutzend kleiner schwarzer Vögel auf dem Kiesweg. Sie bildeten einen starken Kontrast zu den weiß blühenden Schlehdornbüschen, und obwohl die Vögel kopfüber in den Tod gestürzt waren, lagen die meisten auf dem Rücken, die Flügel an den Körper geschmiegt, als würden sie einfach nur selig schlummern.

Der Mann, der mitten auf dem Weg stand, wirkte wie erstarrt. Im schwachen Licht des Mondes war er kaum zu erkennen. Wenn ihn jemand gesehen hätte, wäre ihm aufgefallen, dass er sich die Hand vor den Mund hielt, um nicht laut zu schreien. Aber er war allein, und bis auf den Frühlingswind, der die Blätter der umstehenden Bäume rascheln ließ, war kein Geräusch zu hören.

Langsam hob er den Blick zum Himmel. Die Vögel hatten etwas von fallenden Blättern an einem schönen Herbsttag. Aber es waren keine fallenden Blätter, und Herbst würde es auch nie wieder werden, zumindest nicht für ihn, nicht nach dem, was er getan hatte. Er war kein Mensch mehr. Was an ihm einmal menschlich gewesen war, gab es nicht mehr. Seine Finger fühlten sich taub an, als ihm die blutige Axt aus der Hand glitt.

Das Knallen von Feuerwerkskörpern mischte sich mit den Stimmen eines Chors, der in der Ferne sang. Willkommen, lieber schöner Mai.

MONTAG, 30. APRIL

1

Sie würden sterben, er würde sterben, alle würden sterben, und daran ließ sich nichts ändern.

Friedrich Steuer beobachtete verstohlen die Frau vor sich in der Schlange. Sie legte ihre Handtasche in eine der großen grauen Plastikschalen, nahm aber noch Handy und Schlüssel heraus, um sie in einer separaten, kleineren Kiste zu deponieren. Bevor sie auf der anderen Seite der Sicherheitskontrolle alles wieder einpackte, lächelte sie Friedrich kurz an. Das Herz schlug ihm bis zum Hals, jetzt war er an der Reihe. Er setzte eine, wie er hoffte, gelassene Miene auf und bearbeitete weiter das Kaugummi. Jetzt konnte er am wenigsten irgendwelche Fragen gebrauchen, die ihn aus dem Konzept brachten.

»Haben Sie Flüssigkeiten oder scharfe Gegenstände bei sich?«

Der rothaarige Mann vom Sicherheitspersonal betrachtete ihn herablassend.

»Nein.«

Es stimmte, er hatte nichts bei sich, alles wartete in Schweden auf ihn. Er war nur Teil einer todbringenden Maschine, ein unfreiwilliges Werkzeug, das ein simpler Röntgenscanner nicht erfassen konnte. Selbst wenn sie seine Tasche komplett auf den Kopf stellten, würden sie nichts anderes als ein paar Unterhosen und T-Shirts finden.

»Sicher?«

»Ganz sicher.« Friedrich kaute wie verrückt auf seinem Kaugummi herum und konzentrierte sich auf den Minzgeschmack, um nicht doch noch mit einem Blick Misstrauen zu wecken. Scheitern war keine Option. Er verdrängte die aufkommenden Gedanken an seine Frau Katharina und ihren Sohn Sascha.

»Machen Sie Urlaub?«

»Ja, so in der Art. Ich treffe ein paar Freunde.«

Der rothaarige Mann zuckte mit den Schultern und widmete sich wieder dem Bildschirm.

»Schöne Reise«, murmelte er noch.

Friedrich Steuer wusste nur zu gut, dass an dieser Reise nichts schön sein würde. Nichts war mehr schön und leicht seit jenem schicksalsträchtigen Tag, an dem er sich in ein Kölner Internetcafé begeben hatte. Warum war er nur so ein Idiot? So ein unglaublicher Vollidiot? Die Antwort war einfach. Es war dieses Verlangen, das ihn trieb, das Verlangen nach Anerkennung. Und als es erst einmal richtig angefangen hatte, konnte er sich von dem Internetportal fast nicht mehr fernhalten. Schon bald war das, was als harmloser Chat mit einem Mädchen aus Schweden begonnen hatte, zu einem Albtraum geworden. Er erinnerte sich noch genau an die ersten Worte, die auf dem Bildschirm aufgetaucht waren: *Siehst du gut aus?*

Er hatte selbstverständlich mit Ja geantwortet, obwohl er sich darüber im Klaren war, dass die wenigsten ihn so beschreiben würden. Sein kantiges Gesicht war weder schön noch ansprechend. Die schiefen Mundwinkel verliehen ihm einen mürrischen Ausdruck, außerdem waren die Wangen ein kleines bisschen eingesunken. Auf den ersten Blick machte er einen harten Eindruck. Nur wer sich die Mühe machte, ihm tief in die schmalen Augen zu schauen, konnte ahnen, dass er nichts mehr fürchtete, als kritisiert oder gar abgewiesen zu werden.

Doch niemand kannte den Grund dafür, nicht einmal Katharina oder Sascha. Nur die schwedische Frau aus dem Internet wusste nun alles über ihn. Sie war so weit weg gewesen, eine anonyme Stimme in einem anderen Land, fast ein Fantasieprodukt. Nie hätte er gedacht, dass sie je so real werden würde.

Er schob das Handgepäck in den Stauraum über seinem Platz und sank auf den Sitz. Gott sei Dank war das Flugzeug nur halb voll, immerhin würde er so um den elenden Small Talk mit irgendeinem Fremden herumkommen.

Das wäre auch ein äußerst absurdes Gespräch geworden: »Ja also, ich heiße Friedrich Steuer und bin auf dem Weg nach Schweden, um dort ein paar Menschen umzubringen ... Nein, ehrlich gesagt, weiß ich selbst nicht so genau, wen ...«

Er hatte kurz darüber nachgedacht, Katharina einen Abschiedsbrief zu hinterlassen, immerhin hatten sie die vergangenen zwölf Jahre miteinander verbracht, aber ihm war nichts eingefallen, was er hätte schreiben können.

Außerdem würde sie ihm ohnehin nicht vergeben.

2

Die Tür eines roten Backsteinhauses im Bussardweg in Köln wurde geöffnet. Katharina Steuer trat heraus und schaute sich um. Zum elften Mal in Folge tat sie das nun, und diesmal war sie sich hundertprozentig sicher, draußen Schritte gehört zu haben. Sie blinzelte in die Dunkelheit und konnte dennoch unmöglich bis ans Ende der Straße sehen.

Jetzt, als alle Nachbarn schliefen, wirkten die kleinen Grundstücke auf bedrückende Weise verlassen. Eine schwarze Katze spazierte lässig über die niedrige Mauer zum Nachbarsgarten. Obwohl Katharinas Nerven bis aufs Äußerste gespannt waren, hörte sie nicht, wie die weichen Ballen sich über die dunklen Steine bewegten. Es war fast unwirklich still.

Friedrich war seit gestern spurlos verschwunden, und Katharinas Gefühle pendelten zwischen extremer Sorge und reiner Wut. Um Punkt zweiundzwanzig Uhr hatte sie ihn als vermisst gemeldet, genau neun Stunden nachdem sie zusammen in der Personalkantine zu Mittag gegessen hatten.

Da war ihr nichts Ungewöhnliches an ihm aufgefallen. Vielleicht hatte er noch ein wenig verschlossener gewirkt als sonst, aber so war er nun einmal, still und introvertiert. Nur gelegentlich zeigte sich ein Funkeln in seinen Augen, in der Regel dachte er dann gerade an Sex. Er war absolut fantastisch im Bett, der beste Liebhaber, den sie je gehabt hatte, und sie hatte viele gehabt.

Seine Zurückhaltung war es, die sie scharf machte. Sie wollte ihn besiegen, ihn zur endlosen Ekstase treiben, und doch war meist sie es, die diese erreichte.

Wie merkwürdig, dass ihr ausgerechnet jetzt etwas so Unwichtiges wie Sex durch den Kopf ging. Denn das hier war schließlich eine handfeste Krise, eine Lebenskrise sozusagen.

Sie schlang das rosafarbene Nachthemd enger um sich und starrte weiter in die Nacht hinaus.

Sie konnte sich nicht vorstellen, dass er sie freiwillig verlassen würde. Friedrich hatte sie immer als Trophäe gesehen, und ein kurzer Blick in den Spiegel reichte, um zu wissen warum. Mit ihren Lachfältchen, den dunklen Locken und der perfekten Figur bot sie mehr, als die meisten Männer sich zu träumen wagten. Noch dazu war Friedrich zehn Jahre älter als sie und weder wirklich attraktiv noch sonderlich begabt im Umgang mit anderen Menschen. Aber er war intelligent. Ihr Vater hatte einmal angedeutet, dass Friedrich sie bevormundete, doch das hatte sie selbst nie so gesehen. Sie vertraute Friedrich, weil er es einfach besser wusste. Und genau aus diesem Grund machte sie auch, was er sagte.

In einem Fenster ein Stück die Straße hinunter ging das Licht an. Hastig ging Katharina wieder ins Haus und schloss die Tür hinter sich.

Der Flur war nicht gut beleuchtet, und die Wandverkleidung aus dunkler Eiche verschmolz mit dem gleichfarbigen Boden aus Eichenholz. Sie hatten renovieren wollen, und dann war doch nichts daraus geworden. Wobei es mittlerweile auch keine Notwendigkeit mehr dazu gab, schließlich empfingen sie keine Gäste mehr. Früher hatte Katharina Partys und Feste geliebt, war wie eine Prinzessin gewesen, die immer einen Schwarm Männer hinter sich herzog. Nun gab es nur noch sie und ihn. Oder womöglich nur noch sie?

Nervös biss sie an der Nagelhaut ihrer Finger herum.

Wie konnte er sie nur ohne ein Wort verlassen?

Was, wenn er doch eine andere kennengelernt hatte? Eine, der es gelungen war, seine graue Fassade zu durchdringen?

Dahinter lag ein blauer Himmel, dessen war sie sich sicher. Und der Gedanke, dass es jemand anderem gelungen war, das freizulegen, was sie seit über einem Jahrzehnt bei ihm gesucht hatte, bereitete ihr Magenschmerzen.

Sie lief weiter in die Küche, wo sie sich auf die Spüle stützte. Der Gestank von altem Fisch schlug ihr entgegen. Sie hatte, seit Friedrich verschwunden war, nicht für Ordnung gesorgt und begann nun umständlich, fast schlafwandlerisch, die Spülmaschine einzuräumen, während sie den Brechreiz mühsam unterdrückte.

Zum Glück war Sascha gerade bei ihren Eltern und würde erst in ein paar Tagen nach Hause kommen, wenn Friedrich hoffentlich auch wieder da war. Was sollte sie ihrem Sohn sonst sagen? Mit seinen knapp zehn Jahren vergötterte er seinen Vater. Er würde eine Erklärung erwarten, und sie konnte ihm nur erzählen, dass sie Friedrich zum Mittagessen getroffen hatte, wo er erwähnt hatte, er müsse noch etwas besorgen, und dann nicht nach Hause gekommen war. Das ging einfach nicht.

Sie musste etwas tun.

DIENSTAG, 1. MAI

3

Die verstreuten Leichenteile und die toten Vögel boten einen grotesken Anblick.

Kriminalkommissar Magnus Kalo ging in die Hocke und erschauderte. Was für ein Albtraum. Trotzdem konnte er den Blick nicht von den Dutzenden toter Vögel abwenden, die vor ihm auf dem Boden lagen. Sie sahen so friedlich aus, so unversehrt, als könnten sie sich jederzeit schütteln und fortfliegen. Es war kurz nach acht am Morgen, und Magnus ließ den Blick schnell über den Kiesweg wandern.

Erst als er richtig nah gewesen war, hatte er die menschlichen Überreste gesehen. Den Kopf, der bis an den Wegrand gerollt war, und den übel zugerichteten Körper, der halb von Buschwerk verborgen im Graben lag.

Obwohl er auf den unschönen Anblick vorbereitet gewesen war, merkte er, wie sich ihm der Magen zusammenzog.

Ein Stück den Weg hinauf stand ein ausgebrannter Pkw. Der beißende Geruch von geschmolzenem Gummi lag in der sonst so frischen Frühlingsluft. Vor dem sprießenden Grün wirkte die schwarze Karosserie wie ein großes Skelett.

Was für ein Kontrast. Diese bestialische Szene ließ sich nicht mit der Stille des Waldes und dem fröhlichen Vogelgezwitscher in Einklang bringen.

Magnus zwang sich, zum Badeplatz zu schauen, der durch die Bäume schimmerte. Dort lag ein schöner kleiner Strand, so klein, dass es schon eng wurde, wenn sich zwei Familien gleichzeitig dort aufhielten. Das Schilf bot guten Schutz vor dem Wind, das wusste Magnus, weil er im letzten Frühjahr, als sie gerade nach Åkersberga gezogen waren, mit Linn und den Mädchen hier gegrillt hatte.

Langsam richtete er sich auf, und wie immer sträubten sich seine Beine ein wenig. Dann lief er die paar Schritte zum See hinunter und schirmte mit der Hand die Sonnenstrahlen ab. Von hier konnte er fast den ganzen See überblicken, der vollständig von Wald umgeben und so klein war, dass ein guter Schwimmer ihn problemlos einmal durchqueren konnte. Das eine oder andere Haus verbarg sich diskret hinter den Fichten, ansonsten gab es keine Anzeichen von Zivilisation.

Magnus drehte sich wieder zu der makabren Szene um. Bis eben war das noch ein beschaulicher Ort gewesen, doch jetzt war die Idylle dahin. Bald würde es hier nur so von Kriminaltechnikern und Polizisten wimmeln. Der Valsjön würde nie mehr so sein wie früher, zumindest nicht für Magnus.

Er ging ein paar Schritte auf den Kopf zu. Es war schwer zu sagen, ob es sich um einen Mann oder eine Frau handelte, die Insekten waren allerdings deutlich zu erkennen. Sie bewegten sich wie schwarze Punkte in dem dunkler werdenden Blut, und Magnus nahm an, dass sie bereits eifrig Eier legten.

Schwach drangen die Rufe der Polizisten zu ihm, die ein paar Hundert Meter entfernt an der Straße standen. Sie schienen sich schon wieder auf den Rückweg zur Wache im Zentrum von Åkersberga zu machen.

Magnus registrierte mit einem schnellen Blick, dass alles ausreichend gesichert war, bevor er sich den Kopf erneut genauer ansah.

Die ganze Sache war äußerst makaber, und er fragte sich, ob ihm jetzt wieder einer dieser seltsamen Krämpfe in der

Hand drohte, die ihn neuerdings heimsuchten. Aus irgendeinem Grund schienen die Krämpfe immer dann zu kommen, wenn er besonders gestresst war.

Er spreizte die Finger, hörte aber sofort auf, als Roger Ekmans Wagen langsam den Hügel hinuntergerollt kam. Der etwas füllige Kollege winkte ihm durch die Scheibe zu, sein winterblasses Gesicht leuchtete weiß im Fahrzeug.

Als er kurz darauf aus dem Wagen stieg, verschwand sein heiterer Gesichtsausdruck wie von Zauberhand. Er starrte fassungslos zum Tatort.

Magnus ging zu ihm. »Ganz schön gruselig, findest du nicht?«

»Hm … sind die Kriminaltechniker unterwegs?«

»Sie sind zeitgleich mit dir losgefahren, sie müssten also jede Minute eintreffen. Ich habe ihnen gesagt, sie sollen oben an der Straße halten, damit sie keine Spuren verwischen.«

Roger schielte ein wenig beschämt zu seinem Wagen, der nur wenige Meter entfernt auf dem Waldweg stand.

»Das Wasser soll eine ganz angenehme Temperatur haben«, sagte Magnus und deutete zu dem kleinen Strand. »Eigentlich wollte ich im Sommer mal zum Baden herkommen.«

»Nicht mehr so verlockend, was?« Roger holte ein Taschentuch aus seiner Hose und schnäuzte sich.

»Letzte Nacht ist ein Notruf eingegangen von einem Mann, der am anderen Ufer wohnt, irgendwo da drüben.« Magnus nickte Richtung See. »Er hat einen Knall gehört, einen gewaltigen Knall.«

»Und wann?« Roger stopfte das Taschentuch zurück in die hintere Hosentasche.

»So gegen Mitternacht. Aber von all dem dort wusste er nichts, sagen die Kollegen.« Magnus nickte Richtung Straße. »Er hat nur gesehen, dass Rauch aufgestiegen ist, was in einer Walpurgisnacht ja nicht unbedingt ungewöhnlich ist, wenn überall Lagerfeuer brennen. Deshalb hat es mich auch gewundert, dass er überhaupt die Polizei verständigt hat.«

Roger dehnte sich den Nacken.

»Wieso statten wir ihm nicht gleich einen Besuch ab und reden mit ihm? Es klingt nämlich ganz so, als wären die Kriminaltechniker angekommen, die verjagen uns vermutlich sowieso erst mal.«

»Gute Idee, das machen wir«, sagte Magnus, augenscheinlich erleichtert, diesen Ort verlassen zu können. Er hörte, wie oben an der Straße mehrere Autotüren zugeschlagen wurden.

»Alles in Ordnung? Du siehst aus, als hättest du ein Gespenst gesehen«, fragte Roger, während sie zum Wasser hinuntergingen.

»Ja, alles okay, danke.« Die Worte klangen steif und selbst in Magnus' Ohren falsch. Seit dem Arztbesuch gestern waren seine Nerven aufs Äußerste gespannt. Einen ganzen Monat musste er auf die Testergebnisse warten, dann würde er endlich erfahren, warum seine Beine nachts immer zuckten und er im ganzen Körper Krämpfe hatte. Ein Monat voller Ungewissheit. Obwohl er es sich selbst nicht eingestehen mochte, hatte er eine höllische Angst. Nicht nur um sich, sondern auch um seine beiden Mädchen, Moa und Elin. Wie würden die beiden es verkraften, wenn er plötzlich ernsthaft krank war? Der Arzt hatte ihn nicht gerade beruhigt, im Gegenteil. Er hatte ihm eine Liste von möglichen Diagnosen präsentiert, eine schlimmer als die andere. Parkinson, MS, Schädigungen des Nervensystems. Und dann die schlimmste von allen: Hirntumor. Das Wort schwirrte ihm mit solcher Vehemenz durch den Kopf, dass ihm richtig schwindlig wurde.

4

Vor Bosse Brovalls rotem Backsteinhaus stand eine ansehnliche Sammlung weißer Volvo 240. Obwohl bei einigen die Reifen fehlten, waren die Autos blank geputzt und sehr gepflegt. Magnus schaute sich mit ziemlicher Begeisterung um, bis er hinter einem der Fenster des Wohnhauses ein schmutziges Gesicht bemerkte, das sogleich wieder verschwand. Kurz darauf trat ein Mann auf die Veranda. Er trug eine blaue Latzhose, die bedenklich über dem dicken Bauch spannte. Er war von grober Statur und hatte kräftige Hände. Unter der Lippe zeichnete sich eine Portion Kautabak ab.

»Hallo!«, rief er. »Sind Sie von der Polizei? Da war doch vorhin schon jemand da.«

Magnus und Roger stellten sich auf die Treppe, ein paar Stufen unterhalb von ihm.

»Das waren die Kollegen von der hiesigen Wache, wir sind vom Landeskriminalamt.« Magnus hielt dem Mann automatisch seinen Dienstausweis hin.

Dieser beugte sich vor und sah ihn sich genauer an.

»Ja, reden Sie denn nicht miteinander? Oder sind Sie so etwas wie die Chefs der Chefs, die den Fall übernehmen?« Er lachte in sich hinein, wobei er eine gelbe Zahnreihe entblößte. Offenbar gefiel ihm die Aufmerksamkeit, die ihm vonseiten der Polizei entgegengebracht wurde.

»So ungefähr«, sagte Magnus lächelnd.

Roger sah nicht ganz so amüsiert aus.

»Sind Sie Bosse Brovall?«

Der Mann nickte.

»Sie haben vergangene Nacht einen Knall gehört, wann war das?«

»Ein paar Minuten nach Mitternacht. Es war ja Walpurgisnacht, deshalb war ich noch auf und habe ferngesehen. Man kann ja sowieso nicht schlafen, so wie heutzutage herumgeböllert wird. Als wäre das nicht schon an Silvester genug. Der Hund hatte solche Angst, der hat sich auf dem Klo versteckt und ist die ganze Nacht hinter der Schüssel hocken geblieben. Die denken ja nicht an die Tiere. Ich verstehe nicht, was daran so lustig sein soll …«

Magnus fiel ihm ins Wort:

»Was haben Sie dann gemacht?«

»Wann? Nach dem Knall?« Brovall zeigte zum Wald. »Das war ein Wahnsinnskrach, das können Sie mir glauben. Deshalb bin ich hier auf den Hügel gestiegen, damit ich etwas sehen konnte. Und das habe ich dann auch, da drüben hat es höllisch gequalmt. Aber mehr habe ich nicht gesehen, nur den Rauch … nichts von dem anderen. Dass jemand umgekommen ist, haben mir die Polizisten erst heute Morgen erzählt, als sie hier waren.« Er schüttelte den Kopf. »Schreckliche Sache.«

Roger runzelte die Stirn.

»Das heißt, es war erst heute Morgen jemand am Tatort und dann bei Ihnen?«

»Ja … Also, das weiß ich nicht. Ich habe sie so verstanden, dass sie in der Stadt genug mit all den Betrunkenen zu tun hatten. Die haben sicher gedacht, das war nur Rauch von einem Feuerwerk.«

»Ist Ihnen in der Nacht sonst noch etwas aufgefallen?«, wollte Roger wissen.

Der Mann fuhr sich gedankenverloren mit der Zunge über die Lippen.

»Nein, ich habe mir gedacht, dass das ein paar von diesen Jugendlichen waren, die hier sonst mit ihren Mopeds herumknattern. Die lassen sich ja immer irgendeinen Mist einfallen. Deshalb habe ich ja die Polizei überhaupt nur verständigt.«

Magnus fuhr sich mit der Hand durch die Haare. Der abgetrennte Kopf im Gras, die seltsamen Vögel. Dahinter steckten ganz sicher keine Jugendlichen.

»Was machen Sie beruflich? Arbeiten Sie mit Tieren?«, fragte er.

»Ich habe ein paar Schafe, aber hauptsächlich repariere ich Autos. Schafe kosten mittlerweile viel mehr, als sie einbringen. Ganz besonders seit sich diese verdammten Wölfe hier rumtreiben.«

»Haben Sie etwa Wölfe gesehen?« Magnus hielt die Luft an, als die kühle Morgenbrise plötzlich den Gestank von Tierdung herantrug.

»Nein, das nicht. Aber ich musste die Zäune verstärken«, sagte Brovall. »Letztes Jahr haben sich die Wölfe einen Hund geschnappt, hier in Åkersberga. Von dem waren nur die Gedärme übrig! Und einer der Bauern oben in Norrtälje hat zweiunddreißig Schafe verloren. Zweiunddreißig! Diese verdammten Mistviecher sollte man auf der Stelle abknallen.«

Auf Rogers kurzem Hals zeigten sich plötzlich rote Flecken.

Magnus schielte verstohlen zu Roger. Am besten brachte er das sofort zu Ende, ein Plädoyer für wilde Wölfe würde er an diesem Morgen nicht auch noch ertragen.

»Vielen Dank erst mal für Ihre Hilfe. Komm, Roger«, sagte er streng, als würde er einem Hund das Bellen verbieten.

Roger nickte verdrossen.

Magnus gab dem Mann seine Visitenkarte.

»Melden Sie sich bitte, falls Ihnen noch etwas einfallen sollte.«

»Mache ich.«

Kaum waren die beiden die Treppe hinuntergegangen, als sie noch einmal Bosse Brovalls raue Stimme hinter sich hörten.

»Waren Sie eigentlich gestern schon mal hier?«

Roger drehte sich um.

»Ich? … Nein, wieso?«

»Na, dann habe ich mich wohl getäuscht. Dann muss das wohl jemand gewesen sein, der Ihnen ähnlich sieht.«

»Das heißt, Sie haben gestern jemanden hier im Wald bemerkt?«

»Ja, jemand ist über den Hügel hinter meinem Haus spaziert, ein kleiner Mann.«

»Und der sah so aus wie ich?«, fragte Roger.

»Ja, genau.«

»Inwiefern?«

»Die Haare. Und die Größe.«

»Grauhaarig, klein und untersetzt also?«, seufzte Roger.

Brovall lachte verlegen.

»Wann war das ungefähr?«, wollte Magnus wissen.

»Keine Ahnung. So gegen Mittag schätze ich.«

»Wohnen hier viele in der Gegend? Auf dieser Seite des Sees?«

»Na ja, rechts von der Straße oben wohnt das ganze Reihenhauspack, das sind sicher so an die hundert, da müssten Sie eigentlich auf dem Weg hierher vorbeigekommen sein.«

»Und sonst?«

»Noch das eine oder andere Sommerhaus. Ganz in der Nähe vom Strand wohnt ein junges Paar in einem gelben Holzhaus. Wenn Sie von der Badestelle aus am Ufer entlanggehen, können Sie es gar nicht verfehlen.«

Magnus und Roger verabschiedeten sich und ließen Bosse Brovall und die Volvos hinter sich. Schweigend gingen sie nebeneinander her. Es war ein schöner Tag, mild und windstill. Er hätte perfekt sein können.

5

Der Mann riss sich die Jacke vom Leib. Erst jetzt fiel ihm das ganze Blut auf, das darauf getrocknet war. Angst zeichnete sich auf seinem Gesicht ab. Er saß auf dem Boden, den Rücken gegen einen kalten Stein gelehnt, sonst hätte er sich nicht aufrecht halten können. Er hatte das Gefühl, keine Wirbelsäule mehr zu haben, und lauschte seinen Atemzügen, die kurz und schnell kamen. Er war weit gelaufen, hatte sich von den Straßen ferngehalten, obwohl ihm klar war, dass es so nicht weitergehen konnte. Er musste zurück, zurück zum Haus, denn sie brauchten ihn, würden ohne ihn nicht zurechtkommen.

Plötzlich schnürte es ihm die Kehle zu, und er hatte das Gefühl, keine Luft mehr zu bekommen, was ihm panische Angst einjagte. Aber als er nach Hilfe rufen wollte, kam kaum mehr als ein Flüstern über seine Lippen. Er kippte nach vorn, landete mit dem Gesicht auf der Erde. Sein Körper krampfte, während ihm der Geruch von feuchtem Laub in die weit geöffneten Nasenlöcher stieg.

Die Gedanken schwirrten ihm wirr durch den Kopf, als würde er im Rausch Karussell fahren. Alles prasselte auf ihn ein: der Mann, der sich im Wald versteckt hatte, die Angst, die Axt, die in seiner Hand geglänzt hatte. Und seine eigene rasende Wut, die alles andere überlagert hatte.

Was hatte er getan?

Er keuchte. Alles verschwamm. Er musste an den ersten Brief denken, der vor ein paar Monaten gekommen war und alles verändert hatte: *Ihr werdet sterben* hatte dort ganz sachlich gestanden.

Im ersten Moment war er verwundert gewesen, dann hatte ihn die Panik gepackt, und er hatte den ersten Brief eilig in den Müll geworfen. Für eine Weile war dies die einzige Nachricht geblieben, doch dann kamen plötzlich weitere, eine wahre Flut. Fast jeden Tag ein neuer Brief: *noch neunzig Tage, noch neunundachtzig Tage, noch achtundachtzig … bald ist es so weit …*

Mit Mühe gelang es ihm, sich wieder hochzustemmen. Der kalte Schweiß hatte sich mit Erde gemischt, er wischte ihn mit dem Ärmel vom Gesicht. Weit oben über seinem Kopf wiegten die Kronen der Fichten im Wind. Erst jetzt bemerkte er den pochenden Schmerz in der Wade. Er legte sich auf die Seite und zog sich umständlich das Hosenbein hoch. Die Wunde war so tief, dass er das Wadenbein weiß schimmern sehen konnte. Ein kräftiger Eisengeschmack stieg ihm in den Mund. *Blutverlust*. Sein Kopf dröhnte, und er betrachtete seine Fingernägel. Sie waren blau. Unter großer Kraftanstrengung rollte er sich auf den Rücken. Er wusste, was er tun musste, um den Kreislauf in Schwung zu bringen, und wollte die Beine in die Luft strecken. Er schaffte es, sie vielleicht zwanzig Zentimeter hochzuheben, dann wurde alles um ihn herum schwarz.

6

»Ich würde Sie sofort rumkriegen, wenn ich wollte.«

Mattias Carlén lächelte breit und selbstgefällig.

Linn Kalo schob das Protokoll weg und sah den gut gekleideten jungen Mann müde an. Er musterte sie provozierend, wartete auf eine Reaktion.

Linn seufzte schwach, sie fühlte sich erschöpft. Sie brauchte Ruhe. Ruhe in und um sich. Keine anstrengenden Menschen, die versuchten, ihr unter die Haut zu gehen.

In Wahrheit hatte sie sich nie richtig von den Geschehnissen erholt, in die sie durch eine von Magnus' polizeilichen Ermittlungen verwickelt worden war. Sie hatte einen Menschen töten müssen. Und obwohl sie wusste, dass der psychisch gestörte Mann, ohne zu zögern, sie und ihre gesamte Familie ausgelöscht hätte, wenn es ihm möglich gewesen wäre, bekam sie ihre Schuldgefühle noch immer nicht in den Griff. Sie hoffte nur, dass ihre fünfjährigen Töchter, Moa und Elin, nicht mitbekamen, wie schlecht es ihr wirklich ging, doch die beiden hatten ziemlich feine Antennen, da brauchte sie sich eigentlich nichts vorzumachen.

Der junge Mann richtete seine Krawatte. Er hatte einen lüsternen Zug um den Mund und sein Blick wanderte zu Linns Brüsten, die sich schwach unter ihrer weißen Bluse abzeichneten. Sie verschränkte diskret die Arme. Es gehörte zu ihrem Job als Therapeutin, nicht reflexartig auf unangebrachtes Verhalten zu reagieren, selbst wenn das schwerfiel.

Sie schaute ihm in die jetzt leicht trüben Augen. Er wirkte abwesend, als wäre er in Gedanken ganz woanders, und sie konnte sich nur zu gut vorstellen, woran er gerade dachte. Sie zweifelte keine Sekunde an der Richtigkeit der Diagnose, die ihre Kollegin Lena Ek bereits gestellt hatte. Linn warf einen Seitenblick auf Lenas Zusammenfassung im Protokoll:

Hypersexualität, selbstverletzendes Verhalten mit Gefahr für die eigene Gesundheit, übersteigertes und wachsendes Bedürfnis nach sexuellen Dienstleistungen.

Die Frage, ob Mattias Carlén für eine Therapie momentan überhaupt zugänglich genug war, blieb offen. Sein Verhalten ließ sie daran zweifeln. Aber er war hier, das war zumindest ein Schritt in die richtige Richtung.

»Irgendetwas muss bei der Terminvergabe schiefgelaufen sein, heute ist schließlich Feiertag«, sagte er. »Eventuell war Frau Ek ein wenig verwirrt, als sie mir diesen Termin gab. Aber ich bin sehr froh, dass Sie trotzdem nicht abgesagt haben.«

»Das ist gar kein Problem.« Linn sah ihn nachdenklich an. Sie hatte einem neuen Patienten nicht in letzter Minute absagen wollen, und Magnus war ohnehin beruflich am Valsjön.

»Trotzdem vielen Dank.«

Linn nickte nur und schob die Gedanken an Moa und Elin beiseite, die im Moment bei ihrer neuen Nachbarin waren, einer älteren Dame namens Monika.

»Und? Wollen Sie?«, fragte Carlén unerwartet und warf Linn einen lüsternen Blick zu.

Sie ignorierte seine Frage.

»Wie viel Ihrer Zeit investieren Sie in Sex und Pornografie?«, fragte sie ihn stattdessen.

»Für Sie finde ich bestimmt noch eine Lücke. Sie werden wimmern vor Lust, das wissen Sie schon, oder?«, säuselte er.

In Linn kochte langsam die Wut hoch.

»Sie sind aus freien Stücken hier, um Hilfe zu bekommen, oder etwa nicht? Was halten Sie also davon, wenn wir diesen Mist einfach lassen?«

Carlén fuhr sich fast zwanghaft mit den Fingern durch das blonde Haar.

»Wenn ich Sie richtig verstanden habe, haben Sie Probleme mit Beziehungen?«, fuhr Linn in eisigem Tonfall fort.

Er ließ die Hand sinken und schaute plötzlich unsicher an Linn vorbei aus dem Fenster. Für einen Augenblick wirkte er wie ein zurechtgewiesenes Kind und nicht wie ein siebenundzwanzigjähriger Banker. Linn erkannte diesen Moment der Schwäche und lehnte sich zu ihm. Sie hatte nicht vor, jetzt lockerzulassen.

»Ich habe Ihre Akte gelesen, Herr Carlén. Ihr ganzes Gehalt geben Sie aus, um Ihre sexuellen Bedürfnisse zu befriedigen, und gleichzeitig haben Sie fürchterliche Angst, dass Ihre Arbeitskollegen von Ihrer Sucht erfahren«, sagte sie ihm auf den Kopf zu.

Carlén war blass geworden. Er schien mit sich zu ringen. Er tat ihr fast leid, trotzdem wartete sie seine Reaktion ab. Die anhaltende Stille zog sich eine gefühlte Ewigkeit hin. Schließlich öffnete er den Mund und murmelte:

»Ja, okay. Ich habe ein Problem. Ich weiß nicht, was ich tun soll.«

Linn lehnte sich zurück. Jetzt konnten sie endlich anfangen.

Dreißig Minuten später, nachdem Mattias Carlén sich leicht eingeschüchtert in seinen hellblauen Mercedes gesetzt hatte und abgefahren war, beugte sie sich tief über ihren Schreibtisch und schrieb:

Unkontrolliertes, selbstverletzendes Verhalten, das sich in den letzten Jahren kontinuierlich verstärkt hat. Interessiert sich hauptsächlich für Sex und Pornos, onaniert sogar auf der Arbeit. Sexfantasien als primäre Schutzfunktion. Selbstdestruktiv. Zeigt den Wunsch, dieses Verhalten abzulegen, das von ihm als sehr beschämend empfunden wird, steht sich jedoch durch ein dichtes Netz aus Lügen und Selbstbetrug im Weg.
Vermutlich eine gestörte Beziehung zu den Eltern.

Linn wippte mit dem Stuhl und legte dann die Füße auf den Schreibtisch. Sie war sich ziemlich sicher, dass sie Mattias Carlén helfen oder zumindest erreichen konnte, dass es ihm besser ging. Das würde vielleicht Zeit brauchen, aber war vermutlich kein Problem. Die Behandlung konnte bei Bedarf jederzeit verlängert werden.

Sie legte die Hände in den Nacken. Es war ein guter Entschluss gewesen, den Job im Krankenhaus von Huddinge an den Nagel zu hängen. Die Täbyklinik war nicht nur sehr viel besser zu erreichen, das Arbeitstempo war auch viel angenehmer. Sie hatte nur halb so viele Patienten, was ihr die Möglichkeit bot, sich sehr viel mehr zu engagieren, selbst bei weniger akuten Fällen wie dem von Mattias Carlén.

7

Die Fichten standen ungewöhnlich dicht am Ufer des Valsjön. Durch den Mangel an Sonnenlicht und Nährstoffen gab es kaum Unterholz, der Boden bestand aus nichts als verrotteten Nadeln.

Ein schmaler Weg führte durch den schattigen, braunen Wald, hier und da wurde die Idylle durch herumliegende Bierdosen oder anderen Müll gestört, was sicher Jugendliche verursacht hatten, nachdem sie am Strand gefeiert und sich dann aus dem einen oder anderen Grund in die Dunkelheit zurückgezogen hatten.

Roger wich ärgerlich einem Ast aus, der ihm ins Gesicht zu schlagen drohte.

»Wie groß ist diese Reihenhaussiedlung auf der anderen Seite der Straße eigentlich?«, rief er.

Magnus drehte sich im Gehen zu ihm um.

»Riesig, glaube ich. Eben so eine typische Karnickelsiedlung aus den Sechzigern oder Siebzigern.«

»Die habe ich nie gemocht, diese immer gleichen Häuser nebeneinander«, murmelte Roger hinter Magnus.

»Die mag doch niemand, oder? Aber für Kinder sind sie toll, weil es so viele Nachbarskinder gibt … Moa und Elin würde das richtig gut gefallen.«

»Wohnt ihr nicht auch in einem Reihenhaus?«

»Schon, obwohl eine traditionelle Holzhausreihe mit fünf Häusern noch mal etwas anderes ist. Und außerdem wohnen um uns herum nur Rentner. Ich habe, seit wir nach Österskär gezogen sind, kein einziges Kind in der Gegend spielen sehen. Linn auch nicht, glaube ich.«

Roger schnaubte laut.

»Das wundert mich nicht, die Zeiten haben sich eben geändert. Heutzutage gibt es schließlich Irre, die Äpfel mit Rasierklingen verschenken und dergleichen.«

»Rasierklingen in Äpfeln?« Magnus blieb stehen und schaute Roger an.

»Ach, das habe ich letztens im Fernsehen gesehen. In den USA sind ein paar Kinder, die Halloween unterwegs waren, mit Äpfeln zurückgekommen, in denen Rasierklingen steckten. Die Eltern dort trauen sich fast nicht mehr, die Kinder überhaupt vor die Tür zu lassen.«

»Ja, da drüben gibt's sicher ein paar mehr Irre.« Magnus setzte sich wieder in Bewegung.

»Weißt du, was die noch erzählt haben?«, fragte Roger. »An manchen Orten in den USA öffnen die Kirchen an Halloween ihre Türen für die Pädophilen, damit sie dort sitzen können, solange die Kinder draußen unterwegs sind und Süßes sammeln.«

»Das ist vielleicht keine so schlechte Idee.« Magnus hätte liebend gern die Unterhaltung an dieser Stelle beendet, doch Roger fuhr unbeirrt fort. »Ein Glück, dass ich keine Kinder habe. Die Zeiten haben sich echt geändert, ich selbst konnte raus, wann immer ich wollte.«

»Hm.«

»Wie wollt ihr das denn handhaben, Linn und du? Wenn Moa und Elin alt genug sind, dürfen die dann hin, wo und wann sie wollen?«

Magnus wurde schneller. Seit den Vorkommnissen im letzten Jahr, als die Familie von einem Verrückten verfolgt und bedroht worden war, schlief er immer noch schlecht und die Sorge um seine Töchter war nicht weniger geworden.

»Mit der Zeit müssen wir das wohl lockerer sehen«, murmelte Magnus und trat nach einem kleinen Stein. »Aber bevor wir uns darüber Gedanken machen müssen, haben wir ja noch ein paar Jahre.«

»Äpfel mit Rasierklingen«, mahnte Roger hinter ihm.

Magnus stolperte, die vermaledeiten Beine gaben schon wieder nach.

Die Landschaft änderte sich, die Bäume standen weniger dicht und der Wald war gemischt. Die Stille der Natur beruhigte Magnus – was ihn gleichzeitig fast besorgte, schließlich hatte er vor weniger als einer Stunde einen abgetrennten Kopf gesehen. Wie abgestumpft musste er sein, wenn ihn das nach so kurzer Zeit schon fast kaltließ?

Seine Lippen wurden schmal. Niemand schien wirklich zu verstehen, was diesen Job ausmachte, wie sehr alles an einem zehrte. Magnus machte einen großen Schritt über einen moosbewachsenen Baumstamm, während Roger ihn schnaufend überholte, die Lederjacke unter den Arm geklemmt. Roger verstand es natürlich, und dennoch war Magnus nie richtig schlau aus ihm geworden. Ließ ihn das mittlerweile auch alles kalt?

Magnus atmete die feuchte Waldluft tief ein. Jetzt konnte er das gelbe Holzhäuschen erkennen, von dem Brovall gesprochen hatte. Es lag wunderschön auf einer kleinen Lichtung, nur einen Steinwurf vom Ufer entfernt. Aus dem Schornstein stieg grauweißer Rauch, der durch die Baumkronen hinaufkräuselte und sich dann im blauen Frühlingshimmel auflöste. Schon bald tauchte eine füllige junge Frau mit schwarz gefärbten Haaren in seinem Blickfeld auf, die vor dem Häuschen stand und Holz hackte. Sie schaute verwundert auf, als Magnus und Roger aus dem Wald auf sie zukamen. Offenbar waren sie auch in der Hütte bemerkt worden, denn kaum hatten sie den leichten Hügel erklommen, ging die Tür auf und ein schlaksiger, leichenblasser junger Mann trat in die Sonne hinaus.

Die Frau lächelte sie fragend an, während sich der picklige Jüngling neben sie stellte.

»Hallo, ich bin Magnus Kalo. Wir sind vom Landeskriminalamt.«

»Oskar Wallgren«, sagte der junge Mann. »Und das hier ist Jossan.« Er nickte zu der Frau, die eigentlich mehr an ein kleines Mädchen erinnerte. Magnus schätzte sie auf achtzehn, maximal neunzehn.

»Vergangene Nacht wurde hier ganz in der Nähe ein Verbrechen begangen. Und wir fragen uns, ob Sie vielleicht etwas Ungewöhnliches beobachtet haben«, sagte Magnus.

»Was ist denn passiert?«, wollte die Frau wissen.

»Ein Mensch ist umgekommen«, antwortete Roger.

Sie stöhnte unerwartet auf und riss die Hand zum Mund. Ihr Freund sah ähnlich erschrocken aus.

»Wissen Sie etwas darüber?« Magnus schaute die beiden erstaunt an.

»Wir … wir haben jemanden gesehen, letzte Nacht«, sagte die Frau.

»Jemanden?« Magnus' Stimme klang plötzlich scharf.

Der junge Mann stammelte nervös.

»Äh … Ja, also … Ganz sicher können wir nichts sagen, aber hier ist ein komischer Kerl rumgeschlichen.«

Magnus hob die Augenbrauen.

»Das war nach Mitternacht, glaube ich. Wir haben gefeiert, Jossans kleine Schwester war mit ihrem Freund zu Besuch und dann noch ein Kumpel von mir. Wir wollten anbaden, aber weil das Wasser so schweinekalt war, sind wir wieder zurück zum

Haus gegangen – und da war jemand hier. Der lag so halb auf den Stufen.«

»Wie sah er aus?«

»Recht klein. Kleiner als ich jedenfalls. Und um die vierzig, schätze ich. So richtig kann ich das nicht sagen, der ist in den Wald abgehauen, als er uns kommen sah.«

Roger schaute Magnus an, dann wieder den jungen Mann.

»Sah er so ähnlich aus wie ich?«

»Keine Ahnung. Vielleicht.«

»Was hat er denn bei Ihnen gewollt?«

»Dem ging es wohl nicht so gut. Der lag so zusammengekauert, als hätte er Schmerzen oder so.«

»Und dann ist er einfach aufgesprungen und davongerannt?«, fragte Roger.

Der junge Mann wirkte verlegen.

»Na ja, aufgesprungen schon, aber nicht gerannt, mehr so gehumpelt.«

Roger räusperte sich. »Und in welche Richtung genau?«

»Dorthin.« Der Mann nickte zum Wald hinter dem Holzhaus.

»Wohin kommt man, wenn man in die Richtung weiterläuft?«

»Nach Skärgårdsstad, ein ziemlich großes Neubaugebiet«, mischte Magnus sich ein. »Sind ein paar Kilometer bis dahin, das schließt aber direkt an den Wald an.« Dann wandte er sich noch einmal an das Paar.

»Was haben Sie gemacht, nachdem der Mann verschwunden war?«

Jossan schaute ihn beschämt an.

»Nichts. Nichts haben wir gemacht. Hätten wir denn etwas tun sollen?«

8

Als Magnus einige Stunden später nach Hause kam, fegte eine eisige Brise durch die Bäume gegenüber dem rosafarbenen Reihenhaus. Er öffnete die Haustür und trat in den dunklen Flur. Leise schloss er sie hinter sich und hängte seine Jacke an die Garderobe, ohne sich damit aufzuhalten, das Licht einzuschalten.

Obwohl sie an unzählige Türen geklopft und das Gebiet um den Valsjön intensiv abgesucht hatten, gab es kaum Hinweise, denen es nachzugehen lohnte, ehe die technische Untersuchung abgeschlossen war. Magnus setzte große Hoffnung in den ausgebrannten Wagen und die blutverschmierte Axt, die die Kriminaltechniker auf dem Kiesweg gefunden hatten. Die Aussagen von Bosse Brovall und dem jungen Paar waren auch nicht uninteressant, besonders weil sie offenbar denselben Mann in der Gegend gesehen hatten.

Andererseits verwunderte es ihn schon, dass es so wenige Zeugen gab. In der Walpurgisnacht waren schließlich normalerweise viele Menschen draußen und feierten, aber vielleicht hatten die sich ja alle um die warmen Maifeuer gedrängt oder waren in den gut beleuchteten Siedlungen geblieben?

Magnus überkam ein Gefühl des Ekels. Natürlich hatte er schon mit dem ein oder anderen Axtmord zu tun gehabt, aber ein abgeschlagener Kopf? Das war doch grotesk. Da musste ein vollkommen Verrückter am Werk sein.

Er drehte sich um, als Linn sich mit leisen Schritten näherte.

»Hallo Liebling.«

Sie legte die Arme um ihn und ihre sanfte Berührung riss ihn aus den Gedanken.

»Wie ist es am Valsjön gelaufen? Alles so weit in Ordnung?«

»Es geht. Wir haben bisher nicht viele Anhaltspunkte.« Er gab ihr einen Kuss. »Sitzt du im Dunkeln und starrst Löcher in die Luft?«

»Nein, nein, im Wohnzimmer brennt Licht. Ich hab gerade die Nachrichten geschaut.«

»Wann sind Moa und Elin eingeschlafen?«

»Die schlafen noch gar nicht. Sie sitzen in Moas Bett und malen. Sie dürfen heute ein bisschen länger aufbleiben.«

Magnus sah den schwachen Lichtschimmer unter der Tür zu Moas Zimmer, ging hin und öffnete sie. Die Mädchen hockten zusammen in einer Ecke des Bettes, ganz versunken in einer besseren Welt.

»Hallo Papa.« Elin schielte verwundert durch ihren schwarzen Pony, widmete sich aber sofort wieder ihrer Zeichnung.

Moa winkte ihm gedankenverloren zu.

»Was malt ihr denn Schönes?«

Beide murmelten etwas vom Star-Wars-Falken, bevor sie mit Hingabe weiterzeichneten, weshalb Magnus ins Wohnzimmer ging und sich neben Linn auf das Sofa fallen ließ.

Sie lehnte den Kopf an seine Schulter.

»Das war kein schöner Anblick heute«, sagte er leise. »Die reinste Schlachthofszene und dann auch noch garniert mit toten Amseln, die wie Streusel über dem Ganzen lagen. So was habe ich noch nie gesehen.«

Linn schaute ihn verwundert an.

»Amseln? Woran sind die denn gestorben?«

Magnus zuckte mit den Schultern.

»Keine Ahnung. Die werden im Labor untersucht, auf das Ergebnis bin ich auch schon sehr gespannt. Genau wie auf die Ergebnisse der Kriminaltechniker. Die werden ganz sicher etwas finden, schließlich kann man nicht einfach wie ein Berserker mit einer Axt herumwüten, ohne Spuren zu hinterlassen.«

Linn machte den Fernseher leiser.

»Mit einer Axt? Tatsächlich?«

»So sieht es zumindest aus. Wir haben eine Axt sichergestellt. Außerdem steht da ein ausgebranntes Fahrzeug, aber die Kennzeichen sind nicht mehr zu erkennen.«

Linn wirkte interessiert.

»Und wer ist der Tote?«

»Das wissen wir auch noch nicht. Ein junges Paar, das in der Nähe wohnt, hat am Abend einen Mann gesehen, einen kleingewachsenen Typ in den Vierzigern. Kann gut sein, dass das der Täter war. Er war nämlich verletzt, kann also sein, dass es einen Streit gab.«

Magnus stand schwungvoll auf.

»Ich habe ganz vergessen, dass ich noch in meine Mails gucken wollte.«

Linn schaute ihn besorgt an.

»Übernimm dich aber nicht, du weißt, wie schnell das geht.«

Magnus machte eine abwehrende Geste.

»Mach dir keine Sorgen, Linn. Ich bin da doch vorsichtig geworden.«

Linn stellte den Fernseher wieder lauter.

»Sicher«, murmelte sie.

Magnus verließ das Wohnzimmer und ging in die Küche.

Zwei Stunden später, nachdem Magnus sich die Zeugenaussagen angesehen hatte, die schon ins System eingegeben worden waren, lag er hellwach im Bett. Er fühlte sich, als hätte er fünf Tassen Kaffee getrunken. Mittlerweile kribbelte es nicht mehr nur in den Beinen, sondern auch in den Armen. Linn war längst eingeschlafen, ihr Brustkorb hob und senkte sich sanft im Rhythmus ihrer Atemzüge. Magnus presste die Nase an ihren Oberarm und atmete tief Linns Geruch ein, doch selbst das half nicht. Dabei lag es diesmal nicht an dem Kribbeln, dass er nicht einschlafen konnte. Jedes Mal, wenn er die Augen schloss, tauchten der Kopf, der an den Wegesrand gerollt war, und die vielen toten Vögel vor seinem inneren Auge auf. Woran waren die Amseln gestorben? Hatten die Feuerwerkskörper sie zu Tode erschreckt? Er hatte mal so etwas in der Zeitung gelesen. »Den mysteriösen Vogeltod« hatten sie es damals genannt, aber das waren Krähen gewesen, wenn er sich richtig erinnerte.

Wie lange würde es dauern, bis dieser spektakuläre Fall an die Öffentlichkeit gelangte? *Geköpfter umringt von toten Vögeln aufgefunden*. Er konnte sich lebhaft vorstellen, zu welchen Spekulationen das führen würde.

Aber noch etwas anderes störte ihn, schließlich hatten die Vögel unverletzt ausgesehen. Mindestens zwanzig hatten dort auf dem Kiesweg gelegen, und Magnus hatte bei keinem einzigen Blut entdecken können.

Allmählich sank er in eine Art Halbschlaf, die Gedanken wurden immer traumähnlicher. Eine Dokumentation über Frösche, die vom Himmel gefallen waren, kam ihm in den Sinn. Dann stand er plötzlich am Ufer des Valsjöns und beobachtete, wie der See zu blubbern und rauschen anfing wie kochendes Wasser in einem schwarzen Topf. *Das sind die Frösche*, dachte er, *das sind die Frösche.*

Er träumte den Rest der Nacht von komischen Dingen. Von Kriechtieren, Vögeln und von Krebszellen, die im Körper wuchsen – und er hatte Angst. Mehrfach wachte er schweißgebadet auf, und es half auch nicht, dass er Linns warmen Rücken an seiner Brust spürte.

MITTWOCH, 2. MAI

9

Friedrich Steuer hatte immer davon geträumt, einmal eine Familie zu haben. Trotzdem war er nach wie vor überrascht, dass er überhaupt eine Frau gefunden hatte. Er war zurückhaltend und besaß außerdem seit seinem zwanzigsten Lebensjahr einen eher graugelben Hautton, der sicher auf das viele Rauchen zurückzuführen war. Seine Vorstellung von Romantik erschöpfte sich mit einer Rose zum Valentinstag, und das Einzige, wofür er sich wirklich mit Leib und Seele engagierte, war seine Arbeit. Er war nicht gerade das, was man als guten Fang bezeichnen würde.

Als Professor für Archäologie an der Universität Köln genoss er einen ziemlichen Respekt, und dort hatte er auch seine zukünftige Ehefrau Katharina kennengelernt. Wenn sie nicht so eng zusammengearbeitet hätten, wäre ihm vermutlich sogar entgangen, dass sie Interesse an ihm hatte. Noch immer verstand er nicht, dass eine so attraktive Frau wie Katharina sich von einem dermaßen trockenen Knochen wie ihm überhaupt angesprochen gefühlt hatte. Eine Frau, die buchstäblich jeden hätte haben können, mit ihrem sinnlichen Lächeln und ihrer üppigen Oberweite. Und dann hatte er die Ehe nicht mal richtig genießen können, denn jedes Mal, wenn sie nur mit einem anderen Mann gesprochen hatte, war er fürchterlich eifersüchtig geworden. Er hatte praktisch jeden Tag damit gerechnet, dass ihr auffiel, was für eine Witzfigur er eigentlich war. Ein Schwindler, der von nichts anderem getrieben wurde als dem

Bedürfnis, wahrgenommen zu werden. Ohne jeden seelischen Tiefgang. Er hatte sich einfach darauf eingestellt, irgendwann von ihr verlassen zu werden.

Schon bald war sie ihn jedoch ohnehin los. Für immer. Dann war sie frei und konnte ihre Arme um einen anderen Mann schlingen, der ein größeres Selbstbewusstsein hatte und vermutlich auch besser aussah. Sein Kiefer spannte sich an. Er opferte sich für sie, doch das würde sie nie verstehen, sich gar nicht erst bemühen, es zu verstehen, oder gar zu schätzen wissen.

Er streifte sich die Schuhe ab und ließ sich der Länge nach auf das Bett fallen. Unter normalen Umständen wäre er jetzt in Selbstmitleid versunken, hätte sich an dieses vertraute Gefühl geklammert wie an eine Schmusedecke, aber jetzt war er einfach nur müde. Als er den schwedischen Zoll passiert hatte, war es ihm gelungen, jedes Gefühl zu unterdrücken. Nun galt es, Ruhe zu bewahren. Das Richtige tun. Er würde die öffentliche Erniedrigung von Katharina und Sascha verhindern. Sie sollten ihn weiter lieben und verehren können.

Er schloss die graublauen Augen. Die letzten zwanzig Jahre hatte er am Erfolg des Friedrich Steuer gearbeitet – und er wollte nicht zulassen, dass die ganze Mühe vergebens gewesen war.

Im Laufe des Tages sollte er das Paket bekommen, so war es abgesprochen. Darin würde sich eine Waffe befinden. Allein bei dem Gedanken verkrampften sich seine Arme. Er öffnete die Augen und starrte angespannt zur Tür, während er ein Stoßgebet zum Himmel schickte. *Bitte, bitte, lass es um Himmels willen eine Pistole oder ein Gewehr sein und kein Messer.* Er wollte denen, die er umbringen sollte, nicht zu nahe kommen. Er wollte am liebsten nicht einmal daran denken. Dennoch würde er ungeachtet der Waffe tun, was von ihm verlangt wurde. Die Alternative war einfach undenkbar. Die absolute Demütigung. Die absolute Erniedrigung. Er musste es einfach durchziehen, sauber und nach Plan, wie jede andere Aufgabe auch.

Tränen brannten ihm in den Augen, doch er kämpfte sie zurück. Er hatte so viele Jahre nicht geweint, damit würde er jetzt auch nicht mehr anfangen. Nicht in diesem heruntergekommenen Hotel in der Nähe von Stockholms Hauptbahnhof.

Er war von Anfang an ein schlechtes Saatkorn gewesen, und nun hatte ihn das Schlechte eingeholt. Genau wie sein Vater ihm immer prophezeit hatte. Nun würde er so unwürdig sterben, wie es sich für einen unwürdigen Menschen gehörte, und das Traurige daran war, dass es nicht einmal zu Unrecht geschah. Er drehte sich um und presste das Gesicht ins Kissen. Bald schon würde es an der Tür klopfen.

Tick, tack, tick, tack. Das Paket war unterwegs. Wurde bereits von unbekannten Händen zu ihm befördert, während er reglos in dem Hotelbett lag wie ein lebendiger Toter.

Mit einem Ruck fuhr er hoch. Wie hatte er überhaupt einschlafen können? Das energische Klopfen an der Tür war ihm durch Mark und Bein gegangen. Es klopfte erneut, das Geräusch hallte spürbar in ihm nach. Er setzte nacheinander die beiden knochigen Füße auf den Boden und starrte ängstlich die Klinke an. Ein weiteres Klopfen. Er kam auf die Beine und hielt auf die Tür zu. Zwischen jedem Schritt schienen Stunden zu vergehen. Mit einer ruckartigen Bewegung richtete er die Krawatte, als könnte diese alte Angewohnheit ihn irgendwie beschützen. Dann öffnete er die Tür langsam einen Spalt und spähte hinaus.

»Friedrich Steuer?« Eine Frau mittleren Alters, die er noch nie gesehen hatte, stand vor ihm.

Er bejahte.

»Sie haben ein Geschenk bekommen«, sagte sie in tadellosem Deutsch.

Sie lächelte ihn freundlich an und reichte ihm ein längliches Paket, das in blaues Papier eingeschlagen war. Er nahm es unsicher entgegen.

»Das ist doch schön«, sagte sie, als sie seinen versteinerten Gesichtsausdruck sah.

»Ja … Ja …«, stotterte er und versuchte, ihren Namen von dem Schild abzulesen, das an ihrer rechten Brust angebracht war. Leider wurde es zum Teil von ihrem langen Haar verborgen, weshalb er nur sehen konnte, dass ihr Name mit »K« anfing.

»Ich nehme an, Sie haben Geburtstag. Also, herzlichen Glückwunsch!«

Er starrte noch immer wie hypnotisiert auf ihr Namensschild.

»Heute ist nicht mein Geburtstag«, murmelte er.

»Das macht ja nichts. Trotzdem alles Gute«, sagte sie und entfernte sich dann schnell. Das konnte er ihr nicht mal übel nehmen, schließlich musste er fürchterlich aussehen. Die Angst, die ihn immer fester im Griff hatte, ließ sich sicher allmählich nicht mehr verbergen. Nervös fuhr er sich mit der Hand über die Bartstoppeln, schloss die Tür und ging zurück zum Bett.

Das Paket war nicht groß genug für ein Gewehr, auf das er gehofft hatte. Jetzt fragte er sich, ob es vielleicht wenigstens eine Pistole sein könnte. Mit schwitzigen Händen legte er das blaue Paket aufs Bett und entknotete das Geschenkband, das mehrmals um die ovale Schachtel gewickelt worden war. Sein Mund war ganz trocken, als er den Deckel abhob.

Schockiert starrte Friedrich auf den Inhalt. Sollte er die Leute im Ernst mit einem Schraubendreher ermorden? Er legte sich aufs Bett, unsicher, ob er lachen oder weinen sollte. War das ein grausamer Scherz oder was? Nun suchten die Tränen sich doch ihren Weg über sein faltiges Gesicht, rollten ihm teils in die Ohren, teils weiter auf das weiße Bettlaken. Dann schnäuzte er sich laut ins Kissen und entdeckte noch etwas anderes. Einen gefalteten Zettel, der beim Öffnen der Schachtel auf die Bettdecke gefallen sein musste. Er streckte sich danach und faltete ihn auseinander. Sofort erkannte er die krakelige Handschrift.

Den wirst du brauchen, um die Verkleidung von der Klimaanlage hinter dem Bett zu schrauben. Dann wartest du. Du weißt schließlich, um welchen Tag es geht.

Friedrich starrte dämlich auf die Notiz, als würde dort noch mehr stehen, versteckt zwischen den Zeilen. Er fragte sich, wie diese Netzschlampe wohl aussah. Die Fotos, die sie ihm geschickt hatte, waren ganz sicher falsch gewesen, genau wie die freundlichen Worte, mit denen sie ihn eingewickelt hatte. Worte, die Liebe versprachen. Liebe, Sex und Bewunderung. Aber wie konnte das Böse schon aussehen? Das Einzige, was er mit Sicherheit wusste, war, dass er seither nachts von Albträumen geplagt wurde. Bilder von Brunnen quälten ihn, tiefe, schwarze Löcher, in denen sein Leben enden würde, sobald er seinen Auftrag ausgeführt hatte. Wenn er den letzten Rest seiner Würde verloren hatte.

Der Schraubendreher glitt vom Bett und landete mit einem dumpfen Geräusch auf dem Boden, trotzdem zuckte Friedrich zusammen.

Er hob ihn auf und hielt ihn in der Hand. Stellte sich vor, wie der Metallteil in den Körper eines Menschen eindrang, mitten in alles Böse, das sich dann in weißen Rauch auflöste. Er umklammerte das Werkzeug so fest, dass ihm die Finger wehtaten. Dann warf er es neben sich auf das Bett. Er musste sich auf das Wesentliche konzentrieren, nur so war er bis hierher gekommen, und nur so konnte es weitergehen. Es gab keinen anderen Weg.

Seine Familie würde nichts erfahren, sie sollten ihn als guten Vater in Erinnerung behalten. Ihn lieben. Dafür wollte er sorgen und alles richtig machen. Jetzt galt es, alles unter Kontrolle, die Gefühle im Zaum zu halten.

Friedrich stand auf, um das Bett von der Wand wegzuziehen. Es hatte ihn viel Überwindung gekostet, das Paket aufzumachen, jetzt war er gezwungen, noch einmal all seinen Mut zusammenzunehmen.

Reiß dich zusammen, mahnte er sich. Trotzdem spürte er deutlich, dass es nicht mehr lange dauern konnte. Viel mehr würde er nicht ertragen, bis er die Beherrschung verlor und komplett durchdrehte.

10

Brigitta Johanssen legte dem Schäferhund das grüne Halsband um, der bereits erwartungsfroh mit dem Schwanz wedelte. Er war viel zu groß – und vielleicht auch schon viel zu alt –, um sich wie ein Welpe zu verhalten, aber er wusste schließlich, was jetzt kam.

Er winselte aufgeregt, weshalb sie ihn beruhigend hinter dem Ohr kraulte.

»Ja, Elvis, wir gehen jetzt raus.«

Unabhängig vom Wetter ging Brigitta jeden Vormittag eine Stunde lang im Wald spazieren. Im Herbst sammelte sie Pilze und im Frühling Buschwindröschen. Danach kehrten sie und Elvis gewöhnlich in das ausgebaute Sommerhaus zurück, um sich zusammen unter einer grauen Wolldecke auf dem Sofa auszuruhen. Manchmal kam es ihr so vor, als hätte sie mehr Umgang mit ihrem Hund als mit ihrem Mann Claes, den sie kaum noch sah. Wenn er nicht gerade mit dem Lastwagen unterwegs war, saß er im Keller und bastelte an irgendetwas. An was genau, wusste sie nicht, aber er gab ein Heidengeld für neue Maschinen, Werkzeuge und Ähnliches aus. Seit die Kinder ausgezogen waren, lebten sie nebeneinander her. Und irgendwie machte ihr das nicht mal viel aus. Sie mussten sich nicht mehr über unnötige Dinge auseinandersetzen und stritten nicht mehr. Sie verbrachte die Zeit mit Weben und er mit … Ja, was immer er da unten im Keller mit diesen Maschinen auch anstellte.

Elvis hechelte ungeduldig vor der Haustür.

»So, kleiner Mann, eine Sekunde noch …« Sie setzte sich eine Strickmütze auf. »Ich muss erst noch die Stiefel anziehen, das weißt du doch.«

Der Hund fixierte die Türklinke.

»Elvis, du warst doch schon mal im Wald. Da ist bestimmt nichts Neues.« Sie stieg in die grünen Gummistiefel. »Absolut nichts.«

Sie trat auf die Veranda hinaus und stellte enttäuscht fest, dass die Wolkendecke dichter geworden war. Das Thermometer an der Wand zeigte knapp zwölf Grad, und sie zog den Reißverschluss ihrer Jacke hoch bis zum Kinn.

Elvis trabte zielstrebig über die Wiese zum Waldrand. Sie passierten das Vogelhäuschen, liefen über die verstreuten Körner, über die sich die Wühlmäuse noch freuen würden, und bogen wie üblich hinter dem kleinen Bretterverschlag auf den kleinen Waldweg. Alles sah aus wie immer, und doch war an diesem Tag etwas anders. Es gab trotz allem etwas Neues im Wald.

11

Katharina saß eine gefühlte Ewigkeit zusammengesunken auf einer Bank, bis sie sich endlich aufrichtete. Sie war in den Rheinpark gefahren, um dort ein wenig allein sein zu können, aber selbst an diesem Werktag waren ziemlich viele Menschen unterwegs. Ein junger Mann in Radlerhose joggte an ihr vorbei. Sie kramte ein selbstgeschmiertes Brot aus der Tasche, damit sich ihre Blicke nicht trafen. Das Brot war nicht mehr wirklich frisch, aber sie zwang sich, ein paarmal hineinzubeißen, während ihre Gedanken um Friedrich kreisten. Das konnte einfach nicht wahr sein. Er konnte unmöglich eine andere haben. Natürlich hatte es zwischendurch Phasen gegeben, in denen sie sich fast fremd geworden waren, aber er würde trotzdem nicht ohne ein einziges Wort abhauen. Und selbst wenn er sich von ihr trennen wollte, gab es da immer noch Sascha, den er niemals zurücklassen würde. Die beiden verbrachten so viel Zeit miteinander, bauten Modelle oder recherchierten Dinge im Internet. Sascha war ihm wichtiger als sie, das war ihr durchaus bewusst, aber es störte sie nicht. Für ihren Sohn trat sie gern einen Schritt beiseite.

Sie wickelte das Brot wieder in die Frischhaltefolie und legte es neben sich. Auf der Wache hatte man ihr gesagt, sie hätten eine Fahndung eingeleitet, aber übermäßig engagiert waren ihr die Polizeibeamten nicht vorgekommen.

Ihre Kiefermuskulatur spannte. Wie konnte Friedrich ihr das nur antun? Er sollte dankbar sein, dass er sie überhaupt hatte. Wenn er nicht einsah, was für ein unfassbares Glück er gehabt hatte, stimmte ganz gehörig etwas nicht mit ihm.

Die paar Male, die er sie abgewiesen hatte, wenn sie ihm nachts näherkommen wollte, durchstachen ihre Grübeleien wie zornige Bienen. Genau wie die Küsse, die er ihr väterlich auf die Stirn gegeben hatte und die nichts anderes heißen sollten als: Nein danke, Liebling, jetzt nicht. Sie hatte stoisch akzeptiert, dass er nicht immer Lust hatte. Nie hatte sie es als Zeichen dafür gesehen, dass er darüber nachdachte, sie zu verlassen. Sie hatte einen fast perfekten Körper, mit dem sie die Männer wahnsinnig machen konnte, und sie hielt es einfach nicht länger aus, wie eine Leprakranke behandelt zu werden. Was wollte er denn eigentlich? Liebte er sie nicht mehr, war es das? War er deshalb verschwunden? *Friedrich, du Scheißkerl! Du verdammter Scheißkerl.*

Sie holte das Handy aus der Tasche und wählte die Nummer der Polizeiwache.

»Hallo, hier ist noch einmal Katharina Steuer. Ich wollte nachhören, ob Sie schon etwas über meinen Mann Friedrich herausgefunden haben.«

Nach einer kurzen Pause antwortete die helle Männerstimme, von der Katharina wusste, dass sie Helmuth Schenke gehörte.

»Nein, Frau Steuer. Ich muss Ihnen leider mitteilen, dass es noch keine Spur von Ihrem Mann gibt.«

»Wie gehen Sie denn vor? Wie genau und wo suchen Sie?«

Katharina hörte selbst die Verzweiflung in ihrer Stimme, sie klang fast hysterisch.

»Wir tun, was wir können. Aber wir werden versuchen, sein Handy zu orten.«

»Das haben Sie noch gar nicht getan?«

»Ähm … Nein. Das machen wir aber jetzt. Lassen Sie Ihr

Handy an und achten Sie darauf, dass der Akku geladen ist, damit Ihr Mann Sie auch erreichen kann.«

»Aber er meldet sich doch nicht bei mir. Er geht ja nicht mal ans Telefon, wenn ich ihn anrufe«, schrie sie.

»Sie hören von uns, sobald wir mehr wissen. Bewahren Sie bis dahin einfach Ruhe.«

Dann beendete er das Gespräch.

Ruhe bewahren?

Ihr Mann war seit zwei Tagen verschwunden und die wollten, dass sie Ruhe bewahrte?

Sie stand auf und schleuderte mit aller Kraft das Brot ins Gebüsch. Von wegen Ruhe bewahren. Dann stürmte sie mit hochrotem Kopf aus dem Park.

12

»Der Kopf wurde mit einer Axt abgetrennt, ganz wie du vermutet hast, Magnus. Vermutlich sogar mit der Axt, die in der Nähe des Tatorts gefunden wurde. Wenn die Laboranalyse vom SKL fertig ist, wissen wir mehr.«

Die Rechtsmedizinerin Eva Zimmer legte den latexbekleideten Zeigefinger an das, was vom Hals des Opfers noch übrig war.

Normalerweise war sie eine fröhliche Person, doch heute wirkte sie nicht nur müde, sondern auch betroffen.

»Was hältst du davon, Eva?«, fragte Magnus, der hinter ihr stand.

»Schwer zu sagen … Eine Affekthandlung, schätze ich, nichts Geplantes. Der Hieb traf eher zufällig so präzise.«

»Aber …«, setzte Magnus an. »Ein gewisses Maß an Planung ist doch schon anzunehmen, wenn jemand mitten in der Nacht mit einer Axt zum See geht, oder?«

Eva drehte sich zu ihm um, sie atmete schwer.

»Na, das musst du herausfinden. Für mich sieht das so aus, als wäre jemand wie wild auf diesen Typen losgegangen. Wirkt alles in allem eher wie Totschlag und nicht wie ein geplanter Mord.«

Magnus starrte unfreiwillig in den Mund des Opfers, der weit geöffnet war.

»Wann weißt du, um wen es sich handelt?«

»Bald, hoffe ich. Dass es ein Mann ist, hast du sicher schon bemerkt, ein ziemlich junger sogar. Nicht viel älter als zwanzig, nehme ich an.« Eva streifte sich die Latexhandschuhe ab und warf sie in den Abfalleimer. »Ich sage dir Bescheid, sobald ich mehr weiß.«

Magnus schaute aus dem Fenster auf den Parkplatz.

»Angaben zur Größe und so weiter findest du hier.« Eva zog ein gefaltetes Blatt Papier aus der Brusttasche ihres weißen Kittels und reichte es ihm.

»Warte, ich muss mir noch eben die Hände waschen.« Magnus ging zum Waschbecken, wo er sich die Hände wusch und desinfizierte. Er hatte zwar nichts angefasst, ekelte sich aber trotzdem. Am liebsten hätte er geduscht, bevor er sich auf den Weg ins Büro machte, aber dazu blieb keine Zeit.

Dann nahm er Eva das Blatt ab und nickte ihr zu. Als er den Obduktionssaal verließ, war Eva schon wieder dabei, sich ein neues Paar Einmalhandschuhe anzuziehen.

13

Brigitta stand auf der Lichtung zwischen dem großen Felsen, an dem im Herbst die Pfifferlinge wuchsen, und den hohen Kiefern. Sie ließ entspannt die Arme hängen und ihr schon ergrauendes Haar flatterte leicht in der kühlen Frühlingsbrise. Elvis schnüffelte zu ihren Füßen im trockenen, gelben Gras. Sie folgte mit dem Blick einem braunen Baumstamm bis hinauf in den blaugrauen Himmel, der wie ein blauer See aussah, gesäumt von Baumkronen.

Für einen Moment genoss sie das Gefühl unendlicher Freiheit, das einem nur die Natur geben konnte. Doch dann war der Moment schon wieder vorbei, und sie setzte ihren Weg durch das Gras fort.

»Elvis!«, rief sie. »Elvis!«

Der Hund war verschwunden. Obwohl er noch vor einer Sekunde bei ihr gewesen war. Sie fuhr herum. Die Bäume standen dicht um die Lichtung. Außer dem milden Rauschen des Windes war kein Geräusch zu hören.

»Elvis?« Ihre Stimme klang erbärmlich im Wind und erstarb schon bald im Dunkel des Waldes. Zum allerersten Mal fürchtete sie sich hier.

»Komm sofort her!«, schrie sie.

Aber der Hund zeigte sich nicht. Sie lauschte vergeblich nach seinem Hecheln und stürzte sich dann ins Unterholz, laut nach ihm pfeifend. In diesem Moment bereute sie es inständig, das Handy nicht mitgenommen zu haben, sonst hätte sie jetzt jemanden zu Hilfe rufen können. Der Wind hatte nun nichts Angenehmes mehr, sie fing an zu frieren.

Mit einem Stiefel versank sie tief im Moor, sodass Wasser hineinlief und ihr Strumpf kalt und nass wurde.

»ELVIS!«

14

Ein paar Minuten nach halb elf hatte sich das Team vollzählig am runden Konferenztisch versammelt. Die Aufmerksamkeit aller war auf den Leiter der Ermittlungen, Hauptkommissar Arne Norman, gerichtet.

»Wir arbeiten ja nicht zum ersten Mal zusammen«, Arne räusperte sich, »und wir wissen alle, was zu tun ist.«

Arne verstummte und die anderen schauten ihn verwundert an.

»Ja … Entschuldigung, ich habe mir eine Borreliose eingefangen und bin ein bisschen angeschlagen.« Er machte eine abwehrende Handbewegung, als würde er mit einer massiven Reaktion rechnen. Aber bevor irgendjemand überhaupt etwas sagen konnte, fuhr er fort: »Nicht weiter schlimm, die haben sofort Tests gemacht, und jetzt bekomme ich erst einmal Penicillin.«

Sofie Eriksson starrte vor sich auf die Tischplatte und Magnus sah, dass sie lächelte.

»Also, kommen wir zum Valsjön«, sagte Arne. »Fangen wir mit den Aussagen von dem jungen Paar und diesem Brovall an. Alle drei haben einen kleinen Mann um die vierzig im Wald gesehen. Nordische Erscheinung, strubbelige, blonde, vielleicht sogar schon leicht ergraute Haare und …«

Roger unterbrach ihn: »Wir wissen noch gar nicht, ob dieser Mann etwas mit dem Fall zu tun hat. Oder ob es sich überhaupt um dieselbe Person handelt.«

»Ja, aber der Mann, den die Jugendlichen gesehen haben, war verletzt und hielt sich kurz nach Mitternacht im Wald auf. Das allein ist schon höchst interessant«, sagte Magnus.

»Ja, ja, da hast du natürlich recht.«

»Eine Menge Kolleginnen und Kollegen sind noch immer dort im Einsatz und durchkämmen den Wald. Aber der Mann kann natürlich mittlerweile längst ganz woanders sein«, sagte Arne.

»Keine der Notaufnahmen der Gegend hat letzte Nacht jemanden aufgenommen, der mit der Beschreibung des Mannes übereinstimmt«, meldete sich Sofie zu Wort. »Das habe ich schon geprüft.«

Magnus dachte laut nach:

»Das ist ein ziemlich weitläufiges Gebiet, teilweise steht der Wald auch sehr dicht. Es kann sehr gut sein, dass der Mann sich immer noch dort aufhält, schließlich ist es nahezu unmöglich, dort jemanden zu erkennen, selbst wenn er dir direkt vor der Nase steht.«

Roger nickte.

»Das haben wir ja gestern selbst gemerkt. Ich habe schon einmal nachgeschaut, wer sich gestern dort ins Handynetz eingewählt hat. Allerdings ohne Erfolg.«

»Was ist mit dem ausgebrannten Fahrzeug, das explodiert ist? Was wissen wir darüber?« Arne wirkte allmählich verstimmt. Sofie schaute von ihren Notizen auf.

»Ich habe vorhin anhand der Fahrgestellnummer herausgefunden, dass der Wagen auf einen Tomas Nellert gemeldet ist, der als Wachmann in einem Einkaufszentrum in Göteborg arbeitet, diesem riesigen … Nordstan heißt das, oder?«

»Und das sagst du erst jetzt?«, rief Arne entrüstet. »Ist dieser Tomas Nellert das Opfer?«

Sofie zuckte mit den Schultern.

»Möglich, das müssen wir abwarten. Ich habe bereits die Kollegen in Göteborg verständigt. Bisher haben sie ihn nicht antreffen können, was den Verdacht erhärtet. Sie wollen ein Foto auftreiben, das sie der Rechtsmedizin weiterleiten können … und außerdem Röntgenbilder von seinem Gebiss.«

»Wir sollten ihn trotzdem schon mal überprüfen. Das übernehme ich gern.« Magnus schlug das vor ihm liegende Notizbuch zu.

Magnus schloss die Tür hinter sich und setzte sich an den Rechner. Im Strafregister gab es keinen Eintrag zu Tomas Nellert. Nicht mal einen winzigen Ladendiebstahl oder ein Knöllchen. Er schien eine blütenreine Weste zu haben und nicht mal aktiv im Internet unterwegs gewesen zu sein. Die einzigen Angaben zu ihm fand er beim Finanzamt, allerdings gingen die nicht über seine Adresse und Personenkennzahl hinaus.

Ein wenig enttäuscht schaltete er den Computer aus und rief auf dem Revier in Åkersberga an. Die weibliche Stimme, die er dann im Hörer hatte, klang so tief und heiser, als hätte der dazugehörige Mensch an diesem Morgen bereits ein oder zwei Packungen Zigaretten geraucht.

»Vibeke Ljunggren, Polizeiwache Roslagen.«

»Hallo, hier spricht Kriminalkommissar Magnus Kalo vom Dezernat für Gewaltverbrechen, Landeskriminalamt. Ich glaube, wir haben uns kurz am Valsjön gesehen, kann das sein?«

»Ja, ich erinnere mich. Sie sind dieser hochgewachsene Kerl mit dem Bart und den strubbeligen Haaren, der als Erster da war, stimmt's?«

»Genau. Ich wollte mal hören, ob Sie schon etwas Neues herausgefunden haben. Sind noch ein paar Hinweise von den Anwohnern eingegangen?«

»Leider nicht.« Vibeke klang bedrückt. »Die Buschtrommeln

bleiben stumm. Meinen Sie, der Mord hat etwas mit Drogen zu tun?«

Magnus schaute auf die fast menschenleere Kungsholmsgatan hinunter und fuhr nachdenklich mit den Fingern über den Staub auf dem Fensterrahmen.

»Keine Ahnung. Ich habe mich das auch schon gefragt, zumindest würde die Brutalität dafürsprechen. Gab es in der letzten Zeit Probleme mit Bandenkriminalität in Ihrem Schutzbereich? Oder ist eine neue Droge im Umlauf?«

»Also …« Sie verstummte, und Magnus konnte hören, dass sie intensiv auf einem Kaugummi herumkaute.

»Die Kriminalitätsrate ist in den letzten Jahren definitiv gestiegen. Banden, die aus Vallentuna, Sumpan etc. kommen und sich hier zoffen. Und natürlich geht es um Drogen. Allein vergangenes Jahr gab es hier zwei Morde, die in direkter Verbindung mit dem Drogenhandel standen. Einen oben in Hacksta, da haben ein paar Typen einen Mann erschossen. Und einen weiteren in einem Sommerhaus. Man kann also schon von einem Problem sprechen, würde ich sagen.«

»Ist in den betreffenden Fällen jemand verurteilt worden?«

»Nein. Wir wissen, wer dahintersteckt, aber bisher wurde nicht verurteilt. Noch nicht. Diese kriminellen Jugendlichen haben wir so ziemlich unter Kontrolle, würde ich sagen. Was da am Valsjön passiert ist, war etwas anderes.«

»Wieso sind Sie sich da so sicher?«

»Ach, das kann ich gar nicht so genau beantworten. Die Sache ist einfach viel zu grausam. Sie hatten noch gefragt, ob eine neue Droge im Umlauf ist. Soweit ich weiß, nicht, allerdings floriert der Handel übers Internet mittlerweile. Vor ein paar Monaten hieß es, 5-IT sei im Kommen.«

Magnus ließ einen Stift zwischen den Fingern hin- und herlaufen. Von der Droge hatte er gehört. Letztes Jahr waren vierzehn junge Männer obduziert worden, die alle Spuren dieser Substanz im Blut aufwiesen. Allerdings konnte man nur bei wenigen wirklich davon ausgehen, dass 5-IT ihren Tod verursacht hatte.

»Wissen Sie etwa mehr?«

»Leider nicht.«

Magnus versuchte, das Gespräch zu beenden.

»Also gut, dank…«

»Hören Sie, das klingt jetzt sicher, als wäre Berga der reinste Wilde Westen. So ist das gar nicht, hier läuft es nicht anders als anderswo. Tagsüber«, sagte Vibeke fast entschuldigend.

»Das weiß ich, ich wohne selbst in Åkersberga.«

»Wirklich? Wo denn?« Sie klang sofort heiterer.

»In Österskär.«

»Oho … Dem Beverly Hills von Åkersberga. Nicht direkt das Zentrum der Bandenkriminalität«, sagte sie so spöttisch, dass Magnus sie förmlich durch die Leitung grinsen hörte.

»Sagen Sie, Frau Ljunggren, haben Sie schon einmal von einem Tomas Nellert gehört?«

»Moment.«

Er hörte das Klappern einer Tastatur, dann ein Räuspern.

»Nein, es gibt keinen Vorgang zu jemandem mit diesem Namen. Ist das ein junger Mann?«

»Ziemlich, erst vierundzwanzig.«

»Hm … Wir arbeiten hier sehr intensiv mit Jugendlichen, aber zu ihm habe ich keinerlei Angaben. Dabei haben wir dieses Jahr schon an die zweihundert Jugendliche erfasst.«

»Er ist allerdings nicht aus …«

Sie fiel ihm ins Wort.

»Wissen Sie, wir wenden das Linköpingmodell an und statten den Erziehungsberechtigten einen Besuch ab, sobald der kleinste Verdacht besteht, aber leider bringt das nicht so viel.«

Vibeke klang ernüchtert. »Mal im Ernst, was sollen wir denn auch machen? Wir sind doch nur zu fünft. Das ist doch so, als wollte man Fische mit bloßen Händen fangen.«

»Ja, das Gefühl kenne ich nur zu gut. Was ich eigentlich sagen wollte: Tomas Nellert kommt aus Göteborg. Ihm gehört der Wagen, der am Valsjön ausgebrannt ist. Ich wollte nur kurz prüfen, ob Sie schon einmal in Kontakt mit ihm waren.«

»Verstehe.« Vibeke schien mit einem Mal kein Interesse mehr zu haben.

»Vielen Dank für Ihre Hilfe, Frau Ljunggren. Und melden Sie sich bitte, wenn Sie noch mehr herausfinden.«

»Natürlich. Ich halte Augen und Ohren offen.«

15

Linn schlang die Strickjacke enger um sich. Obwohl die Therapiepraxis im sechsten Stock des riesigen, bogenförmigen Klinikkomplexes lag, kam von den unteren Stockwerken kein bisschen Wärme an.

Sie lächelte die Frau an, die ihr gegenübersaß.

»Aber, wie ich Ihnen schon gesagt habe, Sie müssen Ihre Schuldgefühle überwinden. Suchen Sie die Schuld nicht bei sich, Ihre Eltern haben Sie im Stich gelassen.«

»Ich habe trotzdem das Gefühl, dass alles, was passiert ist, meine Schuld ist. Ich möchte doch nur, dass sie verstehen …«

»Ich halte es für keine gute Idee, wenn Sie das Ihren Eltern einmal erklären. Sie werden Sie nicht verstehen, bis sie sich selbst mit ihren Problemen auseinandergesetzt haben. Und das wird vielleicht nie geschehen. Das mag jetzt hart klingen, aber manchmal muss man sich von der Vorstellung eines perfekten Verhältnisses zu seinen Eltern verabschieden und einfach nach vorne schauen.«

»Ja, ich weiß nur nicht, wie ich das machen soll …« Die Frau schnäuzte sich laut in eins der Taschentücher, die Linn ihr gereicht hatte.

»Achten Sie in erster Linie auf sich«, sagte Linn und hatte plötzlich das Gefühl, sich selbst einen Rat zu geben.

Sie saß einer jungen Patientin gegenüber, die das Gleiche durchmachte, was sie vor vielen Jahren selbst hatte durchmachen müssen. Alkoholabhängige Eltern, die genug eigene

Probleme hatten und nicht einsehen wollten, dass alles in ihrem Leben nur um das Trinken kreiste – und die dafür notwendige Geheimniskrämerei.

Die Frau schaute Linn an, und obwohl ihr Gesicht jung und glatt war, sahen die Augen bereits alt aus. Sie bildeten einen solchen Kontrast zu der noch makellosen Haut, dass es Linn einen Stich versetzte.

»Ich habe das Gefühl, es liegt an mir, dass wir uns kaum sehen«, sagte die Frau. »Aber ich halte es einfach nicht aus, wenn sie anrufen und mir unendlich viele Fragen stellen. Das ist manchmal fast wie bei einem Verhör.«

»Was wollen sie denn wissen?«

»Alles. Sie rufen jeden Tag mehrmals an, wollen am liebsten immer darüber informiert sein, wo ich bin. Immer! Die haben überhaupt keinen Respekt!«

Ihr traten Tränen in die Augen.

»Wir haben immer zusammengehalten, also meine Familie und ich. Und jetzt bin ich es, die …«

»… ihnen den Rücken kehrt?«

»Ja.«

Linn betrachtete die Frau. Sie selbst war ein gutes Stück älter gewesen, als sie mit ihren Eltern gebrochen hatte. Das war ihr nicht leichtgefallen und sehr schmerzhaft gewesen, dennoch wusste sie, dass sie nicht überlebt hätte, wenn sie am Alten festgehalten hätte.

»Wir durften kein Sterbenswörtchen über den Alkohol verlieren«, flüsterte die junge Frau.

Linn war plötzlich frustriert, dabei konnte sie nicht einmal sagen, ob wegen der Patientin oder ihretwegen. Immer das gleiche Muster, immer die gleichen Lügen, um den Schein der perfekten Bilderbuchfamilie zu wahren, die – wenn überhaupt – nur belanglose Probleme hat.

»Es ist gut, dass Sie sich jetzt öffnen«, sagte Linn und ließ sich in ihren Sessel sinken.

Unweigerlich dachte sie an Moa und Elin und bekam ein schlechtes Gewissen. Liebte sie die beiden genug? Konnte sie ihnen überhaupt mehr Liebe geben, als sie je selbst bekommen hatte? Sie konnte den Gedanken nicht zu Ende denken, bevor die junge Frau aufstand, um zu gehen.

»Ich würde Sie gern kommende Woche wiedersehen«, sagte Linn schnell.

Die Frau schaute betreten zu Boden.

»Ich weiß nicht, ob ich mir das leisten kann.«

»Dann geht die Sitzung auf meine Rechnung. Aber es ist wichtig, dass Sie herkommen.«

Die Frau wurde rot und ein schwaches Lächeln zeichnete sich auf ihrem Gesicht ab.

»Okay, danke. Dann bis bald.«

Als sie fort war, trat Linn ans Fenster und lehnte müde die Stirn gegen die Scheibe. Es war schwer, das alles nicht an sich heranzulassen. Besonders, weil sie selbst nicht in sich ruhte.

16

Elvis war weg. Brigitta konnte ein Schluchzen nicht unterdrücken. Sie war so unfassbar wütend auf den blöden Hund. *Ungehorsames, dummes Tier!* Aufgebracht stiefelte sie durch das hohe, trockene Gras und bemerkte gar nicht, dass ihr die Dornen der Sträucher die Beine zerkratzten. Die Kälte und den nassen Fuß hatte sie schon vor einer Weile vergessen. Sie hörte die Autos über den Margretelundsvägen rauschen, der direkt unten an den Wald anschloss, und ihr kam der schreckliche Gedanke, Elvis könnte auf die Straße gelaufen und überfahren worden sein.

Schwerfällig rutschte und stolperte sie die Böschung hinunter, hielt auf die Fahrbahngeräusche zu. Ihr großer, massiver Körper war es nicht mehr gewohnt, sich so viel zu bewegen. Die Anstrengung ließ ihr überall den Schweiß ausbrechen. Als sie endlich die Straße erreicht hatte, stellte sie sich mittig auf die Fahrbahn und schaute hektisch in alle Richtungen. Röte stieg ihr in die Wangen, aber weder auf noch neben der nassen Straße lag ein totgefahrener Schäferhund. Nicht einmal Autos waren gerade zu sehen. Sie suchte mit Blicken den Waldrand und die angrenzenden Felder ab.

»Elvis!« Ihr Hals brannte schon vom vielen Rufen und Schreien. Sie könnte natürlich nach Hause laufen und von dort die Polizei verständigen. Aber kümmerten die sich wirklich um einen vermissten Hund?

Brigitta fing an zu weinen. Ein hohes, kindliches Schluchzen, das in dieser Stille einfach nur sonderbar klang. Sie wischte sich achtlos mit dem Handrücken die Tränen von den Wangen.

Hör schon auf, du alte Närrin, dachte sie. Und da hörte sie es. Ein schwaches Bellen weiter oben im Wald.

»Elvis? Bist du das?«

Sie konnte es kaum fassen. Doch da war es wieder, ein schwaches Bellen, und schon war sie nicht mehr zu halten. Sie rannte die Böschung hinauf, fiel hin, schürfte sich die Knie an scharfkantigen Felsbrocken auf und kratzte sich am dornigen Gestrüpp. Unterhalb von ihr rauschte ein Auto vorbei, was Elvis für einen Moment übertönte.

Dann war das Auto vorüber, und als Elvis noch einmal bellte, entdeckte sie ihn endlich. Er saß völlig ruhig neben einem Stein, als würde er auf sie warten. Sie wurde langsamer.

»Komm her, Elvis, nun komm schon«, rief sie. Aber der Hund blieb sitzen, bewegte sich keinen Millimeter. Erst als sie näher kam, fing er an, auf dem Boden zu scharren.

»Was ist denn los? Was hast du gefunden?«

Brigitta machte noch drei Schritte, dann blieb sie wie angewurzelt stehen. Hinter dem Stein ragten zwei Beine hervor.

17

Linn war gerade mit den Notizen fertig, als ein Klopfen an der Tür sie zusammenzucken ließ.

»Herein.«

Mattias Carlén steckte den Kopf durch die Tür.

»Guten Tag, Frau Therapeutin. Entschuldigen Sie die Störung, aber ich habe gestern meine Jacke an der Garderobe vergessen. Es war so warm, da ist mir das erst aufgefallen, als ich schon wieder in der Stadt war.«

»Und? War sie noch da?«

»Ja, zum Glück. Hier ist sie.« Er hielt die Jacke hoch und lächelte sie schief und eigenartig an. Linn schätzte, es sollte provokant wirken. Sie kratzte sich an der Nase, damit er nicht sah, dass sie grinsen musste.

»Na, dann ist ja alles gut. Wir sehen uns morgen«, sagte sie. Carléns Lächeln erstarb.

»Ach, wissen Sie …« Er kam herein und schloss die Tür hinter sich. »Ich möchte Ihnen einfach sagen, wie gut es tut, über diese Sexsache sprechen zu können. Ich kann mich ja fast nicht mehr auf die Arbeit konzentrieren, weil ich ständig an Sex denken muss. Manchmal muss ich sogar aufs Klo gehen, um zu onanieren.«

Linn schaute ihn an.

»Das wird schon werden«, sagte sie. »Wir können das sicher lösen.«

»Das hoffe ich sehr. Gestern haben Sie ja nach meinen Eltern gefragt. Wir haben uns nur selten gesehen, weil ich auf ein Internat gegangen bin.«

Linn stand auf und schob die Blätter auf ihrem Schreibtisch zusammen.

»Gut, Herr Carlén. Schön, dass Sie bereit sind, sich zu öffnen. Lassen Sie uns dieses Gespräch morgen während Ihrer Sitzung fortführen.«

Er hob abwehrend die Hand.

»Nein, nein, das wird nicht nötig sein. Ich glaube nicht, dass ich fast pausenlos an Sex denke, weil ich auf einem Internat war. Außerdem sind meine Eltern ziemlich normal.«

»Wenn Sie das sagen. Wir können ja morgen …«

»Ja, entschuldigen Sie, ich bin schon fast weg … Ich wollte Ihnen wirklich nur schnell mitteilen, wie froh ich darüber bin, dass wir der Sache jetzt auf den Grund gehen. Mittlerweile brauche ich nämlich immer krasseres Material, um überhaupt auf Touren zu kommen. Und ich kann nicht gerade behaupten, dass ich viel davon habe. So richtig hilft es nur, wenn ich mir irgendwo ein Mädel aufreiße.« Carlén schaute auf seine Hände und schüttelte den Kopf. »Ich denke nur noch an Sex. Rein, raus, Sie wissen schon. Die ganze Zeit.«

Linn wurde allmählich verlegen. Sie schielte zur Uhr an der Wand und seufzte innerlich.

»In einer Viertelstunde kommt der nächste Patient. Möchten Sie so lange Platz nehmen?«

Carlén setzte sich sofort in einen der Sessel.

»Wo lernen Sie Ihre Partnerinnen kennen?«, fragte Linn, während sie sich ihm gegenüber in den Sessel sinken ließ.

»Sexchats, Seitensprungportale. Das ist ziemlich aufregend, weil man ja nie weiß, ob es wirklich ein Treffen geben wird oder nicht. Und wie sie dann sein wird und all so was …«

»Geht es in den Chats auch mal um etwas anderes als Sex?«

»Ich habe ja ein Ziel, das ich erreichen will, wenn ich das mal so sagen darf. Insofern muss ich manchmal auch erst etwas anderes schreiben. Vor ein paar Wochen habe ich mit einem Mädel gechattet, einer Jenny. Das war fast so, als würde die mich kennen, als würde sie wissen, wie Männer ticken. Da konnte ich ganz frei und ungezwungen sein, so wie bei Ihnen …« Carléns Augen fingen an zu glänzen.

Linn seufzte erneut.

»Vielleicht wäre es gar keine schlechte Idee, weiter mit ihr zu chatten. Als Übung. Sie könnten versuchen, einmal sämtliche sexuellen Anspielungen wegzulassen.«

Carlén fuhr sich mit der Hand durchs Haar.

»Nein, zu der habe ich keinen Kontakt mehr.«

Linn betrachtete ihn. Widerwillig musste sie sich eingestehen, dass sie seine verkorkste Psyche interessant fand. Und das lag nicht an seiner Sucht, sie hatte schließlich mehrere Klienten mit einer ähnlich gelagerten Problematik. Nein, bei ihm war da noch etwas anderes, etwas, das hinter seinem wohlpolierten Auftreten lauerte.

Carlén wand sich ein bisschen.

»Sie sollten noch etwas über mich wissen«, sagte er. »Ich habe gewissermaßen einen Klassensprung hingelegt, könnte man sagen. Na ja, meine Mutter hatte schon immer Geld. Sie hat auch für das meiste gezahlt, aber mein Vater musste richtig knüppeln, um was zu erreichen. Er arbeitet in der Holzindustrie.«

»Dann hat doch eigentlich Ihr Vater den Klassensprung hingelegt, oder?«

Carlén straffte die Schultern. Linn drehte den Stift zwischen Daumen und Zeigefinger und warf einen Blick auf die Uhr.

»Ist Ihnen Geld wichtig?«

»Das ist es doch jedem, oder? Wenn ich mein Leben lang schufte, dann will ich dafür auch was haben. Und das habe ich. Ich besitze eine Wohnung in der Stadt und ein Sommerhäuschen, in das ich mich zurückziehen kann. Das nur als Beispiel. Ich kann mir im Prinzip alles leisten, tolle Reisen machen. Alles so, wie ich will.« Er zog die Schultern hoch.

»Sind Sie glücklich?«

Er schaute sie verwundert an.

»Ich habe ein paar komische Gedanken, irgendwie zwanghaft. Aber sonst ist alles in Ordnung.« Er hielt kurz inne. Als er weitersprach, klang seine Stimme gedämpft. »Also, das mit dem Sex habe ich ja schon erzählt. Nehmen wir mal an, da ist noch mehr.«

»Je mehr ich weiß, desto besser kann ich Ihnen helfen. Außerdem bin ich an die Schweigepflicht gebunden«, versuchte es Linn.

»Das ist mir klar. Aber selbst bei der Schweigepflicht gibt es Ausnahmen …«

»Also gut«, sagte Linn. »Es liegt ja ganz und gar bei Ihnen, wie viel Sie mir erzählen. Trotzdem muss ich Sie nun auf morgen vertrösten, die Zeit rennt unerbittlich, und ich muss mich noch ein bisschen auf den nächsten Patienten vorbereiten.«

Carlén lächelte steif, so als hätte er gar nicht zugehört.

»Ich denke schon lange darüber nach …«

Plötzlich sah er aus, als könnte er allein den Gedanken an das, was er hatte sagen wollen, nicht mehr ertragen. Er setzte sich kerzengerade hin und schaute Linn mit großen Augen an.

»Ich will doch nur Sex. Und ich zwinge keine zu etwas, was sie nicht will. Was soll daran so schlimm sein?«

Linn beobachtete ihn. Irgendetwas war bei ihm gehörig aus dem Lot geraten, das war nicht zu übersehen, aber noch fand sie keine Worte dafür.

»In Ihrem Fall geht es vermutlich doch um ein wenig mehr als nur Sex. Aber wir werden der Sache schon auf den Grund gehen.«

Carlén lächelte dankbar und stand auf.

»Wissen Sie, ich würde liebend gern auch mal an was anderes denken. Ich ekle mich manchmal richtig vor mir selbst. Und manchmal kann ich vor lauter Schuldgefühlen gar nicht mehr kommen.« Er neigte sich zu ihr hinunter. »Werde ich wieder normal?«

Linn zuckte unfreiwillig zurück, als sein Gesicht näher kam. Sie war nicht ganz entspannt bei ihrer Antwort:

»Das glaub ich schon. Ganz sicher.«

18

»Bei dem Toten handelt es sich also wirklich um Tomas Nellert?« Magnus trug seine beigefarbene Jacke und eilte leicht geduckt mit großen Schritten die Kungsholmsgatan entlang. Es hatte angefangen zu nieseln, nachdem die Sonne sich hinter ein paar dicken grauen Wolken versteckt hatte.

»Super, vielen Dank, Eva. Bis bald.«

Er steckte das Handy in die Jackentasche und wischte sich den Regenfilm von der Stirn. Die Röntgenaufnahmen von Tomas Nellerts Gebiss hatten mit denen des Opfers übereingestimmt. Bei dem Opfer vom Valsjön handelte es sich also um den vierundzwanzigjährigen Wachmann Tomas Nellert. Zufrieden schwang Magnus die schwere, reich verzierte Tür zum Polizeipräsidium auf und stieg die Treppe hinauf.

Als er wenige Minuten später an seinem Schreibtisch saß, blieb sein Blick an dem Foto von Moa und Elin hängen. Es zeigte sie lachend in einem Planschbecken. Er biss sich auf die Lippe. Er verpasste so viel, weil er jeden Abend erst spät nach Hause kam. Die beiden wuchsen so unfassbar schnell. Würde er auch einer dieser Väter werden, die nur über die Mutter Kontakt zu den Kindern hatten? Eine relativ unwichtige Gestalt, mit der man sich über Führerscheinprüfungen oder andere Belanglosigkeiten unterhielt, aber nie über die wirklich wichtigen Dinge?

Die Leute konnten noch so viel über Qualität statt Quantität reden, schlussendlich zählte doch die Häufigkeit und nichts anderes. Der Umzug nach Österskär außerhalb von Åkersberga hatte zur Folge, dass er täglich zwei Stunden pendelte, wenn er nicht den Wagen nahm, und das war verdammt noch mal zu lang. Manchmal hatte er das schreckliche Gefühl, der gleiche Tag würde sich permanent wiederholen.

Er schüttelte sich und blickte auf den Schreibtisch. Vor ihm lag alles, was von Tomas Nellerts Leben übrig war: ein bedauernswert kleiner Stapel Papier, bestehend aus fünf DIN-A4-Seiten. Mehr hatten sie über ihn nicht herausfinden können. Magnus fing an zu lesen.

Nellert war mit seiner kleinen Schwester, die im Vorjahr bei einem Autounfall ums Leben gekommen war, bei seinem Vater in Göteborg aufgewachsen. Seine Mutter war behindert und lebte in Gröndal, einem Vorort von Stockholm. Aus den Dokumenten, die Sofie aufgetrieben hatte, ging hervor, dass Nellert zwar eine abgeschlossene Ausbildung zum Tischler hatte, aber seit gut vier Jahren als Wachmann beim Einkaufszentrum Nordstan arbeitete. So weit, so unspektakulär. Das Einzige, was ein wenig hervorstach, war, dass er einmal nachts ein Mädchen mit ins Einkaufszentrum genommen hatte und dann von einem Kollegen in flagranti erwischt worden war. Aber selbst das verdiente nicht wirklich die Bezeichnung »Vergehen«.

Magnus betrachtete das Foto, das mit einer rosafarbenen Büroklammer an das oberste Blatt geheftet worden war. Es war eine alte Aufnahme, vermutlich von einem Sommerurlaub. Tomas Nellert konnte darauf nicht älter als neunzehn, höchstens zwanzig sein. Er saß mit nacktem Oberkörper am Strand und lächelte breit. Ein sorgloser junger Mann mit sonnengebleichtem Haar und fröhlichen Augen. Er hielt eine Flasche Heineken wie einen Fund hoch. Magnus fragte sich, wer das Foto wohl gemacht hatte. Der schwarze Rand vom Kautabak, der sich durch das breite Lächeln unter der Oberlippe abzeichnete, deutete jedenfalls darauf hin, dass eher ein Kumpel hinter der Kamera gestanden hatte als eine Freundin.

Magnus blätterte nachdenklich eine Seite weiter. Obwohl es keinerlei Hinweise darauf gab, dass Nellert in kriminelle Aktivitäten verstrickt war, hatte er trotzdem in der Walpurgisnacht jemanden am Valsjön getroffen. Jemanden, der ganz offensichtlich der Meinung war, Nellert brauche seinen Kopf nicht mehr. In was war er bloß verwickelt gewesen?

Tomas Nellerts Vater war sechsundfünfzig und hieß Morgan. Den Informationen zufolge, die Sofie zusammengetragen hatte, arbeitete er in einem Café im selben Einkaufszentrum wie Tomas.

Magnus überlegte kurz, ob er Morgan Nellert einfach sofort anrufen sollte, entschied sich dann aber dagegen. Er würde ohnehin nach Stockholm kommen, um angehört zu werden, da war es besser, mit seinen Fragen zu warten, bis sie sich gegenüberstanden.

Heute war Morgan Nellert sowieso aller Wahrscheinlichkeit nach in einer Art Schockzustand, schließlich hatte man ihm am Morgen erst die Nachricht vom Tod seines Sohnes überbracht. Etwas Schlimmeres, als seine beiden Kinder im Verlauf eines Jahres zu verlieren, war kaum vorstellbar.

Magnus schob die schmale Akte ins Ablagefach und ging zu Roger, der gerade das Handy auf den Tisch legte, als Magnus das Büro betrat.

»Ach, Magnus … Das trifft sich gut. Arne hat gerade angerufen. Im Wald in der Nähe des Valsjöns wurde ein verletzter Mann gefunden, auf den die Beschreibung des jungen Paares passt.«

Magnus blieb noch im Türrahmen stehen.

»Und wo ist er jetzt?«

»Im Karolinska-Universitätsklinikum. Ich fahre sofort hin, kommst du mit?« Roger zog sich die Lederjacke über.

»Na klar.«

»Der Mann steht offenbar unter Schock. Er hat keinen Ton gesagt, seit er gefunden wurde.«

»Wer hat ihn gefunden?«

»Eine Frau, die mit ihrem Hund unterwegs war. Der Mann lag hinter einem Stein und ist am Bein verletzt.«

Sie wechselten einen Blick, dann angelte Magnus seinen Autoschlüssel aus der Tasche.

»Ich fahre«, sagte er.

19

Linn belegte gerade Brote mit Salami, als das Telefon klingelte.

»Hallo, mein Schatz. Wie geht's? Alles in Ordnung?«, fragte Magnus.

»Ja, alles super. Wilma ist heute direkt vom Kindergarten mit zu uns gekommen. Die drei haben einen Mordsspaß draußen im Garten und …«

Magnus fiel ihr ins Wort.

»Wir könnten deine Hilfe brauchen.«

Linn erstarrte. *Wir*? Das verhieß sicher nichts Gutes. Ein ungutes Gefühl beschlich sie.

»Wie bitte?«

»Arne weiß ja, was du kannst. Dass du eine hervorragende Menschenkenntnis hast und …«

»Spar dir die Schmeicheleien, worum geht es?«, forderte sie trocken.

»Wir haben einen Verdächtigen, vermutlich den Axtmörder vom Valsjön. Er liegt im Karolinska, steht aber unter Schock und ist apathisch oder so was in der Art. Ich habe davon ja keine Ahnung.«

»Aber Wilma ist doch gerade hier … Noch dazu weiß ich nicht, ob ich wirklich die Richtige für so eine Beurteilung bin«, sagte sie abwehrend.

»Linn, bitte. Kannst du ihn dir nicht mal kurz ansehen? Ich bin doch dabei.«

»Habt ihr für solche Fälle nicht eure eigenen Leute? Was hat er denn getan?«

»Jemanden enthauptet.«

Linn hob die Stimme. »Magnus, kann das wirklich niemand anderes machen? Ich möchte da nicht reingezogen werden …«

»Es tut mir leid, aber gerade kann uns wirklich niemand anderes helfen. Komm schon, Linn. Arne hat mich gebeten, dich zu fragen. Du wirst dafür bezahlt, und außerdem glaube ich, dass das sogar ganz interessant für dich werden könnte. Er ist eine Herausforderung.«

Verärgert legte Linn die Brote auf einen Teller.

»Blödmann.« Sie hatte den Hörer zwischen Ohr und Schulter geklemmt, nahm den Teller in beide Hände und ging hinaus auf die Terrasse.

»Du bist die Beste, die wir so kurzfristig auftreiben können.«

»Du alter Schmeichler, jetzt hör mal …«

»Linn, jetzt gib dir doch einen Ruck. Wir haben für so jemanden nicht das ausreichende Wissen. Wir können niemanden verhören, der so komplett abwesend ist.«

Linn dachte nach und verabscheute die leise Neugierde, die in ihr zu wachsen begann.

»Was wollt ihr denn von ihm wissen?«, fragte sie.

»Na, warum er blutig durch den Wald am Valsjön rennt. Unter anderem.«

»Das gefällt mir alles gar nicht«, sagte sie sauer.

Sie stellte den Brotteller auf den Terrassentisch und strich sich mit dem Finger über den Nasenrücken.

»Bitte, Linn. Ich weiß, dass ich dich neugierig gemacht habe«, sagte Magnus.

Widerwillig, weil sie sich geschlagen geben musste, antwortete sie:

»Wilmas Mutter kommt gegen fünf. Ich werde sie fragen, ob sie die Kinder eine Weile nehmen kann.«

»Super, dann bis später.« Es folgte ein Klicken, er hatte aufgelegt.

20

Der Mann saß auf der Kante der harten Behandlungsliege, die Hände im Schoß gefaltet. Seine Füße reichten so gerade bis zum Boden, und das eine Bein war großflächig verbunden worden. Linn schätzte, dass der Mann nur ein paar Jahre älter war als sie, aber sein leicht asymmetrisches, gequetscht wirkendes Gesicht ließ ihn älter erscheinen.

Magnus hatte den übermüdeten Kollegen, der das Zimmer bewacht hatte, in die Pause geschickt und nun selbst Stellung bezogen, allerdings im Krankenzimmer. Er machte eine diskrete Kopfbewegung zu dem Mann, der ausdruckslos die weiße Wand anstarrte.

Linn trat an ihn heran und streckte ihm zur Begrüßung die Hand hin. Keine Reaktion, nicht einmal ein Blinzeln. Der Mann hätte genauso gut eine Statue sein können. Linn entfernte sich von der Behandlungsliege, zog Magnus mit sich auf den Krankenhausflur und schloss die Tür gewissenhaft hinter sich.

»War er in diesem Zustand, seit er gefunden wurde?«

»Ja.«

»Und er hat bisher kein Wort gesagt?«

»Doch, er hat den Sanitätern seinen Namen gesagt, als sie ihn in den Rettungswagen geschoben haben. Anders Levander. Roger überprüft ihn gerade.«

»Und was genau soll ich jetzt aus ihm herausbekommen?«

»Uns ist alles recht. Aber es würde uns natürlich besonders freuen, wenn er durchschimmern ließe, ob er sich in der Nähe der Stelle aufgehalten hat, wo Tomas Nellert ermordet wurde. Also ob er in der Walpurgisnacht am Valsjön war.«

Linn sah bekümmert aus.

»Vielleicht steht er so extrem unter Schock, dass ich rein gar nichts aus ihm herausbekommen werde. Ist er richtig untersucht worden?«

»Ja, vermutlich hat er ein Trauma. Aber deshalb bist du ja hier. Wenn ihm jemand etwas entlocken kann, dann du.«

Linn tätschelte ihm die Wange. »Du unverbesserlicher Schmeichler«, sagte sie mit einem schiefen Lächeln, bevor sie nach der Klinke griff.

»Dann wollen wir mal.«

Der Blick des Mannes war verschleiert, als hätte er sich tief in sich zurückgezogen, so tief, dass es ihn fast nicht mehr gab.

Linn setzte sich auf einen Drehhocker und betrachtete den Mann aus ein paar Metern Entfernung. Magnus hatte unauffällig wieder den Platz an der Tür eingenommen, bemüht, die beiden nicht zu stören.

Anders Levander hatte einen leichten Überbiss und seine schiefen Frontzähne ließen ihn wie ein Nagetier aussehen. Die schmale Nase und die eng zusammenstehenden Augen wurden von aufgeplusterten Wangen eingerahmt. Wäre die Situation nicht so ernst gewesen, hätte Linn sich darüber amüsiert. Aber im Moment strahlte er nichts Lustiges aus. Linn lehnte sich vor und suchte seinen Blick.

»Mein Name ist Linn Kalo, ich bin Psychologin.«

Keine Reaktion. Linn überlegte, ob es gut wäre, ihm die Hand auf den Arm zu legen, entschied aber, dass das Risiko zu groß war, damit bei ihm eine Stressreaktion auszulösen. Stattdessen wandte sie sich an Magnus.

»Ist untersucht worden, ob er einen neurogenen Schock hat?«

»Was ist das?«

»Das ist ein Schock mit so heftigen Auswirkungen, dass er das Nervensystem schädigt.«

»Keine Ahnung.«

»Könntest du das in Erfahrung bringen?«

»Klar, ich frag mal eben nach.«

Linn nickte.

Nachdem Magnus die Tür hinter sich abgeschlossen hatte, drehte Linn sich wieder zu Anders Levander um.

Er saß unverändert da, trotzdem hatte sie das Gefühl, dass etwas anders war. Etwas mit den Augen. Sie hatten sich bewegt. Hatte er ihre Unterhaltung mitbekommen?

Die Bewegung war minimal gewesen, aber schnell und wach genug, um sie daran zweifeln zu lassen, dass der Mann wirklich so apathisch war, wie sie eingangs angenommen hatte. Es kroch ihr eiskalt den Rücken hinunter, und sie warf beunruhigt einen Blick zur Tür. Sie war abgeschlossen, und Magnus würde sicher erst in ein paar Minuten zurückkommen. Blitzschnell überlegte Linn, was sie tun konnte, und kam zu dem Schluss, am besten weiterzumachen, wie sie angefangen hatte. Wenn der Mann ihr etwas vormachte, war es äußerst wahrscheinlich, dass er das Schauspiel weiter aufrechterhielt, er musste schließlich einen sehr guten Grund dafür haben. Linn schlenderte betont lässig zum Waschbecken, das an der Wand gegenüber von Levander hing. Dann nahm sie einen der Plastikbecher von der Ablage und füllte ihn mit Wasser. Linn konnte Levander im Spiegel über dem Waschbecken sehen. Die Sekunden zogen sich wie Minuten, und Linn gab sich Mühe, so normal wie möglich zu klingen, als sie sich wieder zu ihm umdrehte.

»Uns ist klar, dass Ihnen etwas Fürchterliches zugestoßen sein muss.«

Er bewegte sich nicht. Linn fuhr fort.

»Sie stehen unter Schock. Manchmal kann ein Schock zu körperlichen Beeinträchtigungen führen, aber Sie werden sicher wieder gesund.« Sie zwang sich, zu dem Drehstuhl zu gehen, auf dem sie vorhin schon gesessen hatte.

Das war Einbildung. Sie hatte es hier mit einem kranken Menschen zu tun, den sie zum Monster machte, und dafür schämte sie sich. Denn es war ja nicht einmal sicher, dass er wirklich der Axtmörder war. Vielleicht war er selbst nur ein Opfer, ein Unbeteiligter, der sich zur falschen Zeit am falschen Ort aufgehalten hatte. Sie holte tief Luft und atmete langsam und leise durch die Nase wieder aus.

»Was haben Sie im Wald gemacht, Herr Levander?«, fragte sie.

Sein Blick hatte plötzlich etwas Gequältes, das aber so schnell wieder verschwand, wie es aufgetaucht war. Linns Alarmglocken schrillten immer lauter, bis sie zum Schluss dröhnten wie Kirchenglocken. Er spielte wirklich! *Wo bleibt denn Magnus?*

Levander hob die Hände und ballte sie zu Fäusten. Ohne Vorwarnung flüsterte er:

»Bist du eine von denen?«

Linn versteifte sich und löste damit genau das aus, was sie hatte vermeiden wollen: Er reagierte instinktiv auf ihre Angst und stürzte sich auf sie. Schmerz explodierte in ihrem Kopf, als sie auf den Boden knallte. Unbeholfen riss sie die Arme hoch, konnte die Faust aber nicht abwehren, die sie oberhalb der Augenbraue traf, wo etwas platzte.

Der Mann war genau in dem Moment bei der Tür, als Magnus sie öffnete.

Er stieß Magnus um und verschwand im Flur. Magnus kam auf die Füße, machte ein paar Schritte, blieb jedoch sofort stehen, als er Linn am Boden sah.

Er eilte zu ihr und half ihr auf die Liege.

»Linn?«

»Mir geht's gut«, sagte sie leicht benommen. Die Platzwunde an der Augenbraue blutete heftig.

»Oh Gott, es tut mir so leid.«

»Das war doch nicht deine Schuld, ich hätte das kommen sehen müssen. Ich habe einfach nicht geschaltet.«

»Ich hole eine Krankenschwester … Ich muss …«

Linn sank auf die Liege.

»Tu, was du tun musst«, seufzte sie.

Magnus schaute sie kurz besorgt an und fuhr dann hastig herum.

21

Völlig erschöpft schleppte er sich humpelnd weiter durch die unterirdischen Gänge des Krankenhauses. Ganz offensichtlich konnte es jeder sein. Ein Mann am See, eine Psychologin im Krankenhaus, ja selbst ein Polizist! *Alle* wollten ihnen etwas Böses.

Anders Levander presste die Lippen zusammen und versuchte, einen klaren Gedanken zu fassen. Aber immer wieder drängten sich ihm diese widerlichen Bilder auf. Er hatte den Mann am See nicht erkannt, trotzdem hatte dieser seinen Namen gewusst. Hatte ihm zugerufen, dass die Zeit noch nicht gekommen war. Als ob er tatenlos abwarten würde …

Er dachte wie sooft in der letzten Zeit angestrengt nach. Konnte das ein ehemaliger Schüler gewesen sein? Jemand, den er schlecht behandelt hatte? Aber ihm wollte einfach niemand einfallen. Er war doch kein schlechter Mensch, im Gegenteil. Er hatte niemandem absichtlich geschadet, zumindest nicht bewusst.

Ein Knirschen näherte sich, und Anders presste sich in den Schatten einer der Wände. Ein Krankenpfleger kam auf einem Tretroller um die Ecke gefahren und hielt direkt auf ihn zu.

Anders senkte den Blick. Einen Moment lang fürchtete er, der Pfleger würde ihn ansprechen, aber der Mann schien mit den Gedanken ganz woanders zu sein, denn er nickte ihm nur zu und wurde nicht einmal langsamer.

Der pulsierende Schmerz in seiner Wade wurde immer stärker. Jedes Mal, wenn Anders den Fuß auf den Betonboden setzte, verzog sich sein Gesicht zu einer gequälten Grimasse. Sein ganzer Körper brannte wie Feuer. Anders blieb stehen und unterdrückte ein Aufstoßen. Irgendwo musste es doch einen Ausgang geben. Oder wenigstens ein Versteck. Unter Stöhnen setzte er sich wieder in Bewegung.

Mittlerweile war die Luft im Versteck auf dem Dachboden sicher schon dünn geworden. Er musste dringend zurück, die Luke öffnen und Sauerstoff hineinlassen.

Durch ein schmales Kellerfenster konnte er sehen, dass die Sonne schien. Es musste fürchterlich heiß sein im Versteck. Plötzlich schmeckte sein Speichel nach Eisen. Er atmete tief durch die Nase ein und durch den Mund wieder aus.

Langsam. Immer mit der Ruhe. Ich muss zurück.

Er fragte sich unvermittelt, ob er paranoid geworden war. Ob das alles nur Hirngespinste waren und er bald einfach nur aus einem schrecklichen Albtraum erwachen würde. Doch dann musste er an all die Männer denken, die um das Haus gestreift waren … und an den Mann am See. Er musste nach Hause, um sie zu retten. Nach Hause zu den Eingeschlossenen.

22

Linn lag auf der Behandlungsliege, die Arme über dem Gesicht verschränkt. Sie wollte nicht weinen, sie hatte zu große Angst vor den Folgen, wenn sie jetzt die Beherrschung verlor.

Die Wunde oberhalb der Augenbraue blutete immer noch, und Linn wunderte sich, dass sie fast keine Schmerzen hatte. Für den Mann, Anders Levander, war sie nicht das Ziel gewesen, sondern er wollte einfach nur weg. Sie wiederholte das in Gedanken. Er hatte ihr nichts tun, sondern einfach nur weg gewollt. Und irgendwie wurde sie das Gefühl nicht los, dass er viel größere Angst gehabt hatte als sie.

Bist du eine von denen?, hatte er gefragt. Was hatte er damit gemeint? Wurde er verfolgt? Oder glaubte er das nur? Litt er an einer Form von Paranoia?

Die Tür ging auf, und eine dünne Frau mit stahlgrauen Haaren kam herein.

»Guten Tag, mein Name ist Ulrika, ich bin Ärztin und würde mir Ihre Wunde gern einmal ansehen.«

Linn machte sich nicht mal die Mühe zu antworten.

»Haben sie ihn gefasst?«, fragte sie.

Die Ärztin schaute sie betrübt an.

»Soweit ich weiß, nicht.«

Linn setzte sich ruckartig auf und ein stechender Schmerz schoss ihr durch den Kopf.

»Ich muss gehen«, murmelte sie undeutlich.

Der Gesichtsausdruck der Ärztin veränderte sich.

»Kommt nicht infrage. Überlassen Sie die Suche der Polizei. Sie müssen genäht werden.«

Linn protestierte.

»Aber mein Mann …«

Die Frau hob die Hand, um Linn zum Schweigen zu bringen.

»Der hat das schon im Griff.«

Linn war sich da nicht so sicher, gab aber trotzdem nach. Sie wusste schließlich auch nicht, wohin Magnus und der psychotische Mann verschwunden waren.

»Gut, werfen Sie einen Blick auf die Wunde, aber dann will ich gehen.«

Kurz darauf zierten drei schöne Stiche Linns Augenbraue.

Eine Krankenschwester kam herein, um die benutzten Instrumente abzuholen.

»Verletzungen an der Augenbraue bluten immer sehr stark, aber machen Sie sich keine Sorgen, das ist alles halb so wild. Die Fäden werden sich in ein paar Tagen von selbst auflösen. Wahrscheinlich behalten Sie nicht mal eine Narbe zurück«, sagte die Ärztin tröstend.

»Dann darf ich jetzt gehen?«

»Wenn Sie das explizit wünschen, ja. Ich würde Ihnen jedoch raten, sich noch ein wenig auszuruhen.« Sie warf Linn einen mahnenden Blick zu, bevor sie das Zimmer verließ.

Linn holte ihr Handy hervor und wählte Magnus' Nummer. Keine Antwort. Sorge zog ihr den Magen zusammen. Sie drückte die Wahlwiederholung und diesmal meldete Magnus sich.

»Magnus! Habt ihr ihn geschnappt?«

»Nein, noch nicht. Aber im Krankenhaus wimmelt es von Polizisten, wir kriegen ihn sicher bald.«

»Oh …«

»Ich komme zu dir.«

Sie legte das Handy neben sich und stand auf, um zum Fenster zu gehen. Unten auf der E4 rauschte der Verkehr nur so vorbei. Wenn der Mann erst einen Weg aus dem Krankenhaus gefunden hatte, warteten dort unzählige weitere Fluchtmöglichkeiten auf ihn.

23

Anders Levander saß gegen einen Putzwagen gelehnt, die Beine gerade ausgestreckt. Er schaute sich um. Die Abstellkammer war nicht groß, aber er war erleichtert, sich endlich ausruhen zu können. In dem schummrigen Licht konnte er erkennen, dass der Verband schon blutdurchtränkt war und eine dunkelrote Farbe angenommen hatte. Er hatte Angst. Sie würden das ganze Krankenhaus durchsuchen. Nach ihm. Dem heimtückischen Monster.

Er blinzelte zum Spalt unter der Tür. Selbst wenn er der Polizei entkam, würde ihn jemand von der Putzkolonne oder jemand vom Krankenhauspersonal finden … Oder schlimmer noch: einer von *ihnen*. Und dann wäre alles aus und vorbei. Vor seinem geistigen Auge sah er, wie seine Liebsten langsam in dem Versteck erstickten, und ohne über die Konsequenzen nachzudenken, rammte er die Faust in den Steinboden. Vor Schmerz schrie er laut auf und schaute sich dann fast panisch um.

Nichts geschah. Um sich herum erahnte er Regale mit Inkontinenzwindeln, ein paar Putzwagen, Bürsten und einen Sammelbehälter für Wäsche. Vielleicht konnte er sich darin verstecken, hinausgeschleust werden wie die Ausbrecher im Film. Aber er passte vermutlich nicht einmal richtig hinein.

Der starke Geruch von Reinigungsmitteln umfing ihn. Anfangs hatte das etwas Tröstendes gehabt, doch nun wurde ihm schlecht davon. Er legte den Kopf schief und lauschte. Nichts war zu hören. Niemand rief, kein Alarm schrillte, trotzdem wagte er nicht zu hoffen, dass die Suche schon vorbei war.

Er hatte jegliches Zeitgefühl verloren, aber Zeit spielte ohnehin keine Rolle mehr. Er war jetzt ein Mörder, und sie würden ihn jagen, bis er tot war … Die Polizei und die anderen natürlich. *Die Unbekannten.*

Das war so verdammt ungerecht. Er legte sich hin und tastete vorsichtig nach seinem Bein. Es schmerzte im Ruhezustand sogar noch mehr. Die Axt war tief ins Fleisch eingedrungen und durch das Laufen waren sicher ein paar Stiche aufgegangen, aber daran konnte er jetzt auch nichts ändern.

Gott sei Dank hatte er die Feueraxt mit an den See genommen. Gott sei Dank hatte er damit gerechnet, dass sie sich bald nähern würden, und sich vorbereitet. Das hatten sie sicher nicht erwartet, diese verdammten Teufel! Das hatten sie ganz sicher nicht erwartet.

Er grinste dort im Halbdunkel stumpf vor sich hin. Jetzt hatte er den Spieß umgedreht. Jetzt mussten *die* Angst haben. Er reckte sich nach ein paar der übergroßen Windeln und legte sie sich unter den Kopf. *Wie weich die sind*, dachte er noch, bevor er langsam wegdämmerte. Er würde nur ein Weilchen schlafen. Die Farben verliefen langsam ineinander, bevor sie ganz verschwanden.

DONNERSTAG, 3. MAI

24

Er war trotz allem nichts weiter als ein simpler Lehrer, beileibe kein Houdini. Und dennoch war Anders Levander wie vom Erdboden verschluckt.

Magnus drehte sich zu Linn. Sie hatte ein kleines Pflaster über der Augenbraue und schlief noch immer fest. Wie erleichtert er war, das hätte ein böses Ende nehmen können.

Dieser verdammte Levander. Wenn Moa und Elin nicht gewesen wären, hätte Magnus es sich nicht nehmen lassen, die ganze Nacht bei der Suche zu helfen.

Jetzt schien schon die Sonne durch die Vorhänge, und Magnus rollte sich vorsichtig aus dem Bett.

Kaum hatte er das Badezimmer betreten, klingelte sein Handy. Es war der Kriminaltechniker Elias Vadasc, und er klang so munter, als wäre er schon seit Stunden auf den Beinen:

»Die Blutspuren, die wir an der Axt gefunden haben, konnten wir zwei Personen zuordnen. Dem Opfer Tomas Nellert und Anders Levander. Der Abgleich der Fingerabdrücke vom Schaft mit denen von Anders Levander steht noch aus, aber bisher spricht alles dafür, dass es Anders Levander war, der Tomas Nellert den Kopf abgeschlagen hat und dann selbst verletzt wurde.«

»Gut zu wissen.« Magnus betrachtete sein müdes Gesicht im Badezimmerspiegel.

»Habt ihr Levander inzwischen?«

»Nein …« Magnus klappte die Klobrille hoch. »Und das ist

ziemlich übel, wenn du mich fragst. Wann seid ihr denn mit der technischen Untersuchung von Anders Levanders Reihenhaus in Åkersberga fertig?« Er gab dem Druck seiner Blase nach.

»Die Kollegen sind noch vor Ort, wir arbeiten unter Hoch…« Elias verstummte für einen Moment. »Sag mal, pinkelst du gerade?«

»Nein, wie kommst du darauf?« Magnus zog seine Shorts wieder hoch.

»Aha … Wer ist dieser Levander überhaupt?«

»Ein Gymnasiallehrer, irgendeine Sprache. Er ist verheiratet und hat einen Sohn. Die beiden scheinen allerdings auch verschwunden zu sein, gestern haben wir jedenfalls niemanden angetroffen.«

»Na, dann hast du ja heute einiges zu tun.« Elias Vadasc putzte sich die Nase. »Entschuldige, ich bin erkältet. Wie jeden Frühling. Liegt vielleicht an den Pollen.«

»Kein Problem, wir hören voneinander.« Magnus legte das Telefon beiseite und zog die Shorts wieder hinunter. Drei Stunden Schlaf. Mit so wenig kamen nicht mal Hare-Krishna-Mönche aus.

25

»Wir können nicht länger hierbleiben.«

»Sei still, Mama.«

»Ich halte das nicht länger aus. Wir müssen hier raus!«

»Psst … Du darfst so etwas nicht sagen, das weißt du.«

Der Junge klang gleichzeitig wütend und ängstlich. Sein Blick war rastlos.

»Und wozu soll ich still sein? Es hört uns ja doch niemand.« Die Frau schluchzte laut.

»Wir sind zu unserem eigenen Schutz hier, das weißt du, Mama!« Das schmale Jungengesicht schaute sie flehend an.

»Und wie lange noch?« Die Frau legte ihre dicken Hände auf die Wangen.

»Das weiß ich nicht. Hör jetzt auf!« Er drehte ihr den Rücken zu.

»Wo bleibt er denn nur? Und wenn er uns verlassen hat? Was machen wir, wenn er nie mehr zurückkommt?«

»Du sollst aufhören, hab ich gesagt! Er wird schon zurückkommen. Er kommt doch immer zurück. Er wohnt schließlich auch hier!«

Der Junge setzte sich auf das abgewetzte Sofa und stellte den Fernseher an. Das Gespräch war beendet.

Die Frau ließ sich auf die Knie sinken, sie atmete schwer und schnell. Ihr Gesicht war so blass, dass es fast mit dem hellen Schaumstoff verschmolz, mit dem die Wand hinter ihr gedämmt worden war.

Es stank, weil der Eimer nicht geleert worden war. Er würde nicht wiederkommen, da war sie sich sicher. Das Essen würde ihnen ausgehen, vielleicht sogar der Sauerstoff. Wie lange es wohl dauerte, bis die Luft einer sieben Quadratmeter großen Kammer aufgebraucht war? War sie nicht jetzt schon schlechter? Dünner?

Panik stieg in ihr hoch, und sie bohrte sich die Fingernägel in die Oberschenkel. *Nur die Ruhe.*

Sie musste einen kühlen Kopf bewahren, schließlich war sie die Erwachsene. Egal, was passierte, sie durfte Jonathan keine Angst machen, er war doch erst vierzehn.

Und noch gab es genug Sauerstoff. Vorerst.

Umständlich stemmte sie sich hoch und setzte sich zu ihm aufs Sofa.

»Was guckst du?«

»Einen Film.«

»Aha.« Also verstummte sie und starrte ebenfalls auf den Fernseher. Oder vielleicht auch direkt durch ihn hindurch. Sie wollte etwas tun, konnte sich aber nicht aufraffen. Kurz legte sich ein Schleier über ihre Augen.

26

Morgan Nellert saß in einem der Vernehmungszimmer. Er setzte die Brille ab und schaute Magnus bekümmert an, der ihm gegenüber am Tisch Platz genommen hatte.

Er wirkte schon wieder relativ gefasst, obwohl er vorhin in der Pathologie zusammengebrochen war. Sein Alltag schien durch den Verlust seines Sohnes Tomas noch nicht völlig ins Wanken gekommen zu sein. Aber es war nur eine Frage der Zeit, bis ihn die Schlaflosigkeit, die nachtschwarze Trauer überfallen würden. Wenn das geschah, war es oft schlimmer, die Hinterbliebenen zu treffen, als die Toten selbst zu finden, fand er.

Morgan fuhr sich nervös mit der Hand über die Brust.

»Ich weiß gar nicht, was ich hier soll«, sagte er. Vermutlich stand er unter Schock. Magnus lächelte ihn freundlich an.

»Tomas war so ein lebhafter Kerl. Ich verstehe das alles nicht. Was hat er denn hier gewollt? In der Nähe von Stockholm? Wir ... Er war da noch nie.«

»Sie wussten also nichts davon, dass er nach Åkersberga wollte?«

Morgan schüttelte den Kopf. »Nein. Soweit ich weiß, kennt er dort niemanden. Seine Mutter wohnt in Gröndal. In einer Zweizimmerwohnung. Er fährt eigentlich nur ihretwegen nach Stockholm.«

Er sah Magnus flehend an, als hätte dieser die Antworten parat, die er so gerne hätte.

»Wer macht denn so etwas?« Er klang wie ein Kind.

Magnus schüttelte den Kopf.

»Es tut mir sehr leid für Sie.«

Morgan zupfte sich am Bart.

»Wissen Sie, dass er mich fast jeden Tag besucht hat? Ist bei mir auf der Arbeit vorbeigekommen, um Hallo zu sagen.« Seine Unterlippe zitterte.

»Verstehe«, sagte Magnus. Dann blieben beide für einen Moment still.

»Sie hatten um eine Liste seiner Freunde gebeten … Hier.« Morgan holte umständlich eine handgeschriebene Liste aus der Tasche und reichte sie Magnus. »Die meisten hat er aber schon länger nicht gesehen, glaube ich.«

»Danke, die sehen wir uns später an.« Magnus steckte die Liste in die Mappe.

»Er war so ein guter Junge, mein Tomas. Verabscheute falsche Menschen. Die anderen schadeten, auf welche Weise auch immer. Ich verstehe wirklich nicht, wer ihm so etwas antun sollte. Er hatte nie Kontakt zu irgendwelchen zwielichtigen Typen.«

»Hat er sich vielleicht durch seinen Job ein paar Feinde gemacht? Ich kann mir vorstellen, dass er als Wachmann dem einen oder anderen auf die Füße getreten ist.«

Morgan schaute ihn ratlos an.

»Wie meinen Sie das? Glauben Sie, jemand ist ihm von Göteborg aus bis nach Stockholm gefolgt?«

»Das kann ich Ihnen zu diesem Zeitpunkt nicht beantworten. Die Person, die wir in Verdacht haben, wohnt jedenfalls in der Nähe des Tatorts.«

Morgan war sofort auf den Füßen.

»Was? Wissen Sie etwa, wer das getan hat?«

Magnus bereute sofort, was er gesagt hatte.

»Nein, davon kann keine Rede sein. Wir müssen erst noch die Ergebnisse der Spurensicherung abwarten.«

»Aber Sie haben doch gerade … Wenn Sie wissen, wer das war, dann sagen Sie es gefälligst!«, brüllte Morgan verzweifelt.

Doch Magnus sah ihn nur betrübt an. Er konnte ja schlecht zugeben, dass sie den Mörder aller Wahrscheinlichkeit nach bereits gefasst hatten, er ihnen aber entwischt war. Und dass gerade Kollegen die direkte Umgebung des Universitätsklinikums nach einem durchgeknallten Gymnasiallehrer durchkämmten.

»Um die Ermittlungen nicht zu gefährden, darf ich dazu nichts sagen«, beschwichtigte Magnus. »Ich habe noch eine weitere Frage an Sie und möchte mich schon vorab entschuldigen, damit Sie mich nicht für völlig unsensibel halten. Hat Tomas Drogen genommen?«

Morgan wirkte bestürzt.

»Was fragen Sie da?«, flüsterte er.

»Hatten Sie je den Verdacht?«

Morgan Nellert traten Tränen in die Augen.

»Nein, mit so etwas hatte er nichts zu tun. Er war ein guter Junge, das habe ich doch schon gesagt. Er hat alles verabscheut, was unmoralisch war.«

Erschöpft sank er wieder auf den Stuhl.

»Tomas war der beste Mensch, den man sich vorstellen kann. Der beste …«

»Ich verstehe.« Magnus stand auf, um das Gespräch zu beenden.

»Haben Sie schon mit meiner Exfrau Susanne gesprochen?«

»Nein, aber das werde ich noch tun.« Besorgt betrachtete Magnus den Mann mit den rotgeweinten Augen. »Sie können gern noch hier sitzenbleiben … So lange Sie möchten.«

Er ließ Morgan Nellert allein zurück und trat in den Flur hinaus. Als er sich noch einmal zu ihm umdrehte, sah er, dass der Mann mit feuchten Augen leer vor sich hinstarrte. Wie ein lebendiger Toter.

27

»Ich habe gerade erfahren, dass die Fingerabdrücke auf der Axt von Anders Levander stammen.« Magnus klang zufrieden. »Jetzt müssen wir ihn nur noch finden.«

»Dann war er es doch.« Linn hatte sich das Handy zwischen Schulter und Ohr geklemmt. In der einen Hand trug sie einen Teller Salat, in der anderen einen Becher Orangensaft und war unterwegs in den kleinen Pausenraum.

»Ja, du hast wirklich Glück gehabt … Ich werde noch eine Weile in der Stadt bleiben müssen, deshalb melde ich mich auch. Wir suchen hier unter Hochdruck alles nach Levander ab. Seine Frau und seinen Sohn müssen wir auch noch finden.«

Linn stellte den Teller auf den Tisch und setzte sich.

»Habt ihr mit denen noch gar nicht gesprochen?«

»Nein, Sofie versucht, sie zu erreichen. Ich weiß nicht, wie da der letzte Stand ist.«

»Gut, dass ihr so schnell herausgefunden habt, wer diesen Tomas ermordet hat. Meldest du dich kurz, bevor du nach Hause kommst?«

»Mach ich. Und, Linn … Du fehlst mir.«

»Dito.« Linn legte auf und fuhr sich vorsichtig mit dem Finger über die Stiche an der Augenbraue. Sie rechnete nicht damit, viel von Magnus zu sehen, bevor dieser Anders Levander hinter Schloss und Riegel war.

Mittlerweile hatte Levander einen halben Tag Vorsprung, genug Zeit, um einmal bis nach Schonen und zurück zu fahren. Oder sogar bis nach Südeuropa, wenn er dorthin gewollt hätte.

Sie ärgerte sich, nicht gleich bemerkt zu haben, dass er ihr etwas vormachte. Und dass sie zu allem Überfluss noch Magnus weggeschickt hatte. Sie hätte viel vorsichtiger sein müssen.

Schon nach wenigen Bisse kippte sie den Salat in den Müll, ihr war der Appetit vergangen. Wann stellte sich denn endlich mal Ruhe ein in ihrem Leben? Hatte sie nicht schon genug durchgemacht? Jetzt auch noch ein Axtmörder. Gott sei Dank war alles gut gegangen.

Mattias Carléns Akte lag noch immer aufgeschlagen auf ihrem Schreibtisch, als sie ihr Behandlungszimmer betrat. Seine Sitzung hatte bereits vor einer Viertelstunde begonnen, aber er war nicht aufgetaucht. Jetzt rechnete sie auch nicht mehr mit ihm. Linn würde ihn trotzdem dafür zur Kasse bitten, was für ihn kein Problem sein dürfte. Die teuren Anzüge, das penibel rasierte Gesicht und das erwähnte Internat hatten ihr den Eindruck vermittelt, dass es ihm finanziell deutlich besser ging als ihr.

Sie holte den Rechnungsblock aus einer der Schreibtischschubladen, und kaum hatte sie die Rechnung geschrieben, stand sie auf und stellte sich ans Fenster, um das riesige Parkhaus gegenüber zu betrachten. Es war fürchterlich hässlich, und jetzt sollte der Ausbau des Täbyer Einkaufszentrums und des Parkhauses offenbar noch teurer werden als veranschlagt. Den neuesten Berechnungen zufolge erhöhte sich der Kostenaufwand um weitere zweihundert Millionen Kronen. Irgendetwas sagte Linn, dass es trotzdem nicht schöner werden würde.

Sie gähnte. Bis zur nächsten Sitzung blieben noch vierzig Minuten. Vielleicht hatte ja eine der Kolleginnen Lust, mit ihr einen Kaffee trinken zu gehen. Es gab noch zwei weitere Psycologinnen in der Täbyklinik. Lena Ek, die fast nie ein Wort sagte, und Marie Engvall, die erst achtundzwanzig war, dafür aber stundenlang erzählen konnte, ohne je ein Ende zu finden.

Sie entschied sich für das kleinere von zwei Übeln, also Lena Ek.

28

Mit schweren Schritten ging Magnus über den Flur. Obwohl er im Landeskriminalamt fraglos der beste Leiter von Verhören war, hieß das noch lange nicht, dass er die immer gut wegsteckte. Meist fühlte er sich wie einmal durch den Fleischwolf gedreht, wenn er das Verhörzimmer verließ. Glücklicherweise konnte ihm das aber fast niemand ansehen, nur Linn vermochte, hinter seine harte Schale zu blicken.

Er wollte sich gerade in sein Büro zurückziehen, um sich zu beruhigen, als er seinen Namen hörte.

»Entschuldigen Sie! Sind Sie Kommissar Magnus Kalo?« Eine junge Frau von knapp zwanzig Jahren mit schwerer Akne und Kurzhaarschnitt lief ihm nach.

Er straffte die Schultern.

»Ja, das bin ich.«

Sie reichte ihm die Hand.

»Mia Fallén, ich bin mit Susanne Nellert hier, Tomas' Mutter.«

Verwundert warf Magnus einen Blick auf die Uhr.

»Oh, entschuldigen Sie, ich habe die Zeit aus den Augen verloren.« Er schaute an der Frau vorbei, um einen Blick auf Tomas Nellerts Mutter zu erhaschen, doch der Flur war leer.

»Susanne ist auf der Toilette, ich werde sie holen.«

Magnus sah sie fragend an.

»Ach, das wissen Sie vielleicht gar nicht. Frau Nellert sitzt im Rollstuhl, ich bin ihre Pflegerin.« Mia lächelte freundlich. »Sie hatte vergangenes Jahr einen Autounfall, aber sie kann sprechen und ist geistig völlig klar. Sie hat ja schon ihre Tochter verloren und jetzt auch noch ihren Sohn, das ist so furchtbar, ich kann es kaum fassen.«

Es klopfte dreimal an der Toilettentür ein Stück den Flur hinunter, und Mia verschwand dorthin. Bereits wenige Minuten später tauchte sie mit einer zarten, leicht gebeugt sitzenden Frau im Rollstuhl wieder auf.

»Ich warte draußen«, sagte Mia.

Die Frau im Rollstuhl nickte und wandte sich an Magnus.

»Ich bin Sussi Nellert, Tomas' Mutter«, sagte sie mit leichter Anstrengung, als wollten ihre Stimmbänder nicht so wie sie.

»Guten Tag«, begrüßte Magnus sie. »Lassen Sie uns das Besprechungszimmer nehmen, da ist gerade niemand.«

Susanne Nellert brummte zustimmend, und sie machten sich gemeinsam auf den Weg dorthin.

»Was geschehen ist, tut mir wirklich sehr leid«, sagte Magnus und schämte sich dafür, dass seine Worte so armselig klangen. Susanne Nellert reagierte nicht einmal darauf.

»Ich möchte alles über Tomas wissen, was es zu wissen gibt«, fuhr er fort.

Nun schaute Susanne zu ihm auf, und Magnus erkannte, dass sich hinter der Trauer noch etwas anderes in ihren Augen verbarg – eine heftige Wut.

»Werden Sie seinen Mörder kriegen?«, fragte sie.

Magnus hielt ihr die Tür auf.

»Davon gehe ich aus. Bitte sehr, nach Ihnen.«

Sie rollte hinein und stellte sich mit dem Rücken zum Fenster. Die hereinfallende Sonne ließ ihr ergrauendes Haar engelsgleich und dünn erscheinen.

»Was können Sie mir über Tomas erzählen?«, fragte Magnus und setzte sich.

»Mein Sohn war ein ganz wunderbarer Mensch. Was genau möchten Sie denn über ihn wissen? … Er ist bei seinem Vater in Göteborg aufgewachsen, sehr viel kann ich Ihnen also nicht erzählen. Sein Vater und ich haben uns scheiden lassen, als Tomas zwölf war und seine Schwester elf. Danach habe ich ihn nur alle paar Monate am Wochenende gesehen.«

»Und seit er erwachsen war? Hatten Sie Kontakt zueinander?«

»Ja, aber er ist nicht oft vorbeigekommen. Ich glaube, es war nicht leicht für ihn, mich so zu sehen. Eine kranke Mutter zu haben ist nicht gerade schön. Ich kann das verstehen, ich mache ihm deshalb keine Vorwürfe. Und ich habe nie etwas von ihm verlangt. Weder Besuche noch Hilfe.«

»Das heißt, Ihr Verhältnis war nicht sehr eng?«

»Richtig, seit ich nach der Scheidung nach Stockholm gezogen bin, hat sich das einfach so entwickelt. Aber ich wollte auch, dass er frei entscheidet und sich nicht belastet fühlt.«

»Darf ich Sie ganz offen fragen, warum Sie und Ihr Exmann nicht näher beieinander wohnen?«

Magnus sah, dass ihr die Frage etwas ausmachte. »Ich bin hier aufgewachsen. Und habe einen Job in Stockholm gefunden. Ich schraube Kugelschreiber zusammen. Und jetzt denken Sie sicher: Was ist das denn für ein blöder Job?«

»Im Gegenteil.«

»Doch, das tun Sie! Und Sie fragen sich vermutlich, warum ich ein paar Stifte meinen Kindern vorgezogen habe. Aber ich wollte arbeiten. Und das mit den Kugelschreibern ist eine Aufgabe, die ich zu Hause erledigen kann. Die Firma schickt mir ein paar Kartons mit Einzelteilen und ich schicke ihnen die fertigen Kugelschreiber zurück. Das ist eine Art Therapie für mich. Ich leide unter Panikattacken, deshalb kann ich nicht mit anderen Menschen zusammenarbeiten. Und seit ich im Rollstuhl sitze, passt die Arbeit noch besser.«

Magnus trank einen Schluck Wasser und räusperte sich.

»Ihre Kinder haben also beide bei ihrem Vater gewohnt, bis sie von zu Hause weggezogen sind?«

»Meine Tochter war öfter übers Wochenende bei mir, als sie älter war. Mit siebzehn, achtzehn ist sie gern in Stockholm feiern gegangen. Sie war eine richtige Partygöre, hatte unheimlich viele Freunde. Das war ziemlich entspannt.«

»Und wie war Ihr Verhältnis zu Tomas?«

»Im letzten Jahr ganz in Ordnung … Als er noch jünger war, hat er es mir fürchterlich übel genommen, dass ich Morgan für einen anderen verlassen habe.« Sie hustete. »Ich habe auf einer Finnlandkreuzfahrt einen Mann kennengelernt, einen Computertechniker, Niklas. Das hat aber nur ein Jahr gehalten.«

Sie biss sich auf die Lippe.

»Heute hätte ich mich sicher anders entschieden. Vielleicht wären die beiden dann noch am Leben …«

Schon liefen die ersten Tränen, die sie schnell wegwischte.

Magnus reichte ihr ein Taschentuch.

»Wie meinen Sie das?«

»Na, wenn man Mist baut, muss man dafür bezahlen, so ist das einfach. Mein Mann wusste das, meine Kinder wussten das. Wenn man jemandem wehtut, verdient man nichts Besseres, dann ist man nichts mehr wert.«

Magnus lehnte sich vor.

»Sie meinen, wenn man einen Fehler macht, verdient man nicht mal eine zweite Chance? Ist das nicht ein bisschen extrem?«

Susanne Nellert wischte sich blind die Wimperntusche weg, die durch ihre Tränen unter den schmalen Augen verlaufen war.

»Entschuldigen Sie, ich sehe bestimmt furchtbar aus … Wissen Sie, was Tomas einmal gesagt hat? Da muss er sieben gewesen sein.«

»Nein, was hat er denn gesagt?«

»Wer etwas falsch gemacht hat, soll die Schuld nicht auf jemand anderen schieben. Das ist nämlich feige.«

Magnus nickte. »Das kann schon sein.« Er schaute sie nachdenklich an. »Haben Sie eine Ahnung, warum er in der Walpurgisnacht in Åkersberga war?«

Sie schüttelte den Kopf.

»Ich weiß insgesamt viel zu wenig über ihn. Vielleicht kannte er jemanden von dort. Er war jedenfalls nicht bei mir, ich wusste nicht einmal, dass er in Stockholm war.«

»Fällt Ihnen jemand ein, der ihn nicht gemocht hat?«

»Nein. Vielmehr kommt das ein bisschen darauf an, was genau Sie meinen. Er war ziemlich direkt, hat immer gesagt, was er dachte, und damit kommt ja nicht jeder zurecht.«

»Aber er hatte nie Streit?«

»Nein, ganz sicher nicht.«

Mit ernster Miene fuhr sie fort:

»Wissen Sie, ich habe schon eine Menge erlebt, und ich war ganz sicher nicht die beste Mutter der Welt … Aber ich hätte nie gedacht, dass ich meine beiden Kinder überlebe. Niemals.«

Schwerfällig erhob Magnus sich.

»Es tut mir wirklich sehr leid«, sagte er. »Wir melden uns bei Ihnen, sobald wir mehr wissen.«

Susanne Nellert schnäuzte sich noch einmal in das Taschentuch. Als sich ihre Blicke trafen, schimmerten ihre Augen sonderbar blau.

29

Der Regen trommelte schonungslos auf das Glasdach des Einkaufszentrums, aber das Rauschen verlor sich im Gemurmel der vielen Menschen.

Lena Ek schob sich zwischen den Cafétischen hindurch und ihre üppigen Hüften wippten bedenklich in ihrer enganliegenden weißen Hose. Sie hatte wie immer ein Lächeln auf den Lippen. Linn vermutete dahinter eine Art Strategie. Solange sie lächelte, konnte ihr niemand böse sein. Gute Mädchen lächelten immer, und Lena wollte ein gutes Mädchen sein.

Außerdem gehörte sie zu der Sorte Mensch, die lieber ewig schwieg, als das kleinste bisschen über sich preiszugeben. Anfangs hatte das Linn so sehr verunsichert, dass sie eifrig drauflosgeredet hatte, nur um die immer wieder eintretende Stille zu überbrücken. Und genau aus diesem Grund wusste die Kollegin jetzt ziemlich viel über Magnus, Moa, Elin und den Umzug nach Österskär. Linn hingegen wusste fast nichts, außer dass Lena in einer Wohnung in Hägernäs wohnte und in ihrer Freizeit Orientierungslauf machte.

»Wie schön so ein richtiger Kaffee doch ist«, schwärmte Lena und setzte sich. Linn nickte, dabei war das bestimmt das Spannendste, was sie in der nächsten halben Stunde hören würde. Sie bereute es jetzt schon, die Kollegin überhaupt gefragt zu haben, ob sie mitkommen wollte. Wieso war sie nicht einfach allein gegangen?

Linn schaute sich um, sie hatten sich ein schönes Plätzchen

ausgesucht. Ein gemütliches Café, in dem es frisch gepresste Säfte und Salate mit Ziegenkäse gab und das durch große Topfpflanzen vor der Laufkundschaft abgeschirmt wurde. Zwei Frauen mittleren Alters saßen ein paar Tische entfernt, jede sprach laut in ihr eigenes Handy. Eine junge Frau stand hinter der grün gestrichenen Theke und schnitt dunkles Brot auf, ansonsten war das Café leer.

»Und, Lena, gibt es irgendwas Neues?«, versuchte Linn ihr Glück.

»Nein, nicht direkt.«

»Aha.« Linn trank einen Schluck von ihrem Kaffee.

Lena biss in ihr Teilchen und kaute langsam.

»Ich habe gehört, dass du einen meiner Patienten übernommen hast. Mattias Carlén, den Banker?«, sagte sie.

»Ja, das stimmt. Wir haben gerade erst angefangen, aber ich habe mir deine Aufzeichnungen angesehen.«

Lena legte das Teilchen zurück auf den Teller.

»Dem Typen ist nicht zu helfen.«

Linn schaute sie verdutzt an.

»Wie meinst du das?«

»Er war fast ein Jahr lang bei mir in Behandlung, ein total perverser Typ. Der hat sogar versucht, mich ins Bett zu kriegen, eine Siebenundfünfzigjährige!«

Darüber musste Linn lächeln.

»Na, so was ist doch nicht verboten.«

Lena schürzte die Lippen.

»Ein unverbesserlicher Perverser, glaub mir!«

»Ich bitte dich, Lena. Er ist freiwillig in Therapie, das ist doch schon mal was?«

Lena schlug mit den Armen aus.

»Wie ich höre, hat er dir noch nicht all seine Facetten gezeigt, aber das kommt sicher bald. Ich habe nicht alles aufgeschrieben, was er mir erzählt hat, weil ich vieles für reinen Unsinn gehalten habe. Er schockiert einfach gern, ein waschechter Prahlhans.«

Linn sagte nichts, sie wollte gar nicht mehr wissen. Was Mattias ihrer Kollegin im Vertrauen erzählt hatte, durfte sie gern für sich behalten.

»Was für ein mieses Wetter!«, sagte sie schließlich. Lena lächelte nur milde zur Antwort.

30

Jonathan war eingeschlafen, und obwohl er mittlerweile kein Kind mehr war, sah er im Schlaf noch immer wie ein kleiner Junge aus, so wie er unter dem Laken zusammengerollt dalag. Er war noch dünner als vor ein paar Monaten, und die dunkelblauen Schatten unter den Augen ließen ihn kränklich aussehen. Vorsichtig legte seine Mutter ihm die Hand auf die Stirn. Sie war warm. Nein, sie konnten einfach nicht länger hierbleiben.

Wir müssen hier raus, und zwar sofort.

Sie hatte das Gefühl, die Wände kämen immer näher. Nur in der Mitte des Verstecks konnte sie aufrecht stehen, und der Gestank vom Eimer wurde von Minute zu Minute unerträglicher.

Schnell ging sie zur Kochecke. Auf dem Tisch, der dank der gelben Plastikschüssel gleichzeitig die Spüle war, lag ein Brotmesser. Eins von diesen alten Messern mit Holzgriff, das irgendwie die letzten Jahrzehnte unbeschadet überstanden hatte. Ihre Mutter hatte es ihr mitgegeben, als sie von zu Hause ausgezogen war. Wie lange das mittlerweile her war, es kam ihr vor wie ein anderes Leben.

Sie legte die Fingerspitze an die Klinge und schielte zu Jonathan, der noch immer tief und fest schlief. Es hatte eine Zeit gegeben, da war er zur Schule gegangen, da war er wie alle anderen Kinder gewesen, hatte sich mit Freunden getroffen, gelacht und war abends Skateboard gefahren.

Aber eines Tages hatte das aufgehört, auch für sie. Nicht erst hier im Versteck unterm Dach, sondern schon lange vorher. Ihre Existenz war Stück für Stück zerstört worden. Traurig betrachtete sie ihren Sohn.

So viel war geschehen. Sie hatte zum Beispiel vom einen auf den anderen Tag ihren Job geschmissen, obwohl ihr gerade erst die Hauptverantwortung für die Familienseite der Zeitung übertragen worden war. Eine Aufgabe, von der sie jahrelang geträumt hatte.

Vielleicht hatten ihre Kollegen gedacht, sie würde in Urlaub fahren, dabei hatte sie sich nur in das isolierte Versteck unterm Dach zurückgezogen. Sieben Quadratmeter ohne Fenster, ein Meter achtzig hoch, aber eben nur in der Mitte.

Nun drehte sie probeweise das Messer in der Hand, schielte dabei aber immer wieder zu Jonathan, in der Hoffnung, er würde nicht aufwachen und Angst bekommen.

Nach ein paar zögerlichen Schritten schob sie die Klinge in den Spalt zwischen Wand und Luke, versuchte, das Schloss zu entriegeln. Aber ganz wie sie erwartet hatte, blockierte etwas. Sie drückte fester, doch der Schließmechanismus ließ sich nicht überlisten.

Kleine Schweißperlen tauchten an ihrem Haaransatz auf. *Bitte, lass es klappen*, dachte sie. Aber es klappte leider nicht.

Sie ging vor dem kleinen Schrank, der rechts von der Luke in die Ecke gedrängt stand, in die Hocke. Die kleine Schranktür knarrte leise beim Öffnen. Ihr schlug der leichte Geruch von Mottenkugeln entgegen. Im ersten Moment war sie enttäuscht, denn hinter dem kleinen Kleiderstapel lagen nur ein paar Bügel aus Holz. Doch dann sah sie, dass einer davon einen Haken aus Metall hatte. Vielleicht funktionierte es damit besser?

Ihre Finger taten weh, als sie versuchte, den dicken Haken noch krummer zu biegen, aber das ignorierte sie, so gut es ging. Eine irre Panik hatte sie ergriffen. Die Luft wurde immer schlechter, und sie fürchtete, dass ihnen bald der Sauerstoff ausgehen würde. Wie gut hatte Anders das Versteck eigentlich abgedichtet?

Sie holte die Küchenschere aus der Plastikschüssel in der Kochecke, mit deren Hilfe der Haken bald die gewünschte Form hatte.

Vor Anstrengung lief ihr der Schweiß herunter, denn trotz der Wochen im Versteck hatte sie nach wie vor mindestens dreißig Kilo Übergewicht. Sie schnaufte richtig, als sie sich erneut vor die Luke hockte. Einen Moment lang zögerte sie. Anders hatte sie gewarnt. Gesagt, es sei gefährlich da draußen. Dass dort jemand auf sie lauere. Trotzdem war jetzt alles anders, denn ihr Mann war verschwunden, und wenn sie nicht rechtzeitig hier herauskamen, würden sie verhungern oder ersticken.

Erneut warf sie einen Blick auf Jonathan. Einen normalen Tages- und Nachtrhythmus hatten sie schon lange nicht mehr, und obwohl es gerade erst Mittag war, schlief ihr Sohn tief und fest. Wenn es ihr gelungen war, die Luke zu öffnen, würde sie ihn überzeugen müssen, ihr hinauszufolgen. Sie hoffte, dass es nicht zum Streit kommen würde, sondern er ihr einfach vertraute, so wie er es früher getan hatte, als er noch jünger gewesen war. Trotzdem machte sie sich Sorgen, denn die Dinge hatten sich verändert, seit sie hier drin waren. Er hatte sich verändert.

31

Mattias Carlén saß weit zurückgelehnt auf dem Sofa, den Laptop auf dem Schoß, die Lautstärke voll aufgedreht, damit er alle Nuancen der Schreie hören konnte. Die Toys lagen neben ihm bereit. Schon bald würde die Frau, die er im Netz kennengelernt hatte, an der Tür klingeln. Schnell schaute er nach, ob er noch genügend Kondome hatte. Es war wichtig, auf so was zu achten, schließlich konnte man ja nicht ahnen, welchen Dreck diese Huren in sich trugen.

Die neuen, vereinfachten Sex- und Dating-Portale eröffneten wirklich eine Vielzahl neuer Möglichkeiten, man konnte sich hinter einem falschen Namen und einem noch falscheren Foto verstecken. Er verwendete oft Bilder von irgendwelchen ausländischen Internetseiten, das Risiko, dabei erwischt zu werden, hielt er für äußerst gering.

Trotzdem war er nervös; normalerweise traf er die Frauen nicht bei sich zu Hause. Das war nämlich nicht optimal, aber dieses Luder hatte sich bei der Preisverhandlung schon so professionell gegeben, dass er sich keine allzu großen Sorgen machte. Sie war ein Profi, und Profis hatten mindestens genauso viel Schiss vor der Polizei wie er. Es dürfte also keine Komplikationen geben.

Die meisten seiner Nachbarn waren arbeiten, aber selbst wenn doch jemand etwas hören sollte, würde niemand etwas unternehmen. Eine Wohnung in dieser Gegend war teuer, deshalb hielten die Nachbarn zusammen – oder scherten sich vielmehr nicht um Dinge, die sie nicht zu interessieren hatten, solange sie hinter verschlossenen Türen stattfanden.

Er stand auf und lief nackt zu dem großen Fenster, von dem aus man die Straße und den Strömmen überblicken konnte. Es regnete und die Tropfen prasselten hart auf die Wasseroberfläche. Er fragte sich, ob man ihn vom Schloss aus sehen konnte. Dann lachte er leise in sich hinein und bewegte übertrieben die Hüften Richtung königliche Herrschaft. Was, wenn die wirklich dort am Fenster standen und seine Silhouette sahen, die sich rhythmisch bewegte? Allein beim Gedanken daran wurde er hart.

Der Ton der Türklingel mischte sich mit den Schreien des Internetvideos. Mattias ging schnell zum Sofa und klappte den Laptop mit einem Knall zu. Es war so weit.

32

Janna Levander versuchte weiter, vorsichtig den Schließmechanismus zu überlisten. Unweigerlich dachte sie an Anders. *Hatten sie ihn doch in die Finger bekommen? Vielleicht sogar getötet?* Die ganze Zeit waren sie ihnen einen Schritt voraus gewesen. Aber egal, was ihrem Mann zugestoßen war, sie durfte nicht zusammenbrechen, selbst dafür reichte ihre Kraft nicht mehr. Sie bearbeitete weiter das Schloss.

Wohin sollten sie gehen, wenn sie einen Weg aus dem Versteck gefunden hatten? Ihnen würde ja doch niemand glauben. Niemand würde sich um sie kümmern. Sie konnten ja nicht einmal zur Polizei gehen … Da würde man ihr direkt ins Gesicht lachen, wenn sie erklärte, dass überall Mörder lauerten. Außerdem wollte sie auch nicht, dass ihr irgendwelche Fragen gestellt wurden …

Sie wischte sich die schweißnassen Hände am Ärmel ab. Bald würde Jonathan aufwachen und ihr Vorhaben erschweren. Er hatte sie nie ernst genommen. Für ihn hatte seit jeher nur Anders gezählt.

Sie konnte sich noch gut daran erinnern, wie gebannt Jonathan seinem Vater zugehört hatte, als der davon erzählt hatte, dass jemand ihm in die U-Bahn gefolgt war. Und von den Drohbriefen, in denen stand, dass sie aufgespießt werden würden. Natürlich hatte sie selbst ein paar der Briefe mit dieser krakeligen Handschrift gesehen, in denen erst ihre Ermordung angekündigt worden war und dann die Tage heruntergezählt wurden. Trotzdem wurde sie den Verdacht nicht los, dass Anders die Briefe selbst geschrieben hatte. Was, wenn er verrückt geworden war? Hatte er nicht einmal ein Familienmitglied erwähnt, das an Schizophrenie gelitten hatte?

Sie schob den Haken in die Gesäßtasche und ließ sich erschöpft mit dem Rücken gegen die Luke sinken. Immer öfter verließen sie die Kräfte.

Am liebsten hätte sie geschrien, mit den Fäusten gegen die Luke getrommelt, aber es würde ja doch nichts nützen. Anders hatte mehrere Wochen lang an diesem Versteck gearbeitet, und wenn er eins war, dann sorgfältig. Noch dazu wagte sie es nicht, Lärm zu machen, falls es wirklich so war, wie Anders behauptete. Dass sie verfolgt wurden, dass es Leute gab, die sie beschatteten, Leute, die sie umbringen wollten.

Wenn sie ehrlich zu sich war, musste sie sich eingestehen, dass sie sie auch gespürt hatte, nicht nur Anders. Die Augenpaare, die sie beobachteten. Vielleicht nicht, wenn sie auf der Arbeit war, aber sobald sie die Redaktion verlassen hatte, in den Geschäften, an der Bushaltestelle, überall. Ganz besonders ein Mann war ihr aufgefallen. Den hatte sie im Herbst und im Winter mehrfach gesehen, das erste Mal in der Nähe von Jonathans Schule. Da hatte er beim Schulhof gestanden und Jonathan und seine Freunde beobachtet, die auf einer Bank gesessen und sich unterhalten hatten. Erst war sie davon ausgegangen, dass er einen der anderen Jungs kannte, aber als er sie gesehen hatte, war er so schnell aufgebrochen, als hätte er sich ertappt gefühlt … Ja, genau. Als hätte sie ihn bei etwas erwischt.

Sie erschauderte. Am Tag darauf war er wieder aufgetaucht, diesmal stand er auf der gegenüberliegenden Straßenseite und starrte zu ihrem Bürofenster in der Zeitungsredaktion hinauf. Sie hatte ihn sofort erkannt und sich hinter ein paar Pflanzen geduckt. Als sie vorsichtig hervorgelugt hatte, war er schon wieder weg gewesen. Da hatte sie es nicht mehr lange im Büro ausgehalten, behauptet, es ginge ihr nicht gut, und war nach Hause gefahren. In Wahrheit hätte sie es nicht ausgehalten, noch den ganzen Tag abzusitzen und erst aufbrechen zu können, wenn sich die Dunkelheit schon über den Parkplatz gesenkt hatte.

Sie war für die Inhalte der Familienseiten zuständig, für Gratulationen und kurze Lebensläufe verschiedener Menschen, also nicht gerade für die brandheißen Themen, mit denen sie ins Kreuzfeuer geraten und das Interesse von Stalkern, Rassisten oder frauenfeindlichen Individuen wecken konnte. Natürlich konnte irgendein Verrückter auf ihren Namen und das kleine, wenig vorteilhafte Foto von ihr aufmerksam geworden sein, das neben jedem ihrer Artikel gezeigt wurde, aber das hatte sie selbst nicht überzeugt. Sie sah ziemlich schrullig aus mit ihrer Brille, dem starken Übergewicht, den mausgrauen Haaren und der praktisch nicht existenten Frisur. Sie fiel eigentlich nie sonderlich auf, weder in der Redaktion noch auf der Straße. Wieso also wollte jemand sie alle töten? Sie konnte das einfach nicht verstehen … oder doch? Sie schlug sich die Hände vors Gesicht.

Wo blieb Anders? Sie brauchte ihn gerade mehr denn je.

33

Friedrich Steuer wiegte das Stahlrohr in der Hand. Es war schwer und das eine Ende gefährlich spitz geschliffen. Wer versteckte ein Rohr in der Wand eines Hotelzimmers? Die Frau, die er im Internet kennengelernt hatte, war definitiv nicht ganz richtig im Kopf, so viel war klar. Trotzdem musste er ihren kranken Anweisungen folgen, schließlich stand nicht nur sein Leben auf dem Spiel, auch Katharina und Sascha schwebten potenziell in Gefahr.

Guter Gott, hoffentlich tat sie den beiden nichts. Aber sie war unberechenbar, und Mitgefühl schien sie nicht zu kennen. Zum wiederholten Male fragte er sich, wie er nur so dumm hatte sein können? Wie war er auf ihre freundlichen Worte und ihre sanfte Art hereingefallen? Sie war wie eine schnurrende Katze gewesen, hatte ihm herrlichen Sex und grenzenlose Verehrung versprochen. Und er hatte sich nur zu willig einwickeln lassen. Sie war wie ein Traum gewesen, wie die Erfüllung all seiner geheimsten Wünsche.

Bis zu dem Tag, an dem er ihr sein größtes Geheimnis verraten hatte. Danach hatte sich alles verändert.

Jetzt musste er tun, was sie von ihm verlangte, ihren Befehlen folgen wie ein Soldat, aber er würde das schaffen. So sehr unterschied sich das nicht von dem, was er schon einmal gemacht hatte: Ein Leben hinter sich zu lassen oder aktiv eins zu nehmen war ja fast das Gleiche.

Vorsichtig drückte er die Spitze des Stahlrohrs gegen sein

Hosenbein. Sie drang sofort in seinen Oberschenkel, und ein kleiner Blutfleck bildete sich auf dem grauen Stoff. Er tastete mit der Fingerspitze danach und war fast erleichtert, dass etwas passierte und seinen vakuumähnlichen Zustand durchbrach.

Aber er konnte nicht hierbleiben, bald war es an der Zeit, zu dem Brunnen zu fahren, den die Frau für ihn ausgewählt hatte. *Dorthin fährst du danach*, hatte sie geschrieben. Schon da hatte er verstanden, was sie von ihm wollte. Er sollte sein eigenes Grab begutachten. Aber nach dem, was er diesen Menschen antun sollte, konnte er an sein früheres Leben sowieso nicht mehr anknüpfen. Dann wiederum hatte er seine Lebenszeit ohnehin längst überzogen, seit diesem Tag, an dem ihm hilflose Hände entgegengestreckt wurden – seit dem Tag, an dem er seinen Vater sterben gesehen hatte.

34

Magnus stellte eine Tasse in den Kaffeeautomaten. Er war zugleich enttäuscht und verwundert darüber, dass Anders Levander noch immer nicht gefasst worden war.

In Gedanken ging er noch einmal die Umgebung des Krankenhauses durch. Levander war verletzt, und trotzdem war es ihm gelungen zu entkommen, ohne dass ihn jemand gesehen hatte. Wie konnte er sich so lange versteckt halten?

Magnus nahm die volle Tasse aus dem Automaten und wollte gerade den ersten Schluck trinken, als er spürte, dass jemand hinter ihm stand. Hastig fuhr er herum.

»Entschuldige, ich wollte dich nicht erschrecken.« Sofie lächelte ihn an.

»Kein Problem. Geht es dir nicht gut? Du siehst so müde aus.«

Sofie fuhr sich mit der Hand durchs Haar.

»Doch, doch, alles in Ordnung. Ein paar Schlucke Kaffee, dann bin ich wieder wie neu.«

Sie stellte ihre Tasse in den Automaten, drückte auf den Knopf und schon ratterte die Maschine los.

»Konntest du etwas über Anders Levanders Frau und Sohn in Erfahrung bringen?«, fragte Magnus und nippte weiter an seinem Kaffee.

Sofie schüttelte den Kopf.

»Ich …«

»Kommt ihr?«

Arne Normans sonnengebräuntes Gesicht tauchte in der Tür zum Besprechungszimmer auf der anderen Seite des Flurs auf.

»Sicher, schon unterwegs.« Sofie winkte ihm zu und wandte sich dann wieder an Magnus. »Ich erzähl das gleich für alle, okay?«

Zusammen gingen sie über den Flur ins Besprechungszimmer. Magnus musterte Sofie verstohlen. Sie sah nicht nur müde, sondern durch und durch erschöpft aus. Irgendwie machte sie das merkwürdigerweise sympathisch, weniger steif und roboterhaft.

Roger und Arne saßen bereits am Tisch.

»Wie verfahren wir denn jetzt im Fall Anders Levander?«, fragte Arne und blickte in die Runde.

»Wie gehabt«, sagte Roger. »Sein Haus in Åkersberga wird beschattet, dabei geht niemand davon aus, dass Levander so dumm ist, dorthin zurückzukehren.«

»Das glaube ich auch nicht. Im Gegenteil, ich halte Levander für ziemlich clever. Und noch dazu gefährlich. Ich weiß nicht, ob ihr es schon alle mitbekommen habt, aber die Fingerabdrücke vom Schaft der Axt stimmen mit denen überein, die wir im Krankenhaus von ihm genommen haben. Außerdem konnte ihm ein Teil der Blutspuren vom Tatort zugeordnet werden. Mit anderen Worten: ein sonnenklarer Fall.« Arne klatschte zufrieden in die Hände.

Roger schnaubte.

»Wie bitte? Selbst wenn er die Axt in der Hand hatte, wissen wir noch nicht, welche Verbindung es zwischen Anders Levander und Tomas Nellert gibt. Wo ist die Sache denn sonnenklar?«

»Das erfahren wir sicher, wenn wir Levander erst haben«, sagte Magnus.

Sofie schaute von ihren Notizen auf.

»Es gibt übrigens immer noch keine Spur von seiner Frau und seinem Sohn. Die sind einfach unauffindbar, und das Seltsame ist, dass sie schon länger verschwunden zu sein scheinen. Sie sind seit Wochen weder im Büro noch in der Schule gewesen.«

Arne erhob sich und lief im Zimmer auf und ab.

»Und was sagt uns das?«

»Keine Ahnung … Ich habe bisher leider nicht mehr herausgefunden, als dass die Frau Janna Levander heißt und Familienredakteurin bei der *Norrtelje Tidning* ist. Der Sohn heißt Jonathan und ist vierzehn. Wie gesagt, fehlt von beiden jede Spur. Niemand weiß, wo sie sind, weder Verwandte, Freunde noch Kollegen.«

»Kontaktiere weiter alle, die etwas von ihnen gehört haben könnten«, sagte Arne.

Sie nickte.

Magnus lehnte sich mit einem Seufzer zurück.

»Die sind tot.«

Roger schüttelte den Kopf.

»Jetzt zieh mal keine voreiligen Schlüsse, Magnus. Dafür spricht erst mal nichts.«

Arne fiel ihnen ins Wort.

»Ihr beide treibt mir diesen Anders Levander auf. Irgendwo muss der stecken und weit kann er in seinem Zustand nicht gekommen sein. Wenn ihn keiner versteckt natürlich. Überprüft seine Freunde und Verwandten.«

»Ist das nicht schon längst passiert?« Magnus schaute ihn fragend an.

»Dann fangt eben noch einmal von vorne an. Irgendjemand muss wissen, wo er ist.«

Die anderen waren schon in ihre Büros zurückgekehrt, nur Magnus saß noch an dem großen Konferenztisch. Die Bilder vom See tanzten wie eine makabre Diashow in seinem Kopf. Selbst nach so vielen Jahren im Polizeidienst gehörten abgehackte Köpfe nicht gerade zum Alltagsgeschehen. Was hatte Tomas Nellert überhaupt in Åkersberga gewollt? War das Ganze etwa ein Eifersuchtsdrama? Hatte Nellert etwa eine Affäre mit Janna Levander gehabt?

Nellert war fast zwanzig Jahre jünger als sie, aber nichts war unmöglich. Das würde zumindest Anders Levanders Wut erklären. Man schlug jemandem doch allerhöchstens im Affekt den Kopf ab?

Magnus massierte sich die Schläfen. Es war seine Schuld, dass ihnen Levander entwischt war. Niemand hatte das bisher laut ausgesprochen, aber gedacht hatten sie es bestimmt. Warum um alles in der Welt hatte er den Kollegen bloß in die Pause geschickt? Wie idiotisch von ihm. Er schüttelte sich. Er musste damit aufhören, sich ganz darauf konzentrieren, wo Levander stecken könnte.

Erneut warf er sich vor, nicht sofort die Verfolgung aufgenommen zu haben, aber Linn war ihm in dem Moment einfach wichtiger gewesen. Das konnte doch nicht falsch gewesen sein, sie hatte schließlich eine Verletzung.

Er starrte auf den braunen Teppich. Er hatte seine Frau mit einem potenziellen Mörder allein gelassen. Warum? Weil sie immer so stark wirkte? Weil er den apathischen Mann mit dem albernen Aussehen für harmlos gehalten hatte?

Schon fingen seine Beine wieder an zu kribbeln, und die Angst vor einem Hirntumor kehrte mit voller Wucht zurück und mischte sich mit den Schuldgefühlen.

Roger kam schweigend ins Büro und berührte ihn leicht an der Schulter.

»Du? Sofie sitzt am Schreibtisch und telefoniert noch mal alle Leute ab, die Kontakt zu den Levanders haben könnten.

Ich wollte ins Krankenhaus fahren, um mich da noch einmal umzusehen«, sagte er.

Magnus brummte.

»Da gibt es doch nichts mehr zu sehen«, sagte er. »Der gesamte Gebäudekomplex ist mehrfach durchsucht worden.«

»Na und? Selbst wenn ich dabei nur herausfinde, wohin er verschwunden sein könnte. Levander hatte doch nur einen dieser Krankenhausschlafanzüge an, oder? Damit muss er doch aufgefallen sein.«

»Trotzdem hat ihn niemand gesehen«, sagte Magnus. »Das ist mir absolut unbegreiflich.«

»Vielleicht ist er doch noch in der Klinik.«

Magnus nickte nachdenklich.

»Das würde natürlich erklären, warum er nicht gesehen wurde … Weißt du was, ich komme einfach mit.«

35

Anders Levander war kein Autodieb. Fakt war, dass er nicht einmal die leiseste Ahnung hatte, wie man ein Auto kurzschloss. Trotzdem schob er sich nun geduckt an den geparkten Wagen in der Tiefgarage vorbei und testete, ob eins der Fahrzeuge nicht abgeschlossen war. Immer wieder sah er sich besorgt um, ob er auch nicht beobachtet wurde. Sein Bein schmerzte so sehr, als wäre der restliche Körper kurz davor, es abzustoßen. Er biss sich auf die Lippe, um nicht laut zu stöhnen.

Er hatte jedes Zeitgefühl verloren. Wie lange war er eigentlich in dem Krankenhaus herumgeirrt?

Unaufhörlich irrten seine Gedanken zurück zum See. Das Wasser hatte so schön gefunkelt in der dunklen Nacht. Die Ruhe, die Stille – hin und wieder unterbrochen von einem Böller zur Walpurgisnacht. Er hatte die frische Nachtluft tief eingeatmet und plötzlich die Hoffnung gehabt, alles könnte wieder gut werden. Es hatte sich so angefühlt.

Während Janna und Jonathan im Versteck schliefen, hatte er auf einem Stein zwischen den Bäumen gesessen und dem Rascheln des Schilfs gelauscht, das in der sanften Brise wippte. Hatte sich eine Pause von all dem Grauen und der Enge des Dachbodens gegönnt.

Er hatte sie eingesperrt, wie sonst auch, wenn er das Versteck verließ, und da unten am Wasser fast so etwas wie Gelassenheit gespürt. Keine Verfolger, so weit das Auge reichte.

Er konnte nicht genau sagen, wann, aber an irgendeinem Punkt hatte sich das Gefühl von Freiheit verabschiedet und war der Erkenntnis gewichen, dass da jemand war, dass er auch hier beobachtet wurde.

»Hallo?«, hatte er gerufen und dann … Ja, dann war alles so schnell gegangen. Er hatte nach der Axt gegriffen und war geradewegs auf den Schatten zugerannt.

Anders lehnte sich mit der Stirn gegen eins der Autos. Benzingestank stieg vom Asphalt auf, ihm wurde schwindelig.

Er war kein Mensch mehr. Er war ein Monster. Ein Untier.

Aber selbst Untiere überlebten, also schüttelte er sich und lief weiter im Zickzack durch die Tiefgarage der Klinik, verzweifelte Blicke in die Wagen werfend. Schließlich blieb er stehen. In einem rostigen, alten Audi entdeckte er endlich, worauf er gehofft hatte. Aber im selben Moment näherten sich Stimmen. Anders warf nervös einen Blick über das Autodach und ließ sich langsam zwischen den Autos auf den Boden sinken. Zwei Frauen näherten sich. Sie unterhielten sich angeregt und sorglos, und eine von ihnen suchte nach etwas in ihrer Handtasche.

Und dann blieben sie auch noch direkt neben dem Audi stehen, weshalb Anders einen schrecklichen Moment lang glaubte, sie hätten ihn entdeckt. Doch schon ertönte der schrille Signalton eines automatischen Türöffners, und die beiden Frauen stiegen in das Auto, das neben dem Audi parkte. Während der Wagen langsam rückwärts aus der Lücke fuhr und sich dann entfernte, überkam Anders eine Woge der Erleichterung, und er fing an zu weinen. Der Unterboden des Audis befand sich nur wenige Zentimeter vor seinem Gesicht, und Anders fühlte sich das erste Mal seit Tagen sicher. Aber wie lange würde das anhalten? Wie weit würde er es schaffen?

36

»Willst du ein Kaugummi?«

Roger reichte Magnus eine zerknickte Packung Stimorol.

»Gerne, die hab ich ja ewig nicht mehr gehabt«, sagte Magnus.

»Ich mag sie nicht sonderlich, aber immerhin macht das Frettchen mir die nicht streitig.«

»Nennst du ihn jetzt nur noch ›Frettchen‹? Hatte er nicht einen Namen?«

»Oskar, aber er verdient es nicht, beim Namen genannt zu werden. Der beißt so extrem, dass ich ihm die Schnauze zubinden muss.«

»Wie eine tollwütige Ratte?« Magnus grinste.

Roger zuckte nur mit den Schultern und wollte offenbar nicht weiter darüber sprechen. Magnus lächelte in sich hinein. Das war so typisch für Roger, auf ein Nagetier sauer zu sein!

»Du bist ein wahrer Tierfreund«, sagte er und merkte, wie sein Bein zuckte und dabei das Gaspedal traf. Der Wagen beschleunigte ruckartig.

»Alles in Ordnung?« Roger legte eine Hand ans Lenkrad und betrachtete ihn besorgt.

»Ja, mir zucken nur manchmal die Beine.«

Roger legte die Stirn in Falten.

»Hast du das mal untersuchen lassen?«

»Ja, die haben Tests gemacht, das kann irgendwas mit dem Nervensystem sein. Ich warte noch auf das Ergebnis.«

Roger musterte ihn beunruhigt.

»Seit wann hast du das?«

»So ungefähr ein Jahr.«

»Ein Jahr! Was sagt denn Linn dazu?«

»Nichts.«

»Nichts?«

»Na ja, sie weiß nichts davon.«

Roger schüttelte den Kopf.

»Was ist denn das für ein Scheiß, Magnus?«

Magnus starrte geradeaus auf die Fahrbahn.

»Ich wollte sie nicht unnötig damit belasten. Letztes Jahr ist doch so viel passiert. Angefangen hat es fast zeitgleich mit dem Brandanschlag … Seither gab es irgendwie nicht die passende Gelegenheit, es anzusprechen.«

»Es klingt aber wie etwas, das du ihr definitiv sagen solltest. Du lässt dir einfach Zeit und verdrängst die Sache, dabei könnte es auch etwas Ernstes sein. Hat sie denn nichts gemerkt?«

Magnus bog zum Karolinska ab und vermied es, Roger anzusehen.

»Manchmal dauert es eben, bis man sich so was eingesteht.«

Roger verdrehte die Augen.

»Na, du bist halt, wie du bist.«

»Was willst du denn damit sagen?«

»Ach, nichts. Linn wird stocksauer sein, wenn sie es erst so spät erfährt. Du betonst doch sonst immer, dass ihr beide über alles sprecht. Wann bekommst du das Ergebnis?«

»Erst in ein paar Wochen.« Magnus steuerte mit verlegener Miene die Tiefgarage der Klinik an, aber Roger ließ nicht locker.

»Was könnte es denn im schlimmsten Fall sein?«, fragte er.

»Keine Ahnung«, murmelte Magnus und drehte das Radio lauter in dem Versuch, die Stimme zu übertönen, die laut in seinem Kopf schrie: *Ein Tumor! Es ist ein Tumor!*

37

Die Autoscheibe zerbrach kaum hörbar. Anders schaute zu dem Ziegelstein in seiner Hand. Wie war der dort hingekommen? Er hatte bisher nicht mal einen Stift von der Arbeit mitgehen lassen, geschweige denn je einen Strafzettel bekommen, und jetzt war er ein Mörder auf der Flucht, der Scheiben von Autos einschlug. Er schluckte schwer und entfernte mit dem Stein so viel von der Scheibe, dass er bequem in den Innenraum greifen konnte. Er schob den Arm bis zur Achsel hinein und glitt ein paarmal mit den Fingern ab, bevor er den Türknopf endlich zu fassen bekam und hochziehen konnte.

Die blaue Regenjacke, die auf der Rückbank lag, sah ziemlich groß aus, aber das war nicht schlecht, schließlich musste sie die Krankenhauskleidung verdecken. Er zog sie schnell über. Sie roch nach feuchtem Keller.

Da es immer noch wie aus Kübeln schüttete, würde er mit der Regenjacke nicht weiter auffallen. Er schaute sich weiter im Auto um und fand eine halb leere Wasserflasche, die zwischen den Sitzen steckte.

Als er sie geleert hatte, warf er sie auf den Rücksitz. Es blieb nicht mehr viel Zeit, bis der Sauerstoff im Versteck ausging. Beim Gedanken an Janna und Jonathan brannte ihm das Herz, er musste nach Hause. Nach Hause zu den Seinen.

38

Magnus fuhr in die Tiefgarage der Klinik und steuerte den Wagen langsam über die gebogene Rampe zur Ebene null. Dunkel erinnerte er sich, dass man dort unten eigentlich immer einen freien Parkplatz fand.

»Ich habe mit Sofie geredet«, sagte er.

Roger hob die Augenbrauen.

»Und?«

»Ich finde, sie macht einen sehr müden Eindruck.«

Roger fuhr sich mit der Hand durchs Haar.

»Ja, stimmt. Sie ist nicht ganz so perfekt zurechtgemacht wie sonst, aber eigentlich ist das in ihrem Fall eher eine Verbesserung.«

»Schon … Trotzdem ist es ungewöhnlich, sie so erschöpft zu sehen. So würde sich unsere Perfektionistin doch unter normalen Umständen nicht zeigen.«

Roger zuckte mit den Schultern. »Perfekt würden die einen sagen, die anderen vielleicht eher sterbenslangweilig. Und kalt wie ein toter Fisch, ein ungekochter toter Fisch.«

»Vielleicht.« Magnus musste unfreiwillig grinsen.

Ein Mann in einer dunklen Regenjacke kam ihnen entgegen, und Magnus steuerte den Wagen langsam an ihm vorbei. Zwanzig Sekunden später trat er auf die Bremse. Barfuß! Der Mann war barfuß gewesen!

Magnus drehte sich um, spähte in alle Richtungen, aber auf dieser Parkebene war niemand mehr.

»Levander! Das war Levander!«, brüllte er.

»Was?«, fragte Roger.

»Der Typ, an dem wir gerade vorbeigefahren sind!«

Zeitgleich stürzten sie aus dem Auto. Magnus' Beine fühlten sich fast schwerelos an, als er die spiralförmige Rampe nach oben Richtung Tageslicht rannte. Er hatte die Dienstwaffe gezückt, hielt sie am langen Arm nah am Körper.

»Such du zwischen den geparkten Autos, Roger!«, rief er, während er weiter nach oben lief. Behände sprang er über die Schranke an der Einfahrt und rannte in den Regen hinaus. Levander war nirgends zu sehen. Schon wieder war er wie vom Erdboden verschluckt. Das war doch nicht zu fassen. Magnus starrte die Straße hinunter. Wie konnte er schon wieder einfach verschwinden?

Der Regen prasselte auf ihn nieder und klebte ihm das dunkle Haar an den Kopf. Magnus konnte nicht mehr klar denken. Wo zum Henker war dieser verfluchte Kerl hin? Er holte tief Luft und schaute sich um. Levander musste die Straße verlassen haben.

Magnus lief mit schnellen Schritten zurück zur Rampe und schaute über das Geländer hinunter in die Dunkelheit. Es ging mindestens zehn Meter direkt in die Tiefe, Levander hätte sich beide Beine gebrochen, wenn er da hinuntergesprungen wäre. Auf der anderen Seite der Rampe gab es ebenfalls keine Fluchtmöglichkeit, dort war eine hohe Betonmauer. Magnus legte sich schützend die Hand an die Stirn, um den Regen abzuschirmen.

Fünfzig Meter vor ihm bot sich allerdings ein ganz anderes Bild. Dort grenzte eine Böschung an die Rampe, von der aus man mit ein bisschen Mühe und Geschicklichkeit die Fernstraßen erreichen konnte. War Levander das geglückt? War er zur E4 oder geradewegs in den Autotunnel gelaufen?

Magnus rannte los und sprang mit einem Satz die Böschung hinunter. Mit einem schmerzerfüllten Stöhnen landete er ein paar Meter tiefer auf dem feuchten Gras.

39

Anders hockte, mit dem Rücken gegen die Mauer gepresst, im Gebüsch. Er zitterte vor Angst, denn nur ein paar Meter vor ihm kam der große Mann wieder auf die Füße.

Ich will ihn nicht töten, ich will nicht!

Der große Mann hatte eine Waffe in der Hand, so viel konnte er erkennen. Jetzt verfolgten ihn schon zwei, bisher war es immer nur ein Einzelner gewesen. Aber er hatte einen ihrer Ausgesandten getötet, und jetzt musste er dafür bezahlen. Sie hatten ihre Kräfte verdoppelt. Nur wo war der andere? Noch im Parkhaus?

Anders warf einen besorgten Blick hinauf, rechnete fast damit, das Gesicht des anderen oben an der Mauer zu sehen, aber da war niemand.

Der groß gewachsene Mann rannte die Böschung hinunter zur Autobahn. Kurz darauf verschwand er im Tunnel, die Waffe vor sich.

Anders schluckte und zwang sich, aufzustehen. Er huschte wie ein Schatten an der Betonmauer entlang und schlug dann ebenfalls den Weg die Böschung hinunter ein, allerdings in die entgegengesetzte Richtung, geradewegs auf die schmale Straße zu, die das Universitätsklinikum vom Norra Begravningsplatsen trennte, dem sechzig Hektar großen, grünen Nordfriedhof mit seinen dreißigtausend Gräbern.

Er humpelte stark, als er die Straße überquerte, gab sich aber große Mühe, aufrecht zu bleiben.

Die Bilder des Mannes, der am See aufgetaucht war, kamen ihm wieder in den Sinn. Das Stahlrohr, bei dessen Anblick er die Kontrolle verloren hatte. Die Axt, die durch die Luft gesaust war. Das Geräusch hatte er immer noch deutlich im Ohr. Er hatte auf den Kopf gezielt … Und dann war ihm die Sicherung durchgebrannt. Als hätte das Entsetzen ihm einen Stromschlag versetzt. Er hatte nicht aufhören können. Und dann war alles rot gewesen. Er hatte das Rohr weggeschleudert, an viel mehr konnte er sich nicht erinnern. Er war auf dem kleinen Waldweg auf- und abgelaufen, hatte schrill und laut mit sich selbst geredet, und dann war ihm das verdammte Auto aufgefallen. Hatte er sich daran nicht auch ausgelassen? Ihm war, als hätte er daneben gestanden und sich selbst zugesehen. Ja, er hatte auf den Wagen eingeschlagen. Hatte den Benzinkanister aus dem Kofferraum geholt und das ganze Mistauto mit dem Benzin getränkt. Hatte sich daran erfreut, wie das Glas barst und wie komisch es klang, als er mit der Axt auf den Motor einschlug. Dann war der Wagen in Flammen aufgegangen und mit einem wunderbaren, lauten Knall explodiert. Eine unglaubliche Wut war durch seine Adern gerauscht, wie eine uralte Kraft, die sich nicht bremsen ließ, und erst als von dem Auto nichts mehr übrig war, hatte er die toten Vögel bemerkt, vor Schreck die Axt fallen lassen und war in den Wald gestolpert.

Sein Leben war gelaufen. Das hatte er jetzt begriffen.

An der Hecke auf der anderen Straßenseite blieb er noch einmal stehen und blickte sich mit leeren Augen um, bevor er in das schattige Dunkel des Friedhofs verschwand.

40

Linn betrachtete sich im Badezimmerspiegel und war sich nicht sicher, ob ihr gefiel, was sie dort sah. Da war etwas in ihrem Blick, etwas Bestimmtes, das sich mit etwas Undefinierbarem mischte, das sie nicht benennen konnte. Vielleicht manifestierten sich dort all die widerstrebenden Ideen, die ihr seit Levanders Übergriff in der Klinik nicht aus dem Kopf gingen. Oder es war etwas viel Älteres, das sich dort zeigte, vielleicht seit dem Bruch mit ihren Eltern? Dabei war seit diesem Tag eine neue Kraft durch sie geströmt, sie hatte Mut geschöpft und plötzlich daran geglaubt, sich ein eigenes Leben aufbauen zu können, ganz ohne Alkohol und die elterlichen Saufexzesse.

Wie dem auch sei, jetzt gab es sowieso keinen Weg mehr zurück. Sie hatte ihre Eltern gebeten, sich in Therapie zu begeben, aber das hatten sie abgelehnt. Mehr konnte sie doch auch nicht tun.

Das Wasser floss aus dem Hahn, und sie beugte sich hinunter, um sich das kalte Wasser vorsichtig ins Gesicht zu spritzen. Sie musste sich zusammenreißen.

Sie trocknete sich ab und ging ins Wohnzimmer.

Magnus war vor dem Fernseher eingeschlafen, klein zusammengerollt, eine Hand unter der Wange. Er sah anders aus, wenn er schlief. So sorglos.

Linn nahm die Decke vom Sessel und breitete sie vorsichtig über ihm aus. *Alles wird gut, das muss es einfach.*

Sie schaltete den Fernseher aus und setzte sich zu Magnus' Füßen. Er war fürchterlich frustriert nach Hause gekommen, und sie konnte ihn sehr gut verstehen. Wieder war Anders Levander zum Greifen nahe gewesen.

Sein Bein zuckte, und Linn legte ihm beruhigend die Hand auf den Oberschenkel. Magnus hatte immer tief und fest geschlafen, aber in der letzten Zeit hatte er in fast jeder Nacht Zuckungen. Fast so, als hätte er dieses Restless-Legs-Syndrom. *Er muss unbedingt zum Arzt*, dachte sie besorgt.

Sie stand auf und ging auf die Terrasse. Es war kühl, aber sie fror nicht. Im grauweißen Mondschein konnte sie weiße Punkte auf der Wiese erkennen. Das waren die Krokusse, die sie letztes Frühjahr mit den Kindern gepflanzt hatte, als sie gerade eingezogen waren.

Sie knotete den Morgenmantel fester und machte einen Schritt auf die Wiese. Sie spürte das taufrische, feuchte Gras unter den nackten Füßen, das sie sogar zwischen den Zehen kitzelte. Sie ging bis zur Mitte des Gartens, umrundete das Haus, lief zum Auto und setzte sich auf den Beifahrersitz. Sie schaltete das kleine Licht an und kramte im Handschuhfach, bis sie den Straßenatlas gefunden hatte.

Levander konnte jetzt nur noch fliehen. Apathisch war er nicht, im Gegenteil, besonders wenn es darauf ankam, bewies er eine enorme Geistesgegenwart.

Sie gestand es sich ungern ein, aber er imponierte ihr. Der kleine Gymnasiallehrer schien geradezu ein kriminelles Genie zu sein. Die Polizei hatte seit seinem Verschwinden die Straßen strengstens kontrolliert und die Klinik inklusive Parkanlagen mehrfach durchkämmt. Er hätte ihnen nicht durch die Finger gehen können, und trotzdem war ihm genau das gelungen. Es war möglich, dass ihn jemand abgeholt hatte, aber laut Magnus hatte Levander weder Geld noch Handy, insofern hätte niemand wissen können, wo er überhaupt zu finden gewesen war.

Linn maß die Entfernung zwischen Åkersberga und dem Universitätsklinikum mit den Fingern. Das war schon eine ziemliche Strecke, wenn er denn vorhatte, nach Hause zu laufen. Aber wieso sollte er das überhaupt versuchen? Seine Familie war auf mysteriöse Weise verschwunden, und nur um sich frische Kleider und Geld zu holen, war das Risiko viel zu hoch.

Aber wohin sollte er sonst? Gab es vielleicht doch jemanden, der bereit war, ihn zu verstecken?

Linn war tief in die wildesten Spekulationen versunken, als Magnus plötzlich seinen Kopf in den Wagen steckte.

»Was machst du denn hier? Ich habe dich gesucht.« Er betrachtete sie ärgerlich.

Linn schlug den Straßenatlas zu und schob ihn zurück ins Handschuhfach.

»Ich habe nur etwas nachgeschaut.«

»Um halb eins in der Nacht?«

»Ja, hat sich aber erledigt. Bist du aufgewacht?«

»Ja, und du warst nicht da. Ich hatte plötzlich richtig Angst um dich, bis ich hier draußen Licht gesehen habe.«

Linn tätschelte seine Wange.

»Komm, gehen wir wieder rein.«

Sie nahm seine Hand, und so gingen sie zusammen in den Garten, der im Mondschein blaugrün schimmerte.

»Hast du dich eigentlich mal gefragt, wie es wäre, es hier zu machen? Mitten auf der Wiese?«, sagte sie unvermittelt und schaute ihn mit funkelnden Augen an.

Magnus sah sich besorgt um.

»Hier? Und wenn die Nachbarn uns sehen? Dann müssen wir sofort umziehen!«

»Ach … Es ist doch dunkel, uns wird schon niemand sehen.«

Magnus grinste.

»Du hast eine schmutzige Fantasie.«

»Das wird ja wohl mal erlaubt sein.«

Sie legte sanft die Arme um ihn und zog ihn mit sich ins Gras. Passenderweise schob sich genau in diesem Moment eine Wolke vor den Mond und verbarg die beiden in fast völliger Dunkelheit.

41

Anders Levander kroch hinter einem Grabstein hervor. Sein Gesicht war schmutzig, und die Regenjacke stand vor getrocknetem Lehm. Er blickte sich schnell um. Der römisch-katholische Teil des Friedhofs lag hinter ihm, und die Schatten der alten Grabmale verbargen ihn fast vollständig. Vor ihm reihten sich die Grabsteine auf wie eine Armee aus steinernen Figuren. Ab und zu fuhr ein Lastwagen auf der Autobahn vorbei und warf Licht auf die Szenerie.

Die letzten Stunden hatte Anders in einem Mausoleum verbracht, gegen eine kalte Kalksteinwand gepresst. Als er wieder aufstehen wollte, hatten seine Beine fast direkt unter ihm nachgegeben. Aber die Sorge um Janna und Jonathan trieb ihn an.

Er wankte langsam zwischen den Gräbern herum.

Er war unter den besten Voraussetzungen aufgewachsen, hatte an der Uni eine liebe, harmlose Frau kennengelernt, war ein guter Vater gewesen, der gern mit seinem Sohn gespielt, aber auch Verantwortung übernommen hatte. Er hatte alles gemacht, was von ihm erwartet wurde: gewählt, gemäht, gegrillt und sich auch sonst an die Regeln gehalten. Und trotzdem war er hier gelandet. In der Hölle. Er konnte das nicht verstehen.

Ein Stückchen vor ihm tauchte ein Kiesweg auf. Anders gab sich große Mühe, die scharfen Lichtkegel der Laternen zu meiden. Der Geruch von feuchter Erde umgab ihn.

Janna und Jonathan, seine Liebsten. Ohne seine Hilfe kamen sie da nicht heraus! Der Schlüssel zum Versteck lag unter dem

Blumentopf gleich neben der Haustür. Wenn er nicht bald nach Hause kam, dann, ja, dann … Er schaffte es nicht einmal, den Gedanken zu Ende zu denken.

Er konnte die Autobahn durch das Gebüsch erkennen und ahnte, dass dort unten die roten Nahverkehrsbusse vorbeisausten. Ein paar davon sicher auch in die richtige Richtung. Er zitterte vor Kälte. Himmel, wie er sich nach Wärme sehnte. Finger und Füße schmerzten, es waren sicher nur ein paar Grad über Null. Aber die Busse waren keine Alternative für ihn, er musste den Weg zu Fuß zurücklegen.

Für einen Augenblick spielte er mit dem Gedanken, sich von der Polizei schnappen zu lassen. Aber er verwarf ihn sogleich wieder, sie konnten seine Familie auch nicht schützen, im Gegenteil. Sie würden sie trennen, wahrscheinlich für immer. Er konnte sich nur auf direktem Weg nach Hause begeben. Er lauschte dem Verkehr auf der Autobahn. Die würden ihm keine Chance lassen, sondern ihn sofort abknallen, wenn sie ihn sahen. Und dann wäre alles vorbei. Er sah seinen von Kugeln durchlöcherten Körper vor sich und fing gleich wieder an zu schluchzen.

Dann blieb er wie angewurzelt stehen. Hatte er nicht etwas gehört? Er schaute sich hastig um, aber auf dem Friedhof war es genauso still wie kurz zuvor. Er setzte sich wieder in Bewegung. Auch wenn die Schmerzen im Bein unerträglich waren, musste er die wenigen Nachtstunden nutzen, die ihm noch blieben, bis die Sonne aufging. Die Vorstellung, ein Auto zu knacken, war verlockend gewesen, aber das Risiko war einfach zu hoch. Davon einmal abgesehen war er schließlich nur ein simpler Lehrer, er hatte nicht den blassesten Schimmer, wie man ein Auto klaute.

Er biss die Zähne zusammen. Der nagende Schmerz strahlte allmählich in alle Körperteile aus. Nervös starrte er in die

Schatten, die ihn umgaben. Hatte es da nicht geraschelt? Alles an ihm verspannte sich. Waren sie ihm etwa doch auf den Fersen?

Er blieb stehen … Nichts. Er ging langsam weiter.

Die Grabsteine hatten mit einem Mal etwas Furchteinflößendes. Vorhin waren sie ihm fast wie Freunde erschienen, wie etwas, das ihm den Schutz bot, den er so dringend brauchte. Nun wirkten sie bedrohlich, fast schon grotesk. Ihm standen die Haare zu Berge, je näher er der Autobahn kam. Hinter ihm raschelte etwas, aber Anders schaute sich nicht um. Nicht ein einziges Mal schaute er sich um.

Hätte er das nur getan.

FREITAG, 4. MAI

42

Das Leben der jungen Frau war bestimmt von Alltagsroutinen, die ihr das Gefühl gaben, alles im Leben kontrollieren zu können. Nicht nur die kleinen Details, sondern auch das Große und Ganze. Morgens ging sie als Erstes fünfzehn Minuten joggen, duschte dann fünf Minuten und aß anschließend ihr Frühstück, das aus einer Tasse grünem Tee und einer Scheibe Brot aus Sauerteig bestand. Das Frühstück dauerte meist zwanzig Minuten, Teekochen mitgerechnet.

Um Punkt sechs Uhr dreißig schloss sie die Wohnungstür ab und ging in den Fahrradkeller. Ihr Fahrrad, ein knallrotes Crescent, das sie als Jugendliche von ihren Eltern geschenkt bekommen hatte, war in einem hervorragenden Zustand, obwohl sie seit fünfzehn Jahren täglich damit fuhr. Einmal hatte sie einen neuen Sattel kaufen müssen, ein andermal wegen eines Plattens einen neuen Schlauch, aber davon abgesehen lief das Rad genau wie sie präzise wie ein Uhrwerk, ohne dass etwas Außergewöhnliches dazwischenkam.

An diesem Morgen war alles wie immer. Als sie um zehn vor sieben den Radweg zwischen der E4 und dem Norra Begravningsplatsen entlangradelte, dachte sie an nichts Besonderes.

Dieser Morgen sollte jedoch all ihre Gewohnheiten erschüttern.

Das Geräusch, das die Speichen ihres Fahrrads machten, beschwor Erinnerungen an vergangene Sommer mit Schürfwunden an den Knien herauf. Je höher die Sonne am Himmel stieg, desto kräftiger roch es nach Autoabgasen. Sie kniff die Augen leicht zusammen, damit der Fahrtwind ihr nicht so viel ausmachte. Sie trug ein blaues Polohemd, das noch immer neu roch. Eigentlich war es am Hals ein bisschen zu eng, aber es sah toll aus.

Von dem grünen Hagapark aus führte eine Brücke über die Autobahn. Ungefähr auf der Höhe des Brückenpfeilers merkte sie, wie dringend sie pinkeln musste. Sie würde unmöglich bis zur Arbeit einhalten können. Sie warf einen Blick nach rechts zum Friedhof. Um diese Uhrzeit war für gewöhnlich niemand dort.

Sie radelte an der Thujahecke entlang, die die Toten vom Rauschen der Autobahn abschirmte, und bog dann auf einen der kleinen Kieswege ab, die sich zwischen den Gräbern hindurchschlängelten. Sie fluchte leise, dass sie keine Taschentücher bei sich hatte, denn wie sehr sie auch schüttelte, es blieben immer ein paar Tröpfchen hängen, die unweigerlich in ihrem Slip landen würden.

Damit man sie vom Weg aus nicht sah, fuhr sie ein kurzes Stück über die Wiese und blickte sich nach einem geeigneten Gebüsch um. Sie entschied sich für eins auf einem winzigen Hügel, stieg vom Rad, stellte es hin und ging das letzte Stückchen über den ordentlich gemähten Rasen.

Kurz darauf hockte sie in dem maigrünen Busch und beobachtete, wie sich die gelbliche Flüssigkeit ihren Weg über die Erde suchte. Sie folgte dem kleinen glitzernden Bächlein mit Blicken. Es floss geradewegs unter den nächsten Busch und … Sie keuchte. Da war etwas. Schnaufend krabbelte sie aus dem Gebüsch und zog sich dabei unbeholfen die Hose hoch. Ihr Herz klopfte wild.

Hatte sie wirklich richtig gesehen?

Sie schaute sich um, ob jemand in der Nähe war, der bestätigen konnte, was sie da gesehen hatte, aber es gab niemanden. Der Friedhof war menschenleer. Hatte sie sich das etwa eingebildet?

Reiß dich zusammen, du bist nur überarbeitet, mahnte sie. Mit zuckender Unterlippe ging sie langsam zurück zu ihrem roten Crescent. Dort blieb sie stehen. Alles lag ruhig und still. *Hör schon auf. Da war nichts, du verrücktes Huhn*, sagte sie sich.

Sie war auf dem Weg zur Arbeit, sie hatte ins Gebüsch gepinkelt, und dort hatte sie etwas gesehen, das aussah wie ein Fuß, aber das konnte ja gar nicht sein. Trotzdem schlug ihr Herz wie wild.

Sie holte ihr Handy aus der Hosentasche und drückte auf den Touchscreen. Dann zögerte sie. Wen sollte sie anrufen? Was sollte sie sagen? Was, wenn ihr nur die Fantasie durchgegangen war? Oder das einfach nur ein Obdachloser war, der hier schlief? Sie machte einen zögerlichen Schritt auf das Gebüsch zu.

»Hallo?«, rief sie. »Hallo, ist da jemand?«

Keine Antwort. Sie musste über sich selbst lachen. Natürlich war da nichts und niemand. Sie machte noch einen Schritt und schob die Zweige auseinander. Das unsichere Lächeln gefror ihr auf den Lippen.

43

Am Morgen seiner Reise nach Schweden hatte Friedrich Steuer zehntausend Euro von seinem Konto abgehoben und weitere zehntausend Euro auf Katharinas Konto überwiesen. Es würde ein Weilchen dauern, bis sie auf sein Konto zugreifen konnte, und er hoffte, dass das Geld bis dahin reichen würde.

Ohne Leiche konnte man nicht so schnell für tot erklärt werden, das wusste er, und außerdem rechnete er nicht damit, dass Katharina imstande war, sofort den ganzen Papierkram zu erledigen, der für die Nachlassverwaltung nötig war. Dazu war sie viel zu emotional. Zumindest im Vergleich zu ihm. Er ahnte, dass sie schon jetzt ein nicht gerade geringes Stadium der Hysterie erreicht hatte.

Sofort musste er an den Tag denken, an dem er sein Handy im Auto vergessen hatte. Als er die Mailbox abhörte, fand er eine Reihe von Nachrichten, die erst verzweifelter, dann immer wütender klangen und schließlich in gestammelten und von Weinkrämpfen abgehackten Sätzen mündeten:

Friedrich, wo steckst du? Ruf mich an … Friedrich, warum meldest du dich nicht? Habe ich etwas Falsches gesagt? Friedrich, melde dich, bitte. Bitte! …

Erstaunt hatte ihn nur, dass ihm das gefallen hatte. Ihr Geklammere, ihr bittender, nahezu flehender Ton. Jetzt tat es ihm fast leid, dass er sein Handy an einen Bettler vor dem Hotel verschenkt hatte. Aber er brauchte kein Telefon mehr, er hatte Katharina und Sascha alles gesagt, was sie wissen mussten. Dass er sie liebte. Und das stimmte. Zumindest was Sascha betraf.

Katharina gegenüber hatte er zwiespältige Gefühle. Manchmal war er so müde gewesen. Sie frühstückten jeden Morgen zur gleichen Zeit das Gleiche, fuhren zur Arbeit, aßen immer in der verdammten Kantine zu Mittag, und sie wirkte dabei so durch und durch zufrieden, schien nicht das geringste Bedürfnis nach Veränderung zu haben. Sie konnte sich ja nicht mal vorstellen, einen neuen Küchentisch zu kaufen.

Er spazierte durch eine Nebenstraße, vorbei an abgedunkelten Geschäften, und dachte nach. Er hatte sich entschieden, Katharina einen Abschiedsbrief zu schicken, damit man ihn schneller für tot erklären würde und sie eher auf sein Konto zugreifen konnte. Und Sascha wollte er auch schreiben. Einen Brief zu jedem Geburtstag bis zum Einundzwanzigsten, jeden in einem separaten Kuvert. Ihn selbst würde es dann nicht mehr geben, aber so hätte Sascha zumindest das Gefühl, noch etwas von seinem Vater zu haben.

Ein widerlicher Geschmack stieß ihm auf und kletterte ihm bis in die Nase. Er blieb stehen und spuckte auf die Straße. Als er sich etwas erholt hatte, schlang er die Jacke enger um sich und ging mit schnellen Schritten weiter.

44

Der Notruf ging um 07.02 Uhr ein. Fast im selben Augenblick schlug Magnus die Augen auf und blinzelte an die frisch gestrichene Schlafzimmerdecke. Während er schlaftrunken ins Bad taumelte, kam auf der anderen Seite der Stadt Bewegung in die Polizisten und Kriminaltechniker, die sich auf den Weg zum Norra Begravningsplatsen machten.

Magnus putzte sich die Zähne und kam zu dem Schluss, dass es Zeit für eine Rasur war, am besten mit der Heckenschere, als sein Handy klingelte.

»Ich bin's.« Rogers Stimme kam gedämpft aus dem Hörer.

»Ja?«

»Es ist eine Leiche gefunden worden. Auf dem Norra Begravningsplatsen, dem Friedhof, der ans Universitätsklinikum grenzt.«

Magnus sank schwer auf den Klodeckel. »Was zur ... War das Levander? Hat er noch jemanden getötet?« Er drückte sich die Hand gegen die Stirn.

»Keine Ahnung, die Kriminaltechniker sind unterwegs. Wie lange brauchst du, bis du da bist?«

»Dreißig Minuten, maximal. Ich mache mich sofort auf den Weg.«

Magnus hetzte vom Bad ins Schlafzimmer und suchte im Schrank nach einem dicken Pullover. Linn setzte sich im Bett auf und schaute ihn verwundert an.

»Ich muss los, wir sehen uns später«, sagte er und verschwand mit dem Pullover in der Hand aus dem Zimmer, bevor Linn überhaupt den Mund aufmachen konnte.

Das Handy noch gegen das Ohr gepresst lief er durch den Flur, nahm die beigefarbene Jacke von der Garderobe, vergewisserte sich, dass er Autoschlüssel und Portemonnaie dabei hatte, und schon war er unterwegs.

45

Ein großer Teil des gewaltigen Friedhofs und ein Stück des Radwegs waren abgesperrt worden. Eine schluchzende junge Frau saß ein wenig entfernt auf einer Parkbank, die zwischen den Grabsteinen stand. Sie hatte eine Decke um die Schultern und wirkte unter Schock. Neben ihr saß ein Polizist in Uniform, der sich Notizen machte.

Kriminaltechniker Elias Vadasc machte Magnus ein Zeichen, zu ihm zu kommen. Sein braungelocktes Haar und das scharfkantige Profil zeichneten sich deutlich vor dem Gebüsch ab, vor dem er hockte. Magnus schloss den Wagen ab und lief zu ihm hinüber.

»Wie sieht es aus?«

Elias nickte zu einem Paar weißer Füße, das unter dem Buschwerk hervorlugte.

»Guck es dir selbst an.«

Magnus warf einen Blick auf die Beine.

»Weißt du schon, wer es ist?«, fragte er.

»Nein, das müssen wir noch abwarten.«

Magnus seufzte.

»Das werden ja wunderbare Schlagzeilen heute Abend. Halleluja!«

Grimmig hockte er sich hin und versuchte vergeblich, das Gesicht des Toten im Busch zu erkennen. Schließlich wandte er sich an Elias.

»Wie ist es passiert?«

»Ein Stahlrohr direkt in den Rücken, vermute ich. Wir haben dort drüben auf dem Kiesweg eins gefunden.« Elias zeigte mit den Latexhandschuhen hinter sich, die er gerade in der Hand hielt.

Magnus schob die Zweige beiseite. Die Leiche lag auf dem Bauch, das Gesicht ins vermoderte Laub des Vorjahrs gedrückt. Erst jetzt fiel ihm die Kleidung des Opfers auf. Es trug dieselbe Regenjacke, in der er am Tag zuvor Anders Levander im Parkhaus gesehen hatte. Obendrein sogar die gleiche Schlafanzughose.

»Kannst du ihn umdrehen?« Die Frage klang ungewöhnlich schroff.

»Nein, noch nicht. Aber bald. Wir müssen erst noch Fotos machen und Proben nehmen.«

»Aber …« Das Klingeln von Magnus' Handy unterbrach ihn, und er hob entschuldigend die Hand.

Arne sprach so laut und aufgeregt ins Telefon, dass es klang, als hätte Magnus den Lautsprecher am Handy angestellt.

»Bist du vor Ort?«

»Ja, seit ein paar Minuten. Und das ist eine ganz sonderbare Geschichte, Arne. Ich glaube nämlich, der Tote ist kein Geringerer als Levander selbst. Sicher kann ich das noch nicht sagen, ich muss noch warten, bis sie die Leiche wenden.«

Stille.

»Arne? Bist du noch dran?«

»Ja, ich war einfach überrascht.«

»Das bin ich auch, das kannst du mir glauben. Das gibt der Sache eine ganz neue Wendung, wenn er es wirklich ist.« Magnus entfernte sich ein Stück von Elias. »Unser Mörder scheint selbst ermordet worden zu sein.«

»Wie sicher bist du dir, dass es Levander ist?«

Magnus warf einen Blick zurück auf die weißen Füße.

»Ziemlich sicher. Es sieht ganz so aus, als hätten wir einen weiteren Mörder … Aber wie schon gesagt: Wir müssen noch warten, bis die Leiche gedreht wurde.«

Ein Fotograf lief an ihm vorbei und machte ein paar schnelle Blitzlichtaufnahmen rund ums Gebüsch.

»Arne, ich melde mich wieder, sobald ich mehr weiß.« Er legte auf und ließ das Handy in die Tasche gleiten.

»Was wollte Arne denn?«, fragte Elias, als Magnus wieder neben ihm stand.

»Nichts Besonderes, aber könnt ihr euch ein bisschen beeilen? Ich muss so schnell wie möglich das Gesicht des Toten sehen.« Magnus machte sich auf den Weg zu der jungen Frau auf der Parkbank. Tomas Nellerts abgetrennter Kopf tauchte erneut vor seinem geistigen Auge auf.

Was hatte Linn nach dem Vorfall im Krankenhaus erzählt? Levander hatte sie gefragt, ob sie eine von *denen* war. Konnte es sein, dass dieser Gymnasiallehrer verfolgt worden war? Und wenn das so war, was war dann seiner Frau und seinem Sohn zugestoßen? Lebten sie überhaupt noch?

Magnus blieb in der Nähe der Bank stehen und betrachtete die junge Frau. Mittelblonde Haare, kräftig, irgendwas zwischen achtundzwanzig und zweiunddreißig. Sie sah sehr mitgenommen aus, weshalb Magnus sich entschied, sie nicht auch noch mit Fragen zu behelligen. Die Aussage, die sie bereits abgeliefert hatte, dürfte ausreichen.

Außerdem rief Elias nach ihm.

»Komm, wir sind so weit.« Elias schob sich ein Stück ins Gebüsch und mithilfe von zwei Kollegen in blauen Overalls hob er die Leiche an und drehte sie auf den Rücken.

Magnus stieß genau in dem Moment dazu, in dem das lehmverschmierte Gesicht zum Vorschein kam. Er starrte geradewegs in die eng beieinanderstehenden Augen und war einmal mehr darüber erstaunt, wie sehr der Tod einen Menschen veränderte. Wie die Seele einfach aus dem Körper verschwand.

»Kein Zweifel, das ist Anders Levander«, sagte er knapp.

46

Arne Norman stand im Büro und versuchte, eine Fliege hinauszubefördern, die sich zwischen die Fensterscheiben verirrt hatte. Er hatte geglaubt, der Fall sei so gut wie abgeschlossen, und nun war der mutmaßliche Mörder selbst zum Opfer geworden. Soweit er das verstanden hatte, konnte niemand aus seinem Ermittlerteam erklären, wie es dazu gekommen war; einzige Vermutung war bisher, dass es sich um Rache für den Mord an Nellert handelte.

Manchmal hatte Arne das Gefühl, gegen Windmühlen zu kämpfen, das Dezernat stelle einfach zu wenig Geld zur Verfügung. Dabei war ihm sogar endlich ein weiterer Kommissar bewilligt worden, aber so eine Neuanstellung brauchte natürlich Zeit. Zeit, die er gerade nicht hatte. Und er wollte ja auch nicht irgendjemanden ins Team holen. Es war wichtig, jemanden zu finden, der ein bisschen Schwung in den müden Haufen brachte, den er gerade mehr schleppte als führte. Sowohl Magnus als auch Roger wirkten erschöpft. Und Sofie … Sie war zweifellos extrem scharfsinnig, trotzdem hatte er ihr gegenüber noch immer zwiespältige Gefühle.

Nach der kurzen Liebesaffäre vor ungefähr einem Jahr hatten sie so getan, als wäre gar nichts zwischen ihnen gelaufen. Sie waren übertrieben höflich zueinander gewesen, und trotzdem lag immer eine gewisse Anspannung in der Luft. Eine Weile lang hatte er sogar damit geliebäugelt, sie gegen einen der Kommissare aus der anderen Ermittlergruppe auszutauschen, es gab hier ja schließlich zwei. Aber das hätte sicher ein paar Fragen aufgeworfen, die er lieber nicht beantworten wollte. Davon abgesehen war Sofie auch in so vielen Bereichen so unglaublich gewieft. Einzig ihre mangelnde Menschenkenntnis verkürzte ihren Einsatzbereich um die Arbeit draußen am Tatort. Diesen Nachteil wog sie jedoch durch ihr Verständnis von moderner Technik und Recherchearbeit wieder auf.

Arne fischte sein Deo aus der Schreibtischschublade, schob es sich unters Hemd und rollte damit ein paarmal hoch und runter. Sofort umfing ihn eine Mischung aus Raumerfrischer und Tankstelle.

Er war kaum fertig, als Magnus die Tür öffnete.

»Ich würde gern mit dir über den Levander-Fall sprechen. Störe ich?«

»Keineswegs, komm rein.« Arne ließ das Deo diskret in der Schublade verschwinden, während Magnus die Tür hinter sich schloss.

»Also, ich habe ein bisschen nachgedacht. Selbstverständlich untersuchen wir gerade, ob es sich beim Mord an Levander um eine Vergeltungstat für den Mord an Nellert handeln könnte, aber wir sollten uns nicht zu sehr darauf versteifen.«

»Natürlich nicht.« Arne setzte sich.

Magnus zögerte kurz.

»Das ist jetzt erst mal nur ein Gedanke«, sagte er, »aber vielleicht wurde Levander verfolgt. Es ist gut möglich, dass er sich nicht nur aus Angst vor der Polizei im Wald versteckt hielt. Ich frage mich, ob nicht vielleicht noch jemand in der Walpurgisnacht am See war.«

»Eine dritte Person?«, fragte Arne.

»Ja. Levander schien vor etwas Angst gehabt zu haben. Nellert war schließlich tot und trotzdem ist er geflohen. Und ich glaube, nicht nur vor der Polizei. Das ist nur so eine Ahnung …«

Arne wirkte unschlüssig.

»Ich weiß nicht recht. Vielleicht hatte er auch einen Schock. Oder schlichtweg Angst vor uns? Warten wir mal die Laborergebnisse ab, ist ja möglich, dass die Klarheit bringen.«

»Möglich. Wir dürfen auch nicht außer Acht lassen, dass ein Mensch, der so kaltblütig einem anderen den Kopf abschlägt, vielleicht nicht das erste Mal tätig wird. Vielleicht hatte noch jemand anders Grund zur Rache? Könnte doch sein, dass der Mord an Nellert gar nicht das Motiv war. In dem Fall sollten wir uns Nellerts Eltern noch einmal genauer ansehen …«

»Ja, Magnus … Das wird immer kniffliger.« Arne lehnte sich zurück und fuhr sich mit der Hand durch das gebleichte Haar. »Was ist eigentlich mit Levanders Familie? Habt ihr die Frau und den Sohn mittlerweile gefunden?«

Magnus schüttelte den Kopf. »Nein, von denen fehlt jede Spur. Levanders Frau war ziemlich beliebt bei der Zeitung. Und der Junge ist nicht weiter auffällig, war recht gut in der Schule. Alles ganz normal, bis sie vor knapp zwei Monaten spurlos verschwunden sind. Niemand weiß, wo sie sind. Weder Nachbarn noch Freunde noch Verwandte. Aber so richtig eng scheinen sie mit niemandem befreundet gewesen zu sein, denn als vermisst wurden sie ja auch nicht gemeldet.«

Arne sah besorgt aus.

»Und sie haben auch niemandem erzählt, dass sie verreisen wollten? Und wenn ja, wohin?«

»Nein. Sowohl Anders als auch Janna haben am zehnten März bei ihren jeweiligen Arbeitgebern angerufen und sich für die Woche krankgemeldet. Aber sie sind nie zurückgekehrt.«

Arne legte die Stirn in tiefe Falten.

»Und wie deuten wir das? Warum ist Anders Levander plötzlich am Valsjön aufgetaucht? Hat er sich in der Nähe versteckt oder hat er die ganze Zeit über in seinem Haus gewohnt, ohne dass ihn jemand bemerkt hat?«

»Er war auf jeden Fall nie wirklich weit weg. Seine Kontobewegungen zeigen, dass er seit März seine Karte ganz normal weiterbenutzt hat. Das letzte Mal kam sie in einem Lebensmittelgeschäft am Tag vor Nellerts Tod zum Einsatz«, sagte Magnus.

»Wie die Familie Svensson, die verschwunden ist.«

»Aber trotzdem noch regelmäßig in der Gegend einkaufen geht.«

»Wo zur Hölle stecken die denn?« Arne schlug mit der Faust auf den Tisch, als würde er mit einer unmittelbaren Antwort rechnen. »Die Schule. Dort muss doch aufgefallen sein, dass der Junge nicht mehr erschienen ist.«

»Die Eltern haben gesagt, sie ziehen kurzfristig um. Aber der Junge ist bei keiner anderen Schule angemeldet worden. Außerdem hat er seine Sachen bisher nicht in der Schule abgeholt oder sich von seinen Freunden verabschiedet. Ich treffe heute ein paar Jungs, die mit ihm befreundet sind.« Magnus stand auf und ging zur Tür.

»Hat er eine Freundin?«

Magnus drehte sich um.

»Soweit ich weiß, nein. Er war ja erst vierzehn.«

»Ist«, berichtigte Arne.

»Bitte?«

»Er ist ja erst vierzehn.«

Magnus schaute Arne mit ernster Miene an.

»Hoffen wir's.«

Er war alles andere als überzeugt davon, dass Jonathan und seine Mutter noch lebten.

»Dass das Haus in einem sauberen Zustand verlassen wurde, ist jedenfalls ein gutes Zeichen. Die Betten waren frisch bezogen und alle verderblichen Lebensmittel sind entsorgt worden. Das deutet zumindest nicht auf einen überstürzten, sondern geplanten Aufbruch.«

»Als wären sie freiwillig gefahren«, stimmte Arne zu.

»Genau. Außerdem fehlen die Portemonnaies und Schlüssel.«

»Und die Handys?«

»Anders hatte keinen Mobilfunkvertrag. Vermutlich hatte er nicht mal ein Handy. Weder die Schule noch seine Bekannten haben eine Nummer. Und im Haus gibt es keinen Fernseher, vielleicht hatten sie es nicht so mit der Technik.«

»Und die Mutter? Hatte die auch kein Handy?«, fragte Arne.

»Doch, aber nur für die Arbeit. Es lag in der Redaktion, ausgeschaltet. Brauchbare Daten hat es aber auch nicht geliefert. Was den Jungen angeht, können wir auch nichts weiter finden. Von der Schule wissen wir, dass er ein Prepaid-Handy hat, aber selbst auf dem hat sich nichts getan in den letzten Wochen.«

Arne wirkte enttäuscht.

»Du, Arne, ich muss los, damit ich Jonathans Freunde nicht verpasse. Auf dem Rückweg wollte ich mich noch einmal im Haus der Levanders umsehen.«

»Gut, dann hören wir später wieder voneinander.«

Als Magnus gegangen war, griff Arne erneut in die Schublade und nahm das Deo wieder heraus.

47

Linn sank in den roten Sessel. Mattias Carlén schien sich allem Anschein nach auch diesmal nicht blicken zu lassen. Das war natürlich nicht ihr Problem, trotzdem ärgerte sie sich. Es kam immer mal wieder vor, dass Patienten nicht erschienen, aber gewöhnlich sagten sie vorher ab, und vermutlich nicht nur, damit ihnen die Sitzung nicht in Rechnung gestellt wurde. Außerdem hatte Carlén gleich übereifrig mehrere Termine mit ihr vereinbart, da war es dann doch auffällig, dass er nicht kam.

Sie griff nach dem Telefon, das vor ihr auf dem runden Tisch lag, wählte seine Nummer und lauschte eine Weile dem Tuten. Als sie gerade auflegen wollte, wurde am anderen Ende abgehoben.

»Hallo? Herr Carlén?«, fragte sie.

Stille.

»Hallo?«

Schwach meldete sich eine Stimme. »Ja, Mattias Carlén.«

»Guten Tag, Linn Kalo von der Täbyklinik.«

»Oh … Entschuldigen Sie, ich habe wohl vergessen …« Er sprach sehr langsam.

»Das ist kein Problem, ich wollte nur nachhören, ob bei Ihnen alles in Ordnung ist.«

Wieder Stille.

»Ist alles in Ordnung?«

»Ja, alles super. Ich hatte viel zu tun … und habe den Termin vergessen.« Er klang sehr weit weg.

»Hallo? Sind Sie noch dran?«

»Ja.«

»Was hat sich denn getan seit unserem letzten Gespräch am Mittwoch? Geht es Ihnen besser?«

Völlig unerwartet fing Mattias Carlén an zu schluchzen.

»Ich muss jetzt auflegen, ich kann nicht mehr …«

Der Rest des Satzes wurde von Schluchzern erstickt. Dann klickte es, das Gespräch war unterbrochen.

Linn saß wie versteinert mit dem Telefon in der Hand. Dann wählte sie noch einmal seine Nummer. Diesmal ging jedoch nicht Carlén selbst, sondern sein Anrufbeantworter dran.

»Herr Carlén, hier spricht noch einmal Linn Kalo. Rufen Sie mich doch bitte an, wenn Sie diese Nachricht abhören. Ich mache mir Sorgen um Sie«, sagte sie und spürte, dass es stimmte. Trotz der leichten Abneigung, die sie gegen ihn hatte, tat er ihr leid.

Mit leerem Blick starrte sie vor sich hin. Wie schlecht stand es eigentlich um den Mann? Sie nahm seine Akte zur Hand und ging sie durch. Als sie die Aufzeichnungen noch einmal las, erkannte sie plötzlich ein Muster. Details, die sie zunächst nicht im Zusammenhang gesehen hatte, deuteten in die gleiche Richtung. Es war fast, als würden ihr die entsprechenden Passagen ihrer Notizen entgegenblinken. »Konzentrationsschwierigkeiten«, »unkontrollierte Wutausbrüche«, »Leere«. Hatte sie vielleicht etwas übersehen? Sie wurde immer beunruhigter.

Eine Erinnerung bahnte sich schmerzhaft den Weg in ihr Bewusstsein. Sie war zehn, stand im Sommerhaus und fuhr vorsichtig mit dem Finger über die lustige Tapete hinter der Spüle, die ihre Mutter irgendwann in den Sechzigern im Spanienurlaub gekauft hatte, lange bevor Linn auf die Welt gekommen war. Stiere und Matadore waren mit großen, kräftigen Pinselstrichen in rot und weiß darauf gemalt. Ihre Mutter war im

Wald und suchte nach ihrem Vater, sie selbst hatte keine Lust gehabt. Ein unbehagliches Kribbeln, das sie schon so oft gespürt hatte, meldete sich einmal mehr in ihrem Bauch. Trotzdem ging sie nach einer Weile los, durch den Wintergarten mit dem Fischernetz an der Wand, hinaus auf den Waldpfad, der den Hügel hinauf zum Brunnen führte. Auf ihren dürren Kinderbeinen hüpfte sie über die Ameisen, die geordnet und in regelmäßigen Abständen den Menschenweg kreuzten, ohne zu verstehen, dass das für sie lebensgefährlich war. In der Ferne hörte sie die Mutter nach dem Vater rufen und dann, wie er antwortete.

Erleichtert setzte sie sich auf einen Stein und folgte der Ameisenstraße mit Blicken. Bis zum Ameisenhaufen folgte sie ihnen, und am Baum direkt daneben entdeckte sie plötzlich die Schlinge, die ihr Vater dort angebracht hatte. Schnell schaute sie wieder zu den Ameisen, die so lustig aussahen, wie sie rastlos übereinanderkletterten.

Linn schüttelte sich leicht. Mattias Carlén war nicht ihr Vater, sondern nur ein kleiner Widerling.

Sie wählte erneut seine Nummer, ohne ihn zu erreichen. »Verdammt«, fluchte sie und stand auf. Was sollte sie jetzt machen? Sie musste mit ihm sprechen, allmählich war sie richtig besorgt. Sie warf einen Blick zur Uhr an der Wand.

Sie musste ohnehin in die Stadt, um der Fachbuchhandlung auf der Drottninggatan einen Besuch abzustatten. Wenn sie das jetzt machte, konnte sie kurz bei Mattias Carlén vorbeifahren und mal nach dem Rechten sehen, so weit wohnte er gar nicht von dort.

Linn blätterte in ihrem Kalender, am Nachmittag hatte sie noch zwei Termine. Sie rief die Rezeption an und bat darum, den beiden Patienten für heute abzusagen und neue Termine mit ihnen zu vereinbaren.

Sie musste die Roslagsbana bis zur Universität nehmen, dann die U-Bahn bis nach Östermalm, von dort war es dann nur noch ein kurzer Marsch bis nach Södra Blasieholmshamnen. Carlén wohnte fast direkt neben dem Grand Hotel.

Sie zog sich Turnschuhe an und schämte sich dafür, dass sie einen so großen innerlichen Widerstand verspürte. Aber wer sollte sonst nach ihm sehen? Sie konnte ja schlecht seine Verwandten verständigen, ohne sie damit auf sein Problem aufmerksam zu machen. Wenn er nur nicht so ... abstoßend wäre.

Sie nahm den Aufzug und trat schon bald auf der Straße. Es war bewölkt, aber trotzdem recht warm. Schnellen Schritts ging sie durch das gigantische, zum Einkaufszentrum gehörende Parkhaus zum Bahnhof. Es waren eine Menge Fahrzeuge unterwegs, der Umbau war in vollem Gange. Sie lief quer über die aufgemalten Parkplätze und spürte, wie ihr immer mulmiger wurde. Er hatte am Telefon so sonderbar geklungen.

48

Es war schwül, und Janna hatte das Gefühl, ohnmächtig zu werden. Wie lange konnte man ohne Tageslicht überleben? Darüber hatten sie sich in der Eile keine Gedanken machen können, aber im Nachhinein fragte sie sich, wieso sie nicht von vornherein eine Art Fensterluke ins Dach oder ein Ventil in den First eingelassen hatten. Aber Anders hatte gesagt, dass man sie unter keinen Umständen von außen hören können durfte. Das kleinste Geräusch konnte sie verraten, deshalb hatte er das Versteck abgedichtet. Viel zu dicht. Nur die Luke hatte er ausgespart. Die abgeschlossene Luke, zu der nur Anders einen Schlüssel hatte. Sie und Jonathan hatten das Versteck seit Mitte März kein einziges Mal verlassen. Nur Anders war einkaufen gegangen, hatte gelüftet und den Eimer geleert. Und jetzt war er verschwunden.

Janna presste sich die Hände auf die Ohren und wippte vor und zurück. Erneut fragte sie sich, ob mit ihm alles stimmte. Was, wenn er schon immer psychisch krank gewesen war? Sofort kamen ihr ein paar Situationen in den Sinn. War er nicht immer schon menschenscheu gewesen? So sehr, dass er am liebsten niemanden treffen wollte? Und wenn sie in den letzten Jahren mal etwas Lustiges mit Bekannten hatte unternehmen wollen, hatte er da nicht sehr reserviert reagiert? So als würde sie etwas falsch machen?

Jonathan schien nicht der Meinung zu sein, dass Anders sich verändert hatte. Im Gegenteil, er hing seinem Vater förmlich an den Lippen und glaubte jedes Wort, das er sagte. Jetzt lag er im Bett. Seine Haut wirkte fast transparent in dem leicht bläulichen Licht der Neonröhre.

Sie starrte ihn wütend an, von dem plötzlichen Verlangen ergriffen, ihn auszuschimpfen. Er musste ihren Blick gespürt haben, denn plötzlich saß er kerzengerade im Bett und schaute sie verwirrt an.

»Was ist los, Mama?«

Ihr Mund glich einem schmalen Strich. »Nichts.«

»Du siehst sauer aus.«

»Sehe ich nicht«, log Janna und spürte, wie sich rote Flecken auf ihren Wangen bildeten. Ihr Verstand hatte ihr einmal mehr einen seiner bösen Streiche gespielt. Das Eingesperrtsein führte bei ihr zu immensen Stimmungsschwankungen, dazu, dass sie sich gegen ihren Sohn richtete – gegen den Menschen, der ihr am allerliebsten war. Sie betrachtete sein erschrockenes Gesicht und verstand mit einem Mal, dass das Grauen nicht draußen wartete, es war genau hier, bei ihnen. Es lag auf der Lauer wie ein Raubtier kurz vor dem Angriff, und zwar von Anfang an. Geboren im kranken Hirn ihres Mannes, war es auch auf sie übergesprungen wie ein Parasit.

»Jonathan …«, setzte sie an.

»Jetzt sag bloß nicht wieder, dass wir versuchen sollen, uns zu befreien.« Sofort wechselte Jonathans Ton, wurde hart und unerbittlich. Sein Gesichtsausdruck war so bestimmt, dass sie ein bisschen zurückwich und den Kopf senkte, um die Tränen zu verbergen, die ihr sofort in die Augen traten.

»Aber … Jonathan, die Luft wird immer dünner und …«

»Halt den Mund! Papa kommt bald zurück! Er kommt bald zurück, hörst du?«, schrie er. Und erst da erkannte sie, wie groß seine Angst eigentlich war, welche Furcht ihm die Welt da draußen einjagte.

Sie verharrte still und ratlos. Sie dachte kurz nach, bevor sie sich für eine Taktik entschied, mit der sie bislang immer erfolgreich gewesen war. Zunächst kamen unterdrückte Schluchzer, die aber schnell intensiver und herzzerreißend wurden. Schon bald heulte sie laut und theatralisch. Die Tränen sprudelten nur so, und sie wunderte sich darüber, wie richtig sich das anfühlte. Bald würde auch Jonathan anfangen zu weinen, und dann würden sie sich endlich wieder näherkommen. Es war ein rührendes Ständchen, aber nichts geschah. Jonathan blieb einfach wie versteinert sitzen. Hart und kalt.

Sie schielte zu ihm hinüber. Irgendetwas war geschehen. Ihr eigener Sohn kam ihr wie ein Fremder vor, wie jemand, den sie noch nie gesehen hatte. Sie startete einen weiteren Versuch, wählte ein paar besonders ergreifende Töne, war sich sicher, dass er einer solchen Tränenflut nicht widerstehen konnte. Weder Männer noch Jungs kamen mit so etwas klar, und sie wollte doch nur, dass er ihr zuhörte. Daran war doch nichts Schlechtes. Es war zu seinem eigenen Besten.

Zu ihrem Entsetzen wurde sein Gesichtsausdruck immer härter, aber darin lag noch mehr. Er schien wütend, fast rasend zu sein, als würde er sie hassen.

Sofort hörte sie auf und putzte sich laut die Nase. Dann sah sie ihn verzweifelt an.

Sie würde ihn verlieren. Er brauchte sie nicht mehr! Unsicher streckte sie den Arm aus, um seine Wange zu berühren, ließ es jedoch, als sie seinen Blick sah. Panik durchzuckte sie. Etwas entglitt ihr gerade, etwas, das einmal ihr gehört hatte. Sie wusste nicht, was es war, nur dass es in diesem Moment verloren ging. Sie setzte sich aufs Sofa und winkelte wie zum Schutz die Beine an.

»Mama?« Er klang etwas weicher.

»Ja«, antwortete sie kläglich.

»Was Papa erzählt hat, stimmt. Ich habe die Männer auch gesehen.«

Janna schnappte nach Luft.

»Wieso sagst du das erst jetzt?«

»Ich wollte nicht, dass du dir Sorgen machst.«

Sofort musste Janna an den Mann vom Schulhof denken. Den Mann, der dort gestanden und Jonathan und seine Freunde beobachtet hatte. Derselbe Mann, der später vor der Zeitungsredaktion aufgetaucht war, und sie hatte furchtbare Angst vor dem, was ihr Sohn sagen würde, trotzdem flüsterte sie:

»Erzähl.«

49

Mattias Carlén ging ins Bad und warf einen Blick auf die Tüte, die er neben die Waschmaschine gestellt hatte. Er musste sich dringend darum kümmern, aber erst wollte er duschen. Als ihm das Wasser sanft über den Rücken lief, fing er an zu kichern. Die Anspannung löste sich von ihm und verschwand mit dem Wasser durch den Abfluss, während Euphorie an ihre Stelle trat.

Er hatte es getan, ganz ohne zu zögern hatte er es getan. Wie unwirklich! Er stützte sich mit den Unterarmen gegen die Wand und ließ das Wasser über die Schultern laufen. Wie unfassbar. Leider war er ein paar Tage zu früh dran, aber das würde doch nichts ausmachen? Es hatte sich ihm die vorzügliche Gelegenheit geboten, und er hatte sie genutzt. Die ganze Nacht über hatte er gezittert, als hätte er Nachwehen. Und am Morgen war ihm alles vorgekommen wie ein Traum. Aber jetzt war es getan, zack bumm. Jetzt musste er sich nur noch auf den Rest konzentrieren. Fehler durfte er sich nicht erlauben, schlimm genug, dass er das Rohr nicht mitgenommen hatte, jetzt musste er irgendeinen vergleichbaren Ersatz finden.

Er stieg aus der Dusche und nahm eins der frischgewaschenen Handtücher vom Wäscheständer. Er würde die Tüte entsorgen, sobald er angezogen war. Sorgfältig trocknete er sich ab und betrachtete danach seine Hände, erstaunt über das, wozu sie in der Lage waren. Irgendwie kamen sie ihm jetzt kräftiger vor.

Er ging ins Schlafzimmer und zog sich eine Unterhose an. Da klingelte es an der Tür und er erstarrte. Wer konnte das sein?

Ein unheilvolles Gefühl durchfuhr ihn. Konnte jemand wissen, dass er das gewesen war? Nein, es gab keinerlei Verbindung, nichts.

Das Klingeln hörte nicht auf, im Gegenteil. Wer immer da klingelte, ließ den Finger sogar noch länger auf dem Knopf. Carlén zog sich schnell ein frisches, weißes T-Shirt über und ging zur Tür.

50

Magnus parkte den Wagen vor der Söra-Schule. Es war ein braunes Ziegelsteingebäude, das in ihm gleich Assoziationen zu Schimmelpilzen, Mobbing und schwelenden Konflikten weckte. Direkt daneben lagen eine Schwimmhalle, im gleichen überholten Siebzigerjahre-Stil gebaut, und ein Fußballfeld, das von einem hohen Zaun eingefasst wurde. Durch ein paar große Belüftungsventile drang Chlorgeruch und stach ihm in die Nase, als er den Parkplatz überquerte. Es roch so stark nach Chlor, dass er davon husten musste. Das alles erinnerte ihn an die Schule, auf die er selbst vor so vielen Jahren gegangen war, und er wunderte sich, dass sich augenscheinlich in den vergangenen dreißig Jahren wenig verändert hatte.

Ein paar Mädchen von vielleicht zwölf Jahren rauchten heimlich im Schatten des Schulgebäudes. Ansonsten war niemand zu sehen. Magnus stieß die braune Tür auf und ging hinein. Die Wände im Flur waren aus den gleichen Ziegelsteinen wie draußen. Er wählte auf gut Glück eine Tür und irrte eine Weile durch die Gänge, bis er das Sekretariat fand.

Er spähte durch die offene Tür und entdeckte einen grobschlächtigen Mann, der etwas in einem Aktenschrank suchte.

»Guten Tag, ich bin Magnus Kalo vom Landeskriminalamt. Wissen Sie, wo ich Eva-Britt Håkansson finden kann? Sie unterrichtet in der Achten.«

Der Mann hob die Augenbrauen, ließ sie aber schnell wieder sinken.

»Die ist heute nicht da.«

»Aber … Wir sind verabredet.«

Der Mann zuckte mit den Schultern, als wäre das nicht sein Problem.

»Heute ist Studientag, da sind alle zu Hause.«

Magnus kniff sich in die Nasenwurzel und wollte sich gerade wieder auf den Weg machen, als er das Klappern von Absatzschuhen hörte.

»Hallo? Hallo!« Die Frau, die auf ihn zugelaufen kam, war hochrot im Gesicht und wirkte wie kurz vorm Herzinfarkt. Sie trug ein lilafarbenes, zeltähnliches Kleid über dem ausladenden Körper und hatte eine feuerrote Kurzhaarfrisur. Sie schnaufte wie eine Dampfwalze, und einen Moment lang fürchtete Magnus, sie würde ihn einfach plattmachen. Glücklicherweise kam sie vor ihm zum Stehen und streckte ihm eine schlaffe, verschwitzte Hand entgegen.

»Eva-Britt Håkansson«, keuchte sie.

»Magnus Kalo, wie gut, dass Sie gerade kommen. Ihr Kollege hat gesagt, Sie wären gar nicht da.« Er machte eine Handbewegung zu dem Mann am Aktenschrank, der träge zu ihnen blickte.

»Hallo Evert!« Sie winkte dem Mann kurz zu, hakte sich dann bei Magnus unter und zog ihn mit sich. Eine kleine Schweißwolke fand ihren Weg in seine Nasenlöcher.

»Das ist unser Hausmeister. Der tickt nicht ganz richtig«, sagte sie entschuldigend. »Wir hatten schon ein paar Probleme mit ihm, aber deswegen sind Sie ja nicht hier.« Sie lächelte verlegen. »Sie möchten mit Hannes und Kalle sprechen, die Freunde von Jonathan Levander. Die beiden erwarten Sie schon im Klassenzimmer. Sie haben seit einer Viertelstunde frei, entsprechend können die Jungs es kaum erwarten, endlich hier rauszukommen«, fuhr sie fort.

Magnus nickte. Zu seiner Zeit wäre der Besuch eines Polizisten etwas Spannendes gewesen, heutzutage wollten die Jugendlichen lieber nach Hause? Das verwunderte ihn.

Sie gingen durch eine Reihe leerer, ausgestorbener Flure. Das einzige Geräusch waren ihre Schritte und Eva-Britts keuchende Atemzüge. Sie konnte nicht älter als fünfzig sein, und Magnus fragte sich, ob sie in dieser Verfassung noch viele Lebensjahre vor sich hatte.

»Schönes Wetter heute«, sagte sie.

Magnus lächelte. Über das Wetter hatte er heute noch gar nicht nachgedacht.

»Wie war Jonathan als Schüler?«, fragte er.

»Ach, wie alle Jungs in dem Alter. Vielleicht ein bisschen wacher.«

»Wacher?«

»Na, im Sinne von aufgeweckter. Seine Freunde haben nur Skateboards und Mädchen im Kopf. Außerdem haben sie eine – in meinen Augen – eher fragwürdige Einstellung. Das ist bei Jonathan anders.«

»Also war er beliebt?«

Eva-Britt sah nachdenklich aus.

»Nicht direkt beliebt, aber auch nicht unbeliebt. Er war ziemlich ruhig. Nachdenklich. Manchmal wirkte er älter als vierzehn, besonders im vergangenen Jahr. Deshalb waren wir auch sehr überrascht, dass sein Vater ihn ohne Vorwarnung von der Schule genommen hat. Er ist ja nicht mal hergekommen, um sich von seinen Klassenkameraden zu verabschieden. Man fragt sich allmählich wirklich, wohin das alles noch führen soll. Glauben Sie, dass ihm etwas zugestoßen ist? Etwas Schlimmes?«

»Ich hoffe nicht. Gab es noch etwas anderes, worin er sich von anderen Gleichaltrigen unterschied?«

Sie schüttelte den Kopf.

»Nein, nur dass er ruhiger und konzentrierter war. Er hat ja sogar gelesen. Leseratten findet man heutzutage ja eher selten, besonders unter den Jungs.«

»Hatte er eine Freundin?«

»Das kann ich Ihnen nicht beantworten. Die meisten Jungs in seinem Alter träumen wohl nur von so was. Sie wissen vermutlich selbst, wie das war.«

»Ja, ich erinnere mich dunkel.« Magnus lächelte.

Eva-Britt blieb stehen.

»Da wären wir. Ich werde nicht mit hineinkommen, Sie können ganz in Ruhe mit den beiden sprechen. Machen Sie einfach die Tür hinter sich zu, wenn Sie gehen, ich schließe dann später ab. Falls noch etwas sein sollte, finden Sie mich im Lehrerzimmer. Ich werde dort sitzen und korrigieren.«

»Danke.«

Sie lächelte nun breiter, und Magnus wurde bewusst, dass er sie mindestens zehn Jahre älter geschätzt hatte, als sie wirklich war. Sie entfernte sich langsam von ihm und ihre Atmung hatte sich schon wieder beruhigt.

51

Linn drückte noch einmal auf den Klingelknopf. Sie war sich nicht sicher, ob drinnen ein Signal zu hören war. Sollte sie es wagen, einen Blick durch den Briefkastenschlitz zu werfen?

Sie klingelte ein letztes Mal. Als nichts geschah, ging sie in die Hocke und hob die Briefkastenklappe an. Im Flur brannte kein Licht, trotzdem war es hell genug, dass sie ein paar nackte Beine erkennen konnte, die sich näherten.

Sofort ließ sie die Klappe fallen, was nicht geräuschlos vonstattenging. Es gelang ihr nicht einmal, sich aufzurichten, bevor die Tür weit offen stand. Mattias Carlén schaute sie überrascht an.

»Was soll das werden?« Er klang erstaunt, und Linn war verlegen.

»Hallo, entschuldigen Sie. Ich wusste ja nicht, dass Sie …« Sie räusperte sich und versuchte, einen professionelleren Ton anzuschlagen. »Ich habe mir Sorgen um Sie gemacht. Sie klangen am Telefon so … Ich habe noch einmal angerufen, aber …«

Carlén hatte eine undurchdringliche Miene, die Linn nicht deuten konnte.

Sie klopfte sich die Hosenbeine ab. »Darf ich hereinkommen?«

Er machte ein paar Schritte rückwärts, gefolgt von einer lässigen Geste.

Der Flur war groß, weiß gestrichen und ordentlich. Ungefähr so, wie sie erwartet hatte.

Carlén machte die Tür hinter ihnen zu und schloss ab. Dann führte er sie ins Wohnzimmer, das ebenfalls weiß gestrichen und ein wenig einfallslos eingerichtet war. An den Wänden hingen schwarz-weiße Lithografien von Steinen und Gewässern. Zu Linns großer Erleichterung hatte Carlén sich schnell eine Hose übergezogen. Trotzdem sah er nicht gerade zurechtgemacht aus. Kleine Augen hatte er, die zudem ein bisschen geschwollen waren, so als hätte er am Vorabend viel zu viel getrunken.

»Ich will mich nicht aufdrängen. Aber weil Sie auch heute nicht zu Ihrem Termin erschienen sind, habe ich mir Sorgen gemacht und wollte sehen, wie es Ihnen geht. Ich habe versucht, Sie anzurufen«, wiederholte sie.

Carlén antwortete nicht. Nach einer gefühlten Ewigkeit kam dann aber doch Bewegung in ihn.

»So, so.« Er ging lustlos zum Sofa und ließ sich darauf fallen. Linn setzte sich in den weißen Sessel gegenüber von ihm.

»Ich wollte nur sicherstellen, dass alles in Ordnung ist«, sagte sie.

Er betrachtete sie eine Weile verwirrt, dann verbarg er das Gesicht in den Händen und fing an zu schluchzen.

»Ich … ich …«, fing er an.

»Lassen Sie sich Zeit.« Linn hielt sich zurück. Ganz egal, was nun folgte, es war gut, dass sie hergekommen war.

Sie stand auf, ging zum Sofa und legte ihm vorsichtig die Hand auf die Schulter. Da er unter ihrer Berührung wegzuckte, nahm sie die Hand wieder zurück.

»Es ist am besten, wenn Sie gehen«, schluchzte er.

»Ich lasse Sie nur ungern in diesem Zustand allein. Möchten Sie mir nicht erzählen, was passiert ist?«

Carlén sah sie mit roten Augen an.

»Möchten Sie etwas trinken? Tee oder Kaffee?«, fragte er und stand hastig auf.

»Nein danke, das ist nicht nötig.«

»Doch, doch, das gehört sich schließlich so … Ich muss Ihnen doch was anbieten«, stammelte er. Bevor Linn weiter widersprechen konnte, war er schon in der Küche verschwunden.

Linn blieb verwirrt zurück. Stand Carlén kurz vor einem Zusammenbruch? Aus irgendeinem Grund erinnerte sie sein Gesichtsausdruck an die Begegnung mit Anders Levander in der Uniklinik.

Sie betrachtete die großen Poster, die an der Wand hinter dem Sofa hingen. Obwohl die Wohnung sicher mehrere Millionen wert war, wirkten die Stücke billig und frei von jeder künstlerischen Originalität.

Carlén kehrte mit zwei Tassen Tee und einer Packung Kekse unterm Arm aus der Küche zurück. Er kam ihr ein wenig gefasster vor.

»Das tut mir leid, entschuldigen Sie bitte«, sagte er verlegen.

»Was denn?«

»Dass Sie sich meinetwegen Sorgen gemacht haben. Vielen Dank, dass Sie hergekommen sind.«

»Ich kann einen Patienten in einer Notlage doch nicht hängenlassen.« Sie lächelte ihn aufmunternd an.

Carlén fischte die Teebeutel aus den Tassen und legte sie auf die Untertasse. »Wieso glauben Sie, dass ich in einer Notlage bin?«

»Sind Sie das nicht?« Linn beobachtete ihn, seine Hände zitterten.

Er schüttelte energisch den Kopf.

»Also gut, wieso haben Sie dann Ihre Termine nicht wahrgenommen?«

Er reichte ihr eine Tasse.

»Äh … Ich hatte auf der Arbeit viel zu tun, ein paar unvorhergesehene Zusatzaufgaben. Es tut mir wirklich leid …«

Linn wusste, dass er log, sagte aber nichts. Keine Spur seiner sonstigen Flirterei und keine sexuellen Anspielungen, die er sonst wie Konfetti um sich geworfen hatte. Was war bloß vorgefallen?

Sie stellte ihre Tasse auf den Tisch und stand langsam auf.

»Ist dort das Bad?« Sie machte ein paar Schritte auf die Tür zu, hinter der sie das Bad vermutete.

»Warten Sie!« Die Verzweiflung in Carléns Stimme ließ Linn erstaunt herumfahren.

»Ich muss nur kurz auf die Toilette, ich bin gleich wieder da.«

Carlén sah sie mit unbewegter Miene an, dann senkte er den Blick in seine Tasse. Linn ging etwas verwirrt ins Bad.

Als sie ein paar Minuten später wieder herauskam, starrte Carlén sie mit weit aufgerissenen Augen an.

»Alles in Ordnung?«, fragte sie besorgt.

Er nickte und reichte ihr erneut die Tasse.

»Ich musste etwas erledigen, das mich ein wenig aus dem Gleichgewicht gebracht hat. Das sage ich nur, falls ich Ihnen heute komisch vorkomme oder so.«

Linn trank im Stehen ein paar große Schlucke, sie wollte sich so schnell wie möglich verabschieden. »Ach ja? Was mussten Sie denn erledigen?«

»Ich … Das war nicht meine Schuld …« Carlén fuhr sich mit den Händen übers Gesicht. »Das war eigentlich nie meine Schuld.«

Linn verlor allmählich die Geduld.

»Ich glaube, jetzt wäre eine gute Gelegenheit, zur Sache zu kommen. Worum geht es denn?«, fragte sie und setzte sich wieder.

Carlén warf ihr einen flüchtigen Blick zu, dann drang ein trockenes Lachen aus seiner Kehle.

Seine Stimmungsschwankungen wurden Linn immer unangenehmer. Sie wollte aufstehen, doch eine Übelkeitswelle zwang sie zurück in den Sessel. Carlén beugte sich über den Couchtisch. Er sah zugleich aufgeregt und bedauernd aus.

»Sie haben die Tüte gesehen«, sagte er mit einem anklagenden Unterton.

»Was?« Linn verstand kein Wort. Plötzlich schmeckte es metallisch in ihrem Mund und noch nach etwas anderem, das sie aber nicht zuordnen konnte.

»Ich wollte, dass Sie gehen, aber das kann ich nun nicht mehr zulassen.«

»Bitte?« Mit einem Mal war ihr schwindlig und kotzübel. Wovon redete er da?

Carlén betrachtete sie mit schief gelegtem Kopf, und sie krallte sich fester in die Lehnen des Sessels. Irgendetwas stimmte nicht. Die Wände bogen sich.

Linns Sinne meldeten alle unterschiedliche Informationen, die sich nicht mehr zu einem Ganzen fügen ließen. Ihre Nägel bohrten sich in den Stoff des Sessels, als sie einen neuerlichen Versuch wagte, aufzustehen.

Dann drehte sich alles. Ihr Kopf knallte gegen die Sitzfläche, als sie wie ein schlaffer Regenwurm vor dem Sessel zusammensackte. Der weiße Fransenteppich bewegte sich wie ein Haufen Maden, und in Linns Hinterkopf meldete sich eine warnende Stimme:

Linn, geh! Raus hier! Und zwar sofort! Aber Linn ging nirgendwohin.

52

Jonathan saß neben seiner Mutter auf dem kleinen grünen Zweisitzer. Er hatte begriffen, dass er ihr nicht trauen konnte. Er liebte sie, aber auch sie konnte ihn nicht beschützen. Nicht so, wie er früher geglaubt hatte. Er war immer davon ausgegangen, dass sie alles konnte. Nun verstand er, dass auch sie nur ein gewöhnlicher Mensch und er ihr längst überlegen war.

»Fang bitte noch einmal von vorne an«, flüsterte sie mit vor Angst weit aufgerissenen Augen. »Erzähl mir von den Männern … Und diesmal will ich alles wissen.«

Er holte tief Luft und setzte noch einmal an.

»Wie schon gesagt, einer von ihnen ist im Skatepark aufgetaucht. Kalle war gerade abgehauen, und ich wollte nur noch ein Ründchen drehen. Dann hab ich mein Handy gegen einen Stein gelehnt, weil ich mich filmen wollte. Und du kennst doch diesen Wald hinter dem Park?«

»Ja.«

»Ich hab jedenfalls eine Wendung vermasselt und mit der Stirn gebremst. Das hat scheißweh getan, deshalb hab ich mich kurz hingesetzt und gewartet, bis es besser war. Und da habe ich etwas gehört. Erst dachte ich, dass Kalle noch mal zurückgekommen wär, aber es ist niemand aufgetaucht. Und als ich dann weitergefahren bin, hat es hinter mir geknackt, und da wurde es mir langsam unheimlich.«

»Und du bist dir sicher, dass das kein Tier war? Ein Reh vielleicht?«, fragte Janna.

Jonathan schaute sie scharf an.

»Ich habe ein Gesicht gesehen. Zwischen den Bäumen.«

Janna wurde blass.

»Hast du erkannt, wer das war?«

»Nein, ich bin weggefahren. Aber da ist jemand aus dem Wald gekommen und mir hinterhergelaufen, das habe ich gehört. Ich bin bloß einfach weitergefahren.«

Janna legte ihre Hand auf seine.

»Vielleicht war das nur ein Jogger.«

»Das habe ich auch gedacht, bis ich mir die Aufnahme auf dem Handy angeguckt habe. Ich hatte das Handy völlig vergessen und bin dann ein bisschen später noch mal zurück, um es zu holen. Ich könnte dir das Video zeigen, wenn Papa mir das Handy nicht abgenommen hätte, bevor er uns hier eingeschlossen hat. Er hatte Angst, dass man es orten kann.«

Janna schlug sich die Hände vors Gesicht.

»Aber Jonathan, warum hast du denn nichts gesagt? … Was war auf dem Video zu sehen?«, flüsterte sie.

»Nicht viel, aber da war so ein Typ mit einem Stahlrohr oder so was. Und der sah total irre aus.«

Jonathan kam auf die Knie. »Mama, der ist mir nachgelaufen! Aber dann ist er aus dem Bild verschwunden, weil ich die Kamera doch auf die Rampe gerichtet hatte.«

Sie legte ihm eine zitternde Hand auf den Arm.

»Wie hat er ausgesehen?«

»Er war noch ziemlich jung, glaube ich. Mehr konnte ich nicht erkennen …«

Er versetzte dem Sofakissen einen frustrierten Schlag.

»Jonathan, lass das«, sagte Janna flehend, doch Jonathan machte weiter. Irgendwann ließ er sich mit dem Gesicht zuerst in das grüne Kissen sinken und schluchzte einmal laut.

53

Hannes Lindgren und Karl Forsman saßen an ihren Tischen und zeichneten. Als Magnus hereinkam, hoben sie sofort die Köpfe. Magnus meinte, sowohl Neugierde als auch Trotz in ihren Augen zu erkennen. Aber wie verhielt man sich auch einem Polizeibeamten gegenüber? Sogar die Unschuldigen fühlten sich mitunter schuldig, wenn ein Polizist anwesend war.

»Hallo Jungs«, sagte Magnus entwaffnend und streckte ihnen die Hand entgegen. Der kleinere ergriff sie widerwillig, während er sich gleichzeitig ein paar blonde Locken aus dem pickeligen Gesicht strich.

»Hannes«, stellte er sich vor.

»Dann bist du Kalle?«, fragte Magnus den größeren der beiden.

»Ja, genau.« Der Junge lehnte sich vor, um nun ebenfalls Magnus' Hand zu schütteln. Mit intensivem, aufgewecktem Blick lugte er unter seiner leicht fettigen Matte hervor.

»Schön, dass ihr einen Moment Zeit habt. Ihr wollt sicher schnellstmöglich nach Hause, aber ich möchte euch vorher ein paar Fragen über Jonathan stellen«, sagte Magnus.

Kalles Mund wurde ein schmaler Strich. Es sah aus, als würde er mit sich ringen.

»Ist er tot?« Seine Stimme zitterte.

Magnus schüttelte energisch den Kopf.

»Nein, nein, darauf deutet nichts hin. Er ist einfach verschwunden und eure Lehrerin hat mir erzählt, dass ihr ihn am besten kennt.«

Die Jungs wechselten einen Blick und nickten dann.

»Uns gab's immer nur im Dreierpack«, sagte Kalle.

»Schon seit der ersten Klasse«, fügte Hannes hinzu.

»Wisst ihr, wo er jetzt ist?«, fragte Magnus.

Kopfschütteln.

»Ist euch etwas an ihm aufgefallen, bevor er verschwunden ist?«

Wieder wechselten die Jungs einen Blick, so als wären sie sich einig. Magnus bekam den Eindruck, dass sie eine gemeinsame Sorge trugen. *Die Sorge um den dritten Musketier*, dachte Magnus.

»Er hat sich verändert, schon vor einer Weile. Ist so ernst geworden. Verstehen Sie?«, fragte Kalle.

»Wann ist euch das aufgefallen, so ungefähr?«

»Keine Ahnung. Letzten Frühling oder Sommer, glaube ich.«

»Ist da irgendwas vorgefallen?«

»Muss ja!«, entfuhr es Hannes. »Der hat sonst immer megaviel gelacht. Fast die ganze Zeit. Und dann hat er plötzlich lieber Bücher gelesen und wollte allein sein, so was halt.«

Kalle nickte.

»Er ist trotzdem noch mit uns rumgezogen, war aber nicht so ganz bei der Sache, verstehen Sie?«

Magnus hatte zumindest den Eindruck, es zu verstehen.

»Hat ihn irgendwas belastet?«

Kalle trommelte mit dem Stift auf den Tisch.

»Angeblich nicht, das hat er zumindest gesagt. Aber den Eindruck hat er trotzdem gemacht. Also, der ist hier nicht rumgerannt und hat geheult oder so. Aber …«

»Er hat nichts mehr gesagt«, fuhr nun Hannes fort. »Sonst hat er ständig Witze gemacht, und dann hat er einfach damit aufgehört. Ich hatte das Gefühl, er wollte mit uns abhängen, aber gleichzeitig auch nicht.«

»Was macht ihr denn normalerweise, wenn ihr zusammen unterwegs seid?«

Kalle fing sofort an zu strahlen.

»Skateboard fahren. Jonathan ist Zweiter geworden beim Skateboardfestival in Stockholm. Der ist der Hammer.«

»Hat er mit dem Skateboardfahren aufgehört, nachdem er sich so verändert hat?«

Hannes schüttelte den Kopf. »Nein, aber er ist dann lieber allein gefahren.«

Magnus schwieg kurz.

»Kennt ihr seine Eltern?«

Hannes wippte mit dem Stuhl.

»Meine Mutter ist mit seiner Mutter befreundet. Die haben immer Kaffee zusammen getrunken und so. Aber sie weiß auch nichts weiter.«

»Und zu euch hat er nichts gesagt, bevor er verschwunden ist?«

Beide schüttelten die Köpfe.

»Vielleicht sollten Sie mal mit seiner Freundin reden«, sagte Kalle.

Da horchte Magnus auf.

»Er hat eine Freundin?«

»Ja, Elsa aus der Neunten. Die kennen sich von der Weihnachtsfeier. Aber das ist mehr so heimlich, glaube ich.«

»Wie heißt sie denn mit vollem Namen?«

Hannes schaute auf. »Elsa Wittergren.«

Magnus überlegte.

»Wittergren? Wieso kommt mir der Name so bekannt vor?«

Kalle grinste. »Ihre Mutter ist Gemeinderätin in Österåker.«

Da fiel der Groschen. Mona Wittergren war vor einem halben Jahr in die Schlagzeilen geraten, weil sie mehrere Millionen Kronen für Kunst ausgegeben hatte, unter anderem für ein Selbstporträt für das Gemeindehaus.

»Elsa ist ziemlich cool!« Hannes nickte eifrig. Fast schon zu eifrig. Magnus musste grinsen.

»Dann werde ich mich wohl auch mal mit ihr unterhalten«, sagte er.

Die Jungs wurden langsam zappelig, wahrscheinlich wollten sie endlich los. Magnus hatte ein paar ramponierte Skateboards bei der Garderobe vor dem Klassenzimmer gesehen.

»Ich habe nur noch eine Frage. Ihr kennt Jonathans Eltern nicht, aber wisst ihr vielleicht etwas über sie?«

»Fast nichts. Sein Vater ist Lehrer am Skärgård-Gymnasium. Meine Schwester hat den«, sagte Kalle. »Die findet den super anstrengend. Und seine Mutter arbeitet für irgendeine winzige Zeitung, ist aber ziemlich okay … Heult bloß ein bisschen viel.«

Kalle lief rot an, bereute wohl, was er da gesagt hatte.

»Verraten Sie bitte Jonathan nicht, dass ich das gesagt habe. Der ist empfindlich, wenn es um seine Mutter geht. Also, er selbst beklagt sich manchmal über sie, aber das darf wirklich nur er selbst.«

»Versprochen.« Magnus verkniff sich sein Lächeln.

»Seine Mutter ist so eine, die sich immer Sorgen macht. Und wenn er nicht das tut, was sie will, heult sie los, verstehen Sie?«

Magnus nickte, das kannte er nur zu gut von seiner eigenen Mutter. Vielleicht etwas weniger ausgeprägt, aber sie wusste definitiv, welche Knöpfe sie drücken musste, um ihm ein schlechtes Gewissen zu machen.

Hannes kicherte plötzlich los.

»Ey, Kalle, weißt du noch, wie er das erste Mal mit uns gefahren ist? Da hatte sie ihm Geschirrtücher um die Knie gewickelt.«

Nun fing auch Kalle an zu lachen, und schon bald hatten sich die beiden in einen ausgewachsenen Lachanfall hineingesteigert und hingen pubertär kichernd über den Tischen. Selbst beim Rausgehen kicherten sie noch, und Magnus konnte ihr unbekümmertes Lachen durch die Gänge hallen hören, bis die Eingangstür zu diesem trostlosen Gebäude hinter ihnen ins Schloss fiel.

54

Als Friedrich an der Hotelrezeption vorbeiging, fühlten sich seine Beine an wie aus Pudding, seine Lunge, als wäre sie voll giftiger Gase, und am liebsten hätte er die junge blonde Frau hinter der Theke angeschrien. SEHEN SIE NICHT, DASS ICH STERBE? SEHEN SIE NICHT, DASS ICH EIN MÖRDER BIN, SIE DUMME GANS?

Stattdessen lächelte er steif und wich ihrem Blick aus.

Erst auf der Straße atmete er rasselnd ein. Die frische Frühlingsluft drang direkt in sein verwesendes Inneres ein, aber besser fühlte er sich danach nicht.

Er verstand, was da mit ihm geschah. Er verwandelte sich langsam zu etwas Kaltem, Unmenschlichem.

Er sah flüchtig sein Spiegelbild in einem der Schaufenster und schreckte zurück. Er war total eingefallen, hatte verquollene Augen, und sein sonst so gepflegter Bart wuchs wild. Außerdem roch er säuerlich, das wusste er. Wenn Katharina ihm jetzt begegnet wäre, hätte sie ihn wahrscheinlich gar nicht erkannt. Pflichtbewusst und herausgeputzt sah er normalerweise aus. Obwohl er sehr trockene Haut, fast schon Schuppenflechte hatte, bot er normalerweise ein gepflegtes Bild und sah nicht aus wie das Wrack, das er gerade gesehen hatte. Aber schon bald würde er ohnehin nur noch ein Stück verwesendes Fleisch sein, wozu sollte er sich also jetzt noch Mühe geben?

Er zupfte sich eine Hautschuppe von der Nase.

Er brauchte einen Geldautomaten. Auf gut Glück lief er zur U-Bahnstation T-Centralen hinunter. Als er in den Tunnel kam, traf er auf ein paar Männer, die aussahen wie er. Verzweifelte, verirrte Seelen, die nicht mehr Teil der geordneten Gesellschaft waren, aber auch solche, die zumindest auf den ersten Blick normal schienen und auf dem Weg zu Arbeit oder wohin auch immer waren. Er ließ sich von dem Menschenstrom mitreißen und an den Bahnsteig spülen. Einen Moment lang tat er so, als wäre auch er auf dem Weg zur Arbeit, als wäre dies nur eine Dienstreise und er würde einen Kollegen treffen. Er hatte seine Arbeit geliebt. Mehr als Katharina, ja vielleicht sogar mehr als Sascha. Aber vielleicht war »geliebt« auch das falsche Wort. Er war wie besessen davon gewesen. Die nächste Entdeckung, die nächste Ehrung, die Bewunderung seiner Studenten.

Jetzt dachte er nur noch an sich. An seine entsetzliche Angst vor dem Sterben, davor, sich in Nichts aufzulösen.

Wo landete jemand wie er? Ein Mörder? Wohl kaum im Himmel? Er hatte nie an das Paradies geglaubt oder an die Hölle oder etwas in der Art. Jetzt wünschte er sich, dass er das könnte. Der Gedanke, einfach für immer ausradiert zu sein, ließ es ihm schwarz werden vor Augen.

Friedrich setzte sich auf eine der Bänke und legte die blaue Schachtel neben sich. Er hatte den Schraubendreher herausgenommen und stattdessen das Rohr hineingelegt. Es hatte perfekt in die Schachtel gepasst. Er blieb unbeweglich sitzen, während eine U-Bahn nach der anderen einfuhr, anhielt und wieder abfuhr. Jedes Mal mit einem sonderbar klagenden Geräusch. Er bohrte sich die Fingernägel der einen Hand in die Handfläche der anderen. Eigentlich könnte er genauso gut jetzt Schluss machen. Einfach vor eine dieser Bahnen springen und ein für alle Mal die Sorgen los sein.

Schweiß trat ihm auf die Stirn. Es könnte so einfach sein, und doch war diese Alternative undenkbar. Seine Familie würde leiden müssen, wenn er diese verdammten Schweden nicht umbrachte. Und er ertrug den Gedanken nicht, dass Sascha ihn auf ewig verachten würde. Für ihn, Friedrich, konnte es nicht schlimmer werden, er war ja schon am Boden und kroch durch dreckigen Schlamm, aber für Sascha sah es noch anders aus. Er sollte nichts davon wissen.

Jennys Worte waren klar und unmissverständlich gewesen. *Sie werden alles über dich erfahren*, hatte sie geschrieben. *Alles, Friedrich, wenn du nicht tust, was ich verlange.* Er legte eine Hand auf die längliche Schachtel. Er sollte sie bei sich tragen, wohin er auch ging, bis er die abscheuliche Nachricht bekam – bis er erfuhr, wen er ermorden sollte.

55

Elsa Wittergren wohnte mit ihren Eltern im Strandvägen in Österskär. Magnus fuhr gemächlich durch die Dreißigerzone, die am Wasser entlangführte. Hier standen die ganz teuren Villen mit Blick auf den Trälhavsgrunden und die riesigen Finnlandfähren, die ab und zu in einiger Entfernung vorbeifuhren. Er selbst wohnte nicht weit von hier, allerdings in dem weniger teuren Teil, wo noch Reihenhäuser standen und das eine oder andere gewöhnliche Haus.

Elsa und ihre kunstliebende Mutter wohnten in einem weißen Neubau im New-England-Stil auf einem sicher vierhundert Quadratmeter großen Grundstück. Magnus betrachtete das Haus fasziniert, während er näherkam. Auf der Veranda machte ein blondes Mädchen einen Kopfstand, der an eine sonderbare Yogaübung erinnerte. Magnus ging davon aus, dass das Elsa war, und bog in die Auffahrt ein. Für einen Moment hatte er die Vision, dass sich sofort ein geifernder Dobermann auf ihn stürzen und ihn verjagen würde.

Das Haus war zu neu und zu weiß. Irgendwie nicht normal. Dies war das neue Schweden, in dem sich die Politiker heimlich bereicherten, ohne dass ihnen etwas passieren konnte. Ein Skandal wie der, in den Mona Wittergren verwickelt gewesen war, hätte noch vor ein paar Jahren jeden Politiker den Kopf gekostet. Mittlerweile war so etwas nach einer, spätestens zwei Wochen vergessen. »Ich begrüße eine Ermittlung.« Wieso gaben die Politiker nicht gleich eine Pressemitteilung heraus, wenn sie mal wieder die Gesetze übertraten? Dann würden sie sich den ganzen unangenehmen Rummel sparen, wenn die Sache aufflog.

Er schlug laut die Fahrertür zu. Das Mädchen kam ihm schon entgegen. Sie sah genauso brav aus, wie er erwartet hatte. Das helle Haar zu einem Zopf zusammengefasst, ein weißes Leinenhemd und eine schwarze Pluderhose, die sicher professionelle Meditationskleidung war. Und natürlich hatte sie perfekte Haut und ein symmetrisches Gesicht.

»Elsa Wittergren?«

»Ja?« Der Ton selbstsicher und klar.

»Ich bin Magnus Kalo vom Landeskriminalamt. Ich würde mich gern mit dir über Jonathan Levander unterhalten.«

Elsa betrachtete ihn misstrauisch, als könnte sie an ihm ablesen, ob er wirklich Polizist war oder doch nur ein dahergelaufener Penner, vor dem sie sich in Acht nehmen sollte.

»Ich habe deine Adresse von Eva-Britt Håkansson bekommen«, fügte er hinzu.

Elsas Gesichtsausdruck änderte sich, sie lächelte Magnus erleichtert an.

»Ach, okay.«

»Können wir uns irgendwo hinsetzen?« Magnus schaute sich um.

»Klar, was halten Sie von der Veranda?«

Sie umrundeten das Haus und ließen sich dann direkt neben einem neu gebauten Gewächshaus auf einer Sitzgruppe aus schwarzem Kunstrattan nieder. Wind war aufgekommen, und das Wasser in der Bucht bewegte sich dunkel und rau.

»Schön habt ihr's hier.«

Sie blickte sich erstaunt um.

»Ja, möglich. Was wollen Sie denn über Jonathan wissen?«

»Ich habe gehört, dass ihr beide zusammen ward.«

»Ja, das könnte man so sagen. Aber dann hat er die Schule gewechselt und sich einfach nicht mehr gemeldet.« Elsa blickte in die Ferne. Magnus konnte ihr Verhalten nicht deuten.

»Weißt du, wo er ist?«

Sie schüttelte den Kopf.

»Weißt du, warum er verschwunden ist?«

»Nein, ich habe doch gerade gesagt, dass er sich nicht mehr gemeldet hat.« Sie sah plötzlich besorgt aus.

»Wie lange ward ihr zusammen?«

»Ein paar Monate oder so.«

»Kannst du ihn mir ein bisschen beschreiben?«

»Er war cool, nicht so kindisch wie die anderen. Irgendwie gelassen.« Sie warf den Kopf in den Nacken.

Magnus lächelte.

»Seine Freunde haben mir erzählt, dass er sich in letzter Zeit verändert hat, eher niedergeschlagen war.«

»Nicht, wenn er mit mir zusammen war.«

»Du hast also keine Veränderung bemerkt?«

Elsa streckte die Beine aus.

»Nein, aber wir waren auch nicht so lang zusammen. Und vorher kannten wir uns nicht. Ich habe keine Ahnung, wie er früher war.«

»Wie habt ihr euch kennengelernt?«

Elsa lächelte.

»Bei einer Party in der Schule. Ich fand ihn süß, bin zu ihm gegangen und hab ihn geküsst.«

Magnus nickte, als wüsste er genau, wovon sie sprach, dabei war ihm das in dem Alter nie passiert.

»Was hatte er denn für Hobbys?«

»Sein Skateboard. Sonst nichts. Aber er ist verdammt gut.«

Magnus dachte nach. Hatten sie ein Skateboard gefunden,

als sie das Haus der Levanders durchsucht hatten? Er konnte sich nicht erinnern.

»Wenn er irgendwo hingefahren wäre, freiwillig, dann hätte er das Board doch sicher mitgenommen, oder? … Oder hatte er mehrere?«, fragte er aufgeregt.

Elsa schaute ihn verwundert an.

»Er hatte nur eins, ein Enjoi«, sagte sie. »Und er hatte es natürlich immer dabei.«

»Gut.« Er stand auf und bedankte sich. Ein Board. Das würde er prüfen. Als er einen Blick in den Rückspiegel warf, konnte er sehen, dass Elsa Wittergren wieder einen Kopfstand auf der Veranda machte. Der Wind war wieder abgeflaut.

56

Katharina hatte in der Nacht kein Auge zugetan, war aber nicht müde, sondern fühlte sich sonderbar. Als hätte sie Drogen genommen. Nicht dass sie wusste, wie sich das anfühlte, Drogen waren nie ihr Ding gewesen, aber jetzt … Vielleicht würden die helfen, den Verstand mal kurzzeitig abzustellen.

Die Seilbahn schaukelte unerwartet, Katharina klammerte sich an der Bank fest. Sie schaute aus dem Fenster und konnte unter sich den breiten Strom in der Frühlingssonne glitzern sehen. Genau so hatte es ausgesehen, als sie und Friedrich frischverliebt das erste Mal mit der Gondel hinüber in den Rheinpark gefahren waren. Damals war er so schüchtern und zurückhaltend gewesen, dass Katharina sich gleich noch mehr in ihn verliebt hatte.

Die ganze Nacht lang hatte sie gebetet, aber erhört hatte man sie nicht. Friedrich hatte sich nicht gemeldet und Katharina wurde immer unruhiger.

Schon kurz darauf spazierte sie durch den grünen Rheinpark. Kölns größte Parkanlage war weitläufig genug, dass sie nicht weiter auffiel, und dafür war sie dankbar. Sie brauchte Zeit zum Nachdenken, und das konnte sie in diesem Park am besten.

Sie lief an ein paar schön angelegten Beeten vorbei und dachte über das nach, was sie und Friedrich ausgemacht hatte. Sie versuchte, Fehler in ihrer Beziehung zu finden, Fehler bei sich. Aber sie fand nichts. Und sie kam sich wie die weltgrößte

Idiotin vor, weil sie nicht mal ansatzweise mitbekommen hatte, dass er auf dem Absprung gewesen war. Bei ihrem letzten gemeinsamen Mittagessen war er ein wenig unkonzentriert gewesen, davor hatte er sich aber verhalten wie immer.

Dann fiel es ihr plötzlich ein. Vor ein paar Wochen war etwas Ungewöhnliches passiert. Er hatte ein Bad eingelassen, eine Flasche Champagner aufgemacht, ihr die Füße massiert und … Sie hatte das als romantische Geste gesehen.

Jetzt sackte sie auf einer Parkbank in sich zusammen. *Das hat er aus schlechtem Gewissen gemacht! Als Wiedergutmachung.* Sie kniff die Augen zusammen. Friedrich war nie romantisch gewesen, es hätte ihr gleich komisch vorkommen müssen.

Katharina presste sich die Hände auf den Bauch, um nicht die Beherrschung zu verlieren. Alles drehte sich. Das Gefühl, verraten worden zu sein, schüttelte sie.

57

Friedrich blickte fast apathisch über die Reling auf das Wasser. Sein ernstes Gesicht hätte sich nicht mehr von dem der glücklichen Touristen unterscheiden können, die außer ihm an Deck waren. Aber er scherte sich nicht um sie. Es kam ihm fast so vor, als würde er sich hinter einer Glasscheibe bewegen. Außerhalb seines Körpers lief das Leben normal weiter, während in ihm alles in Zeitlupe voranschritt.

Wellen schlugen gegen den Rumpf der Fähre und kleine Salzwassertropfen trafen sein Gesicht, doch Friedrich spürte sie kaum. Unter normalen Umständen hätte er das schön gefunden, aber jetzt, unterwegs zu seinem eigenen Grab, fand er das Wasser nur furchteinflößend und gruselig.

Eigentlich hätte er noch gar nicht zur Insel fahren müssen, aber er wollte den Brunnen wenigstens einmal vorher sehen. Prüfen, ob er wirklich tief genug war, um darin zu ertrinken. Ein älteres Paar stand in seiner Nähe, die Arme umeinandergelegt. Die Frau betrachtete ihn neugierig. Als sie bemerkte, dass er sie dabei ertappt hatte, lächelte sie verlegen und ließ den Blick über das Wasser gleiten.

Sie schienen sich der Insel zu nähern, denn eine Lautsprecherstimme kündigte undeutlich etwas an, das er mit Mühe als »Grinda« verstand.

Friedrich kämpfte für den Rest der Fahrt mit sich. Ihm war schlecht und der starke Dieselgeruch, der an Deck herrschte, brachte ihn fast dazu, sich zu übergeben.

Das Geräusch, das die Fähre beim Anlegen machte, fuhr ihm durch Mark und Bein und erinnerte ihn an einen unschönen Zahnarztbesuch.

Geduldig ließ er eine Gruppe Touristen passieren, bevor er selbst an Land ging. Die Wellen gluckten fröhlich gegen die flachen Klippen, und aus der Ferne war das Geschrei spielender Kinder zu hören. Friedrich folgte langsam dem Weg, der ihn in einen Laubwald führte. Er hatte eine Karte in der Tasche, doch die brauchte er nicht, weil er sie schon endlos studiert hatte und jeden der kleinen Wege, die sich über die Insel schlängelten, auswendig kannte.

Immer wieder traf er auf kleine Touristengruppen und hörte, dass viele Deutsch sprachen. Um Blickkontakte zu vermeiden, schaute er die ganze Zeit auf den Boden und konzentrierte sich auf das Geräusch seiner Schuhe.

Langsam näherte er sich seinem Ziel. Der Weg führte in eine Senke, und zwischen dem jungen Laub konnte er ein schwarzes Dach ausmachen. Er keuchte. Dies war der Ort, den Jenny beschrieben hatte. Der Ort, an dem er sein Leben lassen würde.

Hier standen die Bäume dicht, und als er sich den Weg durch das verwilderte Buschwerk zu der kleinen Hütte bahnte, kratzten ihm kleine Äste weitere Schrammen in die Unterarme. Friedrich blinzelte, lief aber schon bald weiter, diesmal bis vor zur Hütte. Dort würde niemand sein, hatte Jenny geschrieben, und es stimmte. In der Hütte hatte es augenscheinlich vor Jahren gebrannt, statt Fenster glotzten ihn schwarze Löcher an.

Wo bin ich? Wo bin ich denn bloß? Friedrich lief einmal um die Hütte und suchte im Blaubeergestrüpp. Dann endlich entdeckte er ihn. Die runde Holzabdeckung war so alt und verkommen, dass sie fast schwarz aussah. In seinen Augen spiegelte sich blanke Angst, während er sich langsam näherte und hinunterbeugte. Jetzt war es so weit. Jetzt würde er sein eigenes Grab sehen. Er fuhr mit den Fingerspitzen über das dunkle Holz, bekam den Rand zu fassen und hob den Deckel ab. Pechschwarz war es dort unten, ein Loch ohne Boden, wie es schien, aus dem es modrig und gammelig roch wie aus einem alten Abfluss. Fast so, als läge da unten schon eine Leiche. Friedrich wandte den Kopf ab und erbrach sich in die Blaubeerbüsche.

58

Kurz nach halb drei betrat Magnus das Reihenhaus der Familie Levander. Er hatte noch keine Zeit gehabt, etwas zu essen, weshalb seine Stimmung ziemlich im Keller war. Wenn er Glück hatte, musste er auch nicht lange bleiben; ihn interessierte im Moment sowieso nur eines: Jonathans Skateboard.

Er schaute sich in dem engen Flur um. An der Garderobe hingen noch immer Jacken und Mäntel, darunter standen paarweise Schuhe, aber von einem Skateboard keine Spur, deshalb ging Magnus weiter ins Wohnzimmer. Die Wände waren ockergelb gestrichen, vor den Fenstern hingen dünne, rote Vorhänge. Die Farben verliehen dem Raum etwas Weiches, ansonsten war die Einrichtung schlicht, aber sehr gemütlich. Dieses Haus passte nicht zu der Vorstellung, die Magnus von einem Axtmörder hatte. Absolut nicht. Andererseits konnten auch nicht alle Irren in keimigen Wohnwagen im Wald wohnen.

An der Wand hingen ein paar Gitarren und in einem der Regale stand eine Sammlung afrikanischer Masken. Magnus betrachtete sie interessiert, bis eine antike Kommode seine Aufmerksamkeit erregte, die an der Wand stand. Er zog die oberste Schublade heraus, in der sich ein paar CDs von Roxette und ihm nicht bekannter Countrybands und ein Stapel Familienfotos befanden. Magnus ging davon aus, dass es eigentlich noch mehr Bilder gab, die Kriminaltechniker aber welche mitgenommen hatten. Auf denen, die zuoberst lagen, posierte die Familie fröhlich. Das waren diese professionellen Aufnahmen, die man ein- oder zweimal als ganze Familie in einem Fotostudio machen ließ. Jonathan war darauf noch ein paar Jahre jünger und grinste breit zwischen seinen Eltern. Er präsentierte die für Sechsjährige typische, entzückende Zahnlücke.

Magnus schob die Kommode wieder zu und schaute sich weiter im Wohnzimmer um. Wenn er Jonathans Skateboard nicht fand, konnte das immerhin bedeuten, dass die Familie aus freien Stücken untergetaucht war.

Seine Suche war auch hier erfolglos, also nahm er die Treppe ins nächste Stockwerk. Hier gab es noch ein weiteres Wohnzimmer mit Sofas und zwei Türen, die auf gegenüberliegenden Seiten in Schlafzimmer führten. Er verschaffte sich schnell einen Überblick und ging dann in das Zimmer, das offensichtlich einem Jugendlichen gehörte.

Magnus beschlich ein sonderbares Gefühl. Die Vorhänge waren aufgezogen, und Staubflusen tanzten im einfallenden Sonnenlicht über dem Schreibtisch. Dort standen sorgfältig aufgereihte Modellautos, unter anderem ein kleiner gelber Volvo Duett Kombi. Jonathan war offenbar ziemlich geschickt.

Vorsichtig stellte Magnus das Modellauto wieder auf den Tisch und sah sich weiter um. Skateboard, Fehlanzeige.

Als Nächstes nahm er sich den Kleiderschrank, dann den Bettkasten vor, in dem ein paar Kisten mit Comicheften waren.

Im Innersten hoffte er, dass er das Board nicht finden würde, dass Jonathan es mitgenommen hatte. Schnell durchsuchte er auch noch den Rest des Hauses, ohne irgendwo auf ein Skateboard zu stoßen. Erleichtert schloss er kurz darauf die Haustür hinter sich. Vielleicht gab es doch noch Hoffnung.

59

Das war keine Einbildung, die Luft wurde allmählich wirklich knapp. Janna blieb in der Nähe der Waschschüssel, so weit von Jonathan entfernt wie möglich. Das Atmen fiel ihr schwer.

Alles, was sie tat, war verlangsamt. Sie spülte das Besteck und trocknete es dann sorgfältig mit dem Handtuch ab. Jonathan hatte sich beruhigt, aber sie wollte keinen weiteren Zusammenstoß mit ihm riskieren, seine neue Entschiedenheit hatte sie zu sehr erschreckt.

Sie legte das Besteck in den kleinen Besteckkasten und trocknete sich mit dem Handtuch den Nacken. Ob sie wollte oder nicht, sie musste mit ihm sprechen, musste ihn davon überzeugen, das Versteck zu verlassen. Müde beugte sie sich über die Waschschüssel und atmete den schwachen Zitronenduft ein. Sonst hatte sie das Spülwasser in den Eimer gekippt, nun musste es in der Schüssel bleiben. Der Eimer lief so schon fast über.

»Mama!«, schrie Jonathan vom Sofa herüber und drehte die Lautstärke am Fernseher auf.

Die Stimme des Nachrichtensprechers wurde lauter:

»… Der Mann, der am Morgen ermordet auf dem Norra Begravningsplatsen gefunden wurde, konnte identifiziert werden. Es handelt sich um einen achtundvierzigjährigen Gymnasiallehrer aus Åkersberga, nördlich von Stockholm, der im Vorfeld des Mordes an einem vierundzwanzigjährigen Wachmann aus

Göteborg verdächtigt wurde. Der Mann aus Göteborg war Anfang der Woche in der Nähe des Valsjöns in Åkersberga mit einer Axt ermordet worden. Richard Eksjö, der Pressesprecher des Landeskriminalamtes kann zu diesem Zeitpunkt noch nicht sagen, ob oder wie die beiden Morde zusammenhängen …«

Janna war wie erstarrt. Den Rest der Meldung blendete sie aus, als würde jemand langsam die Lautstärke am Fernseher abdrehen. Sie brachte keinen Laut über die Lippen. Jonathan schaute sie verwirrt an, seine Stimme klang schrill:

»Mama? Was reden die da? Sprechen die von Papa?«

Sie schüttelte langsam den Kopf, dann fing sie an zu wimmern. Erst leise, dann immer lauter und lauter, bis sie fast schrie. Sie sank in sich zusammen.

»Mama? Warum reden die in den Nachrichten von Papa?«, schrie Jonathan, seine Stimme überschlug sich. »Die sagen, er ist *tot*!« Er sprang auf und rannte zu ihr, fasste sie an den Schultern und schüttelte sie, als wollte er sie wecken.

»Sie lügen!«, zischte er. Seine panisch vorgestoßenen Worte mischten sich mit den gurgelnden Geräuschen, die seine Mutter von sich gab.

»Die lügen!«

Sie waren allein, eingeschlossen, und Anders würde nie mehr zurückkommen.

60

Eva Zimmer griff vorsichtig mit der Pinzette nach der Haarsträhne.

»Blond«, sagte sie zufrieden, nachdem sie die Haare über ihre Brille hinweg betrachtet hatte.

»Ja, sieht ganz so aus.« Magnus löste den Blick von Anders Levanders gräulich weißem Leichnam und wandte sich der Rechtsmedizinerin zu. Er verabscheute den Obduktionssaal und alles, was dazugehörte, aber es waren genau solche Ereignisse wie diese, die einen Besuch hier lohnenswert machten.

»Du schickst das zur DNA-Bestimmung, oder?«

»Na klar.«

Eva steckte die Strähne in einen Plastikbeutel und nickte dann zur Leiche. »Ich habe eine ganze Reihe Tests gemacht. Es besteht kein Zweifel an der Todesursache. Ihm wurde ein angespitztes Stahlrohr einmal in den Rücken gerammt. Das Rohr hat ihm das Rückgrat glatt durchtrennt, ein paar Wirbel und Rippen gebrochen und die Lunge punktiert. Da muss ordentlich Wumms hinter gewesen sein, würde ich sagen.«

»Würdest du das einer Frau zutrauen? Seiner eigenen zum Beispiel?«

»Die, die verschwunden ist? Das glaube ich nicht, aber hundertprozentig festlegen will ich mich da auch nicht. Es gibt auch starke Frauen, wie du weißt.« Sie lächelte. »Was haben denn die Laboranalysen ergeben? Helfen die nicht weiter?«

Magnus lehnte sich mit dem Rücken gegen die Wand.

»Sie konnten ein paar Fingerabdrücke und Ähnliches von dem Rohr sichern, aber wer immer das war, ist bisher nicht in unserem System. Die Blutspuren vom Tatort waren da aufschlussreicher. Sie belegen, dass Levander in das Gebüsch gezerrt wurde, nachdem er ungefähr zwanzig Meter entfernt auf dem Kiesweg niedergestochen worden war. Dort haben sie das meiste Blut von ihm gefunden.«

Eva fuhr sich nachdenklich mit der Zunge über die Schneidezähne.

»So wie das Rohr?«

»Ja, genau.«

Sie betrachtete ihn aufmerksam.

»Dann glaube ich, dass es ein Mann war. Für eine Frau ist das schon eine gewaltige Aufgabe, ausgewachsene Kerle durch die Gegend zu schleppen. Ich sollte das wissen, schließlich versuche ich Nacht für Nacht meinen Koloss von einem Mann von meiner Bettseite zu schieben. Berge versetzen wäre sicher leichter.«

Magnus lachte.

»Weck ihn doch einfach.«

»Super Idee, aber völlig unmöglich. Noch dazu ist es echt widerwärtig so bedrängt zu werden, seit ich diese fürchterlichen Hitzewellen habe. Das ist die reinste Schweißflut … Er kann froh sein, dass ich ihn nicht darin ertränke.« Eva legte die verpackte Haarsträhne in eine Schublade.

Magnus streckte sich.

»Wann kann ich mit einem Ergebnis rechnen?«, fragte Magnus und nickte zur Schublade.

»Wenn wir Glück haben, schon morgen früh. Aber die Untersuchung mache nicht ich.«

Zusammen steuerten sie die Tür an, und Eva warf die Latexhandschuhe in einen Mülleimer.

»Wie geht's dir sonst?«, fragte sie.

»Ganz okay, nur ein bisschen geschafft.«

»Du siehst auch müde aus.«

Eva sah ihn besorgt an, dann fasste sie ihn bestimmt am Arm und sagte mit mütterlicher Stimme:

»Weißt du was, mein Lieber? Wir gehen jetzt zusammen einen Kaffee trinken, und dann erzählst du mir mal ein bisschen von den wirklich wichtigen Dingen. Den Kindern und so. Ich kann sehr gut ein bis zwei Zimtschnecken gebrauchen. Man muss für sein Übergewicht auch ein bisschen was tun.«

Magnus lächelte.

61

Als sich Katharina Steuer dem Büro von Helmuth Schenke näherte, dem für sie zuständigen Polizeibeamten, dröhnte ihr Musik entgegen. Sie konnte nicht sagen, um welche Art von Musik es sich handelte, es kümmerte sie aber auch herzlich wenig. Sie drückte die Klinke hinunter und riss die Tür zu seinem Büro sperrangelweit auf. Der Polizist saß an seinem Schreibtisch und kürzte sich die Fußnägel. Als Katharina eintrat, schaute er verwundert auf.

»Ach, Sie schon wieder«, stöhnte er und legte die Nagelschere auf den Tisch.

Katharina schaute ihn direkt an. In ihren Augen standen Tränen, wobei unklar war, ob vor Sorge oder Wut.

»Hören Sie mir doch bitte einmal richtig zu«, flehte sie. »Mein Mann würde niemals einfach so verschwinden. Sie müssen mich und diese Sache ernst nehmen! Ich glaube, dass ihm etwas zugestoßen ist. Etwas Furchtbares!«

Der Polizeibeamte, der schon halb aufgestanden war, ließ sich wieder auf den Stuhl sinken.

»Ich will ganz offen sein, Frau Steuer, wir haben nicht viele Anhaltspunkte. Und nach den Gesprächen mit Bekannten, Kollegen und Nachbarn auch wenig Verdachtsmomente.« Er legte den Kopf schief und lächelte sie nachsichtig an. »Es ist nicht gerade ungewöhnlich, dass erwachsene Männer mal für ein paar Tage verschwinden. Die tauchen auch immer wieder auf.«

Sie starrte ihn verzweifelt an.

Widerwillig zog er sich die schwarzen Strümpfe an und griff nach dem Telefonhörer.

»Warten Sie«, sagte er.

Sie hörte es am anderen Ende tuten, dann, wie jemand abnahm.

»Helmuth hier, sag mal, gibt es was Neues zu Friedrich Steuers iPhone?«

Hoffnung keimte in ihr auf.

Helmuth Schenke brummelte etwas und legte auf.

»Also, Frau Steuer, es sieht ganz so aus, als würde Ihr Mann sich in Schweden aufhalten, zumindest haben wir sein Handy dort geortet. In der Nähe des Stockholmer Hauptbahnhofs, um genau zu sein. Mehr können wir leider nicht für Sie tun.«

»Bitte?« Katharina stand wie versteinert da.

»Jetzt brauchen Sie uns nicht mehr.«

»Was meinen Sie? Wollen Sie ihn nicht suchen?«

Er biss sich auf die Lippe.

»Also, da sein Handy in Bewegung ist, schließen wir daraus, dass er lebt und freiwillig unterwegs ist. Wir sprechen hier schließlich von einem Erwachsenen, der ein Recht darauf hat, zu verreisen, wann und wohin er will.«

Katharina wirkte mit einem Mal noch verzweifelter.

»Aber woher wollen Sie wissen, dass er freiwillig unterwegs ist? Er würde niemals wegfahren, ohne mir oder seinem Sohn vorher Bescheid zu sagen! Jemand muss ihm das Handy geklaut haben.«

Der Polizeibeamte stand auf, um ihr zu signalisieren, dass das Gespräch für ihn damit beendet war, und deutete freundlich zur Tür.

»Ihr Mann kommt sicher wieder zurück«, sagte er aufmunternd. »Vielleicht hat er nur eine Midlife-Crisis. Wenn Sie wüssten, wie oft wir so etwas erleben. Das ist nichts Ungewöhnliches.«

Katharina wusste nicht, was sie dazu sagen sollte. Sie öffnete den Mund, schloss ihn aber sogleich wieder. Sie fühlte sich plötzlich völlig erschöpft.

62

»Hallo, störe ich oder kannst du telefonieren?«, fragte Roger taktvoll.

»Klar, schieß los.« Magnus schaute zu Moa und Elin, die schon am Zaun der Vorschule standen und ihm zuwinkten. Er deutete demonstrativ und entschuldigend auf sein Handy.

»Ich wollte dir nur sagen, dass ich mich mal in Tomas Nellerts Bekanntenkreis umgehört habe, aber niemand wusste, was er in Åkersberga wollte.«

»Hat er da keine Verwandten oder Freunde? Wo hat denn seine Schwester gewohnt?«

»Die gestorben ist?«

»Ja, genau.«

»Auch in Göteborg. In Hisingen, glaub ich. Ganz normale Mietwohnung. Nur die Mutter wohnt in Stockholm, aber eben am anderen Ende der Stadt.«

Magnus schaute auf seine abgetragenen Turnschuhe und strich gedankenverloren mit dem Fuß über die Wiese.

»Wo liegt denn die Verbindung zwischen Nellert und Levander?«

»Vielleicht gibt es gar keine. Vielleicht sind Levander einfach nur die Sicherungen durchgebrannt, und Nellert war zur falschen Zeit am falschen Ort«, schlug Roger vor.

Magnus kickte einen Stein weg.

»Nein, das passt nicht: Du hörst doch selbst, wie das klingt. Man trifft sich nicht einfach so per Zufall mitten in der Nacht im Wald. Und wer hat nach dieser Theorie dann Levander auf dem Gewissen? Nein, der Fall ist ein bisschen komplizierter. Außerdem sind Levanders Frau und Sohn nicht auffindbar. Was ist denen zugestoßen?«

»Und wenn es doch ein Eifersuchtsdrama ist?«, versuchte es Roger erneut. »Vielleicht ist die Frau durchgebrannt und hat den Sohn mitgenommen. Du hast doch gesagt, dass seine Schüler diesen Levander als merkwürdig beschrieben haben. Vielleicht hatte sie genug von ihm. Kann doch sein, dass die was mit Nellert hatte, egal, wie komisch das klingt, es würde trotzdem was erklären. Levander bringt Nellert aus Eifersucht um, sie ihren Mann aus Frust, bevor sie mit dem Sohn untertaucht.«

Magnus warf wieder einen Blick zum Zaun, aber seine Töchter standen nicht mehr dort.

»Na, was sagst du zu dieser Theorie?«, fragte Roger.

»Warum hätten sich dann beide zeitgleich krankgemeldet? Nein, das passt nicht zusammen.«

Roger seufzte. »Da hast du natürlich recht … Wie schade.«

»Ja, das hab ich wohl. Du, Roger, lass uns morgen weiterreden, ich muss die Kinder abholen.«

»Alles klar. Die Besprechung morgen ist für neun angesetzt, das soll ich dir noch von Arne ausrichten. Schaffst du das?«

»Ich versuch's.«

Er legte auf und ging auf das Törchen der Vorschule zu.

63

Friedrich ließ einen Stein in die Tiefe fallen und lauschte, wie er weit unten am Grund des Brunnens ins Wasser fiel. Dann legte er sich in das hohe Gras und konzentrierte sich auf seine Atmung, wie er es für gewöhnlich tat, wenn ihn eine Situation zu überfordern drohte. Jeder musste sterben, der einzige Unterschied war, dass er wusste, wann und wo es passieren würde.

Er war immer davon ausgegangen, dass er wie seine Mutter Krebs bekäme. Und dem qualvollen Tod, den sie dadurch erlitten hatte, war ein Selbstmord vielleicht in der Tat vorzuziehen. Man musste sich nur trauen. Sobald er den Auftrag ausgeführt hatte, würde er sicher so durcheinander sein, dass ihm das gar nicht mehr schwerfiel.

Als er das letzte Mal jemanden hatte sterben sehen, war er noch ein Kind gewesen. Jetzt hatte er ein ganz anderes Bewusstseinslevel, was die Sache definitiv nicht leichter machte. Damals hatte er so tun können, als wäre das alles nur ein böser Traum gewesen, jetzt bestand kein Zweifel daran, dass das alles wirklich geschah.

Er beobachtete die Wolken, die über ihn hinwegtrieben, dann drehte er den Kopf zur Seite und streckte die Hand zum Holzdeckel aus, fuhr mit den Fingern über das vom Wetter arg malträtierte Holz. Dort unten im Brunnen würde er seine letzte Ruhe finden.

Er setzte sich auf und schob den Holzdeckel wieder über das Loch. Der Wind rauschte um ihn herum, und dann liefen

Friedrich die Tränen über die Wangen wie einem kleinen Kind. Verstört wischte er sie weg, doch es kamen immer mehr. Was hätte er dafür gegeben, jetzt von jemandem gehalten und getröstet zu werden. *Ruhig, mein Junge.*

Er schlang die Arme um seine Beine und wiegte sich hin und her. Er war allein, aber das war er gewohnt. Das Leben mit Katharina hatte sich nie echt angefühlt. Er war nie wirklich bei ihr gewesen, sondern immer in der Vergangenheit oder ganz woanders. Er kannte sie eigentlich gar nicht. Nur mit Sascha hatte er sich richtig wohlgefühlt. Zumindest manchmal.

Er schluchzte. Ganz offensichtlich stimmte etwas nicht mit ihm, das war unschwer zu erkennen.

Als er wieder bei der Fähre ankam, bewegte sich das Wasser unruhig und schlug in kleinen Wellen gegen die Klippen. Die Nachmittagssonne spiegelte sich auf der gekräuselten Wasseroberfläche. Dasselbe Paar, das auf der Hinfahrt so engumschlungen neben ihm gestanden hatte, war nun vor ihm in der Schlange am Kai. Der Mann roch nach irgendeinem billigen Duftwasser, und Friedrich merkte, dass die Übelkeit wie ein Bumerang zu ihm zurückkehrte. Er machte ein paar Schritte zurück, um den Abstand zu den beiden zu erhöhen, und war dankbar, als ein paar Minuten später der Steg ausgefahren wurde, sodass sie endlich an Bord gehen konnten.

Er schob sich an den Touristen vorbei und fand ein unbeobachtetes Plätzchen bei einer Tür. Katharina würde sich in Grund und Boden schämen, wenn sie ihn so zu Gesicht bekäme. Wie ein unrasierter Penner sah er aus. Sie hatte immer so viel Wert auf gutes Aussehen und Benehmen gelegt.

Er blinzelte hinaus auf die Wellen. Sie teilten sich am Bug der Fähre, und jetzt hatte es etwas Beruhigendes, die Gischt ins Gesicht zu bekommen und dem regelmäßigen Stampfen des Motors zuzuhören. Hier konnte Jenny ihn nicht erreichen. Hier konnte er der sein, der er war. Was für eine unendliche Erleichterung.

Gleichzeitig war er nervös. Ein Teil von ihm wollte endlich wissen, wen er umbringen sollte. Er faltete die Hände und betete zum ersten Mal seit mehreren Jahrzehnten ein stilles Gebet.

Lieber Gott, lass es erwachsene Männer sein, bitte keine Frauen oder Kinder.

64

Als es fast fünf Uhr war, machte Magnus sich allmählich Sorgen. Er hatte Linns Nachricht abgehört, wusste also, dass sie einem Patienten einen Besuch abstatten wollte. Doch sie hatte keinen seiner Anrufe beantwortet und sich auch sonst nicht zurückgemeldet.

Er klapperte ungeduldig mit dem Geschirr, während er aus dem Fenster starrte, in der Hoffnung, dass sie endlich um den Fliederbusch kommen würde. Normalerweise war sie um halb fünf zu Hause.

Er stellte das letzte Glas in die Spüle und ging zurück ins Wohnzimmer.

Moas strubbeliger Kopf tauchte hinter einem der Sofakissen auf.

»Wo ist Mama?«

»Die kommt sicher gleich.« Er setzte sich zwischen seine beiden Töchter.

Elin stürzte sich auf ihn und kicherte vergnügt.

»Ich fress dich!«

Moa machte sofort mit und klammerte sich an seinen Rücken.

»He, aufhören! Wenn ihr mich fresst, dann habt ihr keinen Papa mehr!«

»Friss ihn auf, Moa!«, brüllte Elin. Magnus befreite sich, und die Mädchen warfen die geblümten Kissen vom Sofa.

Magnus ging wieder in die Küche und fing an, das Abendessen vorzubereiten. Als die beiden kurz darauf einen ganzen Beutel Tiefkühlfrikadellen mit Nudeln aufgefuttert und er gespült hatte, rief er in der Täbyklinik an. Es war zehn nach sechs, trotzdem hoffte er, dort noch jemanden zu erreichen.

»Lena Ek, Täbyklinik.«

»Hallo, hier spricht Magnus Kalo, Linns Mann. Ist Linn noch in der Klinik?«

»Hallo … Nein, Linn ist nicht mehr da. Sie ist schon heute Vormittag weggefahren.« Lena klang überrascht.

»Sie hat mir eine Nachricht hinterlassen, dass sie einen Patienten besuchen wollte, um den sie sich Sorgen gemacht hat. Ist sie danach nicht wieder zurückgekommen?«, fragte Magnus.

»Nein, ich war den ganzen Nachmittag allein hier.«

»Wann ist sie denn aufgebrochen?«

Lena dachte offenbar nach.

»Irgendwann vor der Mittagspause, glaub ich. Aber ich hatte den ganzen Tag Termine, es kann also gut sein, dass ich sie verpasst habe. Sie ist sicher längst auf dem Heimweg«, fügte sie noch beruhigend hinzu.

Magnus beendete das Gespräch und ging ins Schlafzimmer. Dort legte er sich mit der Zeitung ins Bett.

Vermutlich machte er sich völlig unnötig Sorgen. Wahrscheinlich hatte sie nur auf dem Heimweg irgendwo angehalten, um etwas einzukaufen.

65

Roger ging in die Küche und kramte im Kühlschrank, bis er eine Packung Würstchen fand, mit denen er zum Frettchen zurückkehrte.

»Dann teilen wir uns das hier«, sagte er und öffnete die Käfigtür. Oskar blieb in seiner Ecke sitzen.

»Jetzt komm schon.«

Das Frettchen rührte sich nicht.

»Entschuldige, okay?« Roger biss von einem Würstchen ab und warf eins in den Käfig. Grimmig blickte er sich das Durcheinander auf dem Küchenfußboden an, trat gegen eine Müslipackung, bevor er sich seufzend den Laptop schnappte und sich damit ins Bett zurückzog.

Er öffnete den Posteingang. Der Laborbericht mit der Auswertung von Tomas Nellerts Computer war gekommen, und Roger überflog ihn träge. Plötzlich setzte er sich kerzengerade auf.

Mitten in den langweiligen Fakten waren ein paar richtig interessante Angaben aufgetaucht.

Roger griff nach seinem Handy, das auf dem Nachttisch lag, und wählte Magnus' Nummer, der sich sofort meldete.

»Oh, hallo Roger. Wollten wir uns nicht morgen erst wiederhören?«

»Doch, doch, aber ich bin auf etwas Neues gestoßen. Tomas Nellert hat zwei Tage vor dem Mord *Levander Åkersberga* im Internet gesucht!«

Magnus schwieg einen Moment.

»Damit steht dann also fest, dass sie sich nicht zufällig getroffen haben.«

»Er hat sogar eine Bildersuche gemacht.«

Magnus pfiff durch die Zähne.

»Dann hat Tomas Nellert vielleicht nicht gewusst, wie Anders Levander aussieht. Die kannten sich nicht. Oder zumindest nicht persönlich …«

Roger stand auf und ging zurück in die Küche.

»Lass mich mal nachdenken. Tomas Nellert fährt also nach Åkersberga, um diesen Levander zu treffen, den er vermutlich nie zuvor gesehen hat, und …«

»Roger, vielleicht kennen die sich von früher, und das ist einfach lange her. Nellert wollte vielleicht nur wissen, wie Levander jetzt aussieht.«

»Und dann trifft er Levander am Valsjön, wo er von ihm umgebracht wird. Was noch immer keine Antwort auf die Frage ist, was ein Wachmann aus Göteborg in Åkersberga von einem Gymnasiallehrer wollte … Mitten in der Nacht. In der Walpurgisnacht noch dazu.«

»Genau … und woher wusste er, dass Levander überhaupt dort am See ist?«

Roger hustete. »Die müssen verabredet gewesen sein, Magnus. Oder aber Nellert ist Levander an den See gefolgt.«

»Aber wäre er einem potenziell gefährlichen Mann einfach so hinterhergestiefelt?«

»Vielleicht wusste er nicht, wie gefährlich Levander war?«

»Oder aber es war noch jemand dort, darüber habe ich heute schon mit Arne gesprochen.«

Roger kratzte sich an der Stirn. »Die Theorie können wir aber auch gleich wieder abhaken. Die Fingerabdrücke und Blutproben zeigen eindeutig, dass Levander Nellert den Kopf abgeschlagen hat. Nichts deutet darauf hin, dass noch jemand am Tatort gewesen ist.«

»Da hast du vielleicht recht.« Ein Spur Resignation lag in Magnus' Stimme.

Roger setzte sich an den Küchentisch.

»Und noch was. Dieser Typ mit der Volvosammlung, Bosse Brovall, hat Anders Levander anhand eines Fotos identifiziert, das wir aus dem Reihenhaus mitgenommen haben. Er hat gesagt, dass es vermutlich der Mann war, der am Tag vor dem Mord an Nellert durch den Wald gestromert ist. Du weißt schon, der Typ, der mir so ähnlich sah?«

»Der ist also durch den Wald gestromert? Weiß man, was er da wollte?« Magnus' Interesse schien geweckt.

»Ja, aber was Spannendes hat er trotzdem nicht gemacht. Er ist eigentlich nur spazieren gegangen und hat aufs Wasser geschaut. So was in der Art. Als wäre er nur zur Erholung da. Du, ich muss jetzt hier saubermachen. Oskar hat sich in der Küche ausgetobt. Wir sehen uns ja morgen früh«, sagte er entschuldigend.

»Alles klar. Ich muss sowieso Linn anrufen, sie ist heute spät dran.«

»Dann grüß sie von mir.«

66

Magnus warf einen Blick ins Wohnzimmer, wo Moa und Elin eine Höhle aus den Sofakissen bauten. Er wollte ihnen nicht zeigen, wie unruhig er war, deshalb schloss er sich im Bad ein, um Lena auf dem Handy anzurufen. Sie meldete sich nach dem zweiten Klingeln.

»Guten Abend, Frau Ek, hier ist noch mal Magnus. Linn ist noch immer nicht nach Hause gekommen. Können Sie vielleicht nachverfolgen, welche Patienten sie heute hatte?«

»Oh, wir haben alle unsere eigenen Terminpläne. Ich habe keine Ahnung, wo ihrer ist«, sagte sie zögernd.

»Linn schreibt immer alles in ihren Kalender.«

»Aha. Ich weiß leider nicht, ob ich den je gesehen …«

Magnus würgte sie einfach ab, ging ins Schlafzimmer und fing an, den Schreibtisch zu durchsuchen.

Schon bald hatte Magnus das ganze Haus auf den Kopf gestellt, aber ihren schwarzen Kalender hatte er nicht gefunden. Er setzte sich aufs Bett. Sie musste ihn bei sich haben.

Mittlerweile war es halb acht. Er schluckte nervös. Sollte er sie vermisst melden? Selbst als Polizist konnte er nicht erwarten, dass schon jetzt etwas unternommen würde, nur weil Linn sich ein paar Stunden verspätet hatte, aber bald.

Er holte die Zahnbürsten der Kinder. Er konnte sicher besser nachdenken, wenn die Kleinen im Bett waren.

67

Janna hielt sich am Sofa fest und schwankte trotzdem, als wäre sie betrunken.

Nein, nicht Anders! Sie konnte einfach nicht fassen, dass er tot sein sollte. Dass er ihr genommen worden war.

Jonathan lag auf dem Bett und starrte stumpf an die Decke. Er hatte seit der Nachrichtensendung kein Wort mehr gesagt. Gesichtsausdruck und Blick waren leer. Janna schaute ihn an.

»Alles wird gut, mein Schatz«, hörte sie sich selbst sagen, doch ihre Stimme klang anders als sonst, irgendwie mechanisch.

Alles, was Anders gesagt hatte, alles, was er von den Männern erzählt hatte, stimmte also. Sie hatten ihn töten wollen. Und jetzt war es ihnen gelungen.

Jonathan wandte ihr das Gesicht zu.

»Mama, meinst du, Papa hat diesen Wachmann getötet?«, fragte er.

Janna schüttelte den Kopf.

»Nein, ich … Ich weiß es nicht.«

»Die haben es aber im Fernsehen gesagt! Dann muss das Selbstverteidigung gewesen sein … Oder?«

Jonathan umklammerte die Decke. Er sah so unglaublich jung aus. Sie wünschte, sie könnte einfach zu ihm gehen und ihn in den Arm nehmen, wie früher, als er noch klein war. Aber etwas hielt sie zurück, und so blieb sie reglos und steif hinter dem Sofa stehen.

Jonathan schaute sie hilflos an.

»Mama? Was machen wir jetzt?«

Janna zögerte. Sie war die Erwachsene und ihr Sohn verließ sich darauf, dass sie wusste, was als Nächstes zu tun war. Dass sie einen Ausweg fand.

Sie warf einen Blick zu der Luke.

»Wir müssen hier raus. Aber heute Nacht bleiben wir noch hier«, sagte sie mit dünner Stimme.

»Und wo wollen wir hin? Papa hat doch auch jemanden vorm Haus gesehen.«

»Wir dürfen nicht hierbleiben. Wir müssen weit weg. … Ich lasse mir etwas einfallen.«

Jonathan wirkte mit einem Mal dankbar, und Janna blickte zu Boden, damit er nicht sah, wie groß ihre Angst war.

Sie hatte keine Ahnung, was sie machen sollten, wenn sie das Versteck erst verlassen hatten. Vielleicht war es doch keine so schlechte Idee, sich an die Polizei zu wenden? Sie mussten ihnen doch glauben, jetzt, wo Anders tot war? Nachdem er ermordet worden war?

68

Magnus stand wieder am Küchenfenster und schaute hinaus. Er trommelte ungeduldig mit den Fingern aufs Fensterbrett. *Wo blieb sie nur?*

Unruhig lief er auf und ab, öffnete dann die Haustüre und spürte, wie ihm die kühle Abendluft entgegenschlug. Die Straße war wie ausgestorben, trotzdem blieb er lange dort stehen und hoffte, dass Linn auftauchen und ihm entgegenkommen würde. So wie sonst auch.

Er hatte sie gerade vermisst gemeldet, danach noch bei sämtlichen Krankenhäusern in der Nähe, ihren Kolleginnen und Kollegen und den wenigen Freunden, die sie hatten, angerufen. Niemand wusste, wo sie war, und er hatte furchtbare Angst. Nachdem er intensiv auf Arne eingeredet hatte, war dieser dann endlich bereit gewesen, das Patientenregister der Täbyklinik anzufordern. Das war ja schon mal etwas.

Magnus setzte sich in den Hängesessel auf der vorderen Veranda und wartete.

69

»Haben Sie dann alles für die Nacht?«

»Ja.« Susanne Nellert lächelte. Mia war besser als die meisten anderen Pflegekräfte. Sie machte, worum sie gebeten wurde, und nörgelte nicht wegen Kleinigkeiten.

Das Schloss klickte, als das Mädchen die Tür hinter sich zumachte.

Endlich war sie wieder allein, wie gut das tat. So fühlte sie sich am wohlsten, oder zumindest hatte sie sich so immer am wohlsten gefühlt, bis Tomas gestorben war. Egal, wie oft sie sich sagte, dass er tot war, sie konnte es einfach nicht fassen. Dass er sie nie wieder besuchen kommen, dass sie ihn nie wiedersehen würde. Das konnte doch nicht sein. Immer, wenn das Telefon klingelte, dachte sie sofort: *Das ist Tomas!* Und ständig fiel ihr etwas ein, das sie ihm erzählen wollte, und dabei konnte sie ihn nie wieder anrufen.

Sie wartete, bis die Schritte ihrer Pflegerin auf der Treppe verklungen waren, bevor sie mit dem Rollstuhl zum Kühlschrank fuhr und den Flachmann hervorholte, ihren guten alten Freund. Sie setzte ihn an die Lippen und genoss, wie es bald darauf im Hals brannte.

»Mein kleiner Junge, mein kleiner Tomas«, murmelte sie.

Dann klemmte sie sich den Flachmann zwischen die Beine und fuhr ins Wohnzimmer, wo sie den Fernseher einschaltete. Sie verfolgte wie gebannt alle Nachrichtensendungen, um nicht zu verpassen, ob es etwas Neues über Tomas' Mörder gab.

Dieser Lehrer hatte dort auf dem Friedhof bekommen, was er verdiente. Trotzdem spürte sie keine Erleichterung, keine Freude.

Sie dachte an Tomas. Daran, wie er direkt nach seiner Geburt gerochen hatte, als sie ihn das erste Mal in den Armen hielt. Ein bisschen wie Mandeln. Daran, wie sie ihn geliebt hatte … noch immer liebte.

70

Katharina stand in dem kleinen Garten, der zu ihrem Haus in Köln gehörte, und starrte auf den Boden, der von der roten Gartenbeleuchtung angestrahlt wurde. Ein paar Nacktschnecken krochen zu ihren Füßen. Katharina ekelte sich vor ihnen, blieb aber trotzdem still stehen und beobachtete, wie sie übereinanderglitten.

Sie bewegten sich behäbig, und Katharina meinte, dabei sogar ein schmatzendes Geräusch zu hören. Alles schien plötzlich langsamer zu laufen. Die Geschehnisse hatten sie gelähmt. Friedrich hatte sie verlassen, einfach so. War nach Schweden abgehauen. Ausgerechnet nach Schweden. Ohne ein Wort. Weder zu ihr noch zu Sascha.

Sie lief zum Komposthaufen in der Ecke des Gartens und holte eine der Schaufeln. Dann ging sie in die Hocke und hackte die widerlichen Ekelschnecken tot. Weißgelber Schleim quoll aus ihnen und verteilte sich wie Schlamm über den Rasen. Katharina hatte die Lippen fest aufeinandergepresst. Von ihrem sonst so fülligen Mund blieb nichts als ein schmaler Strich auf ihrer blassen Haut.

Zufrieden betrachtete sie das kleine Massaker, stand auf und ging ins Haus. In der Küche war es so schummrig wie immer, als sie den braunen Vorratsschrank öffnete. Nicht einmal mehr eine Scheibe Brot war im Haus. Sie knallte die Tür zu und lehnte sich mit der Stirn dagegen. Friedrich hätte doch seinen Job nicht einfach so aufgegeben. Selbst wenn sie nur so etwas wie eine Trophäe gewesen war, seine Arbeit hatte er leidenschaftlich geliebt. Aber weder seine Kollegen noch die Studenten hatten etwas von ihm gehört.

Mit bestimmten Schritten ging sie hinauf in sein Arbeitszimmer.

Dort herrschte die gewohnte Ordnung. Die Bücher in alphabetischer Reihenfolge, der schwarze Bürostuhl, nicht schön, aber funktional, und ein brauner Schreibtisch. Sie zog eine der Schubladen heraus und kippte den Inhalt auf die Arbeitsfläche. Verzweifelt wühlte sie zwischen all den Papieren, ohne irgendetwas zu finden. Dann riss sie die Bücher aus dem Regal. Nicht ein einziges durfte an seinem Platz bleiben.

Als sie fertig war, betrachtete sie das Chaos. Wie befreiend. Die Tür zum Ankleidezimmer war nur angelehnt. Dort hingen seine Anzüge. Sie war drauf und dran, sie alle von ihren Bügeln zu reißen, und spielte sogar mit dem Gedanken, sie in den Kamin zu werfen, als sie erstarrte. All seine Anzüge waren noch da. Keiner fehlte, außer dem, den er am Leib getragen hatte, als er verschwand.

Sie ging sie nacheinander durch. Da sie die Anzüge gekauft hatte, kannte sie alle. Friedrich hatte alles in allem nur sechs Anzüge, weil sie nie billige Sachen kaufte. Ihr Mund nahm wieder die gewohnte, füllige Form an.

Er hatte sie nicht verlassen! Er hatte nicht gepackt und sie sitzen lassen!

Erleichtert sank sie gegen die Wand, den Blick immer noch auf die sechs Anzüge gerichtet.

Er war in Schwierigkeiten, das hatte sie jetzt endlich begriffen.

Ungefähr eine Stunde später saß sie im Taxi zum Flughafen Köln/Bonn. Sie musste nach Stockholm. Sascha war gut bei ihren Eltern in Berlin aufgehoben, und sie hatte mit ihm abgesprochen, dass er noch ein paar Tage länger bei ihnen bleiben konnte. Trotzig schob sie den Unterkiefer vor, dabei wollte sie damit nur ihre Unsicherheit überspielen.

Katharina drehte hektisch ihren Ehering am Finger. Sie war kein Kind mehr und würde es nicht zulassen, jetzt zusammenzubrechen. Friedrich hatte hysterische Ausbrüche immer verabscheut, und jetzt wollte sie mehr denn je einen kühlen Kopf bewahren.

Der Taxifahrer warf ihr einen Blick zu, aber als er ihr verkniffenes Gesicht sah, schaute er sofort wieder auf die Fahrbahn.

Er stellte das Radio an, und sofort erklang Gloria Gaynors »I will survive«. Der Fahrer summte mit: *At first I was afraid, I was petrified …*

Katharina starrte aus dem Fenster. Das Lied hatte sie schon immer gehasst.

SAMSTAG, 5. MAI

71

Friedrich wusste nicht, ob Tag oder Nacht war, als er aufwachte. Die Deckenlampe tauchte das Hotelzimmer in ein schwaches, flackerndes Licht, und abgesehen von dem leise rauschenden Autoverkehr war es still.

Er setzte sich auf und betrachtete seine hageren Zehen, bevor er den Blick durch das Zimmer schweifen ließ. Auf dem kleinen Tisch stapelten sich die Teller aus dem hoteleigenen Bistro, es sah aus wie im Schweinestall. Fauliger Geruch drang ihm in die Nase, und er fragte sich unweigerlich, ob der Tod auch so roch.

Das Warten auf eine Nachricht von Jenny machte ihn ganz kribbelig. Es juckte ihn sogar wirklich.

Er ging zum Fenster und schob den Vorhang beiseite. Draußen war es dunkel, und Friedrich blieb lange dort stehen und beobachtete, wie sich die Lichtkegel der vorbeifahrenden Autos über die Straße bewegten. Ein paar vereinzelte Gestalten torkelten aus der Kneipe nach Hause. Wenn er doch nur weiter schlafen könnte. Schlafen, bis der Augenblick gekommen war … bis sie – die Frau aus der Hölle – sich meldete.

Er zog den Vorhang wieder zu und drehte sich um. Sein Blick fiel auf den Sessel in der Ecke. Er hatte das Jackett über die Sitzfläche gebreitet, trotzdem ließ sich darunter das Stahlrohr erahnen, das sich bedrohlich unter dem Stoff abzeichnete. Einen Moment lang stellte er sich vor, selbst davon durchbohrt zu werden. Direkt durchs Herz. So hatte sie sich das vorgestellt, daran bestand kein Zweifel. Jenny, oder wie immer sie hieß, hatte sich die größte Mühe gegeben, das eine Ende so sehr anzuspitzen, dass es scharf war wie ein Tranchiermesser. Sie hatte alles bis ins Detail geplant. Friedrich zitterte, als hätte er einen fürchterlichen Albtraum, und doch wusste er, dass er diesmal nicht daraus erwachen würde.

Er ging zur Tür. Er musste sich die Beine vertreten. Wieder und wieder um den Hauptbahnhof laufen, wie er es in den letzten Tagen so oft getan hatte. Bis sein Körper nicht mehr wollte und er endlich vor Erschöpfung einschlafen konnte.

72

»Ich habe jeden Menschen angerufen, der je mit Linn gesprochen hat … Ich weiß nicht mehr, was ich machen soll, Arne. Niemand weiß etwas!«

Magnus saß am Küchentisch, er war leichenblass und hielt das Handy fest ans Ohr gepresst.

»Ich schaue mal, wie ich die Sache beschleunigen kann«, erklang Arnes Stimme in der knisternden Leitung. »Aber ich glaube, die Kollegen vor Ort geben sich schon die größte Mühe.«

»Das ist mir klar, ich habe einfach solche Angst … Und entschuldige, dass ich es nicht zur Besprechung geschafft habe.«

»Das sollte dich jetzt nicht kümmern … Außerdem hast du nichts verpasst«, sagte Arne.

»Ich habe Linns Kontobewegungen überprüft«, fuhr Magnus fort. »Sie hat ihre Karte nicht benutzt, seit sie verschwunden ist. Und ihr Handy ist ausgeschaltet.«

»Was sagen denn ihre Kolleginnen?«

»Linn war gestern wie immer, sie hat bloß ein paar Termine am Nachmittag abgesagt, weil sie nach einem Patienten sehen wollte, um den sie sich Sorgen gemacht hat. Genau das hat sie mir auch auf die Mailbox gesprochen.«

»Ich melde mich bei dir, sobald ich die Patientenübersicht von der Täbyklinik bekommen habe. Bleibst du heute zu Hause?«

Arne klang fast väterlich.

»Das weiß ich noch nicht. Vielleicht fahre ich einfach mal

in die Klinik und schau mich in der Praxis um. Aber ich weiß nicht, was ich machen soll. Unsere Nachbarin hat angeboten, auf die Kinder aufzupassen, sie kennen sich schon ein bisschen, aber …«

»Magnus, versuch aber auch, ein bisschen zu schlafen. Ich vermute mal, du warst die ganze Nacht auf den Beinen.«

Magnus murmelte etwas Zustimmendes, legte auf und steckte das Telefon in die Tasche. Er konnte nicht mehr klar denken.

»Papa!« Moa stand plötzlich neben ihm und zupfte ihn am Arm.

»Ja«, murmelte er.

»Lasst ihr euch scheiden, Mama und du?«

Magnus zuckte zusammen und schaute seine fünfjährige Tochter an, die ihn mit ernster Miene betrachtete.

»Nein, absolut nicht. Wie kommst du darauf?«

»Vilde hat gesagt, ihre Eltern machen das. Und dann wohnen die nicht mehr zusammen.«

Magnus nahm Moa auf den Schoß und schlang Arme um sie.

»Nein, mein Schatz. Wir werden uns nicht scheiden lassen. Niemals.«

Moa atmete erleichtert auf.

»Wo ist Mama denn?«, fragte sie.

Magnus streichelte ihr über den Kopf, zögerte mit der Antwort.

»Das weiß ich nicht. Aber ich werde sie finden, und dann ist sie wieder da.«

Dann schaute er sich besorgt um.

»Wo ist Elin?«

»Draußen im Garten. Sie sucht nach Mama.«

»Ah … Na komm, dann holen wir sie mal rein. Ihr beide bleibt ein Weilchen bei Monika.« Er stand auf und ging mit

Moa auf dem Arm hinaus in den Garten. Elin war nirgends zu sehen.

»Elin? Elin!«

Es raschelte hoch oben in der Weißtanne, die hinten im Garten stand.

»Hier bin ich.«

Magnus seufzte erleichtert. Er musste sich unbedingt beruhigen.

73

Katharina hatte vor der Abfahrt wahllos Klamotten in die Reisetasche gesteckt. Jetzt, nach einer unruhigen, fast schlaflosen Nacht im Clarion Hotel in der Östra Järnvägsgatan, räumte sie die Tasche aus und hängte die Sachen sorgfältig in den Schrank.

Sie fragte sich, ob das wirklich eine so gute Idee gewesen war, nach Stockholm zu kommen. Die Stadt war größer, als sie gedacht hatte, und sie wusste ja nur, dass Friedrich sich gestern in der Nähe des Bahnhofs aufgehalten hatte. Vermutlich war die Hoffnung lächerlich, ihn einfach so zu finden.

Sie schleuderte die leere Tasche auf einen der orangefarbenen Designersessel. Dann kroch sie wieder unter die gemangelten Laken und gab sich der Müdigkeit hin. Sie wollte noch ein bisschen weiterschlafen, dann würde sie sich die nächsten Schritte überlegen. Was genau sie tun wollte, wusste sie noch gar nicht, aber etwas würde sich schon ergeben.

Schon bald verfiel sie in einen unruhigen Schlaf und träumte von der Flugbegleiterin, die sie auf dem Hinflug gesehen hatte. Sie beugte sich mit einer Tasse Kaffee über Katharina und lächelte sie an. Ihr rotes, hochgestecktes Haar wuchs unaufhörlich weiter, bis ihr Dutt gegen das Handgepäckfach stieß. Sie lachte lässig und entblößte große weiße Zähne.

»Dein Mann ist jetzt mein Mann. Bitte, hier ist der Kaffee. Kaffee mit Gebäck.«

74

Linn hatte fürchterliche Albträume, wie seit vielen Jahren nicht mehr. Sie war auf einem Weg, der sich einen moosbewachsenen Berg hinaufschlängelte. Etwas verfolgte sie, aber ihre Füße klebten am Boden fest. Sie wollte um Hilfe schreien, brachte aber nur ein halb ersticktes Keuchen zustande. Irgendwoher wusste sie, dass dies ein Traum war, trotzdem war sie panisch. Jemand näherte sich von der anderen Seite des Berges. Stoff raschelte. Schritte kamen näher. Ein langer Schatten. Plötzlich roch es schwer nach Parfum, was sie endlich aus ihrer Starre löste. Sie rannte und rannte, immer um den Berg herum, bis sie in eine Höhle stürzte.

Gebannt vor Angst starrte sie zur Öffnung hinauf, dort würde bald ihr Verfolger auftauchen. Aber dann erschien niemand Gruseliges, sondern Magnus. Sofort wich die Angst aus Linn. Ihr wunderbarer Magnus! Jetzt war er bei ihr, so nah, dass sie seinen Atem spüren konnte!

Dann verschwand der Traum so schnell, wie er gekommen war, und sie blinzelte verschlafen. Mattias Carléns Gesicht schwebte über ihr.

»Sie«, nuschelte sie. »Sie …« Dann schlief sie wieder ein.

Carlén stupste sie mit dem Fuß an. Wie unterschiedlich die Reaktionen doch waren. Er nahm die leeren Teetassen vom Couchtisch und brachte sie in die Küche.

75

»Versteck« hatte Anders diesen Ort genannt, dabei wäre »Gefängnis« treffender gewesen. Ein muffiges, verschlossenes Mauseloch. Janna hockte vor der Luke und biss sich auf die Unterlippe. Um diese Uhrzeit hatten die Nachbarn sich vermutlich längst auf den Weg zur Arbeit gemacht, die Straßen waren sicher wie ausgestorben.

Dieser Teil von Margretelund war dicht bebaut und von Wald umgeben. Die Reihenhäuser hatten fast ausnahmslos dieselbe weiße Ziegelsteinfassade mit denselben roten Leisten wie die frei stehenden, sie waren nicht leicht auseinanderzuhalten. Die meisten Anwohner hatten sogar identische braune Gartenmöbel auf der Terrasse und schmückten an Weihnachten mit der gleichen übertriebenen Weihnachtsdeko. An Ostern standen überall die gleichen geschmückten Zweige auf den Fronttreppen. Und dennoch konnten sie ihren Neid aufeinander nie wirklich gut verbergen. Wenn jemand neue Gardinen aufhängte, war damit zu rechnen, dass im Nachbarshaus schon bald noch neuere hingen. Ein neuer Rasenmäher wurde schnell durch ein noch fortschrittlicheres Modell getoppt. Und so weiter.

Das Haus der Levanders war das letzte der Straße, ein Reihenendhaus und allein deshalb ein bisschen schöner als die anderen. Die freie Hauswand grenzte an eine öffentliche Wiese, die bis zum Waldrand hinaufreichte. Janna konnte sich genau daran erinnern, wie alles aussah, und sehnte sich richtig danach, das Haus zu verlassen.

Sie schob das Messer zwischen Luke und Wand und ruckelte. Dann legte sie das Ohr an die Wand und lauschte. Nichts war zu hören, obwohl sie auch nicht damit gerechnet hatte. Sie dachte nach. Wenn sie jetzt jemand hören würde, war das vielleicht nicht so tragisch. Irgendwer in der Nachbarschaft renovierte immer. Hier wurde eine Veranda ausgebessert, dort ein Badezimmer erneuert. Ein weiteres Kratz- oder Schabgeräusch würde niemand ungewöhnlich finden.

Sie schielte zu Jonathan, der vorm Fernseher auf dem Sofa saß.

Noch bis vor Kurzem hatte ihr das Wissen, dass niemand hereinkommen konnte, ein Gefühl von Sicherheit gegeben. Jetzt verzweifelte sie fast daran, dass Anders so gewissenhaft vorgegangen war. Der kleine Raum war so perfekt angelegt, dass man ihn nicht mal erahnte. Wer immer einen Blick auf ihren Dachboden warf, dem bot sich das übliche Bild. Viele Kartons, ausrangierte Möbel, alte Winterklamotten. Niemandem würde auffallen, dass der Dachboden ein paar Meter kürzer war als die anderen der Siedlung. Sogar die kleine Einstiegsluke war so angelegt, dass sie von außen wie eine Ventilationsvorrichtung aussah. Außerdem hatte Anders ihr erzählt, dass er immer ein altes Gemälde davorstellte, wenn er zum Einkaufen ging. Nur zur Sicherheit. Auf dem Gemälde war der Apfelgarten von Österlen abgebildet, wo sie vor langer Zeit einmal gewesen waren, als noch alles in Ordnung war.

Traurig dachte sie an die Zeit zurück, in der sie noch ein normales Leben geführt hatten, als sie noch nicht geahnt hatten, wie schnell das vorbei sein konnte.

Anders hatte über einen Monat lang an dem Versteck gebaut. Dafür gesorgt, dass es einen Fernsehanschluss und eine Küche gab. Am längsten hatte er für den Boden gebraucht. Dafür musste er extra ein besonders lärmdämpfendes Material bestellen, und das hatte er dann in mehreren Schichten übereinandergelegt. Das Schloss, mit dem er die Luke gesichert hatte, war allerdings ein ganz gewöhnliches, einfaches Türschloss. Nur Anders hatte den Schlüssel und natürlich stets von außen abgeschlossen, wenn er unterwegs war. *Nur zur Sicherheit. Falls jemand versucht, hereinzukommen. Und für den Fall, dass einer von euch durchdreht und ohne nachzudenken hinauslaufen will*, hatte er gesagt. Wie dumm, wie verdammt dumm von ihm.

»Mama?«

Jonathan berührte sie vorsichtig am Arm. Er war über einen Kopf größer als sie und schaute nun mit seinen dunklen Augen zu ihr hinunter.

»Ja?«

»Du weißt gar nicht, wie wir hier rauskommen, oder?«

Sie streckte sich, versuchte, selbstsicher zu klingen.

»Doch, doch, ich krieg das schon hin.«

Er schüttelte den Kopf und streckte die Hand aus.

»Gib mir das Messer. Lass mich mal versuchen.«

Sie gab es ihm, weil sie selbst nicht mehr konnte. Es war viel zu warm, und die Luft fühlte sich schwer an, zu schwer, um sie zu atmen.

76

Roger beugte sich über die Arbeitsplatte und öffnete den Brotbackautomaten, den er von seiner Mutter zu Weihnachten bekommen hatte. Nachdem er sich über die Bedienungsanleitung heiser geschimpft hatte, kam er allmählich mit dem Teil zurecht und fing an, es zu schätzen. Das Brot ähnelte zwar massiven Ziegelsteinen, kostete aber nur die Hälfte, wie seine Mutter ganz richtig angemerkt hatte. Er kippte eine Backmischung hinein und stellte den Timer auf zehn Stunden. Dann würde das Brot fertig sein, wenn er nach Hause kam.

Das Frettchen strich ihm um die Beine, und Roger beugte sich zu ihm hinunter.

»Das wird ein langer Tag für dich, Oskar«, sagte er sanft.

Kaum eine Minute später verließ er fluchend die Wohnung mit einer neuen, blutenden Bisswunde am Daumen.

Sein Handy klingelte, als er gerade den Treppenabsatz erreicht hatte. Er rechnete fast mit einem Anruf von Magnus, der ihm freudig mitteilen wollte, dass Linn aufgetaucht war. Aber wie sich herausstellte, ging es in dem Telefonat nicht mal um sie.

»Guten Tag, hier spricht Morgan Nellert, der Vater von Tomas. Entschuldigen Sie bitte, dass ich Sie an einem Samstag störe.« Er klang betrübt.

»Schon gut, was kann ich für Sie tun?«

»Ach, wissen Sie, das ging so schnell auf dem Präsidium. Ich würde Ihnen gern ein bisschen mehr über Tomas erzählen, damit Sie verstehen, dass er ein durch und durch guter Mensch gewesen ist …«

»Aber daran zweifelt doch niemand«, sagte Roger.

»Es ist mir halt …«

»Ihr Sohn wurde Opfer eines Gewaltverbrechens. Das wirft kein schlechtes Licht auf ihn.«

»Nein, natürlich nicht. Aber Sie haben gesagt, dass er freiwillig bei diesem Levander war … Dass er vorher seinen Namen im Internet gesucht hat.«

»Ja, das stimmt. Aber wir wissen noch nicht, wo die Verbindung zwischen den beiden ist. Sicher ist bisher nur, dass Levander Ihren Sohn getötet hat.«

Es blieb einen Augenblick still.

»Sind Sie noch dran, Herr Nellert?«

»Ja, bin ich. Aber ich wollte das nur noch einmal betonen. Er war ein guter Junge, es ist mir einfach wichtig, dass Sie das wissen. Tomas war … Er war mein Sohn.«

Roger trat hinaus auf die Åsögatan.

»Es tut mir wirklich sehr leid für Sie.«

»Das hilft ja nun auch nicht. Erst meine Tochter und jetzt mein Sohn. Das ist … Ach, ich weiß auch nicht.«

»Die Ermittlungen sind noch nicht abgeschlossen, nur weil der Täter selbst tot ist. Wir bemühen uns weiterhin, Licht ins Dunkel zu bringen, glauben Sie mir.«

»Tomas ist tot. Nichts, was Sie jetzt noch herausfinden, kann ihn wieder lebendig machen. Sie können also genauso gut aufhören. Das macht weder für mich noch für seine Mutter einen Unterschied, denn zurück bringt es unseren Sohn ja doch nicht.«

Roger war vor der Haustür stehen geblieben und blickte müde die Straße hinunter. »Ich kann Sie sehr gut verstehen. Aber Ermittlungen in einem Mordfall stellt man nicht einfach so ein. Ich muss jetzt leider auflegen, ich bin auf dem Weg nach Göteborg. Wenn Sie möchten, können wir uns gern kurz treffen. Ich bleibe ein paar Stunden vor Ort.«

»Ja, das klingt gut. Ich bin auf der Arbeit, wie immer. Kommen Sie einfach vorbei«, sagte Morgan Nellert.

Roger legte auf und ließ das Handy in der Tasche seiner Lederjacke verschwinden. Wieso rief dieser Nellert denn bei ihm an? Magnus hatte doch mit ihm gesprochen. Verdammte Vermittlungsstelle, die jedem einfach seine private Handynummer gab.

Mit großen Schritten lief er zur U-Bahnstation Medborgarplatsen und bereute es bereits, ihm ein Treffen vorgeschlagen zu haben. Vermutlich verschaffte es Morgan Nellert ein wenig Ruhe, aber die Ermittlungen brachte es sicher nicht weiter.

77

Mattias machte sich keine Sorgen. Die Psychologin würde sich an nichts von dem erinnern, was während und nach ihrer kleinen Teestunde am Vortag im Wohnzimmer geschehen war. Sie hatte einen geistig komplett weggetretenen Eindruck auf ihn gemacht, so wie sie plappernd wie eine Verrückte durch seine Wohnung gestolpert war. Trotzdem hatte er sie nur mit großer Mühe davon abhalten können, die Wohnungstür aufzuschließen.

Jetzt war sie auf dem Sofa weggedöst, das blonde Haar umrahmte ihren Kopf wie ein Heiligenschein. Er setzte sich zu ihr, machte die oberen beiden Knöpfe ihrer Bluse auf und schob den Stoff beiseite, um ihre Brüste anschauen zu können. Ein weißer Spitzen-BH, sehr hübsch, mit nichts anderem hatte er gerechnet. Aber die Brüste waren schöner, als er gedacht hatte. Er knöpfte die Bluse wieder zu. Jetzt war nicht der richtige Zeitpunkt. Noch nicht.

Er musste zurück zum Reihenhaus und hoffte inständig, dass in der Zwischenzeit nichts Wesentliches passiert war. Der Besuch der Psychologin war nicht Teil des Plans gewesen. Eigentlich hatte er den ganzen Tag damit verbringen wollen, das im Auge zu behalten, was von der Familie Levander noch übrig war. Aber ihm würde schon eine Lösung einfallen, vielleicht konnte er sogar endlich einen herrlichen Traum verwirklichen, den er schon seit geraumer Zeit hegte.

Schnell fanden seine Gedanken wieder zur Familie Levander und der eigenartigen Situation, in die er am Mittwoch geraten war, als er ihrem Reihenhaus mal wieder einen Besuch abgestattet hatte, um dort ein wenig rumzuschnüffeln.

Er war gerade zur Siedlung abgebogen, als er etwas gesehen hatte, das seinen Puls mehr als beschleunigte. Eine Gruppe Polizisten und einen Rettungswagen. Er erinnerte sich daran, dass er langsamer geworden war und neugierig zu der Trage geschaut hatte. Und in einem fast magischen Moment hatte er begriffen, dass das der Vater war, Anders Levander, der darauf lag. Er hatte fast genauso ausgesehen wie auf dem Foto, das Jenny ihm geschickt hatte. Das Herz hatte ihm bis zum Hals geklopft, und er hatte energisch in der nächsten Einfahrt gewendet. Carlén lächelte. Manchmal war das Schicksal doch gewitzt – und sogar zu ihm gut.

Linn blinzelte wieder, weshalb er noch etwas von dem Pulver in ein Glas schüttete, Bier darauf goss und ihr dann an die Lippen führte. Obwohl sie tief schlief, trank sie gierig. Das war fast zu einfach.

78

Janna saß auf dem kleinen, grünen Sofa und beobachtete Jonathan, der sich mit dem Schloss abmühte.

»Jonathan«, sagte sie sanft.

»Ja.« Der Junge löste den Blick nicht von seiner Aufgabe.

»Komm, setz dich zu mir. Dann ruhen wir uns ein bisschen zusammen aus«, schlug sie vor.

»Nein.«

»Na, komm schon.«

Die Antwort war so hart wie bissig.

»Nein habe ich gesagt.« Er warf ihr einen eisigen Blick zu.

Sie holte tief Luft, aber so leise, dass er es nicht hörte.

Er hasst mich. Er hasst mich wirklich!, schrie es in ihr. Jonathan wandte sich wieder dem Schloss zu und hackte wütend weiter darauf ein. Janna legte sich die Hand über die Augen. Wieso weinte er eigentlich nicht? Er hatte seinen Vater verloren. Sie konnte gar nicht mehr aufhören zu weinen.

»Hast du das eigentlich verstanden? Papa ist tot«, sagte sie vorsichtig und fragte sich gleichzeitig, ob sie das schon wirklich realisiert hatte. Denn obwohl Anders ihr Ein und Alles gewesen war, fühlte sie sich merkwürdig dumpf, irgendwie abgekoppelt. Ihr gesamtes Leben hatte um ihn gekreist, seit sie zwanzig gewesen war. Und jetzt … Wieder kamen ihr die Tränen, sie schnäuzte sich lautstark in den Pulliärmel.

Jonathan fluchte.

Sie schaute verwirrt zu ihm.

»Was ist passiert?«

»Ich habe mich an diesem Scheißmesser geschnitten.« Er hielt die Hand hoch.

Janna schniefte und stand auf.

»Warte, ich kümmere mich darum.«

Sie ging zur Kochecke und holte eine Rolle Toilettenpapier hervor. Als sie kurz darauf seine Hand einwickelte, meinte sie, eine Träne in seinem rechten Auge zu sehen, aber als sie näher hinsah, war sie schon wieder fort.

»Wir müssen was anderes finden, Mama. Irgendein Werkzeug, das funktioniert. Sonst sterben wir hier drin, und das ist nur die Schuld von diesem blöden Arsch!«

»Wie redest du denn von deinem Vater?«, stieß sie schockiert hervor.

»Ich rede, wie ich will, von diesem verdammten Arschloch! Der hat uns doch hier eingeschlossen, weil er so eine Scheißangst vor den Briefen hatte!«

Janna stolperte rückwärts, weg von ihm. Sie traute ihren Ohren nicht.

»Ich glaube, du weißt, warum wir hier sind. Da bin ich mir fast sicher«, sagte sie getroffen.

Sein Gesicht verzog sich zu einer panischen Grimasse.

»Nein«, zischte er.

Janna nickte mit großen, ängstlichen Augen.

»Doch«, flüsterte sie. »Doch, das weißt du ganz genau.«

79

Mattias Carlén. Wer zum Henker war Mattias Carlén? Magnus steuerte verwirrt den Wagen in das neue Parkhaus vom Täbyer Einkaufszentrum.

Laut Arnes SMS war der Mann der Einzige von Linns Patienten, den die Kollegen bisher weder erreicht noch angetroffen hatten. Der Einzige, der nicht abgestritten hatte, dass sie bei ihm gewesen war. Magnus hielt kurz hinter der Auffahrt an und holte seinen Laptop hervor. Mit ungeschickten Fingern tippte er den Namen in die Suchmaske.

Der Mann wohnte in unmittelbarer Nähe des Grand Hotels und arbeitete bei Nordea auf dem Sveavägen.

Mit einem Kloß im Hals überprüfte er, ob der Mann vorbestraft war. Kein Eintrag. Erleichtert nahm er sein Handy aus der Tasche und rief Lena Ek an.

»Was wissen Sie über Mattias Carlén?«, fragte er.

»Ja … Ich …« Lena klang angespannt.

»Ist Linn gestern zu ihm gefahren?«

»Das weiß ich nicht. Ich habe Ihnen doch gestern schon gesagt, dass hier jede ihre eigenen Termine macht. Aber er ist auf jeden Fall bei ihr in Behandlung.«

»Wissen Sie, was er für ein Problem hat?«

Am anderen Ende wurde es still.

»Ich bin an die Schweigepflicht gebunden.«

»Verdammt noch mal, Frau Ek, ich bin Kriminalkommissar! Linn ist verschwunden! Sagen Sie schon, was Sie wissen!«

Sie zögerte.

»Also, er war vorher mein Patient, und er ist ein bisschen …«

»Was denn? Nun reden Sie doch!«

»Er ist sexsüchtig. Mit allem, was dazugehört.«

Magnus' Stimme verlor an Härte.

»Glauben Sie, er hat ihr was angetan?«

»Das kann ich mir nicht vorstellen. Ist sie etwa zu ihm gefahren …?«

Magnus legte einfach auf.

Kurz darauf hatte er gewendet und fuhr die Auffahrt wieder hinunter.

Er musste Linn finden und zurückbringen. Für Moa und Elin. Und für sich selbst. In einer Mischung aus Angst und Wut fuhr er viel zu schnell Richtung Stadt.

80

Die fünfjährige Tova rannte über die Wiese neben dem Haus der Levanders und zog ihren gepunkteten Kinderdrachen hinter sich her. Sie hatte ihn vor ein paar Wochen zum Geburtstag bekommen, aber weil es so verregnet gewesen war, konnte sie heute das erste Mal mit ihm spielen. Sie quietschte vergnügt. Ihr neunjähriger Bruder hatte ihr dabei geholfen, den Drachen in die Luft zu bekommen, hatte dann aber die Lust verloren und war wieder reingegangen.

Tova schaute immer wieder zu den grellen Farben hinauf, die dort oben im Wind flatterten, der bunte Schweif schlug hin und her. Sie lachte laut und freute sich, wie der bunte Drachen vor dem blauen Himmel tanzte. Ganz so, als wäre er dort befestigt und würde nie wieder herunterkommen.

Doch dann drehte der Wind und der Drachen sank immer schneller wie ein Blatt im Herbst. Tova rannte, so schnell sie konnte, und stolperte auf der unebenen Wiese.

Als sie hochschaute, sah sie, wie ihr schöner Drachen in eine Eiche krachte und von den Ästen zerfetzt wurde. Zuerst hörte man nur das Rauschen des Windes, zu dem sich ihr herzzerreißender Schrei mischte.

Schon im nächsten Augenblick flog die Terrassentür auf und Tovas Vater kam angerannt. Mit großen Schritten sprang er über die Wiese, nahm Tova auf den Arm und trug sie schnell ins Haus. An seinem Hals zeichneten sich deutlich große, rote Stressflecken ab. Die ganze Siedlung konnte hören, wie sie schrie, und plötzlich hatte er die diffuse Befürchtung, einer der Nachbarn würde denken, er hätte sie geschlagen.

Wäre er nicht so sehr damit beschäftigt gewesen, seine heulende Tochter ins Haus zu schaffen, wäre ihm vielleicht die fremde Person aufgefallen, die circa zwanzig Meter entfernt am Waldrand auf dem Boden lag. So aber war es das kleine Mädchen, das die schwarz gekleidete Gestalt sah. Sie legte den Kopf auf die Schulter ihres Vaters und fragte sich zwischen den nun hicksend kommenden Schluchzern, wieso jemand so lange hinter einem Felsbrocken im Wald liegen wollte.

81

Wieder drängte sich Friedrich der Verdacht auf, dass das alles nur ein schlechter Scherz war, dass ihn bloß jemand verarschte. Doch tief im Inneren wusste er, dass dies kein Scherz war. Kein normaler Mensch schickte einem Fremden ein Flugticket und buchte ihm ein Hotelzimmer. Und allein das Anspitzen des Rohres musste eine Ewigkeit gedauert haben.

Er fuhr mit dem Finger über die Spitze, wie er es schon so oft getan hatte, und fragte sich, wie es wohl sein würde, das Rohr in einen lebendigen Menschen zu rammen. Würde er auf einen Widerstand treffen, oder würde es leicht gehen? Würde es knirschen … oder wäre es so, wie es in sonnenwarme Butter zu drücken?

Bei dem Gedanken erschauderte er und ging wieder zum Fenster. Unten staute sich der Verkehr. Aus dieser luftigen Höhe sahen die Pkw aus wie Spielzeugautos. Er fuhr mit der Hand über die Scheibe, die bis zum Boden reichte, schwankte leicht, weil ihm schwindlig wurde. Trotzdem blieb er dort stehen, und ein Teil von ihm hätte sich liebend gern hinunter auf den schwarzen Asphalt gestürzt und dann zerfetzt dort gelegen. Die Vorstellung, dass sich die schockierten Autofahrer langsam nähern würden, um sich seine Überreste genauer anzusehen, freute ihn. »Wie entsetzlich«, würden sie sagen. Und später am selben Tag, wenn sie mit ihren Familien beim Abendessen saßen, würden sie das wiederholen: »Wie entsetzlich, wie tragisch.«

Er löste sich vom Fenster und schleuderte das Rohr fort, lief ihm hinterher und trat ein paarmal frustriert danach, bis es unters Bett rollte.

Als er von seinem Spaziergang zurückgekehrt war, hatte ihn an der Rezeption ein weiterer Brief erwartet. Jetzt wusste er den Namen der Familie, die er auslöschen sollte – Levander, Anders, Janna und Jonathan. Sie wohnten in Margretelund. Das sagte ihm rein gar nichts, außer dass die Zeit allmählich ablief. Nicht nur für seine Opfer, sondern auch für ihn.

Er trat wieder ans Fenster und blickte erneut hinunter auf die Straße. *Du weißt, was passiert, wenn du deinen Auftrag nicht ausführst*, hatte sie geschrieben.

Und ja, das wusste er – nur zu gut.

82

Mattias Carlén betrachtete das Reihenendhaus, das ihm wie ausgestorben vorkam. Nichts bewegte sich darin. Niemand huschte am Fenster vorbei, kein Licht wurde an- oder ausgeschaltet. Er fragte sich, ob überhaupt noch jemand zu Hause war. Wo steckten die beiden? Hatten sie gehört, was dem Vater passiert war, und die Biege gemacht?

Seit er die Psychologin sicher untergebracht und ein Ersatzstahlrohr provisorisch angespitzt hatte, war keine Zeit mehr für eine Pause geblieben. Sein Magen knurrte fürchterlich, trotzdem wollte er seine Position am Felsbrocken nicht aufgeben. Niemand durfte ihn sehen. Wenn das hier vorbei war, wollte er sein Leben ganz normal weiterführen – er dachte gar nicht daran, sich das Leben zu nehmen, das konnte Jenny vergessen.

Ein kalter Wind fuhr durch den Wald, weshalb Carlén sich die Kapuze seiner Jacke aufsetzte und sie mit den Schnüren zuzog. Er überlegte, was er machen würde, wenn jetzt jemand auftauchen würde. Er wusste keine Antwort, aber das Risiko war auch eher minimal. Hier ging niemand spazieren, dafür war das Unterholz zu dicht und das Gelände zu unwegsam.

Er war entspannt. Abgesehen von dem weinenden Mädchen und seinem Vater und dem einen oder anderen Anwohner, hatte er niemanden gesehen, seit er hier auf der Lauer lag. Carlén gähnte und schloss die Augen. Dann hörte er etwas. Das Geräusch von Metall auf Metall. Recht leise. Er sprang auf und schaute sich um. Aber nichts war zu sehen. Doch dann kam das

Geräusch wieder, eindeutig aus Levanders Haus. Ein breites Grinsen spannte sich auf Carléns glattes Gesicht. Es war also doch jemand zu Hause!

Mit einem Mal war er so aufgeregt, dass er im Laub herumtrampeln musste. Aber schon kurz darauf schnürte ihm die Angst die Kehle zu. *Was, wenn sie mich schnappen und einbuchten?*

Er griff in die Jackentasche und umschloss den Brief. Er hatte wieder einen bekommen. Jetzt waren es nur noch zwei Tage. Bisher hatte er die Sache nicht so ernst genommen, aber ab jetzt würde er sich ins Zeug legen und alles richtig machen.

83

Friedrich nahm sein Jackett vom Sessel und trat hinaus in den Hotelflur. Er hielt es einfach nicht länger in diesem Zimmer aus.

Mit dem Aufzug fuhr er in die Lobby und legte den Schlüssel auf die unbesetzte Rezeption. Er musste sich bewegen, dringend. Seine Spaziergänge wurden immer länger und länger. Anfangs war er nur ein paarmal ums Hotel gelaufen, doch mittlerweile brauchte sein Körper mehr, um den Erschöpfungszustand zu erreichen, den Friedrich herbeisehnte. Er entfernte sich immer weiter vom Bahnhofsbereich und verlief sich mitunter sogar, aber das machte ihm nichts aus. Er hatte es nicht eilig, und außerdem brachte es ihn auf andere Gedanken, ließ ihn vergessen, was er mit dem Rohr anstellen sollte.

Diesmal ging er nach rechts. Nicht, dass er das zum ersten Mal täte. Gleich würde er an einem alten Gebäudekomplex vorbeikommen und danach durch eine Wohnsiedlung mit Häusern aus der Zeit der Jahrhundertwende laufen. Aber wirkliche Beachtung schenkte Friedrich ihnen nicht. Wichtig war nur, dass seine Beine in Bewegung blieben.

Ein Auto hupte hinter ihm, und Friedrich sprang gedankenverloren auf den Bürgersteig. Er landete vor einem Schaufenster, in dem Kleidung für ältere Herren ausgestellt war, und starrte mit leerem Blick eine Schaufensterpuppe ohne Kopf an. Hatte sein Vater nicht auch eine solche Jacke aus braunem

Cord gehabt? Er trat näher an die Scheibe. Ja, genau so eine hatte er an jenem Tag getragen. Er erinnerte sich ganz deutlich daran. Sein Vater hatte am Küchentisch gesessen, die Hände vor sich auf der Wachsdecke. Seine Lippen waren feucht und rosa gewesen, wie immer, wenn er getrunken hatte.

»Komm, setz dich zu mir, mein Sohn«, hatte er gesagt und herrisch zum gegenüberliegenden Stuhl genickt.

Aber er hatte nicht näher kommen wollen. Sein zehnjähriger Körper hatte sich gesträubt, und trotzdem hatte er sich hingesetzt, sich auf die Alkoholfahne und einen der üblichen Vorträge über den Sinn des Lebens eingestellt.

»Mein Sohn.« Sein Vater hatte sich vorgebeugt und ihn, so gut es ging, mit seinen wässrigen Augen angestarrt.

»Ja, Vater.«

»Ich habe schon länger das Gefühl, dass wir uns mal unterhalten sollten.«

Er wollte weg. Er wollte kein weiteres Wort von diesem Schwachsinn hören, den sein betrunkener Vater für gewöhnlich im Suff von sich gab. Wenn er wieder über die unglückliche Ehe mit Friedrichs Mutter jammerte. Und im schlimmsten Fall ein paar Tränen verdrückte.

Der Vater musste seine Gedanken gelesen haben, denn er machte eine abwehrende Geste. »Ich weiß, ich habe getrunken. Das tut mir leid …«

»Darf ich jetzt aufstehen?«

Sein Vater schaute ihn betrübt an.

»Du weißt, dass es mir schon immer leichter gefallen ist, mit dir zu reden als mit deiner Mutter. Sie kann so verdammt kaltherzig sein.«

Friedrich erinnerte sich deutlich, wie er sich gewunden hatte, weil er es nicht mochte, wenn sein Vater schlecht von seiner Mutter sprach. Doch diesmal verlief das Gespräch anders. Statt des sonst üblichen tränenreichen Geseiers kamen umso unfassbarere Worte über die feuchten Lippen des Vaters.

»Ich habe mich verliebt, in eine ganz wunderbare Frau. Es tut mir leid, ich … Das ist einfach passiert. Ich werde ausziehen.«

Ein paar Sekunden lang starrte er seinen Vater an, dann stand er mit solcher Wucht auf, dass sein Stuhl umkippte und auf den Steinboden knallte.

Danach war Friedrich mehrere Stunden lang draußen herumgeirrt, ohne den Boden unter den Füßen zu spüren. Es gab keinen Boden, keinen Halt mehr.

Sein Leben war in sich zusammengebrochen.

Als er wieder nach Hause gekommen war, hatte sein Vater in der Auffahrt gestanden und am Wagen rumgebastelt, was er immer tat, wenn er nicht auf der Arbeit war. Friedrich hatte sich an ihm vorbeigeschlichen und war die Treppen hochgerannt. Zwar hatte er seine Mutter in der Küche schluchzen hören, aber so getan, als hätte er das nicht mitbekommen. In seinem Zimmer hatte er sich mit geballten Fäusten aufs Bett fallen lassen und zum ersten Mal in seinem Leben blanken Hass auf seinen Vater empfunden. Nicht genug, dass der Mistkerl trank wie ein Loch und seine Mutter und er über Jahre seine Ausfälle und Tyrannei hatten ertragen müssen, jetzt wollte er sie auch noch verlassen, als wären sie nichts wert! Der Vater würde sich in sein verdammtes Auto setzen und für immer wegfahren. In ein besseres Leben, zu einer Frau, die nachts warm und tagsüber verständnisvoll war. Ein Leben ohne ein anstrengendes Kind wie ihn. Er konnte seinen Vater unterhalb seines Fensters summen hören, unbekümmert, als wäre es gar nicht weiter schlimm, dass er gerade ihr Leben zerstört hatte. Weil er, Friedrich, ja nichts taugte. Hatte nie zu irgendwas getaugt.

Und jetzt würde sein Vater neue Kinder bekommen, bessere Kinder. Mit dieser Neuen. Dieser Hure.

Friedrich starrte immer noch auf die Cordjacke. Gleichzeitig fiel ihm das Lied ein, das sein Vater an jenem Tag gesummt hatte. Es war der größte Hit der Band *The Rattles* gewesen. Irgendein psychedelischer Mist über eine Frau, die verfolgt wurde, weil sie angeblich eine Hexe war. Ein komplett geisteskrankes Lied, das höchstwahrscheinlich sehr gut zu seinem gegenwärtigen Geisteszustand passte.

Friedrich konnte nicht sagen, wie lange er dort gestanden und ins Schaufenster gestarrt hatte. Jetzt ging jedenfalls die Tür des Geschäfts auf und eine vielleicht sechzigjährige Frau steckte den Kopf hinaus.

»Kann ich Ihnen helfen?«

Er nahm schnell die Hände von der Scheibe, drehte ihr den Rücken zu und eilte ohne ein Wort davon. Er sollte sich unauffällig verhalten, und was machte er? Stellte sich vor ein Schaufenster und glotzte endlos lange hinein. Es schrillte ihm so sehr in den Ohren, dass er sich erst einmal auf seine Schritte konzentrieren musste. Eins, zwei, drei, vier …

84

Das Wasser war tiefschwarz und fast reglos, als Magnus am Schloss vorbei über die Strömbron fuhr. Kurz darauf parkte er den Wagen zwischen Grand Hotel und Strömkajen, blieb aber noch einen Moment sitzen, um die kleinen Fährschiffe am Ableger zu betrachten.

War Linn wirklich hier in der Nähe? Bei diesem Carlén?

Magnus stieg aus dem Wagen. Er war so darauf konzentriert, Linn zu finden, dass er gar nicht bemerkte, wie ihm alle Passanten auswichen, während er voranschnaufte. Schon bald hatte er das Hotel halb umrundet und näherte sich dem Eingang zu Carléns Haus.

Eine ältere Dame mit einem Dackel stand im Hauseingang, und Magnus rief ihr wild gestikulierend zu:

»He, Sie da! Warten Sie! Ich muss da rein!«

Die Frau erstarrte, die Hand am Türgriff, und schaute ihn erschrocken an.

»Ja, also …« Mehr brachte sie nicht heraus, da hatte sich Magnus schon an ihr vorbeigedrängt und rannte die Treppe hinauf.

Als er im ersten Stock angelangt war, blieb er stehen und versuchte, sich zu sammeln. Vielleicht war dieser Mattias Carlén wirklich nur ein unschuldiger Patient mit ganz normalen psychischen Problemen und hatte nichts mit Linns Verschwinden zu tun. Aber wieso hatten sie ihn dann nicht erreicht? Wieso hatte er sich nicht längst zurückgemeldet?

Magnus ließ die Schultern kreisen und holte einmal tief Luft. Den letzten Absatz bis zu Mattias Carléns Wohnungstür ging er in gemäßigterem Tempo. Doch als er die Hand zur Klingel ausstreckte, war ihm trotzdem übel vor Angst und Anspannung.

85

Jonathan sank mit dem Rücken gegen die Luke. Er vermied es, seine Mutter anzusehen, die sich unter der Decke auf dem grünen Sofa zusammengerollt hatte. Obwohl sie es nur angedeutet hatte, wusste er nun, dass sie ihn dafür verantwortlich machte, dass sie hier eingesperrt waren. Aber damals, an jenem verhängnisvollen Tag im Wald, war doch niemand sonst dabei gewesen, nur sie drei … Und sie hatten abgemacht, für immer über diese Sache zu schweigen. Wenn irgendwer doch etwas erfahren hatte, dann musste das die Schuld seiner Mutter sein. Sie redete schließlich immer zu viel. Plapperte ständig und über alles Mögliche.

Er biss sich auf die Lippe und kämpfte die Tränen zurück. Er wollte nicht vor ihr weinen. Nie im Leben!

Insgeheim war er bestürzt. Sie hatte ihn belogen, so getan, als wäre sie um ihn besorgt, dabei war es ihr nur um sich selbst gegangen. Sie hatte all die lieben Worte nur gesagt, weil sie dachte, dass Mütter so etwas machten.

Er drehte sich um und hackte frustriert weiter mit dem Messer auf das Schloss ein. Wer war er denn ohne seinen Vater? Er war immer Anders' Sohn gewesen, der Typ, der gut Skateboard fahren konnte und mit Hannes und Kalle abhing. Hier auf dem Dachboden war er so gut wie tot. Da konnte er auch gleich sterben. Er warf einen Blick auf das Skateboard, das wie ein trauriges Relikt an der Wand lehnte, und da erst merkte er, dass er selbst das Board hasste.

86

Magnus presste das Ohr an die Tür. Nicht der geringste Laut war zu hören.

Sicherheitshalber klingelte er noch ein letztes Mal, bevor er sein Schlüsselbund hervorholte und das kleine Stück Draht abwickelte, das er immer bei sich trug. Mattias Carlén hatte glücklicherweise weder in ein Sicherheitsschloss noch in eine Türverstärkung investiert, weshalb Magnus das Schloss nach wenigen Minuten geknackt hatte.

Er öffnete vorsichtig die Tür und schlich hinein. Ein heller Flur und der schwache Nachhall eines Parfums, das Linn jedoch nicht trug.

Er schaute sich um. Das Wohnzimmer war aufgeräumt, kein ungewöhnliches Durcheinander.

»Hallo?«

Er spürte den beruhigenden Druck der Sig Sauer am Brustkorb.

In der Wohnung war niemand außer ihm.

Er ging zurück ins Wohnzimmer, betrachtete die Bilder von Steinen, die an der Wand hingen, die weiße Sitzgruppe, den Fransenteppich. Nichts deutete auf einen Kampf hin – eigentlich deutete nichts darauf hin, dass Linn überhaupt hier gewesen war.

Er hielt einen Moment inne und verarbeitete die neuen Informationen, weil er nicht wusste, ob er darüber erleichtert sein sollte. Denn sonst war ihr vielleicht noch etwas viel Schlimmeres zugestoßen als befürchtet. Er ließ sich auf die Lehne eines weißen Sessels sinken und atmete schwer. Wo zum Teufel steckte seine Frau?

87

Noch zwei Tage, dann war es vorbei, und er konnte wieder weitermachen wie vorher. Einmal abgesehen davon, dass er sich noch um die Psychologin kümmern musste. Je schneller er die Sache hinter sich brachte, desto besser.

Mattias hatte noch niemandem über einen so langen Zeitraum Rohypnol gegeben, er wusste nicht, mit welchen Nebenwirkungen zu rechnen war. Nicht, dass ihn das wirklich kümmerte, Hauptsache, sie kam nicht zu Bewusstsein, das würde nur zu Komplikationen führen.

Er strich mit der Hand über den moosbewachsenen Felsen, der ihm Schutz bot, und tastete die Fassade des Reihenendhauses mit Blicken ab. Vielleicht sollte er die Psychologin loswerden. Aber nein, solange sie unter Drogen stand, würde sie sich an nichts von dem erinnern können, was passiert war. Oder noch geschehen würde. Ihr Handy konnte ihm auch keine Probleme mehr machen, das hatte er zertreten und aus dem fahrenden Wagen geworfen. Er stellte sie sich vor, eine Augenbinde um den Kopf und ein enggeknoteter Schal um den Hals. Er lächelte verträumt.

Es war ihm zu riskant gewesen, sie allein in seiner Wohnung zu lassen, und laufen lassen konnte er sie nicht. Nicht, nachdem sie die Tüte im Bad gesehen hatte.

Er musste kichern. War das lustig gewesen, als sie losgefahren waren. Sie hatte so artig auf der Rückbank gesessen wie eine große, liebe Puppe und keinerlei Schwierigkeiten gemacht. Er hatte ihr sogar eine Cola und einen Burger einverleiben können. Aus reinem Vergnügen hatte er mit ihr gesprochen, während sie aus der Stadt gefahren waren. Über das Wetter. Über das Sommerhaus. Ihre Antworten waren nicht immer logisch gewesen, trotzdem hatten sie ihn amüsiert. Als wäre sie nichts weiter als eine aufblasbare Sexpuppe. Eigentlich konnte er ja so tun, als wäre sie seine Freundin, willig und zu allem bereit. Er lachte laut.

»Hallo! Was machst du?« Eine klare, helle Stimme erklang direkt neben ihm.

Mattias zuckte erschrocken zusammen. Das kleine Mädchen, das er vorhin mit dem Drachen beobachtet hatte, stand direkt neben ihm, einen kleinen Strauß Buschwindröschen in der Hand. Mit großen Augen betrachtete sie ihn.

88

Janna leckte sich über die trockenen Lippen. Wieso hatte sie ihm denn nur die Schuld gegeben? Wie dumm von ihr. Das, was letztes Jahr im Wald geschehen war, konnte nicht damit zusammenhängen, dass sie verfolgt und bedroht wurden. Keiner von ihnen hatte über den Vorfall gesprochen, mit keiner Menschenseele. Wahrscheinlich hatte sie es gesagt, weil sie sich so schämte. So verzweifelt war … Sie schaute zu ihrem Sohn, der vergeblich versuchte, einen Weg aus dem Versteck zu finden, und wiederholte, was sie sich schon so oft gesagt hatte:

Das ist nie passiert! Das war nur ein Traum!

»Es tut mir leid«, sagte sie halblaut.

Jonathan guckte sie an. Er hatte wieder diesen harten Gesichtsausdruck.

Hastig setzte sie sich auf und legte die Decke weg. Es fühlte sich falsch an, zu liegen, wenn er sie so ansah.

»Das war nicht meine Schuld«, sagte er böse.

Janna bewegte sich unruhig.

»Das habe ich auch nicht gesagt.«

»Aber du hast es gemeint, und das weißt du ganz genau.«

Janna erhob sich und ging schwerfällig zur Kochecke.

»Wir vergessen das«, sagte sie.

»Wir können ja wohl kaum vergessen, dass ich …«

»SCHWEIG!«, schrie Janna so laut, als hätte sie sich an der Herdplatte verbrannt.

»Niemand weiß, was da vorgefallen ist. Es kann also gar nicht zusammenhängen!«

Jonathan zitterte, er klang erbärmlich:

»Mama, ich halte das nicht länger aus.«

Janna spürte, wie ihr Zorn verpuffte. An seine Stelle trat ein warmes Gefühl von Liebe. Was sollte sie jetzt nur tun? Früher hatte sie das wie selbstverständlich gewusst. Hatte er geweint, hatte sie ihn getröstet, seinen Kopf gegen ihre Brust gedrückt und ihn beruhigt. Ihm versprochen, alles werde wieder gut. Er würde ein neues Spielzeug bekommen. Die neue Lehrerin wäre netter. Alles, was er hören musste, damit es ihm wieder besser ging. Jetzt reichte das nicht mehr.

»Wir müssen hier raus«, sagte sie leise und fragte sich, ob das wohl das Richtige gewesen war. Regeln dafür, wie sie sich ihm gegenüber verhalten sollte, gab es nicht mehr. Liebend gern hätte sie die Verantwortung jemand anderem, am liebsten Anders, übertragen.

Jonathan widmete sich wieder der Luke, und Janna öffnete eine Dose weiße Bohnen. Die letzte.

89

»Hast du Linn gefunden?« Selbst durchs Telefon klang Roger beunruhigt.

Magnus lehnte sich müde gegen Carléns Wohnungstür.

»Nein. Ich bin bei diesem Carlén zu Hause, aber sie ist nicht hier. Ich wollte gerade wieder gehen.«

»Und? Was hat er gesagt?«

»Keine Ahnung, er ist nicht da.«

»Aber … Hast du nicht gesagt, du bist bei ihm zu Hause?«

»Äh … ja.«

Roger verstummte. Dann fragte er: »Warte, willst du damit sagen, du bist bei ihm eingebrochen?«

Magnus antwortete nicht, weshalb Roger einfach weitersprach:

»Ach, weißt du was, ich will's gar nicht wissen … Aber wenn du schon mal da bist, kannst du dich ja auch gleich ein bisschen umsehen. Herausfinden, was das für ein Typ ist.«

»Hm.«

»Und das hab ich übrigens nie gesagt.«

»Schon klar. Wie läuft es bei euch? Habt ihr was über Levanders Familie herausfinden können?«

Die Frage kam eher automatisch, die Ermittlungen interessierten ihn gerade so gut wie gar nicht.

»Nein, Mutter und Sohn sind nach wie vor nicht auffindbar. Ganz schöne Kacke, um mal nichts Schlimmeres zu sagen. Ich bin gerade auf dem Weg nach Göteborg, um mir Tomas Nellerts Umfeld ein bisschen genauer anzusehen.«

»Aha«, sagte Magnus abwesend. »Das klingt gut.«

»Du, Magnus, sieh zu, dass du Linn findest. Wir reden ein andermal über den Fall.«

Magnus brummte zustimmend und legte auf. Vielleicht war es gar keine so schlechte Idee, sich die Wohnung einmal genauer anzusehen. Er ging zurück ins Wohnzimmer und nahm wahllos Zeitungen in die Hand, um darunter zu schauen. Er wusste ja nicht, wonach er suchte, aber Mattias Carlén war aller Wahrscheinlichkeit nach der Letzte, der Linn gesehen hatte. Und er konnte durchaus etwas mit ihrem Verschwinden zu tun haben.

Als Nächstes knöpfte er sich ein Regal vor, das neben dem Fernseher stand. Er fuhr mit der Hand über die ordentlich aufgereihten DVDs. Carlén hatte einen ausgefallenen Geschmack, seine Sammlung wurde dominiert von asiatischen Splatterfilmen. Es gab nur einen schwedischen Film, die Komödie *Der Sommer mit Göran*.

Magnus tastete, ob der Mann vielleicht einen etwas weniger präsentablen Film hinter den anderen versteckt hatte, aber da war nichts.

Magnus dachte nach. Vielleicht hatte er solche Filme eher auf dem Rechner? Aber als Sexsüchtiger würde er sicher den einen oder anderen Porno haben.

Er machte eine weitere Runde durch die Wohnung, diesmal auf der Suche nach einem Computer, fand aber weder einen stationären noch einen tragbaren. Carlén musste ihn mitgenommen haben, wohin auch immer er aufgebrochen war.

Auf den ersten Blick gab es auch im Schlafzimmer keine Anzeichen von Carléns Neigung. Hier war es genauso sauber wie im Wohnzimmer, wenngleich seine Vorliebe für asiatische

Gegenstände ein wenig deutlicher wurde. Über dem Bett hing ein Wandteppich, in den eine mongolische Kampfszene gewebt war. An der gegenüberliegenden Wand ein glänzendes Samuraischwert.

Magnus ging zum Nachttisch und zog die Schublade heraus. Mitten in der Bewegung hielt er inne. Darin lagen eine schwarze Latexmaske, ein Dildo, ein Paar Handschellen und ein ganzes Arsenal an Bondageseilen. Magnus stieg Magensäure in den Mund.

Er presste sich die Hände gegen die Schläfen, in seinem Kopf hämmerte es heftig. Obwohl er wusste, dass Carlén sexsüchtig war, machte ihm der Anblick weiche Knie.

Als er sich gefasst hatte, ging er zum Kleiderschrank, riss die Tür auf und durchwühlte den Inhalt. Dabei war es ihm völlig egal, dass Sachen herausfielen. Er hoffte inständig, dass er nichts weiter finden würde. Vor allem nichts, was darauf hindeutete, dass Linn bei ihm gewesen war.

Auf das Schlafzimmer traf das zu, aber im Bad stieß er dann doch auf etwas. Er hatte alles so weit durchsucht, auch den Badezimmerschrank, als ihm eine weiße Plastiktüte auffiel, die in der Duschkabine stand. Neugierig hob er sie heraus. Der Inhalt war weich, Magnus schätzte, es handelte sich um Kleidung.

Er öffnete sie und blickte hinein. Sofort wurde ihm schwarz vor Augen.

»Nein!«, keuchte er. »Nein!«

Die Beine gaben unter ihm nach.

30

»Es geht nicht!«

Jonathan schleuderte das Messer weg, es landete scheppernd auf dem Boden.

Janna wimmerte kurz auf, dann blickte sie sich um.

In dem Versteck gab es wirklich nur das Nötigste. Den schäbigen Zweisitzer, ein großes und ein kleines Bett, die spartanische Kochnische und den Eimer, der ihnen als provisorisches Klo diente. Mittlerweile nahm sie nicht einmal mehr den Gestank wahr, der davon ausging. Ihre Sinne hatten sich dankbarerweise so nachhaltig verabschiedet, dass sie ihr den sicher latrinenähnlichen Geruch ersparten.

»Wir nehmen das Bettgestell«, sagte sie. »Und damit rammen wir uns einen Weg nach draußen.«

Endlich fing es wieder an, in Jonathans müden Kinderaugen zu leuchten.

»Okay«, sagte er.

Das Bett war leicht, nur für eine schmale Matratze von neunzig Zentimetern gedacht. Wenn sie nicht so erschöpft gewesen wären, hätten sie das Gestell ohne Probleme tragen können. Zudem war die Luft so unglaublich dünn und heiß. Vorsichtig hoben sie es an, wohl wissend, dass ihre extreme Erschöpfung die Zahl der Anläufe sehr einschränkte. Jeder Versuch musste sitzen. Die Wand zum Dachboden war zu dick, die konnten sie unmöglich einreißen, die Luke würde jedoch keinen größeren Widerstand leisten als eine normale Tür. Noch dazu öffnete sie sich nach außen. Wenn sie richtig trafen, müsste das eigentlich funktionieren.

»Stell noch mal kurz ab.« Jonathan sah entschlossen aus. »Ich schiebe das Sofa aus dem Weg, dann können wir mehr Anlauf nehmen.«

Janna ließ das Gestell sinken und beobachtete voller Sorge, wie Jonathan mit dem Rücken das Sofa an die Wand schob. Er war kreidebleich, Janna konnte richtig sehen, wie er in den Wochen der Gefangenschaft abgebaut hatte. Sonst war er immer auffallend gesund gewesen, jetzt waren seine Wangen eingefallen und die Schulterblätter zeichneten sich spitz unter dem T-Shirt ab.

Sie bekam ein richtig schlechtes Gewissen. Welche Eltern setzten ihr Kind denn so etwas aus? Er war traumatisiert, sicher für den Rest seines Lebens geschädigt. Das war das klare Gegenteil von gesund. Aber sie hatten keine andere Wahl gehabt. Was hätten sie sonst tun sollen? Anders hatte letzten Endes sogar recht gehabt mit all den Gefahren, die draußen auf sie lauerten.

Janna stützte sich aufs Bettgestell und atmete tief durch die Nase ein. Zwei Monate hier drin, ohne jegliches Tageslicht. Nein, sie würde nicht ausgerechnet jetzt zusammenbrechen.

»Legen wir los?« Jonathan sah sie mahnend an, woraufhin sie zusammenzuckte.

Sie konnten sich nicht länger hier verstecken, aber was sollten sie machen, wenn sie wieder draußen waren? Wie sollte sie sich und ihren Sohn beschützen? Als Janna erneut nach dem Gestell griff, verspürte sie ein Gefühl der Ohnmacht, denn eine Antwort wusste sie auf diese Frage nicht.

Jonathan stand am Fußende des Bettes. »Nimm die Mitte«, sagte er.

Janna ging um das Gestell herum. Gemeinsam kippten sie das Bett auf die Seite und trugen es bis an die hintere Wand. Zwischen Kopfende und Luke lagen nun ungefähr zwei Meter. Zwei alles entscheidende Meter.

Sie stellten das Bett noch einmal ab, um Kraft zu schöpfen. Jonathan machte einen verbissenen Eindruck.

»Meinst du, das klappt?«, fragte Janna. Er antwortete nicht, ließ den Kopf hängen.

»Was ist?«, fragte sie.

Da fing er an zu kichern.

»Was ist los?«

»Ach … nichts«, platzte er heraus. Das Kichern ging in lautes Gackern über und mischte sich mit Schluchzern. »Deine Frage«, kicherte er. »Die klang so …« Er brach erneut in Gelächter aus.

Janna schaute ihn erschrocken an. Er wurde verrückt. Das musste es sein. Er war drauf und dran, den Verstand zu verlieren.

»Wollen wir?«, fragte sie.

Jonathans Lachen wurde immer hysterischer, klang von Mal zu Mal falscher. Als sie ihm in die Augen sah, erkannte sie darin seine Verzweiflung. Pure Verzweiflung.

Nun schluchzte er, über das harte Fußende gebeugt.

»Mein Junge«, presste sie hervor und lehnte sich über seinen Rücken. Sie schlang die Arme um ihn, spürte, wie sein Körper unter ihrem bebte. Jetzt wurde sie gebraucht. Das war ihre Aufgabe als Mutter, ihn zu trösten. Und die würde sie erfüllen.

Sein merkwürdiges Verhalten machte ihr Angst. Nur eins machte ihr noch größere Angst: das, was in ihr vorging. Oder vielmehr, was eben nicht in ihr vorging. Sie hatte nicht das kleinste bisschen Mitgefühl. Stattdessen schimpfte eine scharfe, böse Stimme in ihr. *Er soll aufhören. Wann hört er denn endlich damit auf?* Und dann schrie die Stimme etwas, das sie zutiefst erschreckte und weswegen sie sich furchtbar schämte.

Das ist alles seine Schuld. Seinetwegen ist Anders tot!

91

Arne Norman stand in einer der engen Umkleidekabinen von Åhléns City und probierte einen Trainingsanzug von Adidas an. Er hatte gerade die Hose angezogen und betrachtete kritisch, wie sie an seinem Hintern saß, als Magnus anrief.

»Was gibt's, Magnus? Hast du Linn gefunden?« Er hängte die Trainingsjacke an einen der Wandhaken.

»Nein. Oder ja. Ich habe etwas getan, was eigentlich nicht erlaubt ist … Kannst du das für dich behalten, Arne?« Magnus klang aufgewühlt.

»Ich bin mir nicht ganz klar darüber, was du meinst«, sagte Arne gestelzt.

»Arne, kannst du das für dich behalten? Sag schon.«

»… Ja.«

»Ich glaube, dass Linn entführt wurde. Oder vielleicht sogar noch was Schlimmeres. Ich habe eine Tüte mit blutigen Kleidungsstücken gefunden.«

»Wo?«, fragte Arne angespannt.

»Ich bin zu Hause bei einem von Linns Patienten, diesem Mattias Carlén. Du hattest mir seinen Namen per SMS geschickt. Der Typ ist ein perverses Schwein mit Latexmasken, Handschellen und …«

Arne räusperte sich. »Magnus, nun mal langsam. Wo bist du? Was hast du gesagt?«

»In der Wohnung von Mattias Carlén, in der Nähe vom Grand Hotel.«

»Ist er da?«

»Nein, ich habe mich selbst reingelassen.«

»Aber …« Arne seufzte.

»Ja, doch. Du musst mir helfen!«

Arne wog kurz seine Alternativen ab. Dann sagte er trocken: »Nimm die Tüte mit den Klamotten mit, aber nur die. Und dann verschwindest du von dort.«

»Wie bitte?«

»Du hast mich verstanden, Magnus. *Sofort!*«

»Okay.« Magnus' Stimme klang dünn, als wäre er den Tränen nah.

»Gut. Ich bin bei Åhléns in der Drottinggatan, geparkt habe ich in der Malmskillnadsgatan. Ungefähr auf der Höhe von Kalori, diesem Restaurant. Wir treffen uns da, in einer Viertelstunde. Ich sammle dich ein, und dann fahren wir jemanden besuchen.« Arne legte auf.

92

Wie lange hatte sie geschlafen? Katharina rieb sich die Augen und setzte sich auf. Dann warf sie einen Blick auf ihr Handy. Verdammt, es war ja schon Nachmittag. *Friedrich!* Sie musste sich auf die Suche machen.

Schnell lief sie über den kalten Boden ins Bad. Die Lampe flackerte ein paarmal, bevor sie richtig anging und das kleine, saubere Bad in seinem vollen Glanz erstrahlen ließ.

Sie machte das Wasser an und trank durstig ein paar große Schlucke. Als sie sich wieder aufrichtete, starrte sie erstaunt ihr Spiegelbild an. Sie hatte zum ersten Mal in ihrem Leben sichtbare Tränensäcke unter den Augen. Normalerweise hätte sie sich die größte Mühe gegeben, diese Tatsache unter ausreichend Schminke zu verbergen, aber heute war ihr das egal.

Sie zog sich ein blaues Polohemd und eine Jeans an und verließ das Hotelzimmer. Auf dem Weg nach unten überlegte sie, wo sie mit der Suche anfangen sollte. Aber spielte das überhaupt eine Rolle? Hauptsache, sie war unterwegs. Hauptsache, es ging los.

Erst nachdem sie eine Weile die Gegend um den Hauptbahnhof abgesucht hatte, merkte sie, dass sie der Mut verließ. In der Wechselstube hatte sie nach Hotels in der direkten Umgebung gefragt und war bereits mit dem kleinen Foto von Friedrich aus ihrem Portemonnaie in den meisten von ihnen gewesen.

Niemand von den Angestellten der umliegenden Hotels hatte ihn wiedererkannt. Und wenn sie gezielt nachfragte, ob ein Friedrich Steuer bei ihnen untergekommen sei, antworteten sie alle, dass sie solcherlei Informationen nicht herausgeben dürften.

Nun war sie völlig niedergeschlagen. Für wen hielten die sie eigentlich? Was befürchteten sie?

Ernüchtert betrat sie das Central Hotel, das letzte auf ihrer Liste.

Ein junger Mann mit nach hinten gegelten Haaren und einem sehr ordentlich gebügelten Hemd arbeitete hochkonzentriert am Computer der Rezeption. Als Katharina sich näherte, hob er den Blick, und sie schaute ihn auffordernd an.

»Kann ich Ihnen helfen?«, fragte er.

»*Have you seen this man?*« Sie streckte ihm das Foto entgegen.

Der Mann lehnte sich vor, betrachtete das Foto kurz und sagte dann hastig:

»*No, I'm sorry.*«

»*Are you sure?*«

»*Absolutely.*«

»*His name is Friedrich Steuer.*«

»*Sorry.*« Der Mann machte eine entschuldigende Geste und lächelte sie bedauernd an.

Katharina schaute ihn genau an, machte dann auf dem Absatz kehrt und verließ das Hotel.

Der Mann hatte Friedrich erkannt, daran gab es keinen Zweifel. Katharina hatte schon häufiger Menschen lügen sehen, und der Mann an der Rezeption war nicht besonders gut darin gewesen.

Auf der Straße blieb sie abrupt stehen und legte sich die

Hände auf den Bauch. Die Autos rauschten nur so an ihr vorbei, außerdem hatte es zu regnen angefangen.

War Friedrich wohl gerade auf seinem Zimmer? Wenn ja, was machte er? Hatte er eine andere bei sich?

Plötzlich merkte sie, dass sie nicht von Friedrich gesehen werden wollte. Nicht bevor sie zumindest eine Idee davon hatte, was hier eigentlich lief.

Sie rannte quer über die breite Straße und wäre fast von einem Taxi erfasst worden, schaffte es aber doch noch unbeschadet in das gegenüberliegende Café.

Es war ein großes Lokal mit vielen Gästen, aber einer minimalistischen Einrichtung. Sie holte sich nur einen einfachen Kaffee für eine glatte Summe und setzte sich damit an einen Tisch am Fenster. Von dort hatte sie den Eingang des Hotels im Blick und konnte sogar durch die Glasfront einen Teil der Rezeption sehen. Wenn sie recht hatte, und davon ging sie aus, würde ihr Mann früher oder später durch diesen Eingang das Hotel verlassen, und wenn es so weit war, würde sie sich Gedanken über ihren nächsten Schritt machen.

Vorsichtig trank sie einen Schluck von dem heißen Getränk. Sie spürte, dass die Angst in ihr zu keimen begonnen hatte, weshalb ihr das Atmen schwerer fiel.

93

Eine Sturmlampe stand links neben Linn auf dem Boden, ihr Blick wanderte zu der flackernden Flamme.

Warum war das hier so hart und kalt? Es roch feucht und nach Erde. War sie auf einem Dachboden? In einem Keller?

Rechts von ihr lag tiefste Dunkelheit. Da war es so beängstigend dunkel, dass die Angst sie stoßweise durchwogte. Etwas, das sich anfühlte wie kleine Steinchen, bohrte sich hart und spitz in ihre Schultern. Sie bewegte sich langsam und vorsichtig. Nichts geschah. Es gab kein Geräusch, kein zusätzliches Licht ging an. Unsicher kam sie auf die Füße, nahm die Lampe in die Hand und tastete sich langsam an der Wand entlang. Der schwache Schein der Lampe fiel auf allerhand Gerümpel, Bretter, altes Dämmmaterial und leere Eimer, die auf dem dreckigen Boden verstreut lagen.

Ein Stückchen entfernt konnte sie auf Bodenhöhe einen schmalen, horizontalen Lichtstreifen ausmachen. Dorthin stolperte sie, obwohl sie versuchte, dem ganzen Müll, so gut es ging, auszuweichen. Dort wartete eine Tür aus groben Brettern.

In ihrem Kopf drehte sich alles, wirre Erinnerungsfetzen jagten einander. Mattias Carléns Wohnzimmer, ein Auto voller Gepäck, seine Augen, dicht vor ihrem Gesicht. Und dann klarte ihr Verstand allmählich so weit auf, dass sich eine Gewissheit herauskristallisierte – er hatte sie hier eingesperrt.

Sie stellte die Lampe ab und fuhr mit wachsender Panik über

die raue Oberfläche der Tür, aber eine Klinke schien es nicht zu geben.

Also drückte sie gegen die Tür, und sie gab wirklich ein bisschen nach, wurde dann aber von irgendetwas gestoppt und schwang zurück. Linn versuchte es wieder und wieder, stemmte sich mit all ihrer Kraft dagegen, aber die Tür ließ sich einfach nicht weiter öffnen.

Jetzt kamen ihr die Tränen, die sie schluchzend wegwischte.

Sie hämmerte mit den Fäusten gegen die Tür, bis sie blutig waren von den vielen Splittern. Dann schrie sie. Erst leise, dann immer verzweifelter. Ein winziger Teil ihres Verstandes wollte ihr mitteilen, wie riskant das war, trotzdem konnte sie nicht aufhören. Nicht, ehe die Lampe am Boden zu flackern begann, da hörte sie abrupt auf. *Oh, bitte, bitte*, flehte sie. *Bitte, geh nicht aus.*

Sie verharrte reglos und stumm, bis die Flamme sich beruhigt hatte. Wie war sie denn hier gelandet? Sie erinnerte sich nur daran, dass sie zu Mattias Carlén gefahren war, sie bei ihm im Wohnzimmer gesessen und geredet hatten und … NEIN! Sie schloss die Augen und spürte hinunter. Sie hatte keine Schmerzen, fühlte nichts Auffälliges zwischen den Beinen, keine Hämatome, nichts. Sie schien unverletzt.

Er hatte ihr nichts getan … Noch nicht. Aber was würde geschehen, wenn er zurückkam? Wenn er denn zurückkam.

Sie hämmerte wie besinnungslos mit den Fäusten gegen die Tür, bis sie nicht mehr konnte. Dann sank sie auf die Knie und weinte leise.

94

Janna hatte das Bett wieder richtig auf den dreckigen Boden gestellt, und Jonathan war schlussendlich darauf eingeschlafen. Er hatte den Arm übers Gesicht gelegt und schlief unruhig, nach wie vor zeigten sich rote Stressflecken auf seinem Hals. Janna legte sich zu ihm und lauschte seinen Atemzügen. Sie fühlte sich leer.

Wenn sie sich ausgeruht hatten, würden sie hier ausbrechen. Sie mussten einfach.

Ob sie es wagen konnten, dann schnell zu duschen, bevor sie das Haus verließen? Sie hatten nichts anderes als Feuchttücher gehabt, um sich hier im Versteck zu waschen. Die Haut brannte in den Falten und an manchen Stellen hatte sie ekzemartige Hautveränderungen.

Sie würden nur das Nötigste mitnehmen. Das Auto war zu auffällig, darin würde man sie zu leicht erkennen, das musste in der Garage bleiben. Sie würden die öffentlichen Verkehrsmittel nutzen, sich einfach unter die Menschen mischen und in der Menge untertauchen. Sie legte sich die Hände auf die Augen, versuchte, sich zu konzentrieren. Ja, so würden sie es machen. Sie mussten einfach immer unter Menschen bleiben, dann hatten diejenigen, die es auf sie abgesehen hatten, nicht so ein leichtes Spiel.

Geld hatten sie auch, sie konnten also in Jugendherbergen oder billigen Hotels unterkommen, bis sie entschieden hatten, ob sie nicht doch zur Polizei gehen sollten.

Sie drehte sich auf die Seite. War das mit der Polizei wirklich eine gute Idee? Die würden sicher Fragen stellen, und zwar solche, auf die sie weder antworten wollte noch konnte. Wer sie verfolgte und warum. Und ganz sicher würden sie wissen wollen, wer Grund gehabt hatte, Anders zu töten.

Janna erschauderte. Sie hatten einander geschworen, diesen Abend im Wald nie wieder zu erwähnen, ihn zu vergessen. Trotzdem quälte sie der Gedanke, ob sie vielleicht doch gesehen worden waren.

Vorsichtig legte sie Jonathan eine Hand auf die Stirn. Er hatte nicht mehr viel Ähnlichkeit mit einem Kind, er war so ernst geworden. Möglich, dass das trotz allem nicht seine Schuld war. So durfte sie nicht denken. Es gab eine Menge kranker Menschen, die sich über die kleinste Kleinigkeit aufregen konnten. Vielleicht war es ja einer von Anders' Schülern, der es auf sie abgesehen hatte. Oder jemand, der ihren Namen aus der Zeitung hatte und dem irgendetwas übel aufgestoßen war, was sie geschrieben hatte. Das war schließlich nicht unmöglich. Sie hatte im Fernsehen mal einen Bericht über Stalker gesehen, und die konnten ziemlich verrückt sein.

Der Mann, der vor der Schule und der Redaktion gestanden hatte, war noch ziemlich jung gewesen. Ein ganz normaler, unauffälliger Typ mit blonden Haaren. Sie versuchte, sich daran zu erinnern, wie er ausgesehen hatte, konnte aber kein deutliches Bild heraufbeschwören. An ihm war nichts besonders auffällig gewesen, er hatte ziemlich durchschnittlich ausgesehen.

Jonathan wälzte sich wimmernd im Schlaf, und Janna ahnte, wovon er träumte. Himmel, was sie dafür geben würde, die Zeit zurückdrehen zu können. Dann hätten sie damals nicht ihren Geburtstag gefeiert. Wären nie von dieser verdammten Grillhütte weggefahren, die ihr Bruder organisiert hatte. *Tschüssikowski*, hatte er ihnen noch nachgerufen.

Tschüssikowski, Schwesterherz! Seit diesem Tag war nichts mehr wie vorher.

95

In der ersten Stunde passierte nichts. Die Frau hinter dem Tresen schenkte ihr ein paar fragende Blicke, weshalb Katharina pflichtschuldig noch eine weitere Tasse Kaffee kaufte und diesmal sogar ein Stück Torte, damit sie noch ein wenig länger am Fenster sitzen bleiben konnte.

Das Café war nur noch halb voll, und eigentlich konnte sie nicht verstehen, weshalb es jemanden störte, dass sie noch länger an diesem ekligen Tisch blieb, unter dem bestimmt unzählige Kaugummis klebten.

Sie hatte vielleicht die Hälfte der Prinzessinnentorte gegessen, als sie ihn erblickte. Oder vielmehr erahnte, denn Friedrich Steuer huschte an der Häuserwand entlang, und seine graue Erscheinung verschmolz so gut mit dem Hintergrund, als wäre er ein Stück Zement in Bewegung.

Katharina hörte auf zu kauen und riss die Augen auf. Sie erkannte ihn fast nicht wieder. Er sah so … so grau aus. Mit klopfendem Herzen beobachtete sie, wie ihr Mann das Hotel betrat, an der Rezeption vorbeilief und dann aus ihrem Blickfeld verschwand.

Sie blieb wie versteinert sitzen, die Kuchengabel mit dem nächsten Bissen schwebte noch vor ihrem Mund. Es war wie eine Schockstarre. Eine leise Stimme in ihrem Kopf wiederholte bloß Mal um Mal: *Da, da, da*, als wäre sie schwachsinnig.

Schließlich legte sie die Gabel auf den Teller. Ihre Hände zitterten und sie spürte, wie ihr Magen krampfte.

96

Eva Zimmer schaute Arne Norman skeptisch an.

»Ich soll das Blut von diesem T-Shirt untersuchen, ohne irgendwelche Fragen zu stellen?«

»Ja.« Arne schaute die Rechtsmedizinerin flehend an.

Diese hielt das T-Shirt mit ausgestreckten Armen vor sich. Der dunkle Fleck war so groß wie ein Fußball, das Blut war offenbar nur so darauf gesprudelt.

»Du verlangst nicht gerade wenig«, sagte sie und lehnte sich in ihrem Schreibtischstuhl zurück. Ihre Augen wurden schmal. Arne schloss die Tür, durch deren Glas er sehen konnte, dass Magnus draußen im Obduktionssaal unruhig auf und ab ging.

»Dessen bin ich mir absolut bewusst, Eva. Aber ich muss wissen, wessen Blut das ist. Das ist wirklich sehr, sehr wichtig.«

Eva folgte seinem Blick durch die Glastür.

»Verdammte Scheiße!«, platzte sie heraus und fiel fast vom Stuhl. »Jetzt sag nicht, das ist von Magnus' Frau!«

Arne sog heftig Luft ein.

»Ich weiß es nicht. Aber wir brauchen deine Hilfe.«

Eva nickte. Ihr sonst so breites Lächeln war verschwunden.

»Meldest du dich so schnell wie möglich? Und vergiss nicht, das bleibt unter uns. Wir reden da nicht drüber, mit niemandem.«

Eva stand auf und ging zu ihrem weißen Kittel, der neben der Tür hing. Sie warf einen weiteren Blick auf Magnus.

»Du … Ihr könnt euch auf mich verlassen«, sagte sie.

97

Katharina stürzte aus dem Café und rannte quer über die Straße, als sie sah, dass der junge Mann im Begriff war, seinen Platz an der Rezeption zu verlassen. Kaum war sie in der Lobby, eilte sie zu den Aufzügen. Erst als die Türen sich geschlossen hatten, wagte sie weiterzuatmen.

Der Aufzug fuhr nach oben. Sie hatte keine Ahnung, auf welcher Etage Friedrich wohnte, geschweige denn in welchem Zimmer. Aber sie musste einfach wissen, was er hier machte, ob er eine andere hatte. Eifersucht kochte in ihr hoch. Ekel und Liebe vermischten sich zu einem explosiven Gefühlscocktail.

Im vierten Stock verließ sie den Aufzug und trat in einen Flur mit weißen Wänden und grauem Teppich. Es gab sicher vierzig Zimmer pro Stockwerk, und Katharina hatte keine Ahnung, wie sie Friedrichs Zimmer finden sollte.

Sie blieb stehen. Was machte sie eigentlich? Sie hatte ein tolles Leben, und wenn Friedrich das nicht mehr mit ihr teilen wollte, sollte sie ihn dann wirklich dazu zwingen?

Sie setzte sich langsam wieder in Bewegung und schielte auf die mit Nummern versehenen Türen, als hoffte sie, die richtige würde in Gold blinken. Nach einer Weile gab sie auf und ging zurück zu den Aufzügen.

Eine Reinigungskraft mit ihrem Wagen kam zum Vorschein, als die Türen sich öffneten. Sie sagte etwas auf Schwedisch, das Katharina natürlich nicht verstand.

Katharina lächelte sie steif an und machte eine entschuldigende Geste.

»Ich komme aus Deutschland.«

Die Frau wechselte sofort ins Englische.

»*Ground floor?*«, fragte sie.

»*Yes, please.*«

»*So, you are from Germany?*«

Katharina nickte. Sie hatte zwar überhaupt keinen Nerv auf Small Talk, die Reinigungskraft ließ aber nicht locker.

»*Where in Germany?*«

»*Cologne.*«

»*Oh, do you know our other guest from Germany?*« Die Frau rückte den Wischmop zurecht, weil sie aussteigen wollte.

»*The other guest?*« Katharina schaute sie fragend an.

Die Frau lächelte.

»*Yes, a man. He stays on the same floor as you, at the end of the corridor.*«

Katharinas Herzschlag beschleunigte.

»*No, I don't know him*«, sagte sie.

»*Oops! Here we go.*« Die Frau lachte, bis der Aufzug hielt. Dann machte sie ein paar Schritte rückwärts und forderte Katharina mit einer Geste auf, vor ihr hinauszugehen.

Katharina presste sich aber an die Wand und lächelte.

»*Sorry, I forgot something in my room. I have to go up again.*«

Die Frau schob den Putzwagen hinaus.

»*Have a good stay in Stockholm!*«, rief sie noch über die Schulter, bevor die Türen sich wieder schlossen.

38

Friedrich betrachtete den Umschlag. Der Mann von der Rezeption war ziemlich verlegen gewesen, als er erklärt hatte, dass dieser Brief schon seit über einem Monat an der Theke liege, ihnen aber ausdrücklich gesagt worden sei, ihn nicht vor heute auszuhändigen.

Friedrich Steuer stand in Druckbuchstaben darauf, unverkennbar die krakelige Handschrift von Jenny, die er mittlerweile nur zu gut kannte.

Miststück, dachte er. *Verdammtes Miststück*. Er wollte ihn nicht öffnen, trotzdem riss er den Umschlag auf und zog die Nachricht heraus. »Noch zwei Tage«, stand darauf. Als wüsste er das nicht! Er hatte mehrere Briefe dieser Art bekommen, in denen die Tage hinuntergezählt wurden. Noch fünfundzwanzig Tage, noch elf Tage, noch acht Tage, noch sechs Tage. Jetzt also noch zwei Tage. Dass DER Tag näher rückte, wusste er nur zu gut, daran musste er nicht erinnert werden. Aber aus irgendeinem Grund war es dieser Jenny sehr wichtig, auf die verbleibende Zeit hinzuweisen. Ihn zu quälen. Als könnte er das Datum je wieder vergessen!

Er warf den Brief aufs Bett und schaute sich in seinem Zimmer um. Es sah noch immer aus wie im Schweinestall. Laken, Decken und seine Klamotten lagen kreuz und quer auf dem Boden. Der Staub tanzte langsam und hypnotisch im Sonnenlicht.

Er setzte sich an den winzigen Tisch, der in die Lücke hinter der Tür geklemmt worden war, holte einmal tief Luft, nahm den Stift aus seiner Brusttasche und fing an, seinen Abschiedsbrief an Katharina zu schreiben.

Sie fühlte sich unendlich weit weg an, fast als wäre das Leben mit ihr nur ein Traum gewesen, und das war gut. Er würde das alles vielleicht nicht durchstehen, wenn sie und Sascha sich zu echt anfühlten.

99

Katharina streifte sich das dunkle Haar aus dem Gesicht und legte vorsichtig das Ohr an die Tür zum Hotelzimmer ihres Mannes. Ihre Augen verrieten, wie große ihre Angst und Anspannung waren. Was, wenn sie ihn drinnen lachen hörte? Sein dunkles Lachen gemischt mit dem einer Frau?

Sie zuckte zurück, ihr Magen krampfte sich zusammen. Sie starrte die Klinke an. Eine Minute, zwei. Dann machte sie auf dem Absatz kehrt und ging, ohne einen Blick zurückzuwerfen. Tränen traten ihr in die Augen, als sie verzweifelt auf den Knopf beim Aufzug drückte. Sie traute sich einfach nicht …

100

Roger Ekman setzte sich auf das braune Sofa und sank tief hinein, weil es so weich war. Er war im Espressohouse im Einkaufszentrum Nordstan und schaute Morgan Nellert an, der gerade eine Tasse Kaffee vor ihm abstellte. Er fuhr sich nervös mit der Hand durch den Bart.

»Sie finden es sicher komisch, dass ich schon wieder arbeite. Aber ich halte es zu Hause nicht aus.«

»Das kann ich gut verstehen. Haben Sie Donnerstagabend auch gearbeitet?«

»Ja, wieso?« Morgan sah verwundert aus. »Ist da etwa dieser Gymnasiallehrer ermordet worden?«

Widerwillig nickte Roger.

»Ja, die Frage muss ich leider stellen. Kann jemand bestätigen, dass Sie gearbeitet haben?«

»Hm … Sie können meinen Chef anrufen, wenn Sie wollen.« Er wirkte niedergeschmettert.

Roger nickte.

»Wie gesagt, ich bin leider verpflichtet, das zu fragen.«

Morgan starrte ihn mit leerem Blick an.

»Möchten Sie was essen?«, sagte er irgendwann und nickte zum Cafétresen.

»Ich habe im Flieger gegessen, trotzdem vielen Dank. Sie wollten mir etwas mehr über Tomas erzählen. Wir wissen noch immer nicht, was er in jener Nacht am Valsjön wollte. Ihnen ist auch nichts weiter eingefallen, was uns …?«

Morgan schüttelte den Kopf.

»Nein. Mir ist einfach nur wichtig, dass Sie verstehen, was für ein wunderbarer Bursche Tomas war. Er hätte sich niemals mit irgendwelchen Kriminellen eingelassen, abgesehen von den Zusammenstößen durch die Arbeit, versteht sich. Er hat alles darangesetzt, diese Leute von hier fernzuhalten.«

Morgan gestikulierte hinaus zum Einkaufszentrum.

Roger nippte an dem Kaffee.

»Tomas war ein ganz besonderer Mensch«, fuhr Morgan fort. »Er kam viel zu früh auf die Welt ... Er war unser kleiner Engel, wenn Sie verstehen.«

»Inwiefern?«

»Ach, wie soll ich das erklären? Das gibt es doch manchmal. Er war bei der Geburt unheimlich klein, und selbst wenn wir nie darüber gesprochen haben, wir – also Susanne und ich – sind davon ausgegangen, dass er nicht überlebt. Die ersten anderthalb Jahre lang, bis seine Schwester zur Welt kam, haben wir uns nur darauf konzentriert, ihn hochzupäppeln ... Das schafft eine starke Bindung.«

»Das kann ich mir vorstellen.«

»Haben Sie Kinder?«

Roger schüttelte verlegen den Kopf.

»Vielleicht ist es ja noch nicht zu spät«, sagte Morgan. »Ich bin dankbar für jeden Tag, den ich mit Tomas verbringen durfte. Irgendwie habe ich eben gewusst, dass wir ihn nicht für immer haben werden.«

»Wie war er denn so als Mensch?«

»Er war ziemlich auf Zack. Als Kind hatte er immer irgendein Projekt am laufen, keine Probleme, Freunde zu finden, war immer beliebt und völlig verrückt nach Lego.«

»Ich habe den Eindruck bekommen, dass er nicht so viele Freunde hatte.«

»Ja, das hat sich im letzten Jahr geändert. Seit Helenes Tod. Er hat es einfach nicht ausgehalten, Leute zu treffen. Nicht einmal, sie anzurufen. Ich muss zugeben, mir ist das in der Zeit auch schwergefallen. Und Sie wissen ja, was dann passiert. Die Leute ziehen sich zurück, aus Angst vor der Trauer. Seine gleichaltrigen Freunde konnten damit nicht umgehen.« Morgan seufzte. »Sie wussten es vermutlich nicht besser.«

»Wie hat Tomas das verkraftet?«

»Es hat ihn verletzt. Aber er hatte ja genug andere Sorgen. So wie wir alle.«

Roger nickte.

»Helene war nur anderthalb Jahre jünger als er, sie war also immer dabei, seit er klein war. Er hat sich um sie gekümmert und sie hat ihn vergöttert …« Morgan ließ das Gesicht in die Hände sinken.

»Also hat ihr Tod ihn in eine Art Depression gestürzt?«, fragte Roger vorsichtig.

»Ja, es war hart … *ist* hart für uns.«

Morgan schaute auf, seine Augen mit einem Mal rot gerändert.

»Ja, was soll ich sagen?« Er sah plötzlich so aus, als hätte er vergessen, wovon sie überhaupt gesprochen hatten.

»Hatte Ihr Sohn eine Freundin?«

»Nein. Aber das haben Sie doch schon gefragt?«

»Ja, aber er soll auf der Arbeit mit einer Frau erwischt worden sein. Wissen Sie, wer das gewesen sein könnte?«

Morgan schüttelte den Kopf.

»Nein, aber das ist auch schon ein Weilchen her. Er hat mir erzählt, dass sein Chef ihm eine Moralpredigt gehalten hat, mehr nicht. Jugendlicher Leichtsinn eben.«

»Ja, das klingt so.« Roger lächelte.

Morgan lehnte sich vor.

»Und Sie sind sicher, dass ihn dieser Lehrer umgebracht hat?«

»Nein, bisher deutet nur alles darauf hin. Aber uns fehlt das Motiv … Noch. Und wie Sie ja sicher in den Nachrichten gesehen haben, ist der Lehrer nun selbst tot. Ebenfalls ermordet.«

»Wissen Sie sonst noch etwas? Etwas, das Sie bisher weder Susanne noch mir erzählt haben?«

»Nein, leider nicht. Sie glauben gar nicht, wie sehr ich selbst wünschte, wir wüssten mehr. Tut mir leid.«

Morgan ließ ihn nicht aus den Augen.

»Im Fernsehen haben sie gesagt, dass die Frau und der Sohn von dem Lehrer verschwunden sind.«

»Das stimmt. Uns ist es bisher nicht gelungen, sie ausfindig zu machen. Wir hoffen natürlich, dass sie einfach nur verreist sind oder so was in der Art.«

»Wenn er Tomas umgebracht hat, hat er vielleicht auch die beiden auf dem Gewissen? Vielleicht war er krank?«

»Vielleicht, aber etwas Genaues wissen wir zu diesem Zeitpunkt noch nicht.«

Roger stand auf und schüttelte Morgan Nellerts Hand.

»Wir tun, was wir können.«

Morgan nickte und verschwand dann in den hinteren Teil des Cafés. Roger verließ betrübt das Einkaufszentrum. Er hoffte inständig, beim nächsten Termin ein paar mehr Informationen zu bekommen – und weniger Schuldgefühle.

101

Mattias saß auf dem Fahrersitz, sein verschwitzter Hinterkopf klebte an der Nackenstütze. Zum ersten Mal hatte er das Gefühl, einen Pakt mit dem Teufel geschlossen zu haben. Es gab keinen Weg aus dieser Hölle, und das machte ihn wahnsinnig.

Das hatte nichts mehr mit seinen üblichen Spielchen zu tun, bei denen er die Regeln machte und alles bestimmen konnte.

Dieses verfluchte Kind! Wie oft hatte das Mädchen ihn wohl schon da oben im Wald gesehen? Was, wenn sie schon jemandem davon erzählt hatte?

Aber er hatte die Situation gemeistert, trotz der Panik, die sich in ihm gewunden hatte wie eine Schlange. Und jetzt musste er nach vorne schauen.

Er hob den Blick zum Sommerhaus. Er hatte sich die Psychologin aufgehoben, und allein der Gedanke, dass sie nur einen Steinwurf entfernt war, machte ihn an. Er brauchte sie jetzt dringend. Sie würde sein Trostpreis sein.

Er spielte mit dem Gedanken, was er mit ihr anstellen würde, welche Hilfsmittel er dazu nehmen würde, zog den seidigen Schal aus der Tasche und führte ihn zur Nase. Der weiche Stoff roch nach Frau. Tief atmete er den Duft ein.

Er schüttelte sich und stieg aus dem Wagen. Seine Stiefel sanken auf dem moosigen Weg ein, während er sich voller Vorfreude der Hütte näherte.

Die Kellertür war geschlossen und der Riegel vorgeschoben, genau wie er alles zurückgelassen hatte. Er hatte nicht viel Zeit, aber sein Verlangen war so groß, er brauchte es so sehr.

Wenn er sich ausgetobt hatte, würde er endlich wieder entspannen können. Dann war er bereit, wieder Stellung am Felsen zu beziehen, denn er wusste schließlich, dass Jenny ihn genau dort haben wollte.

102

Linn kniff sich in den Oberschenkel, um sich aus dem lähmenden Griff der Panik zu befreien. Dann stand sie langsam auf, die Lampe in der Hand. Sie war sehr leicht geworden, viel Petroleum schien nicht mehr darin zu sein. Wenn das erst alles verbraucht war, gab es nur noch sie und die vollständige Dunkelheit.

Der Gedanke machte ihr Angst, aber lange nicht so viel wie die Vorstellung, was ihr drohte, wenn Carlén zurückkam.

Denn das würde er schließlich, oder? Er würde sie doch nicht einfach hier zurücklassen?

Sie umschloss die Lampe fester. Die Luft war feucht und roch giftig. Linn hatte sich entschieden, tiefer in den dunklen Raum vorzudringen, so weit weg von der Tür wie möglich.

Sie schwenkte die Lampe über den Boden und suchte nach etwas Scharfem, das sie als Waffe verwenden konnte, fand aber leider nichts. Sie hatte die Flamme ein wenig heruntergedreht, und ihre Augen hatten sich inzwischen an die Dunkelheit gewöhnt, deshalb konnte sie nun erkennen, dass die Wände aus rauem Stein waren. Ein paar dünne Rohre führten Richtung Dach. Weit oben an der Wand hing noch etwas Großes, Dunkles, das sie sich gerade näher ansehen wollte, als sie ein Geräusch von draußen hörte. Jemand näherte sich.

Die Tür wurde aufgestoßen. Das Tageslicht blendete Linn, und sie blinzelte mit tränenden Augen zu der nun offen stehenden Tür.

Linn riss die Hand hoch, um die Helligkeit abzuschirmen, und starrte trotzdem fast blind zu der dunklen Silhouette.

»Mattias Carlén?«, sagte sie heiser und versuchte noch immer, etwas zu erkennen. Er kam schnell auf sie zu, und sie wich rückwärts an die Wand.

»Was … Was haben Sie vor?«, stammelte sie. Mehr konnte sie nicht sagen, bevor er ihr eine Bierflasche hinhielt.

»Trinken Sie«, befahl er.

Sie schüttelte heftig den Kopf.

»Trinken Sie, sonst muss ich Sie töten.«

Linns Blick flog von Carléns verschwommenem Gesicht zu der Bierflasche, die er so nah vor sie hielt, als würde er sie damit bedrohen. Aus dem Augenwinkel erkannte sie, dass er etwas Glänzendes in der anderen Hand hatte, und sie verstand sofort, was das war. Sie nahm ihm die Flasche aus der Hand und führte sie zitternd an die Lippen. Dann zögerte sie, bevor sie die Flasche wieder absetzte.

»Sie sollen trinken, habe ich gesagt.« Carlén klang entschlossen, und trotzdem ahnte Linn auch eine unterschwellige Nervosität bei ihm.

»Können wir nicht erst reden …?«, wagte sie einen Versuch. Ihre Kehle war so rau, als hätte sie an dem festgestampften Erdboden geleckt.

»Reden bringt nichts. Sie wissen zu viel.«

Linn konnte ihm nicht folgen. Sie warf einen Blick zur Tür, wägte ab, ob sie es dorthin schaffen konnte.

Aber das war unmöglich. Carlén stand mitten in dem engen Raum und blockierte den Ausgang mit seinem Körper. Sie konnte auf ihn zurennen, aber darauf wäre er vorbereitet. Außerdem war sie viel zu geschwächt.

»Sie haben gesehen, was in der Tüte ist!«, sagte er jammernd.

Er ist *verrückt.*

»Nein, habe ich nicht ...«

»Natürlich haben Sie das.« Seine Stimme überschlug sich. »Natürlich!«

Die Hand mit dem Messer kam Linn bedrohlich nahe.

Linn erwiderte nichts. Sie hatte genug Erfahrung mit kranken Menschen, sie wusste, dass es in so einer Situation besser war, den Mund zu halten. Sie senkte den Blick, um Carlén nicht weiter zu provozieren.

Er ließ die Schultern sinken. »Natürlich haben Sie das«, murmelte er.

Linn war extrem angespannt.

»Herr Carlén ...« Sie gab sich große Mühe, ruhig und freundlich zu klingen.

»Ja?«

»Können wir reden? Sie und ich?«

Er legte den Kopf schief und betrachtete sie argwöhnisch. Schließlich sagte er:

»Und worüber wollen Sie reden?«

Ihr war, als würde eine Horde wild gewordener Elefanten durch ihren Kopf trampeln. Sie biss sich auf die Lippe, um sich konzentrieren zu können.

»Worüber Sie wollen«, sagte sie.

Carlén trat unsicher von einem Fuß auf den anderen.

»Sie sind in meinem Haus auf dem Land. Hier gibt's nichts und niemanden im Umkreis von mehreren Kilometern. Außer Wald. Nur damit Sie das wissen«, sagte er.

»Okay.«

Gedanken an Moa und Elin drängten sich ihr auf, doch Linn schob sie beiseite. Sie musste hier sein, voll und ganz. Sie kniete auf dem Boden, den Rücken an der Wand, und schaute zu Carlén auf, versuchte, seine Schwachpunkte zu finden.

»Ich will Ihnen nicht wehtun, aber …« Er machte ein paar Schritte auf sie zu.

Lauf! Lauf!, schrie alles in ihr, doch ihre Beine gehorchten nicht.

Carléns hochsitzende Augenbrauen zogen sich zusammen.

»Es tut mir sehr leid. Ich habe da etwas getan, und Sie …«

»Was haben Sie getan?« Linn spürte den Boden unter ihren Händen und bohrte die Fingernägel in die kalte Erde. »Herr Carlén?«

Er richtete wieder das Messer auf sie.

»Ich weiß, dass Sie in die Tüte geschaut haben«, zischte er. Die Klinge reflektierte das Sonnenlicht.

»Ich weiß nicht einmal, von welcher Tüte Sie sprechen.«

Carlén ließ das Messer sinken.

»Darauf kann ich mich leider nicht verlassen.«

»Haben Sie mir etwas getan?« Linns Stimme war vor Angst ganz dünn.

Carlén machte eine Bewegung mit der Hand, als wollte er eine Fliege verscheuchen.

»Nein, ich habe Sie hergebracht, weil Sie die Tüte gesehen haben. Das sage ich doch die ganze Zeit. Sie dürfen niemandem davon erzählen.«

Linn war zum Heulen.

»Aber ich weiß doch gar nichts …«

»Schnauze! Was mache ich jetzt bloß mit Ihnen?« Er drehte sich um und rammte die Faust gegen die Wand.

Linn verlagerte ihr Gewicht. In den geschlossenen Fäusten hatte sie so viel kalte Erde, wie sie halten konnte.

»Lassen Sie mich gehen«, sagte sie.

Er blickte sie verstohlen an und schüttelte den Kopf.

»Sie können mich hier nicht gegen meinen Willen festhalten.«

Mit wackligen Beinen stand sie auf.

»Ich gehe.«

»Setzen Sie sich! Hinsetzen, verdammt noch mal«, brüllte er. Das Messer fuhr wieder durch die Luft, diesmal kam es ihrem Gesicht noch näher.

Sie wich zurück. Am liebsten hätte sie sich auf ihn gestürzt und wild auf ihn eingeschlagen, aber er hielt die scharfe Klinge auf sie gerichtet.

»Hinsetzen! Sonst kann ich nicht denken. Und keine Bewegung, verstanden?«

Linn spürte, wie langsam Wut in ihr wuchs.

»Beruhigen Sie sich«, sagte sie und bemühte sich, entspannt zu klingen.

Er bewegte das Messer drohend vor und zurück.

»Sie wissen gar nicht, wie mich diese Scheiße ankotzt«, brüllte er.

»Was denn?«

»Na, alles. Wenn ich meine Wohnung schwarz streichen oder eine Vierzehnjährige ficken will, ist das ja wohl verdammt noch mal mein Problem und nicht das von irgendjemand anderem!«

Er schnaubte. »Ist ja auch egal. Ich will eigentlich nur sagen, dass wir alle Tiere sind, der Rest ist doch erlogener Mist. Verdammte Scheißregeln. Verstehen Sie?«

»Da haben Sie vielleicht sogar recht.«

Er betrachtete sie mit einem neuen Ausdruck. Als wäre ihm jetzt erst aufgefallen, dass sie ihm zuhörte.

»Ich habe mit Ihrer Freundin Lena gesprochen, dieser fetten Schlampe …«

»Wir arbeiten nur zusammen.«

Carlén starrte sie mit leerem Blick an.

»Na, wie gesagt, ich habe ihr ein paar Sachen erzählt, die ich gerne mache. Die entsprechen nicht so ganz der Norm und sind auch nicht ganz legal, aber schaden tun sie eben auch niemandem. Außerdem sind das fast alles nur Wünsche von mir … Sachen, die ich wirklich gern mal ausprobieren würde. Verstehen Sie? Und alle, mit denen ich es bisher gemacht habe, waren einverstanden. Zumindest anfangs.«

Linn nickte und hoffte, dass er die Angst nicht bemerkte, die langsam in ihr wuchs.

»Ich habe ein Problem«, fuhr er fort.

Wie weit war es bis zur Tür? Vier Meter, mehr sicher nicht.

»Wollen Sie davon erzählen?«, fragte sie, während sie fieberhaft überlegte, wie sie hier herauskommen konnte.

»Doch, doch.« Er machte einen Schritt auf sie zu.

»Ich steh auf die extremeren Dinge«, flüsterte er lächelnd.

Linn wurde schlecht.

»Was meinen Sie?«

»Würgespiele. Ich mag Würgespiele beim Sex.«

Linn erstarrte.

»Töten Sie Frauen?«

Carlén lächelte.

»Nein, das wäre ja nicht in Ordnung, nicht wahr?«

Linn schüttelte den Kopf.

»Ich betäube sie. Dann lege ich ihnen einen Schal um den Hals, und kurz bevor ich komme …«

Linn hatte genug gehört.

»Was sind das für Frauen?«, unterbrach sie ihn.

»Mädels aus der Kneipe, Huren aus dem Internet.«

»Und bisher sind Sie noch nicht angezeigt worden?«

»Nein, ich wähle die sehr sorgfältig aus. Außerdem bekommen die nichts mit und können sich an nichts erinnern.«

Carlén wandte sich ab, als wäre das Thema für ihn damit beendet.

Linn folgte ihm mit den Augen. Obwohl er ihr den Rücken

zugewandt hatte, war er nicht unaufmerksam. Eher wie eine Katze, die mit ihrer Beute spielt. Er hatte gesagt, dass er sie nicht angefasst hatte, trotzdem war sie sich unsicher. Wie lange war sie bewusstlos gewesen? Mehrere Tage?

Mit trockenem Mund wiederholte sie ihre Frage:

»Haben Sie mir etwas angetan?«

Carlén schnaubte.

»Nein, das habe ich doch schon gesagt.«

»Ganz ehrlich?«

Er fuhr herum und sah sie an.

»Ja.«

Sie ließ die Schultern sinken. Sie glaubte ihm, *noch* hatte er ihr nichts angetan. Sie versuchte es mit einem erleichterten Lächeln.

»Also gut, Herr Carlén. Ich muss jetzt dringend nach Hause. Mein Mann macht sich sicher schon Sorgen.«

»Sie sind verheiratet?« Er sah verwundert aus.

»Ja.«

»Haben Sie etwa auch Kinder?«

Darauf antwortete sie nicht. »Ich muss jetzt nach Hause.« Ihre Stimme zitterte, aber auf Carlén hatte das keine Wirkung.

»Ich habe gesagt, dass ich gehen muss.« Sie gab sich Mühe, stark und resolut zu klingen, dann machte sie ein paar Schritte auf ihn zu.

»Wenn Sie noch einen Schritt näher kommen, muss ich Sie fesseln«, sagte er niedergeschlagen. Er griff in die hintere Hosentasche und holte Handschellen hervor. Dann deutete er zu der Bierflasche am Boden.

»Trinken Sie das jetzt.«

»Nein. Sie haben da was reingemischt.«

»Aber nicht, weil ich das will, sondern weil Sie die Tüte gesehen haben.«

»Aber ich habe doch nicht gesehen, was in dieser verdammten Tüte ist!«, schrie sie. Dann schleuderte sie ihm mit aller Kraft die Erde ins Gesicht. Für eine Zehntelsekunde glaubte sie, dass sie getroffen hatte. Dass er nichts mehr sehen konnte. Doch dann schaute er langsam von den Erdflecken auf seiner Brust zu ihr, und Linn keuchte vor Angst.

103

»Das Blut auf dem T-Shirt ist nicht von Linn.« Eva Zimmer lächelte Magnus beruhigend an.

Ihm fiel ein Stein vom Herzen, erleichtert sackte er in sich zusammen.

»Gott sei Dank.« Er sah sie an. »Aber von wem ist es dann?«

Sie musterte ihn nun besorgt.

»Das ist es ja gerade … Das Blut ist von Anders Levander.«

Magnus starrte sie an.

»Was?«

»Ja, das ist eine Überraschung, oder?« Sie knöpfte den weißen Kittel auf und hängte ihn an den Haken neben der Wand.

»Ich kann dir nicht folgen.«

»Ich hab das Ergebnis des Bluttests in unser System eingegeben, und es stimmte zu 99,9% mit dem von Anders Levander überein. Es ist sein Blut.«

Magnus blieb der Mund offen stehen.

»Gibst du das an Arne weiter?«, fragte sie.

Magnus nickte verwirrt.

Eva legte ihm die Hand auf die Schulter.

»Was hast du als Nächstes vor?«

Magnus wusste es nicht. Es fiel ihm schwer, die neue Information zu verarbeiten. Linn war zu einem Mann gefahren, der irgendetwas mit dem Mord an Anders Levander zu tun hatte. Sie war zu einem mutmaßlichen Mörder gefahren, der noch dazu eine Sammlung perverser Sexspielzeuge in der Nachttischschublade hatte. Er stand auf und stakste mit steifen Beinen zur Tür, fischte sein Handy aus der Tasche und wählte Arnes Nummer. Der hob schon nach dem ersten Signal ab.

Magnus gab die Neuigkeit mit rauer, gurgelnder Stimme weiter.

Arne blieb zuerst stumm, dann sagte er:

»Ich glaube, ich kann dir nicht folgen, Magnus.«

»Ich habe gesagt, dass das Blut auf dem T-Shirt von Anders Levander ist.«

»Was?«

»Das Blut …«

»Ja, ich habe dich verstanden. Aber wie kommt das dahin? Heißt das, dieser Carlén hat Levander ermordet?«

»Das ist sehr gut möglich. Arne, der hat höchstwahrscheinlich Linn in seiner Gewalt. Vielleicht hat er sie auch schon …«

Magnus versagte die Stimme.

»Nein, Magnus, so darfst du nicht denken. Ich wende mich jetzt sofort an die Staatsanwaltschaft und besorge einen Durchsuchungsbeschluss. Einen Schritt nach dem anderen, Magnus. Hast du versucht, sie übers Handy zu erreichen?«

»Na sicher! Das ist nicht eingeschaltet. Ich probiere es andauernd, aber sie geht nicht dran.«

Arne war mit einem Mal ganz bei der Sache.

»Ich setze alle verfügbaren Einheiten darauf an, Mattias Carlén zu finden. Und dich muss ich jetzt leider auffordern, dich im Hintergrund zu halten. Du bist persönlich involviert, verstehst du? Kümmre dich derweil um die Kinder!«

»Aber ich …«

»Keine Widerrede. Wir finden sie, das verspreche ich dir. Hörst du? Ich gebe dir mein Wort.«

»So was kannst du nicht versprechen, das weißt du so gut wie ich. Halt mich auf dem Laufenden, okay? Ich will alles wissen. Alles, hörst du?«

»Ja, verstanden. Fahr jetzt nach Hause zu deinen Töchtern.«

Magnus ging zu seinem Wagen und setzte sich hinein. Ihm war übel, und die ganze Zeit schon krampfte sich sein Magen in einer bösen Vorahnung zusammen. Was, wenn schon alles verloren war?

104

Linn lag am Boden. Der Schlag hatte sie so heftig getroffen, dass sie gegen die Wand geflogen und ihr die Luft ausgegangen war.

Verzweifelt streckte sie die Hände aus, wollte ihm das Gesicht zerkratzen, doch er bekam vorher ihre Handgelenke zu fassen und hielt sie mit eisernem Griff fest.

Ehe sie sich versah, hatte er sie mit den Handschellen an eins der Rohre gefesselt.

Er machte keuchend ein paar Schritte zurück und sah sie verächtlich an.

Dann trat er ihr gegen den Oberschenkel.

»Hinlegen«, fauchte er, als würde er mit einem ungehorsamen Hund sprechen. »Hinlegen!«

Linn zitterte am ganzen Körper. Sie gehorchte und legte sich auf die Seite, das helle Haar fiel ihr ins Gesicht. Schmerzen schossen ihr durch die Arme und explodierten auf Nackenhöhe.

Rastlos, wie ein eingesperrtes Wildtier, lief Carlén vor ihr auf und ab. Sie lauschte seinen ungeduldigen Schritten, hin und wieder tauchten seine Lederschuhe auch in ihrem Sichtfeld auf.

»Ich … Ich will Ihnen gar nichts tun«, sagte er. »Ich bin da einfach in was reingeraten, aus dem ich irgendwie nicht wieder herauskomme …« Er unterbrach sich selbst, blieb stehen und legte sich hinter sie auf den Boden.

»Ich habe das getan, worauf ich so abfahre.« Er verstummte, als ob er auf eine Reaktion von ihr wartete.

Sie konnte ihn riechen. Sein Parfum und seinen leicht säuerlichen Atem. Im Stillen flehte sie, dass er sie nicht anrühren würde.

»Das war eigentlich nichts Besonderes mit diesem Mädchen«, fuhr er fort. »Wir haben uns in einer Kneipe verabredet, und ich habe ihr was ins Bier gemischt. Man schmeckt es zwar ein wenig raus, das wissen Sie ja, aber das Mädel war schon viel zu stramm, um überhaupt noch was zu merken. Als sie ging, bin ich ihr gefolgt.« Er schniefte. »Ich habe einfach das Übliche gemacht. Sie mit nach Hause genommen, ihr noch ein bisschen was eingeflößt, meine Sachen rausgeholt … aber diesmal lief alles schief.«

Carlén streichelte ihre Wange. Sie hätte am liebsten geschrien, aber sie riss sich zusammen und fragte:

»Was ist passiert?«

»Sie wissen ja, dass ich nicht verrückt bin. Das ist einfach so gekommen!«

Linn öffnete den trockenen Mund.

»Wie denn?«

Sofort hörte er auf, sie zu streicheln.

»Ich habe Ihnen doch schon mal von dieser Jenny erzählt. Eins von den Mädels, mit denen ich gechattet habe. Sie war es. Sie hat mein Leben zerstört.«

Linn versuchte, ihn anzusehen.

»Vielleicht ist sie kriminell?«, zwängte sie hervor.

Carlén betrachtete sie, wägte vielleicht ab, ob sie ihn veräppelte.

Er lag immer noch ganz nah hinter ihr.

»Erzählen Sie mir mehr von ihr, was ist das für ein Mädchen?«

»Ich weiß es nicht. Wir haben uns über ein Sexportal kennengelernt. Vor etwas mehr als einem Monat. Da ist niemand mit seinem echten Namen angemeldet.«

»Also ging es um Sex?«

»Nicht am Anfang.«

Linn sagte nichts, wartete ab. Er sollte von sich aus weitersprechen. Die Handschellen schnitten ihr schmerzhaft ins Fleisch.

»Sie hat mir ein Foto geschickt, eine echt heiße Braut. Ich konnte ja nicht ahnen, dass sie so ein Psycho ist. Anfangs war sie ganz anders. Irgendwie hatte ich das Gefühl, sie versteht mich.«

»Inwiefern?«

»Sie hat mir geschrieben, dass sie sich vorstellen kann, wie einsam ich bin. Hat mir das Gefühl gegeben, dass ich …« Er zögerte. »Dass ich normal bin. Dass meine Wünsche und Gedanken normal sind.« Mattias setzte sich auf. »Bin ich das?«

Nein, du bist total krank! Abartig!

»Ich glaube nicht, dass es überhaupt jemanden gibt, der völlig normal ist. Sie hatten einfach viel Stress in der letzten Zeit«, sagte sie. »Erzählen Sie mir von dem Mädchen, mit dem etwas schiefgelaufen ist … War das diese Jenny?«

Carlén schüttelte den Kopf.

»Nein, Jenny habe ich nie getroffen. Das war irgendein polnisches Luder.« Er seufzte. »Die hab ich klargemacht, es ging nur irgendwie zu lang …«

Linn fühlte sich sicherer, jetzt führte sie das Gespräch.

»Und was war in der Tüte?«, wollte sie wissen.

Er starrte sie kalt an.

»Das wissen Sie.«

»Nein, ich schwöre es Ihnen, ich habe sie nicht einmal gesehen.«

Sie durfte nicht zu weit gehen. So verletzlich und ausgeliefert, wie sie gerade war, durfte sie ihn nicht unnötig aufregen. Gleichzeitig fürchtete sie, ein zu unterwürfiges Verhalten könnte umso schlimmere Folgen für sie haben.

Ihr waren die Arme eingeschlafen und taten fürchterlich weh. Carlén war aufgestanden und hatte sich über sie gestellt. Er bewegte die Hüften vor und zurück, wie bei einer seltsamen Dehnübung.

»Wieso tun Sie mir das eigentlich an?«, fragte sie.

»Weil ich etwas Schreckliches gemacht habe, das habe ich doch schon gesagt!«

»Aber was haben Sie denn gemacht?«

Carlén schüttelte den Kopf.

Linn spürte, wie Frust in ihr aufstieg. Sie riss an den Handschellen und stöhnte vor Schmerzen auf. »Was haben Sie getan? Sagen Sie es mir!«

»Ich …« Er trat gegen einen Plastikcontainer, der auf dem Boden lag.

»Nun reden Sie schon!«, schrie sie. »Bitte, nehmen Sie mir die Handschellen ab, und erzählen Sie mir, was Sie getan haben.«

»Warten Sie, ich mache es Ihnen ein bisschen bequemer«, murmelte er und kam auf sie zu. Jetzt hatte er plötzlich wieder Ähnlichkeit mit einem kleinen Jungen.

»Machen Sie das«, sagte sie in dem Ton, mit dem sie normalerweise Moa und Elin zurechtwies.

Mattias beugte sich hinunter und schloss auf. Eins ihrer Handgelenke kam für einen Moment frei, doch bevor sie etwas hätte unternehmen können, schnappte die Schnalle schon wieder zu. Sie war wieder gefesselt, diesmal allerdings ein Stück höher am Rohr, sodass sie sich aufsetzen konnte.

Sie winkelte die Beine an, erleichtert, dass sie nicht mehr so ausgeliefert dasitzen musste.

Er strich ihr das blonde Haar aus dem Gesicht.

»Besser?«

»Ja, besser.«

Ihre freche Art schien ihn weicher zu stimmen, den Wunsch in ihm zu wecken, es ihr recht zu machen. Deshalb gab Linn sich die größte Mühe, gelassen zu wirken. Solange sie noch so etwas wie ein Gewissen bei ihm spürte, hatte sie eine Chance.

Linn saß nun schräg, mit dem Rücken zu ihm.

»Haben Sie jemanden umgebracht?«, fragte sie, obwohl sie unschlüssig war, ob sie die Antwort überhaupt hören wollte.

»Ja.« Es war kaum mehr als ein Atemzug.

Linns gespielte Lässigkeit fiel wie ein Kartenhaus in sich zusammen.

»Machen Sie mich los!«, brüllte sie und riss mit solcher Wucht an den Handschellen, dass sie ihr tief ins Fleisch schnitten. Eine fast animalische Angst ergriff sie. Sie trat verzweifelt gegen das Rohr, um es zum Bersten zu bringen, schrie und fluchte.

Carlén hielt sich die Ohren zu und fing an zu singen. Die Schreie und Tritte mischten sich mit alten Kinderliedern, und plötzlich hatte der dunkle Verschlag etwas von einem Irrenhaus: der ekelerregende Schimmelgeruch, Carléns falscher Gesang und Linns unermüdliches Stampfen.

Irgendwann hob Carlén die Bierflasche auf, öffnete Linns Mund mit Gewalt und zwang sie, zu trinken.

105

Linus Persson öffnete die Tür zu den Betriebsräumen der Securitas. Er war unglaublich muskulös und über seiner rechten Augenbraue prangten fünf saubere Stiche. Hätte er nicht so freundliche Augen gehabt, Roger wäre davon ausgegangen, einen Hooligan vor sich zu haben.

»Kommen Sie nur herein, Herr Polizist. Ich bin heute allein.«

Linus führte ihn in einen winzigen Aufenthaltsraum mit vergilbten Wänden. Der Geruch von altem Mikrowellenessen verlieh der Luft eine pilzige Note, die nur noch von dem sauren Gestank alter Kaffeefilter getoppt wurde.

»Ich habe mir heute was zu essen mitgebracht. Das reicht aber für uns beide, wenn Sie möchten«, sagte er und hielt Roger eine Plastikdose mit einem unidentifizierbaren Brei vor die Nase.

»Danke, sehr freundlich, aber ich habe gerade gegessen«, schwindelte Roger und setzte sich auf einen Stuhl, so weit weg von der Dose wie möglich.

»Ich habe gehört, dass Sie am häufigsten mit Tomas zusammengearbeitet haben«, sagte er.

»Na ja, am häufigsten, keine Ahnung …«

»Ihr Chef hat jedenfalls gesagt, dass Sie viele Schichten zusammen hatten.«

»Ja, ja, stimmt schon.«

»Jedenfalls …« Roger betrachtete den Koloss von einem

Mann, der ihm gegenübersaß. »Wir haben mit seinen Eltern gesprochen, aber ein Vierundzwanzigjähriger redet vielleicht nicht mehr über alles mit seinen Eltern.«

Linus' pickeliges Gesicht hellte sich auf, er lächelte charmant. Dann stellte er die Plastikdose in die Mikrowelle und kurz darauf verdrängte ein imposanter Currygeruch sämtliche anderen Gerüche aus dem kleinen Raum.

»Tomas war wirklich cool«, sagte er. »Er hatte zwar nie Bock, nach der Arbeit noch ein Bierchen trinken zu gehen, aber sonst war er schwer in Ordnung.«

»Hatten Sie auch privat Kontakt?«

»Nein, das ist ja genau das, was ich meinte. Ich hab ihn gefragt, aber er ist nie mitgekommen. Ich bin meist mit meinen Kumpels im *Olskroken*, und er hätte sich gern anschließen können. Hat er aber nie gemacht.«

»Er war also eher kein Partytyp?«

»Nein, aber er war trotzdem echt nett. Selbst zu unserer Kundschaft, wenn Sie verstehen, was ich meine.«

Roger lehnte sich zurück.

»Ja, ich glaube schon. Sagen Sie mal, er soll letzten Sommer mit einem Mädchen hier erwischt worden sein. Wissen Sie etwas darüber?«

Wieder grinste Linus. »Wohl eher mit einer Dame.«

»Wie bitte?«

»Das war kein Mädchen, sondern eine Dame, eine ziemlich alte Schachtel sogar. Sie heißt Jenny und arbeitet bei der Post. Die ist so um die fünfzig und ein bisschen abgerockt, wenn ich das so sagen darf. Tomas hat das hinterher bereut, aber sie hätte gern noch weitergemacht, glaube ich.«

»Die beiden waren also nicht zusammen?«

»Nein, ich glaube, die haben sich nur ein paar Mal getroffen. Über so was hat er nicht gern gesprochen.«

Er holte die Dose aus der Mikrowelle und setzte sich wieder zu Roger, wo er anfing, den sonderbaren Currybrei mit großem Appetit in sich hineinzuschaufeln.

»Ich habe ihn damit ein bisschen aufgezogen«, sagte er zwischen zwei Löffeln.

Roger atmete ganz flach, um nicht grün anzulaufen.

Was ist nur in der Dose?

»Haben Sie den Namen Anders Levander schon einmal gehört?«

Linus aß langsamer, während er nachdachte. »Nein, wer ist das?«

Roger schüttelte den Kopf.

»Ist nicht so wichtig. Hat Tomas Ihnen gegenüber erwähnt, dass er zur Walpurgisnacht nach Stockholm wollte?«

»Weiß ich nicht mehr ... Ist das in der Walpurgisnacht passiert?«

»Ja, genau.«

Linus trank einen Schluck Cola.

»Das hab ich in der Zeitung gelesen. Aber ... Vielleicht ist das nicht wichtig, aber er hatte für nächste Woche Urlaub genommen. Das weiß ich, weil ich seine Schicht übernehmen sollte.«

»Wollte er nach Stockholm?«, fragte Roger neugierig.

»Also, das weiß ich nicht. Er ist da manchmal hingefahren, um seine Mutter zu besuchen. Freunde hatte er nicht so viele, also bin ich davon ausgegangen, dass er auch diesmal zu ihr wollte.«

Roger schrieb etwas in sein Notizbuch.

»Was ist denn mit Ihrer Augenbraue passiert?«

»Ach ...« Linus strich sich mit dem Finger über die Stiche. »Ich war am Wochenende bei einer Einweihungsfeier. Bin aus der Bahn gesprungen, um eine Abkürzung ins Zentrum zu nehmen, durch die Pissrinne, Sie wissen schon.«

»Die Pissrinne?«

»Ach, Sie sind ja nicht von hier. So heißt ein Schleichweg. Es war aber nicht so schlau von mir, mitten in der Nacht da langzugehen. Jedenfalls stand da plötzlich so eine Arschgeburt mit seinem Bruder vor mir, und zack, war mir schwarz vor den Augen.«

»Die haben Sie niedergeschlagen?«

»Ja, und ausgeraubt. Handy, Geld, Schal. Schal! Das muss man erst mal kapieren!« Linus schüttelte verständnislos den Kopf. »Ich musste ins Krankenhaus und genäht werden. Da gehe ich jedenfalls nicht mehr lang. Zumindest nicht nachts.«

Roger stand auf und steuerte die Tür an.

»Klingt so, als wäre das eine gute Idee. Fragen Sie doch mal auf dem nächsten Revier nach, ob es dort eine Videoüberwachung gibt.«

Linus' Gesichtszüge hellten sich auf.

»Danke, das werde ich machen. Grüßen Sie Stockholm von mir.«

Roger verließ die Betriebsräume der Sicherheitsfirma und lief die Treppe hinunter. Wenn das so weiterging, konnte er vielleicht schon einen Flug eher nach Hause nehmen.

106

Das kleine Mädchen hockte zusammengekauert an ihrem Zimmerfenster und schaute zum Waldrand. In ihren Augen lag Angst. Der Onkel war wieder an dem Felsen, aber er guckte nicht zu ihr, er guckte zum Haus gegenüber, und diesmal hatte er ein Fernglas dabei.

»Tova!«, rief ihre Mutter von unten. »Willst du nicht noch mal rausgehen? Bevor es zu spät ist?«

»Nein«, rief sie zurück.

Sie beobachtete weiter den Mann. Er war leicht zu erkennen, wenn man wusste, wohin man gucken musste.

Er war am Anfang ganz nett gewesen. Hatte gefragt, ob sie ihn schon mal gesehen hatte. Doch dann hatte er sie ganz fest am Arm gepackt und ihr gesagt, dass sie nichts im Wald zu suchen hatte. Dass ihre Mutter sich große Sorgen machen würde, wenn sie wüsste, wo sie sich rumtrieb. Es war verboten, dort oben hinzugehen, hatte er gesagt, und sie hatte gespürt, dass er gefährlich war. Dass er ihr wehtun wollte.

»Tova, sollen wir zusammen rausgehen?«, rief ihre Mutter jetzt hinauf.

»Nein!« Sie wollte nie wieder raus. Nicht, wenn dieser blöde Onkel da am Felsen hockte. Der Onkel mit den bösen Augen.

107

Im Versteck auf dem Dachboden wurde das Bettgestell ein zweites Mal angehoben.

Jannas und Jonathans Blicke trafen sich. Er sah aus wie ein hungerndes Tier, und in gewisser Weise war er das ja auch, denn zu essen hatten sie nichts mehr.

Sie holte tief Luft und merkte, dass ihr Sohn es ihr gleichtat. Sie hatten einen, höchstens zwei weitere Versuche, dann würden sie keine Kraft mehr haben.

»Jetzt«, flüsterte Jonathan.

Also nahmen sie Anlauf, das Bettgestell seitlich gekippt zwischen sich. Als es auf die Luke traf, verlor Jonathan den Halt, und das Bett landete krachend auf dem Boden. Die Luke hatte nicht einmal eine Delle.

»Das schaffen wir nie.« Jonathan stieg schon das Schluchzen in die Kehle, und er ließ sich erschöpft aufs Sofa fallen.

Janna wankte zu ihm und rollte sich zusammen, Rücken an Rücken mit ihrem Sohn. Sie versuchte gar nicht erst, ihn aufzumuntern, es gab ohnehin keine Hoffnung mehr. Sie dachte an das Leben, das sie einmal hatten, an Anders, den es nicht mehr gab, und daran, wie komisch es eigentlich war, dass es ausgerechnet hier oben auf dem Dachboden für sie zu Ende gehen sollte. Dass das, was sie zu ihrem Schutz gebaut hatten, nun ihr Grab werden würde.

108

Roger zog sich ein paar Latexhandschuhe über.

Tomas Nellerts Wohnung erinnerte ihn an seine eigene. Die Einrichtung war genauso wahllos zusammengewürfelt. Zweckmäßig, alt und nicht sonderlich ansehnlich. Es war nicht total verkramt oder vermüllt, aber der junge Mann schien sich nicht gern unnötig von Dingen getrennt zu haben. Die großen, braunen Schränke waren vollgestopft mit Büchern und CDs. An den Wänden türmten sich Kartons mit alten Tageszeitungen.

Roger ging ins Wohnzimmer und staunte über ein braunes Cordsofa mit Sitzdellen, eine schmuddelige alte Bildröhre und die Staubmäuse, die sich in den Ecken tummelten. Tomas Nellert war Mitte zwanzig gewesen, hatte aber gelebt wie ein älterer Herr. Hierher lud man keine Freunde ein und erst recht keine Freundin. Was für ein Loch. Eine möblierte Höhle für ein einsames Tier.

Als Nächstes sah Roger sich im Schlafzimmer um, wo es im Großen und Ganzen ähnlich aussah. Entlang der Wände niedrige Stapel von Tageszeitungen, in der Mitte thronte ein Doppelbett ohne Laken, das hatten die Kriminaltechniker mitgenommen.

Tomas Nellert hatte also in dieser Höhle in Hisingen gesessen und im Internet nach Anders Levander aus Åkersberga gesucht. Aber aus welchem Grund? Wie hatten sich ihre Wege gekreuzt? Im Internet? Durch irgendein Portal?

Dabei hatten die Computerspezialisten keinen Hinweis darauf gefunden, dass Nellert sich überhaupt in einem der sozialen Netzwerke bewegt hatte. Zumindest nicht mit seinem Rechner, aber vielleicht war er dazu in Internetcafés gegangen? Oder hatte noch einen anderen Computer genutzt?

Vielleicht hatten sich Tomas Nellert und Anders Levander durch einen gemeinsamen Bekannten kennengelernt? Oder ein besonderes Hobby geteilt?

Er kramte ein Taschentuch hervor, schnäuzte sich und verstaute es wieder. Nellert hatte kaum Freunde gehabt. Alle hatten ihn gemocht, aber näher gekannt hatte ihn offenbar niemand.

Roger schaute sich um und versuchte, Tomas Nellerts Wesen auszumachen.

Er ging zurück ins Wohnzimmer und stellte sich vor die braunen Regale. Auch sie waren unter anderem voll mit alten Tageszeitungen.

Schon bald hatte er die meisten Regale durchsucht. Der eine oder andere Zettel war ihm dabei in die Finger geraten. Meist Kassenzettel, Lieferserviceflyer und Rechnungen. Nichts von besonderem Interesse.

Auf dem letzten Zeitungsstapel lagen die *Dagens Nyheter* der letzten Wochen vor Nellerts Tod. Roger blätterte sie einmal schnell durch. An den Rand einer der Zeitungen war eine E-Mail-Adresse gekrakelt worden: *fsteuer@uni-koeln.de*. Die Zeitung selbst war vom dritten April. Roger steckte sie in eine Tüte, zog die Latexhandschuhe aus und stopfte sie in die hintere Hosentasche. Eine E-Mail-Adresse war immerhin etwas.

Auf dem Weg zur Wohnungstür kam er an ein paar Fotos vorbei, die in einem der Regale standen. Sie waren alle älter, aus der Zeit, in der Nellerts Eltern noch nicht geschieden waren, nahm Roger an. Auf einem der Bilder war eine junge

Frau von vielleicht siebzehn Jahren zu sehen. Blond, blaue Augen, Sommersprossen auf der Nase, ein breites Lächeln. Roger nahm das Bild in die Hand und schaute auf die Rückseite. Helene, Tomas' Schwester, die gestorben war. Er stellte das Foto zurück. »Ganz schön traurig das alles«, murmelte Roger. Dann ging er.

109

Jonathan nahm das Küchenmesser vom Tisch und ging zur Luke. Als er erneut auf das Schloss einhackte, fing er leise an zu wimmern. Ein Laut der Verzweiflung und enttäuschten Hoffnung.

»Halt! Hör auf!« Janna setzte sich ruckartig auf. »Versuch es am Türrahmen! Versuch, ihn zu lockern!«

Ein Hoffnungsschimmer glomm in Jonathans Augen, natürlich! So würden sie es schaffen.

Zwei Stunden später stemmte er die Füße gegen die Luke, stieß sie hinaus auf den Dachboden und kletterte aus dem Versteck. Er blickte sich um und brach dann zwischen dem Gerümpel zusammen. Und Janna schrie.

110

»Wann ist Roger aus Göteborg zurück?« Sofie erschien abgehetzt in Arnes Büro. »Allmählich wird mir das alles ein bisschen viel.«

Der Hauptkommissar schaute von seinem Schreibtisch auf.

»Heute kannst du jedenfalls nicht mehr mit ihm rechnen, sein Rückflug ist erst heute Abend. Recht spät.«

»Und Magnus? Arbeitet der heute?«, fragte Sofie.

»Nein, nicht unter den gegebenen Umständen … Tut mir leid, dass du deshalb am Samstag arbeiten musst.« Er lächelte sie an. »Jetzt nicht nachlassen, Sofie. Das wird sich alles fügen.«

Er forderte sie mit einer Geste auf, sich zu setzen.

»Der Rest der Familie Levander ist immer noch nicht auffindbar«, seufzte sie.

Arnes Lächeln erlosch.

»Was glaubst du, sind sie tot?«

Sofie zuckte mit den Schultern.

Arne erhob sich und lockerte sich die Krawatte.

»Mich beunruhigt es ja besonders, dass sie nichts mitgenommen zu haben scheinen. Abgesehen von dem Skateboard des Jungen.« Er ließ die Arme sinken. »Es gibt kein Lebenszeichen von ihnen. Janna Levander hat ihre Scheckkarte seit März nicht benutzt. Und der Junge hat kein einziges Mal das Handy eingeschaltet.«

Sofie wirkte niedergeschlagen.

»Ich hole mir einen Kaffee, soll ich dir einen mitbringen?«, fragte er.

Doch Sofie schüttelte nur den Kopf. »Nein danke.«

»Gut, bleibst du so lange hier? Ich brauche dringend Koffein, ich bin gleich zurück.«

Schon war er durch die Tür. Als er drei Minuten später zurückkehrte, telefonierte Sofie. Sie sah so aufgeregt aus, dass Arne wie angewurzelt im Türrahmen stehen blieb.

»Ja, wir fahren sofort los«, sagte sie. »Macht ihr einfach eure Arbeit, und meldet euch, sobald es etwas Neues gibt, okay?«

Sie ließ das Telefon sinken und schaute Arne mit großen, glänzenden Augen an.

»Janna Levander hat einen Rettungswagen bestellt. Ihr Sohn liegt bewusstlos in ihrem Reihenhaus in Margretelund.«

»Bin schon unterwegs«, sagte Arne.

111

»Hallo Papa.« Katharina hielt das Handy fest ans Ohr gepresst.

»Hallo, meine Kleine! Und, hast du Friedrich gefunden?«

Katharina zögerte kurz, bevor sie antwortete.

»Ja, ich habe ihn gefunden.«

Ihr Vater reagierte genau so, wie sie es erwartet hatte.

»Und was zur Hölle macht der Kerl in Schweden?« Sie konnte hören, wie aufgeregt er plötzlich atmete.

»Weiß ich nicht, ich habe nicht mit ihm gesprochen«, sagte sie tonlos.

»Was soll das heißen? Du meinst sicher, du *hast* mit ihm gesprochen? Was hat er denn vor? Wieso ist er in Stockholm? Was … Oh.« Er verstummte plötzlich und fuhr dann flüsternd fort:

»Hat er eine andere?«

Fast hätte Katharina wieder angefangen zu weinen.

»Weiß ich nicht, ich weiß bloß, in welchem Hotel er wohnt. Sogar seine Zimmernummer, aber ich habe mich nicht getraut, zu klopfen.«

»Worauf wartest du? Los, klopf an. Tritt die Tür ein, wenn du musst! Es ist dein gutes Recht, jetzt sofort zu erfahren, ob er so ein verdammtes Schwein ist«, ereiferte er sich.

Katharina sagte nichts, bereute es nur im Stillen, ihn überhaupt angerufen zu haben.

»Ich wollte nur wissen, ob es Sascha gut geht.«

»Ja, ja, dem geht es wunderbar. Aber erzähl du mir jetzt bitte nicht, dass du nach Schweden gefahren bist, um deinen Mann *nicht* zur Rede zu stellen. Meine Güte, was bist du denn plötzlich für ein Jammerlappen? Ich erkenne dich gar nicht wieder! Du gehst jetzt sofort in dieses Hotel und nimmst die Sache in die Hand«, befahl er.

»Gibst du mir Sascha mal eben?«, bat sie leise.

»Nein, der ist mit deiner Mutter unterwegs, Gardinen kaufen. Sie sind vorhin erst los.«

»Gut, dann melde ich mich später noch einmal.« Katharina klang enttäuscht.

»Sieh bloß zu, dass du dann auch was zu erzählen hast«, sagte ihr Vater kalt.

Sie öffnete den Mund, schloss ihn aber sogleich wieder. Ihr Vater war unnachgiebig, und sie hatte mit der Zeit gelernt, dass es besser war, ihm nicht zu widersprechen.

»Ich würde dich gern um etwas bitten«, sagte sie dann.

»Um was?«

»Sag Sascha nichts davon. Noch nicht. Nur, dass ich spontan auf Dienstreise musste oder so was in der Art. Ich möchte erst einmal verstehen, was vor sich geht, bevor er etwas davon erfährt.«

»Ich hatte nicht vor, ihm zu erzählen, dass sein Vater ein untreues Schwein ist. Das kann er ihm schön selbst verklickern.«

Katharina seufzte. »Na schön, ich melde mich wieder.«

Nach dem Telefonat blieb sie auf dem Bett sitzen und dachte nach. Ihr Vater kannte Friedrich nicht so gut wie sie. Natürlich war es möglich, dass er sie betrog, aber irgendetwas sagte ihr, dass er sich dabei klüger anstellen und nicht einfach ohne ein Wort verschwinden würde.

Nein, sie würde nicht wie eine hysterische Ehefrau in sein Hotelzimmer platzen, aber locker würde sie auch nicht lassen. Wenn sie sich ein wenig ausgeruht hatte, würde sie ihm auf

Schritt und Tritt folgen und unweigerlich erfahren, was er im Schilde führte. Diese Aussicht war gleichzeitig spannend und beunruhigend.

112

Magnus beobachtete aufgeregt die Kriminaltechniker, die sich im Abendlicht in Mattias Carléns Wohnung zu schaffen machten. Er durfte eigentlich gar nicht hier sein, aber Arne schien niemanden darüber informiert zu haben, denn weggeschickt wurde er nicht.

Frustriert strich er sich mit der Hand über die Brust, die Kollegen arbeiteten viel zu langsam. Linn brauchte ihn, und sie kamen keinen Zentimeter voran.

Elias Vadasc tauchte neben ihm auf.

»Hallöchen, Arne hat gar nicht erwähnt, dass du schon wieder im Boot bist«, sagte er.

»Hm … Ich wollte nur …«

Elias grinste.

»Jedenfalls schön, dass du wieder da bist. Lass es ruhig angehen, Magnus.« Bestärkend klopfte er ihm auf die Schulter.

Magnus quittierte die Geste mit einem bemühten Lächeln, und schon war der Kriminaltechniker im hinteren Teil der Wohnung verschwunden, um zu seinen Kollegen zu stoßen. Insgeheim war Magnus erleichtert, dass Elias nicht mehr über die Gründe seiner Anwesenheit hatte wissen wollen, denn er hatte gerade wahrlich andere Sorgen.

Wie kam es, dass Mattias Carlén Blut von Anders Levander auf seinen Sachen hatte? Und war es nicht ein merkwürdiger Zufall, dass Carlén ausgerechnet Linns Patient war?

Er machte ein paar Schritte in die Wohnung. War Linns Verschwinden als Drohung zu verstehen? Wusste Carlén, dass er an den Ermittlungen beteiligt war? Falls das zutraf, wieso hatte Carlén dann bisher keine Forderungen gestellt? Die Beweislage war eindeutig. Das T-Shirt aus der Tüte war mit Levanders Blut getränkt gewesen, und kürzlich war bestätigt worden, dass die Fingerabdrücke von dem Stahlrohr, das sie auf dem Friedhof gefunden hatten, mit denen aus Carléns Wohnung übereinstimmten. Carlén hatte mit an Sicherheit grenzender Wahrscheinlichkeit Anders Levander ermordet.

Magnus war blass, als er Elias Vadasc ins Schlafzimmer folgte.

»Habt ihr sonst noch etwas gefunden?«, fragte er kraftlos.

Elias wich seinem Blick aus.

»Das könnte man so sagen.«

Magnus schaute ihn forschend an, doch der Kriminaltechniker schien vorübergehend die Zunge verloren zu haben, er starrte flehend zu einem blau gekleideten Kollegen.

»Elias, jetzt mach endlich den Mund auf!«, brüllte Magnus.

»Unter einem der Sofakissen lag sein Laptop.«

»Und?« *Da habe ich nicht nachgesehen.*

»Wir haben uns nur einen ersten Überblick verschafft, aber schon auf dem Desktop liegen Pornos. Wie es scheint, eher von der härteren Sorte.«

»Das heißt?«

Elias blinzelte.

»Würgespiele«, sagte er kaum hörbar.

Magnus drehte sich um und stürzte hinaus bis ins Treppenhaus, wo er in die Hocke sank und gegen einen akuten Brechreiz anschluckte. Der Boden bebte.

Ich werde ihn töten! Ich hau den Scheißkerl um und jage ihm eine Kugel in den Kopf!

Elias war ihm gefolgt.

»Komm«, sagte er in freundlichem Ton. »Ich fahre dich heim.«

Magnus ließ sich von ihm die Treppe hinunterführen bis in Elias' Wagen.

»Ich glaube, es ist besser, wenn du nicht hier bist. Willst du nach Hause?«

»Ich kann jetzt nicht zu Hause herumhocken, ich komm schon damit klar«, presste Magnus hervor und versuchte, den Gedanken zu verdrängen, dass die Nachbarin schon jetzt viel zu lange auf die Kinder aufgepasst hatte.

Elias startete den Motor.

»Dann fahren wir eben ins Präsidium, kein Problem.«

»Danke.«

Elias betrachtete ihn verwirrt.

»Wofür?«

»Dafür, dass du mir nicht einreden willst, nach Hause zu fahren. Nehme ich an.« Magnus starrte geradeaus auf die Straße.

Er dachte an Linn. Er hatte das Gefühl, es war längst alles zu spät. Mattias Carlén hatte sie längst erwürgt … Nein, so durfte er nicht denken.

Er drückte sich die Handflächen gegen die Augen, um dem Gefühlschaos Herr zu werden, das ihn zu überwältigen drohte.

113

Janna saß vor der Luke zum Versteck, Jonathans Kopf auf dem Schoß, und schluchzte herzzerreißend. Was hatte sie getan? Sie küsste ihn wieder und wieder auf die Stirn, bis die Haut dort ganz feucht war.

»Jonathan, mein Schatz. Mama ist bei dir. Ich habe einen Krankenwagen gerufen. Sie werden uns helfen. Sie sind sicher bald da, und dann werden sie uns helfen …«

Jonathan stöhnte und versuchte angestrengt, die Augen zu öffnen.

»Warte, ich hole Wasser.«

Vorsichtig legte sie seinen Kopf auf den Boden und stolperte erst die schmale Faltleiter hinunter und dann die Treppe zur Küche, wo sie ein Glas aus dem Schrank holte und unter dem Wasserhahn füllte. Für einen Augenblick war sie wie hypnotisiert von der Abendsonne vorm Fenster.

Die Wiese war hellgrün und die Bäume im nahen Wald hatten die ersten kleinen, neuen Blätter bekommen. Ein Gefühl von grenzenloser Freiheit überkam sie, und ein schwaches Lächeln ließ ihre Mundwinkel zucken. Sie nippte an dem frischen Wasser.

Dann sah sie es. Jemand bewegte sich dort zwischen den Bäumen. Janna blieb reglos stehen und konnten nun deutlich sehen, wie ein Mann ein Fernglas an die Augen setzte, das direkt auf sie gerichtet war.

Einer von ihnen! Das war einer von ihnen!

Sie zog sich so hastig zurück, dass das Wasser aus dem Glas auf ihr Oberteil schwappte. Dann stürzte sie zur Treppe.

Jonathan hatte es geschafft, sich aufzusetzen, und er sah aus, als wäre ihm schwindelig oder schlecht.

»Sie sind hier! Da draußen ist ein Mann! Einer von ihnen!«, schrie sie.

Zuerst blieb Jonathans Gesicht völlig ausdruckslos, doch kaum war die Information verarbeitet, ergriff ihn eine aberwitzige Furcht. Er schüttelte heftig den Kopf.

»Nein!«

Janna fasste ihn grob an den Armen und versuchte, ihn auf die Füße zu ziehen.

»Doch, du musst aufstehen! Los, hoch mit dir!«

»Ich … Ich … Ich kann nicht, Mama.«

»Du weißt, was sie Papa angetan haben«, zischte sie, während sie panisch zur Klappleiter blickte. »Wir müssen hier weg!«

Jonathan versuchte, aufzustehen.

»Hilf mir, Mama. Bitte, hilf mir doch.«

114

Er hatte sie gesehen! Die Frau! Für eine Zehntelsekunde hatten sich ihre Blicke durch das kleine Küchenfenster getroffen.

Das Blut rauschte ihm noch immer in den Ohren, und er wartete reglos ab, ob sie noch einmal zurückkehren würde, was sie aber nicht tat.

Carlén ließ das Fernglas sinken. Als sein Herzschlag sich wieder normalisiert hatte, hockte er sich neben seine Tasche, zog die Kapuzenjacke aus, schleuderte sie neben sich auf den Boden und holte das Stahlrohr hervor. Es musste *jetzt* passieren, solange er den Mut noch aufbrachte. Natürlich war er ein bisschen zu früh dran, genau wie beim letzten Mal, aber Jenny hatte sich nicht über seine voreilige Tat auf dem Friedhof beklagt, insofern spielte das Datum wohl doch keine so große Rolle. Sie musste zufrieden sein, sonst hätte sie sich längst gemeldet – oder sein Geheimnis verraten. Besser er erledigte das jetzt sofort als gar nicht.

Langsam und vorsichtig schlich er die Böschung hinunter. Seine Finger umklammerten das grobe Metall so fest, als würde sein Leben davon abhängen. Eine neue Energie durchströmte ihn, seine Bewegungen waren kraftvoll und präzise. Er hatte ihre Angst gesehen. Wie sie zusammengezuckt und schnell zurückgewichen war, genau das hatte ihm Kraft gegeben. Als hätte er jetzt die Macht.

Das Rohr in den Rücken rammen, wiederholte er im Stillen. *In den Rücken.*

115

»Mama, ich schaff das allein.«

»Bist du sicher?« Janna blieb am unteren Treppenabsatz stehen, hatte fast nicht gemerkt, dass sie Jonathan auf dem Rücken trug. Sie wollte nur raus. Raus aus dem Haus. Jetzt sofort. Der Rettungswagen würde niemals eintreffen, bevor der Mann aus dem Wald beim Haus angelangt war. Und im Haus hatten sie keine Chance.

»Lass mich ruhig runter, Mama.« Jonathan rutschte von ihrem Rücken und sank im gleichen Augenblick gegen die Wand.

Janna streichelte ihm über das dunkle Haar.

»Alles wird gut, mein Junge. Glaub mir. Und ich kann dich tragen, kein Problem.«

Er schüttelte den Kopf.

»Es reicht, wenn du mich stützt.«

Also half Janna ihm in den Flur, wo sie ihre Turnschuhe anzogen, die noch genau so standen, wie sie sie vor zwei Monaten zurückgelassen hatten.

»Ist er da draußen?«, fragte Jonathan.

»Ja«, flüsterte sie. »Er hat oben am Waldrand bei dem großen Felsen gestanden und ein Fernglas in der Hand. Wenn wir nach rechts gehen, wird er es nicht wagen, uns anzugreifen. Da sind doch die ganzen Nachbarhäuser.«

Jonathan sah sie mit wässrigem Blick an.

»Sollen wir einen der Nachbarn um Hilfe bitten?«

Janna wirkte einen Moment lang unsicher. »Ich weiß es nicht. Aber wir müssen dringend hier weg, weil er mich gesehen hat. Ich bin mir sicher, dass er mich gesehen hat.«

In Jonathans großen, dunklen Augen lag keine Angst mehr, sondern nur noch Müdigkeit und Entschlossenheit.

»Wollen wir los? Bevor es zu spät ist?«

Er drückte die Klinke hinunter und öffnete die Haustür.

116

Carlén sah, wie die Haustür des Reihenhauses aufging, und wusste, dass der Moment gekommen war. Er löste sich aus dem Schatten der Böschung und lief mit schnellen Schritten über das Wiesenstück, das ihn noch vom Haus trennte. Das Stahlrohr hielt er parallel zum Körper. Bald war es vorbei. Zwei Hiebe, dann war es vollbracht. Er war so konzentriert, dass er die Sirenen gar nicht wahrnahm, die allmählich immer näher kamen. Denn jetzt sah er sie, eine hässliche, dicke Frau und einen bleichen, dürren Jungen. Die Frau hatte dem Jungen den Arm um die Schulter gelegt, zusammen steuerten sie die Siedlung an. Weg vom Wald, weg von der Böschung, weg von ihm. Er wurde schneller.

117

Es war fast, als wären sie aus einem langen Schlaf erwacht. Das Gehen fühlte sich ungewohnt an, genauso der Wind auf der Haut, die frische Luft.

Janna stützte Jonathan, der aber aus eigener Kraft ging, wenngleich er hin und wieder ins Straucheln kam. Sie waren vielleicht zwanzig Meter weit gekommen, als Janna einen Blick über die Schulter warf und vor Schreck keuchte.

»Jonathan, wir müssen laufen, hörst du?«, stieß sie hervor.

Er schaute sie an und schüttelte bedauernd den Kopf. Dann folgte er ihrem Blick und entdeckte den Mann, der auf sie zu rannte. Er klammerte sich fester an sie.

Gelähmt vor Angst standen sie nun mitten auf dem Weg und sahen dabei zu, wie der Mann immer näher kam.

Doch dann bog ein Krankenwagen in die Straße und schnitt dem Mann den Weg ab. Der Wagen hielt genau vor ihrer Haustüre.

»Jetzt!«, zischte Janna und zog Jonathan mit sich. Fort vom Rettungswagen, fort von dem verfluchten Haus und dem Mann.

Sie schauten kein weiteres Mal zurück.

118

Carlén erstarrte. Dann änderte er die Richtung und lief schnurstracks den Weg zurück, den er gekommen war. Hinter sich konnte er die Sanitäter laut sprechen hören, dann, wie sie die hinteren Türen des Wagens öffneten und laut rumpelnd die Trage herausholten. Er verdeckte das Stahlrohr, so gut es ging, mit dem Arm. Es gab einen schmalen Weg, der am unteren Ende der Böschung in den Wald führte. Den schlug er ein und folgte ihm in normalem Spaziergängertempo für vielleicht hundert Meter, dann bog er in den Wald ab und verschwand im Grünen.

119

Kaum hatte Magnus den Flur zu seinem Büro betreten, da stieß er fast mit Sofie zusammen.

»Magnus, ich wusste gar nicht, dass du heute herkommen wolltest … Wie geht es dir?«

»Nicht gerade rosig, wenn ich das mal so sagen darf.«

Sofie betrachtete ihn mitfühlend.

»Das kann ich mir sehr gut vorstellen. Wenn ich was tun kann, sagst du Bescheid, ja?« Ein schwaches Lächeln deutete sich auf ihren Lippen an. »Hast du das mit dem Notruf aus Levanders Reihenhaus mitbekommen?«

»Ja …«

»Ich bin gerade auf den neusten Stand gebracht worden. Weder Janna noch Jonathan wurden angetroffen. Wahrscheinlich war das ein Scherzanruf.«

Magnus stutzte.

»Habt ihr den Anruf zurückverfolgt?«

»Das machen die Kollegen gerade.«

»Vielleicht sind sie abgehauen, bevor der Rettungswagen eintraf. Oder jemand war vor den Sanitätern dort und hat ihnen Angst gemacht?«, mutmaßte Magnus. »Anders hatte fürchterliche Angst, als er im Wald aufgegriffen wurde. Seine Tat hin oder her, der Mann war panisch.«

»Wir müssen diesen Carlén finden«, sagte Sofie.

»Das will niemand mehr als ich, glaub mir.« Magnus' Blick verdunkelte sich.

»Aber wenn das wirklich Janna Levander war, die angerufen hat, was wollte sie dann zu Hause? Und wo hat sie die ganze Zeit gesteckt, seit sie sich krankgemeldet hat? Das ist schließlich zwei Monate her!«

Sofie wurde vom Klingeln ihres Handys unterbrochen.

»Das ist Arne«, sagte sie nach einem Blick aufs Display. Sie nahm über die Lautsprecherfunktion an.

Der Hauptkommissar klang aufgeregt.

»Wir haben etwas gefunden. Die Levanders haben so ein … Na, wie könnte man es nennen? So eine Art Geheimzimmer. Oben auf dem Dachboden. Es scheint bis vor Kurzem jemand dort eingesperrt gewesen zu sein.«

»Wie bitte?«, fragte Sofie.

»Du hast richtig gehört. Auf dem Dachboden ist ein kleiner Unterschlupf, versteckt hinter ganz viel Gerümpel. Darin steht ein Eimer randvoll mit Fäkalien. Es stinkt so erbärmlich, ich hätte mich fast übergeben. Sie sind aber nicht mehr da … Sie haben die Luke aufgebrochen und sind geflohen. Das ist doch krank!«

»Verstehe ich dich richtig? Janna und Jonathan Levander waren auf dem Dachboden eingesperrt?« Sofie klang schockiert.

»Ja, genau das wollte ich damit sagen«, antwortete Arne. »Zumindest ist anzunehmen, dass es die beiden waren. Meine Güte, dieser Raum ist eine einzige Mülldeponie. Erinnert mich ziemlich an diese Fritzl-Geschichte. Ich habe in meinen zwanzig Dienstjahren nichts Vergleichbares gesehen.«

»Und wo sind die beiden jetzt?«, meldete Magnus sich zu Wort.

»Magnus? Was machst du im Präsidium? Du sollst dich doch aus diesem Fall raushalten.«

»Ich bin nur kurz zu Besuch, also beantworte lieber meine Frage.«

»Magnus, verdammt noch mal …« Arne klang müde.

»Habt ihr die Frau und den Sohn gefunden? Antworte doch bitte.«

»Nein, leider nicht. Ich habe angeordnet, dass das gesamte Gebiet nach ihnen durchkämmt wird. Aber Magnus, du kannst nicht …«

Sofie legte auf.

»Mutter und Sohn leben also noch«, sagte Magnus. »Aber sie befinden sich in bedenklichem Zustand, warum sonst sollten sie einen Rettungswagen bestellen?«

»Du bist von den Ermittlungen ausgeschlossen?« Ihre Stimme klang eine Spur vorwurfsvoll.

Magnus machte eine abwehrende Handbewegung. »Ja, vielleicht. Arne hat das nicht so deutlich gesagt. Aber das ist doch jetzt unwichtig. Warum sind Janna und Jonathan abgehauen? Wer hat sie dort gefangen gehalten? Oder haben die sich etwa freiwillig einsperren lassen?«

Sofie schaute ihn an.

»Glaubst du, dieser Carlén hat was damit zu tun?«

Magnus' Auge zuckte minimal.

»Ich habe keine Ahnung, aber wenn er Linn auch nur ein Haar krümmt, bringe ich ihn um.«

120

Mattias Carlén schraubte die Rückenlehne des Beifahrersitzes bis ganz unten und betrachtete die graue Deckenverkleidung. Sie war aus diesem sonderbaren Material, das irgendwie an Microfleece erinnerte. Irgendwie eklig, weil sich immer die Fingernägel darin verfingen, wenn man darüberstrich.

Er hatte Mist gebaut, den größten Fehler seines Lebens begangen, aber daran konnte er jetzt auch nichts mehr ändern. Seine Augen glänzten in der leichten Dämmerung.

Während er durch den Wald gerannt war, hatte er weitere Sirenen gehört, doch mittlerweile waren sie verstummt.

Er würde sich Zeit lassen, ein paar Stunden abwarten, bis sich die Wogen geglättet hatten, bevor er die Siedlung verließ.

Er warf einen Blick durch die Windschutzscheibe. Keine Menschenseele war zu sehen. Hier, oberhalb des Waldes, sahen die Häuser etwas anders aus, aber der Unterschied war nur marginal. Plötzlich spürte er, wie sehr er das alles hasste. Diese Siedlung. Jenny. Alles.

Er zog den Schal aus der Tasche, drückte diesmal sein ganzes Gesicht hinein. Er wollte nichts sehnlicher als zurück zur Hütte, zu der Psychologin. Einfach nur weg von all dem hier. Er streckte sich nach der Wolldecke, die auf dem Rücksitz lag, und legte sie sich über die Beine. Schon kurz darauf stellte er sich vor, wie sie schreien würde, den Schal um den Hals. Wie ihre Lippen langsam blau würden. Blaugrau wie tiefes Wasser.

121

Magnus lag neben Moa und Elin im großen Ehebett und biss die Zähne zusammen. Die Kinder schliefen tief, nur er konnte vor Sorge nicht einschlafen. Trotzdem zwang er sich, liegenzubleiben, schließlich musste er sich zumindest ein paar Stunden ausruhen, damit er sich auf diesen verfluchten Beinen halten konnte.

Monika hatte versprochen, ihm gleich in der Früh wieder zur Seite zu stehen, und bis dahin konnte er sowieso nichts tun.

Nachdem er eine weitere halbe Stunde lang mit den Laken gekämpft hatte, gab er auf und ging auf zittrigen Beinen in die Küche. Der Rechner auf dem Tisch signalisierte, dass er eine neue Mail bekommen hatte. Von Sofie. Sie hatte ihm Ausschnitte der Überwachungsvideos von der Uniklinik weitergeleitet, die ihr das Karolinska zur Verfügung gestellt hatte.

Es besteht kein Zweifel daran, dass Carlén den Mord an Anders Levander begangen hat. Im Anhang findest du mehrere Filme, die seine Schuld beweisen. Ich dachte mir, das interessiert dich sicher.
Bis bald
Sofie

Magnus klickte einen der Filme an und lehnte sich neugierig vor. Die Aufnahme war klar und deutlich. Mattias Carlén folgte mit wenigen Metern Abstand und gesenktem Kopf den

Polizisten, die den humpelnden Anders Levander ins Krankenhaus führten.

Er war also von Anfang an dabei gewesen, aber im Gegensatz zu Magnus war ihm nicht entgangen, dass Levander das Krankenhaus verlassen hatte. Im Gegenteil, er war ihm gefolgt und hatte ihn ermordet.

Diese Erkenntnis ließ in seinem Kopf die Funken sprühen.

122

Carlén kam langsam zu sich. Es war dunkel, und er war schrecklich verspannt. Er schwang sich auf den Fahrersitz und drehte den Autoschlüssel. Die digitale Uhr am Armaturenbrett zeigte 00.13 Uhr.

Er rieb sich die Augen. Langsam fiel ihm wieder ein, was am Abend passiert war.

Sie waren ihm entkommen! Levanders Frau und Sohn waren fort.

Carlén fürchtete sich vor den Konsequenzen. Sobald Jenny davon erfuhr, würden sich seine Geheimnisse wie ein Lauffeuer verbreiten. Direkt seiner Familie zugespielt und den Brutalos aus der Schulzeit: Feuer, Ritsler und den anderen. Er würde zum Gespött werden und von allen ausgelacht. Sein schönes Leben wäre vorbei.

Er ließ hastig den Motor an und fuhr schnell los.

Seine Angst ging schon bald in rasende Wut über, und plötzlich hatte er einen bitteren Geschmack auf der Zunge. Wieso war das überhaupt passiert? Wieso hatte Jenny sich ausgerechnet ihn herausgepickt?

In einer Viertelstunde würde er bei der Hütte ankommen. Dann konnte die Psychologin was erleben! Wenn es diese verfluchten Huren nicht gäbe, wäre die Welt ein besserer Ort. Er öffnete das Handschuhfach und sah den Schal. Letztes Mal war es schön gewesen, aber diesmal … Er wickelte sich den Schal fest um die Hand.

123

Linn versuchte, sich im Dunkeln umzusehen. Der schmale Lichtstreifen unterhalb der Tür war verschwunden, was nur bedeuten konnte, dass es mittlerweile später Abend oder Nacht war.

Sie hatte nie Angst vor der Dunkelheit gehabt, aber jetzt ging sie ihr regelrecht unter die Haut.

Kaum hatte Carlén die Tür hinter sich geschlossen, hatte Linn sich einen Finger in den Hals gesteckt und sich erbrochen. Trotzdem war sie weggenickt, aber lange konnte sie nicht geschlafen haben.

Sie tastete ein wenig herum, nur um festzustellen, dass die Handschellen noch immer am Rohr befestigt waren. Sie konnte absolut nichts hören, was vermutlich hieß, dass Carlén nicht in der Nähe war. Aber wie lange würde er diesmal fortbleiben?

Linn folgte dem Rohr mit den Händen. Die Handschellen schlugen laut gegen das Kupfer, erschrocken hielt Linn inne. Dann bewegte sie die Hände langsam weiter hinauf, bis etwas sie stoppte. Auf Augenhöhe war offenbar eine Halterung angebracht. Prüfend zog Linn die Arme zu sich, woraufhin ein schwaches Knirschen zu hören war. Sie keuchte. Vielleicht konnte sie das Rohr mit der Halterung aus der Wand lösen.

Sie stemmte sich mit den Füßen in den Boden und riss mit aller Kraft an den Handschellen. Mit einem gellenden Schrei fiel sie zu Boden, das Rohr über sich. Etwas Scharfes bohrte sich in ihr Bein.

Sie drehte sich auf die Seite, und das Rohr rollte seitlich weg. Verzweifelt kroch sie auf allen vieren über den erdigen Boden, bis sie endlich den Weg zu der rauen Holztür fand. Mit den Fäusten hämmerte sie dagegen, trat mit den bloßen Füßen danach, aber was sie auch tat, es war zwecklos.

Mit gefesselten Händen würde sie hier niemals rauskommen.

Plötzlich schmeckte sie Blut. Wie viel Zeit blieb ihr noch, bis Carlén wieder auftauchte? Würde er einen Wutausbruch bekommen, weil sie sich losgerissen hatte?

Tränen rollten ihr über die Wangen, verzweifelt lehnte sie die Stirn gegen die rauen Planken. Da hörte sie ein Motorengeräusch, das sich näherte.

Er war auf dem Rückweg.

Schwaches Mondlicht fiel in den Verschlag, nachdem er die Tür aufgestoßen hatte, und sie konnte hören, dass Carlén nur ein paar Meter von ihr entfernt auf der Türschwelle stehen geblieben war.

»Jetzt bist du dran, du kleine Schlampe! Jetzt werden wir ein bisschen Spaß miteinander haben!«, rief er in die Dunkelheit. Er klang vergnügt.

Durch den schmalen Spalt zwischen Tür und Wand konnte sie seine Silhouette erkennen. Und sogar noch etwas anderes. Er hielt etwas zwischen den Händen gespannt. Ein Tuch.

»Nur wir beide, und dann ist es auch schon bald vorbei. Du musst keine Angst haben«, sagte er verführerisch.

Linn wagte es nicht zu atmen. Wann würde er bemerken, dass sie gar nicht mehr dort hinten war?

Er hatte schon ein paar Schritte vorwärts gemacht, sie konnte seinen Rücken sehen, gerade und breit, nur ein paar Meter vor sich.

Eine Sekunde, länger konnte es nicht mehr dauern, bis es ihm bewusst wurde. Dann würde er sich zu ihr umdrehen und …

Linn schlich langsam um die Tür und machte dann ein paar schnelle Schritte in das feuchte Gras. Ohne einen Blick zurückzuwerfen, rannte sie los. Die Handschellen presste sie dabei fest gegen die Brust und betete, dass sie nicht hinfallen würde.

Hinter sich hörte sie ein Brüllen, als Carlén bewusst wurde, dass sie ihm entwischt war, und dann einen lauten Knall, weil er die Holztür mit unglaublicher Wucht zuschlug. Trotzdem drehte Linn sich nicht um, sondern hielt den Blick auf den dunklen Wald gerichtet. Denn dorthin wollte sie.

124

Friedrich las den Abschiedsbrief an Katharina noch ein weiteres Mal durch. Er war schlicht gehalten, an keiner Stelle sentimental, dabei hätte Katharina sich sicher über das eine oder andere freundliche Wort gefreut. Aber einerseits lag ihm so was nicht, und andererseits war ihm bewusst, dass außer ihr noch mindestens jemand von der Versicherung den Brief lesen würde, was ihn, gelinde gesagt, ungemein hemmte.

Aber was sollte er machen? Seine Familie brauchte Geld, und da seine Leiche vermutlich nie gefunden werden würde, konnte ein Abschiedsbrief den Ablauf durchaus beschleunigen. Wie gut, dass er noch über eine der Versicherungen verfügte, die sogar im Falle eines Selbstmords zahlten. Dabei galt seine größte Sorge Saschas Zukunft. Katharina, ja, die wäre traurig über seinen Tod, aber bei ihrer Figur würde sie nicht sonderlich lange allein bleiben, darauf könnte er wetten.

Er biss sich auf die Lippe, weil die Eifersucht schon wieder ihr hässliches Antlitz zeigte. *Katharina mit einem anderen Mann.* Einem jungen Mann in ihrem Alter. Er stand auf, lief im Zimmer auf und ab. Die Sehnsucht, sich zu bewegen, meldete sich wieder, aber heute Nacht wollte er das Hotel nicht verlassen. Bald würde es passieren, und da musste er ausgeschlafen sein.

125

Linn konnte Carlén nicht mehr hören, aber sie wusste, dass er hinter ihr war, irgendwo zwischen den Bäumen. Dass er sich, genau wie sie, durch das Unterholz des Waldes vorarbeitete.

Sie konnte den Boden nicht erkennen, aber dafür umso deutlicher spüren. Steinchen und kleine Äste bohrten sich ihr schmerzhaft in die Fußsohlen, und durch die Handschellen konnte sie nicht verhindern, dass ihr Zweige ins Gesicht schlugen.

Nach fünfhundert Metern blieb sie stehen. Sie konnte ihn nicht sehen, aber dafür sehr deutlich das Knacken von Ästen hören, während er sich den Weg zu ihr bahnte.

Noch hatte sie die Dunkelheit auf ihrer Seite. Carlén war durch das blaugraue Licht mindestens genauso eingeschränkt wie sie, und solange es ihr gelang, ihn auf Abstand zu halten, hatte sie noch eine Chance. Sie verfiel wieder in Trab.

So gut es ging, versuchte sie, den am Boden liegenden Ästen auszuweichen. Manchmal sank sie tief in feuchte Erdlöcher. Anfangs hatte es sich noch so angefühlt, als würde sie nur so vorwärtsfliegen, doch mittlerweile hatten Kälte und Müdigkeit ihre Beine in eisige Stelzen verwandelt. Trotzdem kämpfte sie sich weiter. Fort von ihm, fort von dem Stück Tuch, das er in den Händen hielt.

Immer weiter lief sie, bis der Boden plötzlich unter ihren Füßen verschwand – und sie stürzte.

SONNTAG, 6. MAI

126

»Hältst du es wirklich für eine gute Idee, hier zu sein? Willst du nicht lieber zu Hause warten?«, appellierte Roger an Magnus, der ihm auf dem Parkplatz des Präsidiums entgegenkam.

Magnus antwortete nicht darauf.

»Wir werden sie finden.« Unbeholfen klopfte Roger ihm auf die Schulter.

Magnus schob sich an ihm vorbei, doch Roger folgte dicht hinter ihm.

»Ich bin eigentlich von den Ermittlungen ausgeschlossen, möchte mich aber auf den neusten Stand bringen«, murmelte Magnus.

Roger betrachtete ihn besorgt.

»Das habe ich mir schon gedacht …«

»Hast du in Göteborg was rausgefunden?«

Roger hielt ihm die schwere Tür auf.

»Nein, nichts von Belang. Ich habe mit einem von Tomas Nellerts Kollegen gesprochen, der meinte, Tomas war ein netter Kerl. Und in seiner Wohnung war ich auch, um die mal auf mich wirken zu lassen, wie man so schön sagt.«

»Und?«

»Ziemlich chaotisch. Nicht gerade das, was ich erwartet hatte.«

»Und hast du was entdeckt?« Magnus blickte ihn fast ein bisschen ärgerlich an.

Roger schüttelte den Kopf und drückte auf den Knopf beim Aufzug.

»Nein, nicht so richtig. Nichts, was die Techniker nicht schon … Oder na ja, ich habe eine E-Mail-Adresse gefunden, die Nellert auf eine alte Zeitung gekritzelt hat. Sie gehört einem deutschen Archäologieprofessor, der Friedrich Steuer heißt.«

Magnus hob die Augenbrauen.

»Ein Archäologieprofessor?«

»Ja, arbeitet wohl an der Uni in Köln. Ich werde das so schnell wie möglich prüfen. Vielleicht hatte Nellert ja Interesse an Archäologie?«

»Ja, vielleicht«, sagte Magnus.

Schweigend fuhren sie hinauf bis in ihr Stockwerk und verschwanden dann in verschiedene Richtungen.

Magnus ging in Arnes Büro, traf seinen Vorgesetzten aber nicht an. Deshalb ließ er sich auf dem Besucherstuhl nieder und wartete.

Als Arne eine halbe Stunde später endlich erschien, war Magnus so aufgebracht, dass er sich nicht mit Begrüßungsfloskeln aufhielt.

»Wen habt ihr zu Mattias Carlén befragt?«, wollte er wissen.

Arne ging an ihm vorbei und setzte sich an seinen Schreibtisch.

»Auch dir einen schönen guten Morgen … Seine Eltern, Stiefeltern, Arbeitskollegen und ein paar Nachbarn.«

»Und Freunde? Hat er keine Freunde, mit denen er sich über seine perversen Abenteuer austauscht?«

Arne fingerte nervös am Griff der Schublade herum, in der sich sein Deo verbarg.

»Magnus, willst du nicht lieber nach Hause gehen und dich ausruhen? Es ist schließlich Sonntag.«

»Ich scheiße so was von darauf, dass heute Sonntag ist!«

»Entschuldige, ich meinte nicht ...« Arne seufzte.

Magnus saß stocksteif auf dem Stuhl. Schließlich fauchte er: »Ich habe mich unter Kontrolle. Ich suche nur meine Frau. Und daran kannst du mich kaum hindern. Habt ihr jemanden abgestellt, der Carléns Wohnung beschattet?«

Arne stöhnte. »Ich kann dich nicht daran hindern, nach ihr zu suchen, aber vielleicht daran, Antworten auf Fragen dieser Art zu bekommen. Aber ja, seine Wohnung wird beschattet. Und sein Auto konnten wir bisher nicht ausfindig machen.«

»Nein, weil er meine Frau damit entführt hat«, fauchte er.

»Magnus, das steht doch noch gar nicht fest. Vielleicht ist sie aus einem ganz anderen Grund verschwunden.«

»Zum Beispiel?« Magnus riss die Augen so weit auf, dass sie fast aus den Höhlen kullerten.

»Ach, Mann, das weiß ich auch nicht. Magnus, dieser Fall geht dir einfach zu nah. So läuft das nicht.«

»Zu nah!« Magnus blieb der Mund offen stehen. »So ein Scheiß! Aber eins hast du gerade sehr richtig gesagt: Es steht nicht fest, ob Linn überhaupt von diesem Verrückten entführt worden ist. Wenn sie gar nichts mit dem Fall zu tun hat, hast du auch kein Recht, mich von den Ermittlungen auszuschließen.« Er starrte Arne hasserfüllt an.

»Wenn du das irgendwo offiziell machst, dann sage ich, Linn ist in Urlaub, dann sitzt du mächtig in der Scheiße!«

»Magnus, jetzt beruhig dich. Ich will dir doch nur helfen.«

»Da hab ich aber einen ganz anderen Eindruck.«

Arne beugte sich über den Schreibtisch.

»Also gut, wenn du unbedingt willst, dann bleib halt hier, aber halte dich ein bisschen im Hintergrund. Und vor allen Dingen: Reiß dich zusammen! Du tust dir selbst keinen Gefallen, wenn du dich weiter so aufführst. Und ich untersage es dir ausdrücklich, Kontakt zu Carlén aufzunehmen.«

Magnus schluckte.
»Ich reiße mich zusammen.«
Arne betrachtete ihn zweifelnd.
»Dann wäre das geklärt. Gerade sitzt ein Freund von Mattias Carlén im Verhörzimmer. Den kannst du übernehmen, wenn du dich an die Regeln hältst. Er war auf dem gleichen Internat, und die beiden scheinen immer noch Kontakt zu haben.«
Magnus stand auf und steuerte die Tür an. Im Rahmen drehte er sich noch einmal um.
»Entschuldigung.«
Arne lächelte matt.
»Nichts passiert. Halt dich einfach an die Regeln.«

127

Der alte Mann schaute aus dem Fenster. Der Bürgersteig war wie ausgestorben, die Polizisten waren verschwunden. Endlich war wieder Ruhe in der Siedlung eingekehrt.

Am Vorabend hatte es von Polizisten nur so gewimmelt, selbst bei ihm hatten sie geklingelt und nach einer Frau und ihrem Sohn gefragt. Zwei Nachbarn, die im Endhaus mit der Nummer zweiundzwanzig wohnten.

»Tut mir leid. Ich bin dreiundsiebzig und schlecht zu Fuß, das heißt, ich bin nicht mehr viel draußen unterwegs«, hatte er ihnen erzählt, tatsächlich aber hatte er sie gesehen. Den großen, schmalen Jungen, der von seiner Mutter gestützt werden musste, damit er überhaupt laufen konnte. Und das war noch nicht alles gewesen. Er hatte noch eine weitere Person gesehen, einen jungen Mann, der hinter ihnen her war. Einer mit Mordansinnen.

Man musste wahrlich kein Genie sein, um zu erkennen, dass es schlecht um die Frau und ihren Sohn stand. Und dass sie mit aller Macht verhindern wollten, gefunden zu werden. Um jeden Preis.

Er schob sich die Brille zurecht und schaute hinaus auf seine Terrasse, zu der grünen Plane, die in der einen Ecke lag, und fing an zu lächeln.

Er musste noch etwas vorbereiten, aber dann würde er sie hereinbitten.

128

Jens Rydberg hatte schwarze Haare und trug eine dunkle Jacke einer exklusiven Marke. Er sah aus wie der typische Besserverdiener.

»Ich bin eigentlich verabredet. Normalerweise spiele ich um diese Zeit Tennis«, beklagte er sich.

»Ja, aber jetzt werden Sie mir stattdessen ein paar Fragen beantworten.« Magnus setzte sich gegenüber von ihm an den Tisch.

»Worum geht es denn?«

»Um Mattias Carlén.«

»Um Matte?« Rydberg sah erstaunt aus.

»Sie sind befreundet, wie wir erfahren haben. Sie könnten damit anfangen, mir etwas über diese Freundschaft zu erzählen.«

Rydberg wirkte plötzlich verunsichert.

»Brauche ich einen Anwalt?«

»Das kommt ganz darauf an, was Sie mir erzählen. Oder wollen Sie ein Geständnis ablegen?«

Er schüttelte heftig den Kopf.

»Nein, nein, ich … Hat Matte was angestellt?«

Magnus ignorierte die Frage.

»Wie würden Sie Herrn Carlén beschreiben?«

»Äh … Wir sehen uns nicht mehr so oft. Gehen vielleicht einmal im Monat zusammen am Stureplan essen und trinken danach noch ein Bierchen oder so.«

»Hat er Ihnen gegenüber mal erwähnt, dass er auf Würgespiele steht?«

Rydberg blinzelte als Folge dieser direkten Frage.

»Bin ich deshalb hier? Hat er ein Mädchen erwürgt?« Nervös zupfte er sich am Ärmel.

»Nein, aber er ist in einen anderen Mord verwickelt«, sagte Magnus. »Also, wussten Sie von seinem Interesse am Würgen?«

»Ich habe das für harmloses Gequatsche gehalten. Im Suff sagt man ja mal komische Sachen. Das ist auch schon eine Weile her. Da hat er jedenfalls rumgewettert, dass er die Schnauze voll hat von diesen ganzen feministischen Fotzen und dass man sie …« Er verstummte.

»Dass man sie …?«

»Dass man sie alle vergewaltigen und erwürgen sollte … Ich hab das echt nicht ernst genommen. Wir waren in der Kneipe und schon ziemlich betrunken, da ging's halt hoch her. Sie wissen schon.«

»Trotzdem erinnern Sie sich daran.«

»Ja, weil das schon ziemlich grenzwertig war.«

»Ja, das kann man wohl sagen. Hat er mal mit Ihnen über sein Sexleben gesprochen?«

Rydberg dachte nach. »Nein, aber ich glaube, dass er seine Partnerinnen im Internet findet.«

»Warum glauben Sie das?«

»Ich habe ihm mal erzählt, dass ich da suche, und er schien sich auch ziemlich gut auszukennen. Wusste, wie entsprechende Seiten heißen und so.«

»Und welche Seiten waren das?«

»Das weiß ich leider nicht mehr. Es waren jedenfalls nicht die üblichen, daran würde ich mich erinnern.«

»Sie waren zusammen auf dem Internat, stimmt das?«

»Ja.«

»Hatte er schon damals ein eher anders geartetes Interesse an Frauen?«

»Ach, wissen Sie, es herrscht schon ein rauer Ton an diesen Schulen. Man kann nicht gerade behaupten, dass er eine besonders hohe Meinung von Frauen hatte. Aber sein Vater hat da auch kein Blatt vor den Mund genommen, wenn ich mal zu Besuch war.«

»Was meinen Sie?«

Rydberg rutschte auf dem Stuhl herum, als wäre ihm die Frage unangenehm.

»Das war zum Teil ganz schön derb, wenn Sie wissen, was ich meine. Und natürlich haben sie nie so gesprochen, wenn eine Frau in der Nähe war.«

»Also mehr so Richtung Herrenwitz?« Magnus lehnte sich vor.

Rydberg nickte vorsichtig.

»Und wie ist Ihr Verhältnis zu Frauen?«

Er zuckte mit den Schultern. »Ich bin in dem Fall wohl ein bisschen besser erzogen worden.«

»Haben Sie den Namen Anders Levander schon einmal gehört?«

»Ich glaube nicht.«

Magnus fragte mit schärferem Ton nach:

»Glauben Sie?«

»Nein, ich bin mir sicher, dass ich den Namen noch nie gehört habe.«

»Was ist mit Tomas Nellert?«, fuhr Magnus fort.

»Auch nicht. Was werfen Sie Matte denn eigentlich vor?«

Magnus wehrte die Frage ab.

»Haben Sie eine Ahnung, wo Ihr Freund sich gerade aufhalten könnte?«, fragte er stattdessen.

»Wenn er nicht in seiner Wohnung oder dem Sommerhaus ist, dann weiß ich's auch nicht.«

Magnus setzte sich ruckartig auf.

»Sommerhaus?«

»Ja, der hat so ein Sommerhäuschen irgendwo in Vaxholm, aber nur zur Miete.«

Magnus erhob sich. »Wissen Sie die genaue Adresse?«

Jens Rydberg schüttelte den Kopf.

»Nein, ich war da noch nie. Das hat er erst seit ein paar Monaten, ich bin bisher noch nicht dazu gekommen, ihn dort zu besuchen.«

Magnus war schon an der Tür, als er Rydberg höflich hinter sich fragen hörte:

»Darf ich jetzt gehen?«

Magnus drehte sich zu ihm um. »Ja, verschwinden Sie.«

129

Friedrich steckte das Stahlrohr in die Tasche und ging ins Bad. Jemand von der Rezeption hatte ihm gerade den vermutlich letzten Brief mit weiteren Instruktionen von Jenny gegeben, und jetzt musste er sich erst wieder beruhigen.

Seine Hände zitterten leicht, als er das Jackett auszog und an einen der Haken hängte. Schnell entledigte er sich auch der restlichen Kleidung und stieg unter die Dusche. Als das warme Wasser über ihn floss, schloss er die Augen und hielt das Gesicht in den Strahl.

Er blieb so lange unter der Brause stehen, bis ihm das Gesicht wehtat. Dann verließ er die Dusche, stellte sich vor den Spiegel, nahm das Rasiermesser und setzte es vorsichtig an der Wange an. Vielleicht war dies seine letzte Rasur.

Von seiner vorherigen Verzweiflung war nichts mehr da, ganz so als hätte das Gehirn wegen Überlastung automatisch in den Stand-by-Modus geschaltet.

Er rasierte sich trocken, und die kleinen Blutrinnsale, die sich seinen Hals hinunterschlängelten, kümmerten ihn nicht weiter. Friedrich Steuer gab es nicht mehr, das war ein anderer Mann, ein Roboter.

Als er fertig war, legte er sich bäuchlings nackt aufs Bett und schlief ein.

130

»Er hat ein Sommerhaus!« Magnus stürmte, ohne zu klopfen, in Rogers Büro.

»Wer?«

»Mattias Carlén! Irgendwo in Vaxholm. Zur Miete.«

»Woher weißt du das?«

»Ich habe mit einem seiner Freunde gesprochen.«

Roger stand hastig auf.

»Dann los. Ich rufe Arne an und bitte ihn, einen Durchsuchungsbeschluss auf den Weg zu bringen.«

Doch Magnus schüttelte nur betrübt den Kopf.

»Ich habe keine Adresse.«

Roger erstarrte.

»Aber wie sollen wir dann …?«

Magnus unterbrach ihn.

»Ich bin seine Kontoauszüge durchgegangen. Er hat einer Hilda Tamman im April mehrere tausend Kronen überwiesen, das kann gut und gern die Miete für das Haus sein.«

Rogers Züge hellten sich auf. »Hast du sie schon erreicht?«

»Nein, noch nicht. Und ich habe auch keine Angaben zu einem Haus gefunden, das ihr gehört. Nur zu einer Wohnung in der Timmermansgatan in der Innenstadt.«

Roger sah nachdenklich aus.

»Vielleicht gehört es einem Verwandten. Oder ihrem Lebensgefährten.«

Er kehrte an seinen Schreibtisch zurück und hob den Hörer ab. Magnus lehnte sich an den Türrahmen.

Keine Minute später legte Roger mit zufriedener Miene auf.

»Hilda Tamman hat einen Lebensgefährten. Er heißt Ove Wennholm und ihm gehört ein Haus im Wald, ein Stückchen außerhalb von Vaxholm. In der Nähe von Schloss Bogesund. Weißt du, wo das ist?«

Magnus nickte und umklammerte dabei schon krampfartig den Autoschlüssel in der Jackentasche. Eine leise Stimme flüsterte ihm zu, dass er im Begriff war, das Versprechen zu brechen, das er Arne gegeben hatte, aber er wollte nicht auf sie hören.

131

Katharina war früh aufgestanden und hatte sich wieder in das Café direkt gegenüber vom Hotel gesetzt, in dem ihr Mann wohnte. Nun saß sie angespannt am Fenster und hoffte, dass er auftauchte. Sie wollte sich gerade einen weiteren Kaffee bestellen, als ihr Vater anrief.

»Na, mein Kind, wie geht es dir?«

»Gut. Ich habe doch gesagt, ich melde mich, wenn es etwas Neues gibt.«

Ungewöhnlicherweise klang ihr Vater fast sanft.

»Ich habe mal angefangen, ein bisschen über Friedrich zu forschen.«

»Wie bitte?«

»Kein normaler Mann verlässt einfach so mir nichts, dir nichts seine Familie! Also, zumindest nicht seinen Sohn.«

Katharina war sprachlos, aber ihr Vater rechnete auch gar nicht mit einer Reaktion.

»Ich rufe dich an, wenn ich etwas herausfinde.«

»Friedrich ist kein schlechter Mensch, Papa. So was darfst du nicht einmal denken«, sagte sie fast flehend.

»Vielleicht nicht, aber es schadet auch nicht, das zu überprüfen. Sieh es als etwas, das ich für dich tue. Und für Sascha«, fügte er noch schnell hinzu.

»Du, ich muss auflegen …« Katharinas Blick war auf das Hotel auf der anderen Straßenseite gerichtet, dessen große Tür angefangen hatte, sich zu bewegen.

132

Carléns Gesicht war dreckverschmiert. Er war am Ende seiner Kräfte und hockte im hohen Gras. Die ganze Nacht und den gesamten Morgen schon hatte er nach dieser verdammten Schlampe gesucht, ohne auch nur die Spur von ihr zu entdecken. Er hatte sie für leichte Beute gehalten, und anfangs hatte es ihm sogar richtig Spaß gemacht, sie im Wald zu jagen. Doch er hatte sich getäuscht.

Aber solange sie keinen der Wege fand, blieb die Lage entspannt. Nach der missglückten Aktion in der Reihenhaussiedlung kam ihm die Aussicht, sie zu schnappen und dann mit ihr anzustellen, was er wollte, gerade recht. Das war zumindest ein Höhepunkt dieser Achterbahnfahrt.

Vielleicht konnte er sich anschließend ins Ausland absetzen, in ein Land, wo man es mit den Weibern nicht so genau nahm. Thailand vielleicht? Da hatte sein Vater sich in den letzten Jahren ausgiebig vergnügt.

Carlén kam wieder auf die Füße und bewegte sich schwerfällig durch den Wald. »Wo versteckt sich mein kleines Mädchen?«, rief er heiser.

133

Linn lauschte angestrengt. Sie hatte ihn gehört, ganz in der Nähe. Die Schmerzen in Rücken und rechter Seite waren fast unerträglich, trotzdem presste Linn sich so fest gegen die Felswand, wie sie vermochte. Es grenzte an ein Wunder, dass er sie nicht gesehen hatte. Ein Blick nach unten hätte ausgereicht, dann wäre es aus gewesen.

Er hatte dort oben gesessen, nur wenige Meter von ihr entfernt, ohne sie zu sehen, doch jetzt klang es so, als wäre er wieder in Bewegung. Sie konnte seine perfiden Lockrufe hören. Wie weit er wohl weg war? Wie lange würde es dauern, bis er sie fand?

Sobald sie sich von diesen Felsen entfernte, war sie in ungeschütztem Gebiet, sofort zu erkennen. Aber sie konnte hier nicht liegen bleiben. Es brannte in ihrer Brust, sie musste sich etwas gebrochen haben.

Sie fuhr mit der Hand über den kalten Felsen, drehte das Gesicht ins Moos und atmete den Waldgeruch tief ein. Wenn er endlich weg war, würde sie einen Versuch wagen.

134

»Er hat Linn, ich weiß das einfach. Er hat sie in dieses Haus gebracht!«

Magnus trat das Gaspedal durch, sie sausten nur so über die Autobahn, dass Roger sich beklommen am Beifahrersitz festkrallte.

»Beruhig dich«, mahnte er, doch Magnus hörte nicht. Er nahm, ohne zu verlangsamen, die Ausfahrt in Arninge und brauste weiter über die 274.

»Magnus, fahr langsamer.«

»Nein!«

»Du fährst jetzt langsamer, verdammt! Ich muss mit dir reden!«

Magnus nahm den Fuß kaum merklich vom Gas.

»Die Computerspezialisten haben mich vorhin kontaktiert. Es gibt da was, das ich dir erzählen muss«, sagte Roger. »Sie haben etwas auf Carléns Rechner gefunden.«

Magnus warf ihm einen Seitenblick zu. »Und weiter?«, fragte er.

»Einen Film …«

»Von Linn?«

»Nein, nicht von Linn, von einer anderen Frau. Sie werten ihn noch aus, aber allem Anschein nach kommt auch Carlén selbst darin vor.« Roger machte eine Pause. »Er hat Sex mit dieser Frau und würgt sie. Sie sieht bewusstlos aus, vielleicht ist sie betäubt oder sogar tot.«

Magnus zuckte, was sich aufs Lenkrad und auf den Wagen übertrug.

»Wenn du rechts ranfährst, übernehme ich«, sagte Roger besorgt.

»Nein, ich fahre.« Magnus blickte stur geradeaus. Ihm schlotterten die Beine, aber er verzog keine Miene.

135

Linn konnte nichts weiter hören als das unbekümmerte Zwitschern der Vögel. Mit einer Hand stützte sie sich an der Felswand ab, um auf die Beine zu kommen. Sie verzog vor Schmerz das Gesicht, aber ihr war klar, dass sie von nun an nur noch schwächer werden würde.

Als sie sich vom Felsen löste und die ersten Schritte in die freie Ebene wagte, hatte sie das Gefühl, der Lauf einer geladenen Waffe zielte auf ihren Rücken. Beunruhigt blickte sie über die Schulter. Der Felsen war von weißem Moos bedeckt, außerdem wuchsen vereinzelte kleine Kiefern und Fichten darauf. Von Carlén sah sie nichts, obwohl er noch vor Kurzem dort oben gewesen war.

Dann betrachtete sie ihre Füße. Sie waren schmutz- und blutverkrustet und schmerzten, als wären sie komplett aufgeschürft. Auf wackligen Beinen stolperte sie weiter auf die Lichtung, den Blick auf die Fichten auf der anderen Seite gerichtet. Die würden ihr Schutz bieten. Linn presste die Hand gegen die schmerzende Rippe.

Ein Stück hinter ihr, oberhalb der Felswand, spiegelte sich das Sonnenlicht in den Linsen eines Fernglases.

136

Janna lag dicht hinter Jonathan und hatte den Arm um ihn geschlungen. Seit dem Vorabend versteckten sie sich vor der Polizei, und jetzt war Jonathan so ausgekühlt, dass sie richtig Angst um ihn bekam. Die Sonne war mittlerweile aufgegangen und ein paar Nachbarn waren auf der anderen Seite des Gartenzauns an ihnen vorbeigelaufen. Jonathan war in der Nacht immer mal wieder eingeschlafen, und zu Jannas Erleichterung war er doch noch Kind genug, dass ihm das gelang. Sie selbst hatte fast kein Auge zugetan. Beim kleinsten Geräusch war sie hochgeschreckt, hatte fest damit gerechnet, den Mann mit dem Stahlrohr vor sich stehen zu sehen.

Vorsichtig hob sie eine Ecke der Plane an und lugte darunter hervor.

Nichts. Sie reckte sich ein bisschen, und dann, plötzlich, war da ein Paar Schuhe neben ihr. Sofort legte sie Jonathan die Hand über den Mund, zusammen starrten sie vor Schreck gebannt auf den dunklen Schatten über sich.

»Ihr könnt euch heraustrauen.«

Janna kannte die Stimme nicht. Krampfartig klammerte sie sich an Jonathan.

»Hier ist niemand außer mir«, fuhr die Stimme fort, und diesmal kam sie Janna bekannt vor. Die Plane wurde zurückgeschlagen und genau über ihnen im grellen Vormittagslicht stand ein alter Mann.

Lächelnd blickte er auf sie hinunter.

»Ich habe gesehen, dass ihr euch gestern hier versteckt habt«, sagte er leise.

Die beiden lagen aneinandergeklammert wie ängstliche Kinder. Der Mann streckte ihnen die Hände entgegen.

»Kommt, ich habe Frühstück für euch gemacht. … Ich bin nicht gefährlich«, fuhr er fort und lief dann zur Terrassentür. Als sein krummer Körper im Haus verschwunden war, sah Jonathan seine Mutter fragend an.

»Mama?«

Sie nickte, und so folgten die beiden dem Mann ins Haus.

»Kaffee ist auch bald durch«, sagte er, ihnen den Rücken zugewandt, weil er gerade am Spülbecken Orangensaft in zwei große Gläser goss. »Setzt euch doch.«

Fast schüchtern setzten sie sich an den runden Kiefernholztisch. Die Küche war dunkel gehalten mit braunem Korkboden und beigefarbener Tapete. Sie wirkte, als wäre die Zeit in den Siebzigern stehen geblieben. Janna räusperte sich.

»Danke.«

»Keine Ursache.«

»Warum helfen Sie uns?«, fragte sie leise.

Der Mann setzte sich zu ihnen. »Ich habe euch gestern gesehen. Und den Mann, der hinter euch her ist. Ihr steckt in Schwierigkeiten.«

Keiner der beiden antwortete darauf.

»Ich weiß, wer ihr seid. Ihr wohnt im letzten Haus, ich habe deinen Mann immer gegrüßt, wenn er unten bei der Garage war. Aber ich habe ihn lange nicht mehr gesehen.«

Janna nippte vorsichtig am Orangensaft und genoss den frischen Geschmack, während sie gierig zu dem Brötchenkorb schaute, den der Mann für sie bereitgestellt hatte.

»Bedient euch. Esst so viel, wie ihr könnt«, forderte er sie auf.

Sofort reckten sich Janna und Jonathan nach dem Essen. Sie

hatten so lange nichts mehr gegessen, dass sie jeden Anstand vergaßen.

Als Janna in Rekordzeit drei Brötchen verdrückt hatte, schaute sie den Mann an, der noch immer lächelte. Konnten sie ihm trauen? Sie hatten keine Verbündeten, dabei brauchten sie nichts nötiger. Wenigstens einen. Wieso hatte er nicht längst die Polizei verständigt? Das würden doch die meisten Menschen machen, wenn sie mitansehen mussten, dass jemand bedroht wurde.

»Du fragst dich, ob du mir trauen kannst, nicht wahr?«, fragte er.

Widerwillig nickte sie.

»Ich bin ein alter Mann. Das Telefon steht dort drüben neben der Spüle. Du kannst jederzeit die Polizei verständigen, wenn du willst«, sagte er.

Sowohl Janna als auch Jonathan schauten zum Telefon. Es könnte so einfach sein. Ein Anruf. Dann würden sie aufs Revier gebracht und waren in Sicherheit. Vielleicht.

»Ich war mal im Knast, aber nicht wegen was Großem. Betrug, Kleinigkeiten«, sagte der Mann unvermittelt. »Deshalb habe ich der Polizei nichts erzählt, als die gestern hier waren und nach euch gefragt haben.«

Janna betrachtete ihn erleichtert. Sie hatte sich satt gegessen und merkte das erste Mal seit dem Vortag, wie müde sie eigentlich war.

»In den Nachrichten haben sie gesagt, dass dein Mann tot ist.«

»Ja«, sagte sie.

»Ich will mich nicht einmischen. Ihr könnt euch hier ausruhen, wenn ihr wollt, und die Polizei verständigen oder nicht. Ich weiß nicht, was vorgefallen ist, aber es ist nicht zu übersehen, dass ihr Angst um euer Leben habt.«

Der Mann nickte zu Jonathan. »Wenn ihr schlafen wollt, kann ich euch mein Sofa anbieten. Ein Stück den Flur hinunter ist das Bad. Im Badezimmerschrank sind frische Handtücher.«

»Wir wissen nicht, warum er es auf uns abgesehen hat. Und auch nicht, wer er ist«, sagte Jonathan zögerlich.

Der Mann hob eine Augenbraue und goss sich Kaffee ein.

»Der hatte es auf euch abgesehen, das war unverkennbar.«

»Er hat uns vorher mal beobachtet, aber da sah er nicht so …«

»… mordlüstern aus«, ergänzte der Mann und strich sich eine graue Strähne aus dem Gesicht.

»Genau.« Gehetzt sprach Janna weiter. »Entschuldigen Sie, ich weiß nicht einmal, wie spät es ist. Geschweige denn das Datum.«

»Es ist zehn nach zehn. Und wenn ich mich nicht irre, ist heute der siebte Mai«, sagte der Mann.

»Oh …«

Jonathan senkte den Blick auf den Tisch. Seine Mutter hatte bei dem Datum nicht reagiert, aber er. Die Briefe hatten angekündigt, dass sie morgen sterben würden. Auf den Tag genau an dem Datum, an dem das Furchtbare passiert war. Schatten legten sich über seine Augen.

137

Friedrichs Herz machte einen Satz. Für einen Moment war ihm, als hätte er Katharina zwischen den anderen Fahrgästen auf dem Bahnsteig in T-Centralen gesehen. Aber woher sollte sie wissen, dass er in Stockholm war?

Er stieg in eine der Bahnen nach Mörby und studierte interessiert die Übersichtskarte an der Wand. Von T-Centralen waren es nur drei Stationen bis zur Technischen Hochschule, wo er umsteigen musste. In die Roslagsbanan, die offenbar keine U-Bahn war, und dann wartete noch eine kurze Busfahrt. Sonderbarerweise war er aufgeregt. Seine Entscheidung, sie direkt nach Mitternacht zu töten, statt bis zum Morgen zu warten, hatte ihn aus dem vakuumähnlichen Wartezustand gerissen, in dem er so lange verharrt hatte. Der letzte Brief, der ihm am Empfang überreicht worden war, hatte auch einen Großteil seiner noch offenen Fragen beantwortet. Jetzt wusste er endlich, warum diese Familie sterben musste, und selbst wenn er Jenny zutiefst verabscheute, konnte er sie doch verstehen. Dies war kein bedeutungsloser Akt. Die Familie Levander verdiente gewissermaßen das, was ihnen bevorstand. Sie hatten etwas Furchtbares getan, etwas fast Unmenschliches – die Schuld an ihrem Tod trugen sie praktisch selbst.

Friedrich betrachtete sein Spiegelbild im Fenster der U-Bahn. Faltig und hohläugig, es war nicht zu übersehen, dass er nicht mehr so jung war wie Katharina und Sascha. Viel Lebenszeit wäre ihm sowieso nicht mehr vergönnt gewesen, insofern konnte er den Gedanken, sich bald umbringen zu müssen, gar nicht mehr so schlimm finden. Schließlich musste jeder sterben, er wusste eben einfach nur, wann und wo sein Tod eintreffen würde.

Entschlossen schob er sich durch die volle U-Bahn. Das Stahlrohr bewegte sich in der Tasche und schlug hart gegen seinen Oberschenkel. Er ging bis in den hintersten Teil der Bahn, stellte sich kerzengerade hin, als würde er strammstehen, und wartete. Er spürte nach, was er in jedem einzelnen Körperteil fühlte. Jede Sekunde seines Lebens zählte. Denn jetzt hatte der Countdown begonnen.

138

Wohin will er nur?

Katharina warf einen Blick zum hinteren Teil der U-Bahn, wo sie Friedrichs Rücken erahnen konnte. Sie hatte seinen Gesichtsausdruck gesehen, auf der Rolltreppe und als er in die U-Bahn gestiegen war. Er verhieß nichts Gutes. Friedrich hatte den Unterkiefer vorgeschoben und dabei eine Miene, als wäre er wütend … oder frustriert über irgendetwas? Außerdem war er noch blasser als sonst, sah fast halb tot aus.

Ein Platz wurde frei, und sie setzte sich, ohne ihren Mann aus den Augen zu lassen. Immer so hart, so abweisend, und trotzdem erkannte sie nun etwas Sanftes an ihm. Eine Blöße. Hoffnung keimte in ihr. Wieso ging sie nicht einfach zu ihm und fragte ihn, was er vorhatte? Das könnte so einfach sein.

Dabei wusste sie die Antwort tief in ihrem Innersten. Er war ohne ein Wort nach Schweden gefahren. Er wollte nicht, dass sie hier war. Er liebte sie nicht. Das war doch alles absurd.

Sie starrte ihm Löcher in den Rücken. Erst als sie bei der Technischen Hochschule hielten, kam wieder Leben in ihn. Dort stieg er so schnell aus, dass sie fast nicht hinterherkam.

Hätte sie seine Gedanken lesen können, wäre sie ihm vermutlich nicht gefolgt. Denn sie konnte ja nicht ahnen, dass er im Stillen alle Anweisungen von Jenny wieder und wieder durchging, damit er bloß keinen Fehler machte. Dass das Einzige, was er vor sich sah, der Augenblick war, in dem er mit voller Wucht eine Familie mit einem angespitzten Stahlrohr auslöschen würde.

139

Lage stand am oberen Treppenabsatz und betrachtete von dort Janna und Jonathan.

Der junge Mann, der seinen beiden Schützlingen nachgelaufen war, hatte wild, fast wahnsinnig ausgesehen, und der alte Mann wunderte sich immer noch darüber, dass Janna die Polizei nicht hatte verständigen wollen.

Noch nicht, hatte sie gesagt, als müsste sie erst Mut schöpfen. Oder nachdenken?

Er machte ein paar vorsichtige Schritte hinunter, um sie ein wenig genauer zu betrachten, wie sie da ausgestreckt auf seinem schmalen Sofa lagen. Sie sahen so ausgemergelt aus, besonders der Junge, dass er richtig Mitleid bekam.

Nun ging er auch noch die letzten Stufen hinunter und holte eine Decke von einem der Sessel, die er dann vorsichtig über den beiden ausbreitete. Er würde sie erst einmal ausschlafen lassen, bevor er Antworten von ihnen verlangte.

Er hatte nur kurz eingesessen für ein eher kleines Delikt, aber er kannte die Angst und wusste nur zu gut, dass diese beiden Menschen davon erfüllt waren. Ihr ganzes Wesen bestand momentan aus nichts anderem.

140

»Da ist es.« Magnus starrte gebannt zu dem falunroten Häuschen, das sich circa fünfzig Meter vor ihnen zwischen den Bäumen versteckte.

»Es sieht unbewohnt aus … Licht brennt auch keins«, sagte Roger leise.

»Es ist auch noch hell, wieso sollte da Licht brennen?« Magnus schaute erneut zu dem Haus hinauf. Es war nicht groß, vielleicht fünfundsiebzig Quadratmeter, und sehr einfach gehalten. Einzige Raffinesse war die überdachte Terrasse auf der ihnen zugewandten Seite.

»Wir müssen näher ran.« Roger zog die Lederjacke aus.

»Aber vorsichtig! Wenn Carlén Linn dort festhält, soll er nicht wissen, dass wir auf dem Weg sind.« Magnus entsicherte seine Waffe.

Roger ließ die Jacke ins Gras gleiten, und schon schlichen sie voran durch das Unterholz. Nach halber Strecke wechselten die beiden einen Blick und teilten sich auf.

Magnus erreichte das Haus als Erster und schlich an der Hauswand entlang bis zu den großen Fenstern, die zur Terrasse zeigten. Vorsichtig warf er einen Blick in das dunkle Wohnzimmer. Es war aufgeräumt und sah aus wie in jedem anderen Ferienhaus auch. Die Einrichtung war einfach gehalten mit Kiefermöbeln und Flickenteppichen.

Er drückte die Klinke der Terrassentür hinunter und stellte zu seiner Überraschung fest, dass nicht abgeschlossen war.

Mit einer einzigen, geschmeidigen Bewegung war er im Wohnzimmer. Poster mit Gemälden von Carl Larsson hingen an den Wänden. Alles war sauber und ordentlich, auf dem Couchtisch lagen ein paar Orangen. Magnus fuhr zusammen. Frisches Obst – es musste erst kürzlich jemand da gewesen sein.

Magnus schlich weiter, durch die schmale Küche, bis er vor einer geschlossenen Tür stand. Er legte ein Ohr daran und lauschte. Er hörte etwas. Ganz schwach – da atmete jemand! Magnus wurde eiskalt, dann riss er mit Wucht die Tür auf.

Ein kurzer Schrei war zu hören. Dann ein weiterer.

Eine ältere Frau starrte ihn erschrocken vom Bett aus an. Sie hielt die Decke wie zum Schutz vor sich, als könnte sie so den Verrückten abwehren, der wie aus dem Nichts in ihrem Schlafzimmer aufgetaucht war. Es verging eine Sekunde, dann noch eine … Dann schrie sie noch einmal.

Magnus ließ die Waffe sinken.

»Keine Angst«, sagte er.

Die Frau schaute ihn an und schrie erneut.

»Ich bin Polizist!«, rief Magnus, als auch Roger endlich heranstürmte. Er blieb hinter Magnus stehen und starrte verwundert die Frau an.

»Wer ist das denn?«, platzte es aus ihm heraus.

»Hilda Tamman«, flüsterte die Frau, die sich offenbar so weit beruhigt hatte, dass sie ein paar Worte sagen konnte.

Magnus strich sich mit dem Kolben über die Stirn.

»Ist das Ihr Sommerhaus?«

»Es gehört meinem Lebensgefährten«, flüsterte sie mit weit aufgerissenen Augen.

»Das heißt, es ist nicht vermietet?«, fragte Magnus.

Sie schüttelte den Kopf.

»Wir sind, wie gesagt, von der Polizei und suchen Mattias Carlén. Er hat Ihnen Geld überwiesen, und wir sind davon ausgegangen, das war die Miete für dieses Haus.« Roger hob hilflos die Hände.

Die Frau stammelte:

»Ja, wir … Also … Ove und ich haben ihm dieses Haus schon einmal vermietet … Aber dann wollte er etwas haben, das noch ein bisschen abgeschiedener liegt. Da haben wir ihm den Speicher angeboten. Der ist wirklich primitiv, es gibt nicht mal Strom, aber er war sofort Feuer und Flamme …«

»Warten Sie!« Magnus hielt eine Hand hoch. »Den Speicher?«

»Ja, ein alter, ausgebauter Getreidespeicher. Der stand schon auf dem Grundstück, als wir dieses Haus gebaut haben.«

»Wo liegt er?«

Die Frau zeigte durchs Fenster hinaus.

»Dahinten im Wald, aber das Grundstück ist groß, fast fünf Hektar. Er ist nicht ganz leicht zu finden.«

»Wo genau?« Magnus sah wütend aus.

Hilda schlang die Decke enger um sich.

»Wenn Sie ums Haus gehen, sehen Sie einen kleinen Waldweg. Wenn Sie dem folgen, erreichen Sie nach einer Weile einen Erdkeller, da müssen Sie dann nach rechts …«

Schon war Magnus durch die Tür.

Roger nickte der Frau höflich zu, die immer noch die Decke bis zum Kinn hochgezogen hatte, als auch er hinausrannte.

141

Er war umgestiegen, und diesmal hatte Katharina sich ins gleiche Abteil setzen müssen, weil die Fenster zwischen den Waggons der Roslagsbanan so schmutzig waren, dass sie Friedrich sonst nicht weiter hätte beobachten können. Aber es machte sie nervös, selbst wenn sie gut von einer halbhohen Wand verborgen wurde.

Der Zug war zwar voll, trotzdem konnte sie hin und wieder einen Teil seines Gesichts sehen. Nie zuvor hatte sie Friedrich in einem so verwirrten Zustand gesehen. Er wirkte definitiv nicht wie ein Mann, der auf dem Weg zu einer Geliebten war. Im Gegenteil, er sah aus wie jemand kurz vorm Nervenzusammenbruch.

Wo wollte er nur hin? Brauchte er Hilfe?

Ein warmes Gefühl überkam sie, und sie wäre am liebsten sofort zu ihm gelaufen, doch in diesem Moment klingelte ihr Handy.

Leise ging sie dran. Obwohl sie sicher dreißig Meter von Friedrich entfernt saß und der Zug voller Menschen war, die sich unterhielten, hatte sie Angst, dass Friedrich sie hören würde.

»Hier ist Papa.«

»Ich kann gerade nicht sprechen«, murmelte sie.

»Du musst sowieso nur zuhören, ich habe nämlich etwas zu erzählen.«

Katharina seufzte und ihr Vater fuhr fort:

»Hat Friedrich ein Buch mit dem Titel *Wolfshöhle* herausgegeben?«

»Bitte?«

»Hat Friedrich ein Buch herausgegeben, das den Titel *Wolfshöhle* hatte?«

»Nein.«

»Bist du dir sicher?«

Die Frage irritierte Katharina.

»Natürlich bin ich mir sicher, Papa. Wir arbeiten schließlich zusammen. Und ich muss jetzt auflegen.«

»Es gibt jedenfalls ein Buch, das *Wolfshöhle* heißt und unter seinem Namen erschienen ist.«

»Vielleicht gibt es noch einen Friedrich Steuer?«, schlug sie verunsichert vor. »Papa, das ist gerade wirklich kein guter Zeitpunkt zum Telefonieren …«

»Mit demselben Geburtsjahr? Experte auf demselben Gebiet?«

Katharina schielte besorgt zu Friedrich. Sie verstand kein Wort.

»Dann muss er das geschrieben haben, bevor wir uns kennengelernt haben. Wirklich, Papa, ich muss jetzt auflegen.«

»Das Buch ist von neunzehnhundertzweiundachzig, auf der Rückseite ist ein Autorenfoto, und darauf ist ein blonder Mann mit Schnurrbart zu sehen. Dieser Mann ist zweifellos nicht dein Friedrich.«

»Aha. Na und? Worauf willst du hinaus? Es gibt sicher eine Erklärung, und ich lege jetzt auf.«

Ihr Vater wurde ernst.

»Ich werde noch ein bisschen weiterforschen …«

Sie drückte den Auflegeknopf und starrte das Handy an. Was war das für ein Buch? Das konnte nur ein Irrtum sein. Wie typisch für ihren Vater, überall Verschwörungen zu vermuten.

Müde lehnte sie den Kopf gegen die Trennwand. Friedrich sah nach wie vor mit leerem Blick aus dem Fenster, und Katharina brannte das Herz.

142

Sofie füllte ein Glas mit Wasser, trank einen Schluck und schaute dann müde zu, wie Arne durch den Flur auf sie zukam.

»Wie geht es dir? Du siehst irgendwie … müde und niedergeschlagen aus«, sagte er, als er sie erreicht hatte.

»Es hat nichts mit dir zu tun, falls du das befürchtest.«

Arne stellte eine Tasse in den Automaten und drückte auf den Knopf für Cappuccino.

»Das habe ich gar nicht vermutet«, sagte er.

»Es ist einfach ein bisschen viel auf einmal, wenn nicht alle so arbeiten wie sonst … Noch dazu ist mein Vater krank, irgendwas mit dem Herzen.«

Arne griff nach der Tasse und pustete hinein.

»Oh, das sind ja keine guten Neuigkeiten.«

»Der wird schon wieder.«

»Das hoffe ich. Gibt es was Neues von Linn?«, fragte Arne. »Wurde mittlerweile bestätigt, dass sie sich überhaupt in Carléns Wohnung aufgehalten hat?«

Sie gingen nebeneinander zu ihren Büros.

Sofie schüttelte den Kopf. »Nein, die Ergebnisse vom SKL sind noch nicht da.«

»Und die Frau aus dem Video? Konnte die schon identifiziert werden?«

»Auch nicht. Aber sie wirkt irgendwie russisch oder osteuropäisch, wenn du weißt, was ich meine. Vielleicht ist sie gar nicht mehr in Schweden. Ein paar Ärzte haben sich den

Film angeschaut und sind sich recht sicher, dass sie noch lebt. Zumindest, dass sie während der Aufnahme noch gelebt hat. Ich habe die Datei an die zuständigen Kollegen besagter Länder geschickt, mal sehen, ob die uns weiterhelfen können.«

Sofie schob den Unterkiefer vor.

»Apropos Linn, was wollte sie bei Carlén, wenn sie denn wirklich dort war?«

»Laut Täbyklinik ist Carlén zu ein paar seiner Sitzungen nicht erschienen. Vielleicht hat er vorher etwas gesagt, das sie beunruhigt hat.«

»Vielleicht lief ja auch was zwischen den beiden.«

Arne starrte sie mit offenem Mund an.

»Unmöglich! Ich kenne Linn zwar nur durch das, was Magnus erzählt, aber die beiden machen einen sehr glücklichen Eindruck.«

»Man weiß ja nie …« Sofie wechselte das Thema. »Es gibt da noch was, das ich dir zeigen muss. Ich habe vorhin eine Mail vom Labor bekommen. Die Kriminaltechniker waren noch einmal im Haus der Levanders und haben unter anderem die Post mitgenommen. Da waren ein paar Briefe dabei.«

Sofie öffnete die Tür zu ihrem Büro.

»Komm, ich zeige dir die Mail.«

Arne folgte ihr, und sie drehte den Laptop so, dass beide auf den Bildschirm sehen konnten.

»Was ist denn …?« Arne las verwundert die Mail aus dem Labor.

Zwei Briefe steckten im Briefkasten, der bei unserem ersten Besuch im Haus leer gewesen war. Beide Briefe enthalten keine Angaben zum Absender, sondern nur eine Art Countdown. Der eine Brief trägt einen Poststempel vom 2. Mai und ist am Folge-

tag bei Levanders eingegangen. Die darin enthaltene Botschaft lautet: Noch vier Tage.

Im zweiten Brief, der wohl am 4. Mai eingegangen ist, steht: Noch drei Tage.

Kein weiterer Text, keine Fingerabdrücke. Die Nachrichten sind handschriftlich.

Kaum hatte Arne fertig gelesen, schaute er Sofie verwundert an.

»Und das ist noch nicht alles«, sagte sie. »Anders Levander hat im März zwei E-Mails ähnlichen Inhalts auf seinen Arbeitsrechner bekommen. Die Computerspezialisten konnten zurückverfolgen, dass sie von einer Cecilia Wannheim verschickt worden sind. Sie wohnt auf Södermalm, in der Hornsgatan 32.«

»Ist das eine Art Drohung?«, fragte Arne.

»Sieht ganz danach aus. Aber wer ist diese Cecilia Wannheim?«

Arne dachte einen Moment lang nach, dann wandte er sich wieder an Sofie.

»Statte ihr doch mal einen Besuch ab, dann wissen wir bald mehr.«

143

Friedrich hob den Blick erst, als der Zug in den Bahnhof von Åkersberga einfuhr. Es war ein offener Bahnhof, der zwischen einem kleinen Park und zwei trostlosen Gebäuden lag, in denen er ein Einkaufszentrum vermutete. Er sah nicht sofort, wo sein Anschlussbus wartete; erst als er ausgestiegen war, erkannte er ihn am Ende des Bahnhofs.

Viele Fahrgäste saßen nicht darin und doch waren es genug, um ihn zu bedrücken. Die Vorstellung, einer oder eine von ihnen könnte in ihn hineinblicken und die grässlichen Dinge sehen, die ihm durch den Kopf gingen, erschreckte ihn. Bisher war er ein Betrüger, bald sogar ein Mörder.

Er dachte an Sascha, der gerade erst zehn geworden war. Sascha, der genau wie sein Vater sein wollte. Was für ein schrecklicher Gedanke. Er war ein Lügner, Abschaum. Er müsste in der Gosse kriechen, bespuckt werden.

Und je mehr er darüber nachdachte, desto sicherer wurde er. Saschas Achtung nicht zu verlieren war das Allerwichtigste. Seinetwegen würde er töten und sterben. Denn nichts war unerträglicher für ihn als der Gedanke, dass sein eigener Sohn ihn verachten würde. Nichts.

Dass er überhaupt in diese Lage geraten war, konnte er gar nicht begreifen. Er hatte inzwischen fast vergessen, was in Berlin geschehen war. So viele Jahre waren seither vergangen, trotzdem konnten die Ereignisse jenes Abends an der Universität als Startschuss verstanden werden, als Anfang seines moralischen Verfalls, und nicht erst seine Suche nach Anerkennung auf irgendwelchen Sexportalen oder Ähnlichem.

Er hatte das fast erfolgreich verdrängt, doch jetzt meldete sich die Erinnerung daran, und er schämte sich.

Katharina hatte immer zu ihm aufgeschaut, ihn förmlich vergöttert. Was würde sie sagen, wenn sie es wüsste? Friedrich, ein Dieb. Ein lausiger Dieb.

Die Erinnerungen wurden vor seinem inneren Auge lebendig. Er war allein in der Archäologischen Fakultät unterwegs gewesen, um Luft aus den Heizungen zu lassen. Und als er das Büro von Professor Steuer betrat, hatte er nichts anderes vorgehabt, als just das zu tun. Er war erleichtert darüber gewesen, dass der Professor bereits nach Hause gegangen war, denn der Mann mochte keine Unterhaltungen und war auch sonst eher ein eigenbrötlerischer Sonderling. Er telefonierte nie und hatte sicher irgendeine psychische Störung.

Im Gegensatz zu den anderen Professoren hielt er nie Vorlesungen an anderen Universitäten des Landes, sondern arbeitete meist von zu Hause aus, wenn er sich nicht hinter den Papierstapeln im Büro versteckte. Allerdings nur bis zu seiner Diagnose, denn plötzlich war er unheilbar an Krebs erkrankt.

Friedrich schaute aus dem Busfenster und dachte daran, wie er sich über den ersten Heizkörper gebeugt und dabei bemerkt hatte, dass der Computer noch eingeschaltet war.

Jemand hatte erwähnt, dass der Professor am Nachmittag da gewesen war, um sich zu verabschieden. Er musste vergessen haben, das Gerät abzuschalten.

Friedrich hatte sich in den bequemen Schreibtischstuhl gesetzt und quer durch die Dateien gelesen. Dabei hatte er überlegt, ob sein Vater, der zu diesem Zeitpunkt schon nicht mehr lebte, ihn wohl anders behandelt hätte, wenn er einen Professorentitel gehabt hätte. Was dann in ihn gefahren war, konnte er sich immer noch nicht erklären. Er hatte sich mehrere Disketten gesucht und alles darauf gespeichert. Alle Zeugnisse, Empfehlungen, Bescheinigungen und Arbeitszeugnisse, die Abhandlung, an der er gerade arbeitete, ja selbst alle persönlichen Dokumente. Dann hatte er die restlichen Heizkörper entlüftet und war in das kleine Zimmer auf dem Universitätsgelände zurückgekehrt, in dem er wohnte.

Drei Wochen lang hatten die Disketten in der Schublade seines Nachttischs gelegen, und er hatte mit dem Gedanken kokettiert, den gleichen Respekt zu genießen, den man Friedrich Steuer an der Uni entgegenbrachte. Die Vorstellung hatte ihn glücklicher gemacht, als er seit Langem gewesen war, und so war der Plan allmählich in ihm gereift.

Es hatte ein wenig Fingergeschick erfordert und auch einen nicht unerheblichen Batzen Geld gekostet. So gut wie sein gesamtes Erspartes war in die Taschen einiger einflussreicher Staatsbeamter gewandert, und als er gelesen hatte, dass die Kölner Universität einen Professor für Archäologie suchte, war er sehr gut vorbereitet gewesen.

Dann hatte er die Hausmeistertätigkeit endlich hinter sich lassen können, war endlich kein Verlierer mehr gewesen. Er kündigte und fuhr mit seinem Bulli nach Köln, wo er in einem billigen Motel eincheckte. Nur wenige kannten den scheuen Professor Steuer persönlich, und nun war er in neuer Gestalt auferstanden. Und irgendwie fühlte es sich sogar richtig an. Wieso sollte ein so sozialgestörter Mann mehr haben als er? Natürlich hatte er sich vorbereiten und in die Materie einlesen müssen, damit er bei dem Bewerbungsgespräch nicht aufflog. Aber nach ein paar Jahren an der Uni war er mindestens genauso erfahren und kundig wie seine Kollegen gewesen. Das konnte ihm niemand nehmen, und doch war kein Tag vergangen, an dem er nicht gefürchtet hatte, aufzufliegen. Und durch Jenny war das wahrscheinlicher denn je geworden.

144

Magnus riss die unverschlossene Tür auf und starrte in die heruntergekommene Hütte, die Hilda Tamman den »Speicher« genannt hatte. Er wechselte einen schnellen Blick mit Roger, bevor beide die Dienstwaffen entsicherten.

Die Hütte war in schlechtem Zustand, ein aufdringlicher Schimmelgeruch schlug ihnen entgegen, als sie eintraten. Sie bestand aus nur einem Raum, in dem nichts als ein beigefarbener Sessel und ein Bett standen. Magnus senkte die Waffe.

»Sie ist nicht hier«, sagte er.

Roger schaute sich um.

»Aber draußen steht ein Auto, und das Bett ist nicht gemacht. Vielleicht waren sie bis vor Kurzem hier?«

Magnus ging zu dem alten Kühlschrank und machte ihn auf.

»Die Milch hält sich noch bis zum zehnten Mai.« Er deutete auf einen Käse. »Der sieht auch noch frisch aus.«

Roger warf einen Blick aus dem Fenster.

»Schauen wir uns mal hinter der Hütte um.«

Sie liefen hinaus, die paar Stufen hinunter. Als sie um die Hausecke kamen, blieben sie abrupt stehen. Die Tür zu einem angrenzenden Bretterverschlag stand einen Spaltbreit offen.

»Warte hier.« Magnus verschwand im Inneren, während Roger draußen blieb, um die Umgebung im Blick zu behalten.

Ein gedämpfter Schrei drang aus dem Verschlag.

»Was ist los?« Roger stürzte hinter Magnus her, der am hinteren Ende in der Hocke saß und etwas in der Hand hielt. Roger stellte sich zu ihm. Zuerst sah er nur etwas glitzern, erst als er sich hinunterbeugte, erkannte er, was es war. Eine Kette mit einem kleinen, goldenen Herzanhänger.

»Ist die von Linn?«, flüsterte er.

Magnus nickte.

145

Sofie klopfte energisch an die Wohnungstür von Cecilia Wannheim in der Hornsgatan. Eine schnelle Überprüfung hatte ergeben, dass Wannheim vierundzwanzig, alleinstehend und Studentin der Sozialarbeit war und bisher noch keinen Kontakt mit der Polizei gehabt hatte.

Sie wirkte verwirrt, fast ein bisschen ängstlich, als Sofie in ihren Flur trat. Sofie machte eine rekordverdächtig schnelle Bestandsaufnahme: Kurzhaarschnitt, freundlicher Gesichtsausdruck, Jeans und Sweatshirt. Wannheim sah aus wie die typische Studentin. Aber Sofie konnte sich trotzdem irren.

»Entschuldigen Sie bitte, dass ich so ohne Vorankündigung bei Ihnen hereinplatze«, sagte sie. »Können wir uns dort hinsetzen? Ich muss Ihnen ein paar Fragen stellen.«

Sofie deutete zu einem kleinen, weißen Tisch in der Küche. Die junge Frau nickte.

»Ja, worum geht es denn?«

»Ihr Name ist im Zusammenhang mit Ermittlungen zu einem Mordfall aufgetaucht.«

Die Frau zuckte zusammen.

»Was?«

»Der Ermordete heißt Anders Levander«, fuhr Sofie fort. »Sagt Ihnen der Name etwas? Schreiben Sie gerne Briefe?«

»Ich verstehe nicht ganz, was Sie …«

»Ich glaube, Sie verstehen mich ziemlich gut.« Sofie betrachtete sie betrübt. »Wir wissen, dass Sie Anders Levander

E-Mails mit Drohungen geschickt haben. Und darüber hinaus vermutlich sogar herkömmliche Briefe.«

Wie überrascht die junge Frau war, entging Sofie nicht. Trotzdem ließ sie nicht locker. Vielleicht war Cecilia Wannheim einfach nur eine sehr gute Lügnerin.

»*Noch so und so viele Tage* … Was hat das zu bedeuten?«, fragte sie schroff.

»Was bitte?«

»Wir wissen, dass Sie diese E-Mails geschickt haben, also warum sagen Sie nicht einfach die Wahrheit?«

Die Frau schluckte.

»Ich habe keine Mails verschickt. Ich weiß ja nicht mal, wovon Sie überhaupt sprechen … Ich habe wirklich niemanden umgebracht.«

»Benutzt noch jemand außer Ihnen Ihren Computer?«, fragte Sofie ruhig.

Wannheim schüttelte den Kopf.

»Äh … Nein.«

»Wie lange besitzen Sie den Rechner schon?«

Jetzt schien ihr endlich ein Licht aufzugehen.

»Das könnte es sein!«, brach es aus ihr heraus. »Ich habe meinen alten Computer vor ein paar Monaten verkauft, weil ich einen neuen von meinen Eltern bekommen habe.«

Sofie hob die Augenbrauen.

»Wann genau?«

»Das weiß ich nicht mehr. Das muss Mitte März gewesen sein.«

»Frau Wannheim, das ist sehr wichtig! Wer hat Ihren Computer gekauft?«

Sie stand auf und ging zur Spüle. Das Gespräch machte sie nervös, daran bestand kein Zweifel.

»Ich habe den bei Blocket eingestellt. Noch am gleichen Tag

kam abends so ein Mädel vorbei und hat ihn abgeholt … Ich weiß leider nicht, wie sie hieß. Sie sah so ähnlich aus wie ich, kurze, blonde, strubbelige Haare, ziemlich viele Pickel.«

»In Ihrem Alter?« Sofie schrieb mit.

»Ja.«

»Und daran, dass der neue Besitzer mit Ihrem Computer alles Mögliche anstellen kann, was dann auf Sie zurückfällt, haben Sie nicht gedacht?«

Sie schüttelte den Kopf.

»Wer rechnet denn mit so was?«

Sofie stand auf. »Ich möchte alle Computer mitnehmen, die Sie besitzen, um zu überprüfen, ob es stimmt, was Sie sagen.«

»Ich habe nur den einen, den neuen.« Ein bisschen unglücklich holte sie den Laptop aus einer der Schubladen des Küchenschranks. »Wann bekomme ich ihn zurück?«, fragte sie.

»Wir rufen Sie an, wenn Sie ihn abholen können, aber das kann schon eine oder zwei Wochen dauern.«

»Aber ich muss für eine Klausur lernen …«

»Wenn das nicht der Computer ist, den wir suchen, geht es vielleicht auch schneller«, sagte Sofie. »Wenn Ihnen noch etwas zu der Käuferin einfällt, melden Sie sich bitte bei mir.« Sie reichte ihr eine Visitenkarte.

Cecilia Wannheim schloss die Tür hinter ihr, und Sofie ging langsam die Treppe hinunter. Irgendwo war ihr doch vor Kurzem eine junge Frau mit Akne begegnet, aber ihr wollte weder einfallen, wo, noch, wer das gewesen sein könnte.

146

»Ich habe alles in die Wege geleitet, Roger. Die Suchteams sind unterwegs, sie müssten in einer halben Stunde da sein. Ich komme auch bald.«

Arne fuhr mit der Hand über die Schreibtischoberfläche. Er hatte vier Mannschaftswagen und einen Helikopter nach Bogesundslandet geschickt, trotzdem hatte er das Gefühl, nicht genug getan zu haben.

»Super. Magnus und ich suchen schon nach Linn und diesem Mistkerl«, sagte Roger.

»Wie geht es Magnus?«

»Wie zu erwarten. Wir haben uns aber jetzt getrennt.«

Arne seufzte.

»Hältst du das für eine gute Idee, ihn allein dort herumlaufen zu lassen? Er ist nicht gerade das, was man ausgeglichen nennen würde.«

»Linn ist verschwunden, Arne«, sagte Roger knapp. »Wenn einer entschlossen ist, sie zu finden, dann wohl er.«

»Ja, aber … Ich weiß nicht. Was, wenn er stattdessen diesen Carlén in die Finger bekommt?«

»Der hat sich schon im Griff.«

Roger drückte ihn einfach weg, und Arne blieb mit dem Telefon am Ohr zurück. Er musste sich endlich einen Reim auf die Geschehnisse der letzten Tage machen, aber er kam schon bei den Amseln, die tot am Valsjön gelegen hatten, ins Stocken. Das Staatliche Veterinäruntersuchungsamt in Uppsala hatte sich am Morgen gemeldet und mitgeteilt, dass die Vögel an inneren Blutungen gestorben waren, als Folge von akuter äußerlicher Gewalteinwirkung. Was zur Hölle war da passiert? Das war alles völlig unbegreiflich.

147

Linn sank in dem feuchten Moos auf die Knie. Das Adrenalin, das sie bisher so lange auf den Füßen gehalten hatte, war verbraucht. Sie stützte sich erschöpft auf die Fäuste.

Sie atmete schwer durch die Nase, versuchte, wieder auf die Füße zu kommen, schaffte es aber nicht. Jetzt bloß nicht ohnmächtig werden auf diesem sanften Mooskissen, und dann wehrlos hier liegen, bis Carlén sie einholte.

Sie schloss die Augen, versuchte, Kraft zu sammeln, die sie nicht mehr hatte. Dann lauschte sie. Von irgendwoher war ein leises Geräusch gekommen.

In Bewegung bleiben, sagte sie sich …

Schwankend gelang es ihr doch, aufzustehen.

148

Sofie holte einen Schokoriegel aus der Schreibtischschublade und biss hinein. Einer der Computerspezialisten hatte den neuen Computer von Cecilia Wannheim einem Schnelltest unterzogen und bestätigen können, dass von diesem keine Nachrichten an Anders Levander geschickt worden waren. Aber wer hatte ihren alten Rechner? Wenn ihn wirklich jemand gekauft hatte, war er sicher mittlerweile unauffindbar. Nachdenklich kratzte sie sich am Kinn, schob diese Frage aber beiseite und dachte über Anders Levanders Computer nach, der noch im Skärgård-Gymnasium gestanden hatte. Wenig überraschend war nur ein Haufen alltäglicher Kram darauf gewesen. Mails von der Kanzlei, Aufgabenstellungen für Klassenarbeiten und Klausuren, Fotos von Janna und Jonathan, und dazwischen eben hin und wieder eine Nachricht mit der nicht weiter verständlichen Nachricht, wie viele Tage noch blieben.

Bis was passierte? Sie rieb sich die müden Augen.

Was, wenn sie falschlagen? Wenn es in den Nachrichten um etwas total Belangloses ging und sie gerade nichts als Luft jagten?

Sie steckte sich das letzte Stück vom Schokoriegel in den Mund und kippelte mit dem Stuhl. Levander war am Donnerstag, den dritten Mai, ermordet worden. An dem Tag hatte er den Brief mit der Information bekommen, dass ihm noch vier Tage blieben. Nicht null. Es wurde also nicht bis zu seinem

Todestag heruntergezählt … Aber … Sofie ließ sich nach vorn krachen, sprang auf und lief zu Arne.

»Die Nachrichten, der Countdown, die richten sich nicht an Anders!«

»Wie bitte?« Arne schaute erschrocken von einem Papierstapel auf.

»In dem Brief, den Anders Levander am dritten Mai bekommen hat, steht: *Noch vier Tage*. Dabei war das der Tag, an dem er ermordet wurde.«

»Ja. Und?«

Sofie redete immer schneller. »Die Drohung, also wenn wir davon ausgehen, dass der Countdown eine Drohung ist, richtete sich vielleicht nicht an ihn. Vielleicht wurde er umgebracht, weil er Janna und Jonathan schützen wollte. Verstehst du? Vielleicht hatte der Mörder es nur auf die beiden abgesehen. Das würde auch erklären, warum sie in diesem Versteck auf dem Dachboden eingeschlossen waren … Levander wollte sie beschützen.«

»Aber was sollen ein Vierzehnjähriger und eine Familienredakteurin Schlimmes angestellt haben? Also, ich weiß nicht, Sofie. Das klingt in meinen Ohren nach haltloser Spekulation«, sagte Arne langsam. »Dass er am Dritten getötet wurde, deutet vielleicht einfach nur darauf hin, dass es bei dem Countdown möglicherweise gar nicht um Mord geht, sondern um etwas ganz anderes.«

Fassungslos starrte Sofie ihn an. »Und wenn doch? Wenn der Countdown sich an ein anderes Familienmitglied richtet, dann wird er oder sie – oder beide – morgen ermordet.«

Arne faltete nachdenklich die Hände.

»Finde sie«, sagte er schließlich. »Der Notruf kam aus dem Haus der Levanders, sie müssen es also verlassen haben, kurz bevor der Rettungswagen ankam. Irgendjemand muss sie gesehen haben. Da waren doch sicher eine Menge schaulustiger Nachbarn auf der Straße, als die Sirenen zu hören waren.«

Sofie grübelte.

»Vielleicht haben aber auch nur alle auf den Krankenwagen geachtet. Ach, Arne, noch was, das ich bisher nicht an dich weitergegeben habe. Der Inhalt des Toiletteneimers war zum Teil frisch. Die DNA stimmt mit der überein, die im restlichen Haus gefunden wurde.«

Arne lehnte sich zurück und tippte die Fingerspitzen gegeneinander.

»Also haben Janna und Jonathan wirklich bis vor Kurzem dort auf dem Dachboden gehaust? Sie waren da oben, als wir die unteren Stockwerke durchsucht haben? Das ist ja, gelinde ausgedrückt, peinlich.«

Sofie legte den Kopf schief.

»Ja. Der arme Junge. Der muss ein ganz schönes Trauma haben. Und dann ist auch noch sein Vater ermordet worden.«

»Davon weiß er vielleicht noch gar nichts.«

149

»Geht es dir etwas besser?«

Jonathan fuhr aus dem Schlaf hoch. Lage stand neben dem Sofa und lächelte ihn an.

Er nickte schüchtern und schielte zu seiner Mutter, die neben ihm lag und immer noch tief und fest schlief.

»Also …«, sagte der Mann gedehnt. »Ich finde, jetzt ist es Zeit, dass du mir erzählst, was los ist, mein Junge. Was ist das für ein Wahnsinniger, der euch auf den Fersen ist? Und warum versteckt ihr euch vor der Polizei?«

Jonathan betrachtete ihn durch den langen Pony.

»Komm, wir gehen in die Küche, damit wir deine Mutter nicht stören«, sagte der Mann und ging in gemächlichem Tempo aus dem Wohnzimmer.

Jonathan stand auf und folgte ihm, wagte es nicht, sich zu widersetzen. Auf der Schwelle zur Küche blieb er stehen.

»Möchtest du ein Brot oder einen Tee?«, fragte Lage, der am Herd stand.

Jonathan nickte. Er fühlte sich noch immer schwach, aber schon bedeutend besser als vor ein paar Stunden.

»Oder magst du lieber Kaffee?«

Jonathan schüttelte den Kopf.

»Dann bekommst du einen Tee. Wie heißt du noch gleich?«

»Jonathan.«

»Ich heiße Lage.« Er stellte Butter und einen schiefgehobelten Käse auf den Tisch. »Du redest nicht besonders viel.«

»Entschuldigung.«

»Dafür musst du dich nicht entschuldigen. Die meisten reden ohnehin nur Mist. Wobei ich nicht glaube, dass das auf dich zutrifft.« Er zwinkerte ihm freundlich zu.

»Nein ...«

»Sehr schön. Und jetzt essen wir.« Lage fischte die Teebeutel aus der Kanne.

Jonathan fing an zu essen und vergaß darüber alles andere. Er hatte noch immer das Gefühl, ein bodenloses Loch im Bauch zu haben.

Der Mann beobachtete ihn amüsiert.

»Wenn du noch mehr möchtest, greif einfach zu.« Er deutete auf den Tisch und lehnte sich leicht vor.

»Und jetzt erzählst du mir, warum ihr unter meiner Plane gelegen habt.«

Jonathan hörte auf zu kauen. Der neugierige Blick des Mannes gefiel ihm nicht, dabei war er alt, er würde ihm nichts tun können.

»Überlegst du, ob du mir trauen kannst?«

»Ja ...«

»Nicht mehr und nicht weniger als anderen, schätze ich. Aber immerhin jage ich euch nicht mit spitzen Gegenständen. Und ein Polizist bin ich ganz sicher nicht«, fügte er mit einem sonderbaren Lächeln hinzu. »Also, mein Junge, worum geht es?«

»Weiß ich nicht.«

Lage sah nachdenklich aus.

»Das glaube ich dir sogar. Erzählst du mir trotzdem, was passiert ist?«

Unsicher senkte Jonathan den Blick auf sein Brot. Es fiel ihm schwer, eine Entscheidung zu treffen, dabei würde er so gern endlich mit jemandem darüber sprechen.

»Ich kann nicht sagen, wann genau das angefangen hat. Vielleicht vor einem Jahr«, sagte er dann. »Eigentlich hat mich ein anderer verfolgt, seit … Den von gestern mit dem Rohr habe ich jedenfalls noch nie gesehen.«

»Das heißt, es sind zwei Männer hinter euch her?« Lage wirkte schockiert.

»Nein, ich … Der Erste hat mich nur beobachtet. Auf dem Schulhof, im Skatepark …«

Jonathan schluckte.

Lage lehnte sich zurück, die Tasse in der Hand. Seine Augen glänzten interessiert.

»Aha. Und was ist vor einem Jahr passiert?«

Jonathan trank den Tee mit heftigen Schlucken.

»Ach, ihr habt es ja nett hier.«

Janna betrat die Küche und kam zu ihnen an den Tisch.

Sie war munterer als am Vortag, und die mausgrauen Haare standen ihr wild um den Kopf.

Lage lächelte wieder freundlich.

»Tee?«, fragte er und nickte zur Kanne.

»Gern«, sagte sie und setzte sich zu ihnen.

Lage stand auf und wandte ihnen den Rücken zu. Jetzt konnte er Jonathan zwar nicht mehr sehen, aber er ahnte, dass der Junge erleichtert aufatmete.

150

Von seiner Position hoch am Felsen konnte Carlén etwas Helles unten zwischen den Bäumen erkennen. Er legte die Hand an die Stirn, um das Sonnenlicht abzuschirmen. Das war wirklich sie, die Psychologin. Ihre weiße Bluse war schmutzig, und das blonde Haar, das bei den Sitzungen immer ordentlich gekämmt gewesen war, hing strähnig herunter. Das konnte er deutlich sehen, denn sie war nicht mal hundert Meter von ihm entfernt.

Er schaute über die Felskante. Es ging geradewegs in die Tiefe, er konnte unmöglich hinunterspringen, ohne sich die Beine zu brechen. Er folgte der Kante mit Blicken. Ein Stück entfernt war es nicht ganz so tief, dorthin joggte er, ohne sie dabei aus den Augen zu lassen.

Kurz verlor er sie aus dem Blick, aber er wusste ja, in welche Richtung sie lief, und er hatte noch Kraftreserven. Er griff nach den Ästen der schmalen Bäumchen, die auf dem schlechten Boden am Hang wuchsen, und kletterte hinunter.

Wenn er erst unten war, hatte sie keine Chance mehr.

Ach, wie er sich wünschte, er hätte das Handy nicht im Auto gelassen. Dann könnte er jetzt filmen. Wie der Löwe seine Antilope reißt.

151

Ein schwaches Motorengeräusch. Linn legte den Kopf in den Nacken, schaute in den klaren, blauen Himmel und spitzte die Ohren. Der Schmerz in ihrem Brustkorb war mittlerweile so überwältigend, dass ihr übel wurde. Außerdem waren ihre Füße übersät von schmerzhaften Rissen und Kratzern.

Das hohe Gras bewegte sich in unruhigen Wellen um sie. Vielleicht war es doch nur der Wind gewesen?

Sie musste sich ausruhen, nur kurz. Um sie herum sah alles gleich aus. Gelbes Gras und Fichten bis zum Erbrechen. Sie hatte versucht, sich auf dem schnellstmöglichen Weg vom Felsen fortzubewegen, aber der Wald stand viel zu dicht, um mit Sicherheit sagen zu können, ob es ihr geglückt war. Umgestürzte Bäume oder tiefe Senken hatten sie gezwungen, Umwege zu machen, und jetzt wusste sie nicht mehr, wo der Felsen war.

Das Rattern wurde plötzlich immer lauter und ließ den sonst so stillen Wald beben. Verwirrt blickte sie sich um, und da sah sie ihn. Über den Baumkronen schwebte ein Helikopter.

Sie hob die Arme und schrie, so laut sie konnte, trotzdem entfernte er sich.

Hatten sie sie denn nicht gesehen? Oder wollten sie ein Stück entfernt landen?

Sie folgte dem Geräusch. Die Fassungslosigkeit trieb ihr die Tränen in die Augen. Wankend bahnte sie sich den Weg in die Richtung, in die der Hubschrauber verschwunden war. Und so steuerte sie geradewegs auf den Felsen zu.

152

»Ich sollte Sie doch anrufen, wenn mir noch etwas einfällt. Dabei weiß ich gar nicht, ob das überhaupt relevant ist …« Cecilia Wannheims Stimme verriet ihre Nervosität.

»Einfach raus damit.« Sofie stand am Fenster einer Imbissbude, ihr war gerade ein saftiger Hamburger in die Hand gedrückt worden. Ein wohlverdienter.

»Also, dieses Mädel, das meinen alten Computer gekauft hat, die hat was über die Frau gesagt, für die sie den geholt hat … Die Tasten an dem Computer sind ein bisschen größer, was sie irgendwie gut fand, weil die Frau, für die sie arbeitet, behindert ist oder so. Aber ich weiß echt nicht, ob das wichtig ist.«

»Das kann schon wichtig sein. Ist Ihnen sonst noch was eingefallen? Der Name der Frau vielleicht?«

»Leider nein. Ich bin mir nicht mal sicher, ob sie den überhaupt gesagt hat. Sie war wegen einem U-Bahn-Totalausfall ein bisschen spät dran, wofür sie sich entschuldigt hat.«

»Wann war sie denn da?«

»Kurz nach sieben. So etwas schreibe ich mir auf, das habe ich vorhin extra im Kalender nachgeschlagen. Ich meine, sie hat gesagt, dass sie in Fruängen festhing, aber da bin ich mir nicht mehr ganz sicher.«

Sofie bedankte sich und steckte das Handy weg. Dann ging sie schnellen Schritts zurück zum Präsidium in der Kungsholmsgatan und verschlang derweil den Hamburger. Ein U-Bahn-Totalausfall. Besser ging es fast nicht.

153

Scheiße! Carlén schmiss sich bäuchlings auf den Boden, krabbelte in ein nahe liegendes Gebüsch und legte schützend die Arme über den Kopf. Das Donnern des Hubschraubers dröhnte ihm in den Ohren. Kaum hatte er nach seiner kleinen Klettereinlage wieder festen Boden unter den Füßen gehabt, da hatte das Rattern leise angefangen. Jetzt war es so laut, dass er sich die Ohren zuhalten musste. Ein riesiger Schattenfleck verdunkelte das Gras unmittelbar vor ihm, dann glitt der Polizeihubschrauber sanft über die Baumkronen davon.

Hatten die ihn etwa gesehen? Suchten die ihn? Oder die Frau? Er erschauderte. Wussten sie etwa, was er getan hatte? Was er tun wollte?

Er rollte sich auf die Seite, zog den Schal aus der Tasche und presste ihn sich fest aufs Gesicht, die Augen geschlossen. Er blieb lange so liegen, bis das Rotorengeräusch sich immer weiter entfernt hatte.

Gerade wollte er den Tränen freien Lauf lassen, als er etwas anderes hörte. Hastig drehte er sich auf den Bauch. Und da geschah es. Die Psychologin stolperte aus dem Wald und genau auf sein Versteck zu. Sie schrie und winkte dem Helikopter hinterher, ohne zu ahnen, dass er nur wenige Meter entfernt von ihr auf dem Boden lag. Er schob die Blätter auseinander und blickte in den Himmel. Die schienen sie nicht bemerkt zu haben, denn der Hubschrauber entfernte sich weiter und weiter. Nicht mehr lang, dann war er gar nicht mehr zu sehen.

Er blieb liegen und betrachtete sie, während sie näher kam. Nicht mehr lang, und dann waren sie allein.

154

Sophie öffnete die Tür zu Arnes Büro.

»Cecilia Wannheim hat mich angerufen. Das Mädchen hat ihren Rechner für eine andere Frau gekauft. Außerdem kam sie zu spät, weil es einen Totalausfall bei der U-Bahn gegeben hatte und sie eine Weile in Fruängen festsaß.«

Arne schaute auf. »Hast du schon Kontakt zu den Leuten von der U-Bahn aufgenommen?«

»Selbstverständlich.«

»Und sie schicken uns die Überwachungsvideos von der Station?«, fragte Arne.

»Ja, die müssten jeden Moment ankommen. Wahrscheinlich ist es am besten, wenn die Wannheim herkommt, um sich die Videos anzusehen, oder? Sie wird ja die Frau wiedererkennen, die ihr den Laptop abgekauft hat, wenn sie denn auf der Aufnahme ist.«

Arne nickte.

»Ja, kümmere dich darum. Ich wollte mich gerade auf den Weg nach Vaxholm machen, mal sehen, wie die Suche nach Linn vorangeht.«

Sofie war irgendwie unzufrieden, als sie Arnes Bürotür hinter sich schloss. Sie hatte das nagende Gefühl, dass sie etwas vergessen hatte. Etwas Wichtiges.

155

Magnus hatte die Hand fest um Linns Kette geschlossen. Er hatte sie nicht beschützen können, und nun bat er Gott, dass es noch nicht zu spät war.

In der Ferne über den Bäumen hörte er den Hubschrauber, aber würde der etwas nützen? Der Wald war einfach riesengroß.

Ein eisiges Gefühl legte sich um seinen Magen, während er sich durchs Unterholz kämpfte. Es kümmerte ihn nicht, dass er tief in kalte Moosstellen einsank oder Äste sein Gesicht zerkratzten. Er würde nicht stehen bleiben, ehe er sie gefunden hatte. *Ich muss sie einfach finden.* Trotzdem spürte er, wie er allmählich die letzte Hoffnung verlor.

156

Friedrich stieg aus dem Bus, verharrte kurz auf dem Bürgersteig, bevor er schnell die Straße kreuzte und eine Reihenhaussiedlung ansteuerte. Katharina fand, sie ähnelte deutschen Siedlungen. Weiße Backsteinhäuser mit roten Holzverzierungen, lange Reihen von Einzelgaragen. Hier grenzte jedoch ein dichter Wald an die Siedlung, das war zu Hause anders.

Das Taxi, mit dem sie vom Bahnhof in Åkersberga hergekommen war, stand ein gutes Stück von der Bushaltestelle entfernt, und Katharina bezahlte den Fahrer betont umständlich, um Friedrich einen gehörigen Vorsprung zu geben. Vorher wollte sie nicht aussteigen.

Sie hatte sich noch nie so unglaublich dumm gefühlt. Das war doch alles absurd, um nicht albern zu sagen. Dass sie hier war, ein paar Kilometer außerhalb von Stockholm, ohne überhaupt richtig zu wissen, wo.

Das Taxi fuhr davon, und sofort fühlte sie sich verlassen, mit dem einsamen Weg vor und dem Laubwald hinter sich. Friedrich war schon fast zwischen den Garagen verschwunden, als sie ihm hinterherhastete. Er marschierte mit bestimmtem Schritt zwischen den Häuserreihen hindurch. Glücklicherweise schaute er sich nie um.

Sie warf den Kopf in den Nacken. Und was machte es schon, wenn er sie sehen würde? Sie waren schließlich verheiratet, da hatte sie ein Recht darauf, zu erfahren, warum er sie verlassen hatte. Ohne ein einziges Wort noch dazu.

Sie schlug denselben Weg ein wie Friedrich.

Die Häuser waren in einem Gittermuster angelegt, schmale Wege verbanden die größeren Straßen. Friedrich kreuzte sie so zielgerichtet, als wüsste er genau, wohin er wollte.

Und wenn er doch zu seiner schwedischen Hure will?

Eine Halsader begann aggressiv zu zucken. Dann stoppte sie abrupt. Friedrich war stehen geblieben und starrte das letzte Haus dieser Reihe an. Katharina kniff die Augen zusammen, um besser sehen zu können. Was zur Hölle hatte er denn vor?

Sie machte einen Schritt in seine Richtung, und dann sah auch sie, was er betrachtete. Ein paar vielleicht zehnjährige Jungs klopften an die Tür des letzten Hauses. Sie trugen Trikots. Sie schienen etwas verkaufen zu wollen, Plätzchen womöglich?

Friedrich beobachtete sie genau, und erst als sie aufgegeben hatten und um das Haus gebogen waren, setzte er sich wieder in Bewegung.

Er ging zur Haustür und drückte die Klinke hinunter. Die Tür öffnete sich nicht, weshalb er sich kurz unsicher umsah, bevor er zur Terrasse weiterging.

Katharina presste sich gegen eine Hauswand, und obwohl sie ein paar Häuser entfernt stand, konnte sie klar und deutlich ein Klirren hören.

Friedrich hatte sich das Jackett um den Arm gewickelt und eine Scheibe der Terrassentür zerschlagen. Vorsichtig stupste er ein paar Scherben weg, bevor er den Arm in die Öffnung schob und die Tür öffnete. Katharina beobachtete verwundert, wie er im Haus verschwand. Lange blieb sie unschlüssig dort stehen und starrte auf den Punkt, an dem ihr Mann verschwunden war. Sie hatte nicht den Hauch einer Ahnung, was sie als Nächstes tun sollte.

157

Es war so unwirklich, dass in diesem sorglosen Frühlingswald etwas geschehen sein sollte. Fluffige, weiße Wolken trieben in Grüppchen am Himmel und ein paar Waldtauben gurrten im Baum über ihm. Dabei wurde im Wald selbst angestrengt gearbeitet. Unter einer großen Eiche hatte sich die Hundestaffel versammelt, und alle anderen verfügbaren Kollegen formierten sich daneben zu einer langen Suchkette, und es wurden ständig mehr.

»Hast du Magnus gefunden?«, rief Arne Roger zu, der gerade aus dem Wald kam. Dieser schüttelte jedoch nur den Kopf und ließ sich erschöpft neben Arnes Wagen auf den Boden sinken. Das mausgraue Haar klebte ihm schwitznass am Kopf. Müde zog er sich die Turnschuhe aus.

»Das ist vielleicht verlorene Mühe, vielleicht ist sie gar nicht mehr hier«, sagte er.

Arne konnte darauf nicht reagieren, weil ein uniformierter Kollege zu ihm trat.

»Die Suchkette ist bereit. Sollen wir loslegen?«

Arne nickte.

»Sind die Hundeführer auch so weit? Dann bitte sofort!«, sagte er.

Der Polizist gab seinen Kollegen unter der Eiche ein Zeichen, und schon zogen die Hunde eifrig schnüffelnd mit ihren Führern in den Wald, dicht gefolgt von der Suchkette.

Arne nahm eine Karte aus der Gesäßtasche und setzte sich

zu Roger auf den Boden. Er faltete die Karte auseinander und kreiste mit dem Zeigefinger das Gebiet ein, in dem sie sich befanden.

»Wir fangen hier an, ausgehend von der Hütte, in der ihre Kette lag.«

Roger wischte sich den Schweiß von der Stirn.

»Da waren Magnus und ich schon, aber wir können sie natürlich auch übersehen haben, besonders, wenn sie schon nicht mehr lebt …« Er biss sich auf die Lippe und starrte gebannt in den Wald. Von der Suchkette war schon nichts mehr zu erkennen, aber vereinzelte Rufe waren noch zu hören.

»Ein Schritt nach dem anderen.« Arne stand wieder auf.

»Wie lange suchen wir?« Roger wirkte entmutigt.

»Keine Ahnung. Ein paar Stunden. Bis es dunkel wird. Bis morgen. Wir werden sehen.«

»Es wird immer noch sehr kalt nachts.«

»Aber nicht so kalt, dass man erfriert. Du, Roger, ich muss die Kriminaltechniker wegen dieser Hütte verständigen. Wie hieß die noch gleich? Getreidespeicher?«

»Ja, das ist die kleine Hütte da oben.« Roger deutete zu dem Häuschen, das sich zwischen den Bäumen ausmachen ließ.

»Gut.« Dann setzte Arne sich in seinen Wagen.

Die Rufe der Suchkette wurden immer leiser, und Rogers Stimmung sank. Magnus stand ihm nicht nur als Kollege nah, er war sogar sein einziger Freund, wenngleich Roger das niemals offen zugeben würde. Und die Vorstellung von Linns leblosem Körper, der von Laub bedeckt im Wald lag, brachte ihn an den Rand der Verzweiflung.

158

Der Hubschrauber musste zurückkommen, die konnten doch jetzt nicht aufgeben. Die mussten sie gesehen haben.

Linn ließ sich in das hohe Gras fallen und drehte sich auf den Rücken. Nur kurz ausruhen, dann würde sie weiterlaufen.

Die Rippe schmerzte, als wäre sie aus gebrochenem Porzellan … Aber sie lebte. Noch lebte sie. Sie starrte in den Himmel, ihr war schwindelig, die Bäume drehten sich so schnell um sie, dass sie eine einzige grüne Masse bildeten.

Einzelne Erinnerungsbilder von Carlén, ihren Töchtern und Magnus tauchten auf, jagten einander, hielten sich aber nie länger in ihrem Bewusstsein auf als ein paar Zehntelsekunden.

Erst als sie ganz in der Nähe Schritte hörte, versuchte sie, sich aufzusetzen, doch da war es schon zu spät.

159

Friedrich streckte die Arme in die Luft und reckte sich, die Wirbel knackten wie alte Scharniere. Dann legte er den Kopf in den Nacken und fing an, sich zu drehen. Die Arme zu beiden Seiten ausgestreckt, immer schneller, bis er in die Wohnzimmerwand krachte. Dabei riss er ein Bild von der Wand, dessen Glas zersplitterte und sich über den Boden verteilte. Dann fing er an zu lachen, ein sonderbar gurgelndes Lachen. Sie waren nicht zu Hause! Friedrich dankte dem Himmel für die Jungs, die versucht hatten, Plätzchen zu verkaufen. Nun konnte er bis Mitternacht hier warten und sie töten, wenn sie heimkamen, ohne sich erst noch umständlich draußen ein Versteck suchen zu müssen. In ein paar Stunden war schon der siebte Mai, der Tag, vor dem er sich gefürchtet und den er gleichzeitig lange herbeigesehnt hatte.

Nach einer Weile hörte er auf zu lachen und lauschte stattdessen den hauseigenen Geräuschen. Er spürte bis in die letzte Zelle, dass etwas Schreckliches passieren würde.

Etwas Fürchterliches.

Und dann fiel ihm ein, dass *er* das Fürchterliche verursachen würde, und schon musste er wieder kichern.

Im Regal stand ein Foto, auf dem eine mollige Frau, ein kleiner Mann mit lustigem Aussehen und ein schlaksiger Junge zu sehen waren, die einander im Arm hielten. Friedrich ging zu dem Bild und strich mit der Fingerspitze über den Rahmen. Eine Familie, fast wie seine eigene. Ein Sohn, eine Ehefrau.

Plötzlich schnürte ihm etwas die Luft ab, und er fuhr sich nervös mit der Hand über den Hals. Dann kehrte er zu seiner Tasche zurück und holte das Rohr heraus. Es musste schnell gehen, wenn die Familie Levander nach Hause kam, damit er es sich nicht anders überlegte. Wenn sie durch die Tür ins Wohnzimmer kamen, würde er an der Wand stehen und sofort zustoßen, den Überraschungseffekt ausnutzen.

Sein Mund füllte sich mit Speichel, er war jetzt ein Tier, das niederste Tier von allen.

160

Carlén hockte im Gebüsch. Jemand näherte sich, bewegte sich schnell durchs Unterholz. Sofort legte Carlén sich wieder flach auf den Boden, machte sich so klein wie möglich. Erstaunt beobachtete er, wie ein unbekannter Mann die Lichtung überquerte und zu der Psychologin rannte. Und was noch schlimmer war, er hob sie hoch und trug sie fort.

Carlén blinzelte eine Wutträne weg. Sie gehörte ihm, da konnte doch nicht einfach jemand angelaufen kommen und sie ihm wegnehmen, *das war doch nicht gerecht*. Er hatte schließlich so lange gewartet, am liebsten hätte er laut geflucht, aber dazu hatte er viel zu große Angst. So große Angst, dass er reglos weiter dort am Boden verharrte, obwohl die beiden längst nicht mehr zu sehen waren.

Erst als wieder absolute Stille eingekehrt war, stand er langsam auf. Hier konnte er nicht bleiben.

So hatte er sich das nicht vorgestellt. Ganz und gar nicht.

Er rannte los, wohin, kümmerte ihn nicht mehr. Und während er rannte, dachte er weder an Jenny noch an die Psychologin, sondern an die Sache im Schulkeller vor vielen, vielen Jahren. An die Jungs, die um ihn herumgestanden, ihn höhnisch ausgelacht, ihn geboxt und getreten hatten und die Hose heruntergezogen. *Züchtigung*, hatten sie im Chor geschrien. *Züchtigung!*

161

Tränen liefen Magnus über die Wangen, während er sich mit Linn im Arm zurück durch den Wald kämpfte.

»Magnus … Er ist noch da draußen …« Sie presste ihm das Gesicht an die Schulter, war viel zu erschöpft, auch nur ein weiteres Wort zu sagen.

Magnus schluchzte. Dieser Mistkerl. Er hatte ihr wehgetan. Und da tauchte plötzlich ein furchtbarer Gedanke in seinem Kopf auf, aber er brachte es nicht fertig, sie zu fragen, nicht jetzt, wo sie wie eine kaputte Puppe in seinen Armen hing.

»Linn, Linn?«, flüsterte er.

Sie öffnete die Augen und schaute ihn mit verklärtem Blick an.

»Linn, tut dir was weh?«

Sie deutete auf ihren Brustkorb.

»Ja.« Sie schloss die Augen wieder, und Magnus erhöhte das Tempo, schimpfte innerlich mit seinen Beinen, die immer wieder unter ihm nachgeben wollten. Er musste zurück zu Roger, musste Linn so schnell wie möglich ins Krankenhaus bringen. Was hatte dieser Scheißkerl ihr bloß angetan?

Die Äste des Buschwerks schlugen nach ihm, und er hielt Linn höher, damit sie keine Schläge abbekam. Linn, seine geliebte Linn.

Nach einer knappen Viertelstunde sah er den Lack von Rogers Wagen durch die Bäume schimmern.

»Ruf einen Rettungswagen!«, schrie er. »Sofort!«

Roger rannte ihm entgegen, und Magnus sackte am Waldrand zusammen, Linn auf dem Schoß.

»Hilf ihr, sie hat Schmerzen«, sagte Magnus verzweifelt.

Linn schaute sie mit trüben Augen an und sagte: »Es geht schon«, sagte sie.

Erst da fielen Magnus die Handschellen auf, die Linns Hände fesselten.

»Hol mir die Kneifzange aus dem Wagen«, verlangte er. »Schnell.«

Als Linn kurz darauf von ihren Fesseln befreit war, senkte sie den Kopf an Magnus' Brust und fing an, laut und hemmungslos zu weinen.

Arne kam zu ihnen, und Magnus wandte sich an ihn.

»Jetzt ist es keine Suchkette mehr. Lass die Kollegen wissen, dass die Suche vorbei ist und die Jagd beginnt«, sagte er mit zusammengebissenen Zähnen.

Arne nickte und holte das Funkgerät hervor.

»Linn Kalo wurde gefunden. Ich wiederhole: Linn Kalo wurde gefunden, Mattias Carlén befindet sich aber noch im Wald. Findet ihn.«

Die drei Männer wechselten Blicke.

Die Jagd war noch lange nicht vorbei.

162

Katharina hatte eine Gänsehaut. Ihr Mann war gerade in ein Haus eingebrochen. Sie verstand die Welt nicht mehr.

Hinter ihr wurde ein Fenster geöffnet, weshalb sie widerwillig weiterging. Bloß wohin? Sie konnte ihn ja schlecht jetzt konfrontieren.

Am Ende des Weges lag ein Waldstück. Von dort konnte sie das Haus im Blick behalten, ohne selbst gesehen zu werden, allerdings musste sie dazu erst einmal an dem Haus vorbei.

Sie sah sich um. Sollte sie Friedrich nicht einfach Friedrich sein lassen und nach Hause fahren? Abwarten, ob er wieder nach Köln zurückkehrte und ihr das alles erklärte? Nein, jetzt konnte sie auch nicht mehr umkehren. Sie war ihm immerhin bis in diese Reihenhaussiedlung in Schweden gefolgt, jetzt wollte sie auch Antworten.

Katharina begann, an den Nägeln zu kauen. Als etwas über ihren Kopf flatterte, hörte sie sofort auf. Eine dicke Krähe landete auf einem der Hausdächer. Katharina ließ die Schultern sinken, holte tief Luft und ging weiter.

163

Lage zog sich in sein Arbeitszimmer zurück und schloss die Tür hinter sich. Er war vor ein paar Jahren pensioniert worden, das Zimmer befand sich jedoch noch immer im gleichen Zustand wie zu seinen aktiven Zeiten. Früher hatte er von hier die Bestellungen aufgegeben. Toilettenschüsseln, Badewannen und Waschbecken, meist aus Estland, ganz selten auch aus Litauen. Mittlerweile war er nur noch im Internet unterwegs, wenn er nach ehemaligen Bekannten oder Menschen suchte, die ihm im Fernsehen aufgefallen waren. Das war auch fast wie arbeiten, aber sobald er genug Informationen gesammelt hatte, hörte er damit auf. Er war schließlich kein Stalker, sondern nur neugierig.

Nun saß er in dem braunen Ledersessel, der Blick ruhte auf der geschlossenen Tür, die zum Wohnzimmer führte. Er fragte sich, warum die Frau ihm nicht erzählen wollte, was ihnen zugestoßen war. Sie war so extrem verschlossen, immerhin hatte der Junge die Bereitschaft gezeigt, sich zu öffnen.

Er kannte Jungs, wusste, dass Geheimnisse aus ihnen heraussprudelten wie Champagner aus einer Flasche, die geschüttelt worden war.

Und dieser Junge behielt schon lange etwas für sich.

Lage stand auf und trat nachdenklich an das kleine Fenster.

Er hatte keine Angst vor der Polizei, wollte sich aber auch nicht strafbar machen, weil er Verbrecher schützte – sofern die beiden denn etwas Ungesetzliches getan hatten.

Sein Mund formte sich zu einem entschlossenen Strich. Solange er sie hier beherbergte, durfte er auch ein paar Antworten erwarten!

Er hatte sich gerade vom Fenster abgewandt, um wieder zu ihnen zu gehen, als er aus dem Augenwinkel eine Bewegung wahrnahm. Eine dunkelhaarige Frau ging an seinem Fenster vorbei und weckte aus irgendeinem Grund sein Interesse. Ihr Gang verriet Anspannung, und obwohl sie sehr gepflegt aussah, lag Verzweiflung auf ihrem Gesicht.

Kaum war sie vorbei, lehnte er sich so weit vor, dass er sich fast die Nase an der Scheibe platt drückte. Die Frau lief auf das Haus der Levanders zu, und er dachte schon *Klar*, doch dann lief sie einfach daran vorbei über die angrenzende Wiese bis in den Wald.

Er schaute ihr nach, bis sie komplett verschwunden war. Ein weiteres, auffälliges Vorkommnis in ihrer kleinen Siedlung, aber vielleicht sah er mittlerweile Gespenster? Das Sonderbarste war und blieb jedenfalls das komische Paar, das auf seinem Sofa saß und sich weigerte, etwas zu erzählen.

Dann ging er wieder zu ihnen. »Ich finde, jetzt solltet ihr mich endlich einweihen«, sagte er.

Beide schauten zu ihm auf. Die Mutter blinzelte verlegen, als würde sie krampfhaft einen Weg suchen, an einer Antwort vorbeizukommen, während der Junge rot anlief. Wenn Lage nicht gewusst hätte, wie echt die Angst war, die die beiden quälte, hätte ihn die Reaktion amüsiert.

»Ich … ich …«, stammelte der Junge.

»Still!«, schrie die Frau. »Wir wissen nicht, wer hinter uns her ist. Wir haben einen Verdacht, aber wir wissen es nicht sicher«, sagte sie verängstigt.

»Könnt ihr mir denn etwas über diesen Verdacht erzählen?«

Mutter und Sohn wechselten einen besorgten Blick.

Lage räusperte sich.

»Wenn ihr weiter bei mir bleiben wollt, dann muss ich mich darauf verlassen können, dass ihr nichts verbrochen habt«, sagte er. »Die Polizei war vor ein paar Tagen schon einmal sehr interessiert an eurem Haus … Ich habe nicht viel für die Bullen übrig, aber für Verbrecher auch nicht. Die eine oder andere Dummheit habe ich, wie gesagt, in meinem Leben selbst schon begangen, aber ich habe noch nie jemanden verletzt.« Er zögerte kurz, dann fügte er an:

»Ihr?«

Die Frau schüttelte den Kopf, der Junge hingegen hielt den Blick auf eins der Sofakissen gesenkt.

»Ich meine das ernst. Ich verständige die Polizei oder werfe euch raus, wenn ihr mir nicht endlich sagt, was Sache ist.« Lages Stimme hatte einen schärferen Ton angenommen.

Der Junge öffnete als Erster den Mund.

»Das ist alles meine Schuld!«

Die Frau schaute ihn tief enttäuscht an.

»Nein«, entfuhr es ihr. Sie legte dem Jungen die Hand aufs Bein, als könnte sie ihn so aufhalten.

»Ich … Ich erzähle es. Wir waren auf einer Feier …«

164

Sofie nahm Cecilia Wannheims zarte Hand und schüttelte sie.

»Vielen Dank, dass Sie so schnell herkommen konnten. Wären Sie bereit, sich ein paar der Überwachungsvideos von der U-Bahnstation anzusehen?«, fragte sie.

»Natürlich. Aber ich kann Ihnen nicht versprechen, dass ich sie wiedererkenne. Es ist schließlich schon ein bisschen her, dass ich den Computer verkauft hab.«

»Geben Sie einfach Ihr Bestes.« Sofie deutete zur Tür, hinter der sich eins der Verhörzimmer verbarg. »Die Videos wurden am 8. März im U-Bahnhof Fruängen aufgezeichnet. Sie hatten ja erwähnt, dass es dort einen Totalausfall gegeben hat, was sogar stimmt. Zwischen 18:42 und 18:56 Uhr ist keine einzige Bahn gefahren.«

Wannheim folgte ihr wortlos.

»Nun denn«, fuhr Sofie fort, »fangen wir mit einem Video an, auf dem besonders viele Fahrgäste zu sehen sind. Schauen Sie einfach, ob Sie jemanden erkennen.«

Sie ging zum Monitor, der an der Wand befestigt war, und startete den ersten Film. Wannheim betrachtete konzentriert die sich bewegenden Figuren. Sie nahm diese Aufgabe offenbar sehr ernst.

Nach einer Weile sagte sie:

»Irgendwie ist das aus dieser Vogelperspektive schwer zu erkennen.«

»Es gibt noch andere Kamerawinkel, sobald Sie jemanden

näher betrachten wollen, suchen wir eine andere Aufnahme heraus.«

»Ich kann sie nicht erkennen. Ich glaube, ich weiß nicht mehr, wie sie aussieht.«

Sofie hörte auf zu lächeln.

»Geben Sie Ihr Bestes, mehr können Sie nicht tun.«

Wannheim verstummte und starrte wieder auf den Monitor. Die kleinen Figuren tanzten wie beim Schattenspiel hin und her. Setzten sich auf die Bänke, standen wieder auf, gingen auf und ab, blickten oft zu der Anzeigetafel, auf der die Minuten bis zur nächsten Bahn angegeben waren.

»Könnten Sie ein Stückchen zurückspulen?«

»Natürlich.«

Schon lief der Film wieder.

»Die hier«, sagte Wannheim und zeigte auf eine junge Frau, die eine Jeansjacke trug und am hinteren Ende des Bahnsteigs auf einer Bank saß. »Die könnte es gewesen sein.«

Sofie zoomte die Frau auf der Bank heran, die in einem Buch las. Sie hatte das starke Gefühl, sie schon einmal gesehen zu haben.

165

Magnus stand am Küchenfenster und ließ sich die leichte Abendbrise ins Gesicht wehen, bevor er das Fenster langsam schloss. Er hatte das Gefühl, zu fliegen. Linn lag im Schlafzimmer, je eine Tochter im Arm, und schlief. Sie stand selbstverständlich noch unter Schock, trotzdem wirkte sie sehr gefasst, seit sie nach Hause gekommen waren. Vielleicht würde sich das noch ändern, wenn sie sich ausgeruht hatte und ihr Verstand wieder ganz klar war. Körperlich hatte sie jedenfalls ziemliches Glück gehabt. Die Ärztin hatte gesagt, die Rippe würde von selbst heilen, und Carlén hatte sie nicht … angerührt.

Magnus seufzte erleichtert. Das erste Mal seit Langem konnte er endlich wieder frei atmen.

Er öffnete die Tür einen Spalt und blickte ins Schlafzimmer. Linns helles Haar und das etwas dunklere der Töchter lugten über den Rand der Decke. Er schloss die Tür vorsichtig wieder, ging in die Küche und schaute ungeduldig auf sein Handy. Roger hatte versprochen, sich zu melden, sobald sie diesen verfluchten Mistkerl geschnappt hatten, aber noch hatte er nichts von sich hören lassen. Gleichzeitig war Magnus sicher, dass Carléns Chancen zu entkommen gleich null waren. Sein Auto stand noch immer beim Speicher, er war zu Fuß unterwegs. Sie würden ihn kriegen.

Magnus zog sich die Jeans aus und schleuderte sie über einen der Küchenstühle. Dann schlüpfte er unter die Dusche. Er musste sofort wieder daran denken, wie hilflos Linn im Gras gelegen hatte, und während das Wasser an ihm herunterlief, schwor er sich, niemals wieder einen Fuß in den Wald zu setzen. Nicht für den Rest seines Lebens.

Was hatte Linn sich dabei gedacht, zu diesem Carlén zu fahren? Sie hatte nicht wissen können, dass er in einen Mord verwickelt war, aber sie wusste von seiner Sexsucht. Das war so dumm gewesen, so riskant.

Er steckte den Stöpsel in den Abfluss und legte sich in die Wanne. Müdigkeit überkam ihn, so gewaltig, als wäre er nach einer langen Reise nach Hause zurückgekehrt. Und erst als das Wasser kalt und seine Finger schrumpelig waren wie Rosinen, zwang er sich aufzustehen.

Er zog sich frische Shorts an und kroch zu den anderen ins Bett. Linns Hand lag auf dem Kissen. Er konnte den blauen Fleck an ihrem Handgelenk sehen. *Dieser Mistkerl.* Er spürte einen Stich in der Magengegend und hoffte inständig, dass die Kollegen mit ihren Hunden und Taschenlampen Carlén bald im Wald finden und zu Tode erschrecken würden, sodass er seinen Namen vergaß.

166

Carlén rannte durch die Nacht, obwohl ihm alles wehtat. In der Ferne hörte er Hunde bellen. Nur einmal hatte er innegehalten, auf allen vieren gehockt, trocken gehustet und gewürgt. Sein Hals fühlte sich an wie ein rostiges Reibeisen. Aber jetzt war er wieder unterwegs in diesem unendlichen Wald.

Die Dunkelheit machte ihm Angst, genauso seine eigenen, heftigen Atemzüge. Nur ab und zu brach das Mondlicht durch die Wolkendecke und schenkte ihm ein wenig Licht, trotzdem hielt er nicht an. Seine Beine fühlten sich leichter an, angetrieben von einer Panik, die er nicht mehr gespürt hatte, seit er ein Kind gewesen war, seit diesem Tag im Schulkeller.

Und dann stürzte er über eine Wurzel. Ein Stein schnitt ihm ins Schienbein, und er schrie auf. Die Vorstellung, in einem hellen Polizeiauto zu sitzen, wurde immer verführerischer. Endlich wieder menschliche Stimmen zu hören statt dieser wilden Nachtgeräusche.

Es roch fremd, und von irgendwo kam der gellende Schrei eines Fuchses.

Umständlich stand er auf. Der Wald war voll von sich bewegenden Schatten, und fast rechnete er damit, seinen ehemaligen Plagegeistern zu begegnen, die ihn wieder auslachten.

Er humpelte über den nadeligen Boden, fand sein Gleichgewicht wieder und verfiel in Trab. Der Mond verschwand erneut hinter einer Wolke und schon umfing ihn wieder undurchdringliche Dunkelheit.

Er wollte nicht anhalten, bis er in Sicherheit war. Bis er alles wieder unter Kontrolle hatte, denn nur die zählte.

167

Die Frau schaltete die Lampe an und reckte sich zum obersten Fach des Regals. Sie nahm ein paar Bücher heraus und tastete den Hohlraum dahinter ab. Er war leer.

Sie seufzte schwer. Es gab keine Briefe mehr. Sie wünschte sich, es wären noch welche da, denn die Briefe hatten sie an eine bessere Zeit erinnert. Eine Zeit, in der sie nicht so einsam gewesen war. Nun waren nur sie und die Einsamkeit übrig, die so überwältigend war, dass sie kleine, bunte Pillen schlucken musste.

Wieso hatte sie nicht nachgeschaut, was in den Briefen stand? Wieso war kein einziger von ihnen für sie gewesen? Eine Welle von Trauer durchwogte sie.

Es hatte sie extremste Selbstbeherrschung gekostet, die Umschläge nicht aufzuschlitzen und die Nachrichten zu lesen. Und jetzt war es zu spät. Sie ging in ihr staubiges Schlafzimmer und kroch unter die Bettdecke.

Sie hatte ihr Versprechen gehalten. Natürlich hatte sie das. Als Dank für die Zuneigung.

Sie lag noch lange wach und wälzte sich unruhig im Bett. Sie fragte sich, was in den Briefen gestanden hatte.

MONTAG, 7. MAI

168

Katharina war an den Felsen gelehnt eingeschlummert, und als die warmen Strahlen der Morgensonne sie weckten, schlotterte sie vor Kälte. Sie schleuderte und kreiste mit den Armen, um den Kreislauf wieder in Gang zu bringen, dann machte sie ein paar Schritte zum Waldrand hinunter. Das Einzige, was sie seit dem Vortag gegessen hatte, waren ein paar Halsbonbons gewesen, die sie in ihrer Tasche gefunden hatte. Jetzt plagte sie der Hunger. Davon abgesehen war es ein wunderschöner Morgen. Gerade hatte sie einen Blick auf Friedrich durch eins der Fenster erhascht. Sein Anblick weckte ein solches Verlangen in ihr und zog sie an wie das Licht die Motten. Und denen waren die Konsequenzen ja auch egal. Nein, es steckte keine andere Frau dahinter, es musste etwas anderes sein. Katharina fühlte sich federleicht und trotzdem angespannt, als sie die Zweige auseinanderhielt, um einen besseren Blick aufs Haus zu haben.

169

»Verdammt noch mal, wo steckt dieser Carlén?« Roger stützte sich schwer auf den Konferenztisch. Er hatte dunkle Ringe unter den Augen, und die Haare standen in alle Richtungen ab.

»Der Wald ist groß«, sagte Arne. »Aber jetzt ist es wieder hell, da ist er sicher leichter zu finden. Hast du was von Magnus gehört?«

»Ja. Er kommt am Nachmittag oder morgen vorbei, je nachdem wie es Linn geht. Er will sie lieber nicht allein zu Hause lassen. Besonders nicht, solange Carlén noch frei herumläuft.«

Arne nahm einen Notizblock und legte ihn vor sich auf den Tisch.

»Er soll sich so lange Zeit nehmen, wie er braucht, aber wir müssen so schnell wie möglich mit Linn sprechen. Umso dringender, seit wir wissen, dass Carlén den Mord an Anders Levander begangen hat.«

Roger nickte.

»Magnus übernimmt das, dann muss sie nicht herkommen.«

Arne schaute ihn verwundert an.

»Roger, ich bitte dich. Magnus ist befangen. Du musst hinfahren und sie befragen.«

»Es gibt niemanden, dem Linn mehr anvertrauen würde als Magnus«, sagte Roger irritiert. »Du kannst dich drauf verlassen, dass sie das professionell angehen.«

»Aber der Staatsanwalt …«, wandte Arne ein.

»Ist ein guter Freund von Magnus. Ich kann mir nicht vorstellen, dass der irgendwelche Einwände hat. Ansonsten schreiben wir einfach, dass ich sie befragt habe.«

Arne zuckte zusammen.

»Nichts da, du machst dich verdammt noch mal auf den Weg zu ihnen. Du …«

Sofie trat durch die offene Tür.

»Guten Morgen, Jungs«, sagte sie. »Entschuldigt, wenn ich euch unterbreche, aber wir müssen uns schnellstens gegenseitig auf den neusten Stand bringen.« Sie stellte sich zwischen die beiden.

»Ja, das müssen wir«, sagte Arne und räusperte sich. »Und du«, fuhr er an Roger gerichtet fort, »du fährst, sobald wir hier durch sind, zu Magnus und Linn und nimmst ihre Zeugenaussage auf. Ich verlange nichts Ungewöhnliches, noch dazu bist du ein Freund der Familie, sie werden dir das nicht übel nehmen.«

Erstaunt beobachtete Sofie das Duell wütender Blicke, das die beiden schweigend ausfochten.

»Ja … Also, dann fange ich mal an. Ich habe gestern Cecilia Wannheim, von deren Computer die Mails an Levander geschickt wurden, die Überwachungsvideos gezeigt. Sie hat die Käuferin sogar erkannt – eine pickelige junge Frau. Aber einen Namen haben wir leider noch nicht …«, sagte Sofie.

»Das ist doch schon mal gut«, murmelte Arne.

»Und da gibt es etwas, das ich nicht verstehe«, fuhr Sofie fort. »Warum waren Janna und Jonathan Levander in diesem Spezialraum eingesperrt? Haben die sich vor Mattias Carlén versteckt?«

»Es ist jedenfalls unerhört wichtig, dass wir sie finden«, sagte Arne. »Sie und diesen Carlén natürlich.«

Roger hustete.

»Der logische Grund dafür, dass die beiden sich versteckt

halten, dürfte wohl die Angst vor diesem durchgeknallten Carlén sein. Der Typ scheint ja zu allem fähig.«

Sofie nickte. »Er hat Anders Levander auf dem Friedhof getötet. Insofern ist es nicht unwahrscheinlich, dass er es auch auf Janna und Jonathan abgesehen hat.«

»Genau«, pflichtete Roger bei. »Aber warum hat er Linn entführt?«

»Das gilt es noch herauszufinden«, sagte Arne gestelzt.

Sofie warf ihm einen kühlen Blick zu. »Ich begreife nur absolut nicht, wo die Verbindung zwischen denen allen sein soll. Was haben das Opfer vom Valsjön Tomas Nellert und der Perversling Carlén mit dem Gymnasiallehrer Levander zu tun?«

»Vielleicht kann Carlén uns das ja beantworten, wenn wir ihn endlich haben«, seufzte Arne. »Wir müssen wirklich dringend wissen, was Linn uns erzählen kann.«

Er warf Roger einen bedeutungsschwangeren Blick zu, der widerwillig nach seiner Lederjacke griff.

»Schon gut, schon gut, bin auf dem Weg.« Er nickte Sofie kurz zu und war durch die Tür.

Arne holte ein Taschentuch hervor und schnäuzte sich.

»Soso«, sagte er, als wäre er auf der Suche nach einem Gesprächsthema. »Was war das vorhin mit der pickeligen Frau, die Cecilia Wannheims Computer gekauft hat? Hast du sie schon ausfindig gemacht?«

Sofie schüttelte den Kopf.

»Leider nicht. Ich arbeite daran.«

Sie nippte an ihrem Wasserglas und fuhr fort:

»Arne, du kannst sagen, was du willst, dieser Carlén ist hochgradig gefährlich. Und dann diese abartige Neigung, ekelhaft. Vielleicht steckt er hinter den Briefen und …« Sie unterbrach sich selbst mitten im Satz. »Warte mal, das könnte doch die Verbindung sein.« Nachdenklich betrachtete sie Arne. »Sex, meine ich. Vielleicht ist es genau das, was die drei Männer vereint: diesen Banker, den Gymnasiallehrer und den toughen Wachmann …«

Arne sah pikiert aus.

»Nellert war gar nicht so tough. Im Gegenteil, der scheint der netteste Mensch der Welt gewesen zu sein.«

»Aber er hatte Sex am Arbeitsplatz …«, sagte Sofie. »Das spricht ja schon für sich.«

Beschämt senkte Arne den Blick. Schließlich hatte er selbst mit Sofie genau das im Vorjahr gehabt. Sex am Arbeitsplatz.

»Bisher deutet aber nichts auf gemeinsame sexuelle Vorlieben weder bei Anders Levander noch Tomas Nellert hin, zumindest hat die Computeranalyse nichts dergleichen ergeben«, sagte er und räusperte sich. »Wobei das ja nichts heißen muss.«

»Das sollten wir prüfen!«

»Dann prüf gleich noch die Frau, mit der Nellert erwischt worden ist. Wenn jemand weiß, wie sein sexuelles Interesse gelagert war, dann ja wohl sie.«

»Problem ist bloß, dass ich mich jetzt schon fast vierteile …« Sofie sah plötzlich völlig fertig aus.

Arne hob beschwichtigend die Hände.

»Dann muss Roger das übernehmen, noch einmal nach Göteborg fahren und sie ausfindig machen. Ich glaube, sie hieß Jenny, wenn ich mich recht entsinne.«

170

Friedrich hatte die ganze Nacht wie ein Stein auf dem Sofa der Levanders gesessen.

Nun ging er langsam zum Fenster und spähte vorsichtig hinaus in die Siedlung, die ganze Zeit darauf bedacht, nicht gesehen zu werden. Die Familie war nicht nach Hause gekommen und hatte somit seine Pläne, die Sache schon um Mitternacht abzuhaken, durchkreuzt.

Heute war der siebte Mai, und wenn sie heute nicht nach Hause kamen, wusste er nicht, was er machen sollte. Ihm war speiübel, Hunger hatte er gar keinen, aber der Schwindel verriet ihm, dass er unbedingt etwas essen musste.

Also ging er in die Küche, fand den Vorratsschrank und schaute sich darin um. Er nahm eine Packung Knäckebrot heraus und zwang ein paar Bissen hinunter. Danach fühlte er sich ein wenig besser.

Von der Familie fehlte jede Spur. Er hatte sich verschätzt. Aber er wusste nur zu gut, was passieren würde, wenn er einfach fuhr, ohne seinen Auftrag ausgeführt zu haben.

Jenny hatte ihm alles entlockt, sogar sein bestgehütetes Geheimnis. Und er hatte es freiwillig preisgegeben, hatte dieser Frau, die ihn so sehr umgarnt hatte, bereitwillig sein Herz ausgeschüttet.

Er erinnerte sich klar und deutlich an das erste Foto, das sie ihm geschickt hatte. Das Bild einer wohlgeformten Blondine, eigentlich die klassische Wichsvorlage, es hätte ihm sofort klar sein müssen, dass das nicht echt war. Tatsache war, dass jeder diese Jenny sein konnte. Und er war nichts als ein Werkzeug, eine Figur in ihrem unbarmherzigen Spiel – quasi ihr verlängerter Arm, der das angespitzte Stahlrohr hielt.

Frustriert öffnete er den Tiefkühler, auf der Suche nach noch etwas Essbarem. Aber er war leer. Die Familie war vermutlich schon länger nicht mehr zu Hause gewesen, wenn man betrachtete, wie wenige Lebensmittel hier waren. Es wirkte, als hätten sie vor einer langen Reise sämtliche Vorräte und frischen Waren verbraucht.

Also kehrte er zu der Knäckebrotpackung zurück und fragte sich zum hundertsten Mal, wann – vielmehr ob – sie überhaupt heimkehren würden.

171

Linn wachte mit einem Ruck auf und fuhr hoch. Als sie erkannt hatte, dass sie sich in ihrem eigenen Bett befand, entspannte sie sich wieder. Moa und Elin waren schon aufgestanden und schauten im Wohnzimmer das Kinderprogramm. Dass ihr das nicht längst aufgefallen war!

Sie wickelte sich die Decke um und ging zu ihnen.

»Ihr seid ja schon auf.«

Moa nickte.

»Ja.«

»Wo ist Papa?«

Elin streckte einen Arm aus.

»Da!«

Magnus stand hinter ihr und umarmte sie vorsichtig.

»Komm, ich habe Kaffee gemacht.«

Linn wandte sich an die Mädchen.

»Habt ihr schon gefrühstückt?«

»Sie sind seit drei Stunden wach«, sagte Magnus.

»Oh.« Linn gähnte herzhaft. Magnus schlang einen Arm um sie und nahm sie mit in die Küche.

Die Vorkommnisse der letzten Tage fühlten sich an wie ein schrecklicher Albtraum, aber die schmerzende Rippe erinnerte sie daran, dass sie das alles wirklich erlebt hatte. Mit einem Seufzer setzte sie sich an den Tisch.

»Wie fühlst du dich?« Magnus betrachtete sie besorgt, während er ihr Kaffee einschenkte.

»Keine Ahnung«, antwortete sie. Bisher hatte sie sich darüber noch keine Gedanken gemacht, und jetzt, beim Nachspüren, merkte sie, dass sie es selbst nicht wusste. Verwirrt vielleicht, und als wäre ihr etwas genommen worden.

»Und er hat dir wirklich nichts angetan, da bist du sicher?« Magnus stellte die Kaffeekanne auf den Tisch.

»Ich bin im Krankenhaus gründlich untersucht worden. Er hat nichts getan … Abgesehen von dem Versuch, mich zu würgen«, fügte sie leise hinzu, damit die Kinder sie nicht hörten.

Magnus legte eine Scheibe Brot vor sich, um sie für Linn zu schmieren.

»Ich hatte wahnsinnige Angst«, sagte er, seine Hand zitterte leicht.

Linn legte ihre Hand auf seine.

»Carlén … hat etwas von einer Tüte gesagt …«

»Die haben wir gefunden.«

»Ja?«

»Darin waren ein blutiges T-Shirt und eine Jeans.«

»Wessen Blut?«

»Das von Anders Levander. Dem Mann, dem auf dem Norra Begravningsplatsen ein Stahlrohr in den Rücken gerammt worden ist. Vermutlich von Carlén. Die Friedhofsverwaltung hat durchgegeben, dass ein Mausoleum aufgebrochen worden ist. Wir gehen davon aus, dass Levander dort seine letzten Stunden verbracht hat, bevor er auf seinen Mörder traf.«

»Wieso sollte Carlén diesen Lehrer töten?« Linn ließ Magnus' Hand los und verschränkte fröstelnd die Arme vor der Brust.

»Das können wir uns auch nicht erklären … Denk nicht weiter darüber nach, Linn. Du hattest einfach Pech, bist in die Schusslinie geraten.«

Sie stand auf und lief, die Decke eng um sich geschlungen, in der Küche auf und ab.

»Ich habe gedacht, der bringt sich um«, sagte sie. »Deshalb bin ich zu ihm gefahren.«

»Ich weiß, das hast du schon erzählt.«

Sie blieb stehen.

»Habe ich? Aha ...« Sie ging weiter.

»Willst du dich nicht setzen und was essen? Ich glaube, das wird dir guttun.«

»Natürlich.« Widerwillig setzte sie sich. Ihre Gedanken rasten unaufhörlich, vermischten sich mit dem unbestimmten Gefühl, weinen zu müssen, das sie bewusst unterdrückte.

»Wurde Carlén schon gefunden?«

Magnus schüttelte den Kopf.

»Nein. Aber sie melden sich sofort, wenn sie ihn haben. Roger wird übrigens bald hier sein, er möchte mit dir reden.«

Sie schaute ihn verwundert an.

»Wieso denn?«

»Es reicht nicht, dass ich dich das alles frage, du bist schließlich meine Frau.«

»Verstehe.« Sie trank einen Schluck Kaffee.

Eine Sorgenfalte zeigte sich auf Magnus' Stirn.

»Wie gesagt, Roger wird bald hier sein. Soll ich dir was zum Anziehen raussuchen?«

Linn schaute an sich hinunter und stellte fest, dass sie noch immer in die Decke gewickelt war.

»Ja, das wäre lieb. Das habe ich ganz vergessen«, murmelte sie.

Magnus verschwand im Schlafzimmer, und als er nach ein paar Minuten in die Küche zurückkehrte, lag Linn über den Küchentisch gebeugt und schluchzte.

172

Carlén war völlig erschöpft, er konnte nicht einen Meter weiterlaufen. Er ließ sich auf das weiche Moos sinken, nicht einmal die stechenden Fichtennadeln kümmerten ihn noch. Sein Kopf war leer, was er nach all den fürchterlichen Fantasien, die ihn in der Nacht geplagt hatten, regelrecht als Befreiung empfand. Der Schlaf kroch langsam heran, sein Körper zuckte noch ein paar Mal, bevor er endgültig einschlief.

Die Sonne stand mittlerweile recht hoch am Himmel, ihre Strahlen fielen zwischen den hohen Fichten hindurch auf den Boden, wo er zusammengekauert lag. Um ihn herum war es grün und schön. Fast hatte er das Gefühl, im Paradies gelandet zu sein.

173

Linns Gesicht war gerötet vom vielen Weinen. Jetzt saß sie nahezu reglos am Küchentisch, mit glasigem, fast verträumtem Blick.

Roger setzte sich gegenüber von ihr hin. »Willst du Magnus dabeihaben?«, fragte er vorsichtig.

»Nein, nein. Er ist mit den Kindern im Garten. Das ist besser so«, sagte sie und schaute ihn dabei an, als wäre ihr gerade erst aufgefallen, dass er überhaupt da war.

»Also gut, Linn. Dann fang einfach an. Wo du willst«, forderte er sie sanft auf.

Es hatte fast etwas Reinigendes für Linn, alles erzählen zu können. Nach den ersten stockenden Worten war der Damm gebrochen und die Geschichte kam wie ein Schwall aus Linn. Roger hatte kaum nachfragen müssen, sondern nur sichtlich berührt zugehört, fasziniert von ihrem Bericht. Danach hatte er sie vorsichtig kurz umarmt.

Jetzt sprach er im Garten mit Magnus, und Linn beobachtete sie durchs Fenster, bevor sie ins Bad ging. Sie stellte die Dusche an, setzte sich in die Badewanne und ließ sich das Wasser hart auf den Rücken prasseln. Sie hatte das Gefühl, aufzuwachen. Und je wacher sie wurde, desto entsetzlicher fühlte sie sich. Sie biss sich in die Hand.

Allmählich ging das warme Wasser aus, doch sie blieb sitzen, bis es eiskalt war. Erst da stieg sie bibbernd aus der Wanne und trocknete sich vorm Spiegel ab. Sie war erschreckend blass und hatte überall Kratzer von den Ästen. Eine Seite ihres Brustkorbs, die mit der gebrochenen Rippe, war blaugrüngelb. Sie sah aus, als wäre sie von einem Auto überfahren worden.

Als sie sich in ihren blauen Bademantel gewickelt hatte, ging sie wieder in die Küche. Aus dem Garten hörte sie Moa und Elin lachen. Wie gut, dass sie noch so klein waren und noch nicht so viele Fragen stellten. Dafür war sie richtig dankbar. Sie wusste nämlich nicht, was sie ihnen hätte antworten sollen, wenn sie gefragt hätten, wo sie gewesen war. Das war alles so widerwärtig. So eklig.

Magnus betrat hinter ihr die Küche, und sie drehte sich um.

»Ist Roger weg?«, fragte sie.

»Ja, er lässt dich grüßen. Er muss noch einmal nach Göteborg.«

Linn zog sich die Jeans wieder an. Magnus ging zu ihr und legte die Arme um sie.

»Ich will los und diesen Mistkerl finden«, flüsterte er in ihr Haar.

Sie zog sich zurück und schüttelte den Kopf.

»Noch nicht, ich brauche dich. Außerdem sind massenweise Polizisten dort im Wald unterwegs, die werden ihn schon finden. Er ist gefährlich! Bitte, überlass das den anderen.«

Er ließ sie los.

»Levander ist uns im Krankenhaus entkommen«, sagte er. »Ich will nicht, dass das bei Carlén auch so läuft.«

»Wird es nicht, Magnus. Er kommt nirgendwohin, um ihn herum ist nur Wald. Tiefer, dunkler Wald.«

174

Friedrich zog sich schnell zurück, weg von allen Fenstern. Gerade als er sich damit abgefunden hatte, dass nichts mehr passieren würde, näherten sich Schritte.

Er stürzte zum Sofa und schnappte sich das Stahlrohr. Das Blut rauschte ihm nur so in den Ohren, wie das wild gewordene Meer, wenn es zwischen den Klippen peitschte. Dann schlich er zu der Tür, die in den Flur führte, blieb dort stehen und hob die spitze, scharfe Waffe weit über den Kopf. Seine Lippen zogen sich zurück, seine Zähne glänzten im Sonnenlicht, das durch das getönte Fenster der Flurtür hereinfiel.

Die Schritte verstummten erst vor der Haustür. Es folgte ein rasselndes Geräusch, und dann wurde die Klinke hinuntergedrückt.

Jemand kam in den Flur und schloss die Haustür hinter sich. Friedrich kniff die Augen zusammen. Als er sie wieder öffnete, war er nicht mehr allein. Er legte all seine Kraft in den Hieb. Das Rohr versank mit einem schmatzenden, knirschenden Geräusch in dem Körper, und er ließ es schockiert los, während ihm der Mund aufklappte und ein trockener, halb erstickter Schrei herauskam. Der Körper landete mit einem dumpfen Schlag direkt vor ihm auf dem Boden.

175

Da war er also wieder in Göteborg. Es bestand kein Zweifel daran, dass Arne ihn fertigmachen wollte. Schließlich hätte er genauso gut Sofie schicken können, aber mit der wollte er es sich vermutlich lieber auf dem Präsidium gemütlich machen.

Roger spuckte genervt auf den Bürgersteig und schaute zu dem Funktionshaus, das vor ihm lag. Allväderstorget, Hisingen. Ihm gefiel es hier nicht. Roger hatte nichts gegen diesen Stadtteil an sich, hier war bloß alles so heruntergekommen. Er öffnete die Haustür und trat in den Flur. Sonderbarerweise roch es hier nach Putzmittel, obwohl der Schmutz schon in mehreren Lagen in den Ecken zu kleben schien.

Jenny Myrberg wohnte im zweiten Stock, und Roger war völlig außer Atem, als er endlich vor ihrer Wohnungstür angelangt war.

Weil er nicht hatte einschätzen können, wie lange das Gespräch dauern würde, hatte er sich vor der Abreise ein Hotelzimmer im Zentrum reserviert und Oskar ein extra Würstchen in den Käfig gelegt.

Auf dem Türschild stand *J. Myrberg*, woraus Roger schloss, dass die Frau allein lebte.

Er drückte mit der Linken auf die Klingel, während er die Rechte am Hosenbein abrieb, wie er es immer tat, bevor er einem Menschen zum ersten Mal begegnete. Mittlerweile ein uralter Reflex, Teil seiner Routine, sich präsentabel zu machen.

Die Tür wurde geöffnet, und Roger wich einen Schritt zurück. Eine dürre Frau mit zurückgekämmten Haaren streckte den Kopf hinaus. Es war unschwer zu erkennen, dass sie einmal sehr schön gewesen war, obwohl bei ihr nun die Wangenknochen eher skelettartig hervortraten und dicke Tränensäcke unter ihren Augen prangten.

»Ja?«, fragte sie.

»Roger Ekman, Landeskriminalamt Stockholm. Ich habe bei Ihnen auf der Arbeit angerufen, da hat man mir gesagt, dass Sie zu Hause sind.«

Sie warf einen Blick auf Rogers Dienstausweis, dann betrachtete sie ihn mit gequälter Miene.

»Es geht um Tomas, nehme ich an?«

»Ja. Wie kommen Sie darauf?«

Sie zuckte mit den Schultern.

»Er wurde schließlich ermordet. Das habe ich in der Zeitung gelesen. Kommen Sie herein.«

Sie brachte ihn in eine kleine, von schmutzigem Geschirr übersäte Küche.

»Ich habe keinen Kaffee oder so was daheim. Ich esse in letzter Zeit immer auf der Arbeit«, erklärte sie.

Roger schielte ins Schlafzimmer. Das Bett war nicht bezogen, und er fragte sich unweigerlich, ob sie auf der blanken Matratze schlief.

»Das ist nicht weiter schlimm, vielen Dank«, sagte er. »Aber Sie wohnen schon hier, oder?«

Darüber lachte sie.

»Ich habe mich nicht aufraffen können, das Bett zu beziehen, falls Sie das meinen. Vielleicht war ich in der letzten Zeit ein wenig deprimiert. Aber das wollen Sie vermutlich gar nicht hören, Sie sind hier, um über Tomas zu sprechen, nicht wahr?«

»Genau, wie ich höre, waren Sie ein Paar?«

»Oha … Ein Paar! Das Wort ist vielleicht ein bisschen hoch

gegriffen, aber es lief jedenfalls etwas zwischen uns. Er war ein guter Kerl, jung und ungebrochen. Er hatte was Besseres verdient als mich alte Hexe. Das hab ich ihm auch gesagt. Aber er hat eine schwere Zeit durchgemacht. Ich glaube, deshalb hat es auch zwischen uns gefunkt. Trotz Altersunterschied.«

»Wie alt sind Sie denn?«

»Raten Sie.«

Roger zuckte mit den Schultern, weshalb Jenny doch selbst antwortete.

»Fünfundvierzig. Fünfundvierzig lange Jahre auf diesem runden Planeten.«

»Soso«, sagte Roger. »Was genau meinen Sie mit ›schwere Zeit‹?«

»Seine Schwester ist gestorben. Er hat eigentlich von nichts anderem gesprochen.« Sie machte eine Pause. »Ein halbes Jahr bevor ich Tomas kennengelernt habe, ist meine Mutter gestorben … Das hat uns verbunden. Im Unglück vereint sozusagen.« Jenny schaute zum Küchenschrank. »Ich kann mal nachschauen, ob ich noch irgendwo eine Packung Kekse habe oder so etwas?«

Roger hielt eine Hand hoch.

»Nein, nein. Machen Sie sich bitte keine Umstände.«

Enttäuscht betrachtete sie ihn.

»Wollen Sie sonst noch etwas wissen?«

»Ja, mich würde interessieren, wie Ihr Zusammenleben aussah.«

»Unser Zusammenleben? Den Sex meinen Sie?«

»Ja, den meine ich wohl.«

Jenny starrte ihn leer an, während sie an der Nagelhaut ihrer Finger puhlte.

Irgendwann brach eine wahre Tirade aus ihr heraus. »Was fällt Ihnen eigentlich ein? Kommen hierher und schleimen mit schönen Worten herum, obwohl Sie nur wissen wollen, was wir in der Kiste veranstaltet haben?«

Beschämt kratzte Roger sich im Nacken.

»Ich kann Ihnen versichern, dass ich das nicht aus persönlichem Interesse wissen möchte. Ich frage das nur, weil wir im Zuge der Ermittlungen auf etwas gestoßen sind, das Grund genug ist, Tomas Nellerts sexuelle Vorlieben genauer zu untersuchen.«

Jenny funkelte ihn an.

»Sexuelle Vorlieben? Was soll das heißen? Es sind wohl die Üblichen.«

»Wie oft haben Sie sich getroffen?«

»Keine Ahnung, vielleicht fünfmal? Wobei wir nicht gleich beim ersten Mal im Bett gelandet sind, viermal also.« Sie schaute ihn herausfordernd an und deutete zum Schlafzimmer. »Viermal, auf dieser Matratze dort. Ohne Laken. Und wenn Sie noch mehr Details wollen, zuerst hat er mich von hinten genommen und dann …«

»Genug!« Roger wurde laut. »Ich frage, weil ich wissen möchte, ob er auf ungewöhnlichen Sex stand. Auf Gewalt, auf Würgespiele.«

Jenny sah ihn schockiert an.

»Ich bin zwar ein Wrack und darf nicht viel erwarten, aber so einen Kerl hätte selbst ich schnellstmöglich vor die Tür gesetzt.«

»Das heißt, so etwas hat ihn nicht interessiert?«

»Nein, er war schwer in Ordnung, das sage ich doch die ganze Zeit. Und ich habe keine Ahnung, was er bei mir gesucht hat. Vielleicht eine Mutter?«

Roger lächelte.

»Das glaube ich eher nicht. Haben Sie nach der Trennung noch einmal von ihm gehört?«

»Trennung … Wir waren doch gar nicht zusammen. Das waren nur ein paar vereinzelte Treffen. Er hat mich von der Arbeit abgeholt, dann waren wir ein, zwei Bierchen trinken und sind anschließend hergekommen. Wenn wir uns im Einkaufszentrum begegnet sind, habe ich ihn gegrüßt, mehr nicht. Wir haben keine Forderungen aneinander gestellt.«

»Hat Ihnen vielleicht jemand etwas über ihn erzählt? Wussten Sie, dass er nach Stockholm wollte?«

»Ja, aber er war ja recht oft in Stockholm. Diesmal wollte er seine Mutter besuchen, glaube ich.«

»Aha?«

»Ja, aber mehr weiß ich nicht.«

»Hat er mit Ihnen über seine Mutter gesprochen?«

»Nein, fast gar nicht. Er hat nur mal erwähnt, dass sie im Rollstuhl sitzt.«

»Und von seinem Vater Morgan, hat er von dem mal erzählt?«

»Nein, nie. Nur von seiner Schwester, aber das ist ja nachvollziehbar. Wir haben immer ein bisschen was getrunken, da wird man ja schnell sentimental. Und ich war so etwas wie seine beste Freundin. Ganz schön tragisch eigentlich.«

Sie stand auf und ging zum Kühlschrank.

»Vielleicht habe ich ja noch Saft«, sagte sie zweifelnd.

Roger lächelte versteinert. Er war wahrlich nicht scharf darauf, irgendetwas aus Jenny Myrbergs Kühlschrank zu probieren, aber er wollte es sich mit ihr auch nicht verscherzen, also nahm er ein Glas entgegen.

Jenny setzte sich wieder zu ihm und zündete sich eine Zigarette an.

»Soll ich die Dunstabzugshaube einschalten?«

»Nein, nein, kein Problem. Hat Thomas nie von jemand anderem gesprochen?«

Jenny ließ den Rauch aus dem Mundwinkel entweichen. Sie blinzelte.

»Wir waren zwar immer recht schnell betrunken, haben uns aber trotzdem unterhalten. Über die Arbeit und so weiter. Er mochte diese Unterhaltungsshow *Die Gladiatoren*, die ich immer eher albern fand.«

»Er hat also nie von jemand anderem gesprochen?«

»Nicht dass ich wüsste. Aber er hat mir viele Fragen zu meiner Arbeit gestellt.«

»Was für Fragen?«

»Na, wie mir die Arbeit bei der Post gefällt, wie das alles funktioniert. Er hat sich für so viel interessiert, und es war einfach schön, mit ihm zu sprechen.«

Roger stürzte den Saft hinunter, allerdings nicht ohne einen gewissen Beigeschmack zu bemerken. Er hoffte inständig, dass ihm nicht schlecht werden würde.

»Danke für Ihre Auskünfte. Ich melde mich wieder bei Ihnen, falls ich noch mehr wissen möchte«, sagte er und stand auf.

Jenny pustete Rauch aus, kleine Wölkchen stiegen vor ihrem Gesicht auf.

»Tun Sie das«, sagte sie.

176

Sie standen alle drei auf der nassen Straße und schauten vorsichtig in den Straßengraben. Das konnte unmöglich jemand überlebt haben. Anders war ganz blass vor Schock, seine Augen waren plötzlich wieder klar, keine Spur mehr vom vorherigen Schleier.

Scheiße, Scheiße, Scheiße!

Sie nahmen einander an den Händen. Keiner sagte etwas. Doch dann folgte sie Jonathans Blick, sah, was er sah. Das Mädchen, das mit dem Tod rang. Der Körper in einen eleganten Bogen überstreckt, die Augen offen und geradewegs auf den blaugrauen Himmel gerichtet.

Janna setzte sich mit einem Ruck auf. Genau an diesem Punkt des Traums wachte sie immer auf, schweißgebadet.

Es waren nur ein paar Gin Tonic gewesen, dachte sie und presste die Lippen fest aufeinander.

Jonathan saß zu ihren Füßen auf dem Sofa und las einen Comic. Er wirkte viel älter. Er hatte mehr mit ansehen müssen, als gut für ihn war, und das tat ihr sogar mehr weh als der Verlust von Anders.

Wieder suchten die Tränen sich ihren Weg. Das hatten sie nicht verdient, wirklich nicht.

Sie schleppte sich in die Küche, aber da war niemand. Lage schien immer noch nicht zurückgekehrt zu sein. Das wunderte sie, schließlich war er aufgebrochen, noch bevor sie eingeschlafen war. Er hätte längst zurück sein müssen. Sie ging suchend durchs Haus, fand aber nichts von den Sachen, die er für sie hatte holen sollen. Sie streckte den Kopf durch die Tür ins Wohnzimmer.

»Hast du Lage gesehen?«

Jonathan schaute vom Comicheft auf.

»Nein. Nicht, seit er rübergegangen ist, um die Sachen zu holen.«

Janna ging zurück in die Küche und schaute durchs Fenster auf die andere Seite des kleinen Wegs.

Ohne sich umzudrehen, rief sie:

»Wie lange habe ich geschlafen?«

»Fast eine Stunde.«

Sie zuckte zusammen. »Eine Stunde?«

»Ja.«

Lage war schon viel zu lange fort. Wo blieb er nur?

»Hatte er noch etwas anderes vor? Einkaufen gehen vielleicht?«, rief sie.

Jonathan war im Türrahmen zur Küche aufgetaucht, er wirkte beunruhigt.

»Ich glaube nicht.«

177

»Hallo Roger, wie ist es in Göteborg gelaufen?« Magnus hielt das Handy ans Ohr und ging hinaus auf die Terrasse. Die Luft war so kühl, dass sich ihm die Haare aufstellten.

»Ich bin immer noch hier, war gerade bei Tomas Nellerts Ex. Oder wie auch immer man sie nennen soll.«

»Und? War der auch so ein Perversling?«

Roger schnaubte. »Nein, da sind wir auf dem Holzweg. Tomas Nellert war wohl leider wirklich der netteste Mensch der Welt. Ich kapier nichts mehr, um ehrlich zu sein. Warte, ich wollte gerade in ein Taxi steigen.«

Magnus hörte, wie Roger im Hintergrund mit dem Fahrer sprach, dann meldete er sich wieder:

»Wie geht es Linn?«

»Keine Ahnung. Sie macht einfach weiter wie sonst auch. Und gerade das macht mir Angst.«

»Sollte sie nicht vielleicht mit jemandem sprechen? Einem Profi, meine ich.«

»Sie will nicht.« Magnus senkte die Stimme, damit Linn ihn nicht durchs Fenster hören konnte. »Ich bleibe noch ein paar Tage zu Hause, aber ich möchte, dass ihr mich anruft, sobald sich etwas tut. Und sorgt dafür, dass dieser verfluchte Carlén endlich hinter Gitter kommt.«

»Ich tu, was ich kann, sobald ich wieder in Stockholm bin. Von hier ist das ein bisschen schwierig …«

Magnus verlor die Beherrschung.

»Was machen diese Idioten denn da draußen? Das bringt doch alles nichts!«

»Die werden ihn schon schnappen«, beschwichtigte Roger.

»Und dann werde ich …«

»Gar nichts wirst du«, sagte Roger knapp. »Hast du schon mit Sofie gesprochen? Wir wissen jetzt, wer die Frau in Carléns Würgevideo ist.«

Magnus verstummte.

»Und wer ist sie?«

»Eine Polin, Teresa Rudzka. Prostituierte. Sie wurde vergangenes Jahr nach einer Vergewaltigung im Kungsträdgården gefunden. Sie hat fast nicht überlebt, so extrem hat er sie gewürgt. Als sie konnte, ist sie sofort nach Polen zurückgekehrt.«

Magnus sank auf einen der Gartenstühle.

»Ach du Schande …«

»Es ist sicher nicht leicht für dich, das zu hören.«

»Hm … Hat sie Carlén identifiziert?«

»Ja, gerade eben. Leider will sie nicht aufs Präsidium kommen. Sie hat gesagt, sie setzt nie wieder den Fuß auf schwedischen Boden.«

178

Friedrich ließ die Füße des alten Mannes los, warf die Pantoffeln auf ihn und schloss dann die Schranktür. Er war verwirrt, hatte nicht damit gerechnet, dass Anders Levander so alt sein würde. Außerdem ähnelte er nicht im Geringsten dem Mann auf den Bildern im Wohnzimmer. Aber vielleicht waren die nur sehr alt? Jenny hatte sein Alter nie erwähnt.

Er drückte noch einmal fest gegen die Schranktür und betrachtete dann den blutigen Fleck auf dem Teppich.

Es war schauderhaft gewesen, das Rohr herauszuziehen. So schauderhaft, dass er sich hatte übergeben müssen.

Er schloss die Augen, vor denen nun rote, grüne und weiße Schatten tanzten.

Er hatte einen Menschen getötet!

Als er die Augen wieder öffnete, ergriff ihn Panik. Denn da erst fiel ihm auf, dass sein Hemd nicht länger weiß war. Ärmel und Bauch waren von dunkelrotem Blut durchtränkt.

Er stürzte ins Bad, riss den Duschvorhang beiseite und stellte sich unter die Brause. Anfangs war das Wasser eiskalt, was er gar nicht mitbekam. Er starrte nur wie gebannt auf das Blut, das sich langsam aus dem Stoff löste und im Abfluss verschwand. Ein langer, animalischer Schrei bahnte sich den Weg aus seinem Innersten.

Sein Verstand hatte sich verabschiedet, übrig waren nur noch Wahnsinn und unregelmäßige Gedanken, die durch seinen Kopf hallten wie geflüsterte Worte durch einen leeren Raum.

Ruhm und Ehre, mehr hatte er nie gewollt. Und stattdessen klebte nun frisches Blut an seinen Händen, an dem Stahlrohr – an dem Mann im Schrank.

Er hatte immer noch das Schmatzen im Ohr, das dieses Rohr beim Herausziehen gemacht hatte. Und er erinnerte sich deutlich daran, wie die Augen des Mannes langsam trübe geworden waren.

Friedrich sog den Atem durch die Zähne ein und spürte, wie ihm der Wasserdampf direkt in die zerrauchten Lungenflügel drang.

179

Nach einer ganzen Nacht und einem halben Tag des Wartens im Wald war die Anspannung vollends aus Katharina gewichen. Gerade als sie sich entschieden hatte, Friedrich zur Rede zu stellen, war ihr ein fremder Mann zuvorgekommen und hatte das Haus betreten. Wer war das? Woher kannten sie sich?

Sie war zurück in den Schutz des Waldes geeilt und hatte es erst gewagt, sich wieder umzusehen, als sie tiefer ins Unterholz vorgedrungen war. Nun war niemand mehr beim Haus zu sehen. Ganz allgemein war niemand zu sehen, außer einem kleinen Mädchen, das am Fenster eines anderen Hauses saß. Ihre Blicke trafen sich kurz, bevor Katharina sich weiter in den Wald zurückzog.

In was war Friedrich da hineingeraten? Was würde der Mann tun, wenn ihm bewusst wurde, dass Friedrich in das Haus eingebrochen war? Sie erschauderte. Was, wenn die sich schlugen? Sie konnte sich nicht vorstellen, dass Friedrich überhaupt gewalttätig werden konnte, aber dann wiederum hätte sie auch nicht gedacht, dass er sie verlassen würde.

Ihr Handy vibrierte in der Tasche, und sie ging schnell dran.

»Katharina?«

»Ja, Papa«, sagte sie angespannt.

»Hast du schon mit deinem Mann gesprochen?«

»Nein.« Sie schaute zum Fenster des Reihenhauses. Um nichts in der Welt würde sie ihrem Vater erzählen, dass Friedrich in ein Haus eingebrochen war.

Er ging über ihre Antwort hinweg.

»Hör mir jetzt gut zu«, sagte er.

»Was ist los?« Fast automatisch zog sie die Schultern bis zu den Ohren.

»Ich habe ein bisschen recherchiert und herausgefunden, dass es nur einen einzigen Friedrich Steuer in Deutschland gibt. Vielmehr gab es nur einen, denn Friedrich Steuer ist seit vielen Jahren tot.«

Katharina wurde sauer. »Und wenn schon? Was spielt es für eine Rolle, dass jemand den gleichen Namen hat?«

»Und den gleichen Professorentitel im gleichen Forschungsfeld. Und am selben Tag geboren wurde«, fügte der Vater mit säuerlicher Stimme hinzu.

»Vielleicht war das ein Betrüger? Jemand, der Friedrichs Identität gestohlen hat, so was würde nicht zum ersten Mal passieren.«

Ihr Vater antwortete langsam und überdeutlich:

»Ja, Katharina, da hast du recht. Oder aber die Sache verhält sich genau andersherum.«

»Weißt du sonst noch etwas über diesen Mann?«, schnaubte sie.

»Nein, aber ich kann weitersuchen, wenn du möchtest.«

Katharina biss an ihren Fingernägeln.

»Nein, noch nicht. Ich will erst mit Friedrich sprechen«, sagte sie. »Es gibt bestimmt eine Erklärung.«

Sie konnte förmlich sehen, wie ihr Vater die Augen verdrehte, deshalb wechselte sie schnell das Thema.

»Wie geht es Sascha?«

»Gut, aber er fragt sich natürlich, wo seine Eltern sind«, antwortete der Vater mit Schärfe.

»Gibst du ihn mir mal?«

»Klar.«

Sie schluckte, und als sie die Stimme ihres Sohnes hörte, musste sie sich sehr beherrschen.

»Sascha, mein Schatz«, sagte sie und merkte, wie sehr sie sich nach ihm sehnte.

180

»Ich bin draußen.«

Linn holte ihre Jacke aus dem Garderobenschrank.

Magnus trat in den Flur und wirkte aufgescheucht.

»Wohin willst du?«

»Ich muss mich einfach bewegen und nachdenken.«

Magnus schielte zu Moa und Elin, die ihm gefolgt waren.

»Dürfen wir mitkommen?«

»Lieber nicht, ich möchte allein sein.«

Er schaute sie forschend an.

»Mach dir keine Sorgen.« Sie lächelte ihn an und gab ihm einen Kuss auf die Wange. Dann wandte sie sich an die Mädchen. »Vielleicht spielt Papa ja ein bisschen Fußball mit euch. Ich bin mal eben weg.«

»Aber wo willst du hin?« Magnus machte immer noch den Eindruck, als hätte sie etwas total Verrücktes vorgeschlagen.

»Ich will mir einfach nur die Füße vertreten.« Linn wurde allmählich ungeduldig.

»Also gut. Aber dein Handy hast du dabei?«

»Ja, mein Schatz. Mach dir keine Sorgen, Mattias Carlén rennt sicher nicht hier in der Gegend herum«, sagte sie mit einem schiefen Lächeln.

Als sie kurz darauf um die Straßenecke bog, war sie erleichtert, seinen besorgten Blick nicht mehr im Nacken zu spüren. Sie verstand ihn und seine Angst, aber sie musste einen freien Kopf kriegen und ihre Gedanken ordnen.

Sie lief an den Nachbarshäusern vorbei, an der kleinen Bootswerft und dann weiter den Hödervägen entlang. Ihre Rippe fühlte sich schon besser an, es war endlich richtig warm geworden, und das Frühlingsgrün explodierte gewissermaßen in den Vorgärten. Trotzdem zog sie die Ärmel über die Handgelenke, damit sie die Schürfwunden nicht sehen musste.

Beim Lindholmsviken setzte sie sich auf eine der neuen Parkbänke, die das Ufer säumten, und schaute auf das Wasser hinaus. In der Ferne zogen ein paar Boote vorbei. Wie merkwürdig, dass alles normal weiterlief, obwohl etwas so Dramatisches geschehen war.

Wieso hatten sie Carlén noch nicht gefunden? Sie hatten doch Hunde im Einsatz, wieso hatten die seine Spur bisher nicht aufgenommen?

Gemessen daran, wie fertig sie gewesen war, als Magnus sie gefunden hatte, musste Carlén mittlerweile unglaublich schwach sein. War er irgendwo zusammengebrochen? Jedenfalls musste er an seiner Belastungsgrenze angelangt sein. Er tat ihr nicht im Geringsten leid.

Er hatte sich auch nicht für ihre Qualen interessiert. Im Gegenteil. Als sie am schwächsten gewesen war, hatte er sich am übelsten verhalten.

Linn stand auf und folgte der Uferpromenade. Sie fühlte sich noch immer ausgelaugt und hatte plötzlich hämmernde Kopfschmerzen. Sie hatte sich zusammengerissen, sich beherrschen wollen, aber jetzt stieg der Zorn in ihr wie der Druck in einem Schnellkochtopf. Sie ging und ging. Bog in jede kleine Nebenstraße, bevor sie sich wieder auf den Heimweg machte.

Magnus stand am Fenster, als sie nach Hause kam, und erkannte sofort, dass etwas nicht stimmte.

181

»Ich möchte, dass du ins Präsidium fährst.« Linn sah ihm direkt in die Augen, als er ihr die Tür öffnete.

»Wie bitte?«

»Du hast mich schon verstanden. Ich möchte, dass du ins Präsidium fährst. Und zwar sofort. Die finden ihn nicht. Ich will, dass du hinfährst und nach dem Rechten siehst! Ich werde Monika bitten, am Nachmittag ein paar Stunden auf die Kinder aufzupassen, damit ich mich ausruhen kann. Das wird sie sicher machen.«

Magnus starrte sie verdutzt an.

»Ich will dich nicht allein lassen. Ich halte das für keine gute Idee.«

»Keine gute Idee! Ist es etwa besser, dass dieser Kerl eine andere in die Finger kriegt, die er dann wirklich erwürgt? Er will das, Magnus. Er sehnt sich richtig danach. Das ist wie ein Ventil für ihn. Er braucht das, und er wird nicht lange zögern, schließlich ist jetzt ohnehin alles egal. Er muss nicht einmal mehr vorsichtig sein. Er ist verzweifelt und frustriert. Sobald sich ihm die Gelegenheit bietet, wird er …«

Magnus legte ihr den Finger auf den Mund und schob sie hinaus auf die Veranda.

»Ein bisschen leiser, die Kinder beobachten uns.« Er nickte zum Küchenfenster, an dem Moa und Elin sich die Nasen platt drückten.

Linn senkte beschämt den Blick.

»Entschuldige. Aber ich meine es ernst, kannst du ins Präsidium fahren?«

Sie schaute ihn flehend an, doch er schüttelte den Kopf.

»Im Wald wimmelte es von Polizisten. Es wurde eine landesweite Fahndung eingeleitet. Mit Straßensperrungen. Und der Hubschrauber ist auch noch im Einsatz. Glaub mir, Linn, hier kann ich mich nützlicher machen.«

»Aber ich komme schon klar«, murmelte sie.

Magnus schaute sie gequält an.

»Na gut. Aber ich fahre erst heute Nachmittag, wenn du das dann immer noch willst und Monika wirklich Zeit hat, die Kinder zu nehmen.«

Linn wirkte zufrieden. »Schön«, sagte sie und legte die Hand auf die Türklinke. Dann wandte sie sich noch einmal zu ihm um.

»Warum hat Carlén diesen Levander getötet? Wisst ihr das schon?«

»Nein, leider noch nicht.«

Sie streichelte ihm sanft über die Wange, Angst spiegelte sich in ihren Augen.

»Du musst vorsichtig sein, Magnus.«

»Bin ich. Vielleicht haben wir ja Glück und Arne meldet sich noch, um durchzugeben, dass sie ihn haben.«

»Und wenn nicht? Das ist so frustrierend. Können wir nicht einfach zusammen irgendwohin fahren? Ich muss reden.«

»Aber du bist gerade erst zurück. Sollen wir uns nicht lieber in Ruhe hinsetzen und einen Kaffee trinken?«, sagte Magnus flehend.

Linn schaute zum Küchenfenster. Nun war nur noch Elin dort zu sehen, die sie beobachtete.

»Ich muss mich bewegen. Drinnen fühle ich mich gefangen, kann vor Angst nicht atmen. Wir könnten den Wagen nehmen und auf die andere Seite der Bucht fahren, ein bisschen im Wald von Margretelund spazieren gehen.«

Jetzt lächelte Magnus.

»Das heißt, ich darf mitkommen?«, fragte er.

Linn winkte nur abwehrend mit der Hand.

»Ja, ja. Ich frage Monika, ob sie die Kinder nehmen kann. Gehst du rein und ziehst sie an?«

Magnus nickte müde. Gestern hatte er sich geschworen, nie wieder einen Fuß in den Wald zu setzen, und nun war er praktisch wieder auf dem Weg.

182

Carlén drehte sich im Gras auf die Seite. Ihm tat alles weh. Seine Augen gewöhnten sich nur langsam an das Licht. Vor nur vierundzwanzig Stunden war er fast manisch erregt gewesen, jetzt war von dem Gefühl nichts mehr übrig, in ihm war nur noch Leere. Er war gerannt und gerannt, bis er weggenickt war. Wie lange hatte er geschlafen?

Die Hose klebte kalt und feucht an seinen Beinen. Er erinnerte sich, durch einen Bach gewatet zu sein, um die Hunde von seiner Spur abzubringen.

Er betrachtete die Wolken über sich und musste daran denken, wie er früher in der Hängematte seiner Eltern gelegen und in den Himmel geschaut hatte. Lange vor der Scheidung, lange bevor er das Gefühl bekommen hatte, eine Belastung für sie zu sein. Lange bevor sie ihn auf *diese* Schule geschickt hatten.

Damals mit fünf war er ziemlich glücklich gewesen. Da hatte er noch nicht gewusst, wozu Menschen fähig sind. Sein Leben hatte aus einer Reihe liebevoller Kindergeburtstage, erwartungsfroher Weihnachtsabende und einem Alltag mit gesunder Routine bestanden. Alles war wie im Märchen gewesen, bis zu dem Abend, an dem seine Eltern sich angeschrien hatten. Er hatte das nicht verstanden. Jetzt, im Nachhinein, wusste er natürlich, dass die ganze Idylle nur gespielt gewesen war. Dass seine Eltern schon vorher gestritten hatten.

Und dann war er mit seiner Mutter ausgezogen. An das Bild

von seinem Vater, der allein auf dem Bürgersteig stand, während sie mit dem Auto davonfuhren, konnte er sich noch sehr gut erinnern. Auch daran, wie er ihnen mit einem Gesichtsausdruck hinterhergewinkt hatte, den er damals nicht hatte deuten können. Jetzt wusste er, dass ihm die Scham im Gesicht gestanden hatte. Das gleiche Gefühl überkam ihn nämlich jedes Mal, wenn er wie sein Vater gehandelt hatte – jedes Mal, wenn er selbst eine Frau benutzt hatte, um sein Verlangen zu befriedigen.

Der Wind spielte in den Blättern der umstehenden Bäume, und er setzte sich auf. Er konnte weder zum Wagen noch zum Speicher zurückkehren, da würde es nur so von Polizisten wimmeln. Und seine Wohnung wurde sicher beschattet.

Es war vorbei.

Der Wind drehte und trug entfernte Motorengeräusche zu ihm. Automotorengeräusche. Er stand ganz langsam auf.

Er folgte einem schmalen Trampelpfad, der sich durchs Unterholz schlängelte. In seinem Kopf blitzte es, aber es war kein Licht, das er dort sah, sondern Bilder. Bilder von den Jungs – Feuer, Ritsler und den anderen, die ihn damals im Schulkeller misshandelt hatten. Bilder der wehrlosen Frauen, die er fast erwürgt hatte, und Bilder von der blondierten, polnischen Hure, die er bewusstlos entsorgt hatte, als alles aus dem Ruder gelaufen war.

Die Jungs aus der Schule waren jetzt erwachsene Männer, trotzdem wusste er, dass sie ihn auslachen würden, wenn sie zu Ohren bekämen, was er getan hatte. *Wir haben immer gewusst, dass du gestört bist, Carlén*, würden sie sagen und grinsen. Sie würden ihn so lange verspotten, bis er völlig fertig war. Genau wie damals.

183

»Wie wär's, wenn du da drüben parkst?«, schlug sie vor. »Dann können wir ein bisschen durch den Wald spazieren.«

Magnus betrachtete sie prüfend.

»Willst du mich etwa bis zum Valsjön locken?«

Linn fingerte nervös an den Schürfwunden ihrer Handgelenke.

»Na ja, wir können doch einfach ein bisschen am See entlanglaufen, das haben wir sonst doch auch immer gemacht.«

»Ja, bevor das alles passiert ist.«

Magnus stellte den Wagen ab und schnaubte zornig. »Wir gehen aber auf keinen Fall zu dem Strand, wo der Mord … Wir sind hier, um auf andere Gedanken zu kommen«, sagte er säuerlich.

Schon bald schlenderten sie über den goldbraunen Weg am See entlang. Die Buschwindröschen hatten erwartungsvoll ihre Knospen durch das Laub des Vorjahres geschoben, und selbst Magnus, der den Tatort mit eigenen Augen gesehen hatte, konnte sich kaum vorstellen, dass weniger als einen Kilometer entfernt etwas so Schreckliches passiert war.

Sie gingen hinunter zum Ufer und wuschen sich das Gesicht in dem kalten, eisenhaltigen Wasser, das nach See und Schlamm roch. Linn hatte sich auf einen Stein gesetzt und das Gesicht der Sonne zugewandt. *Alles wird gut*, dachte Magnus. *Das muss es einfach.*

Plötzlich zeigte Linn zur Badestelle.

»Ich weiß, wir hatten uns darauf geeinigt, nicht hinzugehen, aber meinst du nicht, du hältst das aus?«

»Wozu?«, stöhnte er.

Linn suchte nach Worten. »Ich kann es dir nicht erklären. Vielleicht will ich einfach nur das Gefühl haben, dass wir was tun.«

»Der Tatort wurde eingehend untersucht, Linn. Das ist eine superschlechte Idee. Du bist gerade nicht ganz auf der Höhe.«

»Ich kann selbst entscheiden, was mir guttut und was nicht.«

»Das ist doch Unsinn«, protestierte er. Trotzdem folgte er ihr, weil er nicht ganz sicher war, ob sie nicht wirklich genau das brauchte: etwas zu tun. Vielleicht war das ihre verrückte Art, mit dem Geschehenen klarzukommen? Der Tatort war jetzt schließlich nichts weiter als ein Waldstück. Die Leichenteile, die toten Vögel und das ausgebrannte Auto waren längst fortgeschafft worden. Wieso sträubte er sich so sehr?

Linn ging mit neuer Kraft vor ihm her. Ihr Schwung ermüdete ihn manchmal, sie konnte regelrecht manisch sein. Seufzend schob er die Hände in die Taschen.

Der Weg bog schon bald in den Wald ab, umrundete ein Ufergrundstück.

»Was für ein schönes Haus!«, rief sie und deutete durchs Schilf zu dem braunen Backsteinhaus.

Magnus sagte nichts. Wie konnte sie so etwas gerade überhaupt denken?

Kaum hatten sie das Haus hinter sich gelassen, wurde der Weg steil und führte genau an die Stelle, an der Tomas Nellert gefunden worden war. Magnus zeigte Linn, wo genau.

»Hier war das. Hier auf dem Kiesweg lag Nellerts Leiche verteilt.«

Linn schaute sich um.

»Und wo hat der ausgebrannte Wagen gestanden?«

Magnus nickte zum Straßengraben.

Linn ging dorthin und betrachtete das versengte Gras.

»Und wo wurde die Axt gefunden?«

»Mitten auf dem Weg.«

Linn drehte sich zu ihm um.

»War Carlén auch hier?«, fragte sie.

»Es gibt keine Spuren, die darauf hindeuten.«

Linn blieb reglos stehen, stellte sich die Szene vor. Ein geköpfter Mann, mehrere tote Amseln, ein brennendes Auto.

»Die Vögel …«, sagte sie irgendwann.

»Ja?«

»Kann das mit dem Wagen zusammenhängen? Dass die Explosion sie getötet hat? Du hast doch gesagt, dass sie nur innere Verletzungen hatten. Vielleicht hat die Druckwelle sie getötet?«

Magnus blieb einen Moment still, dann drückte er Linn einen schmatzenden Kuss auf die Stirn.

»Schatz, du hast recht! Ich hab das mit den Vögeln bis jetzt nicht verstanden … Ich fand das einfach nur gruselig.«

Linn lächelte.

»Lass dir das erst noch von jemandem bestätigen, bevor du anfängst zu jubeln«, sagte sie ruhig.

Sie gingen zur Badestelle und schauten auf die fast unbewegte Wasseroberfläche.

»Sollten wir nicht langsam zurückfahren?«, fragte Magnus.

»Ja, bald. Aber guck dir mal den See an. In diesem Licht sieht er unglaublich aus.« Linn hielt sich die Hand an die Stirn, um besser sehen zu können. »Das Wasser ist fast klar. Normalerweise ist es doch eher bräunlich wegen des hohen Eisengehalts – oder was das war.«

»Liebling, wir müssen jetzt los. Die Ärztin hat gesagt, dass du dich ausruhen sollst.« Magnus drehte sich um und lief den Weg zurück, den sie gekommen waren.

Er hatte erst ein paar Meter zurückgelegt, als er ein Platschen hinter sich hörte. Er fuhr herum. Linn war ins Wasser gesprungen und schon bis zum Nabel im See, ehe er überhaupt reagieren konnte.

Er schrie, aber es war zu spät, sie war schon komplett unter der Wasseroberfläche verschwunden.

Magnus stolperte zum Ufer. Verdammt noch mal. War sie verrückt geworden?

Er riss sich die Jacke vom Leib, warf sie auf den Boden, rannte in das eiskalte Wasser, bis ihm das Wasser bis zur Brust reichte. Linns Haar fächerte sich einen halben Meter unter der Wasseroberfläche zu einer blonden Mähne auf.

Er kam kaum an sie ran, nur mit Mühe gelang es ihm, nach ihrer Jacke zu greifen und sie hochzuziehen. Sie keuchte und riss sich wütend los.

»Was soll das?«

»Wie, was soll das?«, schrie er aufgebracht zurück. Das Wasser lief ihm das Gesicht hinunter, und Linn fing plötzlich an zu lachen. Magnus starrte sie mit offenem Mund an.

»Was machst du denn hier?«, stieß er bibbernd hervor.

»Schau mal nach unten«, sagte sie.

Magnus folgte ihrer Anweisung. Dort unten, auf dem Grund des eiskalten Sees lag etwas. Etwas, das glänzte.

184

Der gelbe Lastwagen mit dem roten Firmennamen an der Seite quälte sich durch das Bogesundslandet. Der Mann am Steuer hatte ihn neu gekauft und gehütet wie seinen Augapfel. Über hundert Mal hatte er ihn mit einem sanften Wasserstrahl abgespült und mit dem besten Poliermittel poliert. In der Fahrerkabine duftete es schwach nach Zitrone, und das Lenkrad glänzte schwarz. Der Mann hatte sogar aus Liebe zu dem Viertonner ein Stofftier oberhalb des Kühlergrills angebracht.

Er war immer allein unterwegs, und wenn es sich nicht vermeiden ließ, schlief er oberhalb der Fahrerkabine, die dafür eigentlich nicht gemacht war. Trotzdem zog er sie jedem von Fremden überlaufenden Motel oder jeder anderen Unterkunft vor.

Es war spät am Nachmittag, und er hatte nur eine kurze Tour nach Vaxholm fahren müssen. Jetzt war es warm, und er hatte große Lust auf ein Bier. Er schaltete das Radio ein, aber fast im gleichen Moment wieder aus. Was da neuerdings für ein Müll im Radio lief. Dieser kommerzielle Mist. Er mochte die Klassiksender, für die ganzen kommerziellen Pop- und Reklamesender hatte er nichts übrig.

Er hielt den Blick auf die Straße gerichtet und trommelte auf das Lenkrad. Die Schatten der Nachmittagssonne fielen auf den Boden, ein paar Löwenzahnsamen hatten sich am Scheibenwischer verfangen. Er fühlte sich ruhelos.

185

Arne hielt sich ungeschickt den Hörer ans Ohr.

»Ihr habt ein Rohr gefunden?«, fragte er verwundert. Er schaute auf seinen Bauch hinunter, der wie ein verschwitzter Lappen über seinem besten Stück lag. In der Sauna des Präsidiums herrschten gut und gerne fünfundsiebzig Grad, und es roch extrem.

»Ja, so eins, wie auf dem Friedhof lag, in der Nähe von Levanders Leiche.« Magnus klang atemlos.

Arne legte sich das Handtuch um die Schultern und ging in die Umkleide. »Und wo?«

»Im Valsjö. Fünf oder sechs Meter vom Ufer, also ungefähr dreißig Meter von der Stelle entfernt, an der Tomas Nellert ermordet wurde.«

Arne wischte sich den Schweiß vom Gesicht.

»Wir werden uns das mal ansehen. Und du bist sicher, dass das kein Müll ist, der schon länger im See liegt?«

»Ziemlich sicher. Es ist an der einen Seite genauso angespitzt wie das vom Friedhof. Außerdem hätte es längst zu rosten angefangen, wenn es schon länger im Wasser liegen würde.«

»Bringst du es her oder soll ich jemanden schicken, der es abholt?«

»Ich bring es vorbei. Aber erst muss ich mich umziehen.«

»Umziehen?«

»Ja, wir sind mit Klamotten in den See gesprungen. So sind wir halt.«

»Aber wieso habt ihr euch nicht ausgezo…?«
Magnus lachte heiser.
»Das war eine spontane Eingebung, mein Herr.«

186

Der Schrank war geschlossen und alles war still, trotzdem hatte Friedrich den Eindruck, der Mann hätte sich bewegt. Er saß in einem der Sessel im ersten Stock und vermied es, zur Schranktür zu schauen. Er war nie abergläubisch gewesen. Bis jetzt. Jetzt hatte er plötzlich Angst. So große Angst, dass er sich wach hielt, obwohl seine Augen vor Müdigkeit schon trocken waren wie die Wüste.

Trugbilder, wilde Fantasien, Unsinn. Der Mann war mausetot. Der konnte definitiv nicht einfach aufspringen wie die Leichen aus irgendwelchen Horrorfilmen und zu ihm torkeln. Trotzdem hatte Friedrich eine Gänsehaut.

Er winkelte die Beine an, ohne die Schranktür aus den Augen zu lassen. Er musste jetzt ruhig und methodisch vorgehen. Das Haus nicht verlassen und auch nichts anderes Unvorhergesehenes machen. Einfach warten, bis die anderen beiden auch nach Hause kamen, und tun, was von ihm verlangt wurde. Für Sascha. Das Einzige, was ihn beunruhigte, war die Frage, wer der alte Mann war, wenn es sich wirklich nicht um Anders Levander handelte. Und was hatte er hier im Haus gewollt?

Wieso war er in Hausschuhen unterwegs gewesen? Hatte er jemandem erzählt, dass er hatte herkommen wollen? Unwahrscheinlich – wenn man in Hausschuhen loszog, folgte man eher einer spontanen Eingebung. Hätte er eine Frau oder Mitbewohner gehabt, wäre längst jemand aufgetaucht und hätte geklopft.

Ihm kam der sonderbare Gedanke, dass sein Vater stolz auf ihn wäre, wenn er wüsste, wie ruhig und methodisch er vorging. Natürlich war das Unsinn, sein Vater war nie auf irgendetwas von ihm stolz gewesen. Er hatte ihn als wertlose Null gesehen, der alles für ein bisschen Liebe und Aufmerksamkeit getan hätte.

Er bohrte die Fingernägel in die Sessellehnen. Anerkennung hatte er nie bekommen. Jedenfalls nicht für das, was er war. Nur für das, was er vorgegeben hatte. Er verließ den Sessel und ging ins untere Wohnzimmer. Dort legte er sich wie ein Wachhund vor die Tür zum Flur, das Stahlrohr eng an sich gepresst. Seltsamerweise hatte es etwas Tröstliches. Er hatte schon so lange gekämpft. Nichts sollte all das auslöschen, was er so mühevoll aufgebaut hatte. Nein, niemand sollte Saschas Leben zerstören. Oder das Bild, das Sascha von ihm hatte.

187

Arne und Sofie standen am Konferenztisch, beide ein Glas Mineralwasser in der Hand, als Magnus unrasiert und erschöpft mit einer Plastiktüte in der Hand auftauchte.

Er warf die Tüte auf den Tisch.

»Das ist das Rohr, von dem ich am Telefon gesprochen habe. Wenn wir hier fertig sind, bringe ich es sofort ins Labor«, sagte er.

Arne lugte in die Tüte.

»Hoffentlich hat das Wasser nicht alle Spuren aufgelöst.«

Sofie warf ebenfalls einen Blick hinein.

»Das sieht wirklich genau aus wie das andere Rohr. Wenn wir Blutspuren finden würden oder Fasern oder irgendetwas, das eine Verbindung …«

»Machen wir uns nicht gleich zu große Hoffnungen«, fiel Arne ihr ins Wort. »Trotzdem wirft dieses Rohr natürlich Fragen auf. Mattias Carlén hat Anders Levander mit einem Rohr ermordet, und nun taucht ein fast gleiches Rohr im Valsjön auf. Vielleicht war er doch am Tatort.«

»Ja«, sagte Sofie. »Aber Tomas Nellert wurde mit einer Axt ermordet. Und wenn Anders Levander unschuldig sein sollte, wieso ist er dann aus dem Krankenhaus geflohen? Und wie sind seine Fingerabdrücke und seine DNA auf die Axt gekommen?«

Arne stöhnte. »Vielleicht haben die alle drei miteinander gekämpft.«

»In dem Fall wäre Carlén richtig gut davongekommen, es gab schließlich weder einen Tropfen Blut noch eins seiner Haare am Tatort«, sagte Magnus. »Das ist natürlich nicht unmöglich, besonders bei einem Tatort im Freien. Und daran, dass Carlén zu allem fähig ist, dürfte zu diesem Zeitpunkt auch niemand mehr zweifeln.«

Arne kratzte sich so sehr am Kopf, dass sich sein penibel gezogener, blonder Scheitel in Wohlgefallen auflöste.

»Wir können jedenfalls keine Aussage darüber treffen, ob Mattias Carlén sich am See aufgehalten hat, bis das Rohr analysiert worden ist«, sagte er und trank einen Schluck Wasser. »Gut, dass du es so schnell hergebracht hast, Magnus. Ich werde es sofort weiterleiten. Jetzt solltest du besser wieder zu Linn fahren, da wirst du mehr gebraucht als hier.«

In Magnus' Augen blitzte es.

»Gibt es schon neue Hinweise auf Carléns Verbleib?«

»Noch nicht, aber alle Zufahrtsstraßen werden kontrolliert. Wir sind an ihm dran.«

Magnus schnaubte.

»Und Roger? Ist der noch in Göteborg?«

»Er müsste mittlerweile auf dem Rückweg sein, schätze ich.«

»Aha«, sagte Magnus und sah Sofie an. »Und was machst du?«

Sofie wirkte beleidigt.

»Was ich mache? Ich verfolge eine Datenspur, unter anderem. Die Drohmails, die Levander bekommen hat, stammen von einem Computer, der einer gewissen Cecilia Wannheim gehört.«

»Wer ist das?«

»Eine Studentin. Aber sie hat die Mails nicht verschickt, sie hat den Computer im März verkauft.«

»Und an wen?«

»Ja, das ist eine sehr gute Frage. Sie erinnert sich nicht an den Namen der Frau, konnte sie aber auf einem Überwachungsfilm der U-Bahn identifizieren. Warte.« Sofie rannte in ihr Büro und kam sofort mit einem Stapel Fotos wieder.

»Hier«, sagte sie und legte die Standbilder vor den anderen auf den Tisch.

Magnus nahm eins davon in die Hand.

»Wer ist es denn?«, fragte er.

Sofie zeigte auf sie. »Das Mädel auf der Bank. Das Merkwürdige ist, dass sie mir unglaublich bekannt vorkommt, mir aber nicht einfallen will, woher.«

Magnus legte das Bild wieder auf den Tisch und sah sie gelassen an.

»Was für ein Glück, dass ich dir da auf die Sprünge helfen kann.«

188

Der gelbe Lastwagen stand auf dem kleinen Waldweg. Der Lack funkelte im Sonnenlicht und Garfield lächelte sein selbstzufriedenes Lächeln vom glitzernden Kühlergrill. Der Fahrer lehnte sich neugierig zur Windschutzscheibe vor, um besser sehen zu können. Ein junger Mann war ein paar Hundert Meter vor ihm aus dem Wald gestolpert und lief im Straßengraben weiter. Er schwankte bedenklich und sein weißes Hemd war schmutzig. Aber was wirklich das Interesse des Lastwagenfahrers weckte, war etwas anderes. Dieser Mann war kein einfacher Pilzsammler, der sich verlaufen hatte, er trug nämlich eine feine Anzughose. Er sah aus wie ein Geschäftsmann, der im Wald ausgesetzt worden war.

Der junge Mann hatte schmale Hüften und war muskulös, so viel war zu erkennen. Aber so wie er taumelte, konnte man fast denken, dass er betrunken war. Der Lastwagenfahrer griff ins Handschuhfach, holte die vierte Bierdose hervor und öffnete sie mit dem gewohnten Zischen. Dann überlegte er, ob er dem Mann anbieten sollte, ihn mitzunehmen. Er hatte es schließlich nicht eilig, nach Hause zu kommen. Seine Frau hatte vor langer Zeit aufgehört, sich zu fragen, wo er sich rumtrieb.

Er trank noch ein paar Schlucke. Da war wieder dieses leise elektrische Knacken seines Wagens, das er über die Jahre so lieb gewonnen hatte. Das Führerhaus wurde in sanftes Gelb getaucht, das bald in ein dumpfes Orange übergehen würde. Durch das geöffnete Fenster wehte der Geruch von Wald und

Dieselmotor herein. Mutter Natur und menschlicher Erfindungsreichtum ergaben ein feines Bouquet.

Er drehte den Zündschlüssel, woraufhin der Wagen ein zischendes Geräusch von sich gab. Dann entschied er sich doch um und zog den Schlüssel wieder. Er konnte genauso gut erst einmal austrinken, bevor er weiterfuhr.

189

»Bist du dir sicher?« Arne blickte ihn forschend an.

»Absolut sicher. Das ist Mia Fallén, Susanne Nellerts Pflegerin. Zweifellos«, sagte Magnus.

Sofie legte sich den Zeigefinger an die Lippen.

»Ja, genau! Stimmt! Jetzt erkenne ich sie auch wieder. Und laut Cecilia Wannheim hat die Frau den Computer für eine behinderte Frau gekauft. Das passt alles! Meine Güte, da hab ich ja schön auf der Leitung gestanden. Aber warum sollte eine der beiden Anders Levander Drohmails schicken? Noch vor Tomas Nellerts Tod, meine ich?«

Magnus schloss die Hand um Linns Goldanhänger, den er noch immer in der Tasche hatte.

»Wir müssen die beiden verhören«, sagte er. »Und zwar so schnell wie eben möglich.«

190

Katharina legte die Hand schützend über die Augen. Sie hatte am Fenster eines der anderen Häuser eine Gestalt entdeckt, die zu dem Haus zu blicken schien, in dem Friedrich verschwunden war. Der Körperform nach zu urteilen handelte es sich um eine Frau. Das Gesicht konnte sie nicht erkennen. War sie die Frau des alten Mannes? Wartete sie auf seine Rückkehr? Wenn ja, dann wartete sie schon lange, schließlich war der Mann seit Stunden bei Friedrich.

Katharina näherte sich erneut dem Waldrand und schob einen belaubten Ast beiseite, um besser sehen zu können.

Das Bedürfnis, einfach zum Haus zu gehen, wurde wieder stärker. Sie sehnte sich nach Wärme, danach, sich einfach in Friedrichs Nähe auszuruhen. Wäre der fremde Mann nicht bei ihm gewesen, sie wäre sofort losgerannt.

Nun schoben sich über ihr die Wolken zu einer immer dichteren, dunkleren Decke zusammen und Donner grollte heran. Der Wetterumschwung war plötzlich gekommen, und Katharina spürte die ersten schweren Regentropfen. Erst auf der Hand, die den Ast hielt, dann im Nacken, und schon bald prasselte es überall um sie herum in dem vorher so stillen Wald.

Die Frau verschwand vom Fenster. Vielleicht hatte Katharina sich nur eingebildet, dass sie das gleiche Haus beobachteten.

Katharina lehnte sich mit dem Rücken gegen einen Baumstamm. Wenn sie nicht bald etwas zu essen bekam oder sich ausruhen konnte, würde sie ohnmächtig werden.

Die Blätter hielten den Regen einigermaßen ab, trotzdem wurde sie immer nasser, und das Wasser rann ihr übers Gesicht. Als die Nässe ihre Unterwäsche erreichte, hatte sie genug und ging zum Weg.

191

Magnus' Beine zuckten unter dem Schreibtisch. Das Kribbeln war in der letzten Zeit immer schlimmer geworden, und er fürchtete sich mittlerweile richtig vor dem Testergebnis. Die Ereignisse der letzten Tage hatten ihn sämtliche Reserven gekostet, er hatte keine Kraft mehr.

Er ließ das heiße Gesicht in die Hände sinken. Carlén, dieser perverse Scheißkerl, sollte sich nie wieder sicher fühlen. Wenn sie ihn nicht bald fassten, würde er höchstpersönlich die Jagd übernehmen und nicht ruhen, bis der Mistkerl ihm vor die Flinte kam.

Und starb.

Sofie steckte den Kopf zur Tür herein und betrachtete ihn fragend.

»Stör ich?«

»Keineswegs.« Magnus hob den Kopf.

»Ich wollte nur schnell weitergeben, dass Susanne Nellert und ihre Pflegerin morgen früh um acht vorbeikommen.«

»Warum nicht heute noch?«

»Weil es schon so spät ist … Und dir ein bisschen Ruhe auch nicht schaden wird.«

»Das geht alles viel zu langsam!«, brüllte er. »Und wo steckt Roger?«

Sofie schüttelte sachte den Kopf.

»Ich kann verstehen, wie wichtig das für dich ist.«

Magnus bereute seinen Ausbruch sogleich.

»Entschuldige.« Er lehnte sich zurück und kratzte sich am Kopf.

»Setz dich, wenn du magst«, sagte er.

Sie kam der Aufforderung nach und setzte sich auf die Schreibtischkante.

»Wie habt ihr das Rohr eigentlich gefunden?«

»Linn hat es gesehen und ist sofort ins Wasser gesprungen. Ich habe gedacht, sie ist völlig durchgedreht und will sich ertränken.«

»Wie geht es ihr denn?«

»Besser als mir, vermute ich.«

»Ich habe vorhin mit den Kriminaltechnikern gesprochen, sie beeilen sich.« Sofie lehnte sich vor. »Was hältst du von dieser Sache mit den Mails? Die wird ja wohl kaum die Pflegerin geschickt haben, oder?«

»Nein, glaube ich nicht. Und was bedeuten sie? Hängen sie überhaupt mit dem Mord zusammen?«

Sofie strich sich übers Kinn.

»Das erfahren wir vielleicht morgen.«

Magnus nickte und gähnte dann. »Hat diese Jenny aus Göteborg irgendwelche neuen Erkenntnisse liefern können?«

»Na ja, Tomas Nellert scheint die sexuellen Vorlieben von Carlén nicht geteilt zu haben, wenn man der Dame Glauben schenken darf. Er war ein so lieber, lieber Junge, dieser Tomas.«

»Wen die Götter lieben, den lassen sie jung sterben … heißt das nicht so?«

Sofie zuckte mit den Schultern. »Keine Ahnung, ich bin Atheistin.« Sie stand auf und ging zur Tür.

»Ich mach mich auf den Heimweg. Und das solltest du auch tun, Magnus.«

Er brummte zustimmend. Doch als Sofie verschwunden war,

blieb er noch lange sitzen und dachte nach. Susanne Nellert, die in ihrem Rollstuhl so zart und unschuldig gewirkt hatte. Hatte sie etwas mit dem Fall zu tun?

192

Linn saß an Elins Bett. Die kleine Hand, die sie in ihrer hielt, fühlte sich warm und knubblig an. Ihre Tochter atmete tief und regelmäßig, als könnte sie nichts wecken.

Linn drückte ihr vorsichtig die Nase ins Haar und schnupperte. Es duftete gut, vertraut.

Sie wollte nicht schlafen, denn nachts schlich sich die Angst in ihre Träume.

Sie gab Elin einen Kuss auf die Stirn und stand auf.

Erst als sie in der Küche war, nachdem sie auch Moa einen Kuss gegeben hatte, stellte sie fest, dass es regnete. Sie schaltete die kleine Lampe auf dem Fensterbrett ein und setzte sich an den Küchentisch.

Sie hatte Mattias Carlén in einer ersten Einschätzung für harmlos gehalten. Wenigstens für sein Umfeld. Was sagte das über sie? Schließlich galt sie als Expertin auf dem Gebiet der menschlichen Psyche. Was war mit ihr los? Hatte sie die Kontrolle verloren?

Das Handyklingeln unterbrach sie in ihren Gedanken und sie eilte in den Flur. Der Blick aufs Display verriet: Lena. Linn zögerte kurz, nahm das Gespräch aber schließlich ganz leise an, um die Kinder nicht zu wecken.

»Oh mein Gott, Linn! Wie geht es dir?«

»*Jetzt* geht es mir gut.« Sie ließ sich auf die Bank im Flur sinken.

»Du armes Ding, ich hab es von deinem Mann erfahren. Das

ist alles so entsetzlich. Ich kann es nicht fassen, das kann doch nicht wahr sein.«

»Ich weiß nicht, ob du das gehört hast, aber es war Mattias Carlén, der …« Linn räusperte sich.

»Ich … Aber er hat doch nicht …?«, stammelte Lena.

»Nein, dazu ist er nicht gekommen.« Linn merkte, wie ihr die Puste ausging. »Ich möchte gerade nicht darüber sprechen, aber es geht mir gut.«

»Entschuldige, ich wollte dich gar nicht drängen. Aber du kannst dich gern an mich wenden, wenn du reden möchtest. Jederzeit, hörst du? Du kannst dich *jederzeit* bei mir melden.«

»Mach ich, danke.« Linn war ein bisschen gerührt.

Lena fuhr fort:

»Dieser Carlén … Was für ein sonderbarer Typ. Ich wusste nicht so recht, was ich von dem halten sollte. Natürlich hat er mir von dem erzählt, was er als Junge an der Privatschule erlebt hat, und dass er auf SM steht oder wie immer das heißt. Aber so etwas hätte ich ihm nicht zugetraut.«

»Was weißt du eigentlich über ihn?« Linn klang mit einem Mal hölzern.

»Nicht viel. Ich habe wenig von dem geglaubt, was er mir erzählt hat. Wie er zum Beispiel im Internet Frauen kennengelernt hat, mit denen er … sich vergnügt hat. Das war so widerlich, dass ich ihm am liebsten gar nicht zugehört hätte. Willst du das wirklich wissen, Linn? Ist das wirklich klug?«

»Ja, ich will das wirklich wissen.«

»Ich weiß nicht recht …«

»Wenn du mir helfen willst, dann sprich weiter«, sagte Linn gefährlich leise.

»Er hat erzählt, dass er dort willige Frauen getroffen hat. Die hat er betäubt, damit er mit ihnen machen konnte, was er wollte. So widerwärtig.«

Linn wurde schwindelig.

»Wieso hast du ihn nicht angezeigt?«

»Das hätte ich vermutlich tun sollen. Aber ich habe gedacht, er will mich nur provozieren, erzählt mir nur deshalb seine ekligen Fantasien. Es tut mir so leid, Linn. Ich schäme mich richtig, nach allem, was er dir angetan hat. Ich kann es dir nicht erklären, es hätte sich einfach falsch angefühlt, alles, was er erzählt hat, in seine Akte aufzunehmen. Ganz egal, wie das jetzt klingt. Er war einfach so … unangenehm.«

»Wieso hast du ihn dann abgegeben, wenn du ihn nicht für völlig durchgeknallt gehalten hast?«

Lena zögerte.

»Mir ist es allein bei seinem Anblick immer schon kalt den Rücken runtergelaufen.«

»Und deshalb habe ich ihn übernehmen müssen?«, fragte Linn mit Bitterkeit in der Stimme.

»Es tut mir leid, ich …« Lena verstummte.

»Du hast es ja vielleicht nicht besser gewusst. Und ich weiß es jetzt mit Sicherheit«, sagte Linn und legte auf.

193

Mattias blieb stehen. Ein Blitz hatte den Wald für einen kurzen Moment in blendendes Weiß getaucht.

Er war nun lange der Straße gefolgt, hatte sich durch den hüfthohen Bewuchs des Straßengrabens gekämpft. Seine Kleider waren zerrissen und die Haut brannte. Er beschloss, sich an den Straßenrand zu trauen.

Er stolperte vorwärts, rutschte in dem feuchten Lehm aus und fiel hin. Wenn er sich weiter so blöd anstellte, würde er sich noch ein Bein brechen. Er fluchte laut, aber all die Schimpfwörter klangen besorgniserregend schwach.

Als er sich aufgerappelt hatte, erstarrte er. Außer dem Rauschen des Regens war da noch ein Geräusch gewesen. Er spitzte die Ohren, und kaum hatte er sich damit abgefunden, dass es Einbildung gewesen war, hörte er es wieder: ein lautes, tuckerndes Geräusch. Er fuhr herum und riss krampfartig die Fäuste hoch wie die Parodie eines Boxers.

»Wer da?«, schrie er.

Ein starker Lichtstrahl traf ihn, und er hielt sich zum Schutz die Hände vor die Augen, spähte zwischen den Fingern hindurch. Das Licht formte sich zu etwas, das aussah wie der Coca-Cola-Truck aus der Werbung, und es brannte ihm in den Augen wie Säure. Alles blitzte. Das Fernlicht erhellte die gesamte Straße und kam immer näher.

Mattias starrte wie hypnotisiert direkt in die gelben Scheinwerfer. Und bis er ohnmächtig wurde, war er erfüllt von einem unwirklichen Gefühl. *Ja, hilf mir*, bat er dankbar. Und dann war alles gut. Er lag auf der Seite im Schlamm und spürte keine Schmerzen mehr. Die Augen waren geschlossen, und er schlief wie ein geborgenes Kind, als der Viertonner durch den Schlamm schlitterte und jeden einzelnen seiner Knochen zermalmte.

194

Magnus wälzte sich im Bett hin und her. Linn beobachtete ihn und bemerkte besorgt, wie seine Beine zuckten. Wieso ging er nicht zum Arzt? Wenn die Sache ausgestanden war, würde sie ihn zwingen, und wenn sie ihn dazu eigenhändig in die Sprechstunde bringen musste.

Linn ging in die Küche, wo Magnus' Laptop noch aufgeklappt auf dem Tisch stand. Sie weckte ihn aus dem Stand-by-Modus und wollte gerade Magnus' Mailprogramm schließen, als ihr Blick auf die geöffnete Nachricht von Roger fiel. Darin hatte er ein Gespräch mit einer Jenny Myrberg nach ihrem Treffen in Göteborg zusammengefasst. Untendrunter stand noch etwas über eine deutsche E-Mail-Adresse. *Überprüfe noch Friedrich Steuer, um herauszufinden, was der mit Tomas Nellert zu tun haben könnte*, stand im Protokoll.

Friedrich Steuer? Linn konnte der Versuchung nicht widerstehen, ein wenig im Internet nach den Namen zu suchen. Dabei wusste sie, dass Magnus sich darüber aufregen würde. Sie fing mit Jenny Myrberg an, doch die schien mit dem Internet nicht viel am Hut zu haben, der einzige Eintrag war im Adressbuch von Göteborg.

Friedrich Steuer hingegen lieferte eine Menge mehr Treffer. Er war Archäologieprofessor an der Universität Köln, wie es schien. Die Bilder der Internetseite zeigten einen dünnen, grauen Mann in einem ebenso grauen Anzug. Er lächelte ein steifes Lächeln, das seine Augen nicht erreichte.

Linn ging die anderen Treffer durch. Verschiedene Berichte der Uni, Seminare, an denen er teilgenommen hatte, nichts von Interesse. Nichts, was ihn in Verbindung mit Schweden brachte.

Irgendwas musste sich doch finden lassen, sie beugte sich näher zum Bildschirm. Heutzutage war doch über jeden was im Internet zu finden. Also jeden, abgesehen von Jenny Myrberg.

Sie startete eine neue Suche, diesmal mit den Worten *Friedrich Steuer* und *classmates*. Und ganz wie erwartet, tauchte eine Seite unter den Treffern auf, die frühere Klassenkameraden wiedervereinte. Sie kippelte mit dem Stuhl nach hinten, um einen Blick ins Schlafzimmer werfen zu können. Glücklicherweise schien Magnus schön tief zu schlafen. Linn meldete sich schnell unter falschem Namen auf der Seite an. Schon bald hatte sie ein Klassenfoto mit lauter vierzehnjährigen Schülern vor sich. Friedrichs Name stand unter dem Bild, und sie fuhr langsam die Gesichter ab, um den vierzehnjährigen Friedrich Steuer zu finden.

Ihr Finger verharrte auf einem blonden, fülligen Jungen mit dicker Brille. Der Unterschied zwischen diesem Bild und dem von der Uniseite war gewaltig, aber es lagen ja auch viele Jahre dazwischen. In den Jahren konnte er sich verändert haben, sie selbst sah auch nicht mehr aus wie zu ihren Teenagerzeiten.

Sie stützte den Kopf in die Hände. Spielte ihr müder Verstand ihr etwa einen Streich? Sie öffnete die Universitätsseite in einem neuen Fenster und suchte das Bild des fünfzigjährigen Friedrich. Da stimmte nicht viel überein. Weder der Abstand zwischen den Augen noch die Form der Nase, davon abgesehen hatte der Junge eine Pigmentstörung am Hals, einen großen, braunen Fleck. Linn blinzelte müde. Vielleicht hatte das ja nichts zu bedeuten, es gab sicher mehr als einen Friedrich Steuer in Deutschland. Wie viele Einwohner hatte das Land noch mal? Achtzig Millionen? Oder noch mehr? Da war es nicht unmöglich, dass es zwei Männer mit demselben Namen gab, die im gleichen Jahr geboren waren.

Sie schaltete den Computer aus und legte sich zu Magnus ins Bett, der ihr im Halbschlaf einen Arm um die Schulter legte.

»Was hast du gemacht?«, murmelte er.

»Nichts Besonderes, schlaf weiter.«

Sie schloss selbst die Augen und atmete aus. Die gebrochene Rippe war noch immer empfindlich und schmerzte, als sie sich näher an Magnus schmiegte.

DIENSTAG, 8. MAI

195

Es nieselte schon den ganzen Morgen, Moa und Elin glichen wütenden Bienen, als sie in ihren Regenklamotten von Magnus erst ins Auto gesetzt und dann zur Vorschule gefahren wurden. Sie schienen zu spüren, dass Linn gerade keine Zeit für sie hatte.

Als Linn sich sicher war, dass sie nicht noch einmal umkehren würden, ging sie auf direktem Weg zum Computer in der Küche. Ein bisschen lächerlich war es ja schon. Wieso wollte sie unbedingt etwas über diesen Deutschen herausfinden, wenn Roger sich doch darum kümmerte? Aber sie musste etwas tun, konnte nicht länger rumliegen und grübeln. Recht schnell hatte sie Informationen über zwei Männer gefunden, die beide Friedrich Steuer hießen. Einer stammte aus Berlin und war Anfang der Neunziger verstorben, der andere wohnte im Bussardweg in Köln. Lustigerweise trugen beide einen Professorentitel.

Tomas Nellert hatte also Kontakt zu dem aus Köln gehabt. Sie suchte weiter und fand schon bald ein deutsches Telefonbuch im Netz.

Friedrich Steuer war vielleicht nicht wichtig, aber er bot ihr Ablenkung, war quasi der einzige Strohhalm, an den sie sich gerade klammern konnte.

Sie stand auf und kippte den Kaffee in die Spüle. Dann notierte sie sich die Telefonnummer der Familie Steuer auf einem Zettel.

196

Magnus stand hinter seinem Schreibtisch und nahm ganz bewusst den muffigen Geruch des Präsidiums wahr. Manchmal konnte er richtig spüren, wie sich dieser Geruch von ihm löste, wenn er nach einem langen Arbeitstag zu Hause unter der Dusche stand. Dieser Geruch setzte sich in allem fest, den Klamotten, den Haaren, jeder Pore, und verschwand erst, wenn er sich lange mit heißem Wasser abgeduscht hatte. Vielleicht roch es nach Schimmel, vielleicht nach reinem Elend.

Er ging zum Fenster und kippte es an. Es hatte aufgehört zu regnen, unten auf der Straße waren wieder Menschen in alle Richtungen unterwegs. Er wünschte sich nichts sehnlicher, als dass Carlén endlich geschnappt wurde, damit er abends beruhigt nach Hause fahren konnte. Zu Linn und den Kindern.

Der Stuhl knirschte laut unter seinem Gewicht, als er sich an den Schreibtisch setzte. Wenn sie Carlén hatten, würden allein das blutige T-Shirt und Linns Aussage ihm schon ein paar Jahre einbringen.

Magnus massierte sich die Schläfen und genoss die Vorstellung, ihn zu verhören.

Er überlegte sich, was er ihn fragen würde, als Sofie sein Büro betrat.

»Tomas Nellerts Mutter und ihre Pflegerin sind da.«

Magnus stand auf, er hatte fast vergessen, dass sie für heute bestellt waren.

»Susanne Nellert ist in Raum zwei. Ich dachte, die übernimmst du, dann höre ich mir an, was Mia Fallén zu sagen hat.«

Er nahm die graue Kapuzenjacke vom Tisch und zog sie über.

»Wir machen in zwanzig Minuten eine Pause und stimmen ab, wie wir weiter vorgehen«, sagte er und hielt ihr die Tür auf.

»Gut. In deinem Büro?«

Er nickte.

Im Flur spürte er, wie es in seinen Beinen kribbelte. Glücklicherweise vergaß er das, als er Susanne Nellert erblickte.

Sie schaute ihn ängstlich an.

»Ich wurde gestern angerufen und hergebeten. Aber wieso musste Mia mitkommen? Ist etwas passiert? Wissen Sie etwas Neues über das, was Tomas zugestoßen ist?«

Magnus füllte sich ohne Eile Wasser in ein Glas.

»Nein, aber Sie vielleicht«, sagte er ruhig.

Susanne Nellert wirkte durcheinander.

»Ich verstehe nicht, was Sie meinen.«

»Oh doch, ich glaube, Sie verstehen weit mehr, als Sie bei unserem letzten Treffen zugegeben haben«, sagte er kühl.

Sie starrte ihn mit weit aufgerissenen Augen an und spielte nervös an der Armlehne ihres Rollstuhls.

»Ich verstehe kein Wort«, sagte sie.

Magnus trank einen Schluck Wasser. Wenn Susanne Nellert spielte, dann war ihr Auftritt Oscarverdächtig.

»Wir wissen, dass Sie vor ein paar Monaten einen gebrauchten Computer gekauft haben«, sagte er.

»Ja. Und?«

»Ihre Wohnung wird gerade danach durchsucht. Und wenn wir ihn finden, und glauben Sie mir, das werden wir, dann finden wir außerdem ein paar interessante Dinge darauf, was meinen Sie?«

Susanne Nellert fing an zu keuchen und atmete immer heftiger.

»Mein Asthmaspray …«, keuchte sie. »In meiner Tasche.«

Magnus starrte sie mit offenem Mund an, dann durchwühlte er die rote Stofftasche, die hinten am Rollstuhl hing. Kaum hatte er das Spray gefunden, riss Susanne Nellert es an sich und setzte es verzweifelt an den Mund.

Verdammt, sie brauchte ja ärztliche Hilfe! Was hatte er getan? Er hatte sie so sehr unter Druck gesetzt, dass sie ihm fast vor der Nase erstickte.

Magnus lief zur Tür, um Hilfe zu holen.

»Warten Sie …«, sagte sie atemlos. »Ich muss … einfach kurz … durchschnaufen.«

»Soll ich einen Notarzt rufen?« Magnus stand unentschlossen an der geöffneten Tür, aber als er sah, dass ihre Atmung sich beruhigte, schloss er sie wieder und ging zu ihr zurück.

»Geht es Ihnen besser?«

Sie nickte.

»Das passiert einfach hin und wieder … Seit dem Unfall.«

»Das heißt, wir können fortfahren? Sie gefallen mir aber gar nicht.«

»Warum durchsuchen Sie meine Wohnung?«, fragte sie erschöpft.

Magnus setzte sich.

»Wir glauben, dass Sie im Besitz eines Computers sind, den Sie vor ein paar Monaten von einer gewissen Cecilia Wannheim gekauft haben. Von diesem Computer aus wurden ein paar E-Mails an Anders Levander geschickt.«

Susanne Nellert holte tief Luft, und Magnus fragte sich, ob jetzt der nächste Anfall drohte. Doch das Mittel wirkte noch, und so saß sie einfach mit hohlem Blick vor ihm.

»An den Mörder meines Sohnes?«

»Ja.« Magnus wartete ab.

»Ich habe noch nie von Anders Levander gehört, bis Sie mir von ihm erzählt haben.«

»Damit wollen Sie also sagen, dass Sie ihm keine Mails geschickt haben?«

Susanne Nellert nickte.

»Genau, keine einzige.«

»Trotzdem wurden von diesem Computer, seit er in Ihren Besitz übergegangen ist, Mails verschickt. Und zwar im März.«

»Ich weiß nicht, was ich dazu sagen soll.«

»Hatte noch jemand anderes Zugang zu diesem Computer? Ihre Pflegerin zum Beispiel?«

»Zugang schon, aber ich kann mir kaum vorstellen …«

Magnus schaute zur Uhr.

»Würden Sie mich kurz entschuldigen?« Er ließ sie zurück und schloss die Glastür hinter sich. Durch die Scheibe konnte er sehen, dass sie den Inhalator erneut ansetzte.

197

Beide wach. Beide verängstigt. Mutter und Sohn lagen auf Lages Sofa. Sie hatten sich darüber gestritten, was sie als Nächstes tun sollten. Janna wollte, dass sie das Haus verließen, sich eine neue Zuflucht suchten, Jonathan wollte das nicht.

»Aber Jonathan, er war die ganze Nacht lang weg. Vielleicht ist ihm etwas zugestoßen.«

Jonathan biss sich auf die Unterlippe.

»Mama, wir kennen ihn doch gar nicht. Vielleicht verschwindet er einfach hin und wieder über Nacht. Wir sind hier sicher, und wir haben etwas zu essen. Wir sollten bleiben, bis wir genau wissen, was wir als Nächstes machen wollen. Hier ist es auf jeden Fall besser als auf dem Dachboden mit diesem ekelhaft stinkenden Eimer voller Scheiße.«

»Ja, kann sein …«, sagte Janna jämmerlich.

Jonathan schloss die Augen. Er fühlte sich für sie verantwortlich, jetzt, wo es seinen Vater nicht mehr gab – und er hasste es. Sie war anstrengend und handelte permanent impulsiv. Man musste sich ja nur die Flucht aus dem Versteck vor Augen halten, einen Plan hatte sie nicht gehabt! Er wünschte sich sehnlichst, er würde ihr wieder so vertrauen können, wie er das als kleiner Junge getan hatte. Als sie ihm noch perfekt und makellos vorgekommen war. Als sie sein Ein und Alles gewesen war, wie es eine Mutter auch sein sollte.

Ein beängstigender Gedanke kam ihm. Was, wenn sie nie so gewesen war, wie er gedacht hatte? Wenn das alles nur ein

Hirngespinst gewesen war und er jetzt erst sah, wie leichtsinnig und schwach sie eigentlich war?

Er fühlte sich hin- und hergerissen. Einerseits wollte er sich an sie schmiegen, andererseits war er unglaublich wütend auf sie, weil sie sich nicht im Mindesten vernünftig und wie eine Erwachsene benahm, sondern einfach nur dalag, schluchzte und ihm alles überließ.

Sein Blick wanderte über die Bretter der Holzdecke.

Dann war es jetzt an ihm, sich die nächsten Schritte zu überlegen? An ihm, der gerade mal allein in die Stadt fahren durfte?

Wohin sollten sie gehen, wenn das Essen verbraucht war? Ins Ausland? Sie hatten Geld, das wusste er, nur nicht, wie viel. Das hatten sie nie erwähnt.

»Mama, wie viel Geld haben wir?« Seine Stimme brach im typischen pubertären Falsett.

Janna drehte sich verwundert zu ihm um.

»Vielleicht sechzigtausend Kronen auf der Bank. Und ein paar Tausend in der Standuhr im Schlafzimmer.«

Damit kamen sie nicht weit. Sie brauchten so viel, wie sie kriegen konnten. Er stand auf und ging in Lages Esszimmer, wo er ans Fenster trat und vorsichtig den Vorhang beiseiteschob. Er spähte zu dem Haus, das mal sein Zuhause gewesen war. Jetzt sah das Reihenhaus erschreckend verlassen aus und erinnerte ihn an ein Buch, das er mal gelesen hatte. Es ging um ein Geisterhaus. Darin hatte das Gute gesiegt. Er war allerdings nicht davon überzeugt, dass es in seinem Fall auch so enden würde. Aber über eins war er sich im Klaren: Er musste zu der Standuhr. Zum Geld.

138

Sofie wartete bereits in Magnus' Büro, als er hereinkam.

»Kurze Zusammenfassung«, sagte sie, noch bevor er die Tür überhaupt richtig geöffnet hatte. »Mia Fallén hat bestätigt, den Computer für Susanne Nellert gekauft zu haben. Sie behauptet, dass er die meiste Zeit im Schrank liegt, und sagt, sie selbst habe ihn nie benutzt. Was hast du herausgefunden?«

»Ungefähr das Gleiche. Die Nellert leugnet ebenfalls, die Mails an Levander geschickt zu haben.«

»Großartig«, seufzte Sofie. »Na, das war ja mal enttäuschend, ich hatte mit was anderem gerechnet. Hoffentlich liegt dieser Computer wirklich da im Schrank, damit wir ihn untersuchen lassen können. Und was machen wir jetzt? Lassen wir sie gehen?«

Magnus kratzte sich am Hals.

»Bis wir den Rechner und die Laboranalyse haben, bleibt uns wohl nichts anderes übrig. Wenn beide leugnen, etwas mit den Mails zu tun zu haben … ja.« Resigniert hob er die Schultern.

Dann ging er mit finsterer Miene zurück zum Verhörraum.

Susanne Nellert ließ den Kopf hängen und sah ziemlich erschöpft aus.

»Dürfen Sie wirklich einfach so Hausdurchsuchungen machen? Mein Sohn ist schließlich das Opfer. Und ich hätte nicht mal die Möglichkeit, diesem Anders Levander etwas anzutun. Also, vorausgesetzt, Sie gehen nicht davon aus, dass ich aus purem Vergnügen in diesem Rollstuhl sitze.« Sie schnaubte. »Mich macht das alles furchtbar traurig. So ermitteln Sie also im Todesfall meines Sohnes? Indem Sie mich beschuldigen? Das macht mir nicht gerade große Hoffnung.«

»Es tut mir sehr leid, aber es ist nun einmal, wie es ist«, sagte Magnus.

Susanne Nellert schaute ihn mit glänzenden Augen an.

»Sie verstehen das wohl nicht. Morgan und ich, wir haben unsere Kinder verloren. Beide. Es zerreißt mich. Ich bin dankbar für die zwanzig Jahre, die ich mit ihnen hatte, und trotzdem wünsche ich mir manchmal, sie wären gar nicht auf die Welt gekommen … Weil das so verdammt weh tut.«

»Sie haben mein vollstes Mitgefühl.«

Darüber schüttelte sie nur den Kopf und verließ den Verhörraum.

Magnus schaute ihr nach. Er hoffte förmlich, dass sie irgendwie in den Mord an Anders Levander verstrickt war. Denn wenn nicht, war es unverzeihlich, die Spurensicherung loszuschicken, um in ihren Sachen rumzuwühlen.

199

Eine Nackenverspannung allererster Güte kündigte sich an, trotzdem blieb Friedrich zusammengekauert hinter der Tür zum Flur liegen. Er wusste, dass er niemals zustoßen konnte, wenn sein Opfer erst angefangen hatte, mit ihm zu sprechen. Deshalb musste alles rasend schnell gehen. Er wollte ihnen nicht in die Augen sehen, einfach mit voller Wucht das Rohr in sie rammen und gut. Jetzt war er allerdings einen Tag zu spät dran. Er ritzte sich mit der Spitze des Rohrs in den Unterarm. Er würde sie trotzdem töten. Jenny würde sein Geheimnis für sich behalten, wenn er es tat. Dass sie starben, war ja wohl wichtiger, als dass es am richtigen Tag geschah, oder?

Er konnte Turnschuhe und Stiefel unbekannter Marken im Flur sehen, es roch schwach nach Erde und Gummisohlen. Diese Familie hatte etwas Verwerfliches getan. Etwas, das man mit einem Mord gleichstellen musste. Seine Zweifel waren verflogen, sie verdienten den Tod. Er würde seine Aufgabe erfüllen, auch mit einem Tag Verspätung. Das waren feige, schwache Menschen von noch niederem Schlag als er. Und dabei war er jetzt ein Mörder. Wenn er an dieser Tatsache zweifeln sollte, musste er nur die Treppe hochgehen und in den Schrank schauen.

Er fing an zu lachen, ein verrücktes, verzweifeltes Lachen. Selbst seinem Vater wäre spätestens jetzt die Kinnlade heruntergeklappt. Er hatte den Rohrstock immer schnell bei der Hand gehabt, aber umgebracht hatte er niemanden.

Der letzte Pfeiler seiner Menschlichkeit war gefallen, Friedrich war jetzt ein Soldat. Sascha hatte er erfolgreich an den Rand seines Bewusstseins verdrängt, und dort sollte er auch bleiben, bis alles vorbei war.

Er drückte das Rohr stärker gegen seinen Arm, und dann überkam ihn mit solcher Wucht eine Kindheitserinnerung, dass es ihm den Atem verschlug.

Bruder Jakob, Bruder Jakob, schläfst du noch? Schläfst du noch? Hörst du nicht … Seine Mutter hörte auf zu singen. *Schlaf jetzt, mein Schatz*, ihre Stimme kam klar und deutlich aus der Küche herüber. Er lag zusammengerollt auf dem Bett. Aber nach einer Weile stand er auf und kniete sich ans Fenster. Die Sonne ging gerade unter und tauchte die Welt in rotes Licht. Im Gegenlicht erkannte er die Silhouette seines Vaters. Er hatte das Gewehr dabei, zielte auf die Krähen, die – Mückenschwärmen gleich – am Himmel unterwegs waren. Dann richtete er den Lauf auf den Boden und schoss. Von seiner Position am Fenster konnte er nicht sehen, worauf sein Vater geschossen hatte, aber er vermutete, dass es ein Kaninchen oder eine Ratte gewesen war. Sein Vater hatte nämlich vorletzten Sommer absichtlich Kaninchen in der Gegend ausgesetzt, damit er was zum Schießen hatte. Und die Kaninchen hatten sich erstaunlich schnell vermehrt. Er bildete sich ein, das Kaninchen schreien zu hören, dabei war das unmöglich. Das Kaninchen lag sicher hundert Meter entfernt. Aber an seinem Vater konnte er erkennen, dass er getroffen hatte, denn er nahm plötzlich Haltung an und streckte auf arrogante Weise die Brust raus und den Rücken durch. Er selbst nahm das Spielzeuggewehr in die Hand, das neben ihm am Heizkörper gelehnt hatte, und richtete den Lauf auf den Vater, der so bald ausziehen wollte. *Nimm das*, flüsterte er und machte leise Schussgeräusche, während er auf den hölzernen Abzug drückte. Erst ein Mal, dann noch einmal und noch einmal. Als er das fünfte Mal abgedrückt hatte, senkte er das Gewehr und da … lag sein Vater am Boden, die Hände gegen die Brust gepresst, und wand sich vorm Sonnenuntergang. Sein Gesicht war schmerzverzerrt und die Beine zuckten im Gras.

Er starrte wie gelähmt auf den Vater, dann richtete er langsam den Blick auf das Holzgewehr, dann wieder auf den Vater. Dieser schnappte keuchend nach Luft, sein Körper ein verzerrter Bogen, der um sein Leben rang, mit einem Herzen, das nicht mehr wollte. Einen Augenblick lang stand er wie festgefroren am Fenster seines Kinderzimmers, dann zog er den Vorhang vor und legte sich ins Bett, die Decke bis zum Kinn gezogen, und schloss die Augen, so fest er konnte. Dann sang er leise:

Bruder Jakob, Bruder Jakob, schläfst du noch? Schläfst du noch? Hörst du nicht … Und obwohl er schwache Hilferufe hörte, die sich zwischen seine gesungenen Silben pressten, blieb er liegen. Unbeweglich. Abwartend. Genau wie jetzt.

200

Magnus war gerade unterwegs in Sofies Büro, als Linn anrief.

»Und? Alles in Ordnung?«

»Ja«, log er. »Und bei dir?«

»Die Rippe tut noch weh, ist aber schon besser. Psychisch ist es bloß ein Auf und Ab.«

»Soll ich nach Hause kommen?«

»Nein, nein! Nicht bevor ihr Carlén geschnappt habt.«

Magnus seufzte. »Die Straßensperren wurden letzte Nacht aufgehoben. Die gehen davon aus, dass er weiter gekommen ist, als sie vermutet hatten. Das hat Arne mir heute Morgen gleich als Erstes erzählt.«

»Und das sagst du mir erst jetzt? Du hättest mich längst vorwarnen können«, schimpfte Linn.

»Er weiß nicht, wo wir wohnen. Unsere Adresse ist geschützt.« Da lag gleichzeitig Empörung und Scham in Magnus' Stimme. »Linn, ich treffe hier nicht die Entscheidungen. Wenn das so wäre, hätte ich einen viel größeren Bereich abgesperrt und viel mehr Leute für die Suche abgestellt … Er hat dir wehgetan, verdammt noch mal. Dir, die ich am allermeisten liebe.«

»Entschuldige.«

»Du musst dich nicht entschuldigen, schreib mich nur nicht ab. Ich bin auf deiner Seite, das weißt du doch. Oder nicht?«

»Doch, das weiß ich. Und wie geht es jetzt weiter?«, fragte Linn leise.

»Ich habe Tomas Nellerts Mutter verhört. Wir haben den

Verdacht … vielmehr wissen wir, dass sie oder jemand anderes von ihrem Computer aus E-Mails an diesen Gymnasiallehrer geschickt hat.«

»Was denn für Mails?«

»So eine Art Countdown. Noch soundso viele Tage. Nie mehr als das. Die gleiche Botschaft haben die Levanders auch per Post bekommen.«

»Und was hat es damit auf sich?«

»Wissen wir nicht. Sofie hält die Mails und Briefe für eine Drohung, dabei war der letzte Tag des Countdowns gestern und Levander wurde Donnerstag ermordet, insofern …«

»Meinst du, Tomas Nellerts Mutter hat Carlén angeheuert, um Levander zu töten?«, fragte Linn nachdenklich. »Dass sie die Mails geschickt und Carlén die Sache durchgezogen hat?«

»Es ist nicht unwahrscheinlich, dass sie den Tod des Sohnes rächen wollte, das Problem ist bloß, dass Levander sowohl die Briefe als auch die Mails lange vor Nellerts Tod bekam.«

»Sonderbar.«

»Du sagst es … Und es gibt keine Hinweise darauf, dass Carlén und Susanne Nellert Kontakt hatten.«

»Habt ihr auch Nellerts Vater überprüft? Vielleicht sind ja beide Elternteile verwickelt?«

»Nein, er scheint nichts damit zu tun zu haben.«

»Du hast also ziemlich was zu tun.«

»Ja.« Magnus ging mit schweren Schritten zur Tür. »Linn, ich muss jetzt mit Sofie sprechen und dann im Labor anrufen, ob die mir was zu dem Rohr sagen können, das du gefunden hast.«

201

Katharina warf einen besorgten Blick zu dem Reihenendhaus und verschwand dann schnell wieder im Wald. Hoffentlich hatte sie ihn nicht verpasst. Aber eine andere Wahl war ihr nicht geblieben, noch eine Nacht hier draußen wäre unmenschlich gewesen. Sie hatte kurz vor der Ohnmacht gestanden und sich am Vorabend noch auf den Weg ins Hotel gemacht.

Sie wählte die Nummer ihres Vaters und hielt sich das Handy ans Ohr.

»Was ist los?« Ihr Vater klang, als wäre er aus dem Schlaf hochgeschreckt.

»Ich bin gerade aus dem Taxi gestiegen, ich war letzte Nacht im Hotel, weil ich ein paar Stunden schlafen musste. Aber jetzt bin ich wieder genau da, wo ich gestern war. Hast du versucht, mich anzurufen?«

»Nein, habe ich nicht. Wo bist du denn genau?«

»In einer Reihenhaussiedlung. Friedrich ist in einem der Häuser, ich beobachte ihn von einem Waldstück aus.«

»Wie bitte? Also, Katharina, jetzt ist es aber mal gut. Du vergisst diesen Friedrich jetzt und kommst nach Hause. Sascha sehnt sich nach dir.«

»Ach, und nach seinem Vater etwa nicht?«, fragte sie sauer.

»Das … Aber natürlich, doch.«

»Na also, dann halte ich hier die Stellung.«

»Verrätst du mir dann vielleicht, warum du im Wald hockst

und nicht einfach an diese Tür klopfst, um den Mistkerl zur Rede zu stellen?«

Katharina biss sich auf die Wange.

»Ich weiß es nicht. Ich fürchte fast … dass er gar nicht mehr da ist.«

»Wie lange war er denn da?«

»Seit vorgestern.«

»Seit vorgestern? Und du bist dir sicher, dass er dir treu ist? Dass er das alles wert ist?« Er hob die Stimme. »Nein, Katharina, jetzt reicht es wirklich! Du kommst mit der nächsten Maschine nach Hause!«

Katharina war es gewohnt, ihm zu gehorchen, und plötzlich hatte sie das Gefühl, wieder fünf zu sein. Als wäre jeder Widerstand zwecklos. Gerade wollte sie sagen, dass er recht hatte, dass das alles Wahnsinn war, da fiel ein Sonnenstrahl auf ihren Ehering.

»Ich warte noch ein bisschen, und dann gehe ich zu ihm«, sagte sie, ohne wirklich überzeugend zu klingen.

Ihr Vater stöhnte demonstrativ. Katharina konnte sich ihn lebhaft vorstellen. Er saß sicher auf dem Küchensofa, trug eins seiner karierten Hemden und hielt vermutlich eine Lucky Strike zwischen Daumen und Zeigefinger. Ihre Mutter stand aller Wahrscheinlichkeit nach an der Spüle und lauschte dem Gespräch.

»Hallo? Bist du noch dran?« Die Stimme ihres Vaters riss sie aus den Gedanken.

»Ja.«

»Sei vorsichtig, mein Kind.«

»Ich versprech's dir. Er ist nicht gefährlich, Papa.«

Sie steckte das Handy weg. Wieso wollte er, dass sie vorsichtig war? Sie blickte zu dem Weg hinüber und sah gerade noch den Rücken eines Mannes, der um die Hausecke gebogen war.

War das etwa der Mann, der bei Friedrich gewesen war? Sie konnte sich natürlich irren, aber sie war sich fast sicher. Das hieß also, dass Friedrich wieder allein war – sofern er sich noch im Haus aufhielt. Sie schaute wild entschlossen zu dem Reihenhaus. So würde sie sich nicht länger behandeln lassen.

Der Entschluss, ihn zur Rede zu stellen, stand.

202

»He, Magnus!«

Roger rannte durch den Flur, um ihn einzuholen. »Ich habe mit den Kriminaltechnikern gesprochen. Sie haben den Computer bei Susanne Nellert gefunden und schon ins Labor geschickt«, sagte er.

»Sehr gut. Ich hoffe, sie finden was.«

»Ja, ich auch.« Roger schob die Hände in die Taschen seiner Jeans und wirkte bedrückt.

»Was ist los, Roger?«

Der Kollege schaute ihn an.

»Oskar ist krank«, murmelte er.

Magnus verlor die Geduld.

»Das Frettchen?«

»Ja, er hat irgendwas verschluckt, was ihm im Hals stecken geblieben ist. Er musste operiert werden und ist jetzt in der Tierklinik in Albano.« Roger klang ernst.

Magnus wusste nicht, was er darauf sagen sollte. Linn war fast umgekommen. Er selbst hatte das Gefühl, kaum aus einem tiefen, schwarzen Loch krabbeln zu können, und Roger machte sich Sorgen um ein Frettchen.

»Ach herrje, das klingt ja sehr ernst«, sagte er, und dann entfuhr ihm unpassenderweise ein Kichern, das jedoch mehr wie ein Prusten klang.

»Lachst du?«

»Nein, nein … Ich …« Jetzt brach er doch in schallendes

Gelächter aus, was sich so lange steigerte, bis ihm die Tränen kamen.

»Nein, also … Es ist einfach ein bisschen viel im Moment«, fuhr er fort und presste sich die Hand auf den Mund.

Roger starrte ihn an, als hätte er den Verstand verloren.

»Bist du jetzt fertig?«, fauchte er.

Magnus schluckte.

»Entschuldige, wolltest du noch etwas sagen?«

»Nur, dass auf dem Rohr, das ihr gestern im See gefunden habt, keinerlei Fingerabdrücke oder Blutspuren zu finden waren. Fasern haben sie allerdings gefunden. Nylonfasern. Die analysieren sie noch. Ähnliche waren auch auf dem Rohr, mit dem Anders Levander ermordet wurde. Das Ergebnis ist sicher interessant.«

Magnus' Lächeln verschwand, er sah wieder gefasst aus.

Roger betrachtete ihn unsicher. »Du musst was essen.«

»Ja, da hast du absolut recht. Wollen wir uns zusammen irgendwo hinsetzen und ein bisschen reden? Ich verstehe das alles nicht. Anders Levander war sowohl am Valsjön als auch auf dem Friedhof. Hatte der diese Rohre etwa dabei?«

»Und war dann so nett und hat Carlén eins davon gereicht, damit er es ihm in den Rücken rammen konnte?« Roger legte ihm die Hand auf die Schulter. »Um dich steht es ja schlimmer, als ich dachte. Komm, wir gehen zum Inder.«

Er hielt Magnus die Tür auf.

»Aber wenn Levander die Rohre nicht dabeihatte, dann muss es Carlén gewesen sein. War der auch am Valsjön?«

»Eins nach dem anderen, Magnus, immer schön eins nach dem anderen.«

203

Das kleine Mädchen beobachtete neugierig und ein wenig verängstigt vom Fensterbrett aus die komische Frau im Wald, die versuchte, sich hinter den Bäumen zu verstecken.

Das Mädchen zog sich das gelbe Kleid bis über die Knie und fragte sich, wohin der böse Onkel verschwunden war. Den hatte sie seit Tagen nicht gesehen.

Ängstlich schielte sie zur Schranktür in der dunklen Ecke ihres Zimmers und schlich dann zu ihrem Teddybären aufs Bett, ohne die Tür aus den Augen zu lassen.

Der Onkel hatte gesagt, sie dürfe niemandem etwas erzählen. Wenn sie es doch tue, würde er kommen und sie holen. Er hatte nicht gesagt, was er dann mit ihr machen würde, aber es konnte nichts Gutes sein, so viel war klar. Sie wusste, dass es schlechte Onkel gab, die Kindern Böses wollten. Und sie glaubte, er war so einer. Die Frau da unten vielleicht auch.

Sie umklammerte den Teddy und atmete seinen staubigen Geruch tief ein. Die Frau hatte schwarzes Haar, wie diese Hexe, von der die Kindergärtnerin vorgelesen hatte. Die Hexe, die zwei Kinder gefangen und in einen Käfig gesperrt hatte, um sie zu mästen und dann aufzuessen. Das konnte sie sein.

Als sie darüber nachdachte, bekam sie so große Angst, dass sie fast nicht mehr atmen konnte. Sie bewegte sich nicht. Sie konnte ihre Eltern unten hören, doch sie wagte es nicht, nach ihnen zu rufen, denn die Schatten war so unheimlich. Die wirkten alle so, als lägen sie auf der Lauer, um sich auf sie zu stürzen, sobald sie die kleinste Bewegung machte. *Tova, süße, kleine Tova, vertrau uns* … flüsterten sie. Dann ging die Schranktür langsam auf, und das Mädchen schrie und schrie und schrie.

204

»Wir haben eine Leiche gefunden, im Straßengraben einer der Nebenstraßen vom Vaxholmsvägen.« Der Polizist klang ernst. »Ein Mann, er wurde von einem Lkw überfahren … Ja, was soll ich sagen, es ist nicht viel von ihm übrig.«

»Wer ist es?« Magnus ließ die Gabel fallen und stand abrupt vom Esstisch auf.

»Also, ich habe hier das Fahndungsfoto von Mattias Carlén und glaube, dass er das ist. Aber es müsste ihn jemand vom Landeskriminalamt identifizieren. Man hat mir Ihre Nummer gegeben. Sind Sie …?«

»Ja, ich komme, schicken Sie mir die Adresse per SMS.« Magnus steckte das Handy in die Gesäßtasche und schaute Linn an.

»Sie haben eine Leiche gefunden. Es könnte Carlén sein, ich muss los.«

Linn schüttelte den Kopf.

»Nicht ohne mich.«

»Aber …«

Linn unterbrach ihn. »Ich weiß, wie er aussieht, Magnus. Ich kann ihn identifizieren.«

»Und die Mädchen?« Magnus gestikulierte zu Moa und Elin, die am Tisch saßen und eifrig Fleischbällchen in sich hineinstopften.

»Ich werde sie wieder zu Monika bringen. Es ist zwar schon spät, aber das wird gehen.«

Schon zehn Minuten später waren sie unterwegs. Linn schaute verträumt aus dem Fenster.

»Willst du dir das wirklich antun?« Magnus betrachtete sie besorgt, doch sie schaute ihn nur verwundert an.

»Ganz sicher. Ich will ihn mit eigenen Augen sehen. Ich will wissen, dass er es ist.« Ihre Augen funkelten in der Dunkelheit, und Magnus fragte sich, ob sie sehen wollte, dass Carlén tot war. Wenn es so war, konnte er das sehr gut nachvollziehen.

»Wie ist er gestorben?«, fragte sie.

»Überfahren.«

»Von wem?«

»Einem flüchtigen Lkw.«

Die Waldstraße war bereits abgesperrt, als sie ankamen. Ein grauhaariger Kriminaltechniker im blauen Schutzanzug nahm sie in Empfang und hielt das Absperrband für sie hoch. Er beäugte Linn misstrauisch, sagte aber nichts. Es standen bereits drei Wagen dort. Magnus und Linn wurden mit Schuhüberziehern versorgt, und dann zeigte der Mann auf eine Stelle des Straßengrabens, die vielleicht zehn Meter entfernt lag.

»Er wurde von einer Streife entdeckt, die auf der Suche nach diesem Entführer war.«

Linn zuckte unfreiwillig zusammen, was dem Mann aber glücklicherweise entging.

»Wir stellen gerade noch die Scheinwerfer auf, dann können wir endlich weitermachen. Sehen Sie sich ruhig um, aber passen Sie auf, wohin Sie treten. Und fassen Sie nichts an«, sagte der Mann, ehe er zu den anderen Kriminaltechnikern ging, die sich an einem der Fahrzeuge versammelt hatten.

Die Leiche lag, halb von Gras verdeckt, am Straßenrand und war von Weitem fast nicht zu erkennen.

Als sie näher kamen, legte Magnus eine Hand auf Linns Rücken. Sie wirkte angespannt, aber wirklich lesen konnte er sie nicht.

Mattias Carléns Körper war eine einzige Masse, nur der Kopf war einigermaßen unbeschadet.

»Das ist er.«

Linn wandte sich ab.

Im Gegensatz zu Magnus, der lange betrachtete, was von Carlén übrig war. Und ein kleiner, beschämter Teil von ihm war zufrieden.

Auf dem Rückweg schwiegen sie. Erst als man den Unfallort nicht mehr sehen konnte, sagte Linn:

»Ich sollte erleichtert sein, oder?«

»Vielleicht kommt das noch.«

»Vielleicht auch nicht. Ich fühle mich einfach nur seltsam.«

»Du …« Magnus' Handy klingelte, er fischte es hervor. »Ja, Magnus hier.«

»Hallo, Vibeke Ljunggren von der Polizeiwache in Roslagen. Wir haben einen Hinweis bekommen, der Sie vielleicht interessieren könnte. Es geht um das Reihenhaus von Anders Levander. Eine Frau hat angerufen und erzählt, dass ihre Tochter Angst hat, das Haus zu verlassen, weil sich mehrere fremde Personen im Waldstück gegenüber aufhalten.«

Magnus spürte, dass sein Verstand langsam wieder in Schwung kam.

»Was für Personen?«

»Nun ja, das Mädchen ist fünf, Kinder in dem Alter haben ja eine lebhafte Fantasie, insofern könnte es sei…«

Er fiel ihr ins Wort. »Ich habe selbst zwei Kinder. Die sagen viel häufiger die Wahrheit als Erwachsene. Was hat das Mädchen gesehen?«

»Einen Mann und eine Frau, die sich im Unterholz versteckt

haben. Sie hat sogar mit dem Mann gesprochen, und nach Aussage der Mutter hat er ihr gedroht, er würde kommen und sie holen, wenn sie irgendjemandem erzählt, dass sie ihn gesehen hat.«

»Aber getan hat er dem Mädchen nichts?« Magnus spürte, wie es ihm vor Unbehagen eiskalt den Rücken runterlief.

»Nein, er scheint ihr nur Angst gemacht zu haben.«

»Sagt sie. Wann war das?«

»Vor ein paar Tagen. Die Mutter sagt, ihre Tochter sei seither auffällig niedergeschlagen und verängstigt.«

»Ich werde mal bei uns nachfragen, wer hinfahren kann, um dem Mädchen noch ein paar Fragen zu stellen, aber das wird dauern …«

»Oh nein, da habe ich mich wohl missverständlich ausgedrückt. Die Frau ist immer noch da im Unterholz. Sollen wir hinfahren und uns mal umsehen? Ich habe hier noch zwei Kollegen, die eigentlich jetzt Feierabend hätten, sich aber darum kümmern würden.«

Magnus dachte kurz nach.

»Ach, wissen Sie, ich bin gerade im Svinningevägen, also nicht weit weg. Ich übernehme das selbst und schau mal nach dem Rechten. Hat das Mädchen sie im Waldstück direkt gegenüber von Levanders Haus gesehen?«

»Ja. Das Mädchen wohnt im Knipvägen, also am anderen Ende der Siedlung. Ich schicke Ihnen die Adresse per SMS. Wahrscheinlich schläft sie jetzt schon, sie hat sich nach dem Gespräch mit ihren Eltern ein wenig beruhigt. Ihre Schranktür hatte sich bewegt und sie zu Tode erschreckt. Da ist dann die ganze Geschichte aus ihr herausgesprudelt. So sind sie, die Kinder. Sehen überall Monster.«

»Vielleicht. Ich melde mich, danke.«

Nicht nur Kinder, auch Magnus fing allmählich an, überall Monster zu sehen. Allerdings konnte er noch nicht sagen, wer die echten Monster waren.

Linn schaute ihn erwartungsvoll an.

»Wir fahren noch nicht nach Hause?«, fragte sie.

»Nein, ich muss etwas in der Nähe von Anders Levanders Haus überprüfen. Aber das wird nicht lange dauern. Ein Kind hat was Verdächtiges im Wald gesehen.«

Linn legte ihre Hand auf seine.

»Okay, aber dann muss ich mich wirklich ausruhen.« Sie verstummte kurz. »Du?«

»Ja?«

»Ich habe eine deiner Mails gelesen. Etwas über eine Jenny, mit der Roger gesprochen hat …«

»Du liest meine Mails?«

Linn betrachtete ihn müde.

»Die war noch offen … Wer ist diese Jenny?«, fragte sie.

»Tomas Nellerts Ex. Vielleicht nicht mal das, nur eine Affäre oder so was in der Art. Sofie hatte die Theorie, dass alle Beteiligten – also Nellert, Levander und Carlén – einen perversen gemeinsamen Nenner hatten, vielleicht BDSM oder so was in der Art. Deshalb ist Roger nach Göteborg gefahren, um sich einmal mit ihr über Nellerts Vorlieben zu unterhalten.«

Linn drehte die Heizung auf.

»Und? Hat er was in Erfahrung bringen können?«

»Nein, rein gar nichts. Nach ihrer Aussage hat er sich im Bett ganz normal verhalten.«

»Und was habt ihr über Friedrich Steuer herausgefunden? In der Mail stand, Roger hat seine E-Mail-Adresse auf einer Tageszeitung bei Tomas Nellert gefunden.«

»Gut, dass du nicht neugierig bist und gleich alles liest.« Er schenkte ihr einen vorwurfsvollen Blick.

»Die Mail war noch offen, hab ich doch gesagt. Ist es da verwunderlich, dass ich etwas sehe? Und nur, damit du's weißt, ich habe mal ein bisschen im Internet nach ihm gesucht.«

Magnus stöhnte.

»Wie bitte? … Und? Hast du was gefunden?«

»Ja, zu zwei Männern mit dem Namen. Aber nur noch einer von beiden lebt. Merkwürdigerweise waren beide Professoren. Die Mailadresse gehört natürlich dem, der noch lebt.«

Magnus bog rechts ab.

»Der Name muss nicht zwangsläufig was mit unseren Ermittlungen zu tun haben, Linn.«

»Ich habe bei seiner Frau angerufen.«

»Was?« Er starrte sie an. »Was soll das? Das ist doch kein Spiel!«

Linn schaute ihn stumm an, dann hielt sie ihm eins ihrer blauen, verschorften Handgelenke vor die Nase.

»Ich habe aufgelegt, als der Anrufbeantworter drangegangen ist. Und ich weiß sehr wohl, dass das kein Spiel ist. Aber wenn ich so tue, als wäre es eins, geht es mir besser.« Sie presste die Lippen aufeinander.

Magnus kapitulierte.

»Du Sturkopf. Na gut, dann spielen wir jetzt eben, dass wir zu einem Wald fahren und eine sonderbare Frau suchen.«

»Eine alte Hexe vielleicht?«, fragte Linn.

205

»Wir brauchen Geld!«, schrie Jonathan. »Von hier kannst du die ganze Straße sehen. Du musst nur rufen, wenn du jemanden kommen siehst!«

»Jonathan, das ist es nicht wert«, flehte sie. »Denk an Lage. Der ist auch nicht zurückgekommen.«

»Mama! Wir können hier nicht ewig rumsitzen, wir müssen weg. Das hast du selbst gesagt.«

»Wir rufen die Polizei«, sagte sie. »Und zwar sofort.«

Er setzte sich auf die Bank im Flur, sein Blick wurde finster.

»Dann erfahren sie, was ich … was wir getan haben. Und was passiert dann mit uns? Vielleicht kommen wir in unterschiedliche Gefängnisse?«

Janna keuchte. »Du bist doch noch ein Kind!«

»Dann komme ich vielleicht in einen Jugendknast. Oder ins Heim.« Jonathan konnte zusehen, wo seine Worte sie trafen. Sie sank neben ihn.

»Wir haben etwas Schlimmes getan, Mama.«

Janna fuhr sich mit den Händen übers Gesicht.

»Ja«, sagte sie schwach. »Wir haben einen Fehler gemacht. Aber selbst wenn wir Hilfe geholt hätten, für sie war es trotzdem zu spät.«

»Und die Briefe? Da gibt es jemanden, der weiß, was wir gemacht haben. Jemand hat die Tage runtergezählt. Ob Papa wusste, wer das war? Vielleicht war es ja sogar der Typ, den er am See erschlagen hat.«

Janna schaute ihn erschrocken an.

»Wie viele Tage sind es noch?«

Jonathan sah entsetzt aus.

»Keine mehr. Es ist gestern passiert. Gestern vor einem Jahr.« Er nahm ihre Hand. »Das macht die Sache wahrscheinlich nur noch schlimmer, die sind jetzt wahrscheinlich total verzweifelt. Wir müssen fliehen. Und dazu brauchen wir Geld.«

Sie stand auf.

»Dann hole ich es eben«, sagte sie. »Gleich. Ich gehe es holen. Und wenn du jemanden kommen siehst, rufst du.« Sie dachte kurz nach. »Ruf ›Essen‹, und lass bloß niemanden rein. Niemanden außer Lage, verstanden?« Sie hob einen warnenden Zeigefinger.

Jonathan nickte, die Augen weit aufgerissen. Er sah wieder aus wie ein kleiner Junge.

»Ja, Mama.«

206

»Warte.« Linn lehnte sich zurück und atmete langsam durch die Nase. »Ich muss mich kurz sammeln, bevor wir zu dem Haus gehen«, sagte sie.

Sie hatten ein paar Hundert Meter von Levanders Haus entfernt auf Höhe der Garagenanlage geparkt.

»Klar.« Auch Magnus lehnte sich zurück und nahm ihre Hand. Linn spürte, dass seine Hand zitterte.

»Magnus, du musst zum Arzt, das ist doch nicht normal.«

»Ich war schon«, sagte er und biss sich auf die Zunge.

Linn schaute ihn erstaunt an.

»Wieso hast du nichts erzählt?«

»Keine Ahnung, ich wollte dich damit nicht belasten. Du hast doch schon so viel um die Ohren.«

»Meinst du denn, mir ist nicht aufgefallen, dass etwas nicht stimmt?«

Magnus schaute zu den Reihenhäusern.

»Die haben ein paar Tests gemacht. Sie wissen nicht, was es ist.«

Linn wirkte gekränkt.

»Und … wann kommen die Ergebnisse?«

»Keine Ahnung, in ein paar Wochen vielleicht.«

»Aber irgendeine Vermutung müssen die doch haben!« Plötzlich wusste sie nicht, ob sie wütend auf ihn sein sollte, weil er nichts erzählt hatte, oder froh, dass er etwas unternommen hatte.

Magnus starrte weiter aus dem Fenster.

»Sie wissen es nicht. Können wir jetzt los? Lass uns später weiterreden.«

Linn sah ihn scharf an.

»Sprich mit mir.«

Magnus schluckte. »Ich versuche es, okay? Aber nicht jetzt. Jetzt gehen wir in den Wald und sehen mal nach der Hexe, bevor sie noch verschwindet.«

Linn lächelte vage.

»Du … Ich war ganz schön weit weg, kann das sein?«

»Ja, warst du. Aber ich liebe dich trotzdem … und du kommst ja wieder, oder?«

Sie lehnte sich zu ihm und gab ihm einen Kuss auf die Stirn.

»Ja, ganz sicher. Bin schon auf dem Weg.«

Wenige Minuten später standen sie auf der großen Wiese neben dem Haus der Levanders. Hinter ihnen erhob sich der Wald dicht wie eine Mauer, die die Siedlung vom nächsten Ort trennte. Obwohl in vereinzelten Fenstern Licht und die Straßenbeleuchtung brannte, war es oben im Gebüsch stockdunkel.

Linn schob die Hände tief in die Jackentaschen und sah Magnus fragend an.

»Und jetzt? Willst du dich oben zwischen den Bäumen umsehen?«

»Ja. Das ist übrigens Levanders Haus.« Er deutete auf das Haus, dessen Fassade weiß in der Dunkelheit schimmerte.

»Das kann man von hier schon sehr gut sehen, von da oben bestimmt auch«, sagte sie.

»Hm. Ich glaube kaum, dass da noch jemand ist. Vielleicht war das nur eine Hundehalterin oder Spaziergängerin, die das Mädchen beobachtet hat«, murmelte Magnus missmutig, während sie sich die Böschung hinaufbewegten.

»Ja, vielleicht.« Linn versuchte, ihre Füße zu sehen. Das hatte etwas Traumähnliches, über dieses hügelige Gelände zu gehen, ohne etwas erkennen zu können.

Das Licht der Straßenlaternen reichte nicht weit, erst recht nicht bis zum Wald, aber von hier wirkten sie wie Fackeln und verhinderten so, dass sie sich verliefen.

Als sie ein paar Minuten lang durch das Unterholz geirrt waren, trat Linn in eine Pfütze.

»Nee, hier ist niemand, wir fahren nach Hause«, platzte es aus ihr heraus. »Monika wird sich auch längst fragen, wo wir bleiben.«

Magnus stimmte ihr zu, also gingen sie langsam die Böschung hinunter, auf das Licht zu.

207

Katharina hatte sich auf den Weg zum Reihenhaus gemacht und stand nun vor der Haustür. Jetzt oder nie. Sie hatte keinen Masterplan, nichts Kluges oder Treffendes parat, um es Friedrich ins Gesicht zu sagen, wenn er öffnete. Sie wollte einfach nur wissen, warum er sie verlassen hatte. Was er hier machte.

Gerade als sie die Hand nach dem Türklopfer ausstreckte, hörte sie etwas. Schwache Stimmen. Sie schaute sich um, blickte in die Dunkelheit, aber da war niemand, also nahm sie an, die Geräusche seien aus dem Nachbarhaus gekommen.

Ihr wurde ganz warm vor Aufregung, als sie sich wieder der Tür zuwandte. Nervös wischte sie sich die Hände an den Ärmeln ihres Pullovers ab. Die Angst davor, dass Friedrich sie abweisen könnte, zog ihr den Magen zusammen. Sie holte tief Luft, richtete sich auf, hob die Hand und klopfte. Dreimal, rücksichtsvoll, aber energisch.

Sie wartete. Nichts geschah. Sie klopfte noch lauter. Es war nichts zu hören, trotzdem hoffte sie, dass er noch da war. Sie ballte die Hand zur Faust und schlug gegen die Tür. Das Geräusch verlor sich im Wind. Ihre Augen wirkten jetzt noch härter, hatten noch mehr Ähnlichkeit mit Porzellan als sonst. Sie legte die Hand auf die Klinke und drückte sie hinunter. Zu ihrem Erstaunen ging die Tür sofort auf, zögernd trat sie ein.

Der Geruch eines fremden Hauses schlug ihr entgegen. Es roch abgestanden, als wäre lange niemand hier gewesen. Dazu mischte sich etwas Stechendes. Schweiß? Urin?

Wieso brannte kein Licht?

Mit einer Hand tastete sie die Wand nach einem Lichtschalter ab, fand aber keinen. Plötzlich ein schabendes Geräusch aus der Dunkelheit des Nebenzimmers, vorsichtig steckte sie den Kopf hinein. Es war viel zu dunkel, um wirklich etwas zu erkennen. Nur in der Nähe der Fenster, durch die das Licht der Straßenlaternen fiel, konnte sie einen Küchentisch und ein paar einfache Stühle erahnen.

Wieder tastete sie mit der Hand an der Wand entlang, und als sie endlich einen Lichtschalter fand, seufzte sie erleichtert. *Gott sei Dank!* Das Licht ging mit einem elektrischen Klacken an. Im selben Augenblick kam etwas auf sie zu, etwas Glänzendes, und dahinter weit aufgerissene Augen. Katharina stolperte rückwärts, fiel, schrie nicht, sondern versuchte nur zu verstehen, dass die aufgerissenen Augen, aus denen der Wahnsinn förmlich schrie, die von Friedrich waren.

208

Magnus und Linn erreichten den schlecht beleuchteten Weg am unteren Ende der Böschung.

»Dann fahren wir jetzt?«, fragte Linn ungeduldig.

»Ich wollte vorher noch kurz mit dem Mädchen sprechen, sie wohnt da drüben irgendwo.« Magnus deutete mit der Hand zu einer der Parallelstraßen.

»Die schläft bestimmt schon, Magnus. Es ist schon ziemlich spät.«

»Aber ihre Eltern sind sicher noch wach. Oder wäre es dir lieber, ich fahre morgen noch mal los?«

Linn schüttelte den Kopf. »Nein, schon in Ordnung, wir gehen hin«, sagte sie widerwillig. »Die Hauseingänge liegen auf der anderen Seite. Wie heißt sie denn?«

»Tova Göransson.«

Sie folgten dem schmalen Weg über die Wiese und bogen in die Parallelstraße ab.

»Meinst du nicht, die bekommen Angst, wenn wir so spät bei ihnen auftauchen?«, fragte Linn besorgt.

»Doch, ganz sicher, so Furcht einflößend, wie du aussiehst.« Magnus lächelte in die Dunkelheit hinein.

In einem der Fenster, die zur Straße gingen, brannte Licht. Linn und Magnus sahen einen Mann und eine Frau am Küchentisch sitzen. Sie schauten fern auf einem kleinen Fernseher, der an der Wand hing. Die Szene hatte etwas so Schönes,

Alltägliches, was Linn einen unerwarteten, eifersüchtigen Stich versetzte.

Kaum hatten sie die Veranda betreten, schaute die Frau verwundert in ihre Richtung in die Dunkelheit, als hätte sie etwas gehört.

Kurz darauf saßen auch Linn und Magnus am Küchentisch, auf dem noch die Reste einer Taco-Mahlzeit standen.

»Entschuldigen Sie das Chaos, wir haben erst spät gegessen«, sagte der Mann.

»Sie wollen über das sprechen, was Tova im Wald gesehen hat, nicht wahr?«, fragte die Frau.

»Ja, das stimmt. Ist sie noch wach?«, fragte Magnus zurück.

Die blonde Frau schüttelte den Kopf. Ihre Miene war ernster. »Nein. Sie hatte fürchterliche Angst, es hat Ewigkeiten gedauert, sie zu beruhigen. Aber jetzt schläft sie. Sie hat erzählt, dass sie im Wald einem bösen Onkel begegnet ist, der sie bedroht hat. Er hat gesagt, er würde sie holen kommen, sollte sie irgendwem sagen, dass sie ihn da oben gesehen hat. Und heute Abend, genauso gestern war eine Frau an fast der gleichen Stelle, sagt sie. Das hat ihr schreckliche Angst gemacht. Und mir auch, um ehrlich zu sein.«

»Das ist ja nur verständlich. Wir können das nachvollziehen, wir haben selbst Kinder«, sagte Linn.

»Das heißt, Sie sind verheiratet?«

Magnus räusperte sich.

»Ja. Meine Frau ist Psychologin, sie unterstützt uns manchmal.«

Er wechselte das Thema.

»Konnte Ihre Tochter die beiden etwas näher beschreiben?«

Tovas Mutter nahm ihre Brille ab und putzte sie an ihrem weißen T-Shirt.

»Die Frau hatte lange, schwarze Haare, hat sie gesagt. Und ist da oben im Wald herumgeschlichen.«

»Genau wie vorher der Mann«, fügte der Vater an.

Magnus machte sich Notizen. »Und wie sah der aus?«

»Laut Tova war er so alt wie ihr Onkel und hatte blonde Haare. Aber sie ist noch zu klein, um das Alter von anderen zu schätzen, fürchte ich. Ansonsten fand sie, er sah eklig aus, aber das mag daran liegen, dass er ihr so große Angst gemacht hat. Was meinst du, Niklas?«

»Glaub ich auch.« Tovas Vater nickte.

Linn lächelte.

»Und wie alt ist ihr Onkel?«

»Fünfundzwanzig.« Der Mann fing an, die Teller zusammenzuräumen.

»War das vielleicht ein Pädophiler?«, fragte er angespannt.

Linn zögerte.

»Dann hätte er sie nicht nur bedroht.«

»Da hat Linn recht«, sagte Magnus. »Ein Haus Ihrer Nachbarschaft steht im Mittelpunkt einer unserer Ermittlungen, und wir interessieren uns für alles, was in seiner näheren Umgebung passiert. Der Mann wollte Ihre Tochter offenbar loswerden, was ihn noch mal interessanter für uns macht. Ich habe ein Foto dabei, das Sie Tova morgen früh zeigen können.«

Magnus zog das Foto von Mattias Carlén aus der Tasche, das ihm glücklicherweise vorhin der Kriminaltechniker gegeben hatte, und legte es vor den Eltern auf den Tisch, die es aufmerksam betrachteten.

»Sieht aus wie ein ziemlicher Snob.«

»Es gibt doch gar keine Snobs mehr. Wer ist das?«, wandte die Frau sich nachdenklich an Magnus.

»Er heißt Mattias. Melden Sie sich bitte, wenn Tova ihn erkennt.«

»Ach, eins noch, bevor wir gehen. Könnten Sie uns durchs Fenster zeigen, wo genau Ihre Tochter die Frau gesehen hat?«, bat Linn.

»Natürlich, kommen Sie mit.«

Magnus und Linn folgten dem Mann ans Wohnzimmerfenster. Eine schwarze Katze lag zusammengerollt auf dem blauen Samtsofa und hob verschlafen den Kopf, als sie hereinkamen.

»Dort«, sagte er und zeigte durchs Fenster auf den Wald. »Ziemlich genau dort lag dieser Typ, etwa zehn Meter von hier hinter einem Felsen. Den sieht man natürlich jetzt im Dunkeln nicht, aber das ist ein ziemlicher Brocken, sicher zwei Meter hoch. Man kann ihn gar nicht übersehen. Tova hat gesagt, dass die Frau fast an der gleichen Stelle stand.«

Linn schaute angestrengt in die Dunkelheit. Zwei Menschen, die an einer Stelle gestanden hatten, von der man den perfekten Blick auf Levanders Haus hatte. Wer waren sie? War einer davon Carlén gewesen? Magnus musste sich das Gleiche gefragt haben, denn plötzlich sagte er: »Es fällt mir wirklich schwer, Sie darum zu bitten, aber könnten Sie Tova nicht doch wecken, um sich das Bild heute noch anzusehen?«

Schon bald darauf kam ein kleines Mädchen an der Hand ihrer Mutter die Treppe hinunter. Sie trug ein rosafarbenes Nachthemd mit Bärchenmuster, die Haare schon vom Schlaf zerwuschelt. Sie sah absolut nicht müde aus, nur neugierig.

Linn ging zu ihr und hockte sich vor sie.

»Hallo Tova, ich heiße Linn.«

Tova presste sich enger an das Bein ihrer Mutter, lächelte aber schüchtern.

»Du hast jemanden im Wald gesehen …«

Tova nickte.

»War das dieser Mann?« Linn hielt ihr das Foto eines lächelnden Mattias Carlén hin.

»Schau es dir gut an, mein Schatz, es ist wichtig«, mahnte ihre Mutter.

Das Mädchen betrachtete das Foto.

»Er war nicht fröhlich.«

Linn hielt den Atem an. »Aber er war es?«

Tova nickte. »Und der ist echt doof.«

»Und wie sah die Frau aus, die du heute gesehen hast?«

Die Augen des Mädchens wurden plötzlich rund.

»Wie eine Hexe«, sagte sie kaum hörbar.

Linn richtete sich wieder auf.

»Danke, Tova, du hast uns sehr geholfen. Wie gut, dass du das alles erzählt hast.«

Schon folgte sie der Mutter wieder hinauf.

»Es tut mir wirklich leid, dass Sie sie dazu noch einmal wecken mussten.« Magnus' bedauernde Miene war echt.

»Ach, kein Problem. Aber wer ist der Typ? Ist er gefährlich?« Der Mann wirkte plötzlich ängstlich. Linn senkte den Blick zum Boden. Allein bei dem Gedanken, dass Carlén mit einem Kind allein gewesen war, stellten sich ihr die Nackenhaare auf. Sie war erleichtert, dass Magnus das Antworten übernahm.

»Zum jetzigen Zeitpunkt können wir noch nicht viel sagen, aber eins kann ich Ihnen versichern: Er wird ganz bestimmt nicht wieder hier auftauchen«, sagte er.

»Woher wissen Sie das? Ist er pädophil?«

Linn schaute wieder auf. »Darauf deutet nichts hin.«

Magnus stimmte ihr zu.

»Wir melden uns, wenn wir noch mehr wissen wollen«, sagte Magnus. Sie ließen den verwirrten Vater allein in der hellerleuchteten Küche zurück und traten hinaus in die Nacht. Als das Haus außer Sichtweite war, setzten sie sich auf eine niedrige Mauer.

»Damit wissen wir zumindest eins«, sagte Magnus. »Carlén hat Levanders Haus beschattet. Vielleicht war er nicht nur hinter Anders her, sondern auch hinter Janna und Jonathan.«

»Ja, oder nur hinter einem von ihnen. Aber warum? Und wer ist die Frau? Hat sie was damit zu tun? War sie nur zufällig da?«

»Keine Ahnung, aber ich muss dringend Arne verständigen.« Hastig stand er auf und entfernte sich ein paar Schritte. Während Magnus mit dem Handy am Ohr auf der Wiese auf und ab ging, dachte Linn über einen Namen nach, der ihr bisher eher unwichtig erschienen war. Der Name von Carléns Internetbekanntschaft brannte sich in fetten Lettern auf ihre Netzhaut.

JENNY.

209

Friedrich machte ein pfeifendes Geräusch.

»Was machst du denn hier?« Panik zeigte sich auf seinem Gesicht.

Katharina lag noch immer auf dem Boden. Sie bewegte sich nicht. Kein bisschen.

»Katharina?« Seine Stimme klang rau und heiser, als hätte er sehr lange nichts gesagt.

Tausend unterschiedliche Farbpunkte zogen vor seinen Augen vorbei. Bläulich, verschwommen. Er hockte sich hin und fuhr mit der Hand über den leblosen Körper, drehte den Kopf langsam so, dass er das Gesicht sehen konnte.

»Katharina!«

Fast schwarzes Blut rann seitlich an ihrem Kopf hinab bis zum Kinn. Himmel, Herrgott, jemand musste ihm helfen!

»Wach auf, bitte!« Hektisch strich er ihr über den Arm. Sie bewegte sich noch immer nicht.

Er wartete. Er hatte sie doch atmen hören, oder? Er suchte ungeschickt an ihrem Handgelenk nach dem Puls, als sie einen schwachen Laut von sich gab.

»Liebling?«, sagte er.

Katharina murmelte etwas Unverständliches, tastete nach ihrem Ohr und riss dann die Augen auf. Erst war da Schock in ihren Augen, dann Angst.

»Ich wollte dir nicht …«, stammelte er. »Ich wusste ja nicht, dass du das bist. Was machst du hier?«

Er streckte ihr die Arme entgegen, doch sie zuckte zurück, drückte noch immer die Hand gegen das blutende Ohr.

»Friedrich … Warum?«, fragte sie mit weit aufgerissenen Augen.

Sie hatte Angst, und das war seine Schuld.

»Mach dir keine Sorgen«, sagte er. »Ich wollte dir nichts tun. Ich … Wie sollte ich denn ahnen, dass du das bist?«

Sie versuchte, auf die Beine zu kommen.

Er hatte das alles doch getan, um sie und Sascha vor der Wahrheit zu schützen. Und jetzt hatte er sie fast getötet. Was sollte er ihr denn erzählen?

Schwankend stand sie vor ihm und wartete auf eine Erklärung.

»Friedrich, wen hast du erwartet?«, fragte sie.

»Das kann ich dir nicht sagen.«

Bei dem Satz sackte sie in sich zusammen.

»Du verschwindest ohne ein Wort. Nach Schweden! Brichst in ein Haus in einem Vorort ein, und dann versuchst du, mich zu töten … Und jetzt willst du mir das nicht mal erklären?« Ihre Stimme zitterte vor Zorn. »Was glaubst du eigentlich, wer du bist?«

Mit leerem Blick starrte er sie an.

»Ich weiß es nicht.«

Verwirrt starrte sie zurück.

»Wie meinst du das?«

Er wandte den Blick ab.

»Sieh mich an, wenn ich mit dir rede!«, schrie sie außer sich. »Du erzählst mir jetzt sofort, was das alles soll. Du kannst nicht einfach abhauen, ohne ein Wort! Uns verlassen! Was bist du nur für ein Mensch?«

Friedrich zwang sich, ihr in die Augen zu sehen. Eine abgrundtiefe Trauer lag in seinem Blick.

»Ich bin nicht der, für den du mich hältst«, stammelte er. Und zum ersten Mal nach all den Jahren sprach er die Wahrheit.

210

»Christer, hören Sie zu«, sagte Roger. »Ich kann Ihre Angaben nicht ganz ernst nehmen, wenn Sie mir Ihren Nachnamen nicht verraten.«

Er hielt sich den Hörer lässig ans Ohr und lehnte sich in seinem Schreibtischstuhl zurück.

»Ich heiße Christian! Und ich habe mir schon fast gedacht, dass es nichts bringen wird, euch anzurufen, ihr seid einfach unverbesserliche Nullen!«, schrie der Mann durch die Leitung. »Dabei solltet ihr das bitterernst nehmen. Ich habe einen Brief bekommen, in dem ich aufgefordert werde, eine Familie zu töten. Sie sind doch von der Mordkommission, oder etwa nicht? Darf so was etwa passieren?«

Roger seufzte. Noch so ein Spinner. Die Vermittlungsstelle würde diesmal wirklich etwas von ihm zu hören kriegen. Wie sollte er denn bitte eine anständige Ermittlung führen, wenn die ihm ständig irgendwelche Irren durchstellten?

»Wenden Sie sich damit an Ihr örtliches Polizeirevier. Sie haben doch wohl nicht vor, jemanden zu töten?«

Der Mann atmete kurz durch. »Äh … nein. Aber da gibt es jemanden, eine Person, die ziemlich viel über mich weiß. Dinge, die niemand sonst wissen soll. Und dabei kenne ich sie nicht mal. Sie schreibt, dass sie alle meine Freunde einweiht, wenn ich nicht tue, was sie will.«

»Und was genau darf sie nicht verraten? Haben Sie etwas Illegales getan?« Roger musste lächeln.

»Ich dachte, Sie ermitteln in solchen Fällen! Ich fasse es nicht! Gehen dafür etwa meine Steuergelder drauf? Da wird einem gedroht, dass etwas passiert, wenn man nicht ein paar Leute umbringt, und … Ich dachte immer, Polizei steht für was.«

»Drohungen nehmen wir sehr ernst, aber da bin ich nicht der richtige Ansprechpartner. Außerdem klingt das, als würde Ihnen jemand einem ziemlich dummen Streich spielen. Ich werde Sie weiterverbinden, wenn …«

»Vergessen Sie es! Lassen Sie die Tussi ruhig weiter andere zum Mord anstiften! Wie viel Schaden kann schon ein Stahlrohr im Rücken anrichten? Du verfluchter Idiot!«

Der Mann hatte aufgelegt.

Ein Stahlrohr? Scheiße! Roger sprang auf und schrie in den Hörer: »Hallo? Hallo? Sind Sie noch dran?« Doch die Leitung war tot.

Was hatte er getan? Der Typ hatte »Stahlrohr« gesagt, oder? Ja, hatte er. Er musste den Anruf zurückverfolgen lassen.

Wenige Minuten später saß Roger kerzengerade an seinem Schreibtisch. Der Anruf war von einer nicht registrierten Prepaidkarte aus vorgenommen worden. Roger konnte sich fast nicht dazu durchringen, Arne oder Magnus zu kontaktieren, um ihnen davon zu erzählen. Er schämte sich wie ein Hund, der an die Gardine gepinkelt hatte.

Langsam ging er das Gespräch noch einmal im Gedächtnis durch. Dieser Christian, wenn er denn nun so hieß, hatte also einen Brief bekommen, in dem er aufgefordert worden war, jemanden mit einem Stahlrohr zu töten, wenn er verhindern wollte, dass irgendein Geheimnis über ihn preisgegeben wurde. Was zum Teufel war das denn für eine Nummer? Roger trommelte sich mit der Faust gegen die Stirn. Warum hatte er nicht weiter nachgefragt? Wen er umbringen sollte, zum Beispiel? Oder wer den Brief geschickt hatte.

Das war die verdammte Vermittlung schuld. So viele Bekloppte, wie sollte man da sofort die wirklich wichtigen Leute rausfiltern? Da hatte er einmal einen wertvollen Anrufer, und dann vermasselte er es. Wie ungeschickt, wie unglaublich ungeschickt von ihm.

Er rief Elias Vadasc an. Obwohl es spät war, rechnete er damit, dass der Kriminaltechniker noch im Labor war, schließlich war er alleinstehend. Und er lag richtig.

»Wie geht's?« Vadasc klang müde.

»Geht so. Du, ich wollte mal nachhören, ob ihr noch etwas über die Briefe herausgefunden habt, die bei Levander angekommen sind. Die mit dem Countdown.«

Roger konnte hören, dass Vadasc im Hintergrund etwas eintippte.

»Wie geht's deinem Frettchen?«, fragte er.

»Super.« Roger gingen die vielen Nachfragen zu seinem Haustier allmählich auf die Nerven. In Wahrheit ging ihm sogar das Haustier selbst allmählich auf die Nerven. Das Frettchen hörte und hörte nicht auf, ihn zu beißen. Und sozial konnte man es auch nicht gerade nennen.

»Hm … ja. Dann wollen wir mal sehen.« Vadasc hustete. »Auf den Umschlägen waren natürlich Fingerabdrücke, und nicht wenige, die Post geht schließlich durch viele Hände. Allerdings gab es übereinstimmende Abdrücke. Kleine Finger, vermutlich die einer Frau.«

Roger reckte sich.

»Aber zu wem sie gehören, wisst ihr nicht, stimmt's?«

»Genau, sie sind nicht in unserer Datenbank. Leider. Und die Briefe selbst … Oh, hoppla …« Vadasc klang überrascht.

»Was denn?«

»Die Briefe wurden bei der Post in der Exportgatan sechzehn in Göteborg abgestempelt.«

Die Adresse kam Roger irgendwie bekannt vor.

»Sonst noch was?«

»Hm. Auf den Briefen selbst gibt es keine Fingerabdrücke oder sonstige Spuren, nur die sehr krakelige, handschriftliche Botschaft.«

»Warum sollte jemand die Nachricht selbst mit Handschuhen verfassen, sich dann aber bei den Umschlägen keine Mühe mehr geben?«

»Gute Frage … Du, ich habe noch ein Date und muss los. Ist sonst noch was?«

»Ja, die Zeitung mit der E-Mail-Adresse von Friedrich Steuer. Habt ihr darauf irgendwas gefunden?«

»Moment.« Er tippte wieder.

»Ja, Tomas Nellerts Fingerabdrücke. Es deutet also darauf hin, dass er selbst die Adresse aufgeschrieben hat. Aber die Zeitung hast du doch auch bei ihm zu Hause gefunden, oder nicht?«

»Ja, klar.«

»Und wer ist dieser Deutsche?«

»Ein Forscher oder Professor aus Köln.«

»Aha. Welches Gebiet?«

»Archäologie.«

Mit einem Mal klang Vadasc hellwach.

»Superinteressantes Thema. Ich kenne da ein Mädel, das auch in diesem Bereich forscht. Superfaszinierend. Wusstest du, dass sie vor ein paar Jahren einen neuen Dinosaurier in Argentinien entdeckt haben? Den Riojasaurus?«

»Nein, das habe ich nicht gewusst.«

»Der wurde gestohlen. Das hat mir so ein Mädel erzählt, das ich kenne.«

Du kennst ganz schön viele Mädels, mein Lieber.

Roger griff nach einem der Ordner auf seinem Schreibtisch und beendete das Telefonat. »Soso, aha. Also, vielen Dank und viel Spaß mit deinem Date.«

Er legte auf und es dauerte keine Minute, bis er überprüft hatte, was er eigentlich schon wusste. Tomas Nellerts Ex Jenny Myrberg arbeitete für die Post in der Exportgatan.

Das Herz schlug plötzlich ein bisschen schneller. Es war also möglich, dass Jenny die Drohbriefe verschickt hatte. Roger zog sich die Schuhe an und verließ sein Büro. Im Flur war schon auf Sparbeleuchtung geschaltet worden. *Diese Briefe*, dachte er. *Sinnlos, aber dennoch bedrohlich*. Er war innerhalb weniger Tage zweimal in Göteborg gewesen und legte keinen gesteigerten Wert darauf, noch ein drittes Mal hinzufahren. Er musste dafür sorgen, dass dieser Drachen diesmal nach Stockholm kam. Er schickte eine entsprechende Nachricht an die Kollegen in Göteborg und bat darum, Jenny Myrberg umgehend in den Zug zu setzen.

Als er auf die von Straßenlaternen erleuchtete Kungsholmsgatan hinaustrat, war er bester Laune. Endlich hatte er das Gefühl, mit den Ermittlungen voranzukommen. Er hatte gedacht, Jenny Myrberg sei eine unbedeutende, verwahrloste Person. Mit einem Mal war er davon nicht mehr überzeugt.

211

Sein Handy piepste einmal, und Magnus drückte darauf, um die Nachricht lesen zu können.

»Arne hat mit Roger gesprochen«, sagte er zu Linn. »Die Briefe, die Levander bekommen hat, wurden von derselben Postfiliale in Göteborg aus losgeschickt. Der Filiale, in der Tomas Nellerts Flamme Jenny Myrberg arbeitet.«

»Oh …« Linn ging zu ihm. »Das wollte ich dir noch erzählen. Carlén hat erwähnt, dass er im Internet eine Jenny kennengelernt hat. Eine, bei der er das Gefühl hatte, sie versteht ihn, so hat er sich ausgedrückt.«

»Jenny Myrberg?«

»Einen Nachnamen hat er nicht genannt. Meinst du, das ist dieselbe Jenny?«

»Keine Ahnung. Wollen wir uns auf den Heimweg machen?«

Linn nickte, zusammen schlenderten sie durch die Siedlung, in deren Häusern mittlerweile kein Licht mehr brannte.

»Ich kann mir nur schwer vorstellen, dass es dieselbe Jenny ist«, sagte Magnus. »Roger hat doch mit ihr gesprochen. Sie ist eine ziemlich verwahrloste Frau jenseits der fünfundvierzig – und vermutlich jenseits aller sexuellen Vorlieben von diesem Carlén, würde ich mal schätzen. Außerdem gibt es keinerlei Verbindung zwischen ihr und den Levanders. Abgesehen von der flüchtigen Bettgeschichte mit dem Opfer Tomas Nellert natürlich.«

»Warum sollte sie dann solche Briefe schicken?«

Magnus drückte auf den Autoschlüssel, woraufhin der Wagen in der Dunkelheit zu blinken anfing.

»Das frage ich mich auch. Wir werden sie so schnell wie möglich verhören, und das übernehme selbstverständlich ich.«

Sie erreichten die Auffahrt. Es war still, nur das Zwitschern eines Nachtvogels und das leise Rauschen vom Verkehr einer entfernten Straße war zu hören.

»Ich kann nicht mehr.« Linns Stimme klang dünn in der Dunkelheit.

»Ich weiß, Linn.«

Mehr brauchten sie nicht sagen. Über ihnen blickte der Mond hinter ein paar Wolkenbergen hervor. Sie wussten, dass sie sich nach dem Gleichen sehnten. Nach Moa und Elin und dem Gefühl, dass ihnen nichts und niemand mehr etwas anhaben konnte.

212

Janna schaute sich nicht um, sie wusste, dass Jonathan sie von Lages Fenster aus beobachtete. Dieses Wissen ließ sie den kurzen Weg ein bisschen aufrechter und souveräner hinter sich bringen. Er sollte nicht bemerken, dass sie zögerte.

Das Haus schien verlassen.

Der Mann mit dem Rohr, den Lage gesehen hatte, musste von Rettungswagen und Polizei so nachhaltig verscheucht worden sein, dass er sich nicht zurückgetraut hatte.

Trotzdem hatte sie Angst und wünschte für einen kurzen Augenblick, dass sie doch Jonathan Geld und Pässe hätte holen lassen. Aber weil schlussendlich doch sie und Anders die Schuld an ihrem Schicksal trugen, war es nur gerecht, dass sie das übernahm.

Sie erinnerte sich an die ganze Sache, als wäre es erst gestern gewesen. *Na los, Anders, lass Jonathan doch mal fahren, ein bisschen rutschen und schlingern. Das wird lustig.*

Was für eine bescheuerte Idee.

Von Schritt zu Schritt fühlte sie sich schwerer.

Aber Anders hätte auch einfach ablehnen können. Wieso hatte er nicht einfach abgelehnt?

Weil er fünf Gin Tonic in einer Stunde getrunken hatte.

Sie hatten sich eine Straße ausgesucht, die sonst nie jemand nutzte, und sie hatten Spaß gehabt. Jonathan hatte vor Freude gekreischt, während er den Wagen um die Pappbecher manövrierte, die sie als Slalom für ihn aufgestellt hatten.

Sie trat gegen einen Stein. »Verdammte Scheiße!«

Das Mädchen war gestorben. Und sie waren schuld daran, nicht Jonathan.

213

Friedrichs Augen glänzten. »Ich kann verstehen, dass das schwer zu begreifen ist. Aber ich bin nicht Friedrich Steuer. Friedrich Steuer ist schon lange tot.«

Katharina ließ sich gegen die Wand sinken. Offenbar hatte der Mann, mit dem sie seit so vielen Jahren zusammenlebte, den Verstand verloren. Sie sagte schroff:

»Unsinn! Was für ein himmelschreiender Unsinn!«

Doch er schüttelte nur langsam den Kopf, als wollte er um Vergebung bitten.

»Katharina, du hörst nicht zu. Ich heiße Ronny. Ronny Blinn. Ich bin eigentlich Hausmeister.«

Sie schaute ihn mit leerem Blick an, weshalb er stotternd fortfuhr.

»Erinnerst du dich noch an den Brief, der an Ronny Blinn adressiert war und in unserem Briefkasten steckte? Das war nicht der Fehler des Postboten … Ich habe ihn nie zurückgeschickt, weil ich Ronny bin. Ich habe seit Jahren zwei Identitäten.«

Katharina starrte ihn an, dann lachte sie, ein lautes, kaltes, höhnisches Lachen.

»Ronny Blinn?« Sie lachte weiter, und da erst verstand er, wie kaltherzig sie war. Er senkte den Blick auf den Boden.

»Du musst dir schon etwas Besseres einfallen lassen, als dass du jemand anderes bist, Friedrich. Das war die schlechteste Ausrede, die ich je in meinem Leben gehört habe.« Sie machte einen Schritt auf ihn zu, sodass ihr Gesicht kurz vor seinem war.

Sie schob ihm die Hand unters Kinn und hob seinen Kopf, damit er ihr in die Augen sah.

»Du bist auf der Flucht, so viel habe ich verstanden. So viel habe ich in all den Jahren über dich gelernt. Du willst nicht, dass dir jemand zu nah kommt, gleichzeitig hast du fürchterliche Angst davor, allein zu sein. Ich werde dich verlassen und Sascha mitnehmen, wenn du nicht sofort mit diesem Blödsinn aufhörst.«

Friedrich nahm ihre Hand und führte sie an seine Wange.

»Ich vergöttere dich«, flüsterte er zärtlich.

»Rede!« Ihre Stimme war eisig.

»Ich habe den Namen, den Lebenslauf und die Publikationen gestohlen. Alles. Ich habe nicht mal einen Hochschulabschluss. Ich bin in Ostberlin aufgewachsen. Das Geld … Der Erfolg … Sie gehören eigentlich einem anderen. Ich bin ein Betrüger, Katharina. Und ich heiße wirklich Ronny Blinn. Ich bin kein Professor, sondern Hausmeister.«

Sie zog ihre Hand zurück, taumelte von ihm fort, ins Wohnzimmer. Sie verstand nichts mehr.

»Und die Forschungsergebnisse? Was ist damit?«, fragte sie und drehte sich zu ihm um.

»Plagiate … Es tut mir so leid, Katharina.«

Sie betrachtete die eingefallene Gestalt, die im Türrahmen zum Flur stand.

»Ich verstehe das nicht, Friedrich. Wieso solltest du so etwas tun? Du bist doch intelligent. Alle sehen zu dir auf«, sagte sie verwirrt.

Er schüttelte den Kopf.

»Sie sehen zu Friedrich Steuer auf. Nicht zu Ronny. Nicht zu mir, Hausmeister Ronny.«

»Hausmeister Ronny?«

Katharina wedelte mit den Händen vorm Gesicht, als müsste sie einen Schwarm Fliegen abwehren. *Lügner*, schrie alles in ihr.

»Und jetzt wolltest du noch einmal neu anfangen oder wie? In Schweden? Ohne mich und Sascha? Und … dafür wolltest du mich sogar töten?« Die letzte Frage stammelte sie vor Aufregung.

Kaum hatte sie das ausgesprochen, wurde ihr bewusst, dass er genau das versucht hatte, und sie verstummte.

»Du wolltest mich töten«, keuchte sie dann und starrte ihn voller Angst an, wie er dort im Türrahmen stand und ihr den Fluchtweg zur Haustür versperrte.

»Nein, nein!« Er machte ein paar Schritte auf sie zu, hob flehend die Hände, doch sie drehte sich um und rannte panisch die Treppe hoch.

Es roch nach Blut und Tod. Was würde sie erst sagen, wenn sie von Jennys Briefen und dem Mann erfuhr, der dort oben tot im Schrank lag? Was, wenn sie erfuhr, dass er nicht nur ein Lügner und Betrüger war, sondern obendrein ein Mörder?

Er schaltete das Licht aus und schlug die Hände vors Gesicht. Sie durfte Sascha nichts davon erzählen!

Die Lippen wurden schmal, und allmählich wurde er wütend. Katharina war wie alle anderen. Sie hatte nie ihn gewollt, und sie würde die erstbeste Gelegenheit nutzen, um Sascha die Wahrheit über seinen Vater zu erzählen. Sie würde ihm den eigenen Sohn nehmen! Ihm weismachen, sein Vater wäre durchgedreht, verrückt!

Der Hass wuchs plötzlich in ihm wie ein aggressives Krebsgeschwür. Sie war immer zu fein für ihn gewesen – und jetzt, wo sie die Wahrheit kannte, spuckte sie auf ihn. Er hörte förmlich, wie ihm ein Licht aufging. Wie ein leises Pling im Hinterkopf.

Du musst es für Sascha tun, er darf es nie erfahren! Er ging in die Knie und suchte tastend nach dem Rohr, das immer noch auf dem Boden im Flur lag. Fleckig von dem trockenen Blut. Katharina sollte keine Gelegenheit bekommen, seinem Sohn zu erzählen, dass er nicht derjenige war, für den er sich ausgegeben hatte. Niemals durfte sie Sascha den Stolz auf seinen Vater nehmen. Niemals.

214

Janna blieb stehen und atmete die frische Nachtluft tief ein. Eine Erinnerung drängte sich ihr auf: Sie als kleines Mädchen, trockenes Gras unter den Schuhsohlen, frische Schürfwunden an den Knien. Sie war als Kind so glücklich gewesen. Heiße Schokolade in einer Tasse mit Schlümpfen darauf. Belegte Brote mit Käse und Paprika.

Vielleicht war das die Strafe dafür? Vielleicht hatte sie einfach zu viel Glück gehabt? Eine so schöne Kindheit und eine so wunderbare Ehe wie mit Anders waren nicht vielen vergönnt. Natürlich hatten sie sich noch ein Geschwisterchen für Jonathan gewünscht, aber man konnte ja nicht alles haben.

Sie ging weiter, hauptsächlich damit Jonathan dort hinter der Fensterscheibe nicht anfing, sich Sorgen zu machen. Aber jeder Schritt kostete sie große Überwindung, als hätte sie einen inneren Widerstand.

Jetzt konnte sie die Haustür im Dunklen erkennen, was in ihr sonderbarerweise das starke Bedürfnis weckte, so schnell wie möglich wegzulaufen.

Unweigerlich musste sie an den Mann denken, den sie am Schulhof und danach bei sich vor der Redaktion gesehen hatte. In seinem Blick hatte sie blanken Hass gesehen. Aber war das wirklich der Mann gewesen, der hinter ihrem Haus aufgetaucht war und sie gejagt hatte? Sicher konnte sie das nicht sagen, so gut hatte sie ihn nicht gesehen, wusste nur noch, dass er blond und gut gekleidet gewesen war.

Anders hatte immer behauptet, dass sie von mehreren Männern verfolgt wurden. Seit dem Tag, an dem der erste Brief angekommen war. Der mit der Morddrohung. Aber wer waren diese Männer? Waren sie Angehörige von der Frau, die sie …? Janna schüttelte sich, wollte nicht weiter darüber nachdenken.

Sie faltete die Hände. Dass ihnen so etwas zustieß! Sie waren doch keine schlechten Menschen, sie hatten einfach Angst bekommen und die Lage falsch eingeschätzt, das hätte jedem anderen auch passieren können.

Sie legte die Hand auf die Klinke. Das Haus, das so viele Jahre lang ihr Zuhause gewesen war, kam ihr fremd vor.

Sie würde nur das Geld, die Kreditkarte und die Pässe holen und wieder verschwinden. Und dann würden sie sich irgendwohin absetzen. Nach Thailand vielleicht? Dort hatten sich schon viele Schweden vor ihnen versteckt, und ihr Erspartes würde lange reichen. Die Vorstellung von einem weißen, warmen Strand flackerte verlockend vor ihrem geistigen Auge, als sie in den dunklen Flur trat.

Sie fing an, die Melodie eines Liedes zu summen, das sie früher oft gesungen hatte, als das Leben noch gut war. Als sie viel zu naiv gewesen war, um zu schätzen, was sie hatte.

215

Friedrich schlich langsam die Treppe hinauf, das Rohr fest umschlossen. Er verdrängte den Gedanken an Katharinas braune Augen und erinnerte sich daran, wie kalt sie gewesen war. Sie hatte ihm den Rücken gekehrt, als er ihr endlich die Wahrheit gesagt hatte. Jetzt, wo er sie am allermeisten brauchte. Und bald schon würde sie Sascha gegen ihn aufbringen.

Zögernd setzte er den Fuß auf die oberste Stufe. Es brannte kein Licht, er konnte fast nichts sehen.

Wenn es nur schnell ging, sie sollte bloß nicht die Möglichkeit haben, noch etwas zu sagen, das ihn vielleicht von dem abbrachte, wozu er sich entschlossen hatte.

Er legte den Kopf in den Nacken und witterte wie ein Hund. Wo war sie bloß? Er konnte sie nicht mehr hören. Wann hatte sie aufgehört zu schluchzen?

Er ließ das Geländer los.

Sascha, Sascha …

Er machte ein paar schnelle Schritte zum zweiten Wohnzimmer, wollte zu der Tür, hinter der er Katharina vermutete. Er hatte das halbe Wohnzimmer durchquert, als er mitten in der Bewegung innehielt. Eine Melodie?

Da summte jemand im Erdgeschoss! Hastig eilte er zurück zur Treppe. Durch das Geländer konnte er sehen, dass wirklich jemand unten im Zwielicht herumtapste. Er hob die Arme mit dem Rohr über den Kopf, bereit, jederzeit zuzustoßen.

Das Adrenalin rauschte ihm durch die Adern, und er war

nicht länger unglücklich und ängstlich. Im Gegenteil. Er fühlte sich stark, als könnte er fliegen. Eine leise Stimme meldete sich in seinem Kopf und flüsterte: *Jetzt hast du die Kontrolle verloren, Ronny, bald ist nichts mehr da. Du musst sofort aufhören!* Aber er wollte nicht auf sie hören.

216

Die Standuhr war in ihrem Schlafzimmer in der oberen Etage. Sie funktionierte nicht mehr, aber hinter dem Ziffernblatt gab es einen kleinen Hohlraum, in dem sie ein paar Tausender, ihre Kreditkarte, eine Kette, die sie von ihrer Mutter geerbt hatte, und die Pässe versteckt hatte.

Sicherheitshalber schaltete Janna das Licht nicht ein, sie wollte keine unnötige Aufmerksamkeit auf das Haus ziehen. Außerdem kannte sie ihr Zuhause in- und auswendig, sodass sie den Weg bis zum Schlafzimmer leicht finden würde, ohne gegen etwas zu stoßen.

Auf der Treppe blieb sie stehen und spähte angestrengt in den dunklen, oberen Flur. Es roch schwach nach Schweiß und Zigarettenqualm. Sie atmete tief ein. Keiner von ihnen hatte jemals geraucht, weshalb sich ihr langsam alle Haare aufstellten.

»Hallo? Ist hier jemand?«

Kein Laut war zu hören. Sie gab sich große Mühe, ruhig zu bleiben. Vielleicht stammte der Geruch ja noch von den Polizisten oder Sanitätern, die im Haus gewesen waren. Vorsichtig erklomm sie die Treppe. Der Rauch hing in der Luft, und sie atmete durch die Nase aus, um den Gestank loszuwerden.

Kaum hatte sie die letzte Stufe erreicht, huschte sie quer durch den Flur zu ihrem und Anders Schlafzimmer, wich geschickt der noch ausgeklappten Leiter zum Dachboden aus, die seit ihrer Flucht immer noch nicht wieder eingeklappt worden war.

Die Uhr stand mittig dem Bett gegenüber. Sie trat ans Bettgestell und nutzte es als Orientierungshilfe, indem sie mit dem Oberschenkel Kontakt zum Gestell hielt.

Als sie die Standuhr erreicht hatte, tastete sie sich schnell zum Hohlraum vor und riss den Inhalt an sich. Die Kette stopfte sie sich in die vordere Hosentasche, Geld, Karte und Pässe in die Gesäßtasche. Sollte sie sonst noch etwas mitnehmen? Kleider? Fotos?

Sie warf einen Blick aus dem Fenster. Der Weg war schwach beleuchtet, dennoch konnte sie Lages Haus erahnen. Von Jonathan war nichts zu sehen, trotzdem war er dort, ängstlich und allein. Sie entschied, sich sofort auf den Rückweg zu machen und alles andere zurückzulassen.

217

Das war ein Kinderzimmer, ein Jungszimmer. Katharina hatte aufgehört zu weinen und saß mit angewinkelten Beinen auf dem Bett. Das kleine Nachtlicht warf ein angenehm sanftes Licht von der Wand ins Zimmer. Die eine Wand war mit dem überdimensional großen Bild eines Traumstrands mit Palmen und Meer beklebt, und auf dem kleinen Schreibtisch standen Modellautos.

Katharina stand auf, um sie näher zu betrachten. Ferrari, Corvette, Mustang. Alle waren mit großer Sorgfalt gebaut und bemalt worden. Sascha interessierte sich auch gerade für solche Modellbausätze, aber so geschickt war er noch nicht.

Sie nahm einen der Wagen in die Hand. Langsam kam ihr der erschütternde Gedanke, dass hier etwas ganz Furchtbares passiert war.

Aber Friedrich konnte doch keinem der Bewohner dieses Hauses etwas angetan haben? Oder? Wo waren sie? Wo war der Junge, dem das Zimmer gehörte? Ängstlich wandte sie sich um und starrte zur Türklinke.

Dann tastete sie prüfend mit dem Finger ihr Ohr ab. Schmerzen hatte sie keine, da war nur ein Kratzer.

Sie würde Friedrich Zeit geben, sich zu beruhigen, und dann würde sich alles klären. Wie unwirklich ihr das alles schien. Ein Hausmeister, der Ronny hieß. Das war so verrückt, das konnte er sich nur ausgedacht haben. Plötzlich hatte sie das Gefühl aufzuquellen, wie auf hoher See, wenn man seekrank wurde.

Sie kannte das Gefühl, es war eng verknüpft mit dem Gefühl der Täuschung.

Schlussendlich ging sie zur Tür. Sie konnte sich nicht länger verstecken. Sie mussten miteinander reden.

218

Janna schlich rückwärts, bis sie die Wand im Rücken hatte. Blind starrte sie in die Dunkelheit hinter dem Türrahmen. Sie spürte es. Da stand jemand. Sie konnte jemanden atmen hören, schwer und zitternd.

»Friedrich?« Die helle Stimme einer Frau aus dem Flur.

Dann Schritte, die sich entfernten. Janna atmete vorsichtig durch die Nase aus, sank auf alle viere und kroch in die hinterste Ecke des Schlafzimmers, hinters Bett, und machte sich so klein, wie sie eben konnte.

219

Der Schein des Nachtlichts fiel aus dem Kinderzimmer in den Flur und ließ Friedrich aus der Dunkelheit auftauchen. Er stand im Türrahmen zu einem der anderen Zimmer.

»Friedrich, was soll das?«

Katharina starrte ihren Mann mit großen Augen von der anderen Seite des Flurs an.

»Friedrich«, wiederholte sie nervös. »Was machst du? Sprich doch mit mir.«

Sein Gesicht war zusammengezogen, sie erkannte ihn kaum wieder. Es kam ihr fast so vor, als würde er sich verwandeln. Manchmal sah er aus wie der Friedrich, den sie kannte, im nächsten Augenblick war er ein Fremder, dem sie noch nie begegnet war.

Sie wich langsam wieder zurück in das Kinderzimmer, aus dem sie eben gekommen war.

»Wirst du Sascha davon erzählen?«, fauchte er und kam auf sie zu, das Rohr bedrohlich erhoben.

Katharina schüttelte energisch den Kopf.

»Nein, ich verspreche es dir«, sagte sie. »Ich werde ihm nichts erzählen.«

Er lächelte schief.

»Dann komm zu mir. Es gibt da noch eine Sache, die wir erledigen müssen, damit wir unser Leben wieder aufnehmen und wie gewohnt fortführen können.«

»Was denn?« Die Frage war kaum hörbar.

Er deutete zu dem Zimmer hinter sich, und für einen Moment lag etwas Böses in seinem Blick.

»In dem Schlafzimmer versteckt sich ein schlechter Mensch, der sterben muss«, flüsterte er.

»Nein!«, schrie sie. Ihre Augen weiteten sich vor Schreck, sie streckte den Arm aus und schlug die Tür mit einem Knall zu.

Sekunden später hörte sie, wie er sich gegen die Tür warf und daran rüttelte, doch da hatte sie längst abgeschlossen.

»Lass mich rein!«, brüllte er. »Wage es ja nicht, dich zu verstecken! Dir hat unser bequemes Leben gefallen, jetzt musst du auch dafür kämpfen!«

Katharina schritt langsam weiter rückwärts, bis sie gegen das Bett stieß.

Verzweifelt blickte sie sich nach einer Waffe um. Friedrich hatte angefangen, mit dem Rohr auf die Klinke einzuhacken. Metallisches Klirren mischte sich mit seinen frustrierten Schreien.

»Sie sind keine guten Menschen, Katharina! Sie haben einen Wagen von der Straße abgedrängt, sie haben eine Frau getötet. Und dann sind sie einfach abgehauen. Wir dürfen nicht zulassen, dass sie auch noch unser Leben zerstören!«

Katharina riss eine Schranktür auf und rupfte verzweifelt alles heraus, aber darin waren nur weiche Kleidungsstücke.

Sie rannte zum Schreibtisch, zog die Schubladen heraus und kippte den Inhalt auf den Boden. Papier verteilte sich auf dem Teppich. Es gab nichts, rein gar nichts, womit sie sich verteidigen konnte. Sie brach in Tränen aus.

220

Janna summte, wiegte sich vor und zurück in der Ecke hinter dem Bett. Sie konnte sie schreien hören, es klang wie Deutsch, aber sie verstand keine Silbe.

Sie hatte auch als kleines Mädchen gesummt, wenn ihr Vater wütend gewesen war. Da hatte es ihr geholfen, jetzt nicht. Sie würde hier bleiben, bis der Mann sich beruhigt hatte, dann würde sie zu Jonathan zurückkehren … Sie musste zu Jonathan zurückkehren.

Sie schloss die Augen und dachte an Jonathans schönes Gesicht. Er war so ein guter Junge und so hübsch. Sie und er. Sie würden es gut haben zusammen – in Thailand.

221

Katharina konnte Friedrich im Flur hören. Er schleifte etwas über den Boden. Sie saß völlig aufgelöst gegen den Schreibtisch gelehnt und ließ den Tränen freien Lauf. Was sollte sie machen, wenn er hereinkam? Um Gnade flehen? Und wenn das nicht half? Wie würde es für Sascha weitergehen? Wie für ihre Eltern?

Ihre Eltern! Ungeschickt fummelte sie an ihrer Tasche herum und bekam endlich mit schweißnassen Fingern das Handy zu fassen. Sie war nicht ganz allein! Schnell wählte sie die Nummer ihres Vaters.

»Hallo, mein Schatz. Wie geht es dir?«

Ihr Vater hatte unmittelbar abgehoben.

»Papa?«, flüsterte sie.

Auf der anderen Seite der Tür wurde es still.

»Mit wem sprichst du, Katharina? Du schadest dir nur selbst. Lass mich jetzt sofort rein.« Friedrich klang sanft, aber da war ein bedrohlicher Unterton. Katharina hielt die Hand über Mund und Handy, dann flüsterte sie:

»Papa, er ist verrückt geworden … Er will mich umbringen.«

Sie konnte förmlich zuhören, wie ihr Vater erst langsam verstand, was sie da gesagt hatte.

»Wo bist du? Sag mir sofort, wo du bist!«

Ein Schatten legte sich über ihr Gesicht, und sie sackte in sich zusammen. Sie hatte keine Ahnung, wo sie war.

»Ich weiß es nicht. In einem Vorort, aber ich weiß nicht, in welchem.«

»Aber wie soll ich …? Warte, mein Schatz, egal, was passiert, leg nicht auf!«

Sie holte Luft. »Okay.«

Sie legte das Telefon auf den weichen Teppich und ließ die Hände in den Schoß sinken. Friedrich hatte irgendetwas Großes, Hartes geholt, mit dem er sich erneut an der Tür zu schaffen machte. Ganz leise hörte sie die Stimme ihres Vaters aus dem Telefon.

»Hallo? Hallo? Katharina?«

222

Mit einem Krachen flog die Tür auf.

»Warum schließt du dich ein, verdammt noch mal?«

Katharina blieb wie versteinert sitzen, wagte es nicht, sich zu bewegen.

»Jetzt kommst du mit und hilfst mir, hörst du?«

Friedrich setzte ihr die Spitze des Stahlrohres an den Hals.

»Aufstehen!«, brüllte er.

Katharina kam schwankend auf die Beine.

»Ich kann nicht …«

»Schweig!«

Er griff nach ihren Haaren und schob sie vor sich her, das Rohr an ihren Rücken gepresst.

Sie sagte kein weiteres Wort.

Als sie an der Tür zu dem größeren Schlafzimmer angelangt waren, stieß er sie über die Schwelle.

»Hol die Frau her.«

Katharina starrte verständnislos das große, leere Bett an. Da war niemand. Friedrich schaltete das Licht ein.

»Sie versteckt sich hinter dem Bett.«

Eine kräftige Frau saß auf dem Boden, die Arme über dem Kopf, und starrte sie entsetzt an.

»Wer ist das?«, fragte Katharina schockiert.

»Keine Ahnung. Ich weiß nur, was sie getan hat, und das reicht.«

»Und was hat sie getan?« Sie hatte ihre Arme und Beine immer noch nicht wieder ganz unter Kontrolle.

»Das habe ich doch schon gesagt! Sie haben mit ihrem Wagen ein anderes Auto von der Straße abgedrängt, sie und ihre Familie. Eine Frau ist gestorben, aufgespießt auf ein Rohr, so eine Art Verkehrsschild.« Er blickte die Frau voller Verachtung an. »Sie sind zwar ausgestiegen, aber sie haben ihr nicht geholfen. Sind einfach weggefahren, die feigen Schweine!« Er drohte ihr mit dem Rohr.

»Jetzt hol sie endlich her, es muss schnell gehen …«

»Friedrich, bitte. Tu ihr nichts«, flehte Katharina. »Wer will denn, dass du das machst?«

Die Frau nahm die Arme herunter und sagte in holprigem Deutsch:

»Bitte, ich habe ein Sohn.«

Beide zuckten zusammen. Katharina ging zu ihr.

»Wie heißen Sie?«, fragte Katharina.

»Janna Levander.«

Katharina wandte sich an ihren Mann.

»Du bist kein Mörder …«

Er schloss die Augen und wurde plötzlich ganz blass.

»Doch, Katharina. Ich bin ein Mörder, aber Sascha darf das nie erfahren«, sagte er sehr ernst. Dann hob er das Rohr über den Kopf und rannte auf die beiden Frauen zu.

223

Jonathan strich sich nervös mit den Händen über die Brust.

Wie lange konnte es dauern, Geld und Pässe zu holen? Doch nicht so lange, oder?

Er versuchte, sich davon zu überzeugen, dass seine Mutter einfach noch ein paar mehr Dinge einpackte, statt sofort mit dem zurückzukommen, was sie verabredet hatten: Geld, Kreditkarte, Pässe und sonst nichts.

Nach und nach waren in den Nachbarhäusern die Lichter ausgegangen, nun wurde der Weg nur noch schummrig von den vereinzelten Laternen erleuchtet.

Wo blieb sie? Er hatte solche Sehnsucht nach ihr, dass ihm die Tränen kamen, trotzdem verzog er keine Miene dort am Fenster.

Angespannt behielt er den Blick auf ihr Haus gerichtet. Wie gern wäre er einfach hinübergelaufen, um nachzusehen, ob alles in Ordnung war, aber irgendetwas hielt ihn zurück.

Lages Wanduhr tickte unerbittlich hinter ihm, und irgendwann hielt er es nicht mehr aus. Er musste zu ihr.

Im Flur blieb er kurz stehen, um eine Taschenlampe von der Hutablage zu holen und entschlossen in die Gesäßtasche zu schieben, bevor er das Haus verließ.

Für die kurze Strecke zwischen den Häusern brauchte er nur ein paar Minuten, trotzdem gingen ihm dabei die fürchterlichsten Szenarien durch den Kopf.

Im Innersten hatte er gehofft, dass seine Mutter ihm schon

auf dem Weg entgegenkommen würde, aber das tat sie leider nicht. Stattdessen hörte er sie schreien.

Er rannte los, riss verzweifelt die Haustür auf, und schon hallten ihm von oben weitere Schreie entgegen. Diesmal der von einem Mann und einer Frau. Die Frau schrie, als hätte sie Schmerzen.

»Mama!«, brüllte Jonathan und spurtete die Treppe hoch.

224

Nach dem ersten Schlag war Katharina rücklings gestürzt, und jetzt spürte sie ihren Mann über sich. Die mollige Frau hockte noch immer ungefähr einen Meter entfernt und schrie sich die Seele aus dem Leib.

Friedrich … oder Ronny stand breitbeinig über Katharina. Und als er erneut mit dem Rohr ausholte, hatte sie keine Angst, sie war einfach maßlos enttäuscht.

Den Mann, den sie so lange kannte … aber vielleicht doch nie wirklich gekannt hatte, gab es nicht mehr.

Sie schloss die Augen, blieb reglos liegen und wünschte sich nichts sehnlicher, als dass die Frau aufhörte zu schreien. Und das tat sie sogar.

225

Jonathan handelte instinktiv. Wie ein wild gewordener Stier rannte er auf den Mann zu und stieß ihn von der Frau, sodass er vornüberfiel.

»Jonathan!« Janna sprang auf und stolperte mit ausgestreckten Armen auf ihn zu.

Er selbst blieb unsicher stehen.

Der Mann lag auf dem Boden und rührte sich nicht mehr.

Er schien auf den Kopf gestürzt zu sein, Mund und Augen standen offen.

»Wer … wer ist das?«, stammelte Jonathan.

Janna schüttelte verzweifelt den Kopf.

»Ich weiß es nicht … Einer von ihnen. Einer von denen, die uns jagen! Und sie …« Janna zeigte auf Katharina, die sich neben den Mann kauerte. »Wer das ist, weiß ich auch nicht.«

Jonathan fing an zu zittern, und Janna nahm ihn in die Arme.

»Ist er tot?«, fragte er leise.

»Ich weiß es nicht«, flüsterte sie.

Jonathan schob seine Mutter weg und sank mit einem kurzen, animalischen Schrei zu Boden.

»Ich kann nicht mehr, Mama.«

Janna griff ihm unter die Arme, versuchte, ihn wieder auf die Beine zu kriegen, aber er war viel zu schlapp und schwer. Lag einfach da und schluchzte. Janna drehte sich zu dem Mann um und sah, dass die Frau sie verängstigt beobachtete.

»Wir müssen hier weg«, flüsterte Janna und stupste ihren Sohn an. Er reagierte nicht, starrte sie nur hilflos an.

»Mama … es ist meine Schuld, dass Papa tot ist … Das alles ist meine Schuld.«

Janna fuhr zu ihm herum und schüttelte schockiert den Kopf. »Nein, Jonathan. Nein! Und darüber reden wir jetzt nicht …«

»Doch. Ich bin den Wagen gefahren. Ihr habt gesagt, ich soll langsam fahren, aber ich hab Gas gegeben, das waren sicher vierzig km/h.«

»Nein, mein Junge, das war unsere Schuld. Wir hätten dich nie ans Steuer lassen dürfen.«

Der Mann stöhnte.

Janna schaute Jonathan tief in die Augen.

»Hör jetzt gut zu! Wir müssen hier weg und zwar schnell. Du musst dich zusammenreißen, verstehst du mich?«, sagte sie eindringlich.

Er nickte kaum merklich und stand langsam auf.

»Gut, Jonathan. Gut so.«

»Ich will nicht, dass er tot ist …«, jammerte er.

»Er ist nicht tot, ich habe gehört, dass er atmet … Komm jetzt.«

Sie strich ihm über den Kopf, warf dem Mann und der dunkelhaarigen Frau einen letzten Blick zu und dann verschwanden sie.

226

Katharina blieb auf dem Boden liegen. Der Schmerz in ihrem Ohr war fast eine Erleichterung. Sie lebte!

Unter größter Anstrengung rollte sie sich auf die rechte Seite. Friedrich hatte das Gesicht von ihr abgewendet, aber sie konnte hören, dass er atmete. Lange, tiefe Atemzüge, als würde er schlafen.

Sie kam auf die Knie und kroch zu ihm. Sie hatte Angst, aber gleichzeitig machte sie sich Sorgen um ihn. Sie liebte ihn, was immer er auch getan hatte.

Sie legte ihm vorsichtig eine Hand an die Wange. Mit geschlossenen Augen sah er wieder aus wie der Mann, den sie liebte. Dann schlug er die Augen auf.

»Hilf mir, Katharina«, nuschelte er, dann fing er an zu weinen. Ein trockenes, ungewohntes Schluchzen. Sie hielt ihn fest, spürte, wie seine Brust gegen ihre bebte.

»Dir geht es nicht gut, Friedrich. Ich werde dir helfen«, flüsterte sie in sein Ohr.

Als er den Namen »Friedrich« hörte, weinte er nur noch heftiger.

»Fahr zurück nach Hause, zu Sascha«, schluchzte er. »Aber hol vorher ein paar Briefe aus meinem Hotelzimmer, ja?«

Katharina zuckte zusammen.

»Und du? Willst du nicht mitkommen? Ich verstehe das alles immer noch nicht … Aber wir können das bestimmt klären.«

Er setzte sich auf, in seinen Augen lag mehr Ruhe.

»Nein, Katharina, das können wir nicht klären.«

Sie betrachtete ihn und begriff. Es war vorbei. Das, was zwischen ihnen gewesen war, gab es nicht mehr.

»Ich habe hier noch etwas zu erledigen«, sagte er.

Sie nickte, wollte aber nicht nachfragen, was.

»Was soll ich Sascha sagen?«

»Dass ich ihn liebe. Dass ich niemals ohne euch gegangen wäre, wenn ich nicht gemusst hätte. Sag ihm, dass er sich nicht selbst belügen soll.«

Sie öffnete den Mund, um zu widersprechen, doch plötzlich verstand sie, was er meinte. Zitternd streichelte sie seine Wange.

»Und du? Wohin willst du?«, fragte sie und erschauderte.

»Hinaus in den Schärengarten.« Er lächelte müde.

227

»Bei uns ist ein Notruf eingegangen. Häusliche Gewalt«, sagte Roger atemlos.

»Ach ja?« Magnus schloss die Schlafzimmertür hinter sich, um den Rest der Familie nicht zu wecken. Dann ging er ins Badezimmer, das Handy am Ohr.

»Halt dich fest: In Levanders Haus.«

Magnus lehnte sich ans Waschbecken.

»Sag das noch mal.«

»Da hat sich ein Mann aus Deutschland gemeldet. Seine Tochter hat bei ihm angerufen und gesagt, dass ihr Mann versucht, sie umzubringen.«

Magnus gab sich Mühe, ihm zu folgen.

»Was? In Levanders Haus? Da waren Linn und ich doch vorhin.«

»Ja, genau da. Ich bin schon unterwegs.«

Magnus schüttelte sich.

»Wann kam der Notruf?«

»Ist sicher schon eine Stunde her. Die Kollegen haben es für einen normalen Fall von häuslicher Gewalt gehalten und erst mal keine Verbindung zu unseren Ermittlungen gesehen. Deshalb hat das den herkömmlichen Weg genommen und so lange gedauert.«

Magnus rannte in die Küche und zog sich schnell Hose und Hemd über, schnappte sich noch seine Jacke und rannte zur Haustür hinaus.

»Ich fahre sofort los. Erzähl mir alles, was du weißt. Wie heißt der Mann, der uns verständigt hat?«

»Hans Adenauer, seine Tochter heißt Katharina Steuer. Sie ist mit einem Friedrich Steuer verheiratet. Sagt dir der Name etwas?«

Es dauerte fast eine Sekunde, bis Magnus verstand.

»Die Mail-Adresse von Nellerts Zeitung«, entfuhr es ihm.

»Richtig. Weil wir so spät dran sind, habe ich bereits ein Sondereinsatzkommando aus der Stadt angefordert. Ich selbst bin auf der E18, Höhe Hägernäs«, sagte Roger.

»Gut, ich werde vor dir dort sein, ich brauche nur ein paar Minuten.«

»Sei bloß vorsichtig, wenn du als Erster da bist.« Roger klang beunruhigt. »Warte auf uns und geh nicht allein rein.«

Magnus startete den Wagen.

»Du, ich fahre jetzt los. Gibt es noch was, das ich wissen sollte?«

»Ja, der Deutsche hat gesagt, seine Tochter hat richtig laut geschrien. Ihr Mann muss völlig durchgedreht sein. Glücklicherweise hat sie ein Handy mit GPS und konnte leicht geortet werden.«

Magnus hatte das Wohngebiet bereits hinter sich gelassen und bog Richtung Söravägen ab.

»Dann bis gleich.« Magnus legte auf.

Was zum Teufel war mit dieser Familie Levander los? Axtmord, Rohrmord, Linns Entführung – und jetzt ein deutsches Ehepaar, das sich bei ihnen zu Hause die Köpfe einschlug. Magnus ließ das Fenster herunter und sich den feuchten Fahrtwind ins Gesicht pusten. Auf der einen Straßenseite glitt eine kahle Wiese an ihm vorbei. Wie merkwürdig das war, durch diese friedliche Landschaft zu fahren, wo er doch unterwegs war zu … Ja, zu was eigentlich? Er hatte keinen blassen Schimmer.

Schon bald bog er in den Tråsättravägen und näherte sich durch den Wald der Reihenhaussiedlung. Über die Verbotsschilder sah er hinweg, steuerte den Wagen über den Gehweg und hielt erst, als er das Haus der Levanders erreicht hatte.

Sein Blick glitt über Fassade und Haustür, während er den Wagen abstellte. Sah nicht alles genauso aus wie vorhin, als er mit Linn hier gewesen war? … Nein, es brannte Licht in ein paar Fenstern im oberen Stockwerk.

Er joggte zur Tür, testete. Sie war nicht abgeschlossen.

Als er sie leise hinter sich ins Schloss gedrückt hatte, blieb er kurz in dem engen, dunklen Flur stehen. Sollte er wieder hinausgehen und auf die anderen warten?

Fast verzweifelt sehnte er sich danach, wieder in die kühle, frische Nacht hinauszutreten, aber er unterdrückte dieses Verlangen und ging weiter ins Haus.

Das schwache Licht aus dem ersten Stock reichte, um festzustellen, dass in Küche und Wohnzimmer niemand war. Er atmete erleichtert auf, doch dann hörte er etwas von oben. Ein Schluchzen oder ein schwaches Seufzen.

Er legte eine Hand aufs Geländer und schlich nach oben.

228

Das Sondereinsatzkommando und Roger trafen fast zeitgleich ein, und bereits wenige Minuten später stürmten sie in voller Montur das elterliche Schlafzimmer der Levanders.

»Nehmt die Waffen runter«, sagte Magnus und erhob sich von der Bettkante. »Friedrich Steuer ist nicht mehr da. Entschuldigt, dass ich das noch nicht durchgegeben habe, aber ich bin auch gerade erst angekommen und musste erst mal einen Rettungswagen rufen.«

Roger kam ein paar Schritte näher. Eine Frau lehnte an der Wand neben dem Bett. Sie hatte Blut im Gesicht und sah sehr mitgenommen aus.

»Wie geht es Ihnen?« Roger ging neben ihr in die Hocke.

»Das ist Hans Adenauers Tochter. Sie spricht nur Deutsch. Mir hat sie gesagt, sie heißt Katharina und ist hier, um ihren Mann zu holen«, erklärte Magnus.

»Und wo ist er?« Roger schaute sich um.

»Nicht mehr hier.«

Roger betrachtete die Frau besorgt.

»Ist sie schwer verletzt?«

»Nur äußerlich, glaube ich.« Magnus wandte sich an den Leiter des Sondereinsatzkommandos.

»Suchen Sie nach dem Mann, der muss noch in der Gegend sein«, sagte er. Sofort verschwanden die Männer nach draußen.

Magnus und Roger halfen der Frau aufs Bett. Sie klammerte sich krampfartig an Magnus' Arm.

»Er hat mich verlassen«, sagte sie plötzlich auf Deutsch, als wäre ihr erst jetzt bewusst geworden, was passiert war. »Die Frau und der Junge sind weggelaufen.«

Magnus und Roger wechselten einen Blick. Magnus nahm ein Foto der Familie Levander vom Nachttisch.

»Die hier?«, fragte er auf Deutsch und zeigte auf Janna und Jonathan.

Die Frau nickte. »Ja, dabei kennt er sie gar nicht. Er hat gesagt, dass sie schuld an einem Autounfall sind. Dass sie einfach weggefahren sind und eine Frau haben sterben lassen. Dass jemand sie gesehen und dann Friedrich gezwungen hat, sie umzubringen. Aus Rache«, sie zögerte. »Mein Mann hat etwas Dummes gemacht, er wurde von jemandem erpresst … Aber er hat ihnen nichts getan! Bitte, glauben Sie mir. Sie sind weggelaufen, Friedrich hat ihnen nichts getan!«

»Wo ist Ihr Mann jetzt?«, fragte Magnus und setzte sich zu ihr aufs Bett. Zum ersten Mal gab es ein Motiv in diesem Fall. Magnus erschauderte.

»Wo ist Ihr Mann jetzt?«, wiederholte Roger und schaute die Frau streng an. Angst und Trauer sprachen aus ihren Augen.

»Ich weiß es nicht. Irgendwo im Schärengarten.«

Sie wandte den Blick von ihm ab und schaute stattdessen die weiß gekleideten Sanitäter an, die gerade das Schlafzimmer betraten.

Magnus trat zu Roger.

»Erpressung also. Und ein Autounfall. Aus irgendeinem Grund muss ich an Tomas Nellerts Schwester denken. Wie ist sie eigentlich ums Leben gekommen?«

»Mir will gerade nicht einfallen, was ihre Eltern mir erzählt haben. Ich schau mal schnell ins Protokoll.« Er verschwand hinaus.

Vor dem Haus hatte sich eine kleine Menschentraube gebildet, und die Polizisten mussten die neugierigsten Schaulustigen zurückdrängen, als wenige Minuten später Katharina Steuer auf einer Trage aus dem Haus gebracht und in den Rettungswagen geschoben wurde.

Die meisten schauten stumm zu, nur ein paar tuschelten miteinander.

Magnus stieg zu Roger ins Auto.

»Und?«, fragte er fordernd.

»Helene Nellert wurde von einem defekten Verkehrsschild aufgespießt. Von einem Rohr, könnte man sagen. Kommt dir das bekannt vor?«

»Ach, was du nicht sagst?«

»Ja, Susanne und Helene Nellert waren in einem Möbelhaus und haben ein paar neue Sachen für Susannes Wohnung gekauft, bevor es zu dem Unglück kam. Sie hatten die Sitze umgelegt, und Helene war nicht angeschnallt. Du kannst es dir sicher vorstellen, die ist aus dem Wagen geflogen wie ein Handschuh. Dabei waren Witterung und Straßenverhältnisse an sich unauffällig, merkwürdiger Unfall.«

Magnus seufzte. »Ja, vorausgesetzt, sie wurden nicht von irgendwas erschreckt.«

»Vom Wagen der Familie Levander zum Beispiel?«, warf Roger ein.

»Meinst du, Susanne Nellert steckt hinter dieser Mordserie?«

»Und hat sich dazu mit Jenny Myrberg zusammengetan? Und hat ihren Sohn an den Valsjön geschickt, wo er den Tod seiner Schwester rächen sollte? Nur dass er das irgendwie verbockt hat und dabei selbst umgekommen ist? Also, ich weiß nicht. Andererseits ist sie aber auch die Einzige, die mitbekommen haben kann, dass die Levanders einfach weggefahren sind – wenn es stimmt, was die Deutsche erzählt hat.«

»Und das soll sie alles von ihrem Rollstuhl aus dirigiert haben?« Magnus beobachtete durchs Fenster, wie die kleine Menschenmenge nun von einer Polizistin barsch beiseitegedrängt wurde.

»Im Unfallbericht steht nichts von Fahrerflucht«, sagte Roger und schob sich eine Portion Kautabak unter die Lippe.

»Aber wo und wie kommen die Deutschen und Carlén ins Bild?«

»Die Frau hat erzählt, dass ihr Mann zu diesem Rachemord gezwungen wurde. Aber wie und womit? Und was will er im Schärengarten?«

Magnus warf einen Blick in den Rückspiegel. Die Kollegen hatten mittlerweile die meisten Schaulustigen wieder zurück in ihre Häuser geschickt, was sie allerdings nicht davon abhielt, vom Fenster aus weiter zuzuschauen.

»Meinst du, Susanne Nellert oder Jenny Myrberg haben diesen Deutschen erpresst? Und Carlén?«

Roger trommelte aufs Steuer.

»Ich hab dir doch von diesem Anrufer erzählt, der zu mir durchgestellt wurde. Ein Christian, der Briefe bekommen hat, in denen er aufgefordert wurde, jemanden mit einem Stahlrohr zu töten.«

»Ja, da hast du dich verdammt blöd angestellt, muss ich ja mal sagen.«

»Das weiß ich selbst. Wie dem auch sei, das Telefonat hat mich jedenfalls auf die Idee gebracht, dass vielleicht noch andere solche Briefe bekommen haben. Dass noch viel mehr Leute erpresst wurden und die Levanders mit angespitzten Stahlrohren umbringen sollten.«

Magnus blickte bekümmert die Straße entlang. Mittlerweile war in noch mehr Häusern Licht angegangen, noch mehr Anwohner hatten die Gardinen beiseitegeschoben und schauten neugierig in ihre Richtung.

»Die Deutsche hat erwähnt, dass jemand etwas gegen ihren Mann in der Hand hat. Dass er etwas Dummes getan hat, und das hat Carlén unbestreitbar auch. Aber eins ist mir immer noch nicht klar. Susanne Nellert war schwer verletzt, hat sich bei dem Unfall das Rückgrat gebrochen. Die wird sich doch kaum das Kennzeichen der Levanders notiert haben. Wir müssen dafür sorgen, dass Jenny Myrberg nach Stockholm kommt. Am besten noch heute Nacht.«

Roger nickte. »Die ist schon unterwegs. Und Janna und Jonathan? Laut Aussage der Deutschen waren die beiden doch auch hier.«

Magnus legte die Stirn in Falten. »Du hast Verstärkung angefordert, oder?«

Roger hustete. »Klar. Sie sollen nach den beiden suchen.«

»Gut. Ich sorge dafür, dass jemand ins Krankenhaus fährt und Katharina Steuer verhört. Es wäre nicht uninteressant zu erfahren, was ihr Männe so Dummes angestellt hat«, sagte Magnus.

Roger betrachtete seinen Kollegen besorgt.

»Und dann fährst du schleunigst nach Hause und legst dich schlafen. Du bist leichenblass.«

Magnus schüttelte den Kopf.

»Nein, ich werde …«

Ein Polizist der Sondereinheit klopfte ans Fenster. Magnus öffnete es.

»Entschuldigen Sie, dass ich Sie unterbreche, aber da oben liegt ein Toter im Schrank.«

Magnus starrte ihn an.

»Ein Toter?«

»Ja.«

»Und wer ist das?«

»Keine Ahnung, da liegt ein Paar Pantoffeln auf ihm drauf.«

Magnus stieg aus dem Wagen, und sofort gaben seine Beine nach. Er klammerte sich an die Autotür.

229

Der Mann im Schrank war viel zu alt, um Friedrich Steuer zu sein. Magnus stand reglos vor ihm und starrte auf ihn hinunter. Das hörte einfach nicht auf, es wurde immer schlimmer.

Hatte Katharina Steuer ihn angelogen oder wirklich nichts von dem Mann gewusst, der wie ein Sack Kartoffeln in den Schrank gestopft worden war?

Die Kriminaltechniker Elias Vadasc und Ulf Kerne sprachen leise miteinander, Magnus schnappte nur vereinzelte Satzteile auf: »… muss das Stahlrohr sofort ins Labor«, »… mit Wucht zugestoßen …«

Er ging die Treppe hinunter und sofort hinaus in die Nacht, wo er den Reißverschluss seiner beigefarbenen Jacke bis zum Kinn hochzog und auf seinen Wagen zuhielt. In dem Augenblick, in dem er die Fahrertür öffnete, sah er, wie jemand im Nachbarhaus das Fenster schloss. Wahrscheinlich beschämt von seiner Neugierde. Mit bestimmten Schritten ging Magnus zu dem Haus und klingelte. Es dauerte eine Minute, vielleicht zwei, bis ein Mann in seinem Alter öffnete.

»Magnus Kalo, Landeskriminalamt«, sagte er trocken. »Ich habe gesehen, dass Sie den ganzen Zirkus da draußen beobachtet haben.«

»Ja … Was ist denn passiert?« Der Mann fuhr sich mit der Hand über den kahlen Schädel.

»Ein Verbrechen. Haben Sie in den vergangenen Stunden etwas Verdächtiges gesehen oder gehört?«

Der Mann nickte eifrig. »Ja, das war ein ziemlicher Lärm und lautes Geschrei, und dann war es plötzlich wieder ganz still.«

»Wann war das ungefähr?«

»Oh, das weiß ich nicht. Vielleicht so gegen zehn.«

Magnus nickte. Ungefähr zur gleichen Zeit hatte Hans Adenauer die Polizei verständigt.

»Kommen Sie mal mit«, sagte er, einer plötzlichen Eingebung folgend.

»Aber ich ...« Der Mann schaute nervös an sich hinunter, er trug nur einen Bademantel und nicht mal Schuhe.

»Nur ein paar Meter, kommen Sie schon.«

Magnus nahm den Mann mit in Levanders Haus, gab ihm ein paar Schuhüberzieher, führte ihn in den ersten Stock und zeigte auf die Leiche im Schrank.

»Ich möchte, dass Sie sich diesen Mann anschauen, den wir tot aufgefunden haben, und mir sagen, ob Sie ihn schon einmal gesehen haben.«

Der Mann starrte ihn mit weit aufgerissenen Augen an.

»Okay ...«

»Also?«

Der Mann schluckte ein paarmal.

»Er sieht aus wie Lage Olofsson. Der wohnt hier nebenan.« Er deutete fahrig durchs Fenster.

230

Jenny Myrberg schenkte Magnus einen bitterbösen Blick, als dieser kurz nach Mitternacht in den Verhörraum kam.

»Was wollen Sie von mir? Wieso musste ich mitten in der Nacht herkommen? Glauben Sie, dass ich was verbrochen habe?«

Sie strich nervös mit der flachen Hand über den Tisch, als müsste sie ein paar imaginäre Brotkrümel wegfegen.

»Und? Haben Sie?« Magnus zog den Stuhl gegenüber von ihr unterm Tisch hervor und setzte sich.

Sie schaute ihn fassungslos an. »Nein …«

»Wir gehen mittlerweile davon aus, dass Ihr Kontakt zu Tomas Nellert ein wenig über das hinausging, was Sie uns bisher erzählt haben«, sagte er. »Wir haben im Haus von Anders Levander, dem Mann, der Tomas Nellert getötet hat, Briefe gefunden, die wir für Drohbriefe halten. Diese Briefe hat er vor und nach Nellerts Tod erhalten.«

Jenny konnte ihm augenscheinlich nicht folgen.

Magnus legte den Bericht der Kriminaltechniker vor ihr auf den Tisch.

»Ihre Fingerabdrücke sind auf jedem einzelnen Umschlag. Mit anderen Worten: Sie haben Anders Levander diese Briefe geschickt.«

Jenny lief hochrot an. »Sie haben recht, ich habe ein paar Briefe bei mir in der Filiale aufgegeben. Aber die waren nicht von mir. Ich habe Sie nicht angelogen.«

Magnus betrachtete die Frau, die nun ihre Hände knetete.

»Warum und für wen haben Sie die Briefe dann aufgegeben?«

Jenny holte tief Luft.

»Tomas hat mir ab und zu ein paar Stapel Umschläge in die Hand gedrückt, um das Porto zu sparen. Ich weiß nicht, was darin stand, ich habe nicht geschnüffelt. Ich dachte, die gehen an alte Klassenkameraden. Nur zum Spaß.«

Magnus senkte den Blick auf den Tisch. *Mein Gott!* Weder Susanne Nellert noch Jenny Myrberg hatten etwas mit den Briefen zu tun. Tomas Nellert selbst, das erste Mordopfer, hatte die Drohbriefe verfasst.

Magnus ließ diesen Gedanken sacken. Plötzlich verstand er, warum Nellert nicht mit einem Stahlrohr ermordet worden war, obwohl Linn eins davon in der Nähe vom Tatort gefunden hatte. Nellert selbst hatte das Rohr mit an den See gebracht und kein anderer.

Magnus fuhr sich mit der Hand übers Gesicht. Hieß das, Anders Levander hatte Tomas Nellert aus Notwehr getötet? So musste es gewesen sein.

Jenny räusperte sich.

»Ich wollte ihm einen Gefallen tun. Er hatte das jeweilige Datum auf kleine Zettel geschrieben, damit ich wusste, wann ich welchen Brief einwerfen sollte. Das war keine große Sache, ich arbeite ja bei der Post … Und ich hab ihn wirklich gemocht.«

Magnus schaute auf.

»Wie viele Briefe haben Sie an Anders Levander geschickt?«

»Ziemlich viele. Mindestens neunzig, vielleicht sogar mehr.«

Der Countdown, dachte Magnus und seufzte. *Dieser verfluchte Countdown*. Er stand auf und ging rastlos durch den Verhörraum.

»Ich vermute, mein Kollege hat Sie das schon gefragt, aber hat Tomas Nellert erwähnt, was er in der Walpurgisnacht in Stockholm wollte?«

»Ich glaube, er wollte seine Mutter besuchen. Und dann hat er etwas von einer Beschattung erzählt, die er selbst übernehmen musste. Darüber war er ziemlich wütend, aber er hatte niemand anderen gefunden, der das übernehmen konnte, hat er gesagt. Es klang so, als würde er noch auf ein paar Kollegen warten. Die sollten das Grobe erledigen, so hat er sich ausgedrückt. Ich habe nicht verstanden, was er damit gemeint hat.«

Aber ich verstehe es sehr gut. Wieso haben Sie das beim letzten Mal nicht erwähnt?

Magnus bekam Kopfschmerzen. Tomas Nellert war nicht beruflich in Stockholm gewesen, sondern um Familie Levander auszukundschaften.

Jenny hustete.

»Es tut mir leid, ich wusste nicht, dass das mit den Briefen etwas Ernstes ist … Ich habe die sogar nach seinem Tod noch weiter verschickt, weil ich dachte, das ist vielleicht wichtig. Ich hatte ihm ja versprochen, die rechtzeitig zu verschicken, egal, was auch passierte. Das war so etwas wie mein Tribut an Tomas.«

»Und Sie sind sich sicher, dass Sie Briefe an Levander geschickt haben?«

»Ja, das waren schließlich ziemlich viele. Sein Stapel war der größte …«

Magnus stutzte.

»Der größte? Heißt das, es haben noch andere Leute Briefe bekommen?«

Jetzt wirkte Jenny verwirrt.

»Ja, ziemlich viele sogar.«

Magnus traute seinen Ohren nicht.

»Wie viele andere?«

Sie zuckte mit den Schultern.

»Keine Ahnung. Vielleicht fünfzehn. Ist das, was ich getan habe, etwa verboten? Ich weiß nämlich wirklich nicht, was in den Briefen war. Ganz sicher keine Drogen, so viel kann ich mit Sicherheit sagen.«

»Und woher wissen Sie das, wenn Sie die Umschläge nicht geöffnet haben?«

»Das merkt man doch, wenn irgendwo nur Papier drin ist. In manchen muss zusätzlich noch ein Foto oder so etwas gewesen sein«, sagte sie. »Ich musste alle einzeln wiegen, um sie ausreichend zu frankieren.«

Magnus stöhnte laut.

»Mein Gott, warum sagen Sie das alles denn erst jetzt?«

»Ich habe nicht gewusst, dass das wichtig ist.«

Magnus blieb stehen, um besser nachdenken zu können. Dann hatten also noch andere Drohbriefe bekommen oder … Plötzlich kam ihm eine Idee.

»Sagen Ihnen die Namen Mattias Carlén und Friedrich Steuer etwas?«, fragte er.

Jennys Gesichtszüge hellten sich auf.

»Ja, jetzt, wo Sie das sagen, schon. Ich glaube, die haben auch Briefe bekommen.«

Magnus beugte sich leicht vor.

»Fallen Ihnen noch weitere Namen ein?«

»Nein … Das waren ganz schön viele Typen, sogar im Ausland und überall.«

Magnus kniff sich in die Nasenwurzel.

Tomas Nellert musste Carlén und Steuer erpresst haben. Aber wen noch? Die Vorstellung, dass da draußen noch mehr Männer herumliefen, die Tomas Nellert instrumentalisiert hatte, Familie Levander auszulöschen, brachte den kleinen Raum zum Schwanken. Sie mussten dringend Janna und Jonathan finden.

Er sah Jenny scharf an.

»Ihnen scheint nicht bewusst zu sein, wie wichtig es ist, dass Sie sich erinnern. Jeder einzelne der Adressaten kann ein potenzieller Krimineller sein. Denken Sie bitte noch einmal ganz genau nach.«

Jenny riss die Augen weit auf.

»Ich … Ich … Also, ein Brief ging nach Norwegen und ein paar an jemanden in Köln. Das weiß ich noch, weil ich da einmal mit meiner Mutter gewesen bin. Aber mehr fällt mir nicht mehr ein, fürchte ich.«

»Was ist mit Christian? Waren Briefe an einen Christian dabei?«

Jenny nickte.

»Ja, ich glaube schon. Es kann sein, dass ein Christian dabei war, so heißt mein Cousin auch. Aber an den Nachnamen erinnere ich mich nicht.«

Magnus verdrehte die Augen.

»Das darf nicht wahr sein! Und das ist Ihnen nicht irgendwie komisch vorgekommen?«

Jennys Blick verschleierte sich.

»Ich nehme seit sechs Jahren Antidepressiva. Ich versuche, nicht so viel über die Dinge nachzudenken, die nicht so wichtig sind. Das wird mir schnell zu viel. Tomas hat mich um diesen Gefallen gebeten, und die Bitte habe ich nur zu gern erfüllt. Aber jetzt sind alle Briefe verschickt, ich habe den letzten Brief vor ein paar Tagen aufgegeben.«

Sie presste die Lippen aufeinander, als wäre das Thema damit für sie abgehakt.

Magnus seufzte noch einmal.

»Was können Sie uns sonst noch über Tomas Nellert erzählen, das Sie uns bisher vorenthalten haben?«

Jenny wirkte empört.

»Was halten Sie davon, wenn Sie mir jetzt einfach mal erklären, worum es eigentlich geht? Was waren das für Briefe, die er geschrieben hat? Sie tun ja so, als wären sie mordsmäßig wichtig gewesen.«

»Wir glauben, dass das Drohbriefe waren. Erpresserbriefe.«

Jenny schwieg einen Moment lang, dann fragte sie:

»Aha, und wen soll er bedroht haben?«

Magnus stöhnte.

»Ich hatte gehofft, genau das von Ihnen zu erfahren. Bisher gehen wir davon aus, dass zwei, vielleicht sogar drei Männer erpresst wurden, um Familie Levander zu töten. Aber jetzt erfahre ich von Ihnen, dass die Briefe sogar an noch viel mehr Männer gingen …«

Mit einem Mal wirkte Jenny ängstlich.

»Also, da muss ich Sie jetzt etwas fragen. Einmal hat er etwas Merkwürdiges getan. Da wollte er wissen, wie ich normalerweise unterschreibe, hat mich das auch vormachen lassen wie bei einem Autogramm.« Jenny verstummte kurz. »Meinen Sie, er hat irgendeinen Mist mit meinem Namen angestellt? Und meine Unterschrift gefälscht?«

»Das weiß ich nicht.«

Jennys Gesichtsausdruck wurde weicher.

»Meinen Sie wirklich, Tomas würde mich in irgendeinen Scheiß reinziehen?«

»Ich hoffe nicht.«

Aber ja, Sie dummes Huhn, ich bin mir fast sicher, dass er Sie schamlos benutzt hat für jemanden, der ihm weit mehr bedeutet hat: seine Schwester.

Jenny stand auf.

»Ich bin müde. Bezahlt mir die Polizei ein Hotelzimmer?«

Magnus glotzte sie nur an.

»Sie werden im Untersuchungsgefängnis untergebracht, bis wir Ihre Wohnung untersucht haben.«

Ihre Schimpftirade klingelte ihm noch in den Ohren, als er schon längst den Aufzug zum Parkplatz nahm.

Magnus hatte ein ungutes Gefühl. Sie mussten unbedingt Janna und Jonathan Levander finden, um sie schützen zu können – sowohl vor eventuellen Mördern, die vor ein paar Tagen entsprechende Briefe bekommen hatten, als auch vor Friedrich. Friedrich Steuer, der aus irgendeinem Grund – vielleicht aus Versehen – einen Nachbarn der Levanders getötet hatte.

Die anderen Männer, wenn es denn noch mehr gab, waren wie Rauch. Die würden sie vermutlich nie zu fassen bekommen.

Sein Handy klingelte.

»Hallo, ich bin's, Sofie. Katharina Steuer sagt, ihr Mann habe einen Doktortitel geklaut und wollte unter keinen Umständen auffliegen. Sein richtiger Name ist Ronny Blinn, und er stammt aus Berlin. Er hat vermutlich seit Jahren ein Doppelleben geführt.«

»Ah … verstehe.«

Magnus ließ den Blick über den Parkplatz schweifen.

Allmählich fielen die Puzzleteilchen an ihren Platz.

231

»Was ist passiert?« Susanne Nellert sah aus, als wäre sie gerade aus dem Schlaf hochgeschreckt. Ängstlich blinzelte sie durch den Türspalt.

»Ich muss mit Ihnen sprechen, würden Sie mich hereinlassen?«, bat Magnus ein wenig fordernd.

»Mitten in der Nacht?«

»Die Uhrzeit ist mir scheißegal! Ich will, dass Sie mir von dem Autounfall erzählen.«

Susanne löste die Sicherheitskette und öffnete die Wohnungstür.

»Sie kommen um halb drei in der Nacht her und fragen nach so einem schwierigen Thema? Das ist ganz schön unverschämt.«

Magnus kümmerte ihr vorwurfsvoller Ton wenig. Er schob sich brüsk an ihr vorbei.

Susanne Nellerts Stimme stieg um eine Oktave.

»Aber … Was soll das?«

»Waren damals nur Sie und Ihre Tochter im Wagen? Antworten Sie!«

»Wie …?«

»War Tomas auch mit?«

Etwas zeigte sich in ihren Augen – Unsicherheit?

»Ja, er war auch mit«, sagte sie widerwillig. »Wir haben das verheimlicht, weil er am Steuer gesessen hat. Er hat gesagt, er würde sonst seinen Job verlieren …«

Magnus unterbrach sie.

»Und er war unverletzt?«

»Ja, Gott sei Dank, aber was hat das …?«

»Jetzt rede ich! Wieso ist er von der Straße abgekommen?«

»Wir waren recht schnell unterwegs, und dann kam etwas von der Seite. Tomas hat sofort das Lenkrad verrissen und wir sind im Straßengraben gelandet.«

»Was ist von der Seite gekommen?« Magnus merkte, wie seine Atmung sich verlangsamte.

»Das habe ich nicht gesehen. Helene hat geschrien, und ich bin ohnmächtig geworden und erst auf der Intensivstation wieder zu mir gekommen. Erst dort habe ich erfahren, dass Helene …« Susanne Nellerts Stimme erstarb.

»Warum wollen Sie das alles wissen?«, fragte sie leise.

»Haben Sie für Ihren Sohn Briefe verschickt?«

Sie klang verwundert.

»Nein.«

»Hat er Ihren Laptop benutzt?«

»Ja, das kam schon mal vor. Was spielt das für eine Rolle?«

»Eine nicht ganz unwichtige. Er hat von Ihrem Computer aus Droh-E-Mails an Anders Levander geschickt.«

Auf Susanne Nellerts Gesicht spiegelte sich absolute Verwirrung.

»Wozu?«, fragte sie mit piepsiger Stimme, während sie nach ihrem Inhalator zu tasten begann.

»Weil es der Wagen von Familie Levander war, dem Ihr Sohn damals ausgewichen ist. Weil sie Ihre Tochter dort im Straßengraben haben sterben lassen und einfach weggefahren sind.«

Susanne Nellert keuchte und setzte den Inhalator an.

»Sie haben von all dem nichts gewusst?«, fragte Magnus.

Sie schüttelte den Kopf, während sie das Spray tief einatmete. In ihren Augen spiegelten sich Ohnmacht und tiefe Verzweiflung.

Magnus betrachtete sie, dann legte er ihr kurz die Hand auf die Schulter und verschwand durch die Tür.

Als er sein Auto erreichte, hatte er eine weitere Nachricht bekommen. Die Fasern von beiden Stahlrohren stimmten mit Fasern von Tomas Nellerts Fußmatte überein. Das Haar, das an dem Rohr vom Friedhof geklebt hatte, stammte von Mattias Carlén. Alles fügte sich. Magnus schob sich eine Portion Kautabak unter die Lippe und fuhr nach Hause. Das Licht der entgegenkommenden Fahrzeuge hatte eine fast hypnotische Wirkung auf ihn. Tomas Nellert, der rechtschaffene Tomas Nellert, hatte also der Familie Levander ein paar Amateurkiller auf den Hals gehetzt. Er war wie eine Schwarze Witwe, die nach dem Paarungsakt das Männchen auffraß. Die Frage war bloß: Um wie viele Männchen handelte es sich? Und wie ernst nahmen die ihre Aufgabe? Würden sie ihr auch jetzt, nachdem der siebte Mai, Helenes Todestag, verstrichen war, noch nachkommen und versuchen, Janna und Jonathan zu töten?

Der Mann, mit dem Roger telefoniert hatte, kam ihm in den Sinn. Tomas Nellerts Todesmantra konnte beliebig viele Männer erreicht haben. Wie vielen Männern hatte er irgendwelche wohlgehüteten Geheimnisse entlockt? Und wie hatte er das angestellt?

Magnus starrte finster in die Dunkelheit. Wohin würde er an Jannas und Jonathans Stelle gehen? Wenn er das richtig verstanden hatte, gab es niemanden, an den sie sich wenden konnten. Und Jonathan war noch ein Kind … Wie sollte er jemals ein normales Leben führen? Magnus sandte ein Stoßgebet zum Himmel, dass die beiden sich an die Polizei wenden würden. Damit sie zumindest die Möglichkeit hatten, beschützt und gerettet zu werden.

Linn saß in der Küche, als er nach Hause kam. Sie ging auf ihn zu und nahm ihn in die Arme.

»Dann ist es jetzt vorbei?«, fragte sie und schaute ihm tief in die Augen.

»Ja«, log er. »Für uns ist es jetzt vorbei.«

»Dem Himmel sei Dank.« Sie legte ihm den Kopf an die Schulter.

DONNERSTAG, 10. MAI

232

»Also, Herr Kalo …« Der weiß gekleidete Neurologe schaute in seine Aufzeichnungen, während die Morgensonne hinter ihm durchs Fenster fiel.

»Vielen Dank, dass Sie so kurzfristig kommen konnten, es hat heute Morgen jemand abgesagt.«

»Kein Problem«, sagte Magnus.

»Sie sind ja bei uns in Behandlung, um herauszufinden, ob Ihr Nervensystem geschädigt ist.«

Linn und Magnus hielten sich unter dem Tisch an den Händen.

»Die Untersuchung ist zwar noch nicht abgeschlossen«, erklärte der Arzt, »aber es sieht ganz so aus, als müssten wir nicht länger suchen. Bisher deutet alles darauf hin, dass Sie eine funktionelle Bewegungsstörung haben.«

»Und was heißt das?« Magnus betrachtete den grauhaarigen Arzt besorgt.

»Das heißt, dass Sie mit Besserung rechnen können. Mit ein bisschen Glück sogar damit, dass Ihre Beschwerden ganz aufhören.«

»Oh, danke!«, entfuhr es Linn.

Magnus atmete erleichtert auf.

»Aber was meinen Sie mit ›Glück‹?«

»Ihre Symptome, also die vorübergehenden Schwächeerscheinungen in unterschiedlichen Extremitäten, ähneln denen eines Schlaganfalls. Aber Sie haben, wie gesagt, Glück, denn die Chancen stehen gut, dass sich das wieder bessert, Ihre Reflexe sind nämlich phänomenal.«

Der Arzt nahm einen Stift aus der Brusttasche.

Linn schaute ihn nachdenklich an.

»Und woher kann so etwas kommen?«

»Das ist schwer zu sagen. Manchmal ist es die Folge von starken Schmerzen, besonders im Bereich Nacken oder Lendenwirbelsäule. Manchmal ist der Auslöser aber auch Stress oder extreme Angstzustände. Haben Sie in letzter Zeit etwas erlebt, das Ihre Symptome verschlimmert haben könnte?«

Magnus drückte Linns Hand. »Wir haben ein bisschen was durchgemacht.«

»Dann werde ich Sie in jedem Fall erst einmal eine Weile krankschreiben.«

Magnus nickte. Er hatte nichts dagegen, eine Weile zu Hause zu bleiben.

»Zusätzlich müssen Sie in die Reha«, fuhr der Arzt fort. »Krankengymnastik und so weiter, aber machen Sie sich nicht gleich allzu große Hoffnungen, meist kommt es zu einer Erstverschlimmerung. Kann ich sonst noch etwas für Sie tun? Möchten Sie eine Psychotherapie machen?«

Magnus warf Linn einen Blick zu und lächelte.

»Nein, auf dem Gebiet bin ich bereits bestens versorgt.«

233

Es war nicht nur ein Flugzeug, das da verschwand, sondern seine Zukunft. Von seinem Fensterplatz in der Sky City konnte er das Flugzeug, eine Boeing 767, dabei beobachten, wie es langsam zur Startbahn rollte. Er sackte auf der weich gepolsterten Bank zusammen. Das Flugzeug entfernte sich immer weiter von ihm, es glänzte silbern im Licht der Morgensonne. Er war ihnen die ganze Zeit gefolgt. Von ihrem Haus bis zu dem schäbigen Hotel in der City, aber es hatte sich nie eine passende Gelegenheit ergeben. Wenn sie sich mal außerhalb des Hotelzimmers hatten blicken lassen, hatte es von Menschen gewimmelt. Und jetzt schienen sie ihm durch die Finger zu gleiten, obwohl es ihm gelungen war, ihnen bis zum Flughafen zu folgen und sogar herauszufinden, in welcher Maschine sie sitzen würden, dank einer wenig sorgfältigen Bodenstewardess am Check-in.

Fassungslosigkeit überkam ihn. Es roch nach Essen und irgendetwas Saurem, ihm wurde schlecht. Die Welt war so rücksichtslos.

»Christian?« Eine Stimme schnitt durch das allgegenwärtige Gemurmel und er fuhr erschrocken zusammen, bevor er sich umsah.

»Hallo Christian, erinnerst du dich noch an mich? Martin Valmont von der Höheren Handelsschule.«

Christian starrte ihn an.

»Wir waren in derselben Klasse.«

Er nickte.

»Wie geht es dir? Ich habe gehört, dass du den Chefposten irgendeiner IT-Firma übernommen hast.«

»Na ja, nicht direkt Chef. Ich bin nur Abteilungsleiter bei IBM.«

»Wow, herzlichen Glückwunsch, das klingt ja toll. Ich hab abgebrochen, insofern ist das bei mir nix geworden mit der Führungsposition. Aber dafür habe ich eine Südamerikanerin kennengelernt, habe ein paar Jahre dort gelebt, bin jetzt aber wieder zurück.«

Lass mich doch in Frieden, du alter Wichser …

»Soso.«

Christian schaute wieder zu dem Flugzeug, das gerade auf die Startbahn bog und damit aus seinem Sichtfeld verschwand. Ihm sank das Herz, ihm wurde richtig schwarz vor Augen. Dass es ihm nicht gelungen war, sie am siebten Mai zu töten, das war das eine. Aber dass er sie gar nicht getötet hatte … Jenny würde ihn fertigmachen, bis von seinem schönen Leben nichts mehr übrig war. Er ließ den Kopf bis auf die Knie sinken.

»Oh, ist mit dir alles in Ordnung?«

Martin Valmonts Stimme wirkte sehr weit weg.

»Es sieht ganz so aus, als müsstest du dich ausruhen. Komm mit.«

Christian ließ sich durch den Menschenstrom führen, vorbei an Geschäften und Schnellrestaurants. Der Boden schwankte unter seinen Füßen. Schließlich blieben sie vor einer Tür stehen, und Valmont holte einen Schlüssel aus der Gesäßtasche.

»Das ist einer unserer Ruheräume. Wenn du es nicht eilig hast, kannst du es dir gern ein Weilchen dort bequem machen. Du siehst aus, als würdest du gleich aus den Latschen kippen.«

Christian nickte. Dabei wünschte er sich nichts sehnlicher, als zu sterben. In ein paar Tagen würde alles rauskommen. Dann würde seine Frau ihn verlassen und er im Gefängnis landen. Und das alles nur, weil er dieser Jenny zu viel erzählt hatte.

Er ging hinein und legte sich auf die Liege.

»Vielleicht fragst du dich, warum ich einen Schlüssel zu diesem Raum habe?«, sagte Valmont gut gelaunt.

Das fragte er sich keineswegs, das war ihm scheißegal.

»Ich bin Flugbegleiter bei TUIfly.« Valmont ging zum Waschbecken und zog einen der Plastikbecher aus dem Spender. Er füllte ihn zur Hälfte mit Wasser und reichte ihn Christian.

»Hier, sieht so aus, als könntest du das brauchen.«

»Danke.« Christian trank halb liegend einen Schluck.

Martin lächelte.

»War jedenfalls schön, dich wiederzusehen, Christian. Auch wenn es dir gerade nicht so gut geht … Das ist eben manchmal so. Das kenne ich auch, ganz besonders nach den Langstreckenflügen. Ich muss zum Beispiel nachher noch nach Thailand. Super Flieger, aber verdammt viel Arbeit, weil das so viele Stunden am Stück sind.«

Christian erstarrte mit dem Becher in der Hand und schloss für einen Moment die Augen, dann schaute er Martin Valmont mit kristallklarem Blick an.

»Gibt es noch freie Plätze?«

234

Katharina Steuer stand am Check-in-Schalter. Sie hatte eine verkrustete Wunde über dem Ohr, aber davon abgesehen sah sie sehr gepflegt aus, besonders mit dem ordentlichen Dutt, zu dem sie ihre Haare gedreht hatte.

In ihrer Handtasche lag ein Bündel Briefe an Sascha. Friedrich hatte sie gebeten, die Briefe aus seinem Hotelzimmer zu holen. Dort hatte noch ein weiterer Brief gelegen, der an die Versicherung adressiert war.

Es hatte sich irgendwie schmutzig angefühlt, ihn überhaupt nur anzufassen, deshalb hatte sie ihn in den nächstbesten Briefkasten am Flughafen gesteckt. Friedrich hatte gesagt, der Inhalt sei sehr wichtig, aber sie wollte lieber gar nichts davon wissen.

Sie hatte ihrem Vater das Versprechen abgenommen, Sascha nie von Friedrichs wahrer Identität zu erzählen. Das war nicht leicht gewesen, aber sie war sich sicher, dass er das Versprechen halten würde.

Sie sehnte sich nach ihrem Sohn, wollte ihn dringend wieder in die Arme schließen, freute sich darauf, ihn wieder ins Bett zu bringen. Dabei hatte sie keine leichte Zeit vor sich, allein der Gedanke an seine Trauer war fast unerträglich.

Wir waren essen, würde sie sagen. *Dein Vater hat gesagt, dass er dich liebt und dass er fortmuss. Nein, er hat nicht gesagt, wohin. Mehr weiß ich auch nicht …* Er würde sie mit Fragen überhäufen, da war sie sich sicher. Aber die Wahrheit würde sie ihm nie erzählen. Sascha sah zu seinem Vater auf, und das sollte auch so bleiben.

»Gute Reise!« Die blonde Frau hinter dem Schalter reichte Katharina den Pass, den sie entgegennahm. Es würde dauern, aber Sascha und sie würden wieder glücklich werden, daran glaubte sie fest.

Schon bald schaute sie hinunter zu den Inseln in Stockholms Schärengarten. Das blaue Wasser glitzerte, und die Inseln lagen darin wie weiche grüne Flecken. Sie fragte sich, welche Insel er sich ausgesucht hatte, und wünschte sich, sie könnte eine Blume aus dem Flugzeug direkt zu ihm fallen lassen.

Stattdessen schickte sie ein Stoßgebet zum Himmel, dass alles so gelaufen war, wie er sich das erhofft hatte. Und dass er keine Schmerzen gehabt hatte.

235

Janna hielt Jonathans Hand. In der anderen hatte sie ein kleines Glas Weißwein. Sie führte das Glas an die Lippen und genoss den nächsten Schluck. Die Erinnerung an den Autounfall war wieder verblasst. Das helle Gesicht der sterbenden jungen Frau wirkte nur noch wie ein fahler Traum.

Sie stellte das Glas ab. Jonathans Miene verriet noch immer Anspannung, aber tief in den dunklen, trüben Augen schimmerte etwas Neues. Hoffnung. Es war das erste Mal seit sehr langer Zeit, dass sie ihn so sah. Und es versetzte ihr einen ziemlichen Energieschub.

Es knisterte in den Lautsprechern und dann war eine Männerstimme zu hören:

»Hier spricht Ihr Kapitän Arne Mikkelsen. Wir befinden uns jetzt in zehntausend Metern Höhe über dem Indischen Ozean, werden aber bald unsere Reiseflughöhe verlassen und den Landeanflug auf Krabi beginnen. Voraussichtliche Ankunftszeit ist 10.50 Uhr. Wir hoffen, Sie hatten einen angenehmen Flug, und würden uns freuen, Sie bald wieder an Bord dieser Boeing 767 begrüßen zu dürfen.«

Die Stimme verstummte mit einem Rauschen, Janna blickte zu Jonathan.

Sie lächelten einander an.

Leseprobe

LISELOTTE ROLL
Bittere Sünde

Rücklings auf den Küchentisch gefesselt erwachte Erik Berggren aus dem letzten Rausch seines Lebens. Verwirrt blinzelte er in die absolute Finsternis, die ihn umgab.

Es war so dunkel, dass er nicht mal die Hand vor Augen hätte sehen können, wäre es ihm denn überhaupt möglich gewesen, sie zu bewegen. Tatsächlich waren seine Hand- und Fußgelenke fest an die vier Tischbeine geknotet. Erik schrie laut auf und blickte wild um sich. Doch egal, wie sehr er sich auch anstrengte, er konnte nichts erkennen … Aber er hörte etwas. Jemand atmete ganz in seiner Nähe. Beobachtete ihn. Musterte ihn.

Da er vom Gin noch ganz benebelt war, dauerte es eine Weile, bis er die richtigen Worte fand. Als sie endlich aus ihm herausbrachen, klang seine Stimme krächzend und schrill. »Was soll das? Wer sind Sie?«

Keine Antwort, nur Schweigen.

Und dann wurde ihm grob ein Stück Klebeband auf den Mund gedrückt. Ein scharfer Plastikgeruch drang ihm in die Nasenlöcher, und Panik überrollte ihn wie ein donnernder Güterzug.

Unbeholfen versuchte er, sich zu befreien, doch durch sein Zerren schnitten ihm die Fesseln nur noch tiefer in das vom Alkohol aufgedunsene Fleisch. Er wand sich. Keuchend rang er nach Atem, und seine blutunterlaufenen Augen füllten sich zum ersten Mal seit vielen Jahren mit salzigen, brennenden